KB166231

을 유 세 계 문 학 전 집 · 10

도화선

도화선

桃花扇

공상임 지음 · 이정재 옮김

❖ 을유문화사

옮긴이 **이정재**

서울대학교 인문대학 중어중문학과를 졸업하고, 동 대학원에서 석사 · 박사 학위를 받았다. 박사 과정 중에 중국 신둥대학(山東大學)에서 유학했고, 귀국 후 서울대학교 인문학연구소 특별 연구원으로 있었다. 서울대학교, 서원대학교, 이화여자대학교, 숙명여자대학교, 한밭대학교, 한양대학교 등에서 강의했으며 현재 대구한의대학교 중어중국학부 조교수로 있다. 옮긴 책으로 『근대 중국의 언어와 역사』, 『중국 고대 극장의 역사』(공역)가 있고, 주요 논문으로는 「백박 잡극 연구」, 「고사계강창연구」, 「도화선의 이념적 지향」 등 다수가 있다.

을유세계문학전집 10
도화선

발행일 · 2008년 9월 20일 초판 1쇄 | 2020년 12월 25일 초판 2쇄
지은이 · 공상임 | 옮긴이 · 이정재
펴낸이 · 정무영 | 펴낸곳 · (주)을유문화사
창립일 · 1945년 12월 1일 | 주소 · 서울시 마포구 서교동 469-48
전화 · 02-733-8153 | FAX · 02-732-9154 | 홈페이지 · www.eulyoo.co.kr
ISBN 978-89-324-0340-3 04820 978-89-324-0330-4(세트)

차례

일러두기

1. 이 책은 중국 청대의 극작가 공상임(孔尙任)이 쓴 장편 희곡 『도화선(桃花扇)』(1699)을 완역한 것이다.

2. 『도화선』 원본의 첫머리에는 작자가 직접 쓴 '소인(小引)', '소지(小識)', '본말(本末)', '범례(凡例)', '고거(考據)', '강녕(綱領)', '체말(砌末)' 등의 글이 실려 있다. '소인'(1699)과 '소지'(1708)는 서문에 해당하고, '본말'은 극을 쓰고 펴내게 된 배경과 과정을 설명한 글이다. '범례'는 극을 감상할 때 유의할 점을 밝힌 글이고, '고거'는 극을 쓸 때 참고한 문헌 자료 목록을 제시한 글이다. '강녕'은 극의 등장인물을 역할과 성격에 따라 분류하여 제시한 글이고, '체말'은 각 척별로 등장하는 인물들과 극에 쓰이는 소도구들을 제시한 글이다. 이 가운데 앞의 여섯 편은 모두 번역하여 실었고, 마지막의 '체말'은 싣지 않았다. 또한 다른 사람이 쓴 서문과 제사(題詞), 발문(跋文) 등은 모두 싣지 않았다.

3. 각 척의 제목은 원제목을 번역하지 않고 내용 이해에 도움이 되는 방향으로 새로 지어 붙였다.

4. 원서의 문단 형식과 등장인물 표시는 현대 독자들에게 생소한 관계로 되도록 현대인에게 익숙한 형식으로 바꾸고자 했다.

5. 노래하는 부분의 곡패(曲牌)는 【 】로 표시하고 가사는 **궁서체**로 나타내었고, 노래하는 부분일지라도 다른 작품에서 빌려 온 노래의 곡패는 〖 〗로 표시하고 가사는 **궁서체**로 나타내었다. 노래되지 않는 시(詩), 사(詞), 등장·퇴장 시는 **고딕체**로 나타내었고, 사의 경우 사패(詞牌)는 〖 〗로 표시했다. 나머지 부분은 명조체로 표시했다.

6. 주석은 미주를 원칙으로 하되, 짧은 주석은 본문에 ( )로 묶어 설명했다.

소인(小引)

전기(傳奇: 문인들이 쓴 장편 희곡)는 비록 소도(小道)이나, 시부(詩賦), 사곡(詞曲), 변려문(駢儷文), 소설(小說)을 다 갖추고 있다. 인물을 그리고 경치를 묘사할 수 있으니 회화의 기능도 갖추고 있다고 할 것이다. 전기의 취지는『시경(詩經)』에 근본을 두고 있고, 의리(義理)는『춘추(春秋)』와도 같으며, 문장은『좌전(左傳)』,『국어(國語)』,『사기(史記)』와도 같다. 세상에 경종을 울리고 풍속을 바꾸어 나가고, 성현의 도를 찬미하고 임금의 교화를 도울 수 있는 것으로는 전기가 가장 적절하다. 지금의 음악이 옛날의 음악과 같다는 것을 어찌 믿지 않으리오?『도화선』극은 모두 남방의 최근 일이라, 부로(父老)들 가운데에는 아직 살아 계신 이도 있다. 무대 위의 가무(歌舞)와 무대 밖의 가리키는 바를 보면 삼백 년의 기업(基業)이 누구 때문에 무너졌는지, 무슨 일 때문에 패망했는지, 어느 해에 망했는지, 어디에서 망했는지를 알 수 있을 것이다. 보는 이로 하여금 감개하여 눈물을 떨구게 할 수 있을 뿐 아니라, 인심을 깨우쳐서 이 말세에 한 가닥 희망을 줄 수 있을 것이다. 이 극은 내가 벼슬을 하지 않았을 때에 산 속에 살면서 여가가 많아 여러 소식을 널리 모아 가락에 맞추어 한 구절 한 글자를 온 심혈을 기울여 써낸 것이다. 이번에 이 극을 가지고 서울[북경(北京)]에 가 보니 빌려 보는 사람은 많았지만 한 구절 한 글자를 놓치지 않고 다 본 사람은 하나도 없었기에, 가슴을 어루만지며 크게 탄식하면서 몇 번이나 불 속에 던져 버리려고 했다. 그러다가 생각을 고쳐먹어 천하가 넓고 후세가 많을 텐데 혹시 그을린 오동나무를 알아보는 채중랑(蔡中郎) 같은 이가 있을 수도 있겠다고 생각했다.* 그를 기다려 본다.

강희(康熙) 기묘(己卯, 1699)년 3월
운정산인(云亭山人: 공상임의 호) 쓰다.

소지(小識)

　전기라는 것은 기이한 일을 전하는 것이니, 일이 기이하지 않다면 전하지 않는다. 그렇다면 『도화선』은 무엇이 기이한가? 기녀의 부채나 탕자(蕩子)의 시(詩), 그리고 유객(遊客)의 그림 등은 일 중에 비루한 것이다.* 또 자기를 기쁘게 해 주는 사람을 위하여 용모를 꾸미는 것이나, 기꺼이 얼굴 가죽을 벗겨 내어 맹세를 나타내는 것 등은 일 중에 시시한 것이다. 남녀가 서로 희롱하고 피로써 꽃을 그려 내는 것도 일 중에 가벼운 것이다. 또 사사로이 물건을 전달하면서 마음을 드러내고 편지를 밀봉하여 부치는 것도 일 중에 지저분한 것이니, 이 모두는 말할 만한 것이 아니다. 그렇다면 『도화선』은 무엇이 기이한가? 기이하지 않으면서도 기이한 것은 부채 면에 그려진 복사꽃이다. 복사꽃은 미인의 핏자국이고, 핏자국은 정절을 지키려 한 것이니, 머리를 깨뜨려서라도 간사한 권신(權臣)에게 욕을 당하지 않으려다 난 것이다. 간사한 권신은 위충현(魏忠賢)의 양아들들을 말하고, 이들은 성색(聲色)을 진상하고 재물의 이익을 탐하며 무리를 지어 복수나 일삼은, 제왕의 삼백 년 기업(基業)을 무너뜨린 자들이다.* 제왕의 기업이 사라졌으니 간사한 권신이 감히 어디에 발붙이랴? 다만 미인의 핏자국과 부채 위의 도화가 찬탄을 자아내고 눈앞에 역력하니, 이는 일 중에서 기이하지 않으면서도 기이한 것이고, 전할 필요가 없으면서도 전할 만한 것이다. 인면(人面)인가, 도화(桃花)인가? 비록 수천 년이 흐른다 할지라도 염홍색은 선연히 빛날 것이요, 복숭아나무를 심은 도사가 누구인지를 물어본들 어디로 가야 할지를 모르리라.

강희 무자(戊子, 1708)년 3월 운정산인 쓰다.

본말(本末)

　족형(族兄) 방훈 공(方訓公)*은 숭정(崇禎) 말년에 남경에서 관직을 지내셨다. 또 장인(丈人)이신 진광의(秦光儀) 선생이 방훈 형님과 친척이시다. 내가 난리를 피해 형에게 몸을 맡겨 삼 년 동안 지내면서 홍광제(弘光帝) 때의 이야기를 자세히 들었고, 고향에 돌아오신 후에도 여러 차례 내게 이야기해 주셨다. 후에 여러 기록과 대조해 보니 그 말씀이 다 실제 있었던 이야기임을 알게 되었다. 다만 이향군(李香君)이 얼굴에 피를 흘려 부채를 적시고, 거기에 양용우[楊龍友, 양문총(楊文驄)]가 가필을 하여 그림을 그렸다는 이야기는 양용우의 서동(書童)이 방훈 형님한테 전해 준 것이라고 한다. 이 이야기는 비록 다른 책에는 보이지 않지만 그 일이 신기하고 전할 만하여, 이에 감회를 느껴『도화선』을 짓게 되었다. 남조(南朝)의 흥망사가 마침내『도화선』에까지 연결된 것이다.

　내가 관직에 있지 않았을 때 매번 이 전기를 지으려고 했으나,

견문이 넓지 못하여 사실(史實)과 어긋날까 두려웠다. 잠깨어 읊조리던 나머지 겨우 그 윤곽만 그렸을 뿐 아름답게 꾸미지는 못하고 있었다. 그렇지만 가까운 친구에게는 자랑하고 싶어서 "나한테 『도화선』 전기가 있는데 아직은 내보이지 못하고 베갯머리에 두고 있지"라고 했다. 서울에 벼슬자리를 찾아 가서 관료들과 마시고 놀 때에도 가끔씩 『도화선』에 대해 이야기했다. 그 후 다시 십여 년이 흘러 흥미도 다 사라져 버린 것 같았다. 그런데 소사농(少司農) 전윤하(田綸霞)* 선생이 서울에 오실 때마다 손을 붙잡고 한 번 보여 달라고 부탁했다. 나는 부득이 등불을 밝히고 가사를 메워 쓰면서 그 부탁을 막았다. 이렇게 하여 원고를 세 번 고쳐서 완성하니 때는 기묘(己卯, 강희 38년, 1699)년 유월이었다.

앞서 내가 『소홀뢰(小忽雷)』 전기를 썼지만 그것은 모두 고천석(顧天石)*이 대신 써 준 것이다. 나도 음악을 조금은 알지만 노래 부르는 사람의 입에 잘 맞지 않을까 걱정했는데, 『도화선』을 지을 때에는 (음악 부분을 도와줄) 천석은 이미 서울을 떠난 뒤였다. 다행히 마침 왕수회[王壽熙, 이름은 춘(春)]라는 오(吳) 사람이 있었는데, 이분은 정계지(丁繼之)의 친구로 홍란주인(紅蘭主人)*이 불러 서울에 묵고 있었다. 내가 아침저녁으로 그의 거처로 가니 왕수희는 내게 곡본(曲本)이며 투수(套數)*를 보여 주었는데, 당시 배우 가운데 음률을 잘 아는 사람이라 (그의 도움을 받아) 마침내 곡보에 따라 가사를 채워 넣을 수 있었다. 한 곡이 만들어질 때마다 마디마디 노래를 불러 보았고, 음률이 좀 어색한 글자가 있으면 즉시 바꾸었으니 전체적으로 거슬리는 점은 없게 되었다.

『도화선』 책을 완성하니 왕공(王公)이며 진신(縉紳)들이 다 빌려 가서 베끼는 바람에 서울의 종이값이 오르는 영예를 누렸다. 그러던 중 기묘년(1699) 추석에 한 내시(內侍)가 『도화선』 책을 급히 찾았는데, 내 선본(繕本)은 어디로 갔는지 알 수가 없어서 장평주(張平州) 중승(中丞)* 댁에서 한 부를 찾아내어 얼른 내시의 당직처로 가져다 바쳐서 마침내 내부(內府: 황궁)에 들어가게 되었다.

기묘년 제야에 이목암(李木庵) 총헌(總憲)*께서 사람을 시켜 돈을 보내 주시면서 『도화선』을 화롯가 술안주로 쓰고 싶다고 부탁했다. 새해 보름날에는 배우들을 사서 공연까지 했다. 극단 이름은 '금두(金斗)'로, 이상북(李湘北) 상국(相國)* 댁에서 왔다. 이 극단은 당시 이름이 자자하여 '제화(題畫)' 대목(제28척)을 노래했는데, 정말로 신묘스런 경지였다.

경진(庚辰, 1700)년 사월에 내가 이미 관직에서 물러나 있는데, 목암 선생이 『도화선』을 불러 감상했다. 일시에 한림학사(翰林學士)와 각 부(部)의 대신들이 구름처럼 모여들었는데, 나만 혼자 상석에 앉게 하고 배우들에게 돌아가며 술을 올리도록 하면서 나한테 품평을 부탁했다. 좌객(座客)들이 모두 나에게 집중하니 자못 의기가 양양했다.

서울에서는 『도화선』 공연이 끊이는 날이 없었고, 특히 기원(寄園)*에서 가장 번성했다. 고관 대작과 시인 묵객(詩人墨客)들이 구름처럼 몰려들어 입추의 여지가 없었다. 자리는 비단처럼 화려했고 음식은 산해진미였다. 배우들을 두 부류로 나누어 우수한 자는 정색(正色: 주연)에 배당하고, 떨어지는 자는 잡각(雜脚: 보조 배역)에 배당했다. 여러 체말(砌抹: 공연 도구)은 필요한 대로 넉넉히 갖추어져 있었다. 배우들이 후사(厚賜)에 감사드리며 온 힘을 다해 열심히 연기를 펼치니 소리와 정감이 모두 뛰어났다. 주인은 고양상공(高陽相公)의 자손인데, 시주(詩酒) 풍류가 오늘날의 왕(王)·사(謝)씨라 할 만하다.* 따라서 재물을 아끼지 않고 호방하게 일을 벌이셨다. 그러나 음악 소리 화려한 가운데 간혹 소매로 얼굴을 가리고 홀로 앉아 있는 사람들이 있었는데, 바로 고신(孤臣)이자 유로(遺老)들이시라, 등불이 꺼지고 술이 다 될 때까지 한탄만 하다가 흩어지셨다.

초(楚) 땅의 용미[容美: 지금의 호북성(湖北省) 학봉현(鶴峰縣)]는 첩첩산중에 있어서 입산하는 길도 끊겨 버렸을 정도인데, 여기가 바로 옛 도원(桃源)이다. 그 고을의 주인은 전순년(田舜年)이라는 분으로, 시서를 퍽 좋아하셨다. 내 친구 고천석이 유자기(劉子驥) 같은 바람을 안고 그곳을 방문하여 몇 달을 지내면서 후의(厚意)를 깊이 입었다.* 잔치 때마다 가희들을 불러 『도화선』을 부르게 했는데, 부드러운 모습이 대단하여 누가 전수받을 수나 있을지 모를 정도였다. 그렇지만 혹시라도 계림(鷄林) 상인이 있을 수도 있지 않겠는가?*

병무(丙戌, 1706)년에 내가 수레를 몰고 항산[恒山: 하북성(河北省) 곡양현(曲陽縣)에 있는 산]에 가서 옛 상관이시자 당시에는 태수를 하고 계시던 유우봉(劉雨峯)*을 뵈었다. 그때 여러 관료들이 고아한 잔치를 벌일 적에 나를 불러 『도화선』을 보여 주셨는데, 이틀 동안 쉬지 않고 다 했다. 관원들이 내가 썼다는 것을 알고 다투어 술을 주면서 축수해 주었다. 그러나 나는 마음이 좋지 않아 극단의 우두머리를 불러 즉석에서 몇 군데를 지적해 주었다.

고천석이 내 『도화선』을 읽고는 영감을 받았는지 『남도화선(南桃花扇)』을 지었다. 생(生: 후방역)과 단(旦: 이향군)을 재결합시켜 관객들의 눈을 즐겁게 해 주었다. 그 가사는 정치하면서도 경계시키는 바가 있어서 탕임천(湯臨川)*에 버금갈 정도였다. 비록 내가 미처 하지 못한 것을 보완하여 나를 촌놈으로 만든 셈이지만, 내 어찌 천석에게 자리를 양보하지 않을 수 있겠는가!

『도화선』을 읽은 분들 가운데 제사(題辭)며 발문(跋文)을 붙인 분에 대해서는 앞뒤에 적어 두었다. 또 비평이나 시가 같은 것은, 책의 맨 앞에는 각 척(齣)의 문장에 대한 평이 적혀 있고 책의 맨 뒤에는 총평이 적혀 있는데, 모두가 하나도 틀림없이 내 마음을 헤아린 것이다. 모두 책을 빌려 가서 읽은 분들이 마음 가는 대로 쓴 것이라 종이에 온통 종횡으로 가득 찼는데, 어느 분이 쓴 것인지는 알 수가 없다. 그래도 다 보존하여 나를 알아주시는 사랑을 소중히 여김을 보이고자 한다.* 시를 보내 주신 분들도 많은데 다 실을 수가 없어서 훗날 따로 모아 책으로 만들려고 한다.

얼마 후 『도화선』 초본(抄本)은 이미 오래되어 낡아서 거의 글자를 알아보지 못할 지경이 되었다. 진문(津門)의 동자촌(佟蔗村)*이라는 분은 시인이신데, 월동(粤東)의 굴옹산(屈翁山)*과 잘 아는 사이이다. 옹산이 돌아가시고 그 아들이 자촌 댁에서 자랐는데, 자촌은 직접 나서서 혼인도 시켜 주면서 친아들처럼 보살펴 주니,

세상에서는 자촌을 의인이라고 했다. 그분이 산동(山東)에 잠깐 오셨을 때 우리 집에 오셨는데, 그때 초본을 몇 줄 읽어 보시더니 감탄을 금치 않으셨다. 그래서 선뜻 오십 금을 내놓으시면서 재인 (梓人: 목판 인쇄공)에게 맡기라고 하셨다. 책으로 인쇄되어 나오는 것이 "백 리 길에서 구십 리를 가야지 절반 간 셈"이라는 말처럼 마지막 완성의 단계가 가장 어려우니, 부족한 책을 펴내는 것은 정말 쉬운 일이 아니로다.

운정산인 쓰다.

- 제목을 『도화선』이라고 했는데, 『도화선』을 여의주에 비유한다면 『도화선』을 지은 붓은 용에 비유할 수 있다. 용은 구름이나 안개를 뚫고 들어가서 이리저리 구불구불 다니더라도 용의 눈동자와 용의 발톱은 여의주를 놓치는 법이 없다. 그러니 이를 보는 사람들은 눈을 크게 뜨고 살펴보아야 할 것이다.

- 조정의 성쇠와 문인들의 운명은 모두 때와 장소를 정확하게 고증한 것으로, 가탁(假託)은 전혀 없다. 남녀 간의 사랑과 빈객(賓客)들의 이야기도 약간 윤색하기는 했지만 전혀 없던 이야기를 지어낸 것은 아니다.

- 극의 구성은 기복(起伏)과 전절(轉折)이 있어서 새로운 경지를 열었다고 할 수 있다. 갑자기 나타났다가 홀연히 사라지니 관객들은 앞으로 벌어질 사태를 미리 짐작할 수가 없을 정도다. 미리 짐작할 수 있다면 그것은 진부한 것이다.

- 매 척은 앞뒤로 맥락이 연결되어 있어서 함부로 위치를 옮기

거나 떼어낼 수 없다. 옛 극처럼 여기저기에서 끌어다가 한 척을 만든 것과는 다르다.

- 다른 극본은 보통 매 척마다 노래를 많게는 열 곡, 적게는 여덟 곡을 쓰는데, 배우들은 이를 다소 줄여서 대여섯 곡만 노래하여 중요한 부분을 빼먹거나 해서 작자가 고심하여 지은 것을 배반한다. 내가 이 극에서 매 척마다 노래를 많아도 여덟 곡, 적게는 네여섯 곡만 쓴 것은 더는 줄일 수 없게 하려고 했기 때문이다.

- 노래 제목은 새로운 것을 취하려고 하지 않았다. 노래의 연결 방식도 사람들이 모두 잘 알고 있는 것을 써서 복잡하게 생각하지 않고 쉽게 입에 익을 수 있게 했다. 그렇지만 노래 가사는 새로움을 추구하여 다른 사람이 한 말은 한 글자도 습용(襲用)하지 않았다.

- 노래 가사는 함부로 짓는 것이 아니다. 흉중의 마음을 다 말하지 못할 때, 눈앞의 모습을 다 볼 수 없을 때 비로소 노래 가사로 그것을 읊는 것이다. 그 밖에 한 가지 일을 반복해서 서술하고자 할 때도 앞에 이미 사설(노래 부르지 않는 일반 대사)이 있었다면 사설 대신 노래로 부를 수 있다. 만약에 사설로 할 곳을 노래로 표현한다면 듣는 사람은 무슨 말인지 알 수가 없어서 앞뒤가 끊어지게 된다. 반대로 앞에 이미 사설이 있었다면 또 무엇 때문에 다시 노래를 넣어 중복할 필요가 있겠는가.

- 노래를 지을 때에는 반드시 지취(旨趣)가 있어야 하니, 한 곡

이나 한 구절이 모두 훌륭해야 한다. 책상머리에 두고 읽을 때나 무대에서 공연을 벌일 때 모두 탄식하거나 기뻐할 만하여 사람들이 찬탄을 금치 못해야 하니, 이것이 이른바 '가이선(歌而善: 노래 부르니 좋다)'이라는 것이다. 만약에 억지로 연결해 나가서 전혀 뜻이나 맛이 없다면 노래 부르는 사람이나 듣는 사람이나 모두 괴로운 일이 될 것이다.

- 노래의 가락이나 평측(平仄)을 맞출 때에는 모두 가사의 뜻이 잘 드러나는지를 잘 살펴야 한다. 남곡(南曲)은 난삽하고 비비 꼬여서 사람들이 알아듣기가 어려운지라 설사 억지로 음악에다 맞추어서 극본을 만들었다고 해도 악보 노릇밖에 못하니, 어찌 가사의 뜻이 제대로 드러날 수 있다고 하겠는가.

- 가사에 쓰인 전고(典故)는 손이 가는 대로 집어 온 것이라서 제사 그릇 쌓아 둔 것마냥 쌓아 둔 모습은 보이지 않는다. 진부한 것을 새로운 것으로 만들고, 판에 박힌 것을 살아 있는 것으로 바꾸고자 한 것이다. 귀신이나 송장 쌓아 두는 짓은 반드시 피해야 할 것이다.

- 사설은 억양이 살아 있고 구절이 잘 다듬어져 있으며 우스갯소리나 몸짓까지도 안배하여 재미가 있다. 통속적이지 못할지언정 전아(典雅)함을 잃어서는 안 되니, 이렇게 된다면 자못 풍류가 생길 것이다.

- 옛날에는 사설을 조금만 지어 놓고 배우들이 무대에 올라 두 배도 더 늘여 버려 속태(俗態)가 가득하여 좋은 글을 망쳐 놓으니, 문인들에게는 누가 되었다. 여기에서는 사설도 다 써 놓아

서 한 글자도 더 보태지 못하도록 했다. 편폭이 좀 길어진 것은 이것 때문이다.

• 우스갯짓, 다시 말해 웃거나 화를 내는 동작은 마치 그림에서 인물을 백묘(白描)* 수법으로 그려도 수염이나 눈썹까지 다 드러나게 하는 것과도 같아서 우스갯짓을 통해 사람들을 빠져들게 할 수 있다. 여기에서는 이것도 모두 세부를 정하여 외모나 정신이 종이 위에서 튀어나올 듯이 생생하도록 만들어 두었다. 좋은 배우가 연기를 하면 더욱 말할 것도 없을 것이다.

• 배역을 군자와 소인으로 나눈 것은 정색(正色)만으로는 부족할 때가 있어 축(丑)과 정(淨)을 썼기 때문이다.* 깨끗한 얼굴 분장과 울긋불긋한 얼굴 분장은 마치 사람마다 예쁘고 추하여 서로 다른 것과 같다. 다만 겉으로 보이는 모습만을 보고 사람됨을 살펴서는 안 될 것이다.

• 등장시와 퇴장시는 각 척의 처음과 끝에 있는 것인데, 만약에 옛 구절이나 통속적인 구절을 써서 겨우겨우 구색만 맞춘다면 척 전체가 빛을 잃을 것이다. 요새는 당나라 시인들의 구절을 모아서 등장시나 퇴장시로 삼는 일이 많은데, 이것도 남용(濫用)이라고 할 것이다. 이 극에서는 새로 시를 써서 각 척의 앞뒤에서 실마리 구실을 하게 하여 이야기의 진행 방향을 드러내니, 그쪽으로 쫓아가고 싶을지도 모르겠다.

• 전체는 모두 40척이고, 상권은 시척(始齣)과 윤척(閏齣)을 하나씩 더했고, 하권도 가척(加齣)과 속척(續齣)을 하나씩 더하

여 본래 40척인 극의 취지를 완성하고자 했다. 처음과 끝이 있고 기운과 정신이 풍족한데다가 또한 비환이합(悲歡離合)의 익숙한 길을 벗어났으니, 이를 두고 희문(戱文)이라고 불러도 되지 않겠는가?

운정산인 쓰다.

○ 무명씨 『초사(樵史)』* 24단(段)

갑신년(1644)

4월 13일 복왕(福王)을 옹립하기로 의결.

4월 29일 복왕 옹립.

5월 1일 효릉(孝陵) 참배, 조각(組閣)과 문신 배수(拜受).

5월 10일 복왕 감국(監國), 무신 배수.

5월 내각이 사가법(史可法) 개부(開府)를 양주(揚州)에 파견.

6월 황득공(黃得功), 유량좌(劉良佐)가 군사를 일으켜 양주를 점령.

6월 고걸(高傑)이 반란을 일으켜 도강(渡江).

6월 고걸이 개봉(開封)과 낙양(洛陽)으로 이동하여 방비.

을유년(1645)

1월 7일   완대성(阮大鋮)이 구원(舊院)의 기녀들을 모아 입궁시킴.

1월 10일   고걸 피살.

2월   완대성에게 망포(蟒袍)와 옥대(玉帶)를 하사하고 장강(長江)을 방비하게 함.

3월   사당(社黨) 체포.

3월 19일   숭정제(崇禎帝)의 제사를 올림.

3월 25일   왕지명(王之明) 처벌.

3월 27일   동(董)씨 처벌.

3월   독무(督撫) 원계함(袁繼咸)과 영남후(寧南侯) 좌량옥(左良玉)이 태자를 보전(保全)할 것을 소청(疏請)함.

3월   주표(周鑣)와 뇌연조(雷演祚)를 사형함.

4월   좌량옥, 격문을 내고 군사를 일으켜 복왕의 측근을 일소하고자 함.

4월   황득공에게 좌량옥 군사를 도절(堵截)하도록 함.

4월   예부상서 전겸익(錢謙益)이 숙녀(淑女)를 선발할 것을 상소함.

4월 23일   청나라 군사가 회수(淮水)를 건넘.

4월 24일   사가법이 군대를 출정시킴.

4월 26일   홍광제(弘光帝), 천도(遷都)하고자 함.

5월 7일   양문총(楊文驄), 소송순무(蘇松巡撫)로 승직함.

5월 10일   홍광제, 남경을 떠나 야반도주함.

○ 후조종(侯朝宗) 『장회당집(壯悔堂集)』 13수(首)

○ 가정자(賈靜子) 『사억당시집(四憶堂詩集)』 주(註) 12조(條)

○ 가정자 「후공자전(侯公子傳)」

○ 전목재(錢牧齋) 『유학집(有學集)』 11수

○ 오준공(吳駿公) 『매촌집(梅村集)』 7수

○ 오매촌(吳梅村) 『수구기략(綏寇紀略)』

○ 양용우(楊龍友) 『순미당집(洵美堂集)』

○ 모벽강(冒辟疆) 『동인집(同人集)』 2수

○ 심미생(沈眉生) 『고산초당집(姑山草堂集)』 4수

○ 진기년(陳其年) 『호해루집(湖海樓集)』 3수

○ 공효승(龔孝升) 『정산당집(定山堂集)』 21수

○ 『석소전기(石巢傳奇)』 2종

강령(綱領)*

좌부(左部)

정색(正色) ─ 후방역(侯方域)〔생(生)〕

간색(間色) ─ 진정혜(陳貞慧)〔말(末)〕, 오응기(吳應箕)〔소생(小生)〕

합색(合色) ─ 유경정(柳敬亭)(축(丑)), 정계지(丁繼之)〔부정(副淨)〕, 채익소(蔡益所)(축)

윤색(潤色) ─ 심공헌(沈公憲)(외(外)), 장연축(張燕筑)〔정(淨)〕

우부(右部)

정색 ─ 이향군(李香君)〔단(旦)〕

간색 ─ 양문총(楊文驄)(말), 이정려(李貞麗)〔소단(小旦)〕

합색 ─ 소곤생(蘇崑生)(정), 변옥경(卞玉京)〔노단(老旦)〕, 남영(藍瑛)(소생)

윤색 ─ 구백문(寇白門)(소단), 정타낭(鄭妥娘)(축)

기부(奇部)

　중기(中氣) ― 사가법(史可法)(외)

　여기(戾氣) ― 홍광제(弘光帝)(소생)

　여기(餘氣) ― 고걸(高傑)(부정)

　살기(煞氣) ― 전웅(田雄)(부정)

우부(偶部)

　중기 ― 좌량옥(左良玉)(소생), 황득공(黃得功)(말)

　여기(戾氣) ― 마사영(馬士英)(정), 완대성(阮大鍼)(부정)

　여기(餘氣) ― 원계함(袁繼咸)(외), 황주(黃澍)(말)

　살기 ― 유량좌(劉良佐)(정), 유택청(劉澤淸)(축)

경부(經部)

　경성(經星) ― 장미(張薇)(외)

　위성(緯星) ― 찬례(贊禮)(부말)

총 30명

색(色)은 이합(離合)을 나타낸다. 남자와 여자 서로 짝이 있는데, 좌우로 나누어 놓았지만 좌부와 우부는 한 치도 기울어짐이 없다. 기(氣)는 흥망(興亡)을 나타낸다. 군자는 붕(朋)을 이루고 소인은 당(黨)을 이루는데, 기부(奇部)와 우부(偶部)로 나누었으니 이 또한 한 치도 차이가 없다. 장 도사는 방외인(方外人)이라서 흥망의 일을 총결한다. 노찬례는 무명씨라서 이합의 장에 깊이 끼어든다. 거울처럼 밝고 저울처럼 평평하니, 이름은 전기(傳奇)로되 실은 음양이 번갈아가며 도(道)를 이루는 것이로다.

운정산인 쓰다.

등장인물

고걸(高傑) 강북 사진(江北四鎭) 장수

구백문(寇白門) 남경 진회(秦淮)의 가기(歌妓)

남영(藍瑛) 화가, 58세

마사영(馬士英) 봉양(鳳陽) 독무(督撫), 간신, 53세 전후

변옥경(卞玉京) 진회 가기

사가법(史可法) 회안(淮安) 조무(漕撫) 겸 남경병부 상서(南京兵部尙書), 42세

소곤생(蘇崑生) 곤곡 배우, 이향군의 스승, 44세

심공헌(沈公憲) 배우

양문총(楊文聰) 퇴직 관료, 마사영의 매부, 47세

오응기(吳應箕) 복사(復社) 문인, 50세

완대성(阮大鋮) 퇴직 관료, 간신, 57세 전후

원계함(袁繼咸) 구강(九江) 독무, 46세

유경정(柳敬亭) 설서(說書) 예인, 57세

유량좌(劉良佐) 강북 사진 장수

유택청(劉澤淸) 강북 사진 장수

이정려(李貞麗) 진회의 기녀

이향군(李香君) 진회의 기녀, 이정려의 양녀

장미(張薇) 금의위(錦衣衛) 천호관(千戶官), 42세

장연축(張燕筑) 배우

정계지(丁繼之) 배우, 59세

정타낭(鄭妥娘) 진회 가기

좌량옥(左良玉) 호북(湖北) 독군(督軍), 45세

진정혜(陳貞慧) 복사 문인, 40세

찬례(贊禮) 명의 관리, 57세

채익소(蔡益所) 서적포 주인

홍광제(弘光帝) 남명(南明) 황제, 37세

황득공(黃得功) 강북 사진 장수

황주(黃澍) 순안어사(巡按御使)

후방역(侯方域) 복사 문인, 26세

(나이는 명나라가 망한 1644년을 기준으로 한 것임. 일부 인물은 개략적인 나이임.)

권 1

시1척 서막[先聲]

청(淸) 강희(康熙) 23년[갑자(甲子), 1684] 8월
북경 태평원극장(太平園劇場)

[나이 많은 찬례(贊禮)*[부말(副末)] 한 사람이 털 두건을 쓰고 도포를 입고 흰 수염이 길게 난 모습을 하고 등장한다]

찬례 【접련화(蝶戀花)】
　　그 누가 나만큼 골동품일까,
　　옥도 아니고 구리도 아니건만
　　온 얼굴에 반들반들 윤기가 도네.
　　외로운 혼백이라 반려자도 없는 신세,
　　남들이 손가락질하며 비웃는다 해도 내 어찌 슬으랴.
　　가슴 가득한 여한을 붓 놀려 지워 버리고,
　　술 있고 노래 있으면

어디에라도 머무르리.

효자와 충신으로 만사가 태평하니,

인삼과(人蔘菓) 더 먹을 생각일랑 않으리라.*

〔시를 읊는다〕

햇볕은 요(堯) 임금 때처럼 찬란하고,

꽃은 바야흐로 갑자년에 피었네.

산속에는 도적이 없고,

온 땅은 모두 신선이라네.

　저는 남경(南京)의 태상시(太常寺)에서 일개 찬례를 지낸 사람인데, 직위가 높지 않으니 이름은 숨겨 두겠습니다. 다행스럽게도 큰 화 없이 아흔일곱 해를 살면서 흥망지사(興亡之事)를 꽤 겪었고 다시금 갑자년이 되었습니다. 요순(堯舜) 임금께서 다스리시는 듯, 우왕(禹王)과 고요(皐陶)께서 계신 듯,* 곳곳마다 백성들이 안락하고 해마다 오곡이 풍성합니다. 지금은 강희 23년인데, 상서로운 조짐 열두 가지를 보았습니다.

막후　어떤 상서로운 조짐이었습니까?

찬례　〔손가락을 꼽으며〕 황하(黃河)에서 그림이 나오고 낙수(洛水)에서 서(書)가 나오고,* 경성(景星)이 밝게 빛나고 경운(慶雲)이 나타나고,* 감로(甘露)가 내리고 기름진 비가 오고,* 봉황이 모여들고 기린이 노닐고,* 명협(蓂莢) 잎이 피어나고 지초(芝

草)가 자라나고,* 바다에는 파도가 없고 황하가 맑아진 것입니다.* 모두가 완전하니 이 어찌 축하할 만하지 않겠습니까! 저는 기쁘게도 성세(盛世)를 만나 여러 곳을 다니다가 어제는 태평원(太平園)에 가서 새로 나왔다는 전기(傳奇)를 한 편 보았는데, 제목이 『도화선(桃花扇)』이라고 했습니다. 이것은 명나라 말엽 남경 등지에서 벌어진 일을 그린 것입니다. 만나고 헤어지는 이야기를 빌려다가 흥망의 감회를 썼고, 실제 사건과 인물들을 등장시켜 모두 근거가 있었습니다. 저도 귀로만 들은 것이 아니라 눈으로도 실제 본 일입니다. 더욱이 기쁘게도 이 늙은이에게도 배역을 주어 이렇게 부말* 역할을 맡았으니, 저는 울다가 웃다가 노했다가 욕했다가 하게 되었습니다. 만장하신 손님 여러분께서는 제가 바로 극 중의 사람이라는 것을 모르셨겠지요!

막후 이 훌륭한 극본을 누가 지었습니까?

찬례 예부터 뛰어난 극작가들은 이름을 드러내지 않았습니다만, 극을 통해 엄정한 평가를 내리고 춘추필법(春秋筆法)을 구사한 것을 보면 분명 뼈대 있는 집안의 사람일 것입니다. 기리고 노래할 만하니, 이 작품에 어찌 '뜰에서의 가르침'이 없었겠습니까!*

막후 그렇게 말씀하시니 지은이는 분명히 운정산인(云亭山人)이겠군요.

찬례 바로 맞았습니다!

막후 오늘 이 멋진 모임에서는 바로 이 전기를 무대에 올리려고 하는군요. 당신은 늙었고 옛날 사람인 데다가 새 노래도 들어

보았으니, 이 전기 작품의 시말(始末)을 간단하게 읊어 주셔서 손님들의 귀를 씻어 주지 않으시겠습니까?

찬례 그럼 장 도사[張道士, 장미(張薇)]께서 지으신 「만정방(滿庭 芳)」곡에다가 가사를 붙여 노래해 보겠습니다.

【만정방】

후 공자[侯公子, 후방역(侯方域)]가

말릉(秣陵: 남경)에 살다가

남국(南國)의 아리따운 여인[이향군(李香君)]과 좋은 짝이 되었는데,

중상모략의 피해를 당하여

난(鸞)새와 봉(鳳)새가 하루저녁에 갈라진 꼴처럼 되었다네.*

다시금 천지가 뒤바뀌고,

강수(江水)와 회수(淮水) 유역에는 군웅이 구름처럼 할거하게 되었네.

어리석은 주군을 옹립했으나

가무만을 일삼고,

당파 싸움에 간신들만 득세했네.

좋은 인연은 계속 이어지기 어려웠고,

세력 간의 싸움 격렬하여

깊은 감옥에 갇혀 버렸네.*

소곤생(蘇崑生)과 유경정(柳敬亭)의 도움으로

간신히 풀려났다네.

주군과 신하가 한밤중에 너도나도 도망가니,

안개는 자욱한데, 누가 충혼(忠魂)을 애도하는가?

복사꽃 그려진 부채는 제단(祭壇)에서 산산이 부서졌지만,

나는 저 희미한 길을 밝히리라.

막후 좋고도 좋습니다! 다만 곡조가 어려워 한꺼번에 기억하기
어려우니 몇 구절로 요약해 주시지요.

찬례 그럼 말씀드리지요.

사악한 마사영(馬士英)과 완대성(阮大鍼)이 간계를 꾸몄지만,

소곤생과 유경정이 분주히 오가며 인연을 이어 주었네.

후 공자는 화월(花月)의 연분 끊겨 버리고,

장 도사는 흥망의 일을 노래했다네.

제 말이 아직 다 끝나지 않았는데 저기 벌써 후 공자가 등장
하는군요. 여러분 잘 보시기 바랍니다.

제1척 유경정의 설서*[聽稗]

명(明) 숭정(崇禎) 16년〔계미(癸未), 1643〕 2월
남경 야성도원(冶城道院) 문 앞
유경정의 거처

〔후방역〔생(生)〕이 유생 차림을 하고 등장한다〕

후방역 【연방춘(戀芳春)】

손초루(孫楚樓) 옆,
막수호(莫愁湖) 가,*
수양버들 몇 그루에 새싹이 돋았구나.
강산 아름다운 곳에
석양에 술 팔고 있으니,
나그네에게 술 생각 나게 하는 것이
화려했던 남조(南朝) 때와도 비슷하도다.

가만히 생각해 본다,

저 꾀꼬리며 제비들 자유롭게 나는 것과

나라의 흥망이 무슨 상관이랴!

〚자고천(鷓鴣天)〛

마당은 조용하고 부엌의 아궁이는 차가운데, 잠에서 늦게 깨어나 보니

말릉의 노인들이 꽃구경하는 시절이라.

성안에는 연일 새벽비 내리는데, 왕릉의 말라죽은 나무들은 어떻게

되었을까,

강에는 봄 물결 출렁이는데, 전각의 무너진 터는 또 어떻게 되었을까.

지난 일 슬퍼하며

새 가사 적어 보노라니,

객수와 향수가 실타래처럼 얽히는구나.

안개 서린 물가일까 서쪽 동네의 집일까,

제비는 올해 어디에 묵으려나?

　소생은 성은 후(侯), 이름은 방역(方域)이고, 자는 조종(朝宗)
이라고 하며, 중주(中州) 귀덕(歸德)* 사람으로 훌륭하고 이름
난 가문의 후예입니다. 선조는 태상시(太常寺)에 계셨고 부친은
사도(司徒)* 벼슬을 지내셨는데, 오랫동안 동림당(東林黨)의 기
치를 지키셨고, 저는 은둔하며 시를 짓고 글을 짓다가 얼마 전
에는 복사(復社)에 가입했습니다.* 어렸을 적에 쓴 청신(淸新)
한 글은 반고(班固)와 송옥(宋玉)의 향기롭고 아름다운 글에서

배운 것이고, 중년의 호탕한 기운은 소식(蘇軾)과 한유(韓愈)의 바다 같고 파도 같은 기상에서 배운 것입니다.* 양(梁) 효왕(孝王)이 지은 요화궁(耀華宮) 옆에 살았으니 추양(鄒陽)처럼 술을 예찬하는 노래를 짓기는 좋아했지만, 낙양성(洛陽城) 가까이 살면서도 석숭(石崇)처럼 꽃나무 심기 같은 짓은 좋아하지 않았습니다.* 작년 임오년(壬午年) 과거 시험을 치르러 이곳 남경에 오고 나서부터는 이 막수호 옆에서 기거하고 있습니다. 전쟁은 아직 끝나지 않았고 집 소식도 알기 어려운데, 어느덧 또다시 봄날이 되었습니다. 푸른빛 하늘이 끝없이 펼쳐져 있건만, 고향길 함께 돌아갈 이 그 누구일까? 전쟁의 누런 먼지 널리 퍼져 있으니 홀로 피난 떠나온 신세로구나! 〔한탄한다〕 막수호야, 막수호야! 내 어찌 걱정하지 않을 수 있겠는가! 다만 사우(社友) 진정생〔陳定生, 진정혜(陳貞慧)〕과 오차미〔吳次尾, 오응기(吳應箕)〕가 채익소(蔡益所)의 책방에 기거하고 있어서 자주 왕래하여 외롭지 않은 것이 다행입니다. 오늘은 그분들과 야성도원〔남경 서쪽에 있던 도관(道館)〕에 매화 구경 가기로 약속했으니 얼른 가보아야겠습니다.

【나화미(懶畵眉)】
따뜻한 바람 불어오니 강향(江鄕)에 안개가 가득한데,
꽃수 놓인 도시락 들고 옥 술잔 지녔네.
피리 소리에 이 나그네 애간장은 타들어 가니
오의항(烏衣巷) 쪽으로는 지나가지 않겠네,

새 집주인이 대들보 단청 새로 그리고 있을 테니.*

〔퇴장한다〕
〔진정혜와 오응기가 등장한다〕

진정혜·오응기 【전강(前腔)】*
  왕의 기운이 서린 이 금릉(金陵) 땅은 점점 스산해지는데,
  북과 깃발은 어디에서 그리도 바쁜가?
  매화와 버들 좇아 봄 강을 건너가야 할까보다.

진정혜 소생은 의흥(宜興)에서 온 진정혜입니다.

오응기 소생은 귀지(貴池)에서 온 오응기입니다.

진정혜 형께서는 유구〔流寇: 이자성(李自成)의 군대〕*들의 소식
  을 아시는지요?

오응기 어제 편지를 받아 보니 유구들이 관병(官兵)을 줄줄이 격
  파하여 거의 서울〔북경(北京)〕에까지 이르렀다고 합니다. 또 영
  남후(寧南侯) 좌량옥(左良玉)은 양양(襄陽)으로 회군해 가 버렸
  다 하니 중원(中原)에는 사람이 없게 된 셈이고, 그렇다면 대사
  (大事)는 이미 뻔할 뻔자이겠습니다. 우리는 봄 경치나 구경합
  시다.

진정혜·오응기 주인 없는 봄은 어지러워라,
  비바람에 배꽃은 새벽 단장한 가지를 꺾였도다.

〔후방역이 등장한다〕

후방역 〔인사한다〕 어서 오십시오. 두 분 사형(社兄)께서 일찍 당도해 계셨군요.

오응기 어찌 약속을 가벼이 여기겠습니까!

진정혜 이 아우가 이미 뜰을 치우고 좋은 술 준비해 놓도록 해 두었습니다.

〔가동(家童)〕〔부정(副淨)〕이 바삐 등장한다〕

가동 시절이 춥다고 술마저 차가우면 안 되지,
　　꽃이 좋아야 사람들 많이 끄는 법이라네.

　　나으리, 너무 늦게 도착했으니 그만 돌아가시지요.

진정혜 뭐가 늦었단 말이냐?

가동 위국공(魏國公) 댁의 서 공자(徐公子)*께서 손님들을 청하여 꽃구경하는데, 커다란 뜰이 벌써 꽉 들어찼답니다.

후방역 그렇다면 진회(秦淮)*로 가서 괜찮은 곳을 둘러보는 것도 좋겠습니다!

오응기 제 생각에는 멀리까지 갈 것이 없을 듯합니다. 태주(泰州) 사람 유경정을 아시는지요? 설서(說書)가 당대 최고인데, 오교(吳橋)의 범 대사마(范大司馬) 댁과 동성(桐城)의 하 상국(何相國) 댁에서 들어 본 적이 있지요.* 듣자니 그가 이곳 남경에 기거한다는데, 같이 가셔서 설서나 들으면서 봄날 시름을 잊어 보는 것은 어떨지요?

진정혜 그것도 좋겠소이다.

후방역 〔화를 내며〕 그 유곰보(유경정의 별명)란 작자는 얼마 전에 수염쟁이 완가 놈(완대성)의 문객(門客)으로 들어갔다는데, 그런 사람의 설서는 안 들어도 그만이오!

오응기 형께서는 아직 모르시나 봅니다. 완가는 코 빠진 그물처럼 여생을 보내면서도 은퇴하지 않으면서 이곳에서 가기(歌妓)를 길러 내고 조정의 신료들을 끌어 모으고 있었습니다. 그래서 이 아우가 탄핵의 글을 써서 널리 그의 죄를 묻고자 했더니,* 문객들은 완가가 악독한 역적 도당이라는 것을 깨닫고서 곧바로 모두 흩어져 버렸습니다. 이 유곰보도 그중의 한 사람이니 어찌 존경스럽지 않겠습니까!

후방역 〔놀란다〕 아! 이들 가운데에도 호걸이 계시다는 것은 몰랐습니다. 꼭 찾아뵈어야겠습니다! 〔함께 간다〕

【전강】
도관(道觀)에는 생황 소리 어지럽게 울려 퍼지고,
도사는 깊숙하게 자리한 연단실(鍊丹室) 옆에서,
상전(桑田)이 벽해(碧海) 되는 모습을 한가로이 바라보네.

가동 여깁니다. 제가 사람을 불러 보겠습니다. 유곰보께서는 댁에 계십니까?

진정혜 예끼! 강호의 명사인데, 유 상공(相公)이라고 불러야 옳지.

가동 유 상공 나으리, 문 좀 열어 주셔유!

〔유경정이 작은 모자를 쓰고 짙푸른 장포(長袍) 차림에 흰 수염이
난 모습을 하고 등장한다〕

유경정 문이 오랫동안 닫혔으니 이끼 길게 자랐는데,

나무꾼과 어부들이 옛날을 이야기하면서 이리로 오는구나.

〔서로 인사한다〕

진 상공과 오 상공께서 오셨는데, 이 늙은이가 제대로 마중나
오지도 못했습니다! 〔후방역을 가리키며〕 이분은 뉘신지요?

진정혜 이분은 제 친구인 하남(河南)에서 오신 후조종(侯朝宗, 후
방역)이라는 분으로 당대의 명사올시다. 청담(淸談)을 좋아하
셔서 가르침을 받으러 예까지 왔지요.

유경정 당치 않으십니다! 앉으시지요, 차를 내오겠습니다. 〔모두
앉는다〕 상공들께서는 모두 독서 군자시라, 『사기(史記)』며 『통
감(通鑑)』을 다 익히시지 않았습니까? 그런데 어찌하여 이 늙은
이의 속된 얘기를 들으러 오셨는지요. 〔마당을 가리키며〕 저기
를 한번 보시지요.

【전강】

폐허가 된 정원의 말라죽은 소나무는 무너진 담장 옆에 뻗어
있는데,

봄비는 실처럼 내리고 궁터의 풀은 향기롭건만

육조(六朝) 시대의 흥망사를 생각하려니 슬프구나.

북채 가볍게 두들기면서

눈물 적시며 노래하는 아녀자 같은 이 내 마음이여.

후방역 겸손의 말씀이십니다. 부디 가르침을 주시지요.

유경정 이렇게 왕림해 주셨으니 저도 사양하지 못하겠습니다. 다
만 연의(演義)며 맹사(盲詞)*라서 귀하신 귀로 들으시기에 부족
함이 많을 것입니다. 그래도 괜찮으시다면 상공들께서 읽으신
『논어(論語)』 가운데 한 대목을 해 보겠습니다!

후방역 신기하군요, 『논어』를 어떻게 노래로 불러 주신다는 것
인지?

유경정 〔웃으며〕 하하, 상공들께서는 『논어』에 대해 말씀하실 수
있고, 이 늙은이는 말할 수 없다는 말씀이신지? 오늘은 공자님
말씀을 빌려 한 대목 해 보렵니다. 〔자리를 잡고 앉아 북과 박판
(拍板)을 두드리며 설서를 시작한다〕

무슨 일로 깊은 산에 사냐고 내게 묻길래,

그저 웃으며 대답 않아도 마음 절로 한가롭다.

복사꽃이 흐르는 물에 아득히 떠가니,

인간 세상 아닌 별천지로다.*

〔성목(醒木)*을 치며 말한다〕 여기 계신 여러분께 고합니다.
오늘 말씀드릴 것은 다름이 아니오라 노(魯)나라 삼가(三家)*가
임금을 속인 죄를 밝히고, 공자님께서 음악을 바르게 하신 업적

을 기리는 내용입니다.* 당시 노나라는 도가 쇠미하고 인심이
사나웠는데, 우리 공자님께서 위(衛)나라에서 노나라로 돌아오
신 후에 음악이 올바르게 되었습니다. 이에 악관(樂官)들은 대
오각성하고 부끄러워하면서 모두 떠나가 버렸으니, 저 권문세
가의 떠들썩했던 연회장은 금방 썰렁해져 버렸지요. 성인(聖人)
의 힘이 정말 대단하고 신묘하시지요?
〔북과 박판을 두드리고 노래한다〕

《고사(鼓詞) 일(一)》
예로부터 성인은 능력이 뛰어나셔서
비바람을 불러오기도 하고,
콩을 뿌려 군사들을 만들기도 하셨다네.
난신(亂臣)들이 무례하게 노래와 춤에 빠져 있으면
손을 좀 쓰셔서
그들을 깨끗하게 만들어 주셨지.
하급의 주구(走狗)나 노예 같던 자들이라도
모두 높은 절개를 지닌 대영웅이 되었다네!

〔성목을 치고 말한다〕 저기 저 태사(太師: 악관 가운데 우두
머리)는 이름이 지(摯)인데, 그가 맨 먼저 제(齊)나라로 갔습니
다. 그가 왜 제나라에 갔는지는 저의 말씀을 좀 들어 보십시오!
〔북과 박판을 두드리고 노래한다〕

〚고사 이(二)〛

저 최고 악관인 태사 지는

이렇게 말했다네. "아, 내가 왜 노나라 삼가의 악기를 연주해

야 한단 말인가?

옛날에는 눈이 멀어 진흙탕에서 굴렀지만,

이제는 몸을 일으켜 깨끗한 곳으로 가야겠네.

발걸음도 힘차게 동북쪽 제나라로 가서

전경중(田敬仲)* 선배를 만나 나의 이름을 드날리리라.

나의 음악을 듣고 공자님께서는 석 달 동안 고기 맛을 모르시고,

제나라 경공(景公)은 눈물을 닦으며 귀 기울여 들으시겠지.

표범의 십장이나 간과 곰의 쓸개를 먹어치우는 나쁜 대신들도

강태공(姜太公)의 나라(제나라)까지 쫓아와 이 악공을 붙잡지

는 못할 걸세."

〔성목을 치고 말한다〕 이등 악관 간(干)은 초(楚)나라에 갔고,

삼등 악관 요(繚)는 채(蔡)나라에 갔으며, 사등 악관 결(缺)은

진(秦)나라에 갔습니다. 이 세 사람은 왜 또 떠나갔을까요? 저

의 말씀을 들어 보십시오!

〔북과 박판을 두드리고 노래한다〕

〚고사 삼(三)〛

음식 맛 돋우던 이 악관들은 최고 악관이 떠나가자

제각기 자기의 길을 찾아 떠나갔네.

이등 악관이 말하기를 "난신(亂臣)이 밥그릇을 쥐고 있는데,

나는 나팔 불고 북을 쳐서 그에게 풍악을 울려 주었네.

우리 최고 악관님이 제나라로 떠나가셨지만 누구도 잡아오는 사람이 없지 않은가?

나도 저 초나라의 웅역(熊繹) 대왕*께 투신하여

그의 위풍에 의지하리라."

삼등 악관이 말하기를 "하남(河南)의 채나라는 비록 작지만

저 당당한 중원에, 서울 가까이에 있다네."

사등 악관이 말하기를 "멀리 서쪽 진나라를 바라보니 천자의 기운이 있구나,

저 강한 군대에 가서 아쟁(牙箏)을 타리라."

모두 함께 말하기를 "당신들은 매일같이 병풍 앞에서 우리를 부려 먹었지만,

이제부터는 우리의 명성을 바람에 전해 듣고서 괴로워하게 될 것이오!"

〔성목을 치고 말한다〕 고수(鼓手) 방숙(方叔)은 하수(河水)로 가고, 소고수(小鼓手) 무(武)는 한수(漢水)로 가고, 소사(少師) 양(陽)과 경(磬)을 치는 양(襄)은 바다에 갔습니다.* 이 네 사람이 왜 제각기 다른 길로 갔는지 저의 말씀을 들어 보십시오!
〔북과 박판을 두드리고 노래한다〕

〖고사 사(四)〗

경이며 북을 치는 이 서너 명은

"당신들이 이 어지러운 마당을 버리고 떠나간다면 나도 할 수 없다네.

당신들이 이 어지러운 곳을 싫어하여 다른 주인을 찾아 떠나간다는데,

그곳에 가서도 지금처럼 굽신거리며 살아가게 될까 봐 걱정될 뿐이라네.

우리는 일엽편주(一葉片舟)에 몸을 싣고 도화원(桃花源)을 찾아가리니,

이야말로 '강호의 늙은 어부들'일세."*

〔성목을 치고 말한다〕 이 네 명은 정말 훌륭하고 뜻있게 떠나간 것이지요. 이들이 뭐라고 말했는지 들어 보시겠습니까?
〔북과 박판을 두드리고 노래한다〕

〖고사 오(五)〗

"열 길 높이의 산호에 햇빛 비추어 붉게 빛나고,

진주들이 수정궁을 떠받치고 있으리.

용왕은 우리를 궁중 잔치에 초대하는데,

금동옥녀(金童玉女)들은 모두 범속하지 않고,

피리 소리는 용 울음소리처럼 가냘픈데,

오늘은 남들이 연주하고 우리는 들으리라.

저 나쁜 대신들은 강변까지 우리를 쫓아오겠지만,

물결 일고 안개 서린 만 리 물길은 찾아오지 못할 것.

산 높고 물 멀어 지기(知己) 없겠다고 말하지는 말게,

하늘 끝 바다 끝에 모두 우리의 옛 형제들이 있으리니.

창호지 찢어 내고 진정한 세상을 바라보리라,

신령님께서 우리를 불구덩이에서 구해 내셨으니.

벽해(碧海)가 상전(桑田)으로 변하고 다시 상전이 벽해로 변한다 해도

공자님께서 두 눈 크게 뜨시고 육경(六經)을 정리하신 길을 따르리라."

〔설서를 마치고 일어나며〕 심히 부끄럽습니다!

진정혜 무슨 말씀을, 정말 훌륭하십니다! 지금과 같은 말씀을 어느 누가 이만큼 통쾌하게 할 수 있겠습니까, 정말 절창이올시다!

오응기 경정께서는 이제 막 완가(완대성)를 떠나오셔서 아직 다른 주인을 찾지 못하여 이렇게 이곳에서 말씀을 들을 수 있었습니다.

후방역 경정께서는 인품이 높으시고 흉금이 소탈하시니 저희와 같은 분이시고, 설서는 재미삼아 하시는 것이로군요.

후방역 · 진정혜 · 오응기 【해삼성(解三醒)】

검붉은 먼지는 삽시간에 눈처럼 하얗게 빛나게 되고,

따스한 봄볕도 어느새 얼음처럼 차가워지는 법이니,

청백한 사람들도 억울하게 진 빚을 다 갚게 되리라.*

〔모두 호탕하게 웃는다〕

　　이처럼 웃고 꾸짖는 풍류는 자유로운 것,

　　박판 소리 따라 온화해졌다 매서워졌다 하고,

　　어양고(漁陽鼓) 세 번 두드릴 제 북받쳐 개탄하네!*

유경정　또 왕림해 주시기를!

　　만일 복사꽃 핀 곳 찾지 못하시거든

　　이 어부에게 물어 주십시오.

후방역　〔유경정에게〕 어제 함께 완가의 집을 나온 분은 누구누구
　　이신지요?

유경정　이미 뿔뿔이 흩어졌고 지금은 노래 잘하는 소곤생(蘇崑
　　生)이라는 분만 아직 근처에 기거하고 계십니다.

후방역　그분도 찾아뵙고자 합니다. 함께 가 주실 수 있겠는지요?

유경정　당연히 좋고말고요!

〔시 한 수를 한 구절씩 읊는다〕

유경정　노랫소리 그친 곳에 어느새 석양이 비추고,

진정혜　아직 떨어지지 않은 꽃의 향기가 담 너머에서 전해 오네.

오응기　무수한 누각은 무수한 풀처럼 솟아 있는데,

후방역　청담(淸談)과 패업(霸業)이 다 함께 아득하도다.*

제2척 노래 공부[傳歌]

숭정 16년(계미, 1643) 2월

남경 진회하(秦淮河) 구원(舊院)*의 미향루(媚香樓)

[여주인공의 가모(假母)인 이정려(李貞麗)[소단(小旦)]가 단장을 하고 등장한다]

이정려 【추야월(秋夜月)】
　눈썹 진하게 그리고서
　기루(妓樓)의 문 열어 놓았네.
　장교(長橋)* 다리목의 가느다란 수양버들 가지는
　말 탄 나그네를 쉬어 가게 유혹하네.
　아쟁 줄을 팽팽하게 매고
　생황 주머니를 예쁘게 꾸미네.

〔시를 읊는다〕

배꽃은 눈처럼 희고 풀은 안개처럼 뿌연데,
봄은 진회(秦淮)의 양쪽 언덕에 내려앉았네.
기루들은 물가에 띠처럼 늘어서 있는데,
집집마다 어여쁜 이의 그림자 비쳐 나오네.

소첩은 성이 이(李)가이고 자는 정려(貞麗)라 합니다. 화류계
에 있는 몸이지요. 구원(舊院)에서 자라 장교에서 손님들을 맞
고 배웅했는데, 아직도 자색은 시들지 않았답니다. 제게는 수양
딸이 하나 있는데, 온유하고 섬세하여 재기는 고관 귀족을 모실
만하지만 부드러우면서도 부끄러움을 타서 아직 머리를 얹지는
않았습니다. 이곳에 퇴직한 현령이 한 분 계시는데, 양용우〔楊
龍友, 양문총(楊文驄)〕라는 분입니다. 봉양(鳳陽) 독무(督撫: 황
제 직속 지방관) 마사영(馬士英)의 매부 되는 분으로, 본시는 광
록대부(光祿大夫) 완대성의 의제(義弟)였습니다. 이분은 늘 저
희 집에 와서 제 딸아이를 칭찬하면서 자기에게 머리를 얹으라
고 조릅니다. 오늘은 봄볕이 좋으니 아마도 또 오지 않을까 합
니다. 〔하녀를 부른다〕 애야, 주렴 걷어 올리고 마당도 쓸어라.
손님 맞을 준비를 해야지.

막후 그리하겠습니다요!
〔양문총〔말(末)〕이 등장하여 시를 읊는다〕

양문총 삼산(三山)*의 경치는 그림에 담을 만하고,

　　육조(六朝)*의 풍류는 시제(詩題)로 삼을 만하네.

　　나는 양문총이라고 합니다. 자는 용우이고, 거인(擧人)으로 현령을 지냈으며, 퇴직한 후 한거(閑居)하고 있습니다. 이곳 진회의 이름난 기생인 이정려를 예부터 좋아했는데, 오늘 봄 날씨가 참 좋으니 그 친구한테 가서 이야기나 나누려고 합니다. 벌써 도착했군요, 들어가 보아야겠습니다. 〔들어간다〕 정려는 어디 계시는가? 〔이정려를 만난다〕 경치가 참으로 곱구나! 매화는 이미 떨어졌고 버들가지 막 노랗게 물이 들어 부드러우면서도 짙은 색이 되어 가니, 봄기운이 완연하도다. 이를 어찌 즐길꼬?

이정려 옳으신 말씀입니다. 누각에 향을 피워 두었으니 올라가셔서 시편(詩篇)이나 좀 감상하시지요.

양문총 좋고 좋도다! 〔누각에 올라간다〕

　　주렴은 횃대에 앉은 새를 새장 속에 가두는 듯하고,

　　꽃잎은 어항 속의 물고기를 보호해 주는 것 같구나.*

　　여기는 영애(令愛: 따님)의 방인데, 어디라도 갔는지?

이정려 아침 단장을 아직 다 못하여 침실에 있습니다.

양문총 나오라고 하시게.

이정려 〔딸을 부르며〕 애야, 얼른 나와 보거라, 양 나리께서 오셨다.

양문총 〔사방의 벽에 걸린 시를 둘러보며〕 모두 명공(名公)들이 남
  겨 주신 희귀한 작품이로구나. 〔뒷짐을 지고 시를 읽어 본다〕
〔한 규수〔단(旦)〕가 아름답게 단장하고 등장한다〕

규수 【전강】

  단꿈에서 깨어나
  겨우 붉은 원앙 이불에서 나왔네.
  입술 바르고 연지 찍고
  서둘러 머리의 쪽을 지네.
  이 봄날 시름을 어쩌나,
  새 노래나 외워 두어야지.

  〔양문총에게〕 나으리, 만복이 가득하소서!

양문총 며칠 못 본 사이에 더욱 고와졌구나. 여기 시가 사뭇 좋
  도다. 〔다시 보고 놀란다〕 어허! 장천여(張天如), 하이중(夏彝
  仲)* 같은 명공께서도 시를 남겨 주셨구먼. 나도 한 수 안 지을
  수 없지.
〔규수가 붓과 벼루를 내온다〕

양문총 〔붓을 잡고 한참을 읊조려 보다가〕 저들만큼 짓지 못할까
  하니 아예 시는 짓지 말고 난이나 몇 포기 쳐서 벽의 빈 곳을 채
  워야겠다.

규수 훌륭한 생각이시옵니다.

양문총 〔벽을 쳐다보다가〕 이것은 남전숙〔藍田叔, 남영(藍瑛)〕이

그린 돌이로구나. 음! 이 돌 옆에 난을 쳐서 그분의 명성 덕을 보는 것도 좋겠다. 〔난을 그린다〕

【오동수(梧桐樹)】
비단같이 흰 벽이 빛나는 것은
시인의 운치가 적혀 있기 때문이라네.
어린 잎과 향기로운 싹이
비 맞아 처지고 안개 속에 흔들린다.
돌멩이는 묵화(墨花)에 깨어지고
이끼 몇 점이 섬돌에 박히네.

〔멀리 떨어져 바라보며〕 좋구나.

어찌 원나라 화인들의 멋진 묵란(墨蘭)과 비교하겠는가마는 그래도 아리따운 아가씨에게는 어울리는 난초로다.

이정려 진정 명필이시옵니다. 소녀의 방에 생기가 더해졌나이다.

양문총 부끄러운 실력일세. 〔규수에게〕 존함이 어찌 되는지? 여기에 낙관을 적고자 하오.

규수 나이가 어려 아직 이름이 없사옵니다.

이정려 나으리께서 하나 내려 주심이 어떠하올지요.

양문총 〔생각하다가〕『좌전(左傳)』에 "난은 나라에 퍼지는 향기가 있으니, 사람들은 모두 그것을 좋아하네〔蘭有國香, 人服媚

之)"*라는 구절이 있으니, 향군(香君)이라 하면 어떻겠소?

이정려 훌륭하십니다! 향군이는 이리 와서 감사드리거라.

이향군 〔절하며〕 은혜에 감사드리옵니다.

양문총 〔웃으며〕 누각 이름도 생각났다. 〔낙관을 한다〕"숭정 계미년 중춘(仲春), 미향루(媚香樓)에서 묵란을 치고 향군의 웃음을 얻었다. 귀축〔貴筑, 귀양(貴陽)〕 사람 양문총."

이정려 글씨와 그림이 모두 좋으니 쌍절(雙絶)이라 아니할 수 없겠습니다. 감사드리옵니다!

〔모두 앉는다〕

양문총 향군은 미색이 천하 제일인데 기예는 어떠한가?

이정려 지금껏 예쁘게 자라기에만 신경을 쓰느라고 아직 기예는 배우지 못했습니다. 다만 그저께 한 분을 모셔 와서 노래를 배우기 시작했습니다.

양문총 그분이 누구신가?

이정려 소곤생이라는 분입니다.

양문총 소곤생은 본시는 주(周)씨이고 하남(河南) 사람인데, 지금은 무석(無錫)에 기거하고 있지. 전부터 잘 알고 지내는데, 정말 뛰어난 사람이지. 〔묻는다〕 어떤 노래인가?

이정려 옥명당(玉茗堂)의 '사몽(四夢)'*입니다.

양문총 얼마나 배웠소?

이정려 『모란정(牡丹亭)』을 반절 정도 배웠습니다. 〔향군에게〕 얘야, 양 나으리는 남이 아니니 대본을 가져와서 몇 대목 연습해 보거라. 스승님이 오시면 함께 새 가락을 배워 볼 수 있는 기회로구나.

이향군 〔눈살을 찌푸리며〕 손님이 와 계시는데 노래만 배우면 어
떡해요?

이정려 바보 같은 말을 하는구나. 우리네 같은 사람은 노래와 춤
으로 먹고 사는 거야. 노래를 안 배우고 무엇을 하겠느냐.

〔이향군이 대본을 본다〕

이정려 【전강】

　　분 냄새 나는 곳에 태어나고

　　꾀꼬리와 꽃의 무리 속에 뛰어들었으니,

　　노래야말로

　　우리네 돈줄이라.

　　너무 쉽게 남자에게 마음 내주지 말고

　　"새벽바람에 조각달 떨어지네"* 같은 좋은 노래를 많이 배워
야 하네.

　　박판 부드럽게 치면서

　　멋지게 노래 부를 수 있게 되면

　　문 앞에 왕족이 와서 말고삐를 붙들어 매리라.

〔소곤생〔정(淨)〕이 편건(扁巾)을 쓰고 습자(褶子)를 입고* 등장한다〕

소곤생 앵무새들 있는 기관(妓館)에 틈내어 와서는,

　　관청에 돌아가기 귀찮아 모란만 쳐다보네.*

저는 고시(固始) 사람 소곤생입니다. 완가의 집에서 나온 뒤로 기루에 와서 이 미인에게 노래를 가르치고 있습니다. 내시 양아들 노릇 하면서 시간 때우는 것보다는 훨씬 낫지요. 〔들어가서 양문총을 만난다〕 양 나으리, 여기 계셨습니까, 오랫동안 문안 여쭙지 못했습니다.

양문총 소 선생 안녕하시오, 절세미인을 제자로 맞으셨구려.

이정려 소 선생님 오셨습니까, 얘야 어서 인사 올려라.

〔이향군이 소곤생에게 절한다〕

소곤생 됐네, 됐어. 〔묻는다〕 저번에 배운 노래는 다 외웠는가?

이향군 예.

소곤생 마침 양 나으리도 계시니 나랑 맞추어 해 보세. 가르침을 받을 수 있을 걸세.

양문총 내가 오히려 가르침을 받으려 하고 있었지요.

〔소곤생과 이향군이 마주 앉아 노래를 시작한다〕

소곤생 · 이향군 〚조라포(皂羅袍)〛*

　갖가지 아름다운 꽃이 활짝 피어났으니,

　말라 버린 우물가와 무너진 담장 옆에도 피었네.

　참으로 맑은 날과 아름다운 경치로구나!

소곤생 틀렸다. '아름다운' 이 한 박자, '경치로구나!' 가 한 박자이니 하나로 붙여서 빨리 부르면 안 되지. 다시 해 보자.

소곤생·이향군　참으로 맑은 날과 아름다운 경치로구나!

　　기쁜 마음과 즐거운 일은 누구네 집에 있을까?

　　아침은 지나가고 저녁이 되었으니,

　　노을이 비췻빛으로 난간을 물들이고,

　　가랑비와 조각 바람 불어오는데,

소곤생　또 틀렸어. '가랑'을 강하게 불러야 한단 말이지. 목 안에
　서부터 불러야 한다.

소곤생·이향군　가랑비와 조각 바람 불어오는데,

　　안개 서린 물결 위에 아름다운 배 떠 있으니,

　　병풍 뒤에 숨어 있는 사람도 이 봄빛을 한껏 즐긴다네.

소곤생　좋다, 좋아! 잘하는구나. 계속해 보자.

소곤생·이향군　〖호저저(好姐姐)〗

　　두견새 울어 푸른 산이 붉게 물들고,

　　도미초(荼蘼草)에 안개 서려 잎사귀는 술 취한 듯 늘어졌다.

　　모란꽃 비록 좋다지만,

　　이 봄 지나가면 어찌 견디리?

소곤생　이 구절은 좀 어려우니까 다시 한 번 해 보거라.

소곤생·이향군 모란꽃 비록 좋다지만,

　　이 봄 지나가면 어찌 견디리?

　　한참 동안 바라보나니,

　　지저귀는 제비 소리는 또렷하고,

　　재잘대는 꾀꼬리 소리는 구슬처럼 부드럽네.

소곤생 잘했다! 또 한 대목을 끝냈구나.

양문총 〔이정려에게〕 따님이 총명하기도 하구려. 장래 훌륭한 가기(歌妓)가 될 것이오. 〔소곤생에게〕 어제 후 사도(侯司徒) 어른의 아드님이신 후조종을 뵈었는데, 총기가 있으시고 널리 유명한 분입니다. 마침 이곳에서 아리따운 여자를 찾고 있습디다. 곤생께서는 알고 계셨는지요?

소곤생 그분은 저와 동향이신데, 정말이지 대단한 인재시지요.

양문총 이 두 분은 참으로 잘 어울릴 것이외다.

　　【쇄창한(瑣窓寒)】

　　벽옥 같은 이팔청춘 아름다운 시절이라,

　　아름다운 노래 부르리니,

　　말 타고서 님이 오시리라.

　　머리장식 선물 주시고,

　　손 맞잡고 술잔 기울이리.

　　혼인 축하의 시구 들어오고,

　　신혼방을 장식하리라.

아름다운 남녀의 만남이라,

영원히 함께 지내면서,

복사꽃 피고 봄 시내 흐르는 곳에 집 얻어 살리라.

이정려 그런 선비님이 오셔서 머리를 얹어 주신다면 정말 좋겠습니다. 양 나으리께서 이 일이 잘되게 도와주시와요.

양문총 잘 알겠소이다.

이정려 【미성(尾聲)】

아무리 좋은 진주라도 내 딸아이에 비할 수 없다네,

어린 꾀꼬리마냥 노래도 잘 배웠다네,

그렇지만 문 굳게 닫혀 있으니 사람들은 잘 모른다네.

오늘 같은 봄날에는 그냥 지나칠 수 없지요. 아래층에 가서 약주 한잔 하시지요.

양문총 좋지요.

〔함께 가면서 시 한 수를 한 구절씩 읊는다〕

양문총 소소소(蘇小小)*의 주렴 앞에는 꽃이 만개한데,

이정려 강둑 너머 꾀꼬리는 취했고 제비도 조는구나.

이향군 붉은 비단 손수건으로 앵두를 싸다가,

소곤생 반악(潘岳) 님의 수레가 골목 서쪽을 지나갈 때 던져 드려야지.*

제3척 석전대제[闋丁]

숭정 16년(계미, 1643) 3월

남경 국자감(國子監)

[사당지기 두 명[부정(副淨)과 축(丑)]이 등장한다]

사당지기 갑   대대로 제기(祭器) 다루는 사당지기 집안이라,

사당지기 을   할아버지 때부터.

사당지기 갑   각 제단마다 제기 장부가 있지,

사당지기 을   일일이 세어 두지.

사당지기 갑   삭망일(朔望日)마다 문 열고 향과 초 켜 두고,

사당지기 을   입구도 쓸어 두지.

사당지기 갑   꿇어앉아 좨주(祭酒)*님 잘 맞이할 준비 하네,

사당지기 을   그르치면 안 되지. 그런데 어쩌면 이렇게 엉성한 말만 골라 하시나.

사당지기 갑   그럼 잘하는 자네가 말해 보게.

사당지기 을   사철마다 양식 타러 호부(戶部)에 들어가고,

사당지기 갑   부자라고 자랑하네그려.

사당지기 을   으리으리한 집에서 살아가네,

사당지기 갑   부인을 얻어야지.

사당지기 을   마른 장작은 톱질 한 번이면 되고,

사당지기 갑   땔감을 훔치지.

사당지기 을   일 년 내내 채소는 입에도 안 댄다네,

사당지기 갑   제사에 올릴 절인 고기 먹지.

사당지기 을   쳇! 말 이어받는 것 좀 봐, 누가 자네 아니랄까 봐.

〔함께 웃는다〕*

사당지기 갑·을   저희는 남경 국자감의 사당지기입니다. 여섯 달을 쉬었는데, 오늘은 다시 이월 제삿날이 되었군요. 태상시(太常寺)에서 이미 제수(祭需)를 보내 왔으니 저희가 잘 차려 놓으려고 합니다.

〔제사상을 차린다〕

사당지기 갑   밤, 대추, 연근, 마름, 개암나무,

사당지기 을   쇠고기, 양고기, 돼지고기, 토끼고기, 사슴고기.

사당지기 갑   생선, 미나리, 순무, 죽순, 부추,

사당지기 을   소금, 술, 향, 비단, 초.

사당지기 갑   하나라도 모자라는지 잘 살펴봐야 하고, 질책 듣고 후회하지 않으려면 찬례들이 훔쳐 먹지 못하게 해야 돼.

〔찬례〔부말(副末)〕가 몰래 등장한다〕

찬례   흥! 너희 사당지기 놈들 것은 안 훔쳐 먹으면 그만이다. 우

리 것 먹으면 돼!

사당지기 갑 〔찬례에게 인사를 하며〕 죽을 죄를 졌습니다! 제 말은 염치없는 다른 분들을 두고 한 것이고, 노(老) 찬례님은 군자님이시니 어찌 훔쳐 드시겠습니까요.

찬례 쓸데없는 말은 그만두고 날이 이미 밝았으니 시간이 다 되어 간다. 얼른 향을 피우고 초에 불을 붙이거라.

사당지기 을 예이!

〔모두 퇴장한다〕

〔좨주〔외(外)〕가 관대(冠帶) 차림에 홀을 들고 등장한다〕

좨주 【분접아(粉蝶兒)】

　　기둥 옆으로 향 연기가 피어오르고,

　　양쪽 섬돌 위에서는 붉은 촛불이 환하게 타오르네.

　　악단과 가수들 줄지어 서서

　　막 제례악을 시작하려 하는구나.

　　술잔과 비단을 받쳐 들고

　　희생물과 술을 올리고,

　　향과 미나리도 모두 올렸네.

〔좨주의 조수인 집사〔말(末)〕가 관대 차림을 하고 홀을 들고 등장한다〕

집사 사람들을 직분에 따라 정렬시키고,

삼가 석전대제(釋奠大祭)*를 모시네.

좨주   저는 남경 국자감 좨주입니다.

집사   저는 집사입니다. 오늘 공자님을 모시는 문묘(文廟) 제사가
있는데, 당연히 석전의 예로 올려야 합니다. 〔두 사람이 양쪽 옆
으로 나누어 선다〕

〔오응기〔소생(小生)〕가 의관을 정제하고 등장한다〕

오응기 【사원춘(四園春)】
둥둥 북이 울리니 새벽이 다가왔구나,
유생들이 줄지어 문묘로 들어오네.

〔감생(監生) 네 명〔잡(雜)〕이 등장한다〕

감생들   많고도 많도다, 예악(禮樂)은 삼천 유생들을 둘러싸고,
끝없이 높은 담장처럼 성현을 높이 우러러 보네.

〔완대성〔부정(副淨)〕이 수염 가득한 얼굴에 관대 차림으로 등장
한다〕

완대성   쑥스러움을 아랑곳 않고서
이 제사 자리에 끼어들어 왔네.

오응기　소생은 오응기올시다. 양유두(楊維斗), 유백종(劉伯宗), 심곤동(沈崑銅), 심미생(沈眉生)* 등의 사형들과 약속하여 제사를 모시러 여기에 왔습니다.

감생들　오(吳) 사형께서 일찍 도착하셨으니 우리도 차례대로 자리를 잡읍시다.

완대성　〔얼굴을 가리며〕 나는 완대성입니다. 지금은 하는 일 없이 남경에 거처하고 있는데, 오늘은 성대한 제사를 모신다기에 구경하러 왔지요. 〔앞줄에 선다〕

〔찬례가 등장하여 제사를 진행한다〕

찬례　정렬-, 준비-, 국궁(鞠躬)-. 부복(俯伏)-, 흥(興)-, 부복-, 흥-, 부복-, 흥-, 부복-, 흥-.*

〔사람들이 예에 따라 네 번 절한다〕

합동　【읍안회(泣顔回)】

　　백 척 높이의 비췻빛 구름 낀 처마에 있는,

　　황제께서 하사하신 편액을 올려다보니,

　　소왕(素王 : 공자)께서는 단정한 모습으로 앉아 계시고,

　　네 분 현자*도 관면(冠冕)을 쓰고 앉아 있네.

　　귀신을 맞이하는 음악이 울리자,

　　제단 아래에서는 조복(朝服) 차림의 유생들이 홀(笏)을 들고 늘어서네.

　　시서를 읽었으니 학당(學堂)에 설 만하도다,

　　성현의 현현(顯現)을 경외하며 맞이하네.

〔절을 마치고 일어선다〕
찬례 〔진행한다〕 분백(焚帛)-, 예필(禮畢)-.*
〔사람들이 서로 인사한다〕

좨주 · 집사 【전강】

모두 함께 북쪽을 바라보며

봄 제사를 올렸네.

총총히 걸으니 패옥이 찰랑대며 소리를 내며

유생들의 행렬이 이어지는구나.

오응기 제사 올리는 일에서

노나라의 유생들은 모두 천하의 으뜸가는 인재라네.

완대성 퇴직하고 서울에 남아 거니는 것은 기쁘지만,

할 일 없이 갇혀 지내는 명사(名士) 신세는 한스럽도다.

〔좨주와 집사가 퇴장하고 완대성이 사람들에게 인사를 하니 오응기가 놀라 묻는다〕

오응기 당신은 완수염이 아닌가? 어찌하여 이곳에까지 와서 제사에 참여했느냐? 당돌하게도 공자님께 와서 학문을 욕되게 하다니! 〔소리 지르며〕 썩 나가거라!

완대성 〔화를 내며〕 나도 당당한 진사(進士)이고 떳떳한 명사인데, 무슨 죄가 있다고 제사에 참석하지 못하게 하는 것이냐!

오응기　너의 죄는 세상이 다 안다. 사람의 얼굴을 하고 있지만 사람의 마음은 다 없어진 네놈이 감히 사당엘 다 들어오다니. 일전의 탄핵문에서 네놈의 잘못을 얘기하지 않았더냐!

완대성　내 마음을 밝히기 위해 제사에 참석하러 온 것이오.

오응기　네놈의 마음이라, 어디 내가 네 마음을 한번 말해 볼까?

　　【천추세(千秋歲)】

　　위충현(魏忠賢)*의 양아들 노릇 하고,

　　객씨(客氏)*의 양아들 노릇도 하고,

　　가는 곳마다 아들 노릇 면하기 어려웠지.

　　최정수(崔呈秀), 전이경(田爾耕)*과 함께,

　　최정수, 전이경과 함께,

　　인분(人糞)을 다투어 맛보고,

　　종기를 함께 빨아 주었지.

　　동림당 안에서 비전(飛箭)을 날리고,*

　　서창(西廠)*과 연줄을 긴밀히 했으니,

　　어찌 사람들의 눈을 가릴 수 있겠는가.

오응기·감생들　우습도다, 햇볕에 빙산이 녹아 내렸고,

　　쇠기둥도 뽑혀 버렸도다.*

완대성　제형(諸兄)들은 나의 고충을 알지 못하고서 막무가내로 나를 욕하지만, 이 몸 완원해(阮圓海)가 본래 조충의(趙忠毅)*

선생의 제자임을 모르시는가? 위충현 일당이 패악을 일삼을 때 나는 시묘(侍墓)하고 있었으니 내 어찌 한 사람에게라도 해를 입혔다는 말이오. 누가 그런 말을 했는지 참.

【전강】

오뉴월에도 서리 내리게 하는 원한이요,

캄캄한 독 속에 가두는 원한이라,

사사건건 바람 잡고 그림자 잡는구나.*

처음 위충현을 가까이한 것은,

처음 위충현을 가까이한 것은,

주조서(周朝瑞)와 위대중(魏大中)*을 구하기 위해서였으니,

그들을 위해 내 좋은 이름을

기꺼이 더럽혔다네.

옛날 강해(康海)도 이몽양(李夢陽)을 구하기 위해 유근(劉瑾) 밑에 들어갔소.* 내가 왕년에 절개를 굽힌 것은 단지 동림당의 여러 군자님들을 구하기 위해서였건만, 어찌하여 도리어 나를 책망한단 말이오?

『춘등미(春燈謎)』는 아무도 안 보고,

『십착인(十錯認)』도 누구도 말하지 않고,*

모두가 나만을 비난하는구나.

〔감생들을 가리키며〕

통탄스럽도다, 저 경박한 풋내기들마저도,

헛소리를 지껄이는구나!

오응기 아니, 우리에게 욕을 해대다니!

감생들 너 같은 놈이 감히 공자님 사당 앞에서 보란 듯이 우리를

욕하다니 정말로 적반하장이로구나!

찬례 적반하장, 적반하장이로다! 나 이 찬례가 이 간사한 놈을

때려 주겠다. 〔완대성을 때린다〕

오응기 주둥이를 잡아 늘이고 머리털을 뽑아 버려라.

〔감생들이 완대성의 수염을 붙잡아 뽑으며 욕을 한다〕

감생들 【월임호(越恁好)】

내시의 아들아,

내시의 아들아,

네놈이 어디 공자님께 절이나 올릴 수 있단 말이냐.

사람들을 욕보인 천한 행실로,

유학을 더럽히고,

선비를 부끄럽게 만들었다.

우리는 북을 울려,

공격하여 먼 곳까지 쫓아낼 것이니,

이천 리 밖까지 쫓아내어 같은 지방에 살지 않고,

승냥이나 호랑이에게 한갓 개돼지처럼 던져 버리리라.

완대성 나를 때리다니! 나를 때리다니! 〔찬례에게〕 당신 찬례까
 지도 나를 때리다니.

찬례 나 이 찬례야말로 네놈을 늘씬 패 주어야겠다.

완대성 〔수염을 바라보며〕 수염이 다 뽑혀 버렸으니 어떻게 사람
 들을 만난단 말인가, 괴롭기 짝이 없구나. 〔급히 뛰어간다〕

【홍수혜(紅繡鞋)】
 갈빗대 치는 주먹 당하기 어렵구나,
 갈빗대 치는 주먹!
 어깨가 부러지고 허리가 끊어지는구나,
 허리가 끊어지는구나!
 얼른 도망가자,
 머뭇거리지 말고.

〔퇴장한다〕

오응기·감생들 사악함과 올바름 분간되었고,
 간사함과 현명함 구별되었으니,
 도당(徒黨)의 역적죄는 쇠와 같이 단단하도다.

【미성(尾聲)】
 그 옛날의 권세는 하늘까지 불처럼 치솟았지만,
 오늘은 도망가는 신세이니 불쌍하기도 하도다.

네놈의 갓은 이미 납작하게 되어 버렸으니,

집에 돌아가거든 스스로 붓과 벼루 태워 버려라.

오응기 오늘의 이 의거는 동림당의 한을 씻어 준 것이요, 국자감
을 빛낸 일이니 통쾌하기 짝이 없습니다. 앞으로는 다들 노력하
여 저놈 같은 작자가 다시는 나타나지 않게 해야 할 것입니다!

감생들 옳습니다! 옳아요!

감생들 사당 앞에서의 당당한 의거였나니,

오응기 흑백을 가리기 위해서는 반드시 선수(先手)를 잡아야 하는 법.*

감생들 다만 이기고 지는 것은 정하기 어려우니,

오응기 치세는 사람이 만들지만 난세는 하늘이 내리기 때문이라네.

제4척 간신 비난[偵戱]

숭정 16년(계미, 1643) 3월

남경 고자당(褲子襠)* 완대성의 집

[완대성[부정(副淨)]이 근심어린 표정으로 등장한다]

완대성 【쌍권주(雙勸酒)】

　예전의 판국은 모두 뒤집어져 버렸고,

　옛 사람들도 모두 뿔뿔이 흩어졌네,

　귀밑머리는 어느새 희끗희끗해졌고,

　이제는 노래 짓기도 귀찮구나.

　게다가 젊은 아이들에게 속임수까지 당했으니,

　이제 어찌 높은 곳에 누워 맛난 음식 즐길 수 있겠는가.

　나는 완대성이고, 호는 원해(圓海)올시다. 시문(詩文)의 재능

뛰어나고 과거 시험에서도 이름이 났지요. 옛 시인 안연지(顏延之)처럼 광록(光祿)의 직을 지냈고, 보병교위(步兵校尉)를 지낸 완적(阮籍)처럼 술을 좋아했소이다.* 황금 같은 간담(肝膽)으로 권세 가까운 곳에 있었고, 백설(白雪) 같은 시문의 명성으로 나라 위해 힘써 일했습니다. 그러나 불행히도 중용되기를 바랐고 권세와 재물에 대한 마음이 커서 어쩌다가 객씨(客氏)와 위씨(魏氏)의 밑에 들어가서 양아들이 되었지요. 그때는 권세가 불처럼 타올랐으니 이리 같은 세도가들의 힘을 빌렸던 거지요. 하나 지금은 모든 힘을 잃어버려 메마른 나무숲에 흉조 올빼미만 남아 있는 꼴이 되고 말았소. 사람들은 모두 내게 침을 뱉으면서 욕을 해대고, 가는 곳마다 공격을 멈추지 않소. 가만히 생각해 보면 나 완대성도 책 만 권을 독파한 사람이니, 어찌 충성과 아첨, 현명함과 간사함을 구분 못하겠습니까. 그때는 제정신을 잃을 만한 병이나 헛소리를 지껄일 만한 병도 없었거늘, 어찌하여 생각 한 번 잘못하여 결국에는 위충현의 일당이 되었단 말인가? [발을 구르며] 이제야 옛일을 돌이켜 보니 부끄러움과 후회가 교차하는구나. 그만두자, 그만두어! 다행히 여기 서울(남경)은 넓고 넓어 잡인(雜人)도 용납하니, 이곳 고자당에 집을 새로 하나 사서 정원과 정자를 보기 좋게 만들고 가무나 열심히 가르치려고 합니다. 힘 있는 정객(政客)이 이리로 와서 나와 교제하려고만 한다면 재물을 아끼지 않고 달려나가 두 배로 환영할 것입니다. 만일 올바른 군자를 만나서 그를 어여삐 여겨 거두더라도 개과천선하고자 하지는 않소. [근심하며] 만약 하늘이 마음

을 돌린다면 죽은 재가 되살아나는 날이 있으리라. 너 이 수염
쟁이 완가(阮哥)야! 명예나 절개는 되찾지도 못할 것이니, 할
수 없다, 수단 방법 가릴 것 없이 내 하고 싶은 대로 해 버리자.
어제 공자님 사당에서 제사를 올릴 때 복사(復社)의 젊은 놈들
한테서 크게 능욕을 당했는데, 그놈들이 맹랑하기는 했지만 나
도 쓸데없는 짓을 한 거지. 그렇지만 어떤 방법으로 이 경박한
놈들에게 복수해 줄 수 있을지는 잘 모르겠구나. 〔머리를 긁으
면서 생각한다〕

【보보교(步步嬌)】
　젊은 녀석들 펄펄 모두 용감하게시리,
　무리를 이루어 이름난 고관을 속여 먹으니,
　풍파가 몇 번이나 일어났지.
　시 읊는 입가의 수염을 잡아 떼어 내고,
　글씨 쓰는 이 팔뚝을 비틀고 꺾어 버렸지.
　깊은 원한 씻을 길 없어,
　문 걸어 닫고 부끄러워하기만 하네.

〔하인〔축(丑)〕이 첩지(帖紙)를 들고 등장한다〕

하인　외진 곳이라 대감들이 찾지 않고,
　　먼 곳이라서 제비 꾀꼬리는 다 날아가 버렸구나.

나으리, 차희첩(借戲帖)* 올리옵니다.

완대성 〔첩지를 펴보며〕 "통가(通家)*의 아우 진정혜 올림"이라. 〔놀라며〕 오호라! 의흥(宜興) 땅의 진정생(陳定生)이로구나. 명성이 혁혁한 훌륭하신 선비가 어찌 나한테 극단을 빌려 가려고 하는 것인가? 〔묻는다〕 첩지를 가져온 자가 뭐라고 하더냐?

하인 방밀지(方密之), 모벽강(冒辟疆)*이라는 두 분도 함께 계명 태(鷄鳴埭)*에서 술을 드시고 있는데, 모두 나으리께서 새로 지으신 『연자전(燕子箋)』*을 구경하고 싶어 하셔서 이렇게 왔다고 했습니다요.

완대성 〔분부를 내린다〕 얼른 위층으로 올라가서 제일 좋은 행두(行頭)*를 꺼내 오고, 배우들한테는 지체 없이 단장하고 희상(戲箱)*을 따라 나서라고 일러라. 너도 첩지를 가지고 따라가서 어떻게 되는지를 자세히 살피렷다!

〔하인이 대답하고 퇴장한다〕

〔일꾼들〔잡(雜)〕이 희상을 들고 등장하고, 그 뒤를 배우들이 따라 등장한 후 무대를 한 바퀴 돈 후에 퇴장한다〕

완대성 〔하인을 부른다〕 잠깐 돌아오너라. 〔작은 소리로〕 그곳에 가거든 그 사람들이 연극 구경하면서 뭐라고들 말하는지를 잘 들어 두었다가 얼른 와서 내게 알려 주거라.

하인 알겠습니다요. 〔퇴장한다〕

완대성 〔웃으며〕 하하하! 그 사람들이 아직도 나를 마음속에 두고 있었다니, 참으로 신이 나는구나! 서재에 앉아 기다리고 있다가 어떤 말을 전해 오는지를 들어 보아야겠다. 〔가짜로 퇴장

한다]*

〔양문총〔말(末)〕이 등장한다〕

양문총 주유(周瑜)는 부채 아래에서 새로 지은 노래를 듣고,

미불(米芾)은 배를 타고서 친구를 찾아왔네.*

나는 양문총이올시다. 완원해와는 절친한 문우(文友)이니,
원해의 사곡(詞曲)과 나의 서화(書畵)는 두 집안의 뛰어난 기예
요, 한 세대를 대표하는 문예라 하겠습니다. 오늘은 별다른 일
이 없어서 원해의 새 작품『연자전』을 들으러 왔습니다. 들어가
보아야겠습니다. 〔들어간다〕 여기가 석소원(石巢園)인데, 저 산
석(山石)이며 화목(花木)의 자리가 속되지 아니하니 분명 화정
(華亭) 사람 장남원(張南垣)*의 손으로 만들어진 것일 겝니다.
〔가리킨다〕

【풍입송(風入松)】
꽃과 숲이 널찍이 펼쳐지고 돌에는 이끼가 얼룩졌으니,

예찬(倪瓚)이나 황공망(黃公望)*의 눈에 들 만한 경치로세.

〔올려다보며 읽는다〕 '영회당(詠懷堂)'이라. 맹진(孟津) 땅의
왕탁(王鐸)*이 쓴 것이로구나. 힘차게 썼구먼. 〔아래로 내려다
보며〕 붉은 융단이 깔려 있는 걸 보니 여기가 곡을 연습하는 곳
이로군.

그림 같은 초당(草堂)에서 오사모(烏紗帽)를 높이 쓰고,

은쟁(銀箏)과 붉은 박판(拍板)을 지휘하겠지.

〔한쪽을 가리키며〕 저 안쪽은 온갖 꽃이 활짝 피었는데,

어찌하여 스산하게 닫혀 있는 것일까,

아마도 새 노래를 다듬고,

옛 원고를 정리하는 것 같구나.

〔멈추어 서서 소리를 들으며〕 은은하게 읊조리는 소리가 들리는데, 원해가 안에서 책을 읽는 소리로군. 〔완대성을 부른다〕 원해 형, 잠시 쉬십시오, 건강을 생각하셔야지!

완대성 〔앞으로 나와서 양문총을 맞이하며 크게 웃는다〕 난 또 누구시라고, 용우(龍友)께서 오셨구만. 이쪽으로 앉으시게나!

양문총 〔자리에 앉고 나서〕 봄볕이 이리도 좋은데 어찌하여 문을 닫고 계시는지?

완대성 전기(傳奇) 네 편을 곧 목판에 새길 것인데, 혹시라도 틀린 글자가 없나 해서 교정을 보고 있던 참이오.

양문총 그러시군요. 『연자전』은 벌써 배우들에게 연습시키기 시작하셨다고 들은지라 감상이나 좀 해 볼까 해서 온 것입니다.

완대성 이를 어쩌나, 오늘은 마침 극단이 없는데.

양문총 어디라도 갔습니까?

완대성 공자(公子) 몇 분이 소풍길에 빌려 갔소이다.

양문총 그렇다면 쓰신 작품이나 좀 보여 주시지요, 술안주나 좀 삼으십시다.*

완대성 〔가동을 부르며〕애야, 술상 좀 봐 오너라, 양 나으리와 여기에서 한잔 해야겠다.

막후 알겠습니다요.

〔가동〔잡(雜)〕이 술상을 가져온다〕

〔양문총과 완대성이 함께 술을 마시며 책을 읽는다〕

양문총 【전강】

새 가사를 오사란(烏絲欄)*에 조심스레 써 나갔으니,

모두 모래를 쳐서 금을 건져 낸 듯하구나.

미녀 같은 아름다운 글씨에 마음이 느긋해지는데,

안개 천천히 피어나고 구름 서서히 만들어지네.*

이 대목을 보니 나도 사랑이 깊어지는 듯하오이다!

이 제비는 아직 남은 봄을 물고 있구나,*

버들꽃 하얗게 시들고 귀밑머리 희끗희끗해졌건만.

완대성 거칠고 속된 노랫말이라 고수(高手)께서 보시기에는 웃음거리에 지나지 않소이다. 건배나 하시지요. 〔두 사람이 함께 건배한다〕

〔하인이 급히 등장한다〕

하인   사람들이 내뱉은 말을 전해 드리니,

　　궁금해하시는 분께 보고를 올리네.

　　나으리, 소인이 계명태에 가서 술이 한 열 잔 돌고 극이 세 대목 정도 할 때까지 지켜보고 나서 서둘러 돌아와 보고를 올립니다요.

완대성   공자들의 반응이 어떻더냐?

하인   공자님들이 나으리께서 새로 쓰신 작품을 보더니 크게 칭찬을 했습니다요.

　　【급삼쟁(急三鎗)】

　　고개를 끄덕이며 귀 기울여 듣고,

　　박자를 맞추며 감상하고,

　　술잔도 멈추고 보더이다.

완대성   〔기뻐하며〕좋다, 좋아! 이 사람들이 칭찬이라는 것을 아는구나! 〔하인에게 묻는다〕어떤 얘기를 했느냐?

하인   그분들이 말하기를 진정한 재자(才子)요,

　　필치가 비범하다고 했지요.

완대성   〔놀라며〕하하하! 이런 칭찬은 정말 듣기 힘든 것이로구나. 〔하인에게 묻는다〕또 뭐라고 하더냐?

하인　문장을 논하자면,

　　　하늘의 신선이나 관리가,

　　　사람 세상에 귀양 온 것이라고 했지요.

　　　쇠귀를 붙잡을 만하고,*

　　　문단의 맹주(猛主)가 될 만하다고 했답니다.

완대성　〔짐짓 걱정스러운 척하며〕 과분한 칭찬이라서 감당키가
　　어렵구나. 뒤쪽을 보고 무슨 말을 할지 모르겠도다. 〔분부를 내
　　린다〕 다시 가서 알아보고 돌아와 보고하렷다.

〔하인이 급히 퇴장한다〕

완대성　〔크게 웃으며〕 이 공자들이 설마 나의 지기(知己)일 줄은
　　생각지도 못했구려. 〔양문총에게〕 한잔 하십시다. 나는,

　　【풍입송(風入松)】

　　　남조(南朝)의 옛 강산을 다 살펴보고,

　　　풍류 어린 옛 이야기를 다 읽어 본 후,

　　　꽃 필 때나 비 내릴 때나 서재에서 늦게까지 불 밝혀 가며,

　　　온갖 심혈을 기울여 토해 낸 것이라네.

　　　매일같이 벽을 보고 거문고를 탔는데,*

　　　지음(知音)의 감상과 칭찬을,

　　　비로소 이번에 얻었다네.

양문총　극단을 빌려 간 사람들이 누구인지요?

완대성 의흥의 진정생, 동성(桐城)의 방밀지, 여고(如皐)의 모벽
강 등으로, 모두 학문이 대단한 사람들인데 어찌된 일인지 이
아우에게 감복한 듯합니다그려.

양문총 그분들은 함부로 남을 인정해 주지는 않는 사람들인데,
이 『연자전』의 노랫말이 하도 좋다 보니 시비 걸 데가 없는 것
이지요.

〔하인이 급히 등장한다〕

하인 토끼처럼 달려갔다가,
　　　나는 새처럼 돌아왔네.

　　　나으리, 소인이 다시 계명태에 가서 연극을 절반 정도 하고
술자리가 거의 끝날 때까지 살펴보고서는 바람같이 달려왔습니
다요.

완대성 그 공자들이 또 뭐라고 말하더냐?

하인 그분들이 말하기를 마님께서는!

　　【급삼쟁(急三鎗)】
　　　남국(南國)의 수재요,
　　　동림당의 선비요,
　　　한림원(翰林院)의 반열이라고 했지요.

완대성 〔짐짓 놀라는 체하며〕 구절구절이 나를 칭찬하는 것이

니 황공함이 더하는구나. 〔하인에게 묻는다〕 또 무어라고 하
시더냐?

하인   그분들이 말하기를 "어찌하여 최씨와 위씨에게 가서
　　　스스로 망쳤을까"라고 했지요.

완대성   〔눈살을 찌푸리고 책상을 치며 괴로워한다〕 그 잘못은 이
　　　제는 말할 필요가 없을 텐데. 〔하인에게 묻는다〕 또 뭐라고 말
　　　했느냐?
하인   말씀은 많이 했는데, 소인은 감히 말씀드리지 못하겠습니
　　　다요.
완대성   말해도 괜찮느니라.

하인   그분들이 말하기를 나으리께서는 내시를 친부(親父)라 부
　　　르시고,
　　　　양아들을 자처하시고,
　　　　얼굴을 더럽히고,
　　　　다만 권세에 의지하여,
　　　　개처럼 지내셨다고 했지요.

완대성   〔화를 내며〕 아이구, 엄청나도다. 이자들이 드디어 나를
　　　욕하기 시작했구나. 도저히 참을 수가 없다!

【풍입송(風入松)】

내 작품은 정치와는 상관이 없거늘,

당신네 꽃구경하고 술 마시는 것을 돕기 위해,

새 작품 한 편을 빌려 주었건만 헛된 수고가 되었네.

나의 마음을 헤아려 주지 않고,

악담과 독설을 늘어놓았으니,

이 모욕은 감당하기가 어렵구나.

양문총 그 사람들이 왜 이렇게 비난을 하는지요?

완대성 이 아우도 잘 모르겠소이다. 그저께 공자님 제사 모시러 갔다가 수재 다섯 명한테 한바탕 두들겨 맞았는데, 오늘은 극단을 빌려 주었더니 이 세 공자가 나를 욕해 대는군요. 앞으로 무슨 방도를 강구하지 않으면 어떻게 집 문을 나설지 막막합니다. 〔근심에 빠진다〕

양문총 형께서는 고민하실 것 없습니다. 이 아우에게 방법이 하나 있는데 어떠실지 모르겠습니다?

완대성 〔기뻐하며〕 좋소이다! 내 어찌 형의 말씀을 따르지 않겠습니까?

양문총 형께서도 잘 아시겠지만, 오응기는 수재 중에 영수(領袖)이고 진정혜는 공자 중에 우두머리라, 두 사람이 공격을 멈춘다면 나머지 많은 사람들도 그들을 따를 것입니다.

완대성 〔책상을 치며〕 옳구나! 〔묻는다〕 하나 누가 중재에 나서려고 할지요?

양문총 다른 사람들은 소용없고 하남 사람 후방역이 문장이나 음주에서 모두 두 사람과 절친한데, 그 사람 말이면 다 듣습니다. 어제 듣자 하니 조종(朝宗, 후방역)이 무료하게 지내면서 진회의 미녀를 찾는다고 합니다. 이 아우가 이미 한 사람을 물색해 두었는데, 이름은 향군이라고 합니다. 향군은 미색과 기예가 모두 뛰어나니 그 사람 마음에 딱 들 것입니다. 형께서 머리 올릴 자금이나 좀 대 주셔서 그 사람의 환심을 사 두시고, 연후에 그 사람에게 부탁하여 양쪽에 설명을 하게 되면 틀림없이 일거에 모두 해결이 될 것입니다.

완대성 〔박수를 치며 웃는다〕좋습니다! 훌륭한 계책이올시다! 〔생각한다〕이 후조종은 나와 같은 해에 과거에 합격한 사람의 아들이라서 조카나 마찬가지니 잘해 주어야겠군. 〔양문총에게 묻는다〕돈은 얼마나 주어야 할지 모르겠소이다.

양문총 화장품 값과 연회 비용으로 은 이백 냥 정도면 충분할 것입니다.

완대성 어렵지 않습니다. 형의 댁으로 삼백 냥을 보내겠으니 알아서 쓰십시오.

양문총 그만큼이나 필요하겠습니까.

양문총 남경의 연약한 버들가지*를 누가 차지할까,

완대성 글이나 술, 음악이나 노래는 모두 다 소용없을 것.

양문총 미인계야말로 묘책일지니,

완대성 당신은 눈썹먹 사다 주며 눈썹 그리라고 하시게.*

제5척 첫 만남[訪翠]

숭정 16년(계미, 1643) 3월

진회하 가

〔후방역〔생(生)〕이 화려한 복장을 입고 등장한다〕

후방역 【구산월(緱山月)】

금빛 분가루 아직도 다 사라지지 않았으니,

육조의 향기가 흐르고,

온 천지에 피어난 풀에는 안개 서려 있어서 이 내 애간장을 끊

는구나.

꽃 피기를 재촉하는 바람이 불어오는데,

비바람 날려서,

봄날을 다 보내게 될까 저어하노라.

소생은 후방역입니다. 공부하고 무예 닦으면서 여기저기 떠돌아다니니, 고향에 돌아갈 날이 언제일지 모르겠군요. 춘삼월 봄볕이 내리는 계절을 맞이하여 육조 시대의 아름다운 기풍이 남아 있는 이곳에 머무르고 있습니다. 비록 나그네 처지가 궁색하다 하나 봄날의 마음을 억누르기가 어렵군요. 어제는 양용우를 만나서 묘령(妙齡)에 절색(絶色)으로 기가(妓家)에서 제일이라는 이향군을 한껏 칭찬했습니다. 지금 소곤생이 향군에게 노래를 가르치고 있고, 내게는 향군의 머리를 얹어 달라고 청하고 있습니다. 하나 주머니가 비어 있으니 소원을 이루기가 어렵군요. 오늘은 청명절(淸明節)인데 홀로 앉아 있기가 무료하니 봄경치 구경하러 구원에나 가 보아야겠습니다. 〔걸어간다〕

【금전도(錦纏道)】

멀리 기루 거리를 바라보니,

황성(皇城)의 동쪽에 수많은 기생집이 있구나.

길 가득 검붉은 말고삐를 붙잡은,

놀러 나온 사내들이 그곳으로 들어가는데,

뉘 집의 새끼 제비들인지 쌍쌍이 노니는구나.

〔유경정이 등장한다〕

유경정 앵무새 소리에 놀라 새벽꿈에서 깨어나 보니,

하얗게 센 머리에 봄날의 시름이 몰려오는구나.

〔후방역을 부르며〕 후 상공께서는 어디를 가시는 길이신지요?

후방역 〔돌아보며〕 아, 경정이셨습니까, 잘 오셨습니다. 성동(城東)에 경치 구경 가는 길인데 길동무가 없어서 심심하던 차입니다.

유경정 마침 이 늙은이가 별 일이 없으니 모시고 가지요.

〔같이 걸어간다〕

유경정 〔가리키며〕 저기가 진회의 수사(水榭)*입니다.

후방역 봄 물결 건너편에,

　　푸른 물안개가 피어올라 창문을 적시고,

　　푸른 하늘을 뒤로 하고,

　　붉은 살구가 담장 너머로 고개를 내미네.

유경정 〔가리키며〕 여기가 장교(長橋)입니다. 천천히 가시지요.

후방역 널다리가 길기도 하구나,

　　천천히 찻집과 주가(酒家)를 세어 보네.

유경정 벌써 구원에 도착했군요.

후방역 바쁘게 꽃 파는 소리 들으면서,

　　깊다란 골목길을 여러 개 지나쳐 왔네.

유경정 〔가리키며〕이 골목은 모두 유명한 기생집들이지요.

후방역 정말 다른 곳과는 다르군요. 저 검정 칠을 한 대문 위에,

이슬 머금은 연노란 버들가지가 꽂혀 있구나.

유경정 〔가리키며〕이 솟을대문 집이 바로 이정려의 집입니다.

후방역 저, 그런데 이향군은 어느 집에 삽니까?

유경정 향군은 바로 정려의 딸이지요.

후방역 그렇군요, 잘됐습니다! 제가 마침 오려고 하던 곳이 여기였는데, 제대로 왔군요.

유경정 제가 문을 두드려 보겠습니다. 〔두드린다〕

막후 뉘시온지요?

유경정 늘 오가는 유가(柳哥)올시다. 오늘은 귀하신 손님을 모시고 찾아왔소.

막후 정려 마님과 향군 아씨 모두 안 계시는데요.

유경정 어디를 갔소?

막후 옥경(玉京) 이모님 댁 도시락 모임에 가셨습니다.

유경정 그렇지, 내가 잊고 있었구나, 오늘이 모임 날인데.

후방역 왜 오늘 모임을 하지요?

유경정 〔장단지를 두드리며〕늙은 몸이라 다리가 말을 안 듣는구려. 저기 돌계단에 앉아 좀 쉬면서 자세히 말씀드리리다. 〔함께 앉는다〕잘 모르시겠지만 이곳의 명기(名妓)들은 남자들이 의형제 맺는 것처럼 의자매를 맺고서는 때가 되면 모임을

갖지요.

【주노척은등(朱奴剔銀燈)】
비단 손수건으로 의자매를 맺고서,
기러기 떼처럼 줄지어 다니지요.
가절(佳節)이 되면,
다투어 새로 유행하는 화장을 하지요.

후방역 옳거니, 오늘이 청명절이라 모두 모임에 간 것이로군요.
그런데 어찌하여 도시락 모임이라고 부르는지요?
유경정 모임에 가는 날에는 각자가 도시락을 하나씩 들고 가는데
모두 기이한 것들로,

해산물,
살조개,
옥액(玉液) 같은 술이랍니다.

후방역 만나서는 무얼 하지요?
유경정 모두 모여 기예를 겨루지요.

거문고와 완함(阮咸)*을 타고,
생황과 피리를 붑답니다.

후방역　그것 참 재미있겠습니다. 사내도 거기에 낄 수 있습니까?

유경정　〔고개를 가로저으며〕 절대로 못 낍니다! 제일 금하는 것
　이 남자들이 섞이는 것이라서 위층으로 올라가는 문을 걸어 잠
　그고 남자들은 아래층에서만 구경할 수 있지요.

후방역　구경하다가 마음에 맞는 사람이 있으면 어떻게 만납니까?

유경정　만약 마음에 드는 사람이 있으면 가진 물건을 하나 위층
　으로 던져 올리고, 위층에서도 열매 같은 걸 떨어뜨리지요.

　서로 마음이 맞으면,

　나는 듯이 내려와 술을 올리고,

　부용꽃 수놓인 비단 장막에서 만나기로 몰래 약속한답니다.

후방역　그렇다면 소생도 가 보아야겠습니다.

유경정　그러시지요.

후방역　변씨(卞氏, 변옥경) 댁은 어디인지요?

유경정　난취루(煖翠樓)인데, 여기에서 멀지 않으니 같이 모시고
　가겠습니다.

〔함께 걸어간다〕

후방역　청명절이라, 집집마다 버들가지로다,

유경정　엿 파는 피리 소리 곳곳에서 들려오네.

후방역　꾀꼬리와 꽃은 삼 리(三里) 골목길 가득하고,

유경정　물안개 서린 강물 따라 다리 두 곳 건너왔네.

〔가리키며〕 여기입니다. 들어가시지요.

〔함께 들어간다〕

〔양문총(말)과 소곤생(정)이 등장하며 후방역 일행을 맞이한다〕

양문총 한가롭게 수많은 꾀꼬리와 꽃의 무리 따라다니고,

소곤생 멀리에서 아가씨들 바라보며 둘러서 있네.

〔서로 인사한다〕

양문총 후 세형(世兄)*께서 이곳을 다 오시다니, 정말로 뜻밖의 일이로군요!

후방역 양 형께서는 오늘 완수염한테 가신다고 들었는데, 여기에서 뵙게 될 줄은 몰랐습니다.

소곤생 후 상공을 즐겁게 해 드리기 위해 오신 거지요.

유경정 앉으시지요.

〔모두 앉는다〕

후방역 〔둘러보며〕 난취루라, 좋군요!

【안과성(雁過聲)】

자세히 살펴보니,

창문은 환하고 마당은 넓구나,

어느새 온유한 꿈의 나라로 왔구나.

〔물어보며〕 이향군은 어찌하여 보이지 않습니까?

양문총 지금은 이층에 있습니다.

소곤생 〔가리키며〕 보시지요, 저기 이층에서 기예를 시작합니다.

〔막후에서 생황과 피리를 분다〕

후방역 〔들으며〕 생황과 피리가 구름 속에서 울리는구나.

〔막후에서 비파와 아쟁을 탄다〕

후방역 〔들으며〕 현의 소리가 은은하게 들려오는구나.

〔막후에서 운라(雲鑼)*를 친다〕

후방역 〔들으며〕 옥처럼 댕그렁거리니,
　　소리마다 나의 애간장이 끊어지는구나.

〔막후에서 퉁소를 분다〕

후방역 〔들으며〕 봉황새 한 쌍이 비상하는 듯하구나.

　　〔크게 소리치며〕 이 퉁소 소리는 내 정신을 잃게 만드니, 더
　이상 참을 수가 없다, 물건을 던져야겠다. 〔부채의 추를 떼어 내
　이층으로 던진다〕

남해에서 온 희귀한 물건을 바람 타고 올려 보내,

미인의 마음을 움직이게 해야겠네!

〔막후에서 흰 손수건에 앵두를 싸서 던진다〕

유경정　됐어요, 됐어! 열매를 던졌어요.

소곤생　〔손수건을 풀어서 앵두 담은 그릇을 기울이며〕 이상하구

나, 요즘에도 앵두가 있다니.

후방역　누가 던진 것인지는 모르겠지만, 향군이 던진 것이라면

정말 기쁠 것입니다.

양문총　〔손수건을 집으며〕 이 비단 손수건으로 보아서는 십중팔

구 향군이 분명합니다.

〔이정려(소단)가 찻주전자를 들고, 이향군이 꽃병을 들고 등장

한다〕

이정려　나비는 향초(香草) 부채만을 따라다니는 법,

미인이 또다시 봉황대(鳳凰臺)를 내려왔네.

소곤생　〔놀라며 이향군을 가리킨다〕 천상(天上)의 사람이 인간

세상으로 내려온 것이로다.

유경정　〔합장하며〕 나무아미타불.

〔모두 일어난다〕

양문총　〔후방역을 잡아당기며〕 인사하시지요, 여기는 정려이고,

여기는 향군이올시다.

후방역 〔이정려에게 인사한다〕소생은 하남의 후조종이라고 합니다. 오랫동안 흠모해 오다가 이제야 비로소 소원을 이루게 되었습니다. 〔향군에게 인사한다〕과연 묘령에 절색이로군요, 용우 형이 사람 보는 눈은 정말 대단하십니다. 〔앉는다〕

이정려 호구〔虎邱: 소주(蘇州)의 명승지〕에서 온 새 차이온데, 맛을 좀 보시지요. 〔차를 따라 주니, 모두 차를 마신다〕

이향군 푸른 버들과 붉은 살구가 새 계절을 수놓고 있습니다.

합동 〔찬탄하며〕훌륭하도다! 차 마시며 꽃구경도 하니, 좋은 모임이라 할 만합니다.

양문총 이렇게 좋은 모임에 술이 없어서는 안 되겠지요.

이정려 술은 이미 준비해 두었는데, 옥경이가 손님들을 대접하고 있어 내려와서 모시지 못하오니, 천첩(賤妾)이 대신 모시겠사옵니다. 〔보아(保兒)*를 부른다〕애야, 술을 데워 오너라!

〔보아가 술을 내온다〕

이정려 술만 드시지 말고 놀이도 함께하시지요?

유경정 정려가 알아서 하시지요.

이정려 어찌 제가 분수도 모르고⋯⋯.

소곤생 옛날부터 그렇게 해 오지 않았습니까.

이정려 〔주사위를 집으면서〕그럼 송구스럽지만, 〔향군에게〕향군이는 술잔을 들고 있다가 내가 주사위를 던지거든 술을 따라 올리도록 하거라.

합동 규칙을 말씀해 주시지요.

이정려 〔규칙을 말한다〕술은 순서대로 돌아가며 드시는데, 한

잔 건배하신 후 주사위 패가 나오는 것에 따라 각자 장기를 내
보이시면 됩니다. 주사위를 던져서 하나가 나오면 앵두, 둘은
차, 셋은 버들, 넷은 살구꽃, 다섯은 부채 추, 여섯은 비단 손수
건입니다. 〔향군에게〕 향군이는 어르신들께 술을 올리거라.
〔이향군이 후방역에게 술을 올린다〕

이정려 〔주사위를 던진다〕 부채 추가 나왔군요. 후 상공께서는
건배하시고 장기를 보여 주시지요.

후방역 건배! 〔다 마시고 나서〕 소생은 시를 한 수 짓지요.

남국(南國)의 가인(佳人)께서 가지시거든,

소매 안에 숨기지 마오.

낭군 따라서 둥근 부채가,

움직일 때마다 온 몸에서 향기가 퍼져 나오리.

양문총 멋진 시로다!

유경정 좋은 부채 추인데 흔들다가 깨어질까 걱정이군요.

이정려 다음은 양 나으리 차례이십니다.

〔이향군이 양문총에게 술을 따르니, 양문총이 건배한다〕

이정려 〔주사위를 던지고서〕 비단 손수건입니다.

양문총 나도 시를 짓지요.

이정려 같은 것으로는 두 번 못합니다.

양문총 그럼 시는 그만두고 파제(破題)와 승제(承題)*나 짓겠소
이다.

〔파제〕 땀 닦아 주는 물건 바라보노니, 봄 경치에 마음이 움직이는구나.

〔승제〕 무릇 땀이 손수건을 적시는 것은 분명 봄이 얼굴을 살려 내기 때문이라. 그렇다면 누구의 얼굴이 비단 손수건으로 닦을 만한가? 붉은색과 하얀색이 서로 드러내어 주는 때가 또한 무척이나 사랑스럽지 않은가?

후방역 절묘하고 아름다운 문장입니다.

유경정 이렇게 좋은 글이라면 두 차례 시험*에 다 급제하겠습니다.

이향군 〔유경정에게 술을 올리며〕 유 사부님 한잔 드시옵소서.

이정려 〔주사위를 던져 보고〕 차입니다.

유경정 〔술을 마시고서〕 저는 운이 없습니다그려.*

이정려 〔웃으며〕 아닙니다, 장기를 보이실 주제가 차이지요.

유경정 그럼 장삼랑(張三郎)이 차 마신 이야기나 해 드리지요.*

이정려 설서는 너무 오래 걸리니 간단한 우스갯소리가 더 좋겠습니다.

유경정 그럼 하나 들려 드리지요.

소동파〔蘇東坡, 소식(蘇軾)〕와 황산곡〔黃山谷, 황정견(黃庭堅)〕이 함께 불인선사(佛印禪師)를 찾아갔는데,* 동파는 불인선사에게 정주(定州) 자기(瓷器)를 선물하고 산곡은 양선(陽羨) 차를 선물했지요. 세 사람이 소나무 아래에서 차를 품평했는데, 불인이 먼저 이렇게 말했습니다. "황수재(황정견)의 차벽(茶癖)은 온 천하가 다 아는데, 소수염〔호자(鬍子)〕*의 차량(茶量)은 얼마나 되시는지 잘 모르겠군요. 오늘 한번 겨루어 보아서 누가 세고 누가 약한지 알아봅시다." 동파가 말하기를 "어떻게 겨루지요?" 하니, 불인이 "당신이 화두(話頭)를 던져서 황수재가 대답하지 못하면 당신이 그를 한 대 먹인 것이니까* 나는 '수염이 수재를 이겼다'라고 적어 두겠습니다. 반대로 황수재의 질문에 당신이 대답하지 못하면 황수재가 당신을 한 대 먹인 것이니까 나는 '수재가 수염을 이겼다'라고 적어 두겠습니다. 마지막에 전체를 합산해서 진 숫자만큼 차를 마시는 겁니다" 했지요. 이에 동파가 "그렇게 하겠습니다" 하고 먼저 산곡에게 화두를 냈습니다. "바늘에 귀가 없으면 어떻게 실을 꿰지요?" 산곡이 대답하기를 "바늘 끝을 갈아 버리지요" 하니, 불인이 "멋진 대답이오" 했습니다. 다시 산곡이 물었습니다. "손잡이가 없는 표주박은 어떻게 들지요?" 이에 동파가 "물 속에 던져 버리지요" 하니, 불인이 "역시 훌륭한 대답이오" 했습니다. 동파가 다시 물었습니다. "벼룩이 바지 속에 있으면 보일까요 안 보일까요?" 이번에는 산곡이 제시간에 대답하지 못하니, 동파가 몽둥이를 들고 산곡을 때려 버렸습니다. 그때 산곡은 막 찻주전자를 들어 차를 따르려던 참이었는데, 두들겨 맞는 바람에 주전자를 놓쳐 주전자가 땅에 떨어져 깨져 버렸습니다. 그러자 동파가 크게 외쳤습니다. "스님, '수염이 수재를 쳤다'라고 적어 두오." 이에 불인은 웃으면서 이렇게 말했습니다. "쨍그랑 하는 소리를 들었지요? 호자(鬍子: 수염)가 수재를 때린 것이 아니라, 오히려 수재가 호자(壺子: 주전자)를 깨뜨렸군."*

〔모두가 웃는다〕

유경정 여러분 웃지 마세요, 수재는 정말 대단하거든요. 〔주전자를 손가락으로 튕기면서〕 이 딱딱한 호자도 깨 버렸는데, 물렁한 호자*야 더 말할 필요가 있겠습니까?

후방역 경정께서는 정말 대단하십니다. 말씀마다 해학이요, 화두로군요.

이정려 향군아, 사부님께 술을 올리거라.

〔이향군이 술을 올리자 소곤생이 그것을 마신다〕

이정려 〔주사위를 던지고서〕 살구꽃입니다.

소곤생 〔노래한다〕

살구꽃 시드는 저녁 규방에서도,

오히려 옷 얇을까 걱정했다네.*

이향군 〔이정려에게〕 소녀, 어머니께 술을 올립니다.

이정려 〔술을 마시고 나서 주사위를 던진 후에〕 앵두입니다.

소곤생 제가 대신 부르겠습니다. 〔노래한다〕

앵두 같은 입술 붉게 터지고,

옥 같은 치아 하얗게 드러나더니,

한참 만에야 말을 하는구나.*

유경정 곤생께서는 벌을 받으셔야겠습니다. 입술의 앵두가 아니라 그릇에 담긴 앵두를 노래하셔야지요.

소곤생 벌을 받지요. 〔스스로 술을 따라 마신다〕

이정려 향군이는 스스로 따라서 마시도록 하렴.

후방역 소생이 올리도록 하지요.

〔후방역이 향군에게 술을 따라 주니, 향군이 받아 마신다〕

이정려 〔주사위를 던지고서〕 생각해 볼 것도 없이 버들입니다. 향군이는 노래를 불러야겠구나.

〔이향군이 부끄러워한다〕

이정려 이 아이가 쑥스러워하니 누구라도 좀 대신해 주세요. 〔주사위를 던지고〕 셋이 나왔으니 유 사부님이십니다.

소곤생 그렇지요! 오늘은 경정께서 도맡아 하시는 날입니다그려.

유경정 이 늙은이는 성이 유가로 반평생을 떠돌았는데 가장 무서워하는 것이 '버들 류'자입니다. 오늘은 청명절이니 버들광주리를 내 늙은 '개머리'에나 씌워야겠습니다.*

〔모두 크게 웃는다〕

소곤생 이 이야기를 우스갯소리 하신 것으로 쳐 드리지요.

후방역 술이 올라서 이제 그만 마셔야겠습니다.

유경정 재자가인(才子佳人)이 모여 놀았으니, 보기 드물게 멋진 모임이었습니다. 〔후방역과 이향군을 붙잡고서〕 두 분은 교심주(交心酒)* 한잔 하시는 것이 어떻습니까?

〔이향군이 부끄러워하며 소매로 얼굴을 가린다〕

소곤생 향군의 얼굴이 여려서 여기에서는 말씀을 나누기가 적당치 않은 것 같습니다. 전에 말씀했던 머리 없는 일에 대해 후 상공께서는 허락하시겠는지요?

후방역 수재가 장원 급제하면 어찌 관직에 나아가지 않겠습니까?

이정려 어여삐 보아 주셨으니 길일을 정하시오면 천첩이 딸아이를 바쳐 올리겠습니다.

양문총 삼월 보름이 꽃과 달이 좋을 때이니 혼사를 맺기 좋겠습니다.

후방역 다만 한 가지, 나그네 신세라 주머니가 넉넉지 않아 예의를 제대로 갖추지 못할까 걱정입니다.

양문총 그것은 걱정 마십시오. 혼수와 연회 비용은 이 아우가 준비하겠습니다.

후방역 어찌 폐를 끼친다는 말씀입니까.

양문총 마땅히 조금이라도 보태 드려야지요.

후방역 정말 고맙습니다.

【소도홍(小桃紅)】

어쩌다 잘못하여 무산(巫山)에 올랐다가,

떠 가는 구름 생각 더해졌지만,*

신선이라도 되는 것처럼 그 생각 얼른 지워 버렸네.

봄밤이여 꽃이여 달이여, 사라지지 말지어다,

좋은 인연이 다가왔으니 밀쳐 버리기 어려워,

발걸음 움직여 고당(高唐)으로 가려고 준비하네.

〔작별을 고한다〕

이정려　이제 가 보셔야겠습니다. 보름날로 정했으니, 청객(清客)*
들을 모시고 어여쁜 자매*님들을 불러 풍악 울리며 아내를 맞아
주시기 삼가 당부드립니다. 〔퇴장한다〕

유경정　〔소곤생을 향해〕 아이구! 깜빡 잊어버렸네. 우리 두 사람
은 그날 참석할 수가 없지 않습니까.

양문총　무슨 일이라도 있으신지?

소곤생　황(黃) 장군〔황득공(黃得功)〕께서 수서문(水西門)에 배를
정박하시고 제사를 올리는 것도 보름날인데, 그날 참석해서 술
한잔 하기로 약속이 되어 있습니다.

후방역　이를 어쩐다지요?

양문총　정계지(丁繼之), 심공헌(沈公憲), 장연축(張燕筑) 등과 같
은 청객들이 계시니, 그분들을 모시고 거행하면 될 것입니다.

소곤생　난취루 앞에는 화장 향기 퍼지는데,

양문총　육조 시대 풍류로 기녀들을 논했네.

유경정　경치 구경하고 돌아가는 길, 봄 아직 깊지 않았으니,

후방역　내일 다시 와 보면 정원에는 꽃이 가득하겠네.

제6척 혼인[眠香]

숭정 16년(계미, 1643) 3월

남경 구원 미향루

〔이정려(소단)가 화려하게 단장한 모습으로 등장한다〕

이정려 【임강선(臨江仙)】

　　짧은 봄 적삼의 두 소매 걷어 올리고,

　　온갖 꽃이 만개한 누각에서 아쟁 줄을 조율하네.

　　오늘 아침에는 비단 주렴 활짝 걷어 올리고서,

　　노란 버들가지가 목란주(木蘭舟)* 가리지 못하도록 해야겠네.

　　저는 이정려입니다. 딸아이 향군이가 이팔청춘이 다 되도록 머리 얹어 주시는 분이 없어서 밤낮으로 걱정했는데, 다행히도 양용우께서 훌륭한 가문의 공자를 소개해 주셨습니다. 바로 일

전에 함께 술을 마신 후조종이라는 분인데, 가풍과 재능과 명성
이 모두 제일이었습니다. 오늘은 머리를 얹기에 좋은 길일이라,
크게 잔치를 벌이고 널리 풍악을 울리고, 청객들과 자매님들이
모두 오실 테니, 힘이 많이 들 것 같습니다. 〔일하는 아이를 부
른다〕 애야, 어디에 있느냐.

〔보아(保兒)〔잡(雜)〕가 부채질을 하면서 천천히 등장한다〕

보아   잔치 자리에서는 말재주 부리고,

　　　꽃님들 사이에서는 사랑 이야기를 엿듣지.

　　　마님, 어디로 금침(衾枕)이라도 보낼깝쇼?

이정려   〔화를 내며〕 예끼! 오늘은 향군이가 머리 얹는 날이라 귀
　　　하신 분들이 곧 오실 텐데도 네놈은 아직도 잠이나 자고 있었느
　　　냐. 얼른 주렴 걷어 올리고 마당도 쓸고 탁자와 의자도 잘 정돈
　　　해 놓거라.

보아   분부대로 합지요.

〔이정려가 자리를 배치하도록 지시한다〕

〔양문총이 새 옷을 입고 등장한다〕

양문총   【일지화(一枝花)】

　　　정원의 복숭아는 수놓인 비단처럼 붉어서,

　　　　술 팔던 문군(文君)*네와 같은 집을 아름답게 뒤덮었고,

　　　　병풍은 황금 공작새처럼 활짝 펼쳐져서,

화창한 봄날에 들러쳐져 있네.

금사발 씻어 두고,

짐승 모양의 향로에 불을 붙였네.

이 술 파는 붉은 소매 여인 가운데,

가장 온유한 사람을,

끌어다가 사마상여(司馬相如) 같은 남자와 만나게 하네.

저는 양문총입니다. 저번에 원해의 부탁을 받고 혼인 비용을 전해 주러 오는 길입니다. 〔사람을 찾으며〕 정려는 어디에 계시는가?

이정려　이렇게 왕림해 주셔서 감사드립니다. 잔치 준비는 벌써 다 해 두었습니다. 〔묻는다〕 관인(官人)*께서는 아직 도착하지 않으셨는데요.

양문총　곧 도착할 것이리라. 〔웃으며〕 내가 상자 몇 개 준비했는데, 향군이 화장하는 데 보탬이나 되면 좋겠소. 사람을 시켜 가져왔소이다.

〔짐꾼(잡)이 상자, 노리개, 의복 등을 가지고 등장한다〕

양문총　신방으로 가져가서 잘 놓아 두거라.

〔짐꾼이 대답하고 퇴장한다〕

이정려　〔기뻐 감사하며〕 어찌 이렇게 돈을 쓰셨는지요! 나으리, 참으로 고맙습니다!

양문총　〔소매에서 은전을 꺼내며〕 잔치 비용으로 삼십 냥 정도 준비했으니 주방에 전해 주구려. 술하고 안주 사는 데에 그 정도면 풍성할 게요.

이정려 아이고, 이렇게까지나! 〔향군을 부른다〕 향군은 얼른 이
리로 오너라!

〔이향군(단)이 성장(盛粧)을 하고 등장한다〕

이정려 양 나으리께서 상을 아주 많이 주셨으니 얼른 앞으로 나
와 절을 올리거라.

〔이향군이 절을 하며 사례한다〕

양문총 작은 성의이니 고마워할 것 없네. 얼른 돌아가요.

〔이향군이 들어간다〕

〔하인(잡)이 급히 등장하여 알린다〕

하인 새신랑께서 도착하셨습니다요!

〔후방역이 의관을 잘 차려입고 사람을 따라 등장한다〕

후방역 비록 과거에 급제한 것은 아니지만,

그래도 달나라 항아(嫦娥)* 같은 미녀가 내 곁에 있다네.

〔양문총과 이정려가 후방역을 맞이한다〕

양문총 미녀를 얻으신 것을 축하드립니다. 제가 달리 해 드릴 수
있는 것이 없어서 화장품과 술자리 돈을 조금 보탰습니다. 하루
저녁 즐기시는 데에 보탬이라도 되면 좋겠습니다.

후방역 〔예를 표시하며〕 은혜를 과분하게 입었으니 어떻게 감당
해야 하올지요.

이정려 앉으시지요. 차를 올리겠습니다.

〔모두 앉는다〕

〔하인이 차를 들고 등장하고, 사람들이 차를 마신다〕

양문총　연회 준비는 다 되셨는가?

이정려　나으리 덕택에 모두 잘 준비할 수 있었습니다.

양문총　〔후방역에게 절을 하며〕 오늘같이 좋은 자리에 저는 감히 끼어들기가 어렵습니다. 이만 물러갔다가 내일 아침에 다시 와서 축하드리지요.

후방역　같이 계시면 좋을 텐데요.

양문총　아닙니다. 〔작별하고 퇴장한다〕

하인　새신랑께서는 옷을 갈아입으셔야 합니다.

〔후방역이 옷을 갈아입는다〕

이정려　저도 더는 모시지 못하겠습니다. 신부도 단장시키고 술자리도 준비해야겠습니다. 〔작별하고 퇴장한다〕

〔정계지(丁繼之)(부정), 심공헌(沈公憲)〔외(外)〕, 장연축(張燕筑)(정) 등 청객들이 등장한다〕

청객들　일평생 꽃과 달 사이에서 살아간 장선(張先)과 같고,
　　　　노래하며 살아간 홍자이이(紅字李二)와 같네.*

정계지　저는 정계지입니다.

심공헌　저는 심공헌입니다.

장연축　저는 장연축입니다.

정계지　오늘 후 공자께서 혼인을 올린다고 해서 이렇게 일찍 왔

습니다.

장연축 우리와 함께 놀 아가씨들은 몇이나 불렀는지 모르겠군요.

심공헌 구원에 있는 가기들을 좀 불렀다는데요.

장연축 그 사람들은 모두 내가 머리를 얹어 주었지요.

정계지 돈이 얼마나 많길래 그렇게 많은 사람들의 머리를 얹어 주었단 말이오?

장연축 여러 사람이 도와주었지요. 오늘 후 공자도 어디 한 푼이나 썼습니까?

심공헌 그런 이야기는 그만하시고 저기 후 공자가 옷을 갈아입고 있으니 가서 인사나 올립시다.

청객들 〔후방역에게 인사한다〕 축하드립니다!

후방역 오늘 잘 부탁드리겠습니다.

〔구백문(寇白門)(소단), 변옥경(卞玉京)〔노단(老旦)〕, 정타낭(鄭妥娘)〔축(丑)〕* 등의 세 기녀가 등장한다〕

기녀들 마음은 방초(芳草) 같아 날마다 취하고,

　　몸은 버들꽃같이 진종일 바쁘네.

〔서로 인사한다〕

장연축 어떤 가기들을 불렀는지 좀 봅시다, 이름을 밝혀 보시오.

정타낭 당신이 교방사(敎坊司)* 사람이나 되오? 우리더러 이름을 대라니.

후방역 〔웃으며〕 안 그래도 존함을 여쭈어 보려고 하던 참입니다.

변옥경   저는 변옥경입니다.

후방역   과연 옥경 선녀 같으십니다.

구백문   소첩은 구백문입니다.

후방역   과연 백문(白門)의 버들*이시로군요.

정타낭   저는 정타낭입니다.

후방역   〔읊조리며〕 과연 타당불과(妥當不過)*하십니다.

장연축   아니, 타당하지 않소이다.

심공헌   어찌 타당하지 않다는 것이오?

장연축   남자를 밝히거든.

정타낭   흥! 나는 남자를 밝히지 않아요. 그런데 무얼 드셨길래 그
렇게 뚱뚱하시나?

〔모두 웃는다〕

변옥경   신랑께서 여기 계시니 얼른 향군을 나오게 합시다.

〔구백문과 정타낭이 등장하는 향군을 부축한다〕

심공헌   우리는 음악으로 영접하겠습니다.

〔정계지, 심공헌, 장연축이 십번(十番)*을 취타한다〕

〔후방역과 이향군이 서로 인사한다〕

정타낭   우리 기원(妓院)의 법도에 따르면 예식은 생략하고 바로
잔치를 시작하지요.

〔후방역과 이향군이 단상으로 올라가 앉는다〕

〔정계지, 심공헌, 장연축이 왼쪽에 앉는다〕

〔구백문, 변옥경, 정타낭이 오른쪽에 앉는다〕

〔하인(잡)이 술주전자를 들고 등장한다〕

[왼쪽에서는 술을 따라 올리고 오른쪽에서는 음악을 연주하기 시작한다]

후방역 【양주서(梁州序)】

　　제(齊)나라 양(梁)나라 때의 사부(詞賦)처럼,

　　진(陳)나라 수(隋)나라 때의 화류(花柳)와 같이,*

　　날마다 꽃다운 마음을 유혹하네.

　　푸른 적삼은 몸에 착 달라붙어 있는데,

　　양주(揚州)에서 놀던 두목(杜牧)*이 오늘 다시 나타났구나.

　　눈썹 그리는 모습 마음속에 새겨 두고,

　　피리 부는 것을 가르쳐 주리니,

　　이제부터 진정 봄이로구나.

　　수재(秀才)의 갈증은 급히 풀어 주어야 하건만,

　　지는 해는 왜 이리도 느리게 넘어가는가,

　　다시 술 한잔 마시네.

[오른쪽에서 술을 따르고 왼쪽에서 음악을 연주한다]

이향군 【전강】

　　누대(樓臺) 앞의 꽃들이 떨고,

　　바람 불어와 주렴도 떨리니,

　　남자다운 멋진 모습에 이끌려서라네.

　　춘정(春情)은 무한한데,

나는 머리 올리지만 노리개는 안 되리라.

시든 꽃이 아름다워지고,

들풀이 향기로워지듯이,

꼭 정실부인이 되리라.

오늘 밤 등불 그림자가 비칠 때면,

능란한 기녀라도 부끄러워할 것이니,

첫날밤은 정말 보내기 어려울 것이라네.

정계지　해가 서산으로 기울고 까막까치는 둥지를 찾아가니, 이제 그만 신랑 신부를 쉬게 해야겠습니다.

심공헌　그래도 잠시만 기다립시다. 후 공자께서는 당년(當年)의 재자(才子)요, 절세의 가인(佳人)을 맞이했으니, 합환주(合歡酒)가 있듯이 어찌 마음을 전하는 시 한 수가 없을 수 있겠습니까?

장연축　맞소이다. 제가 먹을 갈고 종이를 마련하여 휘호(揮毫)를 기다리겠습니다.

후방역　종이는 필요 없습니다. 소생에게 둥근 부채가 하나 있는데, 거기에 시를 써서 영원한 맹세의 표시로 향군에게 주고자 합니다.

정타낭　정말로 훌륭하십니다! 제가 벼루를 받쳐들지요.

구백문　〔정타낭에게〕이년아, 너는 공자님 신발이나 벗겨 드려라.

변옥경　이 벼루는 향군이 들게 해야지요.

모두　옳습니다!

〔향군이 벼루를 받쳐 들고 후방역이 부채에 글씨를 쓴다〕

모두 〔읽는다〕

길을 끼고 붉은 누각들 늘어서 있는 곳에,

왕손(王孫)이 처음으로 부평거(富平車)를 몰고 왔네.

청계(靑溪)에는 온통 자목련이 가득하건만,

봄바람 맞는 복사꽃 오얏꽃보다 못하다네.*

夾道朱樓一逕斜,

王孫初御富平車.

靑溪盡是辛夷樹,

不及東風桃李花.

명시로다! 향군은 받으시오.

〔향군이 부채를 받아 소매에 넣는다〕

정타낭 우리가 복사꽃 오얏꽃에 미치지 못한다고 해도 어찌하여
우리를 자목련이라고 한답니까?

장연축 자목련은 겨울이면 시들지만, 봄이 돌아오면 다시 살아
나지.

정타낭 고목에 꽃이 핀다면 그 꽃에 비도 뿌리겠네요?

〔하인(잡)이 시를 적은 종이를 들고 등장한다〕

하인 양 나리께서 시를 보내오셨습니다.

후방역 〔받아들어 읽는다〕

어려서부터 미인이었다네 이향군,

품속에서 나풀거리고 소매 속에 감추어지는구나.*

어인 일로 무산 십이봉(巫山十二峰)의 여인이,

꿈속에야 와서는 초(楚)나라 왕을 만났구나.*

生小傾城是李香,

懷中婀娜袖中藏.

緣何十二巫峰女,

夢裡偏來見楚王.

　　양 나으리께서는 정도 많으시구나. 이렇게 멋진 축하의 시를
　　다 보내시다니!

장연축　"품속에서 나풀거리고 소매 속에 감추어지는구나"라는
　　구절은 향군의 연약한 몸이 부채의 향추(香墜) 같다는 것을 말
　　해 주는 듯합니다.

정타낭　저 부채 추는 값이 얼마나 나가겠나. 어찌 호박(琥珀)으로
　　만든 고양이 추 같은 내가 견줄 수나 있겠는가.

〔모두 웃는다〕

정계지　모두 연주를 시작하여 신랑 신부가 몇 잔 드시도록 도웁
　　시다.

정타낭　주흥(酒興)이 좀 올랐으니 신방에 들어가기 딱 좋구나!

〔좌우에서 연주를 하고 후방역과 이향군은 서로 술을 권한다〕

후방역·이향군 【절절고(節節高)】

　　황금빛 술잔 옆에는 산가지가 있어서,

　　쉴 새 없이 술을 권하니,

　　날 저물 무렵에는 깊이깊이 취해 버렸네.

　　몰래 손을 맞잡으니,

　　눈썹엔 걱정 가득하고,

　　향기로운 몸은 말라만 있구나.

　　봄밤의 일각(一刻)은 길기도 하건만,

　　어찌 남들 앞에서 부용꽃 모양 단추를 풀리오.

　　등불 어두워지고 잔치 끝나고,

　　물시계의 물이 다 떨어질 때까지 기다리리.

정계지　이경(二更)*을 알리는 북소리가 울렸으니 시간이 너무 늦었습니다. 이만 자리를 파하십시다.

장연축　이렇게 좋은 자리를 술도 끝까지 마시지 않고 헤어지자니 너무나도 아쉽습니다.

정타낭　나는 아직 다 안 먹었으니까 여러분들은 조금만 기다리시오.

변옥경　그만 처먹게나. 모두 음악을 연주하여 신랑 신부를 신방에 들게 합시다.

〔모두 십번을 연주하며 후방역과 이향군을 전송한다〕

모두 【전강】

생황과 피리 소리 속에 그림 같은 누각을 내려가며,

맑은 노래 부르는데,

등잔의 불빛은 봄날처럼 뿌옇구나.

천태산(天台山) 골짜기에서,

완조(阮肇)와 유신(劉晨)이 여인들을 만난 것처럼,*

정말이지 잘 어울리는 한 쌍이로다.

겹겹의 비단 장막 안에서는 향기가 풍겨 나오니,

주위 사람들은 질투에 미간이 찌푸려지네.

술 취한 듯 서로 부축하니 정말이지 멋지구나,

미녀를 만나는 복은 타고난 것이라네.

〔하인이 등롱을 들고, 후방역과 이향군이 손을 잡고 퇴장한다〕

장연축 우리도 짝을 이루어 각자 방으로 가서 잡시다.

정타낭 장 선생님은 꿈 깨시오. 이 타낭은 현금 아니면 안 됩니다.

〔장연축이 은전 열 냥을 주며 정타낭을 잡아끌자, 정타낭은 돈을 받아 다시 세어 보고 낡은 돈으로 바꾼 다음에 우스운 동작으로 퇴장한다〕

모두 【미성(尾聲)】

진회의 안개와 달빛은 예나 지금이나 그대로여서,

향가루와 분가루 가득히 동쪽으로 떠내려가고,

밤마다 사랑의 마음은 돌이킬 수 없이 흩어져 가네.

정계지 강남에 꽃이 피고 강물 도도히 흘러가니,

구백문 진회에 온 사람들은 근심을 모두 잊었구나,

심공헌 전쟁통에 고향을 만 리나 떠나왔건만,

변옥경 여인들은 새벽까지도 사내의 품속에서 노래 부르네.

제7척 혼수 거절[却奩]

숭정 16년(계미, 1643) 3월

미향루

〔보아(잡)가 요강을 들고 등장한다〕

보아 거북이 오줌에서, 거북이 오줌에서,

　　새끼 거북이가 나오고,

　　자라 피가, 자라 피가,

　　새끼 자라가 된다네.

　　거북이 오줌인지, 자라 피인지,

　　잘 알 수가 없고,

　　자라 피인지, 거북이 오줌인지,

　　분명하게 알 수가 없네.

　　잘 알 수가 없으니,

친아버지가 누구인지도 모르겠고,

분명하게 알 수가 없으니,

친아버지가 누구인지도 모르겠네.

〔웃으며〕 헤헤, 엉터리 노래올시다! 어제 향군 아씨는 머리를 올리느라 밤중 내내 잠을 설쳤지요. 저는 아침 일찍 일어나 요강 청소를 하려니 바쁘기 짝이 없습니다요. 그런데도 저 서방 각시는 아직 몇 시가 되었는지도 모르는 것 같습니다요. 〔요강을 씻는다〕

〔양문총이 등장한다〕

양문총 【야행선(夜行船)】

두 사람은 깊숙한 유곽(遊廓)에서 평온하게 잠들어 있는데,

문 밖에서는 꽃 파는 사람이 단꿈을 깨우네.

수놓인 창문은 아직 열리지 않았고,

주렴 고리만 찰랑거리니,

이 봄도 열 겹의 비단 장막 속까지는 아직 못 들어갔구나.

저는 양문총입니다. 후 형에게 축하 인사를 전하러 이렇게 일찍 왔지요. 그런데 문이 굳게 닫혀 있고 하인들도 조용한 것을 보니 아직 모두 깨어나지 않은 것 같군요. 〔가동을 부른다〕 여봐라, 신방 창문으로 가서 내가 축하 인사 드리러 왔다고 전하거라.

보아 　어제 저녁에 늦게 주무셔서 아직 일어나지 않으셨을 텐데

요. 오늘은 돌아가셨다가 내일 다시 오시지요.

양문총 　〔웃으며〕 예끼! 얼른 가서 여쭙도록 하거라.

이정려 　〔막후에서 묻는다〕 누가 오셨느냐?

보아 　양 나으리께서 축하 인사 전하러 오셨습니다요.

〔이정려(소단)가 바삐 등장한다〕

이정려 　베개만 베면 봄밤은 왜 이리도 짧은지,

집에 찾아오시는 좋은 손님도 많구나.

〔인사하며〕 나으리, 어찌 고맙다는 말씀을 올려야 할지요, 딸

아이에게 좋은 인연을 맺어 주셨습니다.

양문총 　무슨 말씀을. 〔묻는다〕 신랑 신부는 일어났는지요?

이정려 　어제 저녁에 늦게 잠자리에 드느라고 아직 일어나지 않았

습니다. 〔자리로 안내하며〕 앉으시지요, 제가 가서 깨워 오겠습

니다.

양문총 　그러지 않아도 괜찮소이다.

〔이정려가 퇴장한다〕

양문총 　【보보교(步步嬌)】

아이의 깊은 정은 꽃으로 만든 술과도 같으니,

아름다움 가득하여 다른 생각 없이,

꿈나라에서 단잠을 자는구나.

다 내 덕이지.

옥과 비취 찬란하고,

온갖 비단 휘날려서,

신부 맵시 빛나게 하고,

풍류의 방문(榜文) 내걸렸네.

〔이정려가 등장한다〕

이정려　호호, 우습구나, 우스워! 두 사람이 저기에서 정향결(丁香
結)* 꿰어 주고 거울 함께 비추어 보는데, 머리 빗고 세수하는
것은 금방 마쳤지만 옷 입고 꾸미는 것은 아직 안 끝났습니다.
나으리께서도 신방으로 가셔서 두 사람을 불러내어 아침 해장
술 한잔 하시지요.

양문총　단잠을 깨웠으니 실례가 크오.

〔이정려와 양문총이 퇴장한다〕

〔후방역과 이향군이 성장(盛裝)을 하고 등장한다〕

후방역 · 이향군　【침취동풍(沈醉東風)】

우리의 운우지정(雲雨之情)이 몇 번이나 이어지다가,

이제 겨우 마음속의 가려운 곳을 긁은 셈인데,

누가 와서 잠든 원앙을 깨우나.

이불 뒤집으니 붉은 물결* 출렁이고,

기쁘게도 가슴은 환희로 가득하네.

베갯머리에도 향기 남아 있고,

손수건에도 향기 남아 있는데,

넋이 나갈 만큼의 재미에,

이제야 꿈에서 깨어나네.

〔양문총과 이정려가 등장한다〕

양문총 일어나셨구려, 축하합니다! 〔절을 하고 앉는다〕 어제 저
녁에 전해 드린 졸시(拙詩)는 마음에 드셨는지 모르겠습니다.

후방역 〔절을 하고〕 고맙습니다! 〔웃으며〕 훌륭하기는 했으나,
다만 한 가지……

양문총 무슨 일이라도?

후방역 향군이 비록 어리나 황금으로 지어진 집에 살 만합니다.
〔소매를 보며〕 어찌 소생의 소매에 넣을 수 있겠습니까?

〔모두 웃는다〕

양문총 어젯밤에 정분을 맺었으니 필히 가작(佳作)이 있었을 텐
데요.

후방역 간략하게 적어 보았습니다만, 감히 내놓을 만하지는 못합
니다.

양문총 시는 어디 있는지요?

이향군 부채에 쓰여 있습니다.

〔향군이 소매에서 부채를 꺼내어 양문총에게 건네준다〕

양문총 희고 둥근 비단 부채로군요. 〔향을 맡으며〕 향이 좋구나.
〔시를 읊고 나서〕 훌륭하도다! 향군만이 이 시에 걸맞겠습니다.

〔향군에게 주며〕 받게나. 〔향군이 부채를 받는다〕

양문총 【원림호(園林好)】

　　향기롭도다, 복사꽃 오얏꽃 향기가,

　　모두 둥근 비단 부채 위에 드러나 있구나.

　　혹시라도 광풍이 불어오면,

　　얼른 소매 속에 감추시게,

　　얼른 소매 속에 감추시게.

　　〔향군을 보며〕 향군은 머리를 올리고 나니 더 예뻐졌습니다.
　　〔후방역을 향해〕 형께서는 복도 많으시지, 이런 미인을 얻으시
다니.

후방역　향군은 하늘이 내린 절색인데, 오늘 옥구슬 몇 개를 꽂고
　　비단옷을 입으니 화사하기 그지없습니다. 정말이지 예쁘군요.

이정려　이 모두 양 나으리께서 도와주신 덕분입니다.

　　【강아수(江兒水)】

　　머리 묶는 비단 보내 주시고,

　　온갖 보석함도 보내 주시고,

　　구슬로 술이 만들어진 장막도 보내 주시고,

　　밤을 밝힐 은촛대와 비단 등롱도 보내 주시고,

　　함께 앉아 노래하며 술 권할 금 술잔도 보내 주셨지요.

오늘은 또 이렇게 일찍 와 주셔서,

정말이지 친히 낳아 길러 주신 자식처럼,
화장함도 사 주시고,
이른 아침에 문 두드려 안부 물어 주셨지요.

이향군 양 나으리께서는 마 독무(馬督撫)*님과 가까우시면서도
가난하신데, 어찌 돈을 가벼이 쓰셔서 이 화류계에 뿌리셨습니
까? 저의 집에서는 받자오니 부끄럽고 나으리께서는 베푸시더
라도 특별히 이름나시지도 않을 텐데, 오늘 분명히 여쭈어 두었
다가 나중에 갚아 드리는 데에 도움을 얻고자 하옵니다.

후방역 향군의 말이 일리가 있는 듯합니다. 제가 양 형과는 아직
은 그리 가깝지 않은 사이인데도 어제 지나친 은혜를 입었더니
불안한 마음입니다.

양문총 그렇게 물어 주시니 이 아우가 이실직고하는 수밖에 없겠
습니다. 실은 이 혼수며 연회비는 약 이백 냥으로 모두 회령(懷
寧)*에게서 나온 것입니다.

후방역 어느 회령인지요?

양문총 광록(光祿)의 직책을 지낸 바 있는 완원해올시다.

후방역 안휘(安徽) 사람 완대성 말입니까?

양문총 바로 그렇습니다.

후방역 그 사람이 어째서 이렇게 은혜를 베푼다지요?

양문총 형과 교유하고 싶어서일 따름이지요.

【오공양(五供養)】

당신의 풍류와 아취가,

낙양(洛陽)의 지가(紙價)를 올린 좌사(左思)나,

서한(西漢) 때의 유명한 문장가와도 같음을 흠모했다오.*

어디에 가든지 환영 인파가 있고,

사람들이 다투어 보려고 한 좌거랑(坐車郎)*과도 같은 당신.

아름다운 곳 진회에 와서는,

가인(佳人)과 짝을 이루고자 했고,

원앙 이불, 부용 화장함도 곁에 두고 싶어 했지요.

누구이겠습니까.

저 남쪽 이웃 사람 대완(大阮)*께서,

혼수와 연회를 모두 바삐 준비했다오.

후방역 완원해는 본래 저의 백부(伯父)뻘이 되는데, 저는 그 사람됨을 싫어하여 사이를 끊고 지낸 지 이미 오래되었습니다. 그가 오늘 이유 없이 마음을 썼다니 나는 도무지 이해가 되질 않습니다.

양문총 원해에게 고충이 하나 있는데, 형께 말씀드리고자 합니다.

후방역 말씀해 주시지요.

양문총 원해는 옛날에는 조몽백(趙夢白)*의 아래에 있었는데, 본래는 우리와 같은 무리였지요. 그런데 뒤에 위충현 일당과 사귀게 되었습니다. 애초에는 동림당을 구하려는 의도였지만, 위충현이 싸움에 지고 동림당은 오히려 위충현 일파와 원수지간이 되었지요. 그런데 근자에 복사의 사람들이 논의를 일으켜 원해를 공격하고 크게 모욕을 주니, 어찌 같은 편끼리 서로 공격하는 꼴이 아니겠습니까? 원해는 옛 친구가 많으나 형세가 수상하게 돌아가자 그를 변호해 줄 사람은 하나도 남지 않게 되었습니다. 매일같이 하늘을 향해 통곡을 하며 "동족상잔에 상심이 크나큰데, 하남의 후 공자만이 나를 구해 줄 수 있소"라고 하여, 오늘 이렇게 교유를 청하게 된 것이올시다.

후방역 그랬습니까? 보아하니 원해의 말이 절박하여 가여운 마음이 듭니다. 또 정말 위충현 일파였다고 해도 참회하고 돌아오면 너무 심하게 절교할 수도 없을 텐데, 하물며 죄도 용서하지 못하겠습니까. 정생(定生, 진정혜)과 차미(次尾, 오응기)는 모두 저와 절친한 사이이니, 내일 만나서 잘 이야기해 보겠습니다.

양문총 그렇게만 해 주신다면 우리네의 행운이겠소이다.

이향군 〔노하며〕 관인께서는 지금 무슨 말씀을 하시는지요? 완대성은 권세가에게 아부하여 염치도 모두 잃은 사람이라 아녀자들도 모두 침을 뱉고 욕하지 않는 사람이 없습니다. 다른 사람들은 그를 비난하거늘 관인께서 그를 감싸신다면 관인께서는 스스로 어떤 지경에 떨어지려고 그러시는지요?

【천발도(川撥棹)】
생각도 하지 않고,

말을 가벼이 내시다니요.

그에게 재앙을 없애 주려고 해도,

그에게 재앙을 없애 주려고 해도,

사람들은 오히려 당신을 비난할 것입니다.

관인께서 그렇게 뜻하시는 것은 그 사람이 저에게 화장함을 주었다는 이유 때문일 텐데, 그것은 사사로움 때문에 공사(公事)를 저버리는 것입니다. 이 비녀나 옷 따위는 저 향군의 눈에는 들어오지도 않습니다. 〔비녀를 뽑아 버리고 겉옷을 벗어 던진다〕

치마와 적삼 벗어 던져도,

가난은 견딜 수 있네.

베옷과 가시비녀만 있어도,

이름은 절로 향기롭다네.

양문총 아이구! 향군은 성격이 정말로 강직하구나.

이정려 좋은 물건들을 바닥에 내던지다니, 아이고 아까워라! 〔줍는다〕

후방역 알았습니다, 알았어요. 이번은 내가 잘못했습니다. 향군은 정말이지 저의 외우(畏友)입니다. 〔양문총을 향해〕 노형께서는 저를 탓하지 마십시오. 제가 명을 받들지 않는 것이 아니라, 여자에게 웃음거리가 될까 봐 걱정해서일 따름입니다.

【전강】

그는 비록 기루에 살지만,

능히 명예와 절개를 아는구나.

오히려 학교에서 배우고 벼슬길에 나선 나만이,

오히려 학교에서 배우고 벼슬길에 나선 나만이,

현신(賢臣)과 간신(奸臣)을 혼동하고 흑백을 가리지 못했구나.

저 복사의 친구들이 평소에 나를 중히 여긴 것은 의기 때문이었건만, 내가 만일 간사한 무리에게 붙게 된다면 그때는 많은 사람이 나를 공격할 것이니, 자신을 구하는 것도 어려울 테니 어찌 남을 구할 여유가 있겠는가.

절개와 명예는,

범상한 것이 아닐지니,

무거움과 가벼움은,

자세히 살펴보아야 한다네.

양문총 원해의 호의니 너무 부담 갖지는 마시지요.

후방역 저는 비록 어리석으나 우물에 빠져 가면서까지 남을 구할 수는 없습니다.

양문총 일이 이렇게 되었으니 이 아우는 이만 물러가겠소이다.

후방역 이 상자는 모두 완대성의 물건이라서 향군이 쓰지 않겠다니 여기에 두어도 쓸모가 없습니다. 이것들도 가지고 돌아가시지요.

양문총 정말이지,

다정이 무정에게 괴로움을 당하고,

흥을 내고 왔다가 흥이 다하여 돌아가노라.

〔퇴장한다〕

〔이향군이 괴로워한다〕

후방역 〔향군을 바라보며〕 향군은 미모가 뛰어난데, 옥구슬로 장
식된 비녀를 풀고 비단옷을 벗어 버리니 어여쁜 용모가 더욱 어
여뻐지는구려. 정말 예쁘오.

이정려 말씀은 맞지만 많은 물건을 저버렸으니 정말 아깝습니다.

【미성】

손에 들고 온 황금과 진주 가볍게 내던지고,

아름답지만 어리석은 모습 보여 주었으니,

내가 힘들게 고생한 것 저버렸구나.

후방역 이런 물건들은 아깝게 생각할 것 없습니다. 소생이 같은
것으로 구해 오지요.

이정려 그렇다면 다행이겠네요.

이정려 치장에 쓰는 돈은 잘 생각해야 하네,

이향군 무명치마에 가시비녀라도 괜찮아요,

후방역 상군(湘君)만이 패옥(佩玉)을 풀 수 있으니,*

이향군 나는 유행 따위는 따르지 않는다네.

제8척 수사의 소동[鬧榭]

숭정 16년(계미, 1643) 5월

남경 진회하

〔진정혜(말)와 오응기(소생)가 등장한다〕

진정혜 【금계규(金雞叫)】

　　공원(貢院)*이 진회에서 가까우니,

　　젊은 선비들 앞을 다투어,

　　남아 있는 기녀들에게로 달려가네.

오응기　단오 명절이라지만 금세 지나가나니,

　　번화한 풍경은 눈에 가득하건만,

　　왕씨(王氏)나 사씨(謝氏)에 대해서는 묻는 이 없네.*

진정혜 〔오응기를 부르며〕 차미 형, 우리 두 사람은 여관에서 답답하게 지내다가 명절도 되고 해서 이곳 진회에 나와 보았지만, 어찌하여 사우(社友)들은 하나도 보이지 않는지요?

오응기 모두 등선(燈船)을 타러 나간 것 같습니다. 〔가리키며〕 여기가 정계지(丁繼之)의 수사(水榭)인데, 전망이 아주 좋습니다. 〔강물 구경을 할 수 있는 정자에 등이 걸려 있고 주렴이 늘어져 있는데, 두 사람이 함께 이곳에 오른다〕

진정혜 〔부른다〕 계지는 안에 계시는가?

〔가동(짚)이 등장한다〕

가동 석류꽃은 불처럼 붉고,

쑥잎은 안개처럼 푸르네.

〔인사한다〕 진 나으리와 오 나으리께서 오셨군요. 주인마님께서는 등선 구경 나가셨습니다요. 안에 주안상이 준비되어 있어서 손님께서 오시기만 하면 마음대로 머물러 계시도록 해 두었습니다.

진정혜 그것 참 잘됐군요.

오응기 호사가(好事家) 주인이라고 하겠습니다그려.

진정혜 우리가 여기에서 노닐고 있으면 속인(俗人)들이 몰려오지나 않을까 합니다. 그들을 피할 방도가 있어야겠는데요. 〔가동을 부른다〕 여봐라, 등롱(燈籠)을 가져오너라.

〔가동이 대답하고 퇴장했다가 등롱을 들고 등장한다〕

진정혜 〔글씨를 쓴다〕 "복사 모임, 외부인 출입 사절〔復社會文, 閒
人免進〕"이라.

〔가동이 등롱을 건다〕

오응기 사우들이 이곳에 오면 얼른 들어오시라고 해야겠습니다.

진정혜 그렇지요.

가동 〔소리 나는 쪽을 가리키며〕 북소리가 들리시는지요. 등선이
벌써 도착했습니다.

〔진정혜와 오응기가 난간에 기대어 소리 나는 쪽을 바라본다〕

〔단정하게 입은 후방역(생)과 이향군(단)이 북과 딱딱이를 치는
유경정(축), 소곤생(정)과 함께 배 위에 앉은 채로 등장한다〕

진정혜 【팔성감주(八聲甘州)】

　　관현악 은은하게 울려퍼지는 속에,

　　오사모(烏紗帽) 쓴 선비와 붉은 치마 입은 여인들이 배 타고
오네.

　　천연의 자태로다,

　　버드나무 언덕에 저녁놀 비끼는 것이.

　　이름난 아가씨는 이름난 선비와 가깝게 지내고,

　　아름다운 배는 아름다운 누각 가까이에 있어야 하는 법.

오응기 넋을 빼앗길 듯하네,

　　서늘한 저물녘의 신선들이어라.

진정혜 〔배를 가리키며〕 등선에 탄 저 사람이 아마도 후조종인 듯합니다.

오응기 후조종은 우리 사우이니 이쪽으로 모시지요.

진정혜 〔배를 가리키며〕 저 낭자는 이향군인데 함께 모시면 어떻겠소?

오응기 이향군은 완수염이 보내 준 혼수를 거절했으니 필경 복사의 친구라 하겠습니다. 모시지 못할 이유가 없지 않겠습니까.

진정혜 그렇다면 〔배를 가리키며〕 저기 노래하시는 유경정, 소곤생도 완수염의 문객(門客)이 되기를 거부했으니 모두 우리 복사의 친구이십니다. 저분들도 모시고 오면 더욱 좋겠습니다.

오응기 제가 불러 모셔 오지요. 〔부른다〕 후 사형(侯社兄), 후 사형!

후방역 〔정자 쪽을 바라보며〕 저기 수사에서 나를 부르는 분은 진정생(진정혜)과 오차미(오응기)이시구나. 〔절한다〕 안녕하십니까!

진정혜 〔손짓을 하며〕 여기는 정계지의 수사인데, 주안상이 마련되어 있으니 후 형과 향군, 경정, 곤생 모두 이리로 오십시오. 모두 모여 명절을 보내시지요!

후방역 그것 참 좋겠군. 〔유경정, 소곤생, 이향군에게〕 우리 모두 저쪽으로 건너갑시다.

〔연주를 하며 올라온다〕

후방역 · 이향군 【배가(排歌)】

　　용주(龍舟)가 나란히 가는데,

화려한 노는 양쪽에 걸쳐져 있고,

금 술잔에는 접시꽃과 창포잎이 떠 있네.

붉은 누각이 밀집해 있고,

보랏빛 병풍이 세워져 있는 곳으로,

피리 불고 북 치면서 겹구름 속으로 올라가네.

〔인사한다〕

진정혜 네 분께서 도착하시니 진정한 '복사 모임'이 되었습니다.

후방역 복사 모임이 무엇인지요?

오응기 〔등롱을 가리키며〕 보시지요.

후방역 〔등롱을 보며〕 오늘 모임이 있는 줄 몰랐는데, 이 아우가 때맞추어 잘 왔군요.

유경정 "외부인 출입 사절"이라 했으니, 저희는 실례를 범한 것 같습니다.

오응기 완가의 문객이 되기를 거부하셨으니 어찌 복사의 친구가 아니겠습니까?

후방역 설마 향군도 복사의 친구라는 말씀은 아니시겠지요?

오응기 향군이 혼수를 거절한 일만 보아도 복사 친구들은 자리를 하나 내주어야 하지 않겠습니까?

진정혜 앞으로는 복사의 형수님이라고 부르지요.

이향군 〔웃으며〕 제가 어찌 감히……

진정혜 〔가동을 부르며〕 여봐라, 술을 가져오너라. 명절 감상이나 좀 해야겠다.

〔진정혜, 오응기, 후방역이 한쪽으로 앉고, 유경정, 소곤생, 이향군이 다른 쪽에 앉아서 술을 마신다〕

진정혜·오응기 【팔성감주】

　가까운 사람들,

　풍류 넘치는 훌륭한 인품들이라,

　자리에는 모두 훈훈한 웃음의 말이로다.

유경정·소곤생　망국의 근심과 한탄일랑은,

　저 제비 꾀꼬리 우짖는 소리에 날려 버리리.

후방역·이향군　누각 아래의 석류꽃은 불처럼 붉은색을 토해 내는데,

　무더위도 백옥(白玉) 미인을 땀으로 적시지는 못할지니.

가동　〔보고를 올린다〕 등선이 왔습니다요, 등선이 왔어요. 〔등선을 가리키며〕 저기 좀 보세요, 인산인해인데 모두 촉룡(燭龍)을 둘러싸고 있어요. 얼른 와 보세요!

〔모두 일어서서 난간에 기대어 구경한다〕

〔등선이 등장하는데, 오색의 각등(角燈)이 매달려 있다. 북을 치고 취타하면서 무대를 돌고 나서 퇴장한다〕

유경정　이렇게 화려한 것을 보니 모두 고관대작 집안의 배인 것이 분명합니다.

〔또 다른 등선이 등장하는데, 오색의 사등(紗燈)이 매달려 있다. 조십번(粗十番)*을 연주하면서 무대를 돌고 나서 퇴장한다〕

소곤생 이 배는 모두 부상(富商)과 관아 서리들의 것인데, 그런대로 볼 만하군요.

〔또 다른 등선이 등장하는데, 오색의 지등(紙燈)이 매달려 있다. 세십번(細十番)*을 연주하면서 무대를 돌고 나서 퇴장한다〕

진정혜 이 배에 타고 있는 술 마시는 사람들은 모두 한림원(翰林院)의 대문호들이로군요.

오응기 우리네 같은 사람들이야 '교한도수(郊寒島瘦)'* 정도나 될 따름이로구나.

〔모두 웃는다〕

합동 어지럽고도 화려하니,

　　금빛 물결이 은하수의 나루처럼 출렁이는 모습을 바라보네.

후방역 밤이 깊어 등선도 다 지나갔고, 이렇게 다들 모였으니 시를 한 수씩 지어 보는 것도 좋겠습니다.

진정혜 옳습니다. 그러면 시제(詩題)를 무엇으로 할까요?

오응기 「애상부(哀湘賦)」라도 한 편 짓는 것이 재미있을 듯하오만.

후방역 저의 모자란 생각으로는 경치를 읊는 시구를 돌아가며 이어 짓는 것이 더욱 회포를 풀 만한 것 같습니다.

진정혜 그것 참 좋겠습니다. 〔묻는다〕 우리 세 사람은 누가 시작해서 누가 끝낼까요?

후방역 당연히 정생 형께서 시작과 끝을 다 맡으셔야지요.

유경정 세 분께서 돌아가며 시구를 지으면서 밤을 지새우시겠다
면 저희 세 사람은 옆에서 잠이나 잘까요?

진정혜 세 분께서도 적당한 것이 있습니다.

소곤생 어떤 생각이시온지?

진정혜 저희 쪽이 운자(韻字) 넷을 이룰 때마다 술을 한 잔씩 할
테니, 그때 여러분은 음악을 연주하시지요.

후방역 그것 참 재미있겠습니다. 정말이지 '문주생가(文酒笙歌)'
의 모임*이올시다.

진정혜 〔절하며〕그럼 제가 먼저 시작해 보겠습니다.

진회의 정자에서 명절을 감상하며,

명배우의 집에서 마음 터놓고 이야기하네.

오응기 금빛 주머니 같은 잎새 누렇게 피어나고,

불처럼 타오르는 꽃이 붉게 터졌네.*

후방역 창포검(菖蒲劍)은 시험해 볼 필요도 없고,

해바라기는 우리를 실망시키지 않는다네.*

진정혜 재액 막고자 색실 걸치고,

귀신 쫓고자 단사(丹砂) 얻었네.

〔진정혜, 오응기, 후방역은 술을 마시고, 유경정은 운라(雲鑼)를 치고, 소곤생은 월금(月琴)을 연주하고, 이향군은 퉁소를 분다〕

오응기 신기루처럼 누각들 즐비하고,
　　　무지개다리처럼 집들이 늘어서 있네.

후방역 등불은 희화씨(羲和氏)가 모는 해수레 같고,
　　　배는 환룡씨(豢龍氏)가 모는 용 같구나.*

진정혜 별들이 잠자다가 이제 막 바다를 떠난 것 같고,
　　　물결은 여와씨(女媧氏)가 다듬은 유리처럼 반짝이는구나.*

오응기 별빛이 흐르니 은하수와도 같고,
　　　구름이 움직이니 적성산(赤城山)의 흙색 같은 노을이 지는구나.*

〔앞과 같이 술 마시고 연주한다〕

후방역 「옥수후정화(玉樹後庭花)」 노래는 박자 맞추기가 어렵고,
　　　「어양참과(漁陽摻撾)」 노래도 장단을 잘 알 수가 없네.*

진정혜 이구년(李龜年)이 피리 소리에 맞추어 노래 부르는 듯,
　　　혜강(嵇康)이 아쟁과 비파 연주하는 듯.*

오응기　배 붙들어 매는 천 가닥의 비단 닻줄,

　　　　창문마다 내걸린 만안사(萬眼紗) 등불.*

후방역　바둑판 위에서는 연신 바둑돌이 오가고,

　　　　차 따르는 사람은 여기저기로 다니며 차를 따르네.

〔앞과 같이 술 마시고 연주한다〕

진정혜　산초(山椒) 향 타듯이 줄지어 타오르고,

　　　　전투 치르듯이 소리는 시끄럽다.

오응기　번개와 우레처럼 이 밤을 다투는데,

　　　　옥구슬, 비취 같은 여자들은 어느 집이 뛰어날까.

후방역　반딧불이는 아무도 없는 정원에 반짝이고,

　　　　까마귀는 나무만 서 있는 관아에서 울어 대네.

진정혜　사람들 흩어져 간 후에 난간에 기대어 서서,

　　　　시를 지어 요절한 옛 사람들을 애도하노라.

〔앞과 같이 술 마시고 연주한다〕

〔모두 일어선다〕

진정혜　참으로 재미있습니다! 열여섯 운이나 이루었으니 내일 바

로 목판에 새겨도 되겠습니다.

오응기 우리의 창화시(唱和詩)는 감개무량하고, 저분들의 취주(吹奏)는 무한히 처량하니, 누각 아래나 배 안에 있는 분들은 우리의 마음을 헤아리는 사람이 없을 것입니다.

소곤생 〔유경정을 향해〕 이제 그 이야기는 그만하시고, 예부터 이르기를 좋은 밤은 짧기만 하고 좋은 일은 만나기 어렵다고 했습니다. 우리 두 사람이 노래를 하고 진 상공, 오 상공께서 술을 권하셔서 저 명사(名士)와 미녀에게 다시 한번 멋진 만남을 만들어 드리는 것이 어떻겠습니까?

유경정 좋습니다. 그건 바로 우리 아첨쟁이들의 본분이지요.

진정혜 저와 차미 형이 먼저 왔으니 저희가 주인 노릇을 하여 두 분을 모셔야 할 터입니다. 조금만 참으시지요.

오응기 그럼 차례대로 앉으면 되겠습니다.

〔후방역과 이향군이 정면에 앉고, 진정혜와 오응기가 왼쪽에 앉고, 유경정과 소곤생이 오른쪽에 앉는다〕

후방역 〔향군에게〕 여러분들의 뜻을 받들어 우리 두 사람이 함께 술상 앞에 앉아 교배주(交杯酒) 한 잔씩 드는 것도 좋겠군요.

〔이향군이 미소를 짓는다〕

〔진정혜와 오응기가 술을 권하고, 소곤생과 유경정이 노래를 시작한다〕

소곤생 · 유경정 【배가】

　　노래가 이제 막 시작되고,

등불은 아직 꺼지지 않았으니,

미인은 다시금 기운을 차리네.

시를 벽에 적고,

술이 입술을 적시니,

낭군님의 말씀이라 부드럽기 짝이 없네.

하인 〔보고한다〕 등선이 또 오는뎁쇼.

진정혜 밤이 이미 깊었는데 어찌 또 등선이 온단 말인가?

〔모두 일어나 난간에 기대어 바라본다〕

〔완대성(부정)이 등선에 앉고, 배우들(잡)이 연주와 노래를 하면서 천천히 등장한다〕

소곤생 저 배에는 망나니 녀석들이 타고 있는 것 같습니다. 모두 잘 들어 봅시다.

완대성 〔뱃머리에서 일어서서 중얼댄다〕 이 완대성이 배를 사고 가수들을 실어서 일찍 나오려고 했는데 경박한 놈들이 소란을 피울까 해서 이 늦은 밤에야 나오게 되었으니 정말이지 괴롭구나! 〔정자를 가리키며〕 저기 정계지의 정자에는 아직도 등불이 켜져 있구나. 〔부른다〕 여봐라, 저기 정자에 누가 있는지 좀 알아보거라.

하인 〔강가로 나갔다가 돌아와서〕 등롱 위에 "복사 모임, 외부인 출입 사절"이라고 씌어 있는뎁쇼.

완대성 〔놀라면서〕 아이쿠, 큰일났다! 〔소매를 저으며〕 당장 풍악을 멈추고 등불을 꺼라!

〔등불을 끄고 음악을 멈추고 천천히 배를 저어 간다〕

진정혜 저 등선이 어째서 노래를 그치고 등불까지 끄고 조용히 가는 거지?

오응기 정말 이상하구나. 누가 얼른 가서 살펴보라고 해라.

유경정 그럴 필요 없습니다. 제가 늙어서 눈이 어둡기는 하나 벌써 꿰뚫어 보았지요. 저 수염 난 자는 바로 완원해입니다.

소곤생 어쩐지 노래가 좀 다르다고 생각했지요.

진정혜 〔노하여〕 이런 겁 없는 늙은이 같으니! 이 공원 앞이 제 놈의 놀이터란 말이더냐!

오응기 내가 가서 그놈의 수염을 뽑아 오지요. 〔퇴장하려고 한다〕

후방역 〔오응기를 말리면서〕 그만두시지요. 저 사람이 이미 우리를 피해 도망갔으니, 우리도 너무 심하게 할 필요는 없지 않겠습니까.

진정혜 후 형, 우리가 너무 심한 게 아니라 저놈이 이미 너무 심하게 굴었단 말입니다.

유경정 배는 이미 멀리 가 버렸으니 그만두시지요.

오응기 완수염, 이번에는 운이 좋았다.

이향군 밤이 이미 늦었으니 이제 그만 자리를 파하시지요.

유경정 향군이 집에 돌아가고 싶은 모양이니 우리가 모셔다 드립시다.

진정혜·오응기 우리 두 사람은 집에 돌아가지 않고 여기에서 밤을 새울 겁니다.

후방역 두 형께서 집에 돌아가지 않으신다니 저희는 배를 타고 가겠습니다. 그럼 여기서 이만 작별 인사를 드려야겠습니다.

진정혜 · 오응기　그럼 살펴 가시지요. 〔먼저 퇴장한다〕

〔후방역, 이향군, 유경정, 소곤생이 배에 타고, 사공이 배를 저어 간다〕

사공　【여문(餘文)】

　　누각을 내려와,

　　사람들은 다 흩어지고,

　　작은 배에는 봄만 남았는데,

　　깊은 밤에 꽃들 잠든 집의 문 두드리기 어려울까 걱정될 뿐.

후방역　달 지고 안개 자욱하여 길은 잘 보이지 않는데,

이향군　작고 붉은 집이 동쪽 옆에 있네.

유경정　진회는 물로 가득한데,

소곤생　한밤에 봄 배는 미인을 태워 가네.

제9척 군사들의 소란[撫兵]

숭정 16년(계미, 1643) 7월
무창(武昌) 좌량옥(左良玉) 부대의 군영

〔장수 두 명(부정·말)이 졸병 네 명(잡)을 이끌고 등장한다〕

장병들 【점강순(點絳脣)】

깃발은 바람에 펄럭이는데,

파도에 쇠뇌 쏘면 고래와 상어도 두려워하지.

활 붙잡고 말들을 시험하여 타다 보면,

북소리 나팔 소리 속에 날이 저물지.

우리는 무창을 지키시는 병마대원수(兵馬大元帥) 영남후(寧南侯: 좌량옥) 휘하의 장병들입니다. 오늘은 아침 점호가 있는 날인데, 대원수께서 곧 소집 명령을 내리실 것이기 때문에 여기에서 대기하고 있는 중입니다.

〔군악이 울리면서 문이 열린다〕

〔좌랑옥(소생)이 장군 복장을 하고 등장한다〕

좌랑옥 【분접아(粉蝶兒)】

　칠 척의 당당한 키에,

　머리는 호랑이 같고 턱은 제비 같은 멋진 모습,*

　거친 남아(男兒)는 하늘 끝까지 치달리네.

　제비가 펄펄 날아다니듯 하고,

　비호(飛虎)가 먹이 사냥하듯 날아다니고,

　바람과 구름도 놀랄 정도로 포효하네.

　나라의 은혜에 보답하고자,

　뜨거운 피 뿌리려네.

　사열 시작하니 나팔 소리마저 조용하다,

　서른에 장군 되니 사람들이 우러러 보네.

　병사들이 전사할 때마다 재산을 다 내어 주고,

　남은 칼 한 자루로 임금님의 은혜에 보답하고자 하네.

　나는 좌랑옥입니다. 자는 곤산(崐山)이고, 고향은 요양(遼陽)*
입니다. 대대로 도사(都司)*의 직책을 지내다가 죄를 얻어 파직
당하고 창평(昌平)*에서 일개 병사가 되었소. 다행히도 제독(提
督)이신 후순(侯恂)*을 만나 보병에서 장수로 발탁되고, 일 년도

안 돼 다시 총병(總兵)의 관직에 올랐소. 남북으로 정벌을 나가 공적을 쌓았고, 강병(强兵)과 준마(駿馬)들이 형양(荊襄)* 땅에 진을 치게 되었소. 〔자세를 취하며〕 나 좌량옥, 어려서부터 무예를 배워 능히 수십 근이 나가는 강궁(强弓)을 당겨서 정확하게 쏠 수 있는데, 어찌 저 이자성이나 장헌충(張獻忠) 같은 조무래기들을 토벌하기 어렵겠는가?* 다만 한탄스러운 것은 제대로 된 지휘관이 없고 때를 놓친 것이니, 웅문찬(熊文燦), 양사창(楊嗣昌)은 사리를 좇다 이미 패퇴했고, 정계예(丁啓睿), 여대기(呂大器)는 태만하여 공훈이 없소.* 다만 나의 은사이신 후 공(侯公)만이 지략과 용맹을 겸비하여 능히 중원(中原)을 경영할 수 있거늘, 안타깝게도 간사한 자의 질투로 인해 등용되자마자 물러나셔서 나의 끓는 피로 황제께 보은할 날은 기약이 없으니 참으로 한탄스럽도다! 〔발을 구르며〕 그만두자, 그만두자! 이 호남(湖南), 호북(湖北) 땅도 싸울 만하고 지킬 만하니 얼마간 성패(成敗)를 살펴본 후에 거취를 정하리라. 〔앉는다〕

〔막후에서 병사들이 외치는 소리가 난다〕

좌량옥 〔놀라 묻는다〕 군문(軍門) 밖에서 떠드는 자들은 누구인가?

장수들 원수께 아뢰오니, 군문은 조용합니다. 누가 감히 떠들겠습니까.

좌량옥 〔화를 내며〕 지금 저렇게 시끄러운데 어찌 소란이 없다 하느냐?

장수들 저 소리는 배고픈 병사들이 식량을 구하느라고 떠들어 대는 것입니다.

좌량옥 아니, 얼마 전에 호남에서 군량 서른 척을 빌려 왔건만 한 달도 안 돼 다 떨어졌다는 말이냐?

장수들 원수께 아룁니다. 군영의 인마(人馬)가 이미 삼십만을 넘어서서 군량이 더 필요한데, 어찌 충분할 수 있겠습니까?

좌량옥 〔탁자를 치며〕 아아! 이 일을 어찌할꼬! 〔일어선다〕

【북석류화(北石榴花)】
중원에는 승냥이 떼가 나라를 어지럽히며,
황제께서 계시는 대궐을 호시탐탐 노리고 있는데,
그 누가 황실을 구하여 황제께 보답하려고,
기꺼이 의로운 깃발을 높이 들던가.
저 도독(都督)이나 군사(軍師)들 중에는 노련한 장수가 없고,
뽑아 놓은 병사들은 모두 아녀자들 같은데,
오히려 나더러 버티라고 하는구나,
오히려 나더러 버티라고 하는구나.
바야흐로 살기등등한 때에,
군량이 벌써 떨어져 가는구나.
몰려와서 손뼉 치며 소란을 피우니,
몰려와서 손뼉 치며 소란을 피우니,
여러 일로 바쁜 나는 어이 대답하랴,
대낮에 벌집 건드려 웅웅거리는 것만 같구나.

〔앉는다〕

〔막후에서 다시 고함소리가 들린다〕

좌량옥　바깥의 장병들이 갈수록 소란스러워지니 마치 반란이라도
　일어나려는 것 같다. 여봐라, 나의 군령을 들어라. 〔일어난다〕

　　【상소루(上小樓)】
　　너희는 나를 원망하지 말라,
　　너희는 나를 원망하지 말라.
　　그 누가 황조(皇朝)의 견마(犬馬)가 아니더냐,
　　황제께서는 삼백 년 동안 우리를 길러 주셨다,
　　삼백 년 동안 우리를 길러 주셨다.
　　모두 잘 생각해 보라,
　　어째서 북 치고 문 두드려 소란을 피우며,
　　감히 창고와 관아를 약탈하려 하는가.
　　나는 여기에서 두 눈을 부릅뜨고,
　　나는 여기에서 두 눈을 부릅뜨고,
　　강주(江州)*에서 군량이 들어오는 것을 기다리노라.

〔자리에 앉고 나서 영전(令箭)*을 뽑아 땅에 내던진다〕

장수들　〔영전을 주워 막후를 향하여 명령을 전한다〕 원수께서 군
　령을 내리셨다. 전군(全軍)은 잘 듣거라. 지금 군량이 모자란 것
　은 입대하는 인마가 많아졌기 때문이지 처음부터 군량 보급이
　부족했던 것은 아니로다. 나라의 크신 은혜를 저버리지 말 것이

며, 장군의 엄명을 반드시 따르도록 하라. 곧 강서(江西)에서 원조 군량이 도착할 것이니 모두 조용히 따르고 소란을 피우지 말라. 〔좌량옥에게 보고한다〕 원수의 군령을 받들어 이미 전군에 전달했습니다.

〔막후에서 다시 시끄러운 소리가 들린다〕

좌량옥 어찌하여 시끄러운 소리가 군문까지 들리는가. 너희는 다시 가서 군령을 전달하도록 하라. 〔일어선다〕

【황룡범(黃龍犯)】
너희는 오늘 밤만 굶주린 배를 참고,
강서에서 오는 배들을 기다리라.
속히 금릉(金陵)으로 격문을 보내어,
속히 금릉으로 격문을 보내어,
병부상서를 통해 황제께 보고를 올려서,
우리가 군진을 옮길 수 있도록 허락을 받겠노라,
우리가 군진을 옮길 수 있도록 허락을 받겠노라.
군량을 찾아 동쪽으로 가서,
진영을 안정시키고 군마(軍馬)를 쉬게 하고,
군선(軍船)을 타고 연자기(燕子磯)*에 가서 쉬리라.

장수들 〔영전을 들고 막후를 향해 군령을 전한다〕 원수께서 군령을 내리셨다. 전군은 잘 들어라. 군량을 실은 배가 도착하는 즉시 지급을 하겠다. 만일 운송이 늦어지면 허기를 버티기가 어려울 테니 곧 한구(漢口)로 철군했다가 남경으로 옮겨 갈 것이다. 군량이 부족할 일은 결코 없을 것이고, 인마가 모두 배불리 먹을 수 있을 것이다. 모두 조용히 따르고 다시는 소란을 피우지 말라!

막후 〔환호를 지르며〕 와아! 모두 짐을 챙겨서 동쪽으로 갈 준비를 하자!

장수들 〔보고한다〕 원수께 아룁니다. 전군이 군령을 받고 모두 환호하며 흩어졌습니다.

좌량옥 일이 이렇게 되었으니 이제 어쩔 수가 없도다. 날짜를 잡아 진지를 옮겨 잠시나마 군심(軍心)을 위로해야겠다. 〔생각에 잠겼다가〕 잠깐, 황상의 명을 받지 않고 함부로 움직였다가는, 비록 성은(聖恩)이 관대하여 처벌은 받지 않을지 모르겠으나, 그 사이에 말이 많을 것 같다. 일은 신중히 해야 하니 다시 생각해 봐야겠다.

【미성】
전군을 위무하자니 다른 방법이 없어서,
군량 찾아 나서도록 허락하니 소란이 그쳤도다,
그 누가 알리오, 님 향한 해바라기 같은 나의 마음을.

〔퇴장한다〕

〔막후에서 군악이 울리고 문이 닫히고 졸개 네 명이 퇴장한다〕

장수 갑 노형, 상의 좀 합시다. 천하의 강병은 여기 무창에 다 모여 있소. 내일 강을 타고 동쪽으로 내려가면 누구도 저지하는 사람이 없을 것이오. 우리 모두가 원수님을 옹립하고 남경을 함락하고 황제의 깃발을 찢어 버리고 북쪽으로 진군해 가면 어떻겠소이까?

장수 을 〔손을 내저으며〕 우리 좌 원수님은 충성된 분이시니 그런 미친 소리는 꺼내지도 마시오. 지금은 진지를 옮겨 양식을 구해 배불리 먹는 것이 가장 좋은 방법이오.

장수 갑 아직도 모르는가, 우리가 일단 남경으로 가면 벌써 인심이 흉흉해질 것인데, 설사 북경을 취하지 않는다고 해도 악명(惡名)을 면하기는 어려울 것이오.

장수 을 분분히 장병들은 진지를 옮겨 가려고 하는데,

장수 갑 기율 엄격한 군영에 저녁 피리 소리 울려 퍼지네.

장수 을 옛부터 영웅들은 치밀하게 계산했지,

장수 갑 군선이 동쪽으로 가면 일생을 그르칠 수 있다네.

권 2

제10척 편지 작성[修札]

숭정 16년(계미, 1643) 8월
남경 유경정의 거처

〔유경정(축)이 등장한다〕

유경정　늙은 몸으로 강호를 떠돌아도 부끄러울 것 없으니,

　　고금의 이야기 팔아먹는 것이 나의 생애라.

　　요새는 권세가에게 빌붙어 살기도 싫어,

　　이곳 저곳 떠돌며 냉차나 마신다네.

　　〔웃으며〕 저는 유경정이올시다. 어렸을 적부터 호적도 없이 강호를 떠돌고 비록 이야기나 팔아먹는 사람이지만, 음식만 축내는 쪽은 아닌 셈이지요. 〔절한다〕 여러분께서 보시기에 제가 누구를 닮았습니까. 염라대왕처럼 생겨서 이 커다란 장부를 들

고서 명이 다해 귀신이 될 자들의 이름을 부를 것만 같나요? 아니면 미륵불처럼 생겨서 이 두꺼운 뱃가죽을 불쑥 내밀고서 그 속에 무한한 세상사가 들어 있는 것처럼 행세하는 것 같습니까? 북과 딱딱이를 두드리노라면 바람, 우레, 비, 이슬이 생겨나고, 세 치 혀를 움직이기 시작하면 추상 같은 엄정한 평가가 나오지요. 억울함을 당한 충신과 효자를 위해서는 눈썹을 치켜 뜨며 분노를 말해 주지만, 일신의 영달에 성공한 간웅과 모리배들에게는 하늘이 벌할 것이라고 저주를 퍼붓지요. 이것을 두고 불공평을 구제해 주는 작은 힘이요, 칭찬과 비난을 판정해 주는 도구라고 하겠습니다. 〔웃으며〕 이 유곰보는 입에서 나오는 대로 떠들어도 재미가 있지요. 어제 하남의 후 공자께서 밥값을 보내 주시면서 오늘 오후에 평화(平話)*를 들으러 오신다고 약속하셨으니, 북과 딱딱이를 꺼내 놓고 손님 받을 준비나 해 볼까 합니다. 〔북과 딱딱이를 꺼내어 두드리며 노래한다〕

일 없이 한가하게 잡담하는 듯해도,

그 안에는 재미와 신산(辛酸)이 들어 있다네.

십만 팔천 년 전 아득한 옛날부터,

삽시간에 날아가는 기러기처럼 멀리멀리 흘러간다네.

광풍과 폭우가 몰아칠 때마다,

여러 영웅호걸들은,

명리(名利)를 다투며 시대를 호령하려 했지만,

수백 일 동안 잠을 잔 진단(陳搏)보다는 못하다네.*

〔후방역이 등장한다〕

후방역 방초와 안개 속에서 미녀를 찾아다니고,

　　　저물 무렵 노을 속에서 영웅을 이야기하네.

　　오늘은 유경정의 평화를 들으러 왔는데 안에서 북과 딱딱이
소리가 들리니 벌써 다른 사람이 도착하여 시작했나 봅니다.
〔서로 인사하고 크게 웃는다〕 손님들이 아직 안 오셔서 저 혼자
있으니 누구에게 들려주시렵니까?

유경정 설서(說書)는 이 늙은이의 본업입니다. 상공께서도 서재
에 앉아 거문고를 타고 시를 읊는 것이 꼭 사람들에게 들려주려
고 하시는 것은 아니지 않습니까?

후방역 〔웃으며〕 그렇군요, 맞는 말씀입니다.

유경정 오늘은 어느 시대의 이야기를 듣고 싶으신지요?

후방역 아무 시대나 다 좋습니다. 시끌벅적하면서도 통쾌한 이야
기 하나 골라서 해 주십시오.

유경정 하지만 시끌벅적한 시국은 적막의 씨앗이요, 통쾌한 일은
질척거리는 시대의 지엽일 뿐입니다. 그것보다는 차라리 패망
하여 황폐해진 산하의 임금 잃은 신하와 아버지 없는 서자와 같
은 눈물 나는 이야기를 들려 드리겠습니다.

후방역 〔탄식하며〕 아아! 경정께서도 이 땅을 깊이 걱정하시는지
는 미처 몰랐습니다!

〔양문총(말)이 급히 등장한다〕

양문총 강바닥에 쇠사슬을 걸어두지 말아야 하리,

성채에 항복 깃발이 나부낄 수도 있으니까.

저는 양문총입니다. 급한 일이 생겨서 후 형을 찾아 의논해야 하는데, 어디에 있는지 물어보았더니 여기에 왔다고 하더군요. 들어가 보아야겠습니다.

〔인사한다〕

후방역 마침 잘 오셨습니다. 함께 경정의 평화나 들으시지요.

양문총 〔다급하게〕 지금이 어느 때인데 평화나 듣고 있단 말입니까.

후방역 용우께서는 무슨 일로 이리 다급하신지요?

양문총 아직 모르고 있었습니까. 좌량옥이 군대를 이끌고 동진(東進)하여 남경을 약탈하고 북경까지 넘보려고 한다오. 병부상서 웅명우(熊明遇)께서는 속수무책으로 계셔서 이렇게 아우님께 와서 묘책을 구하고자 하는 것입니다.

후방역 제게 무슨 계책이 있겠습니까.

양문총 대인(大人)*께서는 바로 좌량옥의 스승이시라고 들었는데, 친서를 한 장 써 주시면 능히 그를 퇴각시킬 수 있을 것입니다. 아우님의 생각은 어떠십니까?

후방역 그런 일이라면 어찌 돕지 않겠습니까만, 아버님께서는 이미 관직에서 물러나셔서 은거하고 계시니 편지를 쓴다고 하더라도 도움이 될지는 모르겠습니다. 게다가 편지를 전하자면 삼천 리 길을 왕래해야 하는데, 당장 닥친 위기를 어떻게 피한다

는 말씀인지요?

양문총　아우님께서는 평소에 호협(豪俠)으로 불리셨으니, 이러한 국가지대사를 당하여 어찌 좌시만 하고 계시겠습니까. 먼저 아우님께서 대신 서한을 써서 당장의 일을 해결하시고, 연후에 대인께 따로 말씀을 올린다면 질책받는 일은 없을 것입니다.

후방역　그 정도 임기응변이라면 못할 것은 없지요. 제가 집에 가서 초고를 잡아 놓을 테니 후에 함께 상의해 보도록 하십시다.

양문총　일이 급합니다. 지금 써서 보내도 늦을까 하는데, 어찌 또 기다렸다가 상의를 한다는 말입니까.

후방역　그렇다면 지금 편지를 쓰도록 하지요. 〔편지를 쓴다〕

【일봉서(一封書)】
"이 늙은이가 어리석고 불민하나,
장군께 생각해 보시라고 권하오,
군대를 조금 천천히 움직이시게,
출병에 명분이 없으면 도중에 의심을 사는 법이니.
선제(先帝)의 능이 서울에 있고 황릉의 나무도 살아 있건만,
어느 누가 감히 말발굽으로 짓밟는단 말인가.
군량과 연료가 부족하다니,
먼저 잘 보충하고,
일편단심의 충성은 변하지 마시게."

양문총　〔편지를 읽어 보고〕 훌륭하십니다! 솔직하면서도 부드러

운데다가 마음도 담겨 있고 사리도 분명하니, 그가 이 편지대로 따르지 않을 수 없을 것입니다. 과연 아우님의 실력은 대단하십니다.

후방역 말씀은 감사합니다만, 그래도 웅 대사마께 보여 드리고 다듬어야 좋을 듯합니다.

양문총 번거롭게 그러실 것 없습니다. 제가 보고만 드리면 됩니다. 〔근심스럽게〕 다만 한 가지, 편지는 마련되었으나 적당한 집안사람 한 명을 가려서 속히 보내야 할 것입니다만.

후방역 저는 단출하게 다니는 몸이라 가동 둘밖에 없는데, 편지를 전하기에는 힘이 부치겠습니다.

양문총 그렇다고 이런 밀서를 잘 모르는 사람에게 부탁할 수는 없는 일인데.

후방역 묘책이 없구나.

유경정 걱정하실 것 없습니다. 이 늙은이가 한번 가 보는 것은 어떻겠습니까.

양문총 경정께서 가 주신다면야 더할 나위 없이 좋겠습니다만, 길목마다 검문이 심하고 놀러 가시는 것도 아니라서요.

유경정 이 유곰보는 본래 성이 조(曹)가이지만, 키는 구 척이면서 밥만 축내는 사람하고는 다르답니다.* 임기응변하는 말재주에 좌충우돌하는 완력은 아직도 좀 남아 있지요.

후방역 듣자 하니 좌량옥의 군문 수비가 엄격하여 한량이나 나그네는 절대 들어갈 수 없다고 합니다. 게다가 경정께서는 이렇게 연로하신데 가실 수 있겠습니까?

유경정 상공께서 또 이 늙은이를 얕보시는군요. 이런 일쯤은 설
서 할 때 많이 나오는 이야깁니다. 내가 마음만 먹으면 갈 수도
있고 안 갈 수도 있습니다. 내가 어찌 상공의 말씀에 좌지우지
되겠습니까?

〔일어나서 묻는다〕

【북투암순(北鬪鵪鶉)】
당신은 그쪽에서 붓으로 글을 쓰고,
나는 이쪽에서 마음속으로 계책을 세우네.
여러 사람들과 설전을 벌이는 일은,
부족한 나에게 맡겨 주오.
유의(柳毅)가 편지를 전한 것처럼,
바다 밑까지라도 다녀오겠소.*
어리석음은 버려두고,
해학과 재치를 가지고서,
조용히 갔다가 자랑스럽게 돌아오면,
모든 이가 갈채를 보내리라.

양문총 과연 훌륭하오. 편지 속의 뜻을 당신이 잘 설명해 주면 좋
은 결과가 있을 겁니다.

유경정 【자화아서(紫花兒序)】
편지의 뜻을 자세히 설명할 필요 없다오,

어찌 힘써 밝혀서,

내 입과 볼만 아프게 할 필요가 있겠는가.

빈손으로도,

전해 주러 가서,

기선을 제압할 수 있다오.

내 혀끝으로 저들 군사를 욕해 준 뒤에,

팔백 리 밖으로 물러나게 하겠소.

후방역　어떻게 욕한다는 말씀인지?

유경정　도적을 막는다면서 자기가 도적질을 하는 것이,

옳은 일인지 아닌지를 묻겠소.

후방역　훌륭하십니다! 제가 쓴 편지보다 훨씬 나으십니다.

양문총　얼른 가서 짐을 싸시게. 내 노잣돈을 준비해 드리리다. 오늘 밤에는 꼭 출발하도록 하시게.

유경정　잘 알겠습니다! 〔절을 하며〕 그럼 바로 가 보겠습니다. 〔바로 퇴장한다〕

양문총　유경정이 쓸 만한 재주를 지니고 있는 줄은 내 미처 몰랐구려.

후방역　제가 늘 말씀드리지 않았습니까. 저분은 우리와 같은 분이고, 설서는 재미 삼아 하신다는 것을 말씀입니다.

【미성】

편지는 임시변통으로 대신한 것이니,

경정의 혀끝에서 나오는 언변에 의지하여,

저 거친 좌 원수(元帥)의 군대를 새벽 서리 때까지는 돌아가게 하여,

우리의 아름다운 도성과 삼산(三山)*의 노을을 지킬 것이라네.

양문총 편지 한 장이 군마보다도 힘이 크니니,

후방역 더 이상 형주(荊州)에서 오는 전선(戰船)은 없으리라.

양문총 예부터 명사들은 강좌(江左)*를 칭찬했는데,

후방역 오늘은 불자(拂子)를 휘두르며 장수를 지휘하네.*

제11척 편지 전달[投轅]

숭정 16년(계미, 1643) 9월
무창 좌랑옥의 군영

〔병졸 두 명(정과 부정)이 등장한다〕

병졸 갑 도적 잡아 죽이고 그들의 짐을 털고,
　　　　백성 구한다면서 백성의 방을 차지하지,
　　　　나으리들은 관가의 창고를 마음대로 주무르고,
　　　　우리는 한 사람이 군량 삼 인분을 차지한다네.

병졸 을 지금은 그렇게 안 하지.
병졸 갑 그럼 자네가 한번 불러 봐!

병졸 을 도적들 흉포하니 짐도 별로 얻지 못하고,

백성들은 다 도망가 빈 방만 남아 있네.

나으리들은 가난해서 창고를 닫아 걸었고,

우리는 쌀 한 톨도 먹을 수가 없다네.

병졸 갑 그러고 보니 우리 이 가난한 병졸들은 정말 금방이라도 굶어 죽겠구나.

병졸 을 정말 곧 굶어 죽을 것 같네그려.

병졸 갑 저번에 우리가 북을 치면서 소란을 피웠을 때 원수께서는 곧 남경으로 군량을 구하러 가겠다고 하셨는데, 요 며칠 동안 움직일 낌새가 없으니 계획이 변했는지도 모르겠어.

병졸 을 원수께서 마음을 바꾸었다면 우리가 다시 저번처럼 항의를 하면 되지 않겠나.

병졸 갑 쓸데없는 소리. 얼른 군문에 가서 출근 보고나 하고 나서 다시 생각해 보세. 정말이지,

배곯거나 사람 죽이는 일쯤은 두렵지 않지만,

법을 어기는 일은 감히 못한다네.

〔병졸들이 퇴장한다〕

〔유경정(축)이 짐을 지고 등장한다〕

유경정 【북신수령(北新水令)】

스산한 바람 불어 낙엽 우수수 떨어진 빈숲을 지나,

갈대꽃, 붉은 여뀌 피어 있는 길을 걸어 나왔네.

백접리(白接羅) 두건 뒤집어쓰고,

담로도(湛盧刀) 비껴 차고,*

흰 수염 휘날리니,

내가 바로 우스개로 세상 풍자하는 동방삭(東方朔)인 줄 그 누가 알랴.*

나 유경정은 비바람을 뚫고 강을 따라 오는 길인데, 병사들이 양식을 약탈하는 광경을 보지 못했으니 아마도 와전된 소식이 전해진 듯합니다. 벌써 무창성(武昌城) 근처에 도착했으니 여기 풀밭에서 짐을 풀고 신발 갈아 신고 두건 바꿔 쓰고 나서 편지를 전달하러 가야겠습니다. 〔땅에 앉아 신발을 갈아 신고 두건을 바꿔 쓴다〕

〔병졸 두 사람(정과 부정)이 등장한다〕

병졸들 【남보보교(南步步嬌)】

새벽비 내리는 도성의 변두리에는 배고픈 까마귀 우는데,

안개 내린 황폐한 길을 걸어와서,

군영이 지척에 다다랐네.

〔손으로 가리키며〕

바람은 깃발을 휘날리고,

북과 피리 소리 아득히 들려오니,

저기 앞쪽이 군문이니, 얼른 가자구.

주린 배는 견디기 어렵지만,
그래도 사흘날과 여드레의 접호*는 출석해야지.

유경정 〔일어나 예를 표하며〕 두 분 병사께 말씀 좀 여쭙겠습니다. 장군의 군문이 어디쯤인지요?

병졸 갑 〔병졸 을에게 속삭인다〕 이 노친네는 강북(江北) 말을 쓰고 있으니 도망병이 아니라면 떠돌이 도적일 걸세.*

병졸 을 붙잡아서 돈 몇 푼 털어 내다가 밥이나 사 먹자.

병졸 갑 그거 좋지!

병졸 을 〔유경정에게〕 장군의 군문을 찾으시오?

유경정 그렇습지요.

병졸 갑 우리가 모셔다 드리지. 〔포승줄로 유경정을 포박한다〕

유경정 아이구! 어째서 저를 묶어 버리십니까요?

병졸 을 우리는 무창 군영의 순찰 궁수(弓手)다. 네놈을 체포하지 않으면 누굴 잡는단 말이냐.

유경정 〔두 사람을 땅바닥에 패대기쳐 버리고 웃는다〕 이런 눈도 안 달린 거지 같은 놈들아, 단번에 넘어갈 정도로 배가 곯았더냐?

병졸 갑 우리가 굶주렸는지를 어떻게 아셨나요?

유경정 너희 녀석들이 배를 곯지 않았다면 내가 뭐 하러 여기까지 왔겠느냐?

병졸 을 그런 말씀을 하시는 걸 보니 식량을 가져오시는 분이십니까?

유경정 식량을 가져오지 않으면 뭐 하는 사람이겠느냐?

병졸 갑 아이고. 저희가 눈이 멀었습니다. 얼른 짐을 드시지요. 저희가 노형(老兄)을 군문까지 모셔다 드리겠습니다요.

〔세 사람이 동행한다〕

유경정 【북절계령(北折桂令)】
　　무창성은 도도한 장강(長江)을 베개 삼아 누워 있고,
　　앵무주(鸚鵡洲)는 광활하고,
　　황학루(黃鶴樓)는 드높다네.*
　　그러나 닭과 개 울음소리 끊겼고,
　　사람들은 참담한 지경에 빠졌으며,
　　저잣거리는 스산하기만 하네.
　　이 모두가 저 승냥이 같은 무리를 먹이느라 그런 것,
　　금수강산의 아름다운 풍경은 다 깨어져 버렸도다.
　　귓가에는 고함소리 가득 들려오고,
　　북소리 웅장하며,
　　철갑을 두른 말의 울부짖는 소리도 세차도다.

병졸 을 〔군문을 가리키며〕여기가 원수부(元帥府)의 군문입니다. 〔유경정에게〕노형께서는 여기에서 잠시만 기다리시지요, 제가 전갈을 넣어 드리겠습니다. 〔북을 두드린다〕

〔중군관(中軍官)*(말)이 등장한다〕

중군관 관직이나 작위 수여하는 힘은 오로지 원수가 가장 크시고,
　　징벌이나 처형의 권한도 높으신 제왕에 못지않으시네.

　　문 밖에서 북을 치는 자는 무슨 사정이 있는지 속히 들어와서
　　보고하라.
병졸 갑 순찰하다가 낯설고 수상한 자를 붙잡았는데, 말로는 이
　　곳에 군량을 가져오는 사람이라고 하나 진짜인지 가짜인지를
　　알 수가 없어 군문에 압송했사오니, 처분을 내려 주십시오.
중군관 〔유경정에게〕 군량을 가져왔다는데 공문서라도 있느냐?
유경정 공문서는 없고 서신(書信)은 있습니다.
중군관 수상하도다.

　　【남강아수(南江兒水)】
　　네가 북에서 온 까닭을 잘 생각해 보아야겠군,
　　편지 한 통에는 이름도 쓰여 있지 않고,
　　황당무계한 말재주에는 무모한 거짓말이 많도다,
　　아무것도 없는데 어찌 군량이 도착한단 말인가.
　　까닭도 없이 이리저리 둘러대고만 있는데,
　　너의 모습을 보아하니,
　　도망자 아니면 도둑이로구나.

유경정   아니올시다. 만약에 제가 도망자이거나 도둑이라면 어찌
하여 제 발로 군문을 찾아왔겠습니까.

중군관   그 말도 일리가 있군. 그렇다면 편지를 지녔다고 하니 내
가 대신 전해 주겠소.

유경정   이 편지는 밀서이오니 원수께 직접 전해 드려야 합니다.

중군관   이 말은 더욱 수상하구나. 너는 잠시 바깥에서 기다려라.
먼저 원수께 보고를 드린 후 들어가 뵐 수 있도록 하겠다.

〔두 병졸과 유경정이 퇴장한다〕

〔막 뒤에서 취타(吹打)가 울리며 문이 열리고, 군졸 여섯(잡)이 각
자 무기를 들고 마주선다〕

〔좌량옥(소생)이 군복을 입고 등장한다〕

좌량옥   장강 변의 형양 넓은 땅을 비롯하여,

사해(四海)의 안위가 칠 척 이 몸에 달렸도다.

하루하루의 군량을 어떻게 해야 할지 걱정일 따름이니,

어찌 웃으면서 전장의 먼지를 가라앉힐 수 있으랴.

〔자리에 올라가 앉고 나서 명령한다〕 어제 배고픈 병사들이
소란을 피워 본관은 남경으로 군량을 구하러 가겠다고 짐짓 거
짓말을 했는데, 나중에 곰곰히 생각해 보니 병사가 가서 식량을
구하는 것보다는 식량이 와서 군사들을 구하는 것이 낫겠도다.
듣자 하니 구강(九江)에서 군량을 보조하여 곧 도착한다고 한
다. 오늘은 점호를 하지 않겠으니 각자 군영으로 돌아가 군량이

도착하는 것을 기다리도록 하라.

중군관 분부대로 거행하겠나이다.

〔퇴장했다가 다시 등장한다〕

중군관 원수(元帥)님의 군령을 전달한다. 오늘은 점호를 하지 않겠으니 전군은 각자 군영으로 돌아가라.

좌량옥 무슨 소식이 있거든 속히 알리도록 하라.

중군관 다른 소식은 없습니다. 다만 한 전령이 군량을 가져왔다면서 원수님을 뵙고자 합니다.

좌량옥 〔기뻐하며〕 결국 군량이 도착했구나, 기쁜 일이로다! 〔중군관에게〕 어느 관청의 공문을 가지고 왔느냐?

중군관 공문은 없었고 사신(私信)이 있다는데, 원수님께 직접 보여 드려야 한다고 하옵니다.

좌량옥 이상한 말이구나. 혹시 유적(流賊: 이자성의 군대)이 정탐하러 온 것인지도 모르겠구나. 〔명령을 내린다〕 호위병들은 만반의 준비를 하고, 그자를 무릎으로 기어서 들어오도록 하라.

모두 예이!

〔중군관이 유경정을 들어오도록 한다〕

〔좌우 호위병들이 무기를 들고, 유경정이 그 사이로 들어온다〕

유경정 〔읍(揖)을 하며〕 원수께서 위쪽에 계시니 이 늙은이가 인사드립니다.

좌량옥 네 이놈! 여기가 어디라고 그렇게 방자하게 구느냐!

유경정 저는 일개 평민이온데 어찌 방자할 수 있겠습니까.

【북안아락대득승령(北雁兒落帶得勝令)】

나는 나무꾼이나 어부에 불과할 뿐,

어찌 왕후가 높고 빈객은 낮다는 것을 알았겠습니까.

장창과 대검이 늘어서 있는 것을 보니,

깊숙하고 빽빽한 숲 속에서 누더기 입고 있는 꼴이로군요.

여우가 날뛰고 호랑이가 포효하니,

이러한 위풍(威風)이 어찌 필요할지요.

도망갈 곳 없는 힘 없는 나그네만을 놀래킬 뿐이고,

저는 읊을 길게 한 것이지 방자한 것이 아니올시다.

〔절을 한다〕

　　용서해 주십시오,

　　군중의 예의범절을 몰랐습니다.

〔웃으며〕

　　화를 가라앉히시지요,

　　장군께서는 이 서신을 읽어 보소서.

좌랑옥　누구의 편지냐?

유경정　귀덕(歸德)의 후 선생(후순)이 보내 오신 것입니다.

좌랑옥　후 사도(司徒)는 나의 은사이신데, 네가 어떻게 그분을 안
　　단 말이냐.

유경정　이 늙은이가 지금 후 선생 댁에 기거하고 있습니다.

좌랑옥　〔예를 갖추며〕 이거 실례했습니다. 서신은 어디에 있는
　　시요?

〔유경정이 편지를 전달한다〕

좌랑옥 문을 닫도록 하라.

〔막후에서 취타를 하면 문을 닫고 모두 퇴장한다〕

좌랑옥 앉으시지요.

〔유경정이 옆에서 웃고 있는다〕

좌랑옥 〔편지를 읽는다〕

【남요요령(南憿憿令)】

정성스런 마음으로 써내려 가신 뜻은,

아들을 가르치시는 편지 같네.

이 편지의 이치는 시종 완곡하게 쓰여 있지만, 변방을 지키고 내지로 병사를 이동하지 말라는 말씀이구나. 〔탄식하며〕 은사님, 은사님! 이 좌랑옥의,

일편단심은 하늘도 아시는데,

어찌하여 깊으신 은혜를 저버리고,

추천해 주신 일을 욕되이 하겠습니까.

〔유경정에게〕 존함은 어떻게 되시는지요?

유경정 제 이름은 유경정이라고 합니다.

〔시종이 차를 가져온다〕

좌랑옥 경정께서는 차를 드시지요.

〔유경정이 차를 받는다〕

좌량옥 이곳 무창성은 장헌충에게 약탈을 당한 뒤로 거의 모두
폐허가 되어 버렸습니다. 저는 이곳을 지키고자 하나 군량이 부
족하여 병사들이 날마다 소란을 피워 대는 바람에 저도 어떻게
할 도리가 없게 되어 버렸습니다.

유경정 〔웃으며〕 원수께서는 무슨 말씀을 하시는지요? 옛말에
"병사는 장수를 따른다"고 했습니다. 장수가 병사를 따라 이동
하는 법은 없는 것이지요.

【북수강남(北收江南)】
당신은 세류(細柳) 같은 군영*에 앉아서,
손에는『육도(六韜)』*를 들고 있으니,
천군을 관장하여 산도 움직일 수 있고,
명령은 흔들리지 않습니다.
배고픈 병사들이 소란을 피워 반항하는데,
장군께서는 계책이 없이,
그들이 멋대로 오가는 것을 따를 뿐이니,
이 오명을 어찌 벗어날 수 있겠습니까,
이 오명을 어찌 벗어날 수 있겠습니까!
장수가 군대의 병권을 휘두르기 어렵다는 말은 하지 마십시
오.

〔찻잔을 땅바닥에 던져 버린다〕

좌량옥 〔화를 내며〕 아니! 이 무슨 무례한 짓이오, 찻잔을 땅바닥에 던지다니.

유경정 〔웃으며〕 이 늙은이가 어찌 무례를 범하겠습니까. 흥겹게 이야기하다 보니 그만 손에서 미끄러져 나간 거지요.

좌량옥 손에서 미끄러져 나간 것이라니, 신경을 덜 쓴 것 아니오?

유경정 신경을 제대로 썼다면 수하(手下)들이 난동하도록 가만두지 않으셨을 겁니다.

좌량옥 〔웃으며〕 경정의 말씀은 일리가 있구려. 하나 병사들이 배가 고파서 그들을 내지로 가도록 했을 뿐이니 어쩔 수 없는 것이었소.

유경정 저도 멀리서 오느라 몹시 시장한데, 원수께서는 제가 밥이나 먹었는지 한마디도 물어 보시지 않으십니다.

좌량옥 깜박 잊었소, 얼른 식사를 차려 오도록 하겠소.

유경정 〔배를 만지며〕 아, 배고프다, 배고파! 〔재촉하며〕 이놈들아, 어째서 빨리 가져오지 않느냐! 〔일어나며〕 더 이상 못 기다리겠으니 안쪽으로 가서 먹어야겠다. 〔안쪽으로 들어가려 한다〕

좌량옥 〔화내며〕 어찌 내실로 들어가려 하시오!

유경정 〔고개를 돌리며〕 너무 배가 고파서요.

좌량옥 배가 고프다고 내실로 들여보내 줄 것 같소?

유경정 〔웃으면서〕 배가 고파도 내실로 들여보내 주지 않는다는 것을 원수께서도 잘 알고 계시군요.

좌량옥 〔크게 웃으며〕 구구절절 내 잘못을 나무라는구려. 정말 말재주가 뛰어난 분이십니다. 우리 군영에는 당신 같은 사람이 없어서는 안 될 것입니다.

【남원림호(南園林好)】
나는 비록 강호를 떠도는 사람이지만,
골계 뛰어난 동방삭은 알아볼 수 있다네.
이분은 마음속 품은 뜻 적지 않은 듯,
직간(直諫)도 잘하고,
풍자도 뛰어나구나.

유경정 과찬이십니다. 강호를 떠돌면서 입에 풀칠하려다 보니 그런 거지요.

좌량옥 경정께서는 선비들과 교유하시니 분명 뛰어난 재능이 있을 것입니다. 한 수 가르쳐 주시지요.

유경정 저는 어려서부터 제대로 배운 적이 없으니 무슨 재주랄게 있겠습니까. 어쩌다가 야사(野史) 몇 줄 읽고 멋대로 입을 놀리다가 오교(吳橋)의 범 대사마〔范大司馬, 범경문(范景文)〕, 동성(桐城)의 하 상국〔何相國, 하여총(何如寵)〕의 보살핌을 받아 분에 넘치게 칭찬을 듣게 되어 선비분들과 알게 된 것이니, 심히 부끄러울 따름입니다.

【북고미주대태평령(北沽美酒帶太平令)】
나는 패설(稗說)을 좀 읽고,
불평을 떠들어 댔지요,

패설을 좀 읽고,

불평을 떠들어 댔지요.

강산을 바라보며 쓰디쓴 송료주(松醪酒)* 한 되 마셨지요.

작은 북, 가는 북채로 가볍게 두드리고,

작은 박판, 여린 손으로 가볍게 두드리면서,

한 글자 한 글자씩 충신과 효자를 이야기하고,

한마디 한마디씩 용호(龍虎)처럼 뱉어 내니,

빠른 혀끝은 칼집을 나오는 검과도 같고,

낭랑한 목소리는 우레나 대포 소리와도 같답니다.

아!

나는 냉소를 보내거나 열변을 토할 때에도,

붓이나,

먹은 필요가 없이

영웅호걸들로 하여금,

잘못으로부터 빠져나오도록 할 수 있답니다.

좌랑옥 말씀 한번 시원시원합니다. 경정께서 이 같은 재능이 있
  는 줄은 몰랐습니다. 제 막하에 머무르면서 가르침을 주시지요.

【청강인(淸江引)】

이제부터 고금을 논하면서,

비바람 같은 당신의 말이 나의 가슴을 열어젖히게 하리라.

소진(蘇秦), 장의(張儀)* 같은 당신의 설변(舌辯)과,

예(羿), 오(奡)*를 놀라게 할 만한 나의 활솜씨로,

저 벌판의 먼지를 쓸어 버릴 날만을 손꼽아 기다리리라.

유경정 오랫동안 말씀해 주셔서 고맙습니다. 그런데 원수께서 내지(內地: 남경)로 병사를 이동하시는 것에는 어떤 뜻이 있으신지요?

좌량옥 신하 된 자의 진심은 하늘만이 아실 것이니, 말씀이나 편지로 충고하시지 않아도 되었을 것입니다.

좌량옥 신하의 마음은 물처럼 맑아 푸른 하늘을 비추는데,

유경정 천자께서는 가까이 계시니 길은 멀지 않다네.

좌량옥 서남쪽에서 변방을 지키리니,

유경정 바닷가 파도치는 동쪽으로는 쳐다보지 않으리.

제12척 이별[辭院]

숭정 16년(계미, 1643) 10월

남경 청의당(淸議堂)

구원 미항루

〔양문총(말)이 관복을 입고 등장한다〕

양문총 【서지금(西地錦)】

　　예로부터 금수강산 동남 지방에,

　　영웅들 여기저기 할거했다.

　　지금은 주유(周瑜) 장군의 한을 되새기며,

　　양자강 물이 동쪽으로 흐르도다.

　　나는 양문총입니다. 어제 웅 사마(熊司馬)*의 명을 받들어 후
형에게 부탁하여 영남(寧南, 좌량옥)에게 편지를 써서 북상(北

上)을 막을 생각으로 유경정을 통해 편지를 부쳤습니다. 그러
고도 일이 잘 안 될까 걱정되어 한편으로는 조정에 상소를 올
려 영남의 작위를 올려 주고 자손들에게도 관직을 제수하도록
했고, 또 다른 한편으로는 각처의 독무(督撫)와 성내의 크고 작
은 문무 관원들을 청의당(淸議堂)*에 모이도록 하여 계책을 논
의하며 군량을 보조해 줄 방법을 찾아 보기로 했으니, 이 또한
부득이한 중재의 방편이었습니다. 나와 완원해(阮圓海, 완대
성)는 이미 은퇴한 몸이지만 전갈을 받았으니 얼른 가 보아야
겠습니다.

〔완대성(부정)이 관복을 입고 등장한다〕

완대성 흑과 백을 바둑판 위의 일로 보고,

　　수염과 눈썹 분장으로 극 중 인물을 연기한다네.

　　〔인사한다〕 용우께서는 안녕하십니까. 오늘 회의에 참석하라
　　는 전갈을 받았으니 우리도 가만히 입 닫고 있을 수는 없겠습
　　니다.

양문총 사안이 중대한데, 우리는 은퇴한 사람들이니 무슨 주장은
　　내놓기가 그렇습니다. 몸이 왔으니 된 거지요.

완대성 무슨 말씀을.

　　【탁목아(啄木兒)】
　　조정의 일은,

진지하게 해야 하는 법,

태조께서 세우신 서울이 지금 흔들린다지만,

쇠줄로 묶은 선단이 쳐들어올 걱정은 하지 않아도 되지,

다만 내부의 첩자가 있을까 두려울 뿐.

피리 소리, 북소리가 성루에 진동하고,

돛 달고 깃발 날리며 순풍 따라와서는,

내일 금릉(金陵: 남경)을 빼앗으리니,

몰래 성문 열어 주는 자 있으리.

양문총 분명한 증거가 없으니 그런 말은 함부로 할 것이 못 됩니다.

완대성 제가 들은 바가 있는데 어찌 말하지 않을 수 있겠습니까?

〔시종*(축)이 등장한다〕

시종 곳곳마다 군정(軍情)이 긴박하고,

아침마다 회의가 많이 열리는구나.

나으리, 회안(淮安) 조무(漕撫: 운하·수리 사업 총괄 겸 지방 장관) 사가법(史可法) 나으리와 봉양(鳳陽) 독무 마사영 나으리께서 도착하셨습니다.

〔양문총과 완대성이 문쪽으로 나가 기다린다〕

〔사가법(외)이 흰 수염에 관복 차림으로, 마사영(정)이 민둥 수염에 관복 차림으로 등장한다〕

사가법　천하의 군수품이 뱃길 하나에 달려 있거늘,

　　무능한 이 사람이 쓸데없이 여건(呂虔)의 칼* 차고 있다네.

마사영　황가(皇家)의 묘토(墓土)가 용맥(龍脈)과 이어지니,*

　　전화(戰火) 그치기를 고대하며 반백의 머리를 긁는다.

〔양문총, 완대성이 두 사람과 인사를 주고받는다〕

사가법　웅 노선생께서는 어찌 아직 도착하지 않으셨는가?

시종　오늘은 강변의 군사들을 점검하러 가셨습니다.

마사영　그렇다면 이번에도 회의를 열 수가 없으니 이를 어떻게

　　하면 좋겠소이까?

사가법　【전강】

　　누런 먼지가 일어나서,

　　제왕의 기운이 혼탁해지니,

　　깃털 부채로도 건업(建業, 남경)의 군사를 지휘하기 어렵구

　나.*

　　막부산(幕府山)에서 작성된 비밀 격문을 나는 듯이 전하는

　데,

　　오마도(五馬渡)에는 커다란 배들이 즐비하도다.*

　　강동(江東)은 마땅히 관중(管仲) 같은 인재가 지켜야 하거늘,

　　청담(淸談)으로야 어찌 남조의 한을 씻어 낼 수 있으랴,

　　힘써 노력하여 병든 이 몸 바쳐야겠네.

양문총　노선생께서는 심려 마시구려. 좌량옥은 후 사도의 옛 부하였고, 어제 편지를 보내 이동을 중단하도록 권고했으니 아마 우리의 뜻을 따를 것이외다.

사가법　저도 전해 듣기로 그 일은 비록 웅 사마의 뜻에 따른 것이지만 실상은 모두 형의 공로라고 들었습니다.

완대성　그건 잘 모르겠고, 좌량옥 군대가 내려오는 데에는 실은 내통자가 있기 때문이라는 소식은 들은 바 있습니다.

사가법　그게 누구요?

완대성　바로 제 동창생인 후순의 아들 후방역이올시다.

사가법　그분은 저의 세형(世兄)이시기도 합니다. 복사(復社)에서 강직함으로 명성이 크셨는데 어찌 이러한 일을 하셨겠습니까?

완대성　대감께서는 모르시는 말씀입니다. 그자는 좌량옥과 절친하여 늘 사신을 주고받는 사이인데, 만약 이자를 일찌감치 제거하지 않는다면 장래 반드시 내환이 있을 것입니다.

마사영　일리 있는 말씀이오. 어찌 한 사람을 아끼다가 온 성내 사람들의 목숨을 위험에 빠뜨릴 수 있겠소이까?

사가법　이것도 근거가 없는 말이로다. 또한 완 노선생은 이미 은퇴한 몸이거늘 국가의 대사를 함부로 논하는 법이 아니외다. 〔작별한다〕 자 그럼.

사악한 사람에게는 올바른 주장이 없고,

공론이라는 것도 삿된 생각을 모은 것에 불과하도다.

〔퇴장한다〕

완대성 〔사가법을 가리키며 화를 내다가 마사영에게〕 사도린(史
道隣)은 어찌 저렇게 화를 내며 가 버리는지. 저의 말은 모두 근
거가 있는 것입니다. 일전에는 유곰보(유경정) 편에 사신을 전
달했다고도 합니다.

양문총 이건 너무 지나치구려. 경정이 좌량옥에게 간 것은 제가
시킨 것이고, 후 형이 편지를 쓸 때에도 제가 옆에 있었습니다.
간절하게 편지를 써 준 덕을 입었는데, 도리어 그분을 의심하다
니요?

완대성 용우께서는 잘 모르시겠지만, 그 편지에 쓴 글은 모두 암
호로 되어 있었으니 어느 누군들 제대로 알 수 있었겠습니까?

마사영 〔고개를 끄덕이며〕 맞습니다, 맞아요. 이런 사람은 마땅
히 죽어야 합니다. 저는 먼저 돌아가서 사람을 시켜 후방역을
잡아오도록 하겠습니다. 〔양문총에게〕 매부께서는 저와 함께
가십시다.

양문총 먼저 가시지요, 저는 뒤에 따라가겠습니다.

완대성 〔마사영에게〕 저와 용우는 형제 이상의 사이인지라 늘상
상공을 그리워하는 마음을 말씀드렸습니다. 오늘의 만남은 참
으로 귀한지라 제게 이런저런 생각이 좀 있는데, 밤새워서라도
이야기를 나누고 싶습니다. 어떠실는지요?

마사영 저야말로 오랫동안 고명(高名)을 듣고 있었던 바, 마침 가
르침을 청하려던 참이었습니다.

〔완대성과 미사영이 함께 퇴장한다〕

양문총　이 일을 어디서부터 말해야 할꼬! 후 형의 평소 행실을 깊
　이 알지는 못했지만 편지 일만은,

　　【삼단자(三段子)】
　　이 억울함을 어떻게 호소하랴,
　　증삼(曾參)이 살인했다는 일*처럼 억지 누명을 씌웠으니.
　　이 한을 어찌 삼키랴,
　　진항(陳恒)이 주군을 살해했다는 일*처럼 모함을 했으니.

　얼른 이 일을 알려 서둘러 피신하도록 해야겠다. 〔후방역이
　있는 곳으로 길을 나선다〕

　　풍류 마당에서 꽃과 함께 달에 잠들어 있을 것,
　　오늘 밤은 향로에 기대어 졸고 있을 터이니,
　　어찌 알리오, 무서운 쇠뇌가 원앙을 갈라놓으리라는 것을.

　여기가 이정려 댁의 후원이로구나, 문을 두드려 보아야겠다.
〔문을 두드리면 막후에서 노래 부르는 소리가 들린다〕
〔소곤생(정)이 등장한다〕

소곤생　뉘신지요?

양문총　얼른 문을 여시오!

소곤생　〔문을 열고 인사를 한다〕 양 나으리셨습니까. 날도 벌써
　저물었는데 어인 일이시온지요?

양문총 〔소곤생을 알아보며〕 당신은 소곤생이지요? 후 형은 어디에 계십니까?

소곤생 오늘 향군이가 새 노래를 배웠는데, 모두 위층에 향군이 노래 들으러 갔습니다.

양문총 얼른 내려오라고 하세요!

〔소곤생이 들어가 사람들을 부르니 이정려(소단), 후방역(생), 향군(단)이 등장한다〕

후방역 깊은 사랑에 술도 있고,

　　　추운 밤인데 장막에는 꽃들로 덮였구나.

　　　양 형, 반갑습니다. 이리 오셔서 밤새워 노십시다.

양문총 형께서는 아직 모르시겠지만, 얼마 안 있어 큰 화가 닥칠 것입니다.

후방역 무슨 화이기에 이리 겁을 주십니까?

양문총 오늘 청의당에서 회의가 있었는데, 완원해가 사람들을 모아놓고 형과 영남후가 친한 사이로 늘 사신을 주고받는지라 곧 내통할 것이라고 말했소이다. 그곳에 있던 분들이 형을 붙잡아야 한다고 합디다.

후방역 〔놀라며〕 나는 원해와는 평소에 무슨 원수를 진 일이 없거늘 어찌하여 이런 몹쓸 짓을 한단 말입니까?

양문총 아마도 그가 형께 준 선물이 거절당하자 창피하고 화가 났기 때문일 겁니다.

이향군 서두르셔야 해요. 일찌감치 멀리 피하시어 다른 사람까지 연루되지 않도록 하시는 것이 좋을 거예요.

후방역 맞는 말이오. 〔근심하며〕 다만 행복한 신혼생활을 못하게 되는 것이 안타까울 따름이구려.

이향군 〔정색을 하며〕 나리께서는 평소에 호걸을 자임하시더니 어찌하여 아녀자 같은 모습을 보이십니까.

후방역 그래, 그 말이 옳군. 한데 어디로 가야 좋을지?

【적류자(滴溜子)】
부모님 계시건만,
부모님 계시건만,
소식을 알 수 없고,
전쟁 연기 치솟아,
전쟁 연기 치솟아,
고향은 폐허가 되었다.
돌아가고자 하나,
돌아갈 길을 알기 어렵네.
하늘 끝 어디로도 갈 수 없으니,
이 내 몸을 어디에 숨겨야 하나.
갈림길 다 왔는데,
하늘은 캄캄하고 땅은 어둑어둑.

양문총 당황하지 마시고, 나에게 생각이 있습니다.

후방역 부디 가르쳐 주십시오!

양문총 회의가 열렸을 때 조무 사가법과 봉양 독무 마 사구(馬舍舅)*가 모두 자리에 있었는데, 마 사구의 말은 심히 듣기 언짢았고, 사 공께서는 힘을 다해 반박을 하셨습니다. 또한 후 형의 가문과 대대로 우의가 있다는 말씀도 하셨습니다.

후방역 〔생각에 잠겨 있다가〕 그렇군요, 맞습니다. 사도린은 가부(家父)의 문하생이셨지요.

양문총 그러면 일단 사 공을 따라 회(淮) 땅*으로 가신 후에 소식을 기다리시는 것이 어떻겠습니까?

후방역 좋은 생각입니다. 가르침에 깊이 감사드립니다.

이향군 제가 행장을 꾸리겠습니다. 〔행장을 꾸린다〕

【전강】

기쁘고 즐거웠던 일이,

기쁘고 즐거웠던 일이,

두 마음으로 쪼개져야 하네요.

생이별의 고통,

생이별의 고통,

한을 참고 또 참겠어요,

눈썹 찌푸리면서라도.

향기 남은 비취색 이불을,

겹겹이 싸 두겠습니다.

약 상자, 두건 상자에도,

모두 눈물 흔적 남을 거예요.

〔시종(丑)이 짐을 들고 간다〕
후방역　〔향군에게 이별을 고하며〕 지금은 잠시 이별하지만 머지
　않아 다시 만나게 될 것이오.
이향군　〔눈물을 뿌리며〕 온통 전쟁에 휩싸여 있으니 다시 오실
　수 있을지 모르겠어요.

　　【곡상사(哭相思)】
　　비환이합(悲歡離合)은 한순간이지만,
　　다시 만날 기약은 알기 어렵네.

이정려　포졸이 곧 온다니 얼른 길을 떠나시지요.

후방역　나를 밀어내는 서풍(西風)이 너무 세도다,
　　잠시라도 있고자 하나 사람들은 재촉하는구나.

　　그런데 사 조무께서 어디에 기거하고 계시는지를 모르겠군요.
소곤생　그분이 경사(京師: 남경)에서 공무를 보실 때에는 항상
　시은원(市隱園)에 기거하신다고 들었습니다. 제가 모시고 가도
　록 하겠습니다.
후방역　고맙습니다.
〔후방역, 소곤생, 시종이 급히 퇴장한다〕

이정려 이 일은 모두 양 나으리께서 일으킨 것이니 나으리께서
해결해 주셔야겠습니다. 내일 포졸들이 올 텐데 어떤 계책이 계
십니까?

양문총 안심하시구려. 후 형이 떠나갔으니 그대와는 이제 아무런
상관이 없습니다.

양문총 인생에서 만나고 헤어지는 일은 알기 어려운 것,

이향군 술 다 마시고 노래 끝났건만 이불은 아직 따뜻하네.

이정려 꽃나무 가지 홀로는 편안히 잠들지 못하리라,

양문총 내일 아침 비바람 불어올 테니 겹겹이 문 닫아 두게.

제13척 숭정제의 승하[哭主]

숭정 17년[갑신(甲申), 1644] 3월
무창 황학루(黃鶴樓)

〔기패관(旗牌官)*(부정)이 등장한다〕

기패관 강 건너 안개 사이로 한양(漢陽) 땅의 나무숲이 보이는데,

푸른 산은 물에 비치어 보이고 사람은 그림 속에 있는 듯.

안타깝구나, 성 서쪽의 아름다운 곳이,

아침마다 말발굽 먼지에 가려져 있네.

저는 영남(寧南) 원수님(좌량옥)의 기패관입니다. 우리 원수
께서는 무창을 수복하신 공로로 후작(侯爵)에 책봉되셨지요. 그
런데 어제 다시 성은이 내려져 태부(太傅)*의 직함을 더하게 되
었습니다. 작은 나으리 좌몽경(左夢庚)*께서도 총병의 인수(印

綬)를 받게 되셨는데, 특별히 순안어사(巡按御使)이신 황주(黃澍) 나으리를 보내 오셨습니다. 오늘은 구강(九江) 독무이신 원계함(袁繼咸) 나으리께서도 군량을 실은 배 서른 척을 친히 거느리고 오셨습니다. 원수께서는 크게 기뻐하시고 황학루에서 연회를 열어 두 분 나으리께 술을 올리고 강가 풍경을 구경하도록 하셨습니다. 〔바라본다〕 멀리 맑은 강가에 서 있는 나무 아래에서, 그리고 향기로운 풀이 자라 있는 섬에서 백성들이 기쁘게 노래하고 군사들이 즐거워 웃고 있으니 정말 평화로운 풍경입니다. 멀리서 길을 안내하는 소리가 들려오는데, 원수께서 곧 도착하실 것 같으니 자리를 마련해야겠습니다.

〔무대에 황학루 현판을 걸고, 자리를 마련하고 앉는다. 군교(軍校)들(잡)이 깃발과 병장기를 들고 군악을 취주하며 인도한다. 좌량옥(소생)이 군복을 입고 등장한다〕

좌량옥 【성성만(聲聲慢)】

　　가는 곳마다 봄 경치요,

　　눈에 들어오느니 햇빛이라,

　　강둑엔 방초가 푸르도다.

　　백 척의 누각 높은데,

　　풍악 소리에 매화 떨어지는 계절이라.

　　꽃 사이로 작은 수레 이끌고서,

　　행주(行廚)*를 싣고서,

　　허리띠는 느슨하게 풀어놓고, 옷은 가볍게 입었도다.

그 누가 비웃으랴, 나 좌 장군이 군사도 좋아하고,
유생도 좋아함을.

나는 좌량옥입니다. 오늘 황학루에서 연회를 열어 원, 황 두
분을 모셔다가 술도 마시고 강 경치도 구경하려고 일찌감치 왔
습니다. 〔명령을 내린다〕 군교들은 누각 아래에서 대기하고 있
으라.

〔군교들이 대답한 후 퇴장한다〕

좌량옥 〔누각에 오른다〕

봄날의 구름이 흉금에 들어오고,
바람이 불어오니 안개가 눈으로 들어온다.

〔멀리 바라보며〕 저 드넓은 동정호(洞庭湖)와 운몽택(雲夢澤)
이야말로 서남방을 지켜 주는 요지이자 강한(江漢) 유역의 요충
이로구나. 나 좌량옥은 이 이름난 땅을 지키고 있으니 장려하지
아니한가! 〔앉아서 기패관을 부른다〕 기패관은 어디 있는가?

기패관 대령해 있사옵니다.

좌량옥 술자리가 다 준비되었느냐?

기패관 벌써 준비해 두었습니다.

좌량옥 두 분은 어찌하여 아직 오지 않으신 것인가?

기패관 여러 차례 청했사오나, 원 나으리께서는 지금 강변에서 군
량을 운반하고 계시고, 황 나으리께서는 용화사(龍華寺)에 손님

을 만나러 가셨습니다. 저물 무렵이 되어야 오실 듯합니다.

좌량옥 여기에서 오래 기다리자니 좀 피곤하구나. 여봐라, 얼른 유 상공을 모셔 오너라, 담소라도 좀 나누어야겠다.

군교 〔무릎을 꿇고 아뢴다〕 유 상공께서는 지금 누각 아래에 계십니다.

좌량옥 얼른 모시고 오너라.

〔군교가 퇴장했다가 유경정(축)을 데리고 등장한다〕

유경정 기운은 운몽택을 삼키고,

　　소리는 악양루(岳陽樓)를 진동시키네.

〔두 사람이 만난다〕

좌량옥 경정께서는 어인 일로 이리 일찍 도착해 계셨습니까?

유경정 원수께서 적적하게 앉아 계실 것 같아 일부러 모시러 왔습니다.

좌량옥 그것 참 이상하군요, 제가 심심한 것을 어떻게 아셨는지?

유경정 옛말에 "수재(秀才)는 모임을 수업처럼 여겨서 등불을 켜야 도착한다"라고 했습니다. 문관으로 타고나셨다면 즐거울 수가 없었을 것입니다.

좌량옥 〔웃으며〕 일리 있는 말씀입니다. 〔밖을 가리키며〕 이제 정오를 지났는데, 얼마나 기다려야지 등불을 켠단 말씀입니까.

유경정 귀가 시끄러운 것이 싫지 않으시다면 어제 저녁에 들려드린 「진숙보(秦叔寶)가 고모님을 만나다」*라는 이야기의 다음회를 이어서 들려 드리겠습니다.

좌량옥 대단히 좋습니다. 〔묻는다〕 그런데 북과 딱딱이는 가져오 셨는지요?

유경정 옛말에 "관리는 늘 인장(印章)을 가지고 다니고, 물건은 항상 몸에 지니고 다닌다"라고 했습니다. 그렇다면 저는 무얼 하는 사람이겠습니까? 〔북과 딱딱이를 꺼낸다〕

좌량옥 여봐라, 개차(芥茶)를 준비하고, 교의(交椅)를 가져오너 라.* 사모(紗帽) 쓰고 선비처럼 편하게 기대앉아 청담을 들으며 적적함을 달랠까 하노라.

〔군교들이 의자와 차를 가지고 오고, 좌량옥이 옷을 갈아입고 자 리에 앉으면 군교가 좌량옥의 등을 긁어 준다〕

유경정 〔좌량옥의 옆에 앉아 북과 딱딱이를 치면서 설서를 시작 한다〕

큰 강물은 도도하게 동쪽으로 흘러가건만,
흥망이 서린 옛 나루터는 파도에 다 씻겨 갔도다.
손꼽아 영웅 헤아려 보아도 한 사람도 남아 있지 않으니,
예로부터 여한 가득한 이곳 형주(荊州) 땅이로다.

시는 새것이건만 이야기는 옛것이라. 각설하고, 사람들이 살 아갈 때 가장 어려운 것은 난리 후에 골육상친을 다시 만나는 것이라. 남과 북의 천지간에 떨어져 있으면 시간은 흘러가고 만 물도 바뀌어 가는데, 흉악한 전쟁을 몇 번이나 겪게 되니 어찌

뿌리 끊어진 줄기처럼, 부평초처럼 이리저리 떠다니지 않을 수 있겠는가. 진숙보가 나 원수[羅元帥, 나성(羅成)]의 집에 압송되어 와서 칼을 쓰고 심판을 기다리고 있었는데, 다행히도 친고모님이 마침 그곳에 있다가 주렴을 걷고 계단을 내려와 그를 만나게 되어 머리를 파묻고 대성통곡을 했습니다. 그리하여 새 옷으로 갈아입고 연회석에 앉게 되었으니, 그야말로 죽음을 기다리던 죄수가 푸른 하늘에 오른 격이었습니다. 이것을 두고 "운이 떠나면 황금도 값이 깎이고, 운이 다가오면 쇳덩어리에서도 빛이 난다"고 했지요. [성목(醒木)을 두드린다]

좌량옥 [눈물을 훔치며] 나도 그랬지요.

유경정 저 나 공(羅公)은 숙보의 무예가 어떠한지 묻고 크게 기뻐하며 자신의 본때를 보여 주려고 당장 대포를 쏘아 훈련을 소집했습니다. 숙보가 교장(敎場)으로 내려가 보니 웅병(雄兵) 십만이 기러기 대열처럼 정렬해 있었습니다. 나 공이 그 가운데 혼자 앉아 한마디를 하자 군사들이 우렁차게 대답을 하니, 그야말로 생사여탈의 권력을 쥐고 있었습니다. 진숙보는 옆에 서서 머리를 끄덕이며 찬탄하며, 입으로는 말을 하지 않았지만 마음속으로는 '대장부는 모름지기 이와 같아야 하느니!' 라고 생각했습니다. [성목을 두드린다]

좌량옥 [거만한 태도로 웃으며] 나 좌량옥도 일세(一世)의 위인이라 할 만하지.

유경정 나 공이 숙보를 바라보며 이렇게 물었습니다. "진경(秦瓊), 자네는 몸집이 큰 걸 보니 무예를 좀 배웠겠지?" 숙보는 황망히 무릎을 꿇고 재빨리 대답했습니다. "소인은 쌍간(雙鐗)*을 다룰 줄 압니다." 이에 나 공은 즉시 명을 내려 자기가 쓰던 은간(銀鐗)을 가져오게 했습니다. 그 은간의 무게는 예순여덟 근으로, 숙보가 쓰던 철간(鐵鐗)에 비해 절반밖에 되지 않았습니다. 숙보는 무거운 철간을 써 본 사람인지라 은간을 받아들고서 아무런 물건도 들지 않은 것처럼 휘둘렀습니다. 계단을 뛰어 내려가서 온갖 동작을 선보이며 이리저리 구르고 뛰는 것이 마치 이무기가 온몸을 휘감은 듯, 은룡(銀龍)이 온몸을 보호하는 듯했습니다. 이무기가 온몸을 휘감아 온갖 빛이 누각 아래로 떨어지고, 은룡이 온몸을 보호하여 둥근 달그림자가 바로 앞에 걸려 있는 듯했습니다. 나 공이 군영 장막에서 큰소리로 "훌륭하도다!"라고 갈채를 보내니, 십만 웅병들이 일제히 호응하여 외쳤습니다. 〔외치는 소리를 묘사한 후〕 산이 무너지는 듯, 우레가 내리치는 듯, 십 리 밖에까지 소리가 들렸습니다. 〔성목을 두드린다〕

좌량옥 〔거울을 보고 살쩍머리를 뽑으며〕 나 좌량옥은 변방에서 사내 만 명의 공적을 합친 것보다도 더 많은 공을 세웠으니 천하의 건아(健兒)라고 하겠노라. 그런데 지금은 백발이 점차 늘어 가는데도 적들을 다 섬멸하지 못했으니 어찌 한스럽지 않으랴.

〔기패관이 등장한다〕

기패관 원수님께 아뢰옵니다. 두 분 나으리께서 누각에 당도하셨습니다.

〔유경정은 무대 한편으로 물러나고, 좌량옥은 군복으로 갈아입고, 군교들이 의자를 치우고 연회석을 마련한다. 원계함(외)과 황주(말)가 의관을 정제하고 길 안내를 받으며 등장한다〕

원계함 장강(長江)에 해 떨어지니 기운이 창망(蒼茫)하고,

　　　　황학루 높은 곳에 올라 고향을 바라보노라.

황주 피리 부는 신선* 같은 주인이 계시니,

　　　　바람 맞으며 술잔 드니 기쁘기 짝이 없네.

좌량옥 〔두 사람을 맞이하며〕 두 분 노선생께서 이곳에 왕림해 주시니 영광입니다. 술 몇 잔 준비했으니 함께 봄 강 경치나 즐겨 주시지요.

원계함 · 황주 오래전부터 명망을 들어 오다가 오늘 가까이서 뵙게 되니 기쁘기 짝이 없습니다. 높은 누각에서 성연(盛宴)을 베풀어 주시니 정말로 인생이 즐겁습니다. 〔자리에 앉아 술을 따라 마시려고 한다〕

〔보고자*(정)가 급히 등장한다〕

보고자 경천동지할 사태를 얼른,

　　　　보고하여 주인님을 구해야겠네.

　　　　원수님께 아룁니다. 큰일났습니다!

모두 〔놀라 일어서며〕 무슨 급한 일이기에 이리도 소리를 지르느냐?

보고자 〔급히〕 원수님께 아룁니다. 유적 무리(이자성의 군대)가 북쪽에서 쳐들어와서 경사(京師: 북경)를 겹겹이 포위했는데, 사흘이 지났는데도 구원병을 볼 수가 없었고, 성문은 몰래 열렸습니다. 궁궐은 불타고 사람들은 칼부림에 죽어 가고 있습니다. 〔땅을 치며〕 가련하신 성주(聖主) 숭정(崇禎) 황제께서는, 〔통곡하며〕 매산(煤山)의 나무에 목을 매어 자진하셨습니다.

모두 〔놀라며〕 뭐라고! 언제 그랬느냐?

보고자 〔한숨을 쉬며〕 바로 오, 오, 올해 삼월 열아흐레입니다.

〔모두 북쪽을 향해 땅에 머리를 찧으며 통곡한다〕

좌량옥 〔일어나서 손을 꽉 쥐고 뛰면서 통곡한다〕 성상(聖上)이시여! 숭정 임금이시여! 대행(大行) 황제시여!* 신 좌량옥은 먼 변방에 있느라 한걸음에 달려가 모시지를 못했사오니 그 죄는 죽어 마땅하옵나이다!

【승여화(勝如花)】

태조(太祖) 황제께서는 하늘에서,

나라 망한 것을 모르실 터이니,

어찌 아시리오, 당신의 후손들께서,

뒹구는 쑥이나 뿌리 잘린 줄기처럼 되신 것을.

열일곱 해를 병드신 것처럼 나라 걱정하셨으나,

하늘과 조상의 영령은 돌보아 주지 않으셨고,

구원병도 도와주지 못했도다.

흰 비단은 무정하게도,

임금님을 가시도록 배웅했구나.

슬프도다, 매산에 홀로 가셔서,

사직(社稷)과 창생(蒼生)을 위해 순국하셨도다,

사직과 창생을 위해 순국하셨도다!

〔모두 다시 통곡한다〕

원계함 〔손을 내저으며 외친다〕 잠시만 슬픔을 거두십시오. 상의

해야 할 큰일이 아직 많이 있습니다.

좌량옥 무슨 일이란 말입니까?

원계함 북경이 함락되어 강산에 주인이 사라졌으니 장군께서 서

둘러 의기(義旗)를 세우지 아니하면 바로 난리가 일어날 것인

즉, 어찌 안정을 도모할 수 있겠습니까.

황주 옳은 말씀입니다. 〔밖을 가리키며〕 이 형주, 양양 땅도 서남

쪽의 요충지이니 만일 이곳마저 함락당한다면 회복할 길이 없

을 것입니다.

좌량옥 제가 병권을 너무 많이 쥐고 있으니 실로 책임을 피하기

가 어렵습니다. 두 분께서 힘써 주셔서 저와 함께 변방을 지켜

주십시오.

원계함·황주 어찌 명에 따르지 않겠습니까.

좌량옥 모두 백의(白衣)로 갈아입고 하늘에 계신 대행 황제의 영

령에 통곡하며 절을 올려야겠습니다. 여봐라, 상복이 준비되었

느냐?

기패관 갑자기 모두 준비할 수가 없어서 부근 민가에서 소복(素
服) 세 벌과 백포(白布) 세 장을 빌렸습니다.

좌량옥 됐다, 그것이라도 입어야겠다. 전군(全軍)도 각자 따라 절
하라.

〔좌량옥, 원계함, 황주가 소의를 입고 백포를 두른다. 장수와 군사
들이 모두 절을 올리며 슬퍼한다〕

모두 선제(先帝)시여,

【전강】

궁거(宮車)가 떠나시고,

종묘 사직이 기우니,

중원은 온통 깨어졌도다.

문신을 길렀어도 군막에서는 계책이 나오지 않고,

무신을 길렀지만 변방에서 용맹함이 보이질 않네.

이제 산도 망하고 물도 망했으니,

밝은 달이 비치는 장강의 파도를 보며,

누각에서는 온통 통곡 소리로 가득 차네.

〔다시 통곡한다〕

이 한을 어찌하리오,

황천(皇天)께서 증명해 주시옵소서,

이제부터 힘을 다해 목숨 바쳐,

나라의 원수를 몰아내고 하루 빨리 서울을 되찾으리니.

좌랑옥   우리는 맹세를 했으니 형제나 다름없습니다. 임후(臨侯, 원계함)께서는 군사를 맡으시고 중림(仲霖, 황주)께서도 군사를 감독하십시오. 나 좌곤산(左崑山)은 병마를 조련하여 변방을 사수하겠습니다. 만일 태자 제왕(太子諸王)께서 나라를 다시 세우시면 그때에는 주군을 보필하고 북상하여 중원을 회복하고, 오늘의 의거를 저버리지 않을 것입니다.

원계함·황주   말씀대로 따르겠습니다.

기패관   〔보고한다〕 원수님께 아룁니다. 온 성내가 시끄러운 것이 무슨 변고가 있는 듯합니다. 속히 누각에서 내려오셔서 민심을 안무(安撫)하심이 옳으실 줄 아옵니다.

〔모두 누각에서 내려온다〕

좌랑옥   두 분께서는 어디로 가시려고 합니까?

원계함   저는 구강(九江)으로 돌아갈 것입니다.

황주   저는 양양으로 가려고 합니다.

좌랑옥   그럼 이제 모두 이별이로군요. 조심해서 가십시오. 〔작별한다. 그러나 다시 부르며〕 잠시만! 만약 나라에 중요한 일이 생기거든 이곳에 오셔서 의논하십시다.

원계함·황주   편지만 보내 주시면 얼른 달려오겠습니다. 그럼.

〔두 사람이 퇴장한다〕

좌랑옥   아아! 이런 경천동지할 일이 생긴 것을 오늘 알게 될 줄 어찌 알았으리, 놀랍고도 놀랄 일이로다!

꽃 흩날리는 곳에서 술잔 아직 들지 못했는데,

소식이 전해져서 모두가 놀랐네.

황학루에 모인 사람들 통곡을 끝내니,

강은 어둡고 달도 숨은 삼경(三更) 한밤이라.

제14척 복왕 옹립 반대[阻奸]

숭정 17년(갑신, 1644) 4월

남경 병부서(兵部署)

〔후방역이 등장한다〕

후방역 【요지유(遼地遊)】

집안이 흔들리니,

어찌 안부 편지를 쓸 수 있으리오,

하늘을 우러러 통곡하니 목에 피가 맺히도다.

나라의 원수를 아직 갚지 못했고,

고향 생각은 말로 다하기 어려워,

한가한 마음일랑 뒤로 물러나 있다네.

소생은 후방역입니다. 작년 겨울에 황망히 화를 피하여 밤중에 사 공(사가법) 댁에 가서 그분을 따라 회안(淮安)의 조서(漕署)*에서 지낸 지 벌써 반 년이 되었습니다. 어제는 남 대사마(南大司馬)로 계시던 웅 공(웅명우)께서 북경에 관직을 얻어 올라가시는 바람에 사 공께서 웅 공의 자리에 보임(補任)하셔서 저는 다시 그분을 따라 남으로 강을 건너가게 되었습니다. 다행히도 그분께서는 저의 재학(才學)을 높이 여기셔서 한 가족처럼 대해 주고 계십니다. 금릉으로 옮겨 갈 것이지만, 제위 계승을 놓고 남북으로 갈라져 있으니 이를 어찌하겠습니까. 지금은 의견이 분분하여 갈피를 못 잡고 있으니 정말 근심이 아닐 수 없습니다. 사 공께서 돌아오시면 소식이나 여쭈어 보아야겠습니다.
〔잠시 퇴장한다〕
〔사가법(외)이 걱정하는 모습으로 시종(축)과 함께 등장한다〕

사가법 【삼대령(三臺令)】

　　강산이 오늘 무너지니,

　　문관들이 군사(軍事)를 혀가 닳도록 논하네.

　　시국의 일은 한탄스러울 뿐,

　　서울에서는 또 누가 제위를 이으려나.

　　저는 사가법으로, 자는 도린(道隣)입니다. 본관은 하남(河南)이고, 호적은 연경(燕京)에 두었습니다. 숭정 신미(辛未)년에 요행히 진사(進士)가 되어 중원의 여러 일을 겪으면서 안으로는 조랑(曹郎)으로 밖으로는 감사(監司)로* 십 년을 보내면서 하루도 편안히 쉰 날이 없었습니다. 오늘 회안 조무에서 남경 병부 상서로 승직했습니다. 그런데 어찌 알았겠습니까, 부임한 지 한 달도 안 되어 이러한 커다란 변고를 만나고 말았으니, 제가 만 번 죽어도 보탬이 되지 않고, 단 하나의 생각도 헤아릴 수가 없습니다. 다행히도 장강의 지세가 험하여 이 유도(留都: 남경)를 지켜 주고 있지만, 한 달이라도 임금이 안 계시면 민심은 어지러워질 것인데도 매일 누구를 모신다 누구를 맞이한다 의견만 많지 되는 일이라고는 전혀 없습니다. 오늘 아침에 강변에서 군사들을 조련하다가 북쪽 소식을 듣게 되었는데, 후 형을 만나 함께 이야기를 나누어 보아야겠습니다.

시종 후 나으리, 들어오십시오.

〔후방역이 등장하여 사가법과 인사한다〕

후방역 노선생님, 북쪽 소식은 어떠하온지요?

사가법 오늘 기쁜 소식을 들었습니다. 북경이 함락되었지만 성상께서는 무사하게 이미 배를 타고 남하하시고, 태자께서도 샛길로 동쪽으로 탈출하셨다고 들었는데, 그 후로 어떻게 되었는지는 모르겠습니다.

후방역 정말로 그러하다면 그야말로 만백성의 크나큰 복입니다.

〔전령(소생)이 등장한다〕

전령 조정에서는 조지(詔旨)*가 없고,
　　　장수와 재상들 사이에는 소문만 무성하네.

〔문에 도착하여〕계십니까?

시종 어디에서 오셨습니까?

전령 봉양 독무의 아문에서 왔습니다. 마 나으리(마사영)의 안부 서찰을 가지고 왔는데, 이 길로 회신을 받아 가고자 합니다.

시종 잠시 기다리시오. 전해 드리겠습니다. 〔들어가서 사가법에게〕나으리, 봉양 독무 마 나으리께서 인편에 서찰을 보내셨습니다.

사가법 〔편지를 열어 보고 눈살을 찌푸리며〕이 마요초(馬瑤草, 마사영)가 또 무슨 놈의 황제 옹립의 말을 늘어놓고 있구나.

【고양대(高陽臺)】
청의당에서의,
세 번 회의에서,
눈썹 찌푸리고 천장 바라보며 신발이나 걷어차고,
마주보며 한참 동안 탄식하다가,
고개 떨구고 아무 말도 하지 못했지.
아아!
군사와 국사는 경거망동해서는 안 되느니,
설사 내게 방책이 있다고 해도 말을 꺼내기는 어려운 법.
그러나 이 편지는 옹립의 논의를 늘어놓으면서,
공적을 가로채려는 마음이 가득하구나.

〔후방역에게〕이 편지의 속뜻은 복왕(福王)*을 모시려고 하는

것 같습니다. 성상께서 매산에서 자진하시고, 태자께서는 도망하셔서 종적을 찾을 수가 없다고도 했습니다. 그렇다면 내가 찬동하지 않더라도 그자는 자기 마음대로 하려고 할 것입니다. 게다가 종묘의 서열로 보아도 복왕을 모시는 것은 큰 하자가 없습니다. 할 수 없지요, 할 수 없어! 회신을 보내 내일 원고(原稿)를 모아 함께 이름을 내면 그만이지요.

후방역 노선생의 말씀은 잘못입니다. 복왕은 제 고향의 번왕(藩王)이어서 제가 잘 아는데, 절대로 그를 황제로 모실 수는 없습니다.

사가법 어찌하여 그렇게 생각하시는지요?

후방역 그가 세 가지 대죄를 지었다는 것을 사람들은 누구나 다 잘 알고 있습니다.

사가법 어떤 대죄를 지었단 말씀입니까?

후방역 제가 말씀드리겠습니다.

【전강】

복왕 종실은,

신종(神宗) 황제의 교만한 아들로,

그 어미 정(鄭)씨는 음란하고 사악한 사람이었네.*

당시에 태자를 모해하고 자신이 태자가 되고자 했는데,

만약 훌륭한 신하들을 보호하지 못했다면,

몇 번이나 제위를 빼앗으려고 했겠는가.

사가법 그 죄가 가볍지 않군요. 또 다른 죄는 무엇입니까?

후방역 교만하고 사치스러워,

재물을 수레에 가득 채워 봉지(封地)로 떠나갔으니,

황실의 돈을 몰래 다 써 버린 것이라네.

지난날 하남(河南)의 봉지로 쫓겨갈 때에 한 푼도 내놓지 않아서 결국 나라도 망하고 자신도 망해 버리고 말았으니, 황궁의 재물이 허무하게도 모두 도적들의 자루 속으로 들어가게 되고 말았던 것입니다.

사가법 이것도 또 하나의 대죄로군요. 그러면 셋째 대죄는 무엇입니까?

후방역 셋째 대죄는, 이 덕창왕(德昌王)*은 복왕 세자 시절에 아버지가 도적의 손에 피살당했는데도 시신을 장례 지내지 않고 냉정하게도 멀리 도망가 버린 것입니다. 게다가 어지러운 때를 틈타서 백성들의 아내와 처녀들을 차지했습니다.

임금의 도리를 철저히 저버린 것이니,

어찌 황제가 되기를 바랄 수 있겠는가!

사가법 하나도 틀린 말씀이 없습니다. 정말로 세 가지 대죄를 지은 것이 맞습니다.

후방역 이뿐 아니라 그가 황제가 되어서는 안 되는 다섯 가지 이유가 또 있습니다.

사가법 그것은 또 어떤 다섯 가지 이유입니까?

후방역 첫째는,

【전강】
폐하께서 살아 계신지 돌아가셨는지,
소식이 저마다 다른 마당에,
하늘에는 두 개의 태양이 떠 있을 수 없는 법이라네.

둘째는, 폐하께서 이미 승하하셨다고 하더라도 태자께서 나라를 지키고 계신데,

어찌하여 황태자를 저버리고,
직계가 아닌 방계의 왕자를 옹립할 수 있단 말인가.

셋째는, 중흥을 일으킬 만한 황제는 반드시 서열을 따를 필요는 없는 것, 서열의,

구분에 얽매일 필요는 없는 것,
중흥을 위해서는 마땅히 광무제(光武帝)* 같은 분을,
뛰어난 영걸(英傑)을 찾아가서 모셔야 하는 법이라네.

넷째는,

다른 강한 왕자들이 기회를 틈타 권력을 잡을 소지를 만들어서는 안 되는 법이고,

다섯째는, 소인배들이,

공로를 무기 삼아 새 황제를 협박해서는 안 되기 때문이네.

사가법 옳습니다. 세형의 고견은 정말 심원하십니다. 일전에 부사(副使) 뇌연조(雷縯祚)와 예부(禮部)의 주표(周鑣)*께서도 같은 취지의 말씀을 했습니다만, 세형처럼 확실하고 명료하지는 못했습니다. 번거로우시겠지만 삼대죄(三大罪)와 오불가(五不可)의 말씀을 서신으로 적어 이 사람 편에 돌려보내도록 해 주시겠습니까?

후방역 그렇게 하겠습니다. 〔촛불을 켜고 편지를 쓴다〕
〔완대성(부정)이 가동(잡)을 데리고 등롱을 들고 등장한다〕

완대성 좋은 물건을 내 손 안에 넣어야지,
　　　　　공로를 남에게 양보할 수야 없지.

나는 완대성입니다. 조용히 강포(江浦)*에 가서 복왕을 만나고 밤길에 돌아와 마사영과 옹립의 일을 의논했습니다. 그런데

병부의 사가법이 막고 나설 것 같아 걱정입니다. 오늘 편지를 보내 의견을 구했는데, 일이 잘 안 될 것 같아 이렇게 한밤에 찾아와서 자세히 의논해 보려고 합니다. 〔전령을 만난다〕 한참 전에 편지를 보냈는데 어찌 아직도 돌아가지 않았느냐?

전령 회신을 기다리느라 출발하지 못했습니다. 〔기뻐하며〕 나으리 마침 잘 오셨습니다. 제 대신 재촉 좀 해 주십시오.

가동 문간에 누가 계시는뎁쇼.

시종 누구시온지요?

완대성 〔하인에게 지나치게 비굴하게 인사하며〕 번거로우시겠지만 말씀 좀 전해 주시지요. 고자당(褲子襠) 안에 사는 완(阮, ruan)가가 나으리를 좀 뵙고 싶어 한다고 말입니다.

시종 〔말을 비꼬며〕 바짓가랑이 속〔褲子襠裏〕의 물렁한 것〔연(軟), ruan〕이라니. 속담에 "수염 난 사람은 열에 아홉은 음탕하다"라고 했는데, 내가 한번 만져 봅시다, 물렁한지 아닌지.

완대성 놀리지 말고 얼른 좀 도와주시구려.

시종 날이 이미 저물어 나으리께서는 쉬고 계시니 함부로 방해할 수는 없소이다.

완대성 상의드릴 일이 있어서 꼭 뵈어야 합니다.

시종 그렇다면 제가 한번 가서 말씀드려 보지요. 〔방에 들어가 아뢴다〕 나으리, 고자당 안에 사는 완씨가 뵙고자 합니다.

사가법 무슨 완씨라고?

후방역 고자당 안에 산다고 했으니 완수염일 것입니다.

사가법 이렇게 한밤중에 무엇 때문에 왔단 말이냐?

후방역 말할 것도 없이 옹립의 일을 상의하러 왔을 것입니다.

사가법 작년에 청의당에서 세형을 모함했던 사람이 바로 이자입니다. 이자는 본시 위충현 일파로, 진짜 소인배이니 만날 필요가 없습니다. 시종에게 명하여 돌아가라고 전하면 그만입니다.

시종 〔밖으로 나와 화를 내며〕 내가 밤이 늦어 만나 뵙기 어려울 것이라고 했지 않습니까. 못 만나시니 돌아가십시오!

완대성 〔시종의 어깨를 치며〕 여보시오, 잘 아시면서 그러셔. 내가 밤중에 찾아온 것은 정말 재미있는 이야기를 드리기 위한 것이지. 환한 대낮에 말하기에는 적당하지가 않아요.

시종 일리 있는 말이로군요. 그럼 일이 성사된 후에 나올 상금은 우리 둘이 반반으로 나누는 거요.

완대성 두말 하면 잔소리지요. 아니 나보다 더 드리리다.

시종 그렇다면 다시 한번 여쭈어 보지요. 〔들어가서 아뢴다〕 나으리, 완씨가 꼭 뵙기를 청하는데, 아주 재미있는 이야기를 드리려고 한답니다.

사가법 이런 고얀 놈 같으니라고! 나라가 망하는 시국에 무슨 놈의 재미있는 이야기란 말인가! 얼른 쫓아 버리고 대문을 걸어 잠그거라!

시종 그런데 봉양 독무께 보낼 회신을 아직 부치지 못했습니다.

후방역 편지를 다 썼으니 한번 읽어 보시지요.

사가법 〔읽는다〕

【전강】

선대(先代) 황제들께서,

나라를 일으키고 물려주시니,

우리 천자님들은 힘이 다하셨네.

하루아침에 기울어 버렸으니,

그 누가 끊긴 대를 이으실까.

살펴보노라면,

복왕은 세 가지 대죄와,

다섯 가지 불가(不可)의 이유가 있으니 안 되실 것.

다시 종실에서 어질고 명망이 높으신 분을 찾아,

끊긴 대를 이어 가야 하리.

이처럼 분명하게 뜻을 밝혔으니 그자도 이제는 더 이상 경거

망동하지 못할 것입니다. 〔시종에게〕 이것을 봉양 독무에게서

온 사람에게 전하고, 얼른 대문을 잠가 시끄러운 사람이 다시

나타나지 못하게 하거라. 〔일어나서〕 정말이지,

강가의 외로운 신하는 백발이 성성하고,

후방역 등불 앞의 나그네는 거문고의 차디찬 줄 타기를 그치네.

〔사가법과 후방역이 퇴장한다〕

시종 〔밖에 나가 전령을 부른다〕 마 나으리 댁에서 오신 분 어디

있습니까?

전령　여기 있습니다.

시종　이것이 회신이니 얼른 가지고 돌아가시오, 나는 문을 닫아야겠습니다.

전령　〔편지를 받으며〕완 나으리께서 만나 뵙고자 하는데 어찌 문을 닫는다는 말입니까?

완대성　〔하인에게〕옳습니다. 내가 금방 나으리를 뵙고자 한다고 간청했는데, 설마 잊어버린 것은 아니겠지요?

시종　〔짐짓〕댁은 누구시오?

완대성　나는 바로 고자당 안에 사는 완가라니까요!

시종　흥! 한밤중에 물렁합네, 딱딱합네 하는 소리만 해 대니 잠도 못 자겠구나. 〔밀어내면서〕얼른 돌아가시오. 〔마침내 문을 닫는다〕

전령　회신을 받았으니 저 먼저 가 보아야겠습니다. 〔퇴장한다〕

완대성　〔화를 내며〕나쁜 자식 같으니라고, 문을 닫아 걸어 버리다니. 〔멍하니 있다가〕에라! 옛날 십 년 전에도 이런 모욕을 당한 게 한두 번이 아니었지. 참자, 참아. 〔손을 비비며〕하지만 지금의 기회는 그냥 놓칠 수가 없단 말이지. 이 사가법이 지금 본병(本兵)의 인장을 가지고 있는 데다가 이렇게 집요하게 굴어 대니 지금은 옹립의 일을 실행에 옮기기가 어렵겠구만. 이를 어쩐다? 〔생각에 잠겼다가〕옳지! 내가 잠시 정신이 나갔지. 지금 황제의 옥새가 사라진 마당에 군대의 인장이 있어서 무슨 소용이란 말인가. 〔손가락질을 하며〕사가(史哥, 사가법) 놈아, 고깃덩어리가 통째로 굴러들어 왔어도 먹을 줄을 모르고 남에게 넘

겨 버리다니. 나중에 나를 원망하지나 말아라. 정말이지,

그대는 길이 다한 후에야 완생(阮生)이 한탄한 이유를 알게 될 테니,[*]
나는 주인 없는 강산을 내 맘대로 주무르겠네.
나는 좋은 물건 보관해 두었다가 여기저기에 줄 것인즉,
그대는 복이 누구에게 있을지 모르는구나.

제15척 복왕 옹립[迎駕]

숭정 17년(갑신, 1644) 4월

봉양(鳳陽) 독무아문(督撫衙門)

〔마사영(정)이 관복 차림으로 등장한다〕

마사영 【번복산(番卜筭)】

하루아침에 황성이 무너지니,

중원 바라보며 정권 잡기 위해 각축하네.

모두 앞 다투어 치달려서,

재상이 되고 제후가 되고자 하는데,

나는 옹립의 공이 있으니 대권(大權)은 내 손에 들어오리.

나는 마사영입니다. 자는 요초(瑤草)이며 귀주(貴州) 귀양위

(貴陽衛) 사람으로, 만력(萬曆) 을미(乙未)년에 진사가 되어 지

금은 봉양 독무로 있습니다. 다행히도 국가의 변고를 만나니 바로 나 같은 무리가 득의하는 시대가 되었지요. 일전에 사가법에게 편지를 보내어 함께 복왕을 모시자고 했는데, 그가 보내온 답신에서는 '삼대죄, 오불가론' 따위가 쓰여 있었습니다. 게다가 완대성이 상의하러 갔을 때에도 문도 열어 주지 않았습니다. 아마 우리 뜻에 따르지 않으려고 하는 것 같습니다. 그런데 지금 군권을 장악하고 있는 그자가 이러한 주장을 하고 나서니 구경(九卿)들 가운데 고홍도(高弘圖), 강왈광(姜曰廣), 여대기(呂大器), 장국유(張國維) 등도 모두 감히 나서지 못했습니다. 그래서 옹립의 일이 좀 차질이 생기게 되었지요. 이렇게 되니 할 수 없이 다시 완대성에게 사진(四鎭)의 무신들*과 훈척(勳戚), 내시들을 만나 보라고 했는데, 일이 어떻게 되었는지 몰라 초조하기 짝이 없습니다.

〔완대성(부정)이 급히 등장한다〕

완대성　가슴속엔 이미 대나무가 자라 있고,

　　　　산에는 베어 내기 어려운 땔감은 없네.*

　　여기가 마 공의 서재이니 들어가 보아야겠습니다.

마사영　〔완대성을 보자〕 돌아왔군요, 일은 어떻게 되었는지?

완대성　사진의 무신들이 서한을 보자 흔쾌히 허락하며 사월 스무여드레에 의장(儀仗)을 모두 갖추고 함께 강포로 가기로 했습니다.

마사영 정말 잘되었습니다! 그 사람들이 뭐라고 말하던가요? 〔앉는다〕

완대성 【최박(催拍)】

　　성은을 입어 열후(列侯)에 책봉되니,

　　강회(江淮) 땅 천 리를 진압하겠다고 합디다,

　　황성을 잃었으니,

　　황성을 잃었으니,

　　우리 같은 무리가 분에 넘치게 대접받는데도,

　　날카로운 무기 보기가 부끄럽다고 합디다.

　　강포에 나가 새 천자를 맞이하고,

　　맹수 같은 장수가 되어,

　　새 주인 모시고 충성을 바쳐 복수를 갚겠다고 합디다.

　　대사를 앞두고서,

　　어찌 주저할 수 있겠냐고 합디다.

마사영 그 밖에 또 누가 가겠다고 했습니까?

완대성 위국공(魏國公) 서홍기(徐鴻基), 사례감(司禮監) 한찬주(韓贊周), 이과급사(吏科給事) 이첨(李沾), 감찰어사(監察御使) 주국창(朱國昌) 등입니다.

마사영 훈척, 시위(侍衛), 과(科)의 급사중(給事中), 도(道)의 감찰어사가 모두 있으니 참으로 좋습니다. 그들은 무어라 말하던가요?

완대성 【전강】

　　마 중승(馬中丞)께서 앞장서셨으니,

　　어느 공경(公卿)이 머뭇거리겠느냐고 합디다.

　　서명을 일찌감치 하고서,

　　서명을 일찌감치 하고서,

　　모두 상소문을 올리러 가서,

　　황성으로 들어가겠다고 합디다.

　　새 주인께서 중흥하셔서,

　　용루(龍樓)에서 춤추는 날이 되면,

　　지금의 노고에 보답하여,

　　옛 품계를 옮겨,

　　새 벼슬로 승진시켜 주실 것이라고 합디다.

마사영　그렇게 말했다니 정말 훌륭합니다. 다만 하나, 나는 외리
(外吏)에 불과하고, 저 무신이나 훈척, 시위들 몇 명 가지고서는
조정의 각료라고 하기 어려우니, 지금 상소문을 쓰려는데 어떻
게 명단을 열거할 수 있을까요?

완대성　누가 검사하겠습니까, 진신편람(縉紳便覽: 각료 명단) 한
부를 가져와서 처음부터 베껴 쓰면 그만이지요.

마사영　그렇다고는 하나 새 황제께서 도착하셨는데 백관들이 영
접하지 않고 어찌 우리 서너 사람만 나가서 모실 수가 있겠소?

완대성　제 생각에 만조백관들 가운데 뚜렷한 줏대를 가진 사람은
없습니다. 황제께서 당도하시기만 하면 늦게 서명한 사람들은

끼어들기도 힘들 정도가 될 것입니다.

마사영 맞습니다, 맞아요! 상소문은 이미 다 썼고 이제 관직자들의 이름만 나열하면 되니 진신편람을 가져다가 얼른 베껴 써야겠습니다.

〔서기(외)가 진신편람을 들고 등장한다〕

서기 북경 서하연(西河沿)의 홍가(洪家)에서 간행한 상세 편람을 올립니다. 〔퇴장한다〕

완대성 내가 베껴 쓰겠습니다. 〔갸웃거리며 책에서 떨어져 바라보며〕 글자가 너무 작아 눈이 어지러워 베끼기가 어려우니 이를 어쩐다? 〔생각에 잠겼다가〕 그렇지. 〔허리춤에서 안경을 꺼내 쓰고 다시 쓴다〕 '이부상서 신 고홍도'라. 〔손을 떨며〕 이놈의 손이 또 떨리기 시작하는구나. 잠시 쉬어야겠다. 빨리 쓰질 못하겠으니 이것 참 큰일이로다.

마사영 서기더러 쓰라고 하면 되지요.

완대성 원래 이름 대신에 우리 쪽 이름을 집어넣어야 되는데, 어떻게 서기 녀석이 쓸 수 있겠습니까?

마사영 옆에서 일일이 지시해 주면 틀리지 않을 겁니다. 〔부른다〕 서기는 얼른 이리 오너라.

〔서기가 등장하자 완대성이 진신편람을 보며 서기에게 지시한다. 서기가 퇴장한다〕

마사영 옛말에 "중원에서 각축전을 벌일 때 발 빠른 사람이 먼저 얻는다"고 했습니다. 우리가 다른 사람들의 뒤에 처질 수는 없으니 얼른 의관을 준비하고 짐을 챙겨서 오늘 당장 성을 나가도록 합시다.

〔시종(丑)이 등장하여 짐을 챙긴다〕

완대성 〔마사영에게〕 한 가지 여쭈어 보겠습니다. 저는 어떻게 차려입을까요?

마사영 영접 행사는 보통 때 인사드리는 것과는 다르니 의관을 갖추어 입어야겠지요.

완대성 저는 퇴직했으니 어떻게 의관을 입는단 말입니까?

마사영 듣고 보니 그렇군요. 〔생각하다가〕 어쩔 수 없지요. 잠시 재표관(齎表官)* 노릇을 좀 하시구려. 몸을 좀 굽힌다고 생각하시고.

완대성 무슨 말씀을요. 대장부가 공훈을 세우기 위해서는 무얼 못 하겠습니까. 때가 되면 폐하께서 임명해 주실 텐데요, 뭘.

마사영 〔웃으며〕 훌륭합니다. 정말이지 완 공다우십니다.

완대성 〔심부름꾼 의복으로 갈아입고 나서〕

【전강】

여생 보내매 재마저도 이미 차갑게 식었다 했는데,

기쁘게도 오늘 아침 말랐던 바다가 다시 흐르기 시작했네.

황금 자라 낚아 올릴 것이니,

황금 자라 낚아 올릴 것이니,

마치 강태공이 낚시하던 것과 같이,

영원히 권세를 누리리라.*

풍진 세상의 우마(牛馬)처럼,

잠시 몸을 굽힌들 무엇을 걱정하리오,

도필리(刀筆吏)*는 승상이 되는 첫걸음일지니,

남들이 웃고 욕해도,

나는 부끄럽지 않다네.

〔서기가 등장한다〕

서기 상소문에 성명을 다 적었습니다. 나으리께서 한번 보아 주십시오.

완대성 〔상소문을 보며〕 틀리지 않고 잘 썼구나. 얼른 잘 싸서 짐 상자 안에 넣어 두거라.

〔서기가 상소문을 포장하여 짐 상자 안에 넣는다〕

완대성 제가 이 짐 상자를 메야겠습니다.

〔서기와 시종이 완대성이 짐 상자를 메도록 도와준다〕

마사영 〔그 광경을 보다가 웃으며〕 완 공의 이번 공로가 적지 않습니다그려.

완대성 〔정색을 하며〕 웃지 마십시오, 훗날 능연각(凌煙閣)*에 번쩍번쩍하는 초상화가 걸리게 될 테니.

시종 〔말을 끌며〕 날이 어두워지려고 하니 나으리께서는 얼른 말에 오르시지요.

마사영 이번 영접에는 많은 사람을 데리고 갈 수 없으니 너희 두 사람만 따라오너라.

완대성 너희 두 사람에게는 훗날 모두 공에 따라 상을 줄 것이야.

〔모두 말에 타고 급히 길을 가는 동작으로 무대를 돈다〕

모두 【전강】

석양 비추는 남산(南山)에는 비가 그쳤는데,

청총마(靑驄馬) 몰고 안개 서린 역참(驛站)과 수향(水鄉)의 우정(郵亭)을 지나네,

황금 채찍 서둘러 휘두르며,

황금 채찍 서둘러 휘두르며,

안개 서린 장강의 포구에 일찌감치 도착해야 하네,

초(楚) 땅, 오(吳) 땅과 마주한 곳에.

운명에 응한 영웅들,

호랑이처럼 용처럼 달려가는데,

한스럽도다, 당장 두 날개 퍼덕이며 날아가서,

은(銀) 촛대 아래에서,

면류관 쓰신 분께 절 올리지 못함이.

마사영 숙소를 좀 찾아 보도록 합시다.

완대성 아! 우리가 얼마나 중요한 일을 하고 있습니까, 오늘 쉬시겠다니요. 얼른 가셔야 합니다, 얼른! 〔채찍질을 더하며 서두른다〕

마사영 강 안개와 산의 기운이 저녁 되어 유유한데,

완대성 맑은 물 흐르듯이 평원을 달려 나가네.

마사영 방풍씨(防風氏)처럼 늦게 도착하지는 말아야 하리라,

완대성 도산(塗山)에는 내일이면 제후들이 모여들 테니.*

제16척 새 조정[設朝]

숭정 17년(갑신, 1644) 5월

남경 편전(便殿)

〔홍광제(弘光帝)(소생小生)가 곤룡포와 면류관 차림으로 두 환관
(소단小旦과 노단老旦)을 거느리고 등장한다〕

홍광제 【염노교】

    태조 황제의 옛 궁전이라,

    보아라, 궁궐의 문과 전각이,

    처음으로 겹겹이 열리는 모습을.

    눈앞에는 새로 자줏빛 서기(瑞氣)가 가득 피어올라,

    천 길 높이 솟은 종산(鍾山)*을 떠받치고 있도다.

    조상님의 덕이 다시금 빛나고,

    백성들은 마음으로 하나같이 우러르며,

나를 푸른 하늘 위로 영접하는도다.

구름 사라지고 주렴 걷히니,

안개 서린 동남방의 경치는 참으로 장려하도다.

누런 구름이 황제의 침상을 떠받드니,

꿈에서 깨어나 홀로 방황했노라.

싸움도 없이 권좌에 오르노니,

비로소 얼굴의 먼지를 씻고 곤룡포를 입도다.

　과인은 바로 신종(神宗) 황제의 손자이자 복왕 전하의 아들로, 어려서부터 덕창군(德昌郡)의 왕을 지냈도다. 작년에 도적들이 하남을 함락하매 부왕(父王)께서는 순국하시고 과인은 강포(江浦)로 도피하여 구사일생으로 살아났다. 그런데 뜻지도 않게 북경이 함락되고 선제께서 승하하시니, 남경의 신민들이 나를 감국지주(監國之主)로 추대했다. 오늘은 갑신년 오월 초하루라, 아침에 효릉〔孝陵: 태조(太祖)의 능〕을 참배하고 궁으로 돌아와 잠시 편전에 있으면서 백관에게 무슨 보고가 있는지를 살피는 중이로다.

〔사가법(외), 마사영(정), 황득공(말), 유택청(축) 등의 문무 대신들이 관복 차림에 홀을 들고 등장한다〕

대신들　성대하신 면류관과 곤룡포를 다시 뵙게 되었고,

　　높다란 전각도 다시 보이네.

금구(金甌)는 여전히 비지 않고,

옥촉(玉燭)도 다시 새로 빛나네.*

　우리 문무백관은 어제 강포로 나가 새 황제를 영접하고, 오늘 아침에는 효릉을 참배했습니다. 비록 서명은 했지만 조정에서의 하례를 드리지 못했으니, 예법에 따라 마땅히 상소문을 올려서 보좌에 오르시기를 간청드려야겠습니다. 〔모두 앞으로 나가 무릎을 꿇고 상소문을 올린다〕 남경 이부상서 신 고흥도 등은 폐하께서 조속히 대위(大位)를 바르게 하시고, 기년(紀年)을 바꾸시고 정사(政事)를 들으셔서, 신민의 바람을 위로해 주시기를 삼가 청하옵니다. 생각해 보건대 폐하께서는,

【본서(本序)】
　복왕 저택에 숨어 계신 용이었으나,
　명망이 드날리시니,
　모습은 신종 황제 같으시며,
　적통(嫡統) 황족이시라.
　오래도록 어질고 현명한 명성이 드러나니,
　사방에서 요(堯) 임금처럼 추대하네.
　우러러 뵈오니,
　족보에서 황금 가지 나시고,
　가계에서 꽃봉오리 이어지셨으니,
　마땅히 대통을 이으셔서 온 민족의 으뜸이 되시오소서.

신들이 엎드려 바라오니 제위에 오르셔서,

하루빨리 태조 황제의 뒤를 이으소서.

〔네 번 절한다〕

홍광제 과인은 변두리 번왕의 쇠약한 종실 출신으로, 재주와 덕망이 모자라나 대신과 백성들의 청에 따라 태조 황제의 궁궐에 와서 있게 되었도다. 하나 선대 황제께서 원한 맺히게 돌아가셨는데, 그 원수를 아직 갚지 못한 마당에 무슨 얼굴로 감히 제위에 오르겠는가. 지금은 잠시 번왕의 신분으로 나라를 다스리고자 하니 계속하여 숭정 17년으로 부르도록 하고, 일체의 정무도 예전처럼 처리하도록 하라. 여러 경들은 다시 주청하여 과인의 죄를 키우는 일이 없도록 하오.

【전강】

제위를 강요하지 말지어다,

중원이 어지러워,

왕손(王孫)조차도 강가에서 걸식하고,

묵을 곳이라곤 우거진 숲뿐이었도다.

고개 돌려 보아도 모래바람 부니 어디로 가야 하나,

낙양 땅의 이름난 정원에는 꽃이 피었겠건만.

기다리고 바라보아도,

병란은 그치기 어려우니,

황릉에는 근심이 많고,*

돌아가셨으나 궁검(弓劍)이라도 물어 주는 이 없는데,[*]

내가 어찌 차마 구슬 늘어뜨리며 면류관을 쓰고,

경하(敬賀)를 받으며 옥좌에 오르겠는가.

대신들 〔무릎을 꿇고 외친다〕 만세, 만만세! 진정으로 어지신 성군의 말씀이니 신들이 어찌 감히 거역하오리까. 다만 원수는 하루빨리 갚아야 하고, 중원은 오랫동안 방치해 둘 수 없는 것이며, 장수와 재상도 구성이 더 늦어져서는 안 되는 것이기에, 삼가 상소문을 올리오며 엎드려 재가를 바라나이다. 〔상소문을 바친다〕

【전강】

탁 트인 밝은 모습이라,

기상이 중흥하여,

대궐 문에 상서로운 기운이 가득하니,

왕업(王業)이 다시 창건되었습니다.

불구대천의 원수들은,

앞으로도 와신상담하며 잊지 않으리라.

생각해 보니,

중원을 회복하고,

내각을 정비하려면,

속히 충장(忠將)과 현신(賢臣)을 뽑아야 하고,

백관(百官)들도 모자라니,

재능 있고 훌륭한 사람들을 뽑아야 하옵니다.

홍광제 경들이 올린 상소문을 보니 모두가 원수를 갚고 나라를 회복하고자 하는 의견으로 충성의 뜻이 잘 드러나 보이오. 장수와 재상들을 뽑는 문제는 과인에게 이미 뜻이 있으니 들어 보시오.

【전강】
직무를 담당할 자는,
먼저 장수와 재상부터 뽑을 것이로되,
나라를 위해 공로를 세운 자들 가운데에서,
상위 품계자를 정할 것이로다.
장강 변에서부터 청원서를 올리고,
밤새워 길을 가며 어가를 호위했도다.
과인을 찾아와서,
황포(黃袍)*를 입혀 주고,
신하의 예로 과인을 맞이하여,
옥새를 사양하지 못하도록 해 주었도다.
오늘 공로를 논하여 상을 내릴 것이니,
문무대신으로 누가 마땅할꼬.

경들은 잠시 물러가서 오문(午門)에서 어지(御旨)를 기다리시오.

〔홍광제와 내관들이 퇴장하고, 사가법, 마사영, 황득공, 유택청 등은 퇴조(退朝)하여 기다린다〕

사가법 옹립의 공로로 말할 것 같으면 오늘 대배(大拜)*는 당연히 마 대감께로 돌아갈 것입니다.

마사영 저는 풍진(風塵)의 한갓진 외리(外吏)일 뿐이니 어찌 서열을 뛰어넘어 승급할 수 있겠습니까. 나라에서 무관을 써야 하는 때이고 사 노선생께서 지금 본병(本兵)에 계시니 마땅히 대배를 받으셔야지요. 〔황득공, 유택청에게〕 사진(四鎭)에서는 실로 어가(御駕) 호위의 공로가 크다 할 수 있으니, 곧 공후(公侯)에 책봉될 것입니다.

황득공·유택청 모두 은덕이 높으신 원수께서 추천해 주신 덕입니다.

〔내감(內監)〔노단(老旦)〕이 어지를 받들고 등장한다〕

내감 성지(聖旨)가 내려졌습니다. "봉양 독무 마사영은 옹립을 제의하여 그 공이 으뜸이므로 내각대학사 겸 병부상서에 승보(陞補)*하노니 입각(入閣)하여 일을 시작하라. 이부상서 고홍도, 예부상서 강왈광, 병부상서 사가법 등도 대학사에 승보하니 각기 본래의 직함과 겸직하도록 하라. 고홍도, 강왈광은 입각하여 일을 시작하고, 사가법은 임지(任地)인 강북(江北)으로 가서 군사를 이끌도록 하라. 나머지 각 부서의 대소 관원들은 현임자(現任者)는 각 세 단계를 승급하고, 결원자는 어가를 옹립한 자들 가운데에서 공로를 따져 보임하도록 하라. 또한 네 진의 무신(武臣)인 정남백(靖南伯) 황득공, 홍평백(興平伯) 고걸(高傑),

동평백(東平伯) 유택청, 광창백(廣昌伯) 유량좌 등은 모두 황궁에 들어와 후작(侯爵)을 책봉받고 귀임하도록 하라." 이상입니다. 성은에 감사드리십시오!

모두 〔성은에 대한 감사의 예를 드린다〕 만세, 만만세! 〔일어난다〕

사가법 〔황득공, 유택청에게〕 나는 본병에 있는 까닭으로 매번 중원을 수복하지 못하는 것을 치욕으로 여겼는데, 성상께서 나를 강북으로 보내시니 있는 힘을 다해 성은에 보답하리라. 지금 여러분과 약속하고자 하니, 오월 초열흘에 양주(揚州)에 모여 복수(復讎)의 일을 의논합시다. 각자 힘써 노력하여 늦어지는 일이 없도록 합시다.

황득공 · 유택청 알겠습니다.

사가법 나는 말을 타고 임지로 떠나야겠습니다. 정말이지,

동한(東漢)처럼 중흥하여 명군(明君)을 만나니,

중원 땅의 회복은 이 늙은 신하에게 맡겨졌네.

〔사가법이 여러 사람들과 작별하고 퇴장한다. 황득공과 유택청도 퇴장하려고 하는데 마사영이 두 사람을 부른다〕

마사영 장군들은 잠시 돌아오세요. 〔손을 잡아끌며〕 성상께서는 우리가 세운 옹립의 공로를 기록해 두셨다가 재상과 제후에 배수하셨습니다. 우리는 모두 훈구대신(勳舊大臣)이니 다른 사람들이 비할 수가 없습니다. 앞으로 내외의 소식은 반드시 두 분과 상의할 것입니다. 천추에 존귀하신 몸이 되었으니 늘 몸조심

하십시오.

황득공·유택청　대감의 은혜를 입어 오늘이 있게 되었는데 어찌 감히 말씀을 따르지 않겠습니까.

〔두 사람이 급히 퇴장한다〕

마사영　〔웃으며〕 오늘 뜻밖에도 당당한 최고 재상이 되었으니 기쁘기 짝이 없도다.

〔완대성(부정)이 머리를 내밀고 살펴본다〕

마사영　〔퇴장하려다가〕 가만, 나라가 일어선 지 얼마 안 되었는데 여러 일이 아직 안정되지 않았으니, 고걸과 강왈광 두 사람이 나의 대권을 빼앗아 가지 않도록 해야겠다. 집에는 좀 있다가 가고, 내각에 들어가서 일을 좀 보아야겠다. 〔들어가려고 한다〕

완대성　〔조심스럽게 등장하여 인사를 하며〕 공조(公祖)*께 축하 인사 올립니다. 결국 대배를 받으셨습니다.

마사영　〔놀라며〕 어디서 나타난 것입니까?

완대성　조방(朝房)*에 숨어 있다가 소식을 듣고 달려왔습니다.

마사영　여기는 아무나 못 오는 곳입니다. 오늘부터 법이 시행되는데, 이렇게 평상복 차림으로 이곳에 있으면 좋지 않으니 여기에서 나갑시다.

완대성　제가 긴히 드릴 말씀이 있습니다. 〔귓속말로〕 노사(老師)께서는 옹립의 공로로 인해 이렇게 큰 자리를 얻으셨습니다만, 저도 청원서를 운반한 사람으로 작은 공로나마 있다고 하겠는데, 어찌하여 저에 대한 이야기는 꺼내지를 않으셨는지요?

마사영　방금 어지가 내려졌는데, 각 부서에 결원이 있으면 옹립에 참여한 사람들 가운데에서 공로를 따져 새로 보임하도록 하라는 말씀이셨습니다.

완대성 〔기뻐하며〕 잘되었습니다! 그럼 노사께서 저를 좀 추천해 주시지요.

마사영 완 공의 일을 어찌 가볍게 여길 수 있겠습니까. 〔들어가려고 한다〕

완대성 일이 늦어져서는 안 되고, 제가 지금 임시로 실무 관리를 맡고 있으니 함께 내각으로 들어가서 분위기가 어떠한지를 살펴보는 것이 어떨까 합니다.

마사영 내가 처음 내각에 들어가는지라 업무나 분위기를 아직 잘 모르니 함께 들어가서 나를 좀 도와주는 것도 좋겠습니다. 다만 좀 조심하시고.

완대성 알겠습니다. 〔마사영의 홀판(笏板)을 들고 따라간다〕

마사영 【새관음(賽觀音)】

옛 집무실에,

새 승상이라,

기쁘게도 하루아침에 높으신 분 되었으니,

스물네 번 공적이 쌓인 대신과도 같도다.*

완대성 고생하면서 모시던 이 졸개를 잊지 말아 주소서.

마사영 전각 동편의 새벽안개가 누르스름한데,

완대성　새 승상께서는 의기가 드높으시네.

마사영　강 건넌 사람들은 모두 용을 따른 인재이니,[*]

완대성　나도야 홀 들고서 황금 계단을 오르리.

제17척 개가 거부[拒媒]

숭정 17년(갑신, 1644) 5월
남경 양문총의 거처
미향루

〔양문총(말)이 관복 차림으로 등장한다〕

양문총 【연귀량(燕歸梁)】

남조의 유구한 풍류 다한 곳에,

새로 젊으신 황제가 우뚝 서셨네.

청강포(清江浦)*는 전쟁의 탁한 먼지 막아 주고,

예부에서는 향수를 사들이네.

저는 양문총입니다. 옹립의 공로로 예부주사(禮部主事)가 되었습니다. 맹형(盟兄) 완대성은 여전히 광록대부(光祿大夫)로 계시고, 같은 고향 출신인 월기걸(越其杰), 전앙(田仰) 등도 벼슬을 얻었습니다. 같은 날에 발령을 받았으니 '일시지성(一時之盛)'이라 할 만합니다. 지금 조무(漕撫)에 결원이 있어서 전앙을 추천하려고 하는데, 그가 마침 은 삼백 냥을 보내며 예쁜 기생을 하나 찾아서 거처로 보내 달라고 부탁했습니다. 제 생각에 청루에서 자색과 기예가 뛰어난 자로는 향군만한 아이가 없으니 한번 알아보러 가야겠습니다. 〔부른다〕 이리 오너라.

〔시종(잡)이 등장한다〕

시종   가슴속에 품은 포부는 관리이건만,

　　　발걸음은 이 골목 저 골목을 누비네.

　　　나으리, 부르셨습니까?

양문총   얼른 가서 청객(淸客) 정계지와 여객(女客) 변옥경을 내 서재로 모시고 오너라.

시종   나으리, 소인은 시종이라 관리 댁만 압니다. 청객이나 기생이 있는 곳은 알 수가 없습니다.

양문총   내 말을 들어 보거라.

　　　【어등아(漁燈兒)】

　　　때는 단오절이라,

　　　바야흐로 북적이는데,

　　　물가에 솟은 누각에도 봄이 와서,

저 부잣집 자제들은 젊은 여자들과 함께 있으니,

저곳이 견우와 직녀 만나는 은하수 나루로다.

시종 저 진회 가의 집들을 말씀하시는 것이라면 소인이 알고 있습니다.

양문총 저기 대추꽃 주렴에 살구 비단 무늬 비치는 곳,

저 집에 가서 여쭈어 보거라.

〔정계지(부정), 심공헌(외), 장연축(정) 등이 등장한다〕

청객들 기생집에는 늘 늙고 할 일 없는 사람들뿐이고,

조정에는 새로 부임한 젊은 보좌관들이라.

정계지 이곳은 양 나으리의 사택이니 내가 사람을 불러 보겠습니다. 〔소리친다〕 아무도 안 계십니까?

시종 〔나와서 보고〕 뉘신지요?

정계지 나는 정계지라고 하오. 심공헌, 장연축 두 친구와 함께 양 나으리를 뵈러 왔습니다. 말씀 좀 전해 주시오.

시종 〔기뻐하며〕 마침 제가 모시러 가려던 참인데, 정말 잘 오셨습니다. 잠시만 기다리시지요, 제가 말씀을 전하겠습니다. 〔들어가려고 한다〕

〔변옥경(노단), 구백문(소단), 정타낭(축) 등이 등장한다〕

여객들 자주색 제비들이 어인 일로 이리 일찍 오셨을까,

노랑 꾀꼬리들은 늦게 도착했답니다.*

구백문 세 분 청객들은 잠시만 기다려 주세요. 저희와 함께 들어

가시지요.

정계지 누군가 했더니 당신들이었구려.

장연축 여객들은 무슨 일로 여기에 오시는 길입니까?

정타낭 모두 같은 근심을 하고 있는 것이지요. 선생님들은 스승

노릇, 저희들은 제자 노릇이 걱정되어서이지요.

〔모두 들어간다〕

양문총 〔기뻐하며〕 어찌 이리 마침 잘도 오셨습니까.

모두 별일이 없으면 감히 함부로 찾아오지 않겠지만, 오늘은 특

별히 간청하고자 하는 바 있어서 오게 되었습니다. 접견을 허락

해 주시기를 바라옵니다. 〔모두 바닥에 머리를 찧으며 절을 한

다〕

양문총 〔손님들을 일으켜 세우며〕 앉으시지요, 무슨 분부가 있으

신지?

정계지 새로 광록대부가 되신 완 나으리께서는 양 나으리와 친한

분이시지요?

양문총 그렇습니다.

정계지 저희가 듣기로 새 임금님께서 등극하심을 축하하기 위해

완 나으리께서 전기(傳奇) 네 편을 바쳤는데, 황제께서 이를 보

시고 크게 기뻐하시면서 저희에게 『연자전』의 줄거리를 적어

주게 하시고 저희가 궁궐에 들어가 연기를 가르치도록 하셨다
는데, 이러한 일이 있었습니까?

양문총 그러한 일이 있었습니다.

정계지 나으리께 솔직하게 말씀드리겠습니다. 저희는 이 입 하나
로 여덟 식구를 먹여 살리고 있습니다. 이번에 궁궐에 들어가게
되면 어찌 '한 집안이 망해 버리게'* 되지 않겠습니까?

정타낭 저희도 여덟 식구가 딸려 있는데, 이 입 하나에 의지해서
먹고 살고 있습니다.

양문총 〔웃으며〕 걱정하실 필요 없습니다. 공연 차출 때에는 교
방(教坊)*의 많은 남녀 배우들 가운데에서 뽑을 것이고, 여러분
은 모두 명사(名士)나 다름없으니 여러분을 차출해 가기는 쉽지
않을 것입니다.

모두 나으리께서 보호해 주시기만을 바랄 뿐입니다.

양문총 내일 이름을 뽑아 완원께 보낼 것인데, 완원께서 여
러분의 차출을 면해 주시도록 말씀드리겠습니다.

모두 정말 고맙습니다.

【전강】

말릉(남경)의 봄에,

물안개는 넋을 잃게 하는데,

음악 잘하는 남녀 가객 있어 석양에 도취되네.

만일 우리를 모두 궁궐로 뽑아 간다면,

그때부터는 강물과 저녁 비만이 사립문을 덮을 것이니,

하얀 배 푸른 주렴 속에서 술잔 나눌 생각은 마시구려.

나으리께서 저희를 불쌍히 여겨 주신다면 그 은혜는 결코 작지 않으리니,

진회의 잔잔한 강물과 온화한 산색(山色)을 지켜 주시기를.

양문총 나도 부탁할 것이 한 가지 있습니다.

정계지 어떤 분부이신지요?

양문총 저의 친척인 전앙이라는 분이 조만간 조무로 승직하게 되었는데, 마침 은 삼백 냥을 보내며 시첩(侍妾)을 하나 부탁했습니다.

정타낭 제가 가도록 하겠어요.

장연축 안 됩니다. 정타낭이 가면 장단 맞출 사람이 없어집니다.

정타낭 장단 맞추는 사람이 없어진다니요?

장연축 나와 장단을 맞출 사람이 없어진단 말입니다.

정타낭 흥!

정계지 나으리께서는 의중에 두신 사람이 있는지요?

양문총 사람이야 이곳에 한 명이 있지만, 당신이 중매 좀 서 주어야 하겠소이다.

변옥경 누구길래 그러십니까?

양문총 이향군이 말입니다.

정계지 〔고개를 가로저으며〕 그건 안 됩니다.

양문총 어째서 안 된다는 말인가요?

정계지 향군은 이미 후 공자가 머리를 올려 주었습니다.

【금어등(錦漁燈)】

진(秦)나라 누각에서 피리 불던 옛 사람은,*

어디로 공명(功名)을 찾아갔는지,

봄 다 지나가서 버들가지도 늙어 버렸네,

연자루(燕子樓)에서 한낮에도 문 닫아걸고 있으니,*

어찌 개가한 탁문군(卓文君)을 배우라고 할 수 있으랴.*

양문총 후 공자는 잠시 즐긴 것일 뿐 지금은 화를 피하여 멀리 떠나 있으니 어찌 아직도 향군을 생각하고 있겠습니까. 향군에게 가 보아도 괜찮을 겁니다.

변옥경 향군이는 후 공자가 떠나간 뒤로 수절하기로 뜻을 세우고 집을 나오려고 하지 않고 있으니 어찌 다른 사람에게 다시 시집갈 수 있겠습니까, 가 보아도 별수가 없을 것입니다.

【금상화(錦上花)】

짝 잃은 외기러기가,

홀로 물가에 머물고,

외로이 울며 구름을 지나가듯 하니,

밤마다 월명루(月明樓)에서 황혼을 보낸답니다.

화장 지우고,

부채며 치마도 멀리하고,

피리 불기도 그만두고,

노래도 멈추고,

채식하며 부처님 자수(刺繡) 놓는 비구니와도 같아서,

풍진 세상에 떨어질까 걱정이랍니다.

양문총 그렇다고는 하나 후 공자 같은 분이라면 분명히 재가하려고 할 텐데요.

정계지 향군의 모친이 나으리와 가까우시니 나으리께서 직접 말씀해 보시는 것이 더 좋을 것 같습니다.

양문총 잘 알고 있겠지만 후 공자가 향군의 머리를 올려준 것은 내가 중매를 선 것 아니었습니까. 그런데 오늘 어찌 얼굴을 맞대고 다시 이야기를 꺼낼 수 있단 말입니까. 번거롭겠지만 두 분이 좀 가서 말씀해 주시면 후하게 사례해 드리겠소이다.

장연축·심공헌 그렇다면 저희도 가 보겠습니다.

구백문·정타낭 흥! 기생집의 일을 두 분만 맡아 하겠다는 말씀입니까. 저희도 함께 가겠습니다.

양문총 싸우지들 마시고 먼저 두 분이 가서 이야기가 잘 안 되면 그때 여러분이 다시 가면 될 것입니다.

모두 옳으신 말씀입니다! 그럼 이만 물러가겠습니다.

양문총 멀리 안 나갑니다.

유객(遊客)들이 내 걱정을 덜어 주니,

혼례 성사시키려고 종일토록 남을 위해 바쁘구나.

〔퇴장한다〕

정계지·변옥경 양 나으리께서 우리가 차출될 것을 막아 주셨으니 그 은덕이 크나큽니다.

심공헌·장연축 그렇습니다.

정계지 네 분께서는 먼저 돌아가시지요. 저는 양 나으리의 말씀을 전하러 향군이에게 가 보겠습니다.

정타낭 돈 버시면 모르는 척하지 마세요, 모두 팔도(八刀)*해야 하니까요.

〔네 사람이 우스갯짓과 우스갯소리를 나누면서 퇴장하고, 정계지와 변옥경은 동행하여 걷는다〕

정계지 후 공자가 향군의 머리를 올려 주었을 때 우리도 옆에서 도왔지요.

【금중박(金中拍)】

그때는 화려한 잔치 성대하게 베풀어,

재자와 가인 맺어 주었으니,

꽃 같은 아가씨들 늘어서서,

절차에 맞추어 아쟁과 피리를 연주했지.

그런데 오늘 다시 다른 사람에게 가라고 중매를 넣으러 가려

고 하니 정말이지 무안하기 짝이 없으니,

　　역참의 말지기가,

　　관원 맞이하고 손님 배웅하는 것 같네.

변옥경　거기에 안 가는 것이 어떻겠나요?

정계지　만약에 안 간다면, 걱정인 것은, 그가,

　　새로 부임한 쟁쟁한 춘관(春官)*이라, 도장을 찍어,

　　가을에 우리를 궁궐로 뽑아 가지나 않을까 하는 것이라네.

변옥경　그렇다면 어찌한단 말인가요?

정계지　내게 좋은 생각이 있소이다. 거기에 가서,

　　부드러운 말로 상의하고,

　　넌지시 물어보면서,

　　벌과 나비가 꽃 사이를 날아다니는 것처럼 해야겠네.*

변옥경　멋지십니다!

정계지　벌써 도착했으니 들어가 보아야겠습니다. 정낭(貞娘)께서
　　는 나와 보시오.

〔이향군(단) 등장〕

이향군　적막한 텅 빈 집에서 근심하며 앉아 있다가,

　　병든 몸이라 종일토록 귀찮아하다가 잠이 드네.

　　아래층에 뉘신지요?

변옥경　정 상공께서 오셨단다.

이향군　〔바라보며〕 변 이모님과 정 나으리께서 왕림하셨군요. 어　　서 올라오세요.

정계지 · 변옥경　〔인사하며〕 자당(慈堂)께서는 어디에 가셨나 보네.

이향군　도시락 싸서 소풍 가셨습니다. 앉으시지요, 차를 따라 드　　리겠습니다. 〔함께 앉는다〕

변옥경　향군이는 한가롭게 창가에 앉아서 누구와 놀고 있지?

이향군　모르시는 말씀 마세요,

　　【금후박(金後拍)】

　　저는 홀로 텅 빈 집을 지키면서,

　　가는 봄날을 바라보며,

　　「백두음(白頭吟)」* 노래 부르고 나면,

　　눈물이 수건을 적신답니다.

변옥경　새 서방이나 하나 들이는 것이 좋지 않을까?

이향군　저는 이미 후 랑(侯郞)께 시집간 몸이니 어찌 개가할 마음　　이 있겠습니까?

정계지　향군의 괴로운 마음을 잘 알고 있지. 오늘 예부의 양 나으

리께서 그러시는데, 전앙이라는 어르신이 은 삼백 냥을 쾌히 내놓으면서 너를 첩으로 들이고 싶다고 했다 하더구나. 그래서 내게 부탁하여 네게 한번 물어보라고 하셨단다.

이향군 그건 잘못 생각하신 겁니다,

그건 잘못 생각하신 거예요.

붉은 실로 엮어진 사랑의 서약은,

은 만 냥보다도 값이 더 나간답니다.

변옥경 이 일은 자네가 마음 먹기에 달린 것인데, 원하지를 않으니 다른 사람에게 물어보아야 하겠구나.

이향군 웃음 파는 여자들이라면,

구란(句欄)*에도 예쁜 이들이 많답니다.

저는 박복한 사람인지,

지체 높으신 집안에는 들어가고 싶지 않네요.

변옥경 이렇게까지 말하니 그만두어야겠구나.

정계지 하나 자당께서 돌아오시면 돈도 보시기 전에 눈이 번쩍 뜨이실 걸세.

이향군 어머니는 저를 아끼시니 억지로 보내려고 하지는 않으실 거예요.

정계지 정말 훌륭하도다, 존경스럽구나! 〔일어나서〕 그럼 이만

가 보겠다.

〔심공헌(외), 장연축(정), 구백문(소단), 정타낭(축)이 급히 등장한다〕

심·장·구·정 붉은 실로 천 리 떨어진 두 사람을 묶어 주려니,
   캄캄한 길 때문에 여섯 사람이 바쁘구나.

장연축 빨리 갑시다, 빨리 가! 아까 간 두 사람이 일을 성공한다
   면 우리를 배신하려고 할 겁니다.

정타낭 나도 그 사람에게 의지할 것 없이, 설사 꿀꺽했다 하더라
   도 게워 내게 만들고야 말 거예요. 〔들어간다〕

장연축 향군, 축하해요.

이향군 무슨 축하를 해 주신다는 말씀이신지요?

구백문 중매인이 두 사람이나 찾아왔으니 기쁘지 않아?

이향군 혹시 또 그 전앙이라는 분의 일인가요?

장연축 그렇다네.

이향군 방금 제가 거절했습니다.

심공헌 양 나으리의 호의를 거절해서야 되겠는가.

   【북매옥랑대상소루(北罵玉郞帶上小樓)】
   그분은 달빛 아래 핀 꽃 같은 너, 살아 있는 작은 녹주(綠珠)를
위해,
   금곡원(金谷園) 비단 장막 속의 석숭(石崇) 같은 분을 찾아주

셨지.*

이향군　저는 부귀를 바라지 않으니 제게 그런 말씀은 꺼내지 마세요.

정계지 · 변옥경　우리 두 사람이 이미 한참 동안이나 권했지만 절대로 다른 사람에게 시집가지 않겠다고 합니다.

구백문　시집을 안 가겠다고 하면 내일 데려다가 연극이나 배우게 해 버립시다. 그럼 남자 얼굴은 그림자도 볼 수가 없게 될 테니.

　　노래와 춤 끝나고 장문궁(長門宮)이 잠기면,*
　　담요 위에 누워서 밤마다 괴로워하겠지.

이향군　저는 죽을 때까지 과부로 지낼 테니 무슨 어려움이 있겠습니까. 단지 남에게 시집가는 일만은 안할 거예요.

정타낭　설마 은 삼백 냥으로도 너 같은 어린 여자애 하나 못 사갈 것이라는 말이냐?

이향군　은이 필요하면 정 이모님이 시집가세요. 남의 일에 간섭하지 마시구요.

정타낭　〔화를 내며〕 이년, 이모를 나무라다니, 나는 네 집에서 죽어 버릴 테다. 〔소란을 피우며〕

　　천한 출신의 어린 기생년이,
　　천한 출신의 어린 기생년이,

교묘히 혀를 놀려 친척 어른을 욕보이는구나.

장연축 〔위협하듯이〕 이런 간 큰 년 같으니라고! 양 나으리께서
새로 예부에 가셔서 너 같은 아이도 모두 관장하시게 되었으니
내일이면 너를 붙잡아 가서 손가락을 분질러 버리실 것이야.

화류계를 관리하는 높은 분이시니,
화류계를 관리하는 높은 분이시니,
그분 기분을 상하게 하면 비바람이 몰아칠 것이니,
복숭아 상하고 버드나무 꺾일 준비 해야 할 것이야.*

이향군 그렇게 겁을 주신다고 해도 저의 마음은 이미 정해져 있
습니다.
변옥경 어린 나이인데도 기개가 있구나.
정계지 겁을 주어도 소용없으니 갑시다. 가요.
정타낭 내가 요란을 떠는데도 와서 붙잡아 주는 사람이 없으니
정말 화가 나는구나. 향군이 시집을 안 가겠다고 하면 이 집에
서 끌어내야겠다.

억지로라도 두 바퀴 수레에 태워 밀어내 버리고,
억지로라도 두 바퀴 수레에 태워 밀어내 버리고,
보석 팔찌 부러뜨려 버리고,
노란 치마도 찢어 버려야겠네.

정계지 옛말에 아무리 돈이 많아도 팔지 않는 물건을 사기는 어렵다고 했습니다. 아무리 종용을 해도 말을 듣지 않으니 모두 헤어지는 수밖에 없겠습니다.

심공헌 · 구백문 우리 두 사람은 이곳에 오지 않으려고 했지만, 장연축과 정타낭 두 분에 이끌려 오게 되어 이런 지경에 이르고 말았네. 갑시다, 가!

　얼른 문을 나가서,
　부끄러운 얼굴을 가리고,
　화를 참고 소리를 삼켜야겠네.

장연축 · 정타낭 우리도 가야겠네,

　쓸데없이 힘만 쓰고,
　몫도 나누어받지 못하고,
　비린내 남기고 구린내 퍼뜨렸네.

〔심공헌, 장연축, 구백문, 정타낭이 우스갯소리를 하며 퇴장한다〕

정계지 · 변옥경 향군아, 마음 놓거라. 우리가 양 나으리께 돌아가서 네 거절의 뜻을 전하고, 다시는 너를 귀찮게 하지 않겠다.

이향군 〔절하며〕 두 분께 깊이 감사드립니다. 〔헤어진다〕

정계지 나비와 벌 같은 중매꾼들이 설쳐 대어,

이향군 홍창(紅窓)에 몰려와서는 단꿈을 깨뜨렸네,

변옥경 꽃 같은 마음을 함부로 따서 갈 수 없으니,

이향군 아침마다 누각에서 낭군님을 기다리네.

제18척 장수들의 불화[爭位]

숭정 17년(갑신, 1644) 5월

양주(揚州) 도독부(都督府)

〔후방역이 등장한다〕

후방역 승패는 갈리지 않고 바둑처럼 치열한데,

은호(殷浩)는 무엇 때문에 허공에 글씨를 썼는가?*

장강은 남녘 땅도 북녘 땅도 아닌데,

군사들은 강 한가운데에서 노 두드리며 결전을 다짐하네.*

저는 후방역입니다. 일전에 사 공(史公, 사가법) 대신 편지를 써서 '삼대죄, 오대불가론'의 논의를 강하게 펼쳤습니다. 그런데 뜻한 바와는 다르게 복왕이 등극하고 마사영이 입각하여 일을 맡게 되고, 옹립에 참여한 대신들은 모두 공적에 따라 중용

되었습니다. 사 공도 비록 입각하기는 했으나 다시 강북의 독사 (督師)로 보내졌으니, 이는 분명 그를 내치고자 하는 것입니다. 그렇지만 사 공께서는 전혀 개의치 않고 도리어 군사를 정비하여 유적(流賊)들을 소탕하게 되었음을 기뻐하고 계시니, 이 같은 충의의 마음을 지니기는 참으로 어렵다 하겠습니다. 지금 양주에 도독부가 개설되었는데, 나에게 군사를 참관하도록 하여 오늘 네 진(鎭)의 장수들*이 모여 장강 방비의 일을 논의하려고 하니 가서 좀 물어보아야 하겠습니다. 〔서재에 도착한다〕 마당쇠는 어디에 있는가?

〔서동(書童)(소생)이 등장한다〕

서동 후 나으리 오셨습니까. 안에 전해 드리겠습니다. 〔사가법 (외)에게 보고한다〕

〔사가법이 등장한다〕

사가법 【북점강순(北點絳脣)】

　　어명을 받들어 강가에 와서,

　　용처럼 날고 범처럼 포효하며,

　　나랏일을 걱정하고,

　　늙은 몸 돌보지 않으니,

　　귀밑머리가 하얗게 세었구나.

〔후방역과 인사하며〕 세형께서 아시다시피 오늘 네 진의 장수들이 이곳에 모여 대사를 의논한 후 조만간 군사를 정비하여

선왕(先王)의 원수를 갚을 것입니다.

후방역 훌륭하십니다. 다만 한 가지, 고걸은 양주와 통주(通州)를 맡고 있는데 장수들이 오만하여 저 황득공, 유택청, 유량좌 등이 매번 불만을 표시하고 있습니다. 오늘 만나게 되면 반드시 이 문제를 잘 처리해야 할 것입니다. 만일 형제들이 불화를 겪게 되면 적들만 이롭게 할 뿐 아니겠습니까.

사가법 지극히 당연한 말씀입니다. 오늘 만나서 제가 당부를 하겠습니다.

서동 군문(軍門)에서 보고가 올라왔습니다. 네 진의 장수들이 모두 모여 나으리를 뵈오려고 기다리고 있다고 합니다.

〔후방역은 퇴장하고, 사가법은 장막을 걷고 취타 연주 속에 문을 열면 부하들(잡)이 좌우로 늘어서 있다. 고걸(부정), 황득공(말), 유택청(축), 유량좌(정) 등이 모두 갑옷을 입고 등장한다〕

장수들 연경(燕京)에 악의(樂毅)* 같은 장수 없어서 한스러웠는데,

누가 알았으리, 강동(江東)에 관중(管仲)* 같은 명장 오실 줄을.

〔들어와서 사가법에게 인사한다〕 네 진의 장수가 내각 대원수께 인사 올립니다. 〔절한다〕

사가법 〔손을 모으고 일어서면서〕 일어나세요.

장수들 〔일어나서 도열하고〕 원수의 명령을 듣고자 합니다.

사가법 나는 내각의 독사(督師)로, 어명이 엄중하니 모든 장병은 지휘에 따라야 할 것입니다.

장수들 예!

사가법 네 진은 모두 당당한 장수들로 보통의 부대와는 비할 수가 없습니다. 〔손을 들며〕 감히 모시고 앉아서 군사 일을 함께 의논해 보고자 합니다.

장수들 황공하옵니다!

사가법 내가 앉으시라고 한 것은 군령이나 마찬가지이니 사양하지 마세요.

장수들 예. 〔손을 모아 예를 표하고〕 그럼 앉겠습니다.

〔고걸이 상석에 앉고, 황득공, 유택청, 유량좌의 순서대로 앉는다. 황득공은 노하여 고걸을 노려본다〕

사가법 【혼강룡(混江龍)】

　　회남(淮南) 땅은 요새라,

　　장강과 황하가 보호하니 기세가 도도한데,

　　일대는 기이한 모양의 구름이 이어져 있고,

　　온통 가느다란 버드나무가 가지를 늘어뜨리고 있구나.

　　전마(戰馬) 울어 대며 먼저 요새를 돌파하면,

　　정예 부대가 쇠뇌 쏘아 파도마저 놀라게 하리라.

　　서달(徐達), 상우춘(常遇春), 목영(沐英), 등유(鄧愈) 등은 말할 것도 없고,

　　주발(周勃), 관영(灌嬰), 소하(蕭何), 조삼(曹參)과도 견줄 만한 장수들이라.*

　　힘을 합쳐 천하를 만들어 낼 것이니,

역대 공신각(功臣閣)의 초상화를 바라보면,

오늘 모인 용맹한 열후(列侯)들과 같은 모습이리라.

황득공 〔화를 내며〕 원수께서 자리에 계셔서 소장은 조용히 있으려 했습니다만, 〔고걸을 가리키며〕 이 고걸은 본래 비적(匪賊)이었다가* 우리에게 투항한 자인데 무슨 공이 있다고 오늘 뻔뻔하게 우리 세 장수보다 상석에 앉는단 말입니까!

고걸 나는 일찍 관군에 투항했소. 그리고 연배도 가장 높으니 어찌 여러분보다 밑에 앉겠소이까.

유택청 이곳은 당신 관할이고 우리는 모두 손님인데, 손님 접대의 예의도 모르면서 병사를 거느리려고 하는 것입니까?

유량좌 당신은 양주에서 화려한 생활을 누려서 지체가 높은 것에 이미 익숙해져 있습니다. 오늘은 우리도 좀 누려 봅시다.

고걸 당신들이 덤벼들어 나를 이긴다면 내 기꺼이 자리를 양보해 주겠소.

황득공 누가 못 덤빈다고 했습니까? 〔일어나며〕 두 분 유 형께서는 저를 따라 나와 보십시오. 즉시 위아래를 가려 보고자 합니다. 〔화를 내며 퇴장한다〕

사가법 〔고걸에게〕 세 분 말씀이 일리가 있으니 고 장군은 좀 겸양지덕이 있으셔야 하겠습니다.

고걸 소장은 죽으면 죽었지 저들 밑으로 가지는 못하겠습니다.

사가법 그러면 큰 잘못을 저지르는 것이오.

【유호로(油葫蘆)】

네 진은 기상도 위풍당당하여,

그들을 믿고 북방을 회복하려 했다.

여러분은 줄지어 날아가는 기러기떼처럼,

한 가족과도 같았는데,

어찌하여 자리 다투며 우정을 잃었단 말인가,

치아 수를 다투며 협력하는 모습 잃었단 말인가.

하나로 뭉쳐 눈 부릅뜨고 무기 휘두르고,

하나로 뭉쳐 사기충천하여 노도(怒濤) 일으켜야 하는데.

진지(陣地)에서는 위풍을 볼 수 없고,

일찌감치 둥지 속에서 서로 다투니,

우습도다,

〔가리키며〕

이 어린 아이들을 장수로 책봉하시다니.

　　네 진의 장수들이 이렇게 한심할 줄은 생각지도 못했도다. 하루 기뻐했건만 금방 찬물 끼얹은 것처럼 되어 버렸구나. 어쩔 수 없다. 통지문을 써서 세 진의 장수들을 원래 각 주둔지로 돌려보내고 다음 명령을 기다리게 해야겠다. 〔고걸에게〕 당신은 본래 본부 관할지에 주둔했으니, 내 아래에서 선봉이 되어 주시오. 각자 맡은 직분에 충실하면 나머지 세 장수도 더 이상 싸우려 들지 않을 것이오.

고걸　감사합니다, 원수!

사가법 통지문을 써야겠다. 〔통지문을 쓴다〕

〔막후에서 외치는 소리가 나니 고걸이 인사도 없이 군막 밖으로 나온다. 황득공, 유택청, 유량좌 등이 칼을 들고 등장한다〕

세 장수 고걸은 빨리 나오너라!

고걸 〔나와서 이들을 보고〕 너희들은 벌건 대낮에 칼을 들고 소란을 피우는데, 이것은 반란이다.

황득공 우리가 왜 반란을 일으키겠는가, 우리는 다만 무례한 도적 같은 너만 죽이면 된다.

고걸 너희가 감히 원수부의 대문 앞에서 이처럼 방자하게 굴고 있으니 너희야말로 무례한 도적이 아니냐?

〔황득공, 유택청, 유량좌가 고걸을 죽이려고 한다〕

고걸 〔군문으로 뛰어들며 외친다〕 대원수, 살려 주십시오. 세 진의 장수들이 원수부에 쳐들어왔습니다.

〔세 장수가 문밖에서 소리치며 욕을 한다〕

사가법 〔놀라 일어서며〕

【천하락(天下樂)】
변방의 군마(軍馬)가 남하하여 전쟁을 일으켜서,
함성 소리가 점차 커지는 것인가 했더니,
알고 보니 우리 병사끼리 싸우는 것이었구나.
지금은 힘을 합쳐 원수를 갚아야 근심이 줄어들 것인데,
어찌하여 집안에서 소란을 피워,
분열의 싹을 키운다는 말인가.

정말이지 우리 편 장수들을 통솔하기 어렵지,

북쪽의 도적들은 토벌하기 쉽도다.

〔명령을 내린다〕 속히 후 상공을 모셔 오너라.

부하　〔막후 쪽으로〕 후 나으리, 나오십시오.

〔후방역이 급히 등장한다〕

후방역　저도 이미 잘 들었습니다.

사가법　높으신 재능으로 나의 군령을 전하여 어지러운 군사들을
안정시켜 주십시오.

후방역　어떻게 안정시킨다는 말씀이온지요?

사가법　내가 통지문을 한 장 썼으니 그것을 가지고 가서 전달해
주십시오.

후방역　분부대로 하겠습니다. 〔통지문을 받고 나가서 장수들을
만난다〕 열후(列侯)께서는 안녕하십니까! 저는 본부의 참모로
대원수의 다음과 같은 군령을 여러분께 전달해 드리고자 합니
다. "새 황제가 등극하셨는데 유적들이 아직 토벌되지 않고 있
으니 우리는 창을 베개 삼아 있다가 아침을 기다려 공을 세우고
은덕에 보답해야 할 때다. 작은 것에 화를 내어 큰 사업을 그르
치는 일이 없도록 하라. 중원이 수복되어 평화롭게 잔치를 열게
되면 공적을 따져 자리를 정할 것이고, 응당 조정에서 품계를
내리게 될 것이다. 지금은 사정이 촉급하니 모든 임시 조치에
대해서는 반드시 서로 양해하고 장병들 사이에 우호 관계를 해
치는 일이 없도록 하라. 흥평후(興平侯) 고걸은 본래 양주와 통

주를 맡았는데, 이제 본영에 남아 선봉이 되도록 하라. 정남후(靖南侯) 황득공은 본 임지인 여주(廬州), 화주(和州)로 돌아가라. 동평후(東平侯) 유택청은 본 임지인 회주(淮州), 서주(徐州)로 돌아가라. 광창후(廣昌侯) 유량좌는 본 임지인 봉양(鳳陽), 사주(泗州)로 돌아가라. 모두 군령을 준수하여 위반하는 일이 없도록 하라. 군법이 엄정하니 나는 관용을 베풀 수 없다. 이에 알리는 바다."

황득공 우리는 단지 무례한 도적을 죽이려고 하는 것일 뿐 어찌 감히 원수의 군법을 어기겠습니까.

후방역 지금 군문에서 살인을 저지르면 바로 이것을 군법이 용납하지 않을 것입니다.

유택청 그렇다면 원수께 부담을 드리지 말고 모두 해산하도록 합시다.

유량좌 내일 고걸의 집으로 쳐들어가서 죽이도록 합시다. 정말이지,

나라의 원수는 용서할 수 있으나,

사사로운 원한은 정말 용서하기 어렵도다.

〔세 사람이 퇴장한다〕

후방역 〔들어가서 보고한다〕 세 진에서 군령을 듣고 일단 해산했습니다만, 내일 고 장군을 다시 죽이려고 할 것입니다.

사가법 이를 어쩌면 좋겠소? 〔고걸을 가리키며〕

【후정화(後庭花)】

고(高) 장군,

당신이 함부로 행동하여 불화를 불렀으니,

어찌하여 겸손하지 않고,

그렇게 오만하다는 말인가.

높은 자리에 앉아,

다른 제후들의 칼부림을 불러왔도다.

소진(蘇秦), 장의(張儀) 같은 현란한 언변으로도,

싸움을 반나절 동안만 멈추었을 뿐이로다.*

힘써 조정해 보아도,

초조할 따름이고,

갈등을 풀기 어려우니,

고민해도 소용이 없도다.

이 사태를 어찌할꼬,

저 사업을 모두 망쳐 버리는구나.

고걸　원수께서는 걱정하지 마십시오. 내일 세 장수와 승부를 겨루어서 그들을 모두 저의 군사로 합병시킬 것이니, 원수를 따라 중원을 회복하는 것은 그리 어렵지 않을 것입니다.

사가법　무슨 말을 하는 것이오. 지금 북방의 유적들이 막 황하를 건너오려고 하는데, 총병(總兵) 허정국(許定國)*이 자기 혼자서는 도저히 막을 수가 없다고 급히 알려 왔기에 네 진의 장수들과 상의하여 황하를 방어하고자 한 것이오. 그런데 지금 이렇게 내분이 일어나 우리의 대사를 그르치게 되었으니 어찌 근심을 하지 않겠소!

고걸　세 진의 장수들도 마찬가지입니다. 오로지 번화한 양주 땅을 차지하려고 하는 것이니 제가 어찌 그들에게 물러설 수 있겠습니까.

사가법　그 말은 더더욱 웃기는구나!

【살미(煞尾)】

그대가 일개 부대를 이끌고,

세 장수를 깔본다면,

그들은 태산이 계란을 깔아뭉개듯 할 것이오.

그대는 번화한 양주를 차지하고서,

달밤에 죽서정(竹西亭)에서 피리를 불었겠지만,

그들도 수제(隋堤)의 버드나무 아래에 둥지를 틀고 싶을 것이니,*

그대만이 번리관(蕃釐觀)의 희귀한 경화(瓊花)를 자랑하게 두지는 않으리라.*

그 누가 학 타고 양주를 날고 싶지 않겠는가,

그 누가 그대가 허리춤에 십만 금이나 차고 있는 것 질투하지 않겠는가,*

내일 살기등등한 고함 소리가 양주의 파도 소리 삼켜 버릴까 걱정이로다.

그만두자, 그만두어! 나는 죽어도 다른 방법이 떠오르지 않는
구려. 후 형께서 재능이 뛰어나시니 방책을 좀 세워 주십시오.

후방역 사태를 보아 가며 상의하시는 것이 좋겠습니다.

〔사가법과 후방역이 퇴장하고, 취타가 울리며 문이 닫히고 부하
들이 모두 퇴장한다〕

고걸 〔조장(弔場)*을 한다〕 나 고걸도 힘이 있는 사람인데 앉아
서 죽기를 기다릴 수는 없지. 내일 아침 황금패(黃金牌)에서 군
사를 점호하고 진지를 갖추어 그들이 쳐들어오면 맞서 싸워야
겠다. 정말이지,

용과 범이 싸우듯 힘을 자랑하며,

잔치 자리 옆에서 칼을 휘두르는구나.

유방(劉邦)과 항우(項羽)가 승패를 예측하고 싸웠겠는가,

장수는 머리가 날아가도 항복은 하지 않는다네.

제19척 화해 실패[和戰]

숭정 17년(갑신, 1644) 5월

양주 교외 황금패

〔황득공(말), 유량좌(정), 유택청(축)이 군복을 입고, 군교(軍校)(잡)가 깃발과 무기를 들고 고함을 지르며 등장한다〕

황득공 형제들은 모두 조심하세요. 듣자 하니 고걸이 군대 점호를 완료하고 황금패에서 우리를 기다리고 있다고 하는데, 그렇다면 우리는 세 갈래로 갈라져 차례대로 공격을 하는 것이 좋겠습니다.

유량좌 제가 거느린 군사가 적으니 먼저 도전하겠습니다. 두 형께서는 제 뒤에 싸워 주십시오.

황득공 내 부하 장수 전웅이 오지 않았으니 나는 두 번째를 맡겠소. 뒤는 하주(河洲)* 형께서 맡아 주기를 빌겠소.

유택청 그럼 그렇게 합시다. 모두 앞으로 돌격합시다!

〔세 사람이 깃발을 흔들고 고함을 지르며 퇴장한다. 고걸(부정)이 군복 차림으로, 군교(잡)가 무기를 들고 등장한다〕

고걸　전군은 전열을 정비하고 적을 맞아 싸울 태세를 하라.

〔척후병(잡)이 등장한다〕

척후병　보고! 보고! 보고! 적군이 세 갈래로 깃발을 흔들고 함성을 지르면서 우리 군영으로 쳐들어오고 있습니다!

〔유량좌가 큰 칼을 들고 등장한다〕

유량좌　고가(高哥)는 얼른 나오너라! 오늘 나와 승부를 가려 보자!

〔고걸이 창을 들고 욕을 하며 등장한다〕

고걸　너 화마류(花馬劉)*야, 네놈은 내 아우이니 두려울 게 뭐가 있겠느냐!

〔막후에서 북을 치고, 유량좌와 고걸이 일합을 겨룬다〕

고걸　전군은 모두 올라와서 이 유가 도적놈을 사로잡아라!

〔군교들이 등장하여 어지럽게 싸우니 유량좌가 패하여 퇴장한다. 황득공이 쌍채찍을 들고 등장한다〕

황득공　이 황틈자(黃闥子)* 님의 실력은 네가 잘 알고 있을 테니 얼른 고개를 숙여라. 그럼 죽음은 면해 주겠다.

고걸　나 고 나으리는 너 같은 놈과는 숱하게 싸워 보았다. 네놈의 머리를 베어 버리겠다.

〔막후에서 북을 치고 황득공과 고걸이 일합을 겨룬다〕

고걸　전군은 다시 올라오라!

〔군교들이 등장하여 어지럽게 싸운다〕

황득공　〔다급하게〕 본시 장수와 장수가 겨루고 병졸과 병졸이 겨

루는 것이거늘 어찌하여 이렇게 혼전을 일으키느냐. 정말로 무

례한 도적놈이로다. 오늘은 잠시 네놈에게 져 주는 것이다.

〔패하여 퇴장한다〕

〔유택청이 쌍칼을 들고 여럿을 이끌고 고함을 치며 등장한다〕

유택청 고걸아, 힘 자랑 말거라, 나 유하주도 인마를 데리고 왔으

니 혼전을 벌이지 못할 이유가 없다.

고걸 나 번천요자(翻天鷂子)* 님은 사람이 무섭지가 않으니 네놈

이 어떻게 싸움을 걸어 와도 다 받아 주겠다. 죽어라, 죽어!

〔두 부대가 혼전을 벌인다. 후방역이 영전(令箭)을 지니고 고대

(高臺)에 서 있고, 병사들이 징을 두드리니 싸우던 병사들이 전투

를 멈추고 위를 올려다본다〕

후방역 〔영전을 흔들며〕 각부대원수(閣部大元帥: 사가법)의 명령

이다. "네 진이 반란을 일으켰는데, 이는 모두 독사(督師: 고걸)

의 잘못이다. 먼저 원수부(元帥府)에 와서 나를 죽인 후에 남경

으로 가서 궁궐을 차지하라. 이곳에서 혼전을 벌이면서 백성들

에게 해를 끼칠 필요가 없지 않은가."

유택청 우리는 결코 반란을 일으킨 것이 아닙니다. 다만 고걸이

무례하게 서열을 무시했기 때문에 상하를 분명하게 가리고자

하는 것입니다. 며칠 내로 원수께 인사를 드리러 가겠습니다.

고걸 나 고걸은 지금도 본영의 선봉인데 어찌 반란을 일으킨단

말입니까. 저들이 병사를 이끌고 쳐들어와서 맞서 싸운 것일 뿐

입니다.

후방역 군령을 따르지 않고 망령되이 행동하여 살인을 저지르는

행위는 모두 반란입니다. 내일 조정에 상소를 올리도록 할 테니, 모두 조정으로 가서 자신을 변론하기 바랍니다.

유택청   조정은 우리가 받들어 세운 것이고, 원수는 조정에서 파견 나오신 분입니다. 우리가 원수의 군령을 어기는 것은 바로 조정에 반항하는 것이니 어찌 그럴 수 있겠습니까. 원컨대 근신하며 대죄(待罪)할 것인즉 너그럽게 용서해 주시기를 원수께 간청합니다.

후방역   고 장군, 당신은 무슨 말을 하겠소?

고걸   나 고걸은 원수의 견마(犬馬)로 군법을 어겼으니 원수의 처분만을 기다릴 뿐입니다.

후방역   그렇게 말씀하시니 속히 황득공, 유량좌 두 장수에게도 전달하여 함께 군문에 가서 원수께 용서를 구하시기 바랍니다.

유택청   두 장수는 패주하여 각자 임지로 돌아갔습니다.

후방역   회주(淮州)와 양주는 서로 멀지 않고,* 두 분은 서로 구원(舊怨)도 없는 터이니, 어찌 다른 사람의 지시를 기다릴 필요가 있겠습니까. 속히 가서 원수의 말씀을 기다리십시오.

〔병사들이 퇴장하고, 후방역이 대(臺)에서 내려온다. 유택청과 고걸이 후방역과 동행하여 군문에 도착한다〕

후방역   벌써 군문에 도착했으니 두 분 장수는 밖에서 기다리십시오. 제가 가서 보고를 올리겠습니다. 〔조금 후에 다시 나와서〕 원수의 명령입니다. "네 진이 서로 싸운 것은 마땅히 군법에 따라 처리해야 할 것이로되, 다만 고 장군이 예의를 잘 몰라 피를 부른 것이므로 죄가 있다 하겠으니, 세 진의 장수들에게 예를 갖추도록 하라. 화해를 이룬 후에 다시 처분을 내릴 것이로다."

【향류낭(香柳娘)】
권하노니 장군은 깊이 생각하라,
권하노니 장군은 깊이 생각하라,
화가 닥쳤으되 구원하기 어려우니,
가시 몽둥이 지고 군문 향해 머리 숙이라.*

고걸 〔괴로워하며〕 나 고걸은 원수 본영의 선봉인데, 원수께서는 나를 비호해 주지 않으시고 도리어 세 장수에게 예를 갖추라고 명하시니 죽도록 수치스럽구나. 그만두자, 그만두어! 보아하니 원수께서도 나를 쓰지 않으시려나 보다. 하는 수 없지, 병사들을 이끌고 강을 건너가 다른 일을 찾아 보아야겠다.

이 굴욕을 어찌 견디랴,
이 굴욕을 어찌 견디랴,
장강을 건너,
사업을 새로 시작하리.

〔부른다〕 전군은 속히 나를 따르라.
〔병사들이 등장하여 고함을 지르고 깃발을 흔들면서 고걸을 따라 퇴장한다〕
유택청 〔고걸을 바라보다가〕 아, 아! 고걸이 결국 강을 건너가 버렸구나. 강남에는 그와 같은 편들이 있을 것이니 조만간 다시 우리와 싸우게 되겠구나. 나도 얼른 황득공, 유량좌 두 장수와 상의하여 많은 인마를 거느리고 적들과 맞서 싸우러 그쪽으로 가야겠다.

> 우습도다, 힘이 다하여 멀리 도망함이,
> 우습도다, 힘이 다하여 멀리 도망함이,
> 장강에 수치를 씻어 버리고서,
> 그가 다시 와서 도적질하는 것을 막으리라.

〔퇴장한다〕

후방역 〔멍하게 있다가〕 사태가 이렇게 될 줄은 생각지도 못했다. 이를 어찌 수습해야 할까.

【전강】
> 원통하다, 강산이 다 기울었으니,
> 원통하다, 강산이 다 기울었으니,
> 어찌 다시 일으켜 세울까.
> 사람들의 마음은 깨져 버려 옛정과 은혜를 잊었도다.

〔남쪽을 바라보며〕 저 고걸이 마침내 반란을 일으키고 말았구나.

보아하니, 의기양양하게 강을 건너가서,

보아하니, 의기양양하게 강을 건너가서,

깃발로 강물을 어지럽히다가,

곧장 남서(南徐)*로 들어가는구나.

〔북쪽을 바라보며〕 저 유택청도 급히 북쪽으로 가서 세 진의 인마를 모아 다시 와서 고걸과 맞서 싸우려고 하는구나.

이 자욱한 전쟁 연기가 퍼져 있으니,

이 자욱한 전쟁 연기가 퍼져 있으니,

우리 원수께서는 근심이 가득하시고,

나 참모도 걱정이로다.

〔걸어가며〕 우선 각부께 이 상황을 보고하고 나서 그 후에 계책을 세워야겠다. 그야말로,

당당한 원수께서는 무장들을 통할하고 계시고,

그 땅 강북과 회남은 상류(上流)의 형세로다.*

다만 걱정인 것은 전선(戰船)과 군마(軍馬)가,

일시에 모두 양주를 탐낼까 하는 것이라네.*

제20척 하남행 [移防]

숭정 17년(갑신, 1644) 6월

양주

〔고걸(부정)이 무기를 든 군사들을 이끌고 등장한다〕

고걸 【금상화(錦上花)】

　　말을 달려 어디로 가야 하나?

　　말을 달려 어디로 가야 하나?

　　장강이 소주성(蘇州城)을 단단히 막고 있고,

　　쇠뇌 쏘는 사나운 군사들 있구나.

　　병사 거두어,

　　병사 거두어,

　　저 양주의 저자로 가야겠도다.

나 고걸은 병사를 이끌고 강을 건너 소주(蘇州)와 항주(杭州)를 빼앗으려고 했으나, 순무(巡撫) 정선(鄭瑄)이 배와 대포를 정비하고 강 어귀에 담을 쌓고 있는 바람에 어쩔 수 없이 다시 양주로 돌아오게 되었습니다. 그런데 황득공, 유량좌, 유택청 세 장수가 지금 어디로 가고 있는지를 모르겠습니다.

〔군졸(잡)이 등장한다〕

군졸 장군께 보고드립니다. 황득공, 유량좌, 유택청 세 장수의 군사들이 합세하여 남쪽으로 내려오는 중인데, 전초 부대가 이미 고우(高郵)까지 도착했습니다.

고걸 아이고! 큰일났다! 남하도 못하고 북상도 못하겠으니 정말이지 진퇴양난이로다. 〔생각하다가〕 그만두자, 그만두어! 다시 사 각부의 군문으로 돌아가서 그분께 얼굴을 내세워 주시기를 간청하여 곤경에서 빠져나오는 수밖에. 〔걸어간다〕

【전강】

얼른 가서 용서를 빌어야지,

얼른 가서 용서를 빌어야지,

그러나 부끄러운 얼굴로,

무슨 말씀을 아뢸 것인가.

이야말로,

이야말로,

스스로 무너진 꼴이니,

하늘이 나를 죽이시는 것이로다.

〔막후에서 함성 소리가 들리고, 고걸은 병사를 이끌고 달아나며 퇴장한다. 사가법(외)이 하인을 데리고 등장한다〕

사가법 【도련자(搗練子)】

　　시국이 이미 변하고,

　　대세가 견디기 어려우니,

　　한밤에도 서성이며 잠 못 이루네.

〔후방역(생)이 등장한다〕

후방역　한탄스럽도다, 계획을 종이 가득 적어도 쓸모가 없으니.

사가법　〔후방역에게〕 세형, 고걸은 인사도 없이 떠나 버렸고, 저세 진의 장수들도 군법을 따르지 않고 있습니다. 게다가 이 본영의 인마는 얼마 되지 않으니 어찌 강북 땅을 지킬 수가 있겠습니까. 보아하니 일은 이미 끝나 버린 듯합니다. 이 일을 어찌해야 하겠습니까!

후방역　제가 듣기로 순무 정선이 강 어귀를 방어하여 고걸이 남하하지 못하고 다시 양주로 돌아왔다고 합니다.

사가법　세 진에서는 어떻습니까?

후방역　세 진의 장수들은 고걸이 돌아오는 것을 알고 인마를 결집하여 다시 맞서 싸우러 나가서 전초 부대가 이미 고우에 당도했다고 합니다.

사가법 〔근심하며〕 이 사태는 더욱 해결하기가 어렵구나.

【옥포두(玉抱肚)】
삼백 년 왕조를,
어떤 자가 이 지경까지 망쳐 놓았단 말인가.
맨손으로 어찌 청천(靑天)을 떠받칠 수 있단 말인가,
내병(萊兵)을 몰아내려면 허풍이라도 필요할 것인데.*

사가법·후방역 연기와 먼지가 눈에 가득한데, 들판에는 시체만 널려 있으니,
양주의 병사 몇 명에 의지할 수밖에 없다네.

〔중군관(축)이 북을 두드리면서 등장한다〕
군졸 문밖에 북소리가 들리는데, 무슨 소식이 있습니까?
중군관 고걸 장군이 병사들을 이끌고 군문에 당도하여 원수를 뵙기를 간청하고 있습니다.
사가법 결국 다시 돌아왔군. 들여보내거라, 무슨 말을 하는지나 들어 보자. 〔사가법이 장막을 걷어올리고 문을 열면 좌우의 군사들이 도열한다〕
〔고걸이 급히 뛰어 등장한다〕
고걸 소장 고걸은 근무지를 이탈했으니 그 죄는 만 번 죽어 마땅하옵니다. 원수께 간청하오니 은혜를 내려 용서해 주시옵소서!

사가법 너는 본래 일개 반란군으로, 조정에서는 네가 진심으로 투항한 것을 허락하여 후작(侯爵)에 책봉하여 너를 박대한 적이 없다. 그런데 어찌하여 한마디도 상의 없이 마음대로 떠났다가 강을 건너지 못하게 되자 다시 군문에 왔단 말이냐. 금세 반란을 일으켰다가 금세 투항했다가, 반란과 투항을 아이들 놀이하듯 하다니 이 어찌 괘씸하지 않으랴! 본래는 군법대로 처분해야 할 것이로되 네가 죄를 빨리 뉘우친 것을 참작하여 잠시 용서해 주겠노라.

〔고걸이 머리를 조아린 뒤 일어선다〕

사가법 또 무슨 할 말이 있느냐?

고걸 〔다시 꿇어앉으며〕 일전에 근무지를 이탈한 것은 세 진의 장수들에게 예를 갖추는 것을 거부했기 때문입니다. 지금 세 장수들이 제가 돌아온 것을 알고 다시 저와 맞서 싸우고자 하는데, 소장이 비록 강하다 하나 혼자서 어찌 견디겠습니까. 부디 원수께서 구해 주시기를 바라나이다. 〔후방역에게 간청하며〕 후 선생께서 저를 위해 한마디만 거들어 주십시오.

후방역 예를 갖추려고 하지 않는데 원수께 어찌해 달라는 말입니까?

사가법 그렇다. 일이 이렇게 되었으니 나도 한쪽만을 편들 수는 없다.

　　【전강】
　　자리 순서 때문에 말싸움하더니,

무기 들고서 왔다갔다 하는구나.

저 쪽은 셋이 모여 사납게 버티고 있는데,

그대는 홀로 실낱같이 위험한 지경에 처했구나.

사가법·후방역 연기와 먼지가 눈에 가득한데, 들판에는 시체만 널려 있으니,

양주의 병사 몇 명에 의지할 수밖에 없다네.

고걸 원수께서 저를 구해 주시지 않는다면 소장은 차라리 군문에 머리를 박아 깨뜨릴지언정 절대로 그들에게 머리를 숙이지는 않을 것입니다.

후방역 그 황금패에서의 위풍당당하던 모습은 다 어디로 사라져 버렸소?

고걸 그때는 그들이 인마를 거느리지 않고 있었고, 나는 전군을 써서 혼전을 벌였기 때문에 승리할 수 있었던 것입니다. 지금은 세 장수들이 권토중래하니 소장은 두려울 수밖에 없는 것입니다.

후방역 소생에게 묘안이 있는데 따라 주실지 모르겠습니다.

고걸 예를 갖추는 것만 아니면 뭐든지 다 따르겠습니다.

후방역 지금 유적들이 남하하여 곧 황하를 건너려고 하는데, 허정국이 혼자 막을 수 없다고 하여 급히 전갈을 보내 왔습니다. 원수께서 마침 병사를 보내 황하를 방어하려고 하는데, 장군께서 명을 받들어 개봉(開封)과 낙양(洛陽)으로 진군하는 것이 어떻겠습니까? 그렇게 되면 당장의 포위에서 벗어날 수 있고 또

한 장래에 공적을 세울 수도 있을 것입니다. 다른 세 장수들이 장군이 멀리 떠나간 것을 알면 명분이 없는 만큼 군사를 일으키지도 않을 것입니다. 장군께서는 어떻게 생각하십니까?

고걸 〔고개를 떨구고 생각하며〕 생각을 좀 해 보겠습니다.

〔막후에서 함성 소리가 들린다〕

사가법 성 밖에 함성 소리가 하늘을 진동시키는데 누구의 군사인가?

중군관 황득공, 유량좌, 유택청 세 장수가 병사를 이끌고 성 앞까지 와서 고 장군을 죽이라고 하는 것입니다.

고걸 〔두려워하며〕 이를 어쩌랴! 〔잠시 갈등하다가〕 하는 수 없겠습니다, 원수께서 보내 주시는 대로 따르겠습니다.

사가법 그렇다면 속히 군령을 전달하여 세 장수들에게 알리도록 하라. 〔영전(令箭)을 뽑아 땅에 던진다. 중군관이 영전을 주워 무릎을 꿇는다〕 고걸은 무례를 범했으니 본래는 마땅히 군법대로 처분해야 하나, 사람이 필요한 때이고 또한 옹립의 공도 있으므로 잠시 용서하여 개봉과 낙양으로 보내 황하를 방비하여 공을 세워 속죄하도록 하여 오늘 이미 양주를 떠났다. 세 진은 모두 화를 풀고 함께 대사를 도모하여 속히 근무지로 돌아가 파견 명령을 기다리도록 하라.

중군관 명령대로 전하겠습니다. 〔퇴장한다〕

사가법 〔고걸을 가리키며〕 고 장군, 고 장군, 그 성질머리 때문에 어딜 가든 소란이 일어날까 걱정이오.

【전강】

황하는 믿기 어려우니,

장군은 계책을 잘 세우시오.

저 허정국도 조용한 사람이 아니니,

술 마실 때 조심하시오,

어찌 세 치 혀만으로 자웅을 가리겠소.

사가법·후방역 연기와 먼지가 눈에 가득한데, 들판에는 시체만 널려 있으니,

양주의 병사 몇 명에 의지할 수밖에 없다네.

사가법 〔후방역에게〕 황하 방어는 나라의 큰일인데 고 장군은 용맹은 뛰어나지만 지략이 부족하니 만일 잘못이라도 하게 되면 그의 죄 때문에 나까지 연루될 것입니다. 곰곰이 생각해 보니 하남은 본시 세형의 고향인데, 세형께서는 날마다 귀향할 생각을 하고 계시지만 길이 험하여 가기가 어려우니 이번에 군사들을 따라 가시면 어떻겠습니까? 그렇게 되면 귀향의 바람을 이룰 수 있고, 황하 방비를 감독하기에 좋고, 또한 고향을 위해 복된 일이니 이 어찌 일거삼득(一擧三得)이 아니겠습니까?

후방역 신경 써 주셔서 감사드립니다. 그럼 당장 원수께 하직 인사를 올리고 행장을 챙겨 즉시 길을 떠나도록 하겠습니다.

고걸 저도 함께 하직 인사를 올리겠습니다. 〔두 사람이 절하고 작별한다〕

사가법 〔후방역에게〕 참모께서 가시니 내가 직접 황하를 방비하는 것이나 마찬가지여서 든든합니다. 다만 시국을 헤아리기 어려우니 조심 또 조심하십시오. 내가 좋은 소식만을 전하겠습니다. 정말이지,

사람의 일은 상도(常道)가 없어 승패를 다투지만,

하늘은 누가 흥하고 망할지를 이미 정해 두었도다.

〔사가법이 퇴장하고 취타가 울리며 문이 닫힌다. 후방역과 고걸이 문을 나온다〕

고걸 후 선생님, 저기 고함 소리가 아직도 멈추지 않고 있는 것이 들리시는지요. 앞에 나가면 저들이 나를 죽이려 들까 걱정입니다.

후방역 걱정할 것 없습니다. 그들은 장군이 떠나간다는 소식을 알게 되었으니 화도 풀어지고 곧 흩어질 것입니다. 또한 세 진의 군사들은 모두 동쪽 길로 갔으니 우리는 인마를 모아 북문으로 나가서 천장현(天長縣)과 육합현(六合縣)을 거쳐 하남으로 가면 하나도 지장을 받지 않을 것입니다. 〔병사들이 깃발과 의장을 들고 기다린다〕

고걸 그럼 길을 떠나시지요. 〔길을 나선다〕

후방역 【조원령(朝元令)】

　　고향 생각은 잊은 적이 없건만,

　　안부 편지는 오랫동안 끊겼다.

　　외로이 나뭇가지에 둥지 튼 까마귀 신세라,

　　답답함에 이곳에서 살기는 어려워라.

　　길동무와 함께 고향으로 돌아가니,

　　흰 구름 떠도는 듯한데,

　　삼 년 동안 품었던 귀향의 뜻 이루었네.

고걸　군사들을 이끌고서,

　　연기 피어오르는 성과 버드나무 늘어진 역참을 구불구불 지나네,

　　옛날처럼 나서지 말아야지,

　　함곡관(函谷關)을 몰래 넘어가듯 해야 할 때이니.*

후방역·고걸　양주 쪽을 돌아보니,

　　보이지 않네, 평산당(平山堂)*과 절들이,

　　평산당과 절들이.

고걸　숲 사이로 지는 해가 깃발을 비추는데,

후방역　군사 따라 북쪽으로 가니 고향 생각 간절하다.

고걸　나는야 황하 구비치는 곳의 오랑캐 막는 장군이라,

후방역　혹시나 영웅의 말로가 다가온 것 아닐까 하네.

윤20척 대화[閒話]

숭정 17년(갑신, 1644) 7월

남경 교외 강변의 주막

[막후에서 쇠북이 울리고 함성이 들린다. 한 노인(외)이 흰 두건, 마의(麻衣) 차림으로 등짐을 지고 급히 등장한다]

노인 전쟁은 언제나 그치려나,

천지에 이 몸만 남겨져 있구나.

강물 위에서는 머리 하얗게 센 나그네가,

붉은 눈물 흘리며 수건을 적시네.

[일어서서 통곡한다]

[한 은자(소생)가 짐을 지고 등장한다]

은자 해 저물어 가는데 마을에는 연기가 솟아오르고,

　　강가에는 한기(寒氣)가 있어 비가 내리려고 하는구나.

〔장사꾼(축)이 짐을 지고 등장한다〕

장사꾼 해마다 이 길을 지나건만,

　　전란 중이라 이 길이 맞는지 헷갈리네.

은자 〔장사꾼에게〕 안녕하시오, 우리는 모두 남경으로 가는 길인
　　듯하오이다. 날이 저물어 가니 발걸음을 재촉해야겠소.

장사꾼 바야흐로 병사와 전마(戰馬)가 어지러워 강둑길을 가기
　　어려우니 모여서 함께 가면 좋겠습니다. 〔노인을 가리키며〕 그
　　런데 저 노인장은 왜 멈추어 서서 통곡만 하는 것인가요?

은자 〔노인에게〕 노형께서는 길을 잘못 들어 친지와 헤어지기라
　　도 하셨습니까?

노인 〔손을 저으며〕 아니올시다. 나는 북경에서 내려오는 길인
　　데, 하남에 당도했을 때 고걸의 군사를 만나 너무 놀라고 두려
　　웠습니다. 이제야 겨우 도망쳐 나와서 강을 건너왔는데, 눈에
　　보이는 것이 온통 목숨 부지하기 위해 피난하는 사람들뿐이라,
　　나도 모르게 마음이 아파 통곡을 조금 한 것일 따름이오. 〔눈물
　　을 훔친다〕

은자 그러셨군요. 참으로 가련하고 원통한 일입니다!

장사꾼 북경에서 오시는 길이라니, 제가 근자의 소식을 알고 싶던

참인데 함께 묵으면서 이야기를 나누어 보면 어떨까 합니다.

노인 좋습니다. 나도 늙은 몸이라 다리에 힘이 빠져서 좀 일찍 쉬려고 하고 있었습니다.

은자 이 집이 담장도 좀 있고 하니 이곳에 묵읍시다. 〔양보하며〕 들어가시지요. 〔함께 들어간다〕

노인 〔위쪽을 올려다보며〕 시렁이 아주 좋구나.

은자 모두 짐을 내려놓고 이 시렁 아래에 앉아서 무릎 맞대고 한 담이나 나누십시다. 〔모두 짐을 내려놓고 앉는다〕

〔여관 주인(부정)이 등장한다〕

주인 집 담에는 새로 진흙을 발랐지만,

나는 늙은 모습 그대로구나.

여러 손님들께서는 저녁도 드시겠습니까요?

손님들 안 먹습니다.

은자 술 한 병과 호박, 콩이나 가져다주오. 여기 두 분과 노독(路毒)이나 좀 풀어야 되겠습니다.

노인 〔은자에게〕 돈을 쓰시게 하다니.

장사꾼 〔노인에게〕 천하 사람들이 다 형제나 다름없으니 괜찮습니다. 이 술을 다 마시고 나면 다음 술은 우리 둘이 돈을 내면 되지요.

〔주인이 술과 안주를 가져오고 세 사람은 술을 마신다〕

노인 모두 조금 전에 길에서 만났으니 존함을 여쭈어 보지도 못했군요. 남경에는 무슨 일로 가시는지요?

은자　저는 성은 남(藍)이고 이름은 영(瑛)입니다. 자(字)는 전숙(田叔)입니다. 서호(西湖) 가에 살고 있는 그림쟁이인데, 남경에는 친구를 만나러 가는 길입니다.

장사꾼　저는 채익소(蔡益所)라고 합니다. 대대로 남경에서 책방을 하는데, 강포(江浦)에 가서 빚을 받아 돌아가는 길입니다. 노형께서는 북경에서 내려오시는 길이라고 했는데, 존함은 어떻게 되시는지요? 또 무슨 일로 이렇게 슬퍼하시는지요?

노인　제 이름을 밝혀 드리지요. 저는 성은 장(張)이요 이름은 미(薇)라는 사람으로, 본시 금의위(錦衣衛)의 당관(堂官: 황제 친위군 대장)이었습니다.

채익소　그러니까 나으리셨군요, 미처 몰라뵈었습니다.

남영　무슨 일로 남쪽으로 오셨는지요?

장미　삼월 열아흐레에 유적이 북경을 침략하자 숭정 선제께서는 매산에서 목을 매어 자진하시고 주 황후께서도 스스로 목숨을 끊어 순국하셨습니다. 나는 성에서 내려가 내 휘하의 교위(校尉)들을 몇 명 이끌고 시신을 찾아 동화문(東華門: 자금성의 문 가운데 하나) 밖에 모셔다 놓고 관을 사서 시신을 거두고 혼자서 상복을 입고 밤을 지새웠습니다.

남영　그 많던 문무백관들은 다 어딜 갔습니까?

장미　한 사람도 볼 수가 없었습니다. 유적들이 조정의 관원을 찾아 군량을 조달하려고 했을 때, 나를 감옥에 가두고 모질게 때렸습니다. 나는 재산을 모두 그에게 바치고서야 선제의 장례를 치를 수가 있었습니다. 다른 관원들은 도망간 자도 있고, 숨은 자도 있고, 피살당하거나 하옥된 사람도 있고, 스스로 목숨을 끊어 순국한 분도 있습니다.

남영　그런 충신이 계셨군요. 참으로 존경스럽습니다.

장미　그렇지만 어떤 자들은 조정에 들어가 축하 인사를 올리면서 유적 무리의 신하가 된 자도 있습니다.

남영　그런 개, 돼지가 있었다니 죽여 버려야 마땅할 것입니다.

장미　〔눈물을 훔치며〕 불쌍하신 황제, 황후의 관은 길가에 버려져서 그것을 쳐다보는 사람조차 없었습니다. 〔남영과 채익소도 눈물을 훔친다〕 사월 초사흘이 되어서야 예부(禮部)에서 명령이랍시고 내려와 관을 황릉으로 모시게 되었습니다. 나는 만장을 들고 두 분을 모셔 창평주(昌平州)에 도착했습니다. 다행히 조일계(趙一桂)라는 관원이 뜻있는 백성들을 규합하고 돈 삼백 관을 내어 전 황비(田皇妃: 숭정제의 비)의 옛 무덤을 파내고 그곳에 두 분을 모셨습니다. 나는 능 옆을 지키고 아침저녁으로 향을 올렸습니다. 그런데 누가 생각이나 했겠습니까, 오월 초순에 만주의 대군(大軍)이 산해관(山海關)을 넘어와 유적을 물리치고 백성들을 안정시키고 명나라의 원수를 갚아 줄 줄이야. 만주 군사는 특별히 공부(工部)의 보천국(寶泉局)에서 주조한 숭정 화폐 가운데 남아 있는 돈을 찾아 보내와서 재료를 사서 새로 제전(祭殿)과 비각(碑閣)을 세우고, 대문과 담장, 다리와 길을 십이릉(十二陵)과 같은 규모로 만들도록 해 주었습니다. 정말이지 자고로 드문 일이라 하겠습니다. 나도 완공을 기다리지 못하고 직접 신위(神位)와 묘비를 쓰고 밤새 달려와서 남경의 신민(臣民)들에게 알리고자 하느라고 이 꼴이 되었습니다.

남영 참으로 존경스럽습니다. 선생님께서 북경에 계시지 않았다면 숭정 선제께는 장례 지내 주는 사람도 없을 뻔했습니다.

채익소 그런데 태자와 두 분 친왕*께서는 지금 어디 계시는지 모르겠습니다.

장미 정왕(定王), 영왕(永王) 두 분은 전혀 소식을 알 수 없습니다. 태자께서는 바닷길로 해서 남쪽으로 오셨다고 들었는데, 혹시 병란 중에 해를 당하셨는지도 모르겠습니다. 〔눈물을 훔친다〕

남영 제가 듣기로 북경에서 서한을 한 통 작성하여 각부의 사가법 나으리께 보내어 망국의 장수와 재상들이 선제의 장례에 달려가 애도하지 않고 지원군을 청하여 원수를 갚고자 하지도 않았다며 질책했다고 합니다.* 사 공께서는 회신을 보내어 특별히 좌무제(左懋第)*로 하여금 삼베옷을 걸치고 지팡이를 짚고 북경으로 가 선제의 승하를 통곡하도록 했다고 하는데, 선생님께서는 이를 알고 계셨는지요?

장미 이곳으로 오던 도중에 만나서 손을 붙잡고 통곡을 했지요.
〔막후에서 바람과 우레 소리가 들린다. 주인이 등불을 들고 급히 등장한다〕

주인 큰 비가 내립니다. 얼른 방으로 들어가시지요.
〔모두 일어나서 소매로 머리를 가리고 방으로 들어간다〕

모두 비가 시원하게도 오는구나.

장미 날이 이미 저물었으니 나는 향을 올려야겠습니다.

채익소 누구에게 향을 올린다는 말씀이신지요?

장미 선대 황제께서 승하하신 지 아직 한 해가 안 되어 상복을 입고 매일 아침저녁으로 향을 올리면서 곡을 하고 절을 올리고 있습니다. 〔짐 자루에서 향로와 향합을 꺼내고 제단을 차린 후, 손을 씻고 북쪽을 향해 절을 두 번 올리고, 무릎을 꿇고 앉아 향을 올린다〕 대행 황제시여, 대행 황제시여! 오늘은 칠월 보름날이온데, 소신 장미가 머리 숙여 향을 올리옵니다.

〔막후에서 바람과 우레 소리가 그치지 않는다. 장미는 땅에 엎드려 통곡을 한다〕

남영 〔채익소를 부르며〕 얼른 이리로 오십시오. 우리 두 사람도 재야의 신하인 셈이니 함께 절을 올리고 곡을 해야 하지 않겠습니까?

〔채익소와 함께 무릎을 꿇고 곡을 한다. 곡이 끝나고 절을 두 번 한다〕

남영 〔장미에게〕 선생님께서는 먼 길을 오시느라 피곤하실 터이니 일찍 쉬시지요.

장미 그렇게 합시다. 모두 편히 쉬시구려.

〔각자 짐을 풀고 자리에 눕는다〕

남영 창 밖에 비바람이 저렇게 쉬지 않고 세게 불어 대니 내일 아침에 어찌 길을 떠난다지요?

장미 사람은 하늘의 뜻을 도저히 알 수가 없는 법이지요.

채익소 나리, 방금 말씀하신 순국 충신들의 성함이 어떻게 되는지요?

장미 왜 그러십니까?

채익소 우리 가게에서 창본(唱本)을 엮어 사방에 전하여 만인들이 다 그분들을 존경하도록 하려고 그럽니다.

장미 훌륭하십니다! 제가 적어 둔 것이 있으니 내일 꺼내다 드리지요.

채익소 감사합니다!

남영 유적에게 투항한 불충불의한 자들의 이름도 널리 알려 사람들이 비난하도록 하는 것도 좋겠습니다.

장미 모두 적어 둔 것이 있으니 그것도 함께 드리지요.

채익소 더욱 잘되었습니다.

〔모두 깊은 잠에 빠진다. 막후에서 여러 귀신들이 울부짖는다〕

장미 〔놀라 들으면서〕 이상하도다, 이상해! 창 밖에 비바람 소리 속에 슬프고도 고통스러워하는 울음소리가 들리는데, 누가 그러는 것일까?

〔전쟁 중에 죽은 귀신들(잡)이 날뛰고 울부짖으며 등장한다〕

장미 〔창문 너머로 바라보며〕 무섭고도 무섭구나! 모두가 머리가 없고 발이 잘린, 전쟁에 죽은 귀신들이구나. 무슨 일로 여기까지 왔을까?

〔귀신들이 퇴장한다. 장미는 다시 잠이 든다. 막후에서 세악(細樂)* 소리와 길 트는 소리가 들린다〕

장미 〔다시 놀라 들으며〕 창 밖에 또 무슨 말 울음소리, 북소리, 풍악 소리가 들려오는데 문을 열어 보아야겠다. 〔일어나서 바라본다〕

〔문무 대신들(잡)이 관복을 입고 말을 타고, 만장과 세악을 앞세우고 황제와 황후의 수레가 등장한다〕

장미 〔놀라서 무릎을 꿇고 맞이한다〕 만세, 만세, 만만세! 소신 장미가 삼가 폐하께 인사를 올리옵니다.

〔모두 퇴장한다〕

장미 〔일어나 외친다〕 황제 폐하, 황후 마마, 어디로 가시옵니까, 소신 장미가 모시고 가지 못하겠사옵니다. 〔다시 절하고 곡을 한다〕

남영·채익소 〔깨어나면서〕 날이 이미 밝았는데 나으리께서는 어찌하여 다시 울고 계십니까? 아침 향을 올릴 때가 된 것 같은데요.

장미 〔눈물을 훔치며〕 이상한 일입니다, 이상해요. 잠이 들자마자 여럿이 울부짖는 소리가 들리기에 창문 밖으로 내다보았더니 모두가 전쟁터에서 죽은 귀신들입다.

남영 맞습니다. 어젯밤은 지은 죄를 사면받을 수 있는 중원절(中元節)이었으니 아마도 우란분회(盂蘭盆會)에 가는 귀신들이었을 것입니다.*

장미 그건 그렇다고 하더라도 또 이상한 일이 있었습니다.

채익소 또 무슨 이상한 일이 있었다는 말씀인지요?

장미 나중에는 또 사람들의 풍악 소리가 들리기에 문을 열고 내다보았더니 분명히 숭정 선제께서 주 황후와 함께 어가를 타고 동쪽으로 가시고, 앞에 선 문무 대신들은 모두 순국 충신들이었습니다. 다시 그 앞에서는 세악을 연주하고 의장대열이 늘어서 있었는데, 가만 보니 승천하시려는 광경인 것 같았습니다. 나는 길가에 엎드려 어가를 전송했는데, 그 후에 나도 모르게 통곡을 하게 되었습니다.

남영　그런 기이한 일이 있었군요. 선대 황제와 선대 황후께서는 이미 하늘나라에 오르신 분들인데, 장 나리의 지성 때문에 특별히 모습을 드러내신 것일 테지요.

장미　내가 오늘 소원이 하나 생겼는데, 내년 칠월 보름에 남경의 경치 좋은 곳에서 수륙도량(水陸道場)을 세워 놓고 재를 올려 돌아가신 분들을 추모하고* 이와 함께 모든 원혼들의 원한을 풀어 드리고자 하는데, 두 분께서도 참석해 주시겠습니까?

채익소　나리께서 이처럼 좋은 일을 하시겠다니 저희도 꼭 함께 참석하기를 소원합니다.

장미　훌륭한 분들입니다. 남경에 도착하거든 책을 사거나 그림을 구하다가라도 다시 만나게 될 것입니다.

채익소　옳으신 말씀입니다.

남영　모두 짐을 챙기셨으면 이제 작별을 해야겠습니다.

〔각자 짐을 메고 퇴장하며 읊는다〕

모두　비 개고 나니 계명산(鷄鳴山)*은 비췻빛으로 빛나고,

강변을 걸어가는데 새벽이라 서늘하도다.

까마귀는 황폐한 무덤가의 나무 위에서 울고,

홰나무는 폐허가 된 궁궐 담벽 아래 쓰러져 있다.

황제 아드님의 혼은 어찌 그리도 약하시며,

장군의 기세는 어찌 그리 죽어 있는가.

중원을 이별하고 떠나와서,

통곡하며 모래벌판을 지나가네.

권 3

가21척 후반부 서막 [孤吟]

강희 23년(갑자, 1684) 8월

북경 태평원극장

〔늙은 찬례(贊禮)(부말)가 털 두건을 쓰고 도포를 입고 등장한다〕

찬례 【천하락(天下樂)】

　　가을 거리를 비가 씻어 주니 먼지도 없고,

　　산은 푸르되 나뭇잎 붉게 물드니 온 성안이 새롭구나.

　　어느 집에 분가루 남아 있어서,

　　가루(歌樓)에서 거울 비춰 보는 여인에게 뿌리겠는가?

　　늙은이라 집안 걱정도 없어,

　　이름난 정원에서 술잔 혼자 기울이네,

　　아침마다 태평성세 축하드리면서,

『도화선』 공연이나 구경하네.

막후 노 상공(老相公)께서는 또 태평원(太平園)에 『도화선』 보러
가십니까?

찬례 그렇소이다만.

막후 어제 절반까지 다 보셨는데 공연이 어떠했는지요?

찬례 통쾌하면서도 슬프고, 하하 하고 웃음이 나다가도 어느새
줄줄 눈물이 흐르는 것이, 마치 사마천이 사필(史筆)로 쓰고 동
방삭이 연기를 펼친 것 같았습니다. 다만 세상의 일은 대부분이
잘 알 수 없고 사람의 마음도 얼마간은 가려져 있는 법이니 그
것이 걱정일 따름입니다. 〔걷는다〕

【감주가(甘州歌)】
흘러가는 세월은 쏜살과도 같아서,
바야흐로 버드나무 숲에는 매미소리가 시끄럽고,
연꽃 핀 못에서는 향기가 솟아오르네.
가벼운 적삼에 시원하게 삿갓 쓰고,
물가를 걷노라니 피곤해지는구나.
서쪽 창문에는 밤새도록 비가 내렸고,
북쪽 마을에는 또 한 사람이 넋을 잃었구나.
마당에는 오동나무 자라 있고,
마을에서는 다듬이질 소리 들려오는데,
이끼 틈새에서 들려오는 벌레 소리는 차마 못 듣겠다.

한가로이 지팡이 짚고서,

문밖으로 아무 데나 나가 보니,

궁궐 홰나무의 낙엽이 길에 가득 떨어져 있네.

【전강】

닭살 같은 피부와 야위고 축난 몸은,

갖은 풍상을 하도 오래 겪은 터이니,

실낱 같은 귀밑머리는 은빛과도 같구나.

가을 슬퍼하며 병에 시달리니,

나그네 시름 떠나지 않는구나.

기쁨의 장소에 어찌 나 같은 사람 아직 남아 있는가,

허나 이 늙은이 하나 더 있다 하여 싫어하지는 마시구려.

자손들을 늘리고,

명예와 이익을 위해 힘쓴다 해도,

그것은 흘러가는 물이나 구름과도 같을 뿐.

제후가 분노하고,

승상이 진노해도,

그것은 드넓은 풀밭이 시들어 가면서 석양 받는 것과 같을

뿐.

【전강】

봄을 찾아보아도 봄은 보이지 않고,

화려했던 한나라 궁궐은,

모두 재가 되어 바람에 날려 갔으리라.

바둑 두던 사람들 흩어졌으니,

흑과 백의 승부는 가리기가 어렵도다.

남조의 왕(王)씨, 사(謝)씨* 무덤은 이미 절터로 변해 버렸지만,

강가의 산자락에는 꽃과 버들이 가득하다.

사람은 보이지 않고,

어득해져 안개마저 잘 안 보이는데,

뉘와 함께 축(筑)이나 칼집 두드리며 세상사를 논하랴.*

누런 속세의 먼지가 변화하고,

붉은 아침 해가 지나가니,

한 편의 시 같은 이야기도 쉽사리 사라져 버리네.

【전강】

오나라 궁궐의 옛날 춤추던 자리는 찾아볼 수 없고,*

개원(開元)의 지난날 물어보려 해도,

머리 하얗게 센 사람마저 다 가고 없구나.

운정산인(云亭山人: 공상임)께서,

몇 번이나 붓을 놓고 괴로워하셨을까.

아리따운 여배우의 노랫소리가 다 끝나지도 않았는데,

촛농은 붉은 쟁반에 떨어져 초 이미 다 타버렸네.

도포 입고 홀 집어든 모습,

까만 눈썹 화장과 분 바른 흔적,

분장을 계속하여 새롭게 바꾸었구나.

문장(文章)은 다 거짓이요,

공업(功業)도 다 우스운 것,

극장에나 가야만이 술을 입에 적실 만하지.

【여문(餘文)】

늙어서 부끄러움도 모르고,

바람기 좋아하여,

몰래 지팡이로 붉은 치마 들추어 보네.

저 부채 속의 복사꽃이 나를 비웃은들 무슨 상관이랴.

그 시절은 정말이지 연극만 같았고,

지금의 연극은 진짜만 같구나.

하늘은 두 차례나 구경하는 나 같은 사람을,*

차가운 눈 가진 나를 남겨 두셨도다.

저기 마사영이 벌써 등장하는군요. 여러분, 감상하시기 바랍니다. 〔두 손 모아 절을 하고 퇴장한다〕

제21척 권력에 아첨하다[媚座]

숭정 17년(갑신, 1644) 10월

남경 마사영의 저택

[마사영(정)이 관복 차림을 하고, 그 앞에서 시종(외)과 하인이
길을 트며 등장한다]

마사영 【국화신(菊花新)】

　　나라의 솥 관리하느라 온 힘을 기울이고,*

　　각 파벌마다 은덕을 나누어 주네,

　　불 지펴 차가운 재를 되살려야 하니,*

　　음양을 조절하는 일은 쉽지 않도다.

　　나는 마사영이오. 직책은 가장 높은 자리이고, 권력도 중추를
차지하고 있소. 천자께서 일을 하지 않으시니 나도 눈 딱 감고

뒷짐 지고 있지요. "재상은 양체(養體)"*라 했으니 나도 의기양양하다오. 조정의 저 붉은 옷 입은 고관들은 친구이자 동지이니 경륜 가득한 이 몸도 원수는 갚고 은덕을 베풀어야겠소. 사람들은 모두 "말(馬)을 길러 무리를 이루니 흙먼지 가라앉을 날이 없구나"*라고 말하지만, 그들이 어찌 알겠는가, 임금은 내가 옹립했으니 난 살인해도 괜찮을 만큼 권력이 크다는 사실을. [웃으며] 요즘 며칠 동안은 별다른 일이 없이 조용하고, 마침 매화도 일찍 피려고 하니 만옥원(萬玉園)에 자리를 만들어 놓고 친척과 친구들을 불러야겠소. 그들이 나를 높이 떠받들어 나의 존귀함과 영화가 높이 드러나는 것을 보아야겠소.

인생은 즐길 따름이니,
반드시 부귀한 지금이라야 한다네.

[시종에게] 오늘은 어떤 분들을 모시려고 하느냐?

시종 모두 나으리의 고향 친구분들이십니다. 병부주사(兵部主事) 양문총, 첨도어사(僉都御史) 월기걸, 신임 조무(漕撫) 전앙, 광록시경(光祿寺卿) 완대성 등이십니다.

마사영 [의심하며] 완대성은 동향 사람이 아니지 않은가?

시종 늘 나으리와 가까운 사이라고 이야기하고 다니십니다.

마사영 [웃으며] 대우는 다르지만 가까운 사이인 셈이지. 오늘은 바깥손님이 아니니 이 매화서옥(梅花書屋)에다가 자리를 만들도록 하거라.

시종 분부대로 하겠습니다.

마사영 벌써 오시(午時: 오전 11시~오후 1시)를 넘었으니 얼른 가서 모셔 오너라.

시종 갈 필요가 없습니다. 모두 문간방에서 기다리고 계십니다. 한마디만 전달하면 모두 달려올 것입니다. 〔손님들을 부른다〕 나으리께서 들어오시랍니다!

〔양문총(말)과 완대성(부정)이 바삐 등장한다〕

양문총 · 완대성 문지기의 한마디는 천금같이 무겁고,

　　재상 댁의 겹문은 깊기도 하구나.

〔지나치게 공손하게 인사한다〕

마사영 누구신가 했지. 〔양문총에게〕 양 매부께서는 우리 집안 분이신데, 어찌 얼른 들어오지 않으셨소?

양문총 아무리 친척이라도 지체가 높으신데 제가 어찌 함부로 행동할 수 있겠습니까.

마사영 그런 말씀은 마오. 〔완대성에게〕 우리는 오래전부터 친하게 지내 왔는데, 어찌 누가 전달해 주기를 기다리셨소?

완대성 지체가 존엄하시니 어찌 분별없이 처신하오리까.

마사영 어찌 그리 남처럼 말하시오?

〔모두 예를 갖추고 자리에 앉는다〕

마사영 【호사근(好事近)】

우리가 권력을 잡았으니,

꽃 아래에서 마음속 이야기를 나누어 봅시다.

마음 알아주는 친구와 가까운 친척들이시니,

신발 거꾸로 신고 문밖까지 뛰어나갈 필요 있겠소?*

의심하시지 말지니,

우리는 모두 한뿌리에서 나온 사이이니,

만나는 곳에서 어깨 걸고 술잔 기울일 뿐,

어찌 딱딱한 격식에 얽매일 필요 있으랴.

나의 이 당당한 재상의 집에서는,

복종이란 거의 없다네.

〔차가 도착하여 마사영에게 먼저 따라 준다〕

마사영 〔절하며〕 오늘 날씨가 쌀쌀하니 좀 드시지요.

완대성 · 양문총 〔절하며〕 옳으신 말씀입니다.

마사영 방금 퇴청하여 돌아온 것 같은데 벌써 오시가 넘었군요. 낮이 짧아지고 밤이 길어져서 낮이 밤보다 세 시진(時辰)*이나 적어졌구먼.

완대성 · 양문총 〔절하며〕 옳으십니다, 옳으신 말씀입니다! 모두 승상께서 베푸신 섭리 덕입니다.

〔두 사람이 차를 마시고 나서 마사영에게 먼저 찻잔을 내려놓도록 하니, 마사영이 예를 갖추어 절을 한다〕

마사영 〔시종에게〕 월 대감과 전 대감은 어찌 아직 안 오시느냐?

시종 월 나으리는 치루(痔漏)가 생겨서 처음부터 오기 어렵다고 말씀을 전해 오셨고, 전 나으리는 내일 떠나는데 가족들을 배에 태워야 한다고 하시고는 밤에 인사드리러 온다고 하셨습니다.

마사영 알겠다. 자리를 마련하도록 하거라.

〔취타가 울리며 세 명의 자리가 마련되어 각자 자리에 앉는다. 완대성과 양문총은 서로 양보하면서 먼저 자리에 앉으라고 권하다가 모두 자리에 앉아 술을 마신다〕

마사영 【읍안회(泣顔回)】

조정에서 물러나왔어도 옷소매에는 향기 아직 남아 있는데,

가벼운 갖옷과 붉은색 신발로 갈아입었네.

시월이라 봄처럼 좋은 계절에,

매화가 벌써 붉은 꽃망울을 터뜨렸도다.

모두 남조의 품격 높은 손님들이시라,

반한당(半閒堂)에서 격조 있는 토론을 벌이고,*

기나긴 밤 지새우며 그림 감상하고 시를 평론하니,

아아, 우리 편 중에서도 어렵게 지기(知己)를 만났도다.

완대성 댁에서는 연일 연회를 베푸시는데, 그간 어떤 분들이 오셨습니까?

마사영 모두 우리 편이었지만 두 분만큼 멋진 분은 없었습니다.

양문총 어떤 분들이었는지요?

마사영 〔집사에게〕 손님 명부 좀 가져오너라.

시종 여기 있습니다.

완대성 〔명부를 받아들고〕 장손진(張孫振), 원굉훈(袁宏勳), 황정(黃鼎), 장첩(張捷), 양유원(楊維垣) 등등이라.*

양문총 과연 모두 대단하신 분들이십니다.

마사영 처음에는 모두 학생(學生) 신분이었지만, 지금은 다 높은 관직에 올랐습니다.

완대성 저희는 이미 퇴직한 사람들인데도 은혜를 입었습니다. 재상 가운데 드시던 것 토해 내고 감던 머리 감싸쥐고 현자를 맞이한 분은 주공(周公)만은 아니었습니다.*

마사영 무슨 말씀을. 〔절하며〕 두 분은 다른 사람과는 비할 바 없이 소중하시니 내일 이부(吏部)에 두 분의 파격적인 승진을 부탁하리다.

〔양문총은 절하고 완대성은 꿇어앉는다〕

양문총·완대성 천거해 주셔서 진심으로 감사드립니다. 〔마사영이 두 사람을 일으켜 세운다〕

완대성·양문총 【전강】

　　손잡아 이끌어 주시니,

　　날개 꺾였다가 홀연히 다시 높이 날게 되어,

　　풍성(豊城)의 감옥에서 보검이 다시 빛을 본 듯합니다.*

　　조정에 출근할 때 대루원(待漏院)*에서 기다릴 생각 하니,

　　담비에 개꼬리 붙은 듯합니다.*

　　화려한 연회에서 술 마시고,

관청 문 나서면,

얼굴에는 화색이 돌 것이니,

관복과 홀 내려주신 이 은혜와 영광은,

등용문에 올려준 것과는 비교도 안 됩니다.*

〔일어난다〕

마사영 큰 잔치는 물리고 조촐한 상 마련하여 마시면서 무릎을 맞대고 속마음이나 나누십시다.

〔술상이 마련되고 모두 옷을 갈아입고 둘러앉는다〕

마사영 술은 그만하겠습니다.

완대성·양문총 어찌 감히 억지로 권하겠습니까.

〔완대성과 양문총의 하인 두 명(잡)이 상품과 금일봉을 전한다〕

마사영 〔손을 내저으며〕 필요 없습니다, 필요 없어요! 계집 몇 명 두고서 훌륭하신 분들 모셨고, 전문 배우들도 없는데 어찌 이런 정식 예의를 갖추신다는 말입니까?

완대성 저의 집 극단이 날마다 쉬고 있는데, 불러만 주시면 바로 대령하겠습니다.

마사영 원해께서는 많이 구경했을 터이니 다른 분들 모실 때 좀 부탁하겠습니다.

【태평령(太平令)】

훌륭한 극단이라 참신하겠지만,

늘 보던 당신이나 즐기시지요.

완대성 예, 예!

산수(山水) 이름난 정원이라 맑은 소리가 아름다운데,
어찌 풍악 울릴 필요 있겠습니까.

양문총 〔웃으며〕 예로부터 꽃과 미녀는 따로 있으면 안 되지요.
오늘은 매화 아래에 있으니 연극 구경은 그만두십시다. 하지만
'새벽바람 지는 달'* 같은 가기(歌妓)의 노래는 없을 수가 없겠
지요.

【전강】
붉은 매화는 반쯤 터졌는데,
다만 여자의 노래 한 곡이 부족하구나.

마사영 〔크게 웃으며〕 매부께서는 여욕(女慾)이 많으시구려, 소
주자사(蘇州刺史)가 되실 모양이구먼.*

소주자사처럼 마음이 끊어지는 것은,
아마도 아리따운 여인이 모시기 때문이리라.

그건 어렵지 않지요. 여봐라, 가기 몇만 얼른 불러 오너라.

시종 나으리, 구원에 있는 아이들을 부를까요, 아니면 주시(珠
市)에 있는 아이들을 부를까요?*

마사영 〔양문총에게〕 양 나으리의 의견은 어떠하신지요?

양문총 제가 여럿을 찾아 보았는데 괜찮은 아이가 거의 없더군요. 다만 구원에 있는 이향군이라는 아이가 새로 『모란정(牡丹亭)』을 배웠는데 잘 부를 것입니다.

마사영 얼른 가서 데려오너라!

〔시종이 대답하고 퇴장한다〕

완대성 〔양문총에게〕 저번에 전백원(田百源, 전앙)이 삼백 냥을 주고 첩으로 사려다가 만 아이 아닙니까?

양문총 맞습니다.

마사영 왜 데려가지 않았다고 합니까?

양문총 당돌하게도 후조종(侯朝宗, 후방역)에게 수절하겠다면서 못 따라가겠다고 했습니다. 제가 몇 번이나 얘기를 했지만 끝내 말을 듣지 않아서 저는 흥이 깨져 집으로 돌아가 버린 적이 있습니다.

마사영 〔화를 내며〕 그런 겁도 없는 년이 다 있다니!

【풍입송(風入松)】
정녕 모르는가, 나는 무서운 어금니로,
사람 죽이는 것을 벼룩 죽이는 것처럼 할 수 있는 것을.
우습도다, 박복(薄福)한 화류계의 귀신이,
나방이 불꽃에 뛰어들 듯하는구나.

완대성 이는 모두 후조종이 망쳐 놓은 것입니다. 저도 지난번에 크게 모욕을 당했습니다.

마사영 〔크게 화를 내며〕 무서운 년이로다, 무서운 년이야! 신임 조무가 은 삼백 냥으로도 기녀 하나 사지 못하다니. 어찌 이럴 수가 있단 말인가!

　　설마 진주 한 되를 써서도,

　　여자 하나 사지 못한다는 말인가!*

완대성 전 조무는 나으리와 동향 분인데, 그렇게 모욕을 당했다니 그냥 넘어갈 일이 아닙니다.

마사영 그렇지요. 그년이 이곳에 오면 내가 알아서 처리하리다.

시종 나으리, 소인이 구원에 가서 향군이를 찾았는데, 몸이 아프다고 못 오겠다고 합니다.

마사영 〔생각에 잠겼다가〕 알았다. 사람들을 불러다가 옷가지와 돈을 들고 가서 꼭 첩으로 데려오너라.

　　【전강】

　　월하노인 몇 번이고 재촉할 필요 없이,

　　재빨리 붉은 실로 잇고,

　　꽃가마를 문 앞에 대고,

　　약간의 사례비 잊지 말고 챙겨 가야 하리.

그 어미가 따르든 따르지 않든 상관 말고 향군이를 반드시 잡

아다가 가마에 태워 오늘 밤에 전 조무가 계신 배에 보내 버리
도록 해라.

그는 놀라서 꿈이 아닌가 하면서,
마치 안개 서린 물결 위에서 상비(湘妃)* 만난 듯하리라.

〔시종 등이 급히 대답하고 퇴장한다〕

완대성 〔기뻐하며〕 훌륭하십니다! 이제야 비로소 가슴이 후련합
니다.

양문총 날이 너무 늦었으니 저희는 이만 물러가겠습니다.

마사영 이야기를 잘 나누고 있는데 어찌 이렇게 급히 가시려고?

완대성 너무 오래 있으면서 폐를 끼치니 제가 불안합니다.

〔모두 일어나 절한다〕

마사영 한 발짝이라도 더 배웅해 드려야지요.

완대성·양문총 아닙니다.

〔세 번 연달아 절한다. 마사영이 먼저 안으로 들어간다〕

완대성 고맙게도 마 나리께서 고향 사람 돌보아 주셔서 이런
은혜를 베풀어 주셨는데, 용우께서도 좀 도우러 가셔야지 않겠
습니까?

양문총 어떻게 돕는다는 말입니까?

완대성 구원은 용우께서 잘 아시는 곳이니 함께 가서 집에서 데
리고 나오기만 하시면 됩니다.

양문총 그래도 그애를 너무 괴롭히면 곤란하겠지요.

완대성 〔화를 내며〕 이건 그 아이를 도와주는 거지요. 지난번을 생
각하자면 이년을 그냥 죽여 버려도 분이 다 안 풀릴 겁니다.

【미성】
그때의 원한을 다시 생각해 보면,
꽃과 버들 꺾어도 후회 없을 것이네.

그 후 조종이 향군이 머리를 올려 주었지만 다 공연한 일이 되
어 버렸지.

오늘 비파는 누구에게 안기게 될까.*

완대성 멀리 나간 낭군님은 언제나 돌아올까,
양문총 규방을 홀로 지키며 비취 장막 드리우고 있네.
완대성 모르는구나, 무산(巫山)의 바람 사나워져서,
양문총 한밤중 오면 비옷으로 갈아입어야 할 것을.*

제22척 수절[守樓]

숭정 17년(갑신, 1644) 10월

남경 미향루

〔시종(외)과 하인(소생)이 '내각(內閣)'이라는 글자가 쓰여진 등롱과 옷, 은 등을 들고 가마를 따라 등장한다〕

모두 하늘에는 짝 잘못 맺어 주는 월하노인 없는데,

　　지상에는 잘못 맺어 주는 꽃별*도 많다네.

시종 우리는 나으리의 명을 받들어 향군이를 데리러 가는 길인데 얼른 가야겠습니다.

하인 구원의 이씨 모녀 두 사람 중에 누가 향군인지 잘 모르겠는뎁쇼?

〔양문총(말)이 급히 등장하며 부른다〕

양문총 여보게들, 나랑 함께 가세.

시종 〔인사하며〕 양 나으리께서 가 주시겠다니, 틀림없이 향군이를 데려올 수 있겠습니다. 〔함께 간다〕

시종·양문총 달빛은 청계수(淸溪水)를 비추고,

　　서리는 장판교(長板橋)를 적시네.

　　벌써 도착했으니 얼른 문을 두드려야지. 〔문을 두드린다〕
〔보아(保兒)(잡)*가 등장한다〕

보아 방금 뒷문을 닫고서,

　　다시 앞마당을 열었네.

　　나는야 손님 맞이하는,

　　역졸(驛卒) 같은 하인이라네.

　　밖에 뉘신지요?

시종 얼른 문을 열어라.

보아 〔문을 열더니 놀라며〕 아이고! 등롱잡이에 가마꾼까지 오셨으니 양 나으리께서 승진하신 김에 오셨습니까요?

양문총 예끼! 얼른 정려(貞麗)를 나오라고 전하거라.

보아 〔큰소리로〕 마님, 나와 보세요! 양 나으리께서 오셨습니다요!
〔이정려(소단)가 급히 등장한다〕

이정려 나으리께서는 어디를 가셨다가 이제야 오시나요?

양문총 마 나으리 댁에 있다가 기쁜 소식을 전하러 일부러 왔소이다.

이정려 기쁜 소식이라니요?

양문총 지체 높으신 분이 당신네 여식을 데려가시겠답니다. 〔자신들이 가져온 것을 가리키며〕

【어가오(漁家傲)】
보시게나, 이렇게
꽃가마와 하인들이 문밖에서 재촉하는 것을,
보시게나, 이 많은 은 삼백 냥과,
비단 옷 한 벌을.

이정려 어디에서 데려가시는지,
어찌 말씀해 주시지 않는지요?

양문총 보시게나, 저 등롱에 큰 글씨로 대구가 쓰여 있으니,
"중당각내(中堂閣內)"*라 하지 않았는가?

이정려 내각 나으리께서 직접 데리고 사시려는 것인지요?

양문총 아니지.

조무(漕撫)이신 전 공(田公)께서,
고향이 같은 가까운 친척이시라,

그분께 옥 술잔 든 가인(佳人)을 보내려는 것이라네.

이정려 전 조무 댁의 일이라면 오래전에 이미 끝난 이야기인데, 어찌 다시 오셔서 일을 복잡하게 만드시는지요?

하인 〔은괴를 집어들면서〕 당신이 바로 향군이십니까? 사례를 받으시지요.

이정려 제가 들어가서 한번 상의해 보겠습니다.

시종 재상 댁의 바쁜 사람들이 당신이 상의하기를 기다려야 한 다니 얼른 은을 받고 나와서 가마에 타도록 전하시오.

양문총 그가 어찌 감히 가지 않겠느냐. 너희는 밖에서 기다려라, 내가 은을 들고 들어가서 얼른 채비를 하라고 일러 보겠다.

〔양문총이 은괴를 받아들고 보아가 옷을 받아들고 이정려와 함께 들어간다〕

하인·시종 우리도 각자 한 아이씩 골라 재미 좀 봅시다. 〔잠시 퇴장한다〕

〔이정려, 양문총, 보아가 누각을 올라간다〕

양문총 향군은 잠이 들었느냐?

〔이향군이 등장한다〕

이향군 무슨 급한 일이신데 이리 시끄러운지요?

이정려 아직도 모르겠느냐?

이향군 〔양문총에게 인사하고〕 양 나으리께서는 노래 들으러 오 셨는지요?

이정려 얘가 아직 정신이 안 들었구나, 노래는 무슨.

【척은등(剔銀燈)】

서둘러 와서는 빙례(聘禮)를 치르고,

사납게 억지로 가기(歌妓)를 빼앗아 가네.

얼굴을 맞대니 피하기 어렵고,

이름을 내거니 다른 누가 대신하랴.

이향군 〔놀라며〕 무서워라! 또 누가 나를 죽이려고 하는 것일까?

이정려 저번의 전앙이라는 사람이 또다시 재상의 권세를 빌려다 가 억지로 너를 데려가려고 하는구나.

슬프구나,

기루 사람 박명하니,

버들꽃이 갑작스러운 바람에 어지럽게 흔들리는구나.

〔양문총에게〕 양 나으리께서는 예전부터 저희 모녀를 예뻐해 주셨는데, 지금은 어찌하여 이리도 혹독한 일을 하십니까?

양문총 나와는 상관없는 일이오. 저 마요초(마사영)가 당신네가 전앙을 거절한다는 것을 알고서 크게 화를 내면서 나쁜 하인들 을 보내 강제로 데려가려고 한 것입니다. 나는 정려가 욕을 볼 까 걱정되어 보호해 주려고 달려온 것이지.

이정려 그렇다면 감사드립니다. 나으리께서 끝까지 좀 도와주십 시오.

양문총 내 생각에 은 삼백 냥의 사례라면 손해 보는 것도 아니니 향군이 조무에게 시집가는 것도 나쁠 것은 없겠네. 정려가 힘이 있다고 해도 무슨 수로 마요초와 전앙 두 사람을 당할 수 있겠는가?

이정려 〔생각에 잠겨 있다가〕 양 나으리의 말씀이 일리가 있습니다. 지금 상황대로라면 어찌 빠져나갈 수가 없겠습니다. 애야, 얼른 짐을 챙겨서 내려가야겠다!

이향군 〔화를 내며〕 어머니는 무슨 말씀을 하시는 거예요! 저번에 양 나으리께서 중매를 서시고 어머니께서 혼주가 되셔서 저를 후 랑께 시집보내신 것을 많은 손님들도 다 보았습니다. 그때 맹세의 증표를 지금도 간직하고 있습니다. 〔급히 막후로 가서 부채를 꺼내 오며〕 이 시는 양 나으리께서도 보셨지요? 설마 벌써 잊어버린 것은 아니시겠지요?

【탄파금지화(攤破錦地花)】
밥상 높이 받들어 모시는,*
그분은 내가 죽을 때까지 의지할 분이시니,
맹세를 어찌 저버리리오.
비단 부채에는 지금도 시가 적혀 있는데,
깊으신 은혜로,
하룻밤 부부의 연을 맺어 주셨다네.

양문총 그 후조종은 화를 피해 도망가 버려서 지금은 어디에 있는지도 모르는데, 만약 삼 년 동안 돌아오지 않는다고 해도 계속해서 기다릴 텐가?

이향군 삼 년을 기다리든, 십 년을 기다리든, 백 년을 기다리든 그 전앙에게 시집가지는 않을 것입니다.

양문총 아이고, 성질 하고는! 또 저번에 비녀 뽑고 옷 찢어 버리면서 완원해를 욕하던 모습이 나오는구나.

이향군 그럼 안 그러겠어요? 완원해와 전앙은 모두 위충현 일파인 데다가 완원해 댁에서 보내온 선물도 안 받았는데 이제는 또 전앙을 따라가라는 말인가요?

막후 〔소리치며〕 밤이 깊었으니 얼른 가마에 오르시오. 배 있는 곳까지 가야 합니다!

이정려 〔권유하며〕 이년아! 전앙께 시집가면 먹고 입는 것이 넘쳐날 것이야.

이향군 흥! 나는 수절하기로 뜻을 세웠으니 어찌 배부르고 따뜻한 것을 구하겠나요?

　　추위와 배고픔 견디더라도,
　　절대로 비취 계단을 내려가지는 않으리.

이정려 일이 이렇게까지 되어 버렸으니 나도 어쩔 수가 없겠다. 〔외치며〕 양 나리께서는 예물을 내려놓으세요. 모두 얘가 머리 빗고 옷 입는 것을 도와주세요!

〔이정려가 머리를 빗어 주고 양문총이 옷을 입혀 준다〕

〔이향군이 부채를 들고 앞뒤로 휘두르며 때린다〕

양문총   대단하구나. 시 적혀 있는 부채를 날카로운 호신검처럼 휘두르다니.

이정려   대충 치장이 끝났으니 이제 아래층으로 끌어내려 주세요.

〔양문총이 이향군을 끌어안는다〕

이향군   〔울면서〕 저는 죽어도 여기를 내려가지 않을 거예요. 〔바닥에 머리를 부딪치고 쓰러져 기절한다〕

이정려   〔놀라며〕 아이고! 우리 아가 얼른 깨어나거라. 꽃 같은 얼굴이 망가져 버렸구나.

양문총   〔부채를 가리키며〕 피가 온통 튀어서 이 부채까지도 망가져 버렸구나. 〔부채를 주워 보아에게 준다〕

이정려   보아야, 향군이를 일으켜서 침실에 잘 눕히거라.

〔보아가 향군을 부축하고 퇴장한다〕

막후   〔외친다〕 밤이 깊어 벌써 삼경(三更: 자정 무렵)이 다 되었는데, 은덩이만 꿀꺽하고 가마에 오르지는 않는구나. 우리가 올라가서 붙잡아 와야겠다.

양문총   〔아래층을 향해〕 너희들은 좀 기다리거라. 모녀가 서로 헤어지려고 하질 않는 모습이 실로 가련하구나.

이정려   〔급하게〕 아이는 다쳤고 밖에서는 사람을 불러 대니 이를 어쩌면 좋습니까?

양문총   그 재상의 세도는 정려도 잘 알고 있지요? 이번에 그를 망신시킨다면 당신 모녀는 목숨을 보전하지 못하게 될지도 몰라요.

이정려   〔두려워하며〕 양 나으리께서 저희를 좀 구해 주십시오.

양문총 어쩔 수 없구나. 임시방편이라도 찾아 봅시다!

이정려 어떤 임시방편이 있는지요?

양문총 기생이 시집을 간다는 것은 본래 좋은 일이고, 하물며 전공에게 시집가게 되면 먹고 입는 것 걱정은 안 해도 되니, 향군이 제 복을 싫다고 하는 바에야 정려가 대신 가면 어떨까 하오.

이정려 〔급하게〕 그것은 절대 안 됩니다. 갑자기 저더러 어떻게 그렇게 하라는 말씀이신지요.

양문총 〔화를 내며〕 내일 아침에 사람들이 잡으러 오면 어떨지 두고 볼까?

이정려 〔멍하게 있다가〕 할 수 없지요! 향군이한테 집을 지키라고 하고 제가 가도록 하겠습니다. 〔생각하다가〕 안 되겠어요, 혹시 누가 알아보기라도 하면 어떡합니까?

양문총 내가 자네를 향군이라고 말할 텐데 누가 알겠는가?

이정려 그렇다면 새로 화장을 좀 해야겠네요. 〔서둘러 화장을 마치고 막후 쪽을 향해〕 향군아, 잘 쉬고 있거라, 내가 네 대신 갈 테니까. 〔다시 부탁하며〕 은 삼백 냥은 내 대신 잘 보관하고 있거라, 함부로 쓰지 말고.

〔양문총이 이정려를 부축하고 아래층으로 내려간다〕

이정려 【마파자(麻婆子)】

　　한밤중에 집을 나가니, 집을 나가니,

　　홍등 불빛이 길을 환히 비추고 있네.

　　문을 나서니, 문을 나서니 찬바람이 불어오는데,

꽃은 다시 돌아오지 못할지도 모른다네.

하인 · 시종 〔등을 들고 가마를 들어올리며〕 신부가 마침내 나오
셨구려, 얼른 가마에 올라타시우.

이정려 〔양문총에게〕 양 나으리께 하직 인사 올립니다.

양문총 길 조심하시구려, 훗날 만날 날이 있으리다.

이정려 나으리께서는 오늘 밤에 저희 집에서 주무시면서 향군이
를 좀 돌보아 주십시오.

양문총 물론이지요.

이정려 〔가마에 오르며〕

낭군님들은 이제 길가에서 흠쳐볼 뿐,
문에서 다시 나오기를 기다려도 그것이 어찌 쉽겠는가.
〔떠나가며〕 풍악 소리 이별하고 이곳을 떠나가면,
오늘 밤엔 누구와 함께 지내게 될까.

〔모두 퇴장한다〕

양문총 〔웃으며〕 정려가 시집을 가고 향군은 수절하게 되었으니
완 형의 원한도 갚은 것이요, 마요초의 위엄도 세운 것이로다!
오얏으로 복숭아를 대신한 셈이라 일거사득(一擧四得)이니 이
것도 묘계(妙計)라 할 만하겠구나. 〔탄식하며〕 다만 모녀가 이
별했으니 상심이 클 것이로다.

딸을 대신해서 밤에 바삐 떠나가니,

노래는 「역수가(易水歌)」*처럼 슬프구나.

연자루(燕子樓)의 사람은 병이 들어 누워 있는데,

등불 어둡고 이불 차가워도 그 누가 알아줄까.

제23척 도화선의 탄생[寄扇]

숭정 17년(갑신, 1644) 11월

남경 미향루

〔이향군이 머리를 두건으로 싸매고 병든 모습으로 등장한다〕

이향군 【취도원(醉桃源)】

　　차가운 바람이 얇은 비단옷 뚫고 들어오는데,

　　향로를 피우기도 귀찮구나.

　　핏자국 한 줄기가 눈썹 끝에 선명하니,

　　연지 같은 붉은색은 비할 바도 안 된다네.

　　외로운 신세라 무섭기만 하고,

　　병약한 영혼은 가볍기만 하니,

　　목숨은 봄날 아지랑이처럼 가냘프기만 하네.

　　집 안에는 온통 서리 가득하고 달밤은 아득한데,

날이 밝아 와도 이내 한(恨)은 사라지지 않는구나.

〔앉는다〕 저는 향군입니다. 저번에 갑작스러운 일이 생겼을 때 다른 방법이 없어 고육지계(苦肉之計)를 써서 겨우 절개를 지킬 수 있었습니다. 지금은 외로운 신세로 텅 빈 집에서 혼자 병들어 누워 있는데, 장막도 차갑고 이불도 차가워 함께 지내는 이 없으니 정말이지 서글픕니다.

【북신수령(北新水令)】
찬 구름과 잔설(殘雪)이 장교(長橋)를 막고 있는데,
문을 닫아걸고 나니 찾아오는 손님도 적구나.
난간 아래로 보이는 먼 곳에는 기러기들 줄지어 날아가고,
주렴과 장막에는 고드름이 달려 있네.
숯은 차갑고 향도 사라져 버렸으니,
사람은 말라 가고 저녁 바람은 매섭구나.

저는 비록 청루에 있지만 저 즐거운 풍류도 오늘로 끝나 버렸습니다.

【주마청(駐馬聽)】
비단 장식 문은 쓸쓸한데,
앵무새만 목청 높여 '차 드세요'라고 외치네.
규방은 고요한데,

하얀 고양이만 베개 위에서 단잠을 자네.

춤출 때 입는 석류빛 치마 허리를 찢어 버리고,

춤출 때 신는 화려한 신발 주머니 찢어 버리네.

근심 많아 병이 더욱 깊어지니,

이 누각은 더 이상 풍류로 떠들썩할 일은 없게 되리라.

후 랑께서 화를 피해 바삐 떠나가신 뒤로 지금은 어디에 머물고 계시는지를 알 수 없으니, 내가 텅 빈 집을 홀로 지키며 그분 위해 수절하고 있다는 것을 그분이 어찌 아실까.

【침취동풍(沈醉東風)】

순식간에 사랑의 노래 부르는 기쁨 깨어지고,

한밤중의 진한 운우지정(雲雨之情) 저버렸다네.

도엽도(桃葉渡)에 가서 찾아보아도,

연자기(燕子磯)에 가서 찾아보아도,*

어지러운 구름 떠 있고 산바람 부는 곳에 기러기들만 아득히 날아가네.

어찌 알았으리오, 매화는 해마다 피건만,

사람은 더욱 멀리 떠나가게 될 줄을.

난간에 기대어 멍하니 바라보면서,

눈길을 한참 보내다가,

그만 시려운 바람에 얼어 버렸네.

원통하구나, 나쁜 사람들이 문에 버티어 서서 나를 강제로 데려가려고 하다니. 내가 어찌 후 랑을 배신할 수 있을까.

【안아락(雁兒落)】
나같이 천하고 연약한 사람 속이면서,
저 승상 댁의 권세에 의지하여 교만하게 나를 대했지.
이 백옥 같은 몸을 보존하려고,
할 수 없이 이 몸 부수어 꽃 모양의 상처를 내었다네.

불쌍하여라, 어머니가 내 대신 화를 당하셔서 바람처럼 떠나가 버리셨네. 〔침상을 가리키며〕저 침대는 옛날과 같지만 돌아오실 날은 그 언제일까.

【득승령(得勝令)】
마치 복사꽃이 눈보라에 휘날리듯,
버들솜이 바람에 나부끼듯,
소매로 얼굴에 불어오는 봄바람 가리며,
저물녘에 한(漢)나라 땅 나선 여인 같았네.*
쓸쓸하여라,
이불에 내려앉은 먼지를 치워 주는 사람도 없고,
적막하여라,
꽃은 피었건만 홀로 바라볼 수밖에 없다네.

이렇게 말하고 나니 가슴이 쓰라리네. 〔눈물을 훔치며 앉는다〕

【교패아(喬牌兒)】
애간장이 다 녹는 것 같고,
눈물은 또 얼마나 흘렸는지.
함께 놀 언니 아우도 없어,
저기 주렴 늘어진 창문에 걸린 고리가 쟁그렁거리는 소리만
들을 뿐.

홀로 앉아 있자니 무료하네. 낭군님이 시 적어 주신 부채나
꺼내서 보아야겠어. 〔부채를 꺼낸다〕 아아! 온통 피로 물들어
버렸구나. 이를 어찌해야 할까.

【첨수령(甛水令)】
여기는 드문드문 저기는 빽빽하게,
여기는 진하게 저기는 연하게,
선혈이 어지럽게 뿌려져 있네.
두견새가 울다가 피를 토한 것이 아니요,
얼굴 위에 있던 복사꽃이 붉은 비가 되어 날아서,
한 방울 한 방울 얇은 비단 위에 떨어진 것이라네.

낭군님, 낭군님! 이것은 모두 당신 때문이에요.

【절계령(折桂令)】

저는 쪽진 머리 풀어헤치고,

가느다란 허리 꺾어 버리고는,

양귀비가 마외파(馬嵬坡)에 묻힐 때처럼 혼절하고,

녹주(綠珠)가 누각에서 떨어졌을 때처럼 피를 적셨어요.*

다른 사람들이 나를 알아보고 소문 낼까 봐,

연약한 영혼 홀로 지내니 아무도 찾질 않는답니다.

은거울 속에서는 붉은 노을이 비추고,

원앙 베개 위에는 붉은 눈물이 봄 물결처럼 떨어집니다.

마음속에는 한이 가득하고,

눈가에는 수심이 가득합니다.

연지 다 닦아 버리니,

하얗던 두건이 더러워져 버렸답니다.

너무 피곤하네, 화장대에서 조금만 잠을 자야겠어. 〔부채를
내려놓고 잠이 든다〕

〔양문총(말)이 간편복 차림으로 등장한다〕

양문총 누각은 강물에 비스듬히 비치는데,

시든 버드나무에는 까마귀가 앉아 있네.

〔소곤생(정)이 등장한다〕

소곤생 은 아쟁과 상아 박판이 있던 가인(佳人)의 집이,

　　눈보라 불어오니 이제는 마치 처사(處士)의 집인 것 같구나.

양문총 〔고개를 돌려 보며〕 아! 소 형도 오셨군요.

소곤생 정려가 시집을 간 뒤로 향군이 홀로 살게 되었으니 마음

　　을 놓을 수가 없어서 자주 들러 봅니다.

양문총 저도 그날 정려를 떠나보내고 하룻밤 향군이를 지켜 주었

　　는데, 며칠 동안 관가에 일이 생겨서 몸을 빠져나오지 못하다가

　　방금 성 동쪽에 손님 만나러 가는 길에 잠시 들러 보았습니다.

　　〔두 사람이 이향군의 집에 들어간다〕

소곤생 향군이는 방에서 내려오려고 하질 않으니 우리가 올라가

　　서 이야기를 건네 보는 것이 좋겠습니다.

양문총 좋습니다.

〔두 사람이 이향군의 방으로 올라간다〕

양문총 〔향군을 가리키며〕 저기 향군이가 힘들고 병약한 모습으

　　로 화장대에서 자고 있군요. 우선 깨우지 맙시다.

소곤생 〔부채를 보더니〕 향군이 얼굴 앞에 부채가 있는데, 무슨

　　일인지 핏자국이 많이 보이는군요.

양문총 이 부채는 후 형이 정표로 준 것인데, 향군이는 이것을 깊

　　이 간직해 두고 좀처럼 남에게 보여 주려고 하질 않았습니다.

　　아마도 부채에 피가 묻어서 여기에 두고 말리려고 한 것 같습니

　　다. 〔부채를 들어서 본다〕 핏자국이 너무 선명한데 여기에다가

　　가지와 잎새를 그려 꾸며 주면 어떨까요? 〔생각하며〕 녹색이 없

는데 어찌하면 좋을까?

소곤생 제가 화분에 있는 화초를 좀 따올 테니 짓이겨서 즙을 내면 아쉬운 대로 풀색으로 쓸 수 있을 것 같습니다.

양문총 훌륭하신 생각입니다!

〔소곤생이 퇴장했다가 풀 녹즙을 가지고 등장한다〕

양문총 〔그림을 그리며〕

잎새는 향초의 녹색을 쓰고,

꽃은 미인의 붉은 피를 썼구나. 〔그림을 완성한다〕

소곤생 〔보면서 기뻐하며〕 정말 훌륭합니다! 금세 복사꽃에 가지가 달렸군요.

양문총 〔크게 웃으며 부채를 가리킨다〕 그야말로 '도화선(桃花扇)'이로군요.

이향군 〔놀라 깨어나서 인사한다〕 양 나으리, 소 사부님께서 오셨습니까. 미처 인사 올리지 못해 송구스럽습니다. 〔두 사람에게 자리에 앉도록 권한다〕

양문총 며칠 못 온 사이에 얼굴에 있던 상처가 많이 나았구나. 〔웃으며〕 내가 그림 부채 하나를 화장대에 놓아 두었네. 〔이향군에게 부채를 건네준다〕

이향군 〔부채를 받으며〕 이것은 제 부채입니다. 핏자국에 더럽혀졌는데 뭐 하러 보셨습니까. 〔소매 속에 넣으려 한다〕

소곤생 부채에 다시 손을 좀 댔는데, 한번 보시게나.

이향군 언제 그리셨다는 말씀이신지요?

양문총 미안하이, 조금 전에 좀 망쳐 놓았네그려.

이향군 〔부채를 보며 탄식한다〕 아! 복사꽃이 가냘프게도 부채 속에서 흩날리고 있네요. 양 나으리, 그림을 그려 주셔서 감사 드립니다.

【금상화(錦上花)】

떨기마다 상심한 듯,

봄바람에도 웃으려 하질 않고,

꽃잎마다 넋을 잃은 듯,

흐르는 물에 근심스레 떠가는구나.

진짜 복사꽃에서 꺾은 것처럼 아름다우니,

자연스럽게 잘 적셔져서,

훌륭한 화가인 서희(徐熙)*도,

감히 이처럼 그려 내지는 못하리라.

앵두 같은 입술 위에 다시 붉은 칠을 한 듯,

연잎 같은 뺨 위에 글씨를 쓴 듯,

붓을 몇 번 놀려서 붉은 복사꽃 그려 내었네.

비췻빛 가지와 푸른빛 잎새 더하니,

더욱 아름다우니,

박명한 나에게 복사꽃 그림 한 폭 그려 주셨네.

양문총 이제 도화선도 생겼으니 노래 불러 주는 주유(周瑜)* 같은

반려자도 있어야 하지 않겠나? 설마 청춘을 수절하며 달로 가
버린 항아(嫦娥)*처럼 되려고 하는 것은 아니겠지?

이향군 무슨 말씀이신지요. 저 관반반(關盼盼)*도 가기였지만 연
자루에서 문 닫아걸고 늙어 가지 않았습니까?

소곤생 내일 후 랑이 돌아오신다고 해도 방에서 내려오지 않겠
느냐?

이향군 그때는 비단 같은 앞길이 펼쳐진 것이나 마찬가지일 터이
니 당연히 받아들이고 어디든 함께 놀러 다닐 것입니다. 어찌
방을 나오기만 하겠습니까?

양문총 향군이의 이러한 절개는 오늘날에는 정말 드물도. 〔소
곤생에게〕 곤생께서 사제의 정을 보아 후 랑을 찾아서 이 아이
를 후 랑께 보내 주시면 제 걱정을 덜겠습니다.

소곤생 예, 그렇습니다! 줄곧 찾아뵈려고 했는데, 그분이 사 공
(사가법)을 따라 회(淮) 땅으로 가신 지가 반년이 되었다고 합
니다. 그 후 다시 회 땅에서 남경으로, 남경에서 다시 양주로 가
셨고, 다시 고 장군을 따라 황하를 방어하러 가셨다고 합니다.
제가 조만간 고향으로 돌아갈 것이니 그때 한번 찾아보도록 하
겠습니다. 〔이향군에게〕 향군이의 편지가 있어야 좋겠네.

이향군 〔양문총에게〕 저는 말은 할 줄 알지만 문장은 지을 줄 모
르니 양 나으리께서 대신 써 주십시오.

양문총 자네의 마음을 내가 어떻게 써낼 수 있단 말인가.

이향군 〔생각하다가〕 할 수 없지요! 저의 근심걱정이 모두 이 부
채에 잘 나타나 있으니 이 부채를 전해 주시지요.

소곤생 〔기뻐하며〕 이것이야말로 참신한 편지로다.

이향군 제가 담아 드리겠습니다. 〔부채를 주머니에 담는다〕

【벽옥소(碧玉簫)】
붓 휘둘러 썼던,
옛 구절은 그분이 알아보실 것이고,
붉은 점 물들었으니,
새 그림은 당신이 가지세요.
부채는 작지만,
피맺힌 마음은 만 갈래랍니다.
손수건으로 싸고,
끈으로 묶어서 보내오니,
비단 글씨 편지*만할 거예요.

소곤생 〔부채를 받아들고〕 내가 잘 간직하고 있다가 네 대신 보내도록 하마.

이향군 스승님께서는 언제 출발하시려는지요?

소곤생 곧 행장을 꾸리려고 한다.

이향군 한시라도 일찍 떠나시기를 바랄 따름입니다.

소곤생 알겠다.

양문총 우리는 이제 그만 갑시다. 〔이향군에게〕 향군아, 몸조리 잘하거라. 지금과 같은 너의 절개를 후 랑에게 말씀드리면 바로 와서 너를 데려가실 거다.

소곤생   작별 인사 하러 다시 오지는 않으마. 정말이지,

새 편지 멀리 부치노니 도화선이요,
양문총   구원은 늘 닫혀 있으니 연자루라.

〔두 사람이 퇴장한다〕
이향군   〔눈물을 훔치며〕 어머니는 돌아오시지 않고 스승님께서도
떠나가셨으니, 홀로 문 닫고 있으려니 더욱 쓸쓸해지는구나.

【원앙살(鴛鴦煞)】
꾀꼬리는 남쪽과 북쪽의 곡조 노래하기를 멈추고,
차가운 현악기는 진(陳)나라 수(隋)나라 때의 곡조 연주하기
를 그쳤네.
입술은 퉁소 불기 그만두었고,
피리도 저버리고,
생황도 망가졌고,
박판도 내던졌네.
다만 원하는 것은 부채를 하루 빨리 전하는 것이니,
스승님께서 행장을 일찍 꾸리시기만을 바랄 뿐.
삼월 삼일에 유 랑(劉郞)처럼 오신다면,*
손잡고 방을 나가서,
복사꽃 죽을 맛나게 먹을 수 있을 텐데.*

부채를 낭군님께 부쳤지만 눈은 아직 안 녹았고,

푸른 계곡은 봄 물결 가득하여 길이 막혀 있네.

도근(桃根)인지 도엽(桃葉)인지 묻는 이 없고,*

정자렴(丁字簾)* 앞에는 다리 끊겨 버렸네.

제24척 향군의 비난[罵筵]

남명(南明) 복왕 2년(을유, 1645) 정월

남경 예부 문앞

남경 진회의 상심정(賞心亭)

〔완대성(부정)이 길복(吉服)* 차림으로 등장한다〕

완대성 【누루금(縷縷金)】

　　풍류 시절을,

　　다시 만나니,

　　육조 시대의 화려했던 모습과,

　　나는 잘 통하지.

　　화류계를 관장하고,

　　연극 봉헌을 담당하지.

　　새로 유행하는 신식 오사모에 붉은 도포 입고,

녹색실로 박음질한 검정색 가죽신 신었다네.
녹색실로 박음질한 검정색 가죽신 신었다네.

〔웃으며〕 나는 완대성입니다. 귀양 상공(貴陽相公: 마사영)께서 파격적으로 발탁해 주셔서 궁정의 연회에도 참석했습니다. 오늘 임지로 돌아오니 정말이지 영화(榮華)를 이루었지요. 기쁘게도 지금의 성상께서는 문학을 좋아하셔서 왕탁(王鐸)*을 내각 대학사에, 전겸익(錢謙益)*을 예부상서에 보임하셨습니다. 또 부족한 이 사람도 문관 대신의 반열에 끼게 되어 천자의 존안을 날마다 가까이서 뵐 수 있으니, 천자께 드리지 못할 말씀은 없을 정도가 되었습니다. 저번에 전기 네 편을 바쳤는데, 성상께서 크게 기뻐하시면서 즉시 명을 내리셔서, 예부에서 궁녀들을 뽑아 『연자전』을 공연하여 일대 중흥의 음악으로 만들도록 하셨습니다. 내 생각에 이 작품은 정심(精深)하고 오묘(奧妙)하니 만일 그저 그런 사람들이 공연하여 내 작품을 망쳐 버린다면 어찌 나의 문명(文名)을 손상하는 것이 아니겠습니까. 그래서 기회를 보아 이렇게 상주(上奏)했습니다. "서툰 사람보다는 익숙한 사람이 낫고, 청객(淸客)이 교방(敎坊) 사람만 못할 것이 없습니다"*라고. 성상께서는 흔쾌히 내 간언을 받아들이셔서 곧바로 명을 내려 구원과 진회를 널리 조사하여 청객과 기녀 수십 명을 데려다가 예부에 넘겨 훈련시키도록 하셨습니다. 그래서 날을 잡아 그들의 용모와 재능을 조사해 보았더니 모두 평범했고, 용우와 알고 지내는 몇몇 이름난 자들은 다 소집을 면제해 주기를

부탁했다니 내가 가서 데리고 와야겠습니다. 어제 귀양 상공을 뵈었는데, 상공께서는 이런 말씀을 하셨습니다. "새 연극 공연 연습은 성상께서 중시하시는 것이니, 설마 재능 있는 사람들을 뽑지 않고 용속한 자들을 뽑는 것은 아니겠지요?"라고. 다시 그분께 가서 사람들이 아직 도착하지 않았다고 말해야 합니다. 오늘은 을유년 새해 인일(人日: 정월 초이렛날)이라 용우와 함께 상심정으로 가서 술을 마시다가 우리 귀양 상공을 모셔다가 술 마시며 눈 구경이나 할까 합니다. 이미 새로 뽑은 기녀들을 술자리 앞에 데려다 놓아 시험해 볼 준비를 해 놓도록 했습니다. 정말이지,

화류계의 노랫소리는 수(隋)나라 사업이요,

이야기와 우스개 잘하는 기녀는 진(晉)나라 풍류로다.

〔퇴장한다〕

〔변옥경(노단)이 여도사 복장을 하고 짐을 지고 급히 등장한다〕

변옥경 【황앵아(黃鶯兒)】

본디 예주궁(蕊珠宮)*에 살았지만,

원통해라, 업보의 바다에서 끝없이 불어오는 바람 때문에,

낙엽처럼 가벼이 화류계로 날려와 버렸네.

목청 돋우어 목이 붓도록 노래 불렀고,

치마 허리 헐거워지도록 힘들여 춤추면서,

영혼은 한 평생 무산(巫山) 속 동굴에 머물렀네.

저는 변옥경입니다. 오늘 이렇게 치장을 한 것은 조정에서 가기들을 모아 데려가는 중인데, 그것이 저로 하여금 속세의 마음을 끊도록 핍박하기 때문입니다. 어제 자매들과 이별하고 여도사처럼 차려입고서 도망치듯이 기원을 빠져 나왔는데, 어디로 가야 좋을지를 모르겠습니다.

성 동쪽에 구름 가득 낀 산을 바라보니,
신선 세계로 가는 길이 끝이 없구나.

〔도망치듯 퇴장한다〕
〔정계지(부정), 심공헌(외), 장연축(정) 등의 세 청객이 등장한다〕

정계지 【조라포(皂羅袍)】
진회에서 피리 불며,
이름나고 훌륭한 화월(花月) 같은 가기들이,
주렴 늘어진 창가에 어른거리는 것 보고 있었네.
조칙을 내려 악공들을 부르시니,
남방 천자께서 춘심(春心)이 생기셨나 보다.

저 정계지는 나이가 육십이 넘어 노래는 그만둔 지가 이미 오래되었습니다. 저번에 양 나으리께 제가 궁중에 불려 가는 것을 면제해 달라고 부탁했는데, 어찌된 일인지 오늘 또 소집 전갈이 왔습니다.

심공헌 · 장연축 저희 두 사람도 모두 면제받는 것으로 되어 있었는데 다시 전갈이 왔으니 무슨 말을 해야 할지 모르겠습니다.

정계지 〔절하며〕 두 분 아우님께 말씀드리자면, 우리는 모두 청객이라 황제 폐하가 감동하실 정도로 노래를 가르친다는 것은 쉬운 일이 아닙니다.

심공헌 · 장연축 옳으신 말씀입니다.

정계지 두 분은 젊으시니 한번 가 보시는 것이 좋겠습니다. 저는 늙고 병든 몸이라 무슨 좋은 일을 만나기도 어렵습니다. 오늘 저는 몸을 피할 테니 두 분은 제 일은 덮어 주시기 바랍니다.

심공헌 그렇게 하겠습니다. 강태공이 낚시를 했을 때에도 원하는 고기만 바늘에 걸리라고 하지 않았습니까.

장연축 그렇습니다! 설마 이번 어명을 어겼다고 반드시 잡아가서 심문하지는 않겠지요.

정계지 그렇다면 저는 지금 돌아가 보겠습니다. 〔헤어져서 길을 간다〕

급히 돌아가네,
멀고 푸른 봉우리로.
길을 찾네,
빽빽한 솔숲 사이에서.

〔발걸음을 멈추고〕 세속을 떠나지 않았더라면 어찌 끌려가는 것을 면할 수 있었겠는가. 〔소매에서 도건(道巾)과 황조(黃縧)*를 꺼내 착용하고 고개를 돌려 두 사람을 향하고는〕 두 분께서 보시기에 어떻습니까, 내가 이렇게 꾸미니.

양주몽(揚州夢)에서 깨어난 도사 같지 않습니까?*

〔몸을 흔들면서 퇴장한다〕

심공헌 아! 결국 출가해 버리셨군요. 정말 모질게 마음먹으신 겁니다.

장연축 우리는 저기 낭하(廊下)에 잠시 앉아 볕 좀 쬐다가 자매님들이 오면 함께 예부로 갑시다. 〔자리에 앉는다〕

〔구백문(소단), 정타낭(축)이 등장하고, 심부름꾼(잡)이 그 뒤를 따라 등장한다〕

구백문 복숭아나무는 바람 맞으면 열매를 맺지 않고,

정타낭 버들솜은 물에 뜨면 다시 부평초가 된다네.

〔심공헌과 장연축을 바라보며〕 저기 두 사람이 우리한테 한 마디 말도 없이 먼저 와서 볕을 쬐고 있으니 얼른 가서 따귀나 한 대 때려 줍시다. 〔서로 인사하고 우스갯소리를 주고받는다〕

심공헌 〔심부름꾼에게〕 우리는 다시 어디로 가야 하지?

심부름꾼 예부로 모셔 오라는 분부입니다. 거기에서 다시 내정

(內廷)으로 들어가서 연극을 가르쳐야 할 것입니다.

심공헌　우리는 저번에 면제받았는데.

심부름꾼　내각 나으리께서 반드시 여기 계신 청객 몇 분을 모셔 오라고 하셨습니다.

장연축　누구누구를 말이지?

심부름꾼　명단을 좀 보아야겠습니다. 〔명단을 꺼내 본다〕 정계지, 심공헌, 장연축 등입니다. 정씨는 왜 안 보이지요?

심공헌　출가하셨지.

심부름꾼　출가하셨다면 찾을 수가 없을 테니 돌아가서 보고드려야겠군요! 〔심공헌, 장연축에게〕 두 분은 예부로 가시지요.

심공헌　다른 자매님들이 도착하면 같이 가지.

심부름꾼　오늘 나으리들께서 진회에 눈 구경 가시면서 여객(女客)들을 불러다가 점검해 보겠다고 하셨습니다.

심공헌 · 장연축　그렇다면 우리가 먼저 가는 수밖에. 정말이지,

　　노래 전하며 악부(樂府)에 남아 있고,

　　피리 불며 궁궐 담장 옆에 서 있네.*

〔퇴장한다〕

심부름꾼　〔명단을 보며 구백문에게〕 당신이 구백문입니까?

구백문　그렇습니다.

심부름꾼　〔정타낭에게〕 당신은 변옥경입니까?

정타낭　아니, 나는 '타' 요.

심부름꾼   정타낭이시군요. 변옥경은요?

정타낭   출가했어요.

심부름꾼   잉? 무슨 출가도 짝지어서 하나! 그건 그렇고, 또 한 사람 있지요? 다리가 짧아서 아직 도착하지 못한 사람이 아마 이정려이지요?

구백문   아니, 이정려는 시집갔지요!

심부름꾼   내가 조금 전에 끌고 온 사람이 있는데, 자기가 이정려라던데 어째서 또 아니라는 거죠?

정타낭   아마 딸이 대신 온 것일 텐데.

심부름꾼   모녀지간은 매한가지이니 숫자만 채우면 되지요. 〔바라보며〕 저기 오는군요.

〔이향군(단)이 등장한다〕

이향군   【륙륙령(弒弒令)】

　　눈 쌓인 섣달 말에 기루를 내려와,

　　자줏빛 밭고랑 지나노라니 이른 봄이라 흙이 얼어 있네.

　　걷는 것 익숙지 않아,

　　다리가 너무 아프네.

　　어명 전하여,

　　미인들 뽑으러,

　　가느다란 채찍 쥐고서,

　　준마(駿馬)를 타고 왔네.

　　꽃들 재촉하여 함부로 끌어안고 말 태워 가네.

저는 이향군입니다. 사람들에게 붙잡혀 집을 내려와 보니 노래를 배우러 가야 한다고 하는데, 노래 부르는 것이야 우리 기생의 본업이지만 다만 저의 이 절개는 죽어도 꺾을 수가 없습니다.

심부름꾼 〔큰소리로〕 얼른 가자!

〔이향군이 앞쪽으로 나온다〕

구백문 너도 나왔구나. 어째서 이런 일이!

정타낭 우리 같은 창생(蒼生)이 황제 폐하를 가까이서 모실 수 있게 되다니.

이향군 이모님께서 온 마음을 다해서 모시면 좋은 일이 있을 거예요.

〔함께 걸어간다〕

심부름꾼 저 앞이 상심정인데 내각 마 나으리, 광록 완 나으리, 병부 양 나으리께서 곧 당도하실 것이니 너희는 단정히 기다리고 있도록 해라.

〔심부름꾼, 구백문, 정타낭이 퇴장한다〕

이향군 〔혼잣말로〕 그 사람들이 함께 모이는 기회도 많지 않은데, 이번에 내 흉중에 쌓인 속마음을 토해 내리라.

【전강】
조문화(趙文華)가 엄숭(嚴嵩)을 모셨던 것처럼,*
얼굴에 분 바르고 앞에서 연기하겠지.
듣기 싫은 노래와 보기 싫은 몸짓으로,

진짜 『명봉기(鳴鳳記)』랍시고 연기하겠지.*

나는 여자 예형(禰衡)이 되어,

어양고(漁陽鼓) 두드리며,

소리 높여 욕을 할 텐데.*

그들이 알아들을까 모르겠네.

〔마사영(정), 완대성(부정), 양문총(말)이 시종들(외, 소생)을 데리고 등장하면 이향군이 그들을 피해 퇴장한다〕

완대성 아름다운 누각에는 붉은색 살짝 칠해진 듯하고,

양문총 황금빛과 푸른빛의 산봉우리는 세밀히 그려진 것 같네.

마사영 설경이 참으로 좋도다.

완대성 이 상심정은 본래부터 눈 구경을 하기 위해 만든 곳이지요.

마사영 그게 무슨 말씀입니까? 본래부터 눈 구경을 위해 만든 곳이라니요?

완대성 송나라 진종(眞宗)께서 화가 주방(周昉)이 그린 설경도(雪景圖)를 정위(丁謂)에게 내어 주시면서 이런 말씀을 하셨습니다. "경(卿)은 금릉(金陵)에 가거든 경치 좋은 곳을 찾아 이 그림을 걸어 두시오." 그래서 이 정자를 짓게 된 것입니다.

마사영 〔벽을 바라보며〕 이 족자가 바로 주방의 그림인 모양입니다그려.

양문총 아닙니다. 이것은 제 친구 남영(藍瑛)이 새로 가져와 증정

한 것입니다.

마사영 훌륭하오! 밖에는 눈이 종산(鍾山)에 덮였고, 정자 안에는 그림이 설경을 마주하고 있으니 마음을 푸는 명승지로는 이만한 곳이 없겠소이다.

양문총 〔몸종들에게〕 화로, 물통, 놀이 도구를 가져다 놓거라.

〔몸종들이 자리를 마련한다〕

완대성 〔마사영에게〕 초라한 정자에 간단한 도구들이라, 지체 높으신 분을 모셔놓고 큰 죄를 지었습니다.

마사영 무슨 말씀을. 소인배들이 세도가를 모셔다가 천금이나 써서 성대하게 차려놓는 것이야말로 크나큰 추태이니, 그렇게 되면 아무것도 얻는 것이 없고 그저 웃음거리밖에는 안 되는 거지요.

완대성 제가 오늘 눈 쓸고 차 끓여 청담을 나누며 가르침을 청했는데, 승상께서 이렇게 넓으신 아량을 보여 주시니 저도 얼굴에 분칠하듯 꾸미지 않아도 되겠습니다.

마사영 허허! 배우들 분칠이야말로 가장 지독해서 한번 얼굴에 분을 발랐다 하면 다시는 씻어 버릴 수가 없는 법이올시다. 비록 효성 지극한 자손들이 있다고 하더라도 모두 그 사람을 조상으로 인정하려고 하지 않을 것입니다.

양문총 비록 지독하기는 하나 공정하다고도 할 수 있을 것입니다. 본래 거리낄 줄 모르는 소인배들을 경계하기 위한 것이지 우리 때문에 만든 것은 아니기 때문입니다.

마사영 내가 보기에는 모두 아첨 때문에 그리된 것입니다.

양문총 무슨 말씀이신지요?

마사영 옛날 엄숭 상공은 언제 문인이 아닌 적이 있었습니까? 지금 『명봉기』에서는 화검(花臉)*으로 분장을 하여 아주 보기 싫습니다. 이는 조문화 같은 자들이 아첨을 하여 망가뜨린 것이 아니겠습니까!

완대성 〔절하며〕 옳으신 말씀입니다! 승상께서는 아첨을 싫어하시지요. 저는 그저 마음이 기쁘고 진실로 따를 뿐입니다.

양문총 술을 드시지요!

〔모두 술잔을 든다〕

완대성 〔몸종에게〕 기생들은 모두 불러왔느냐?

몸종 예, 모두 불러왔습니다요.

〔심부름꾼(잡)이 여러 기생들을 데리고 등장하여 땅에 머리를 대고 절한다〕

마사영 〔자세히 살펴보다가〕 오늘 모임에서는 저 아이들이 필요 없다. 바로 예부로 보내 버려라.

완대성 일부러 이리 불러 술을 따르도록 한 것입니다.

마사영 그럼 저 어린아이는 남겨 놓거라.

〔나머지는 모두 퇴장한다〕

마사영 저 아이는 이름이 무엇인가?

심부름꾼 이정려라고 하옵니다.

마사영 〔웃으며〕 아름답기〔麗〕는 하되 정숙하지〔貞〕는 않겠지. 〔웃으면서 완대성에게〕 우리는 도 학사(陶學士)처럼 점잖게 굴었으니 이제 당 태위(黨太尉)처럼 솔직하게 놀아 볼까요?*

완대성 훌륭하신 말씀입니다! 〔이향군에게〕 정려는 이리 와서 술을 따르고 노래를 불러 보거라.

〔이향군이 고개를 가로젓는다〕

마사영 어찌하여 고개를 가로젓는고?

이향군 할 줄 모릅니다.

마사영 뭐라고! 하나도 못한다면 어찌 명기(名妓)라고 하겠는가.

이향군 본래 명기가 아닙니다. 〔눈물을 훔친다〕

마사영 네가 무슨 사연이 있는 모양이로구나, 어디 한번 말해 보거라.

이향군 【강아수(江兒水)】

첩의 마음속이,

쑥대밭처럼 어지러워,

몇 번이나 임금님께 아뢰고자 했습니다.

그들은 부부를 갈라놓아 혼백까지 흩어지고,

모녀를 갈라놓아 선혈까지 튀었으니,

저 유적 무리보다도 더 사납습니다.

벙어리인지 귀머거리인지,

욕을 해도 두려운 줄 모르고 있습니다.

마사영 그런 일이 있었구나.

완대성 이 아이가 그래도 고생을 꽤나 했군요.

양문총 오늘은 나으리들께서 경치 구경 나오셨으니 억울한 이야기는 이제 그쯤만 하거라.

이향군 양 나으리께서는 잘 알고 계시지 않습니까. 그런데도 저의 억울함을 말조차 못한다니요.

【오공양(五供養)】
당당한 명공들이,
반절 남은 남쪽 땅에서,
태산 같은 당신을 바라보고 있다오.
태어나서는 존귀하게 되기만을 바랐고,
나라를 세우더니 미녀 가수를 뽑으니,
후정화(後庭花)* 가락이 몇 곡 더 보태어졌네.
나를 함부로 이리저리 비틀어 대더니,
차가운 눈보라 부는 겨울 산 마주하고,
괴롭게 술 따르라 노래 부르라 하네.

마사영 〔화를 내며〕 아니! 이년이 함부로 입을 놀리는구나. 따귀를 올려 버릴까 보다.

완대성 내가 듣기로 이정려가 본래 장천여(張天如)와 하이중(夏彝仲)* 같은 자들과 놀던 기생이라더니 과연 방자하기 이를 데 없구나. 이런 때려죽일 년 같으니라고!

양문총 저 아이는 나이가 적으니 그 이정려는 아닌 듯합니다.

이향군 〔원통해하며〕 내가 그 이정려라면 어찌겠다는 말인가!

【옥교지(玉交枝)】

동림(東林) 형제들은,

내가 모두 잘 알고 존경하는 사이였다네.

수양아들들 새로 이어지니,

환관 위충현의 자식들은 대가 끊이지 않았구나.

완대성 이런 발칙한 것 같으니라고, 감히 누구를 욕하는 것이냐.

얼른 붙잡아다가 눈밭에다 던져 버려라.

〔몸종이 이향군을 밀어 넘어뜨린다〕

이향군 얼음 같은 피부와 눈 같은 창자는 본시 같은 것,

쇠 같은 마음과 돌 같은 배(腹)가 어찌 추위를 두려워하랴.

완대성 이년! 내각 나으리의 면전에서 이토록 방자하여 우리까지

죄를 짓게 만들다니! 나쁜 년 같으니라고! 〔자리에서 내려가 이

향군을 발로 찬다. 양문총이 일어나서 완대성을 붙잡는다〕

마사영 그만두시오! 이년을 죽이는 것은 어렵지 않되 재상의 법

도를 그르칠까 걱정이로소이다.

양문총 옳으신 말씀입니다! 승상과 창녀는 하늘과 땅 차이이니

어찌 마음에 두실 일이겠습니까.

완대성 에이! 승상께서는 저년을 궁중에 보내어 죽을 고생할 만

한 일이나 찾아 시키도록 하시지요.

마사영 그리합시다.

양문총 이 아이를 데려가거라!

〔심부름꾼이 이향군을 데리고 간다〕

이향군 나는 이미 죽을 각오를 한 몸.

　　죽을 때까지 두견새 피 토하여 울 듯 외치리.
　　죽을 때까지 두견새 피 토하여 울 듯 외치리.

〔심부름꾼이 이향군을 잡아끌며 퇴장한다〕

마사영 좋은 자리가 한 년 때문에 엉망이 되어 버렸으니, 허참, 웃을 수밖에!

완대성·양문총 〔연신 세 번 절하고는〕 죽을 죄를 지었습니다! 하해와 같으신 은혜를 베풀어 주신다면 훗날 성의를 다하도록 하겠습니다.

마사영 흥도 깨져 버렸으니 춘설도(春雪棹)*로 돌아가야겠네.

완대성 손님이 욕을 당했으니 여자의 머리를 베어 버려야겠네.*

〔마사영과 완대성이 몸종들을 데리고 길을 트는 소리를 외치며 퇴장한다〕

양문총 〔마무리를 하며 관객을 향해〕 향군이가 집을 나오더니 어이없게도 두 원수를 들이받았으니 이번 사건의 시비는 가리지 않을 수 없게 되었습니다. 만약 제가 덮어 주지 않았다면 향군이는 목숨도 부지하기 어려웠을 것입니다. 할 수 없지요! 궁중으로 들여보내게 되었으니 도리어 며칠 동안 말미를 얻은 셈입니다. 다만 미향루에 사람이 없으니 어쩌면 좋다? 〔생각하다가〕 옳지, 친구 남영이 내게 거처를 찾아보아 달라고 했으니 그 친구더러 잠시 미향루에 가 있으라고 하면 되겠습니다. 그 후에 향군이가 나오면 다시 상의해 보아야겠습니다.

상심정 가에 눈이 녹을 무렵,
학 삶고 거문고로 불을 지펴 고관대작을 대접했네,*
괴로워라, 진회의 가무 기녀 친구들은!
또 하나의 서시(西施)가 오(吳)나라 궁궐로 들어가게 되었네.*

제25척 배우 선발[選優]

복왕 2년(을유, 1645) 정월

남경 훈풍전(薰風殿)

〔무대 한가운데에 '훈풍전'이라는 편액이 걸려 있고, 양 옆에는 "만사무여배재수(萬事無如杯在手), 백년기견월당두(百年幾見月當頭)"*라는 시구가 걸려 있다. 낙관은 "동각대학사신왕탁봉칙서(東閣大學士臣王鐸奉勅書)"*라고 되어 있다. 심공헌(외), 장연축(정), 구백문(소단), 정타낭(축)이 등장한다〕

심공헌 천자께서는 정이 많으셔서 심 랑(沈郎)을 사랑하시고,*

장연축 나도 한창이라 장창(張廠) 정도는 된다네.*

구백문 불쌍하다 백문(白門) 앞의 한 그루 버드나무여,

정타낭 나 정타낭보다 풍류가 못하도다.*

심공헌   우리가 선발되어 궁궐에 들어온 뒤로 이틀이나 기다렸는
데, 어찌 아직 소식이 없는 것일까?

장연축   〔올려다보며〕 이곳은 훈풍전이니 바로 주악(奏樂)하는 장
소인데, 폐하께서 곧 이곳에 오셔서 배역을 정해 주셔서 바로
연극을 준비하게 하실 것이라고 들었습니다.

심공헌   '훈풍전'이라는 것이 무슨 뜻입니까?

장연축   금곡(琴曲) 가운데 "남풍(南風)이 향기롭게 불어오는구나
〔南風之薰兮〕"*라는 구절에서 따온 것이지요.

정타낭   흥! 당신네 남풍(男風)의 재미를 보려고 했다면 우리 여
객(女客)들은 뭐 하러 불렀을까?

구백문   우리 여객들은 총애를 얻어 비빈(妃嬪)이 된다면 저 남정
네들보다 낫겠지.

정타낭   맞소, 저 남정네들이 총애를 얻게 되면 남색(男色)이 되는
것이지.

장연축   잘났군, 욕 선생님 나셨어.

심공헌   우리가 극단을 꾸리게 되면 저년을 용서하지 않을 것이네.

장연축   누가 용서해 주겠는가. 내일 연습을 시작하면 저년을 내
북채로 두들겨 줄 것이야.

정타낭   〔비웃으며 손가락질한다〕 장씨 북채*는 내가 진작 겪어
보았지만 별것 없더만.

〔모두 웃는다. 완대성(부정)이 관대 차림으로 등장한다〕

완대성 【요지유(遶地遊)】

　　한(漢)나라 궁궐처럼 그림 같은 곳,

　　봄날 아침에 주렴이 늘어져 있지만,

　　곧 분접아(粉蝶兒) 황앵아(黃鶯兒)* 가락 울려 퍼지겠구나.

　　서시처럼 노래하고 춤추는 것은,

　　사마상여가 쓴 것 같은 명문(名文) 덕택이지,

　　붉은 소매와 오사모가 뒤얽혀 있구나.*

〔사람들에게〕 모두 이곳에 계셨군. 어찌 이정려는 보이지 않는지?

구백문　눈길을 오다가 발을 삐끗했는데, 지금도 아파서 낭하(廊下)에 누워 있습니다.

완대성　폐하께서 곧 오셔서 각색을 정해 주시면 바로 연습을 해야 할 텐데, 어찌 자기 멋대로 안 올 수 있단 말인가.

모두　예, 예, 저희가 가서 데리고 오겠습니다. 〔퇴장한다〕

완대성　〔혼잣말로〕 이정려 이년이 이리도 방자하니 오늘 꼭 정(淨)이나 축(丑) 각색(角色)*을 시켜야겠다.

〔내감(內監) 두 사람(잡)이 용선(龍扇)을 들고 앞장서서 나오고 그 뒤에 홍광제(소생)가 따라 등장한다. 그 뒤에는 다시 호리병과 찬합을 든 두 내감이 따라 등장한다〕

홍광제　도성(都城)에는 안개 서린 나무들 때문에 옛 양(梁)나라 진(陳)나라의 흔적 찾아볼 수 없으니,

높고 낮은 누대에 올라 보아도 잘 보이지 않는구나.

본래는 낙양에서 꽃들에 파묻힌 나그네였건만,

어쩌다 이곳 말릉(秣陵)에 와서 봄을 맞게 되었을꼬.

〔앉는다〕 과인이 어좌에 등극한 지 벌써 한 해가 다 되어 가는데 다행히도 네 진(鎭)이 잘 막아 주어서 유적들이 남하하지 못하고 있도다. 또 반란자들이 노번(潞藩)*을 옹립하고자 했지만 어제 이미 모두를 잡아다가 하옥시켰도다. 지금은 외침(外侵)도 없고 내환도 없으니 숙녀들을 뽑아서 정궁(正宮)에 책립(冊立)할 터인데, 이는 그다지 중요하지 않은 일이지만 다만 짐이 홀로 제왕의 자리에 앉아 음악이나 미녀들 없이 조용히 지내고 있으니 답답하기 짝이 없구나.

완대성 〔무릎을 꿇으며〕 광록시경(光祿寺卿) 신(臣) 완대성이 삼가 문안 여쭈옵나이다.

홍광제 일어나라.

〔완대성이 일어난다〕

홍광제 【도각아(掉角兒)】

화창한 봄날에 잔설(殘雪)과 성급한 꽃들을 보니,

근심에 눈썹 찌푸려져 나가서 노닐기도 귀찮도다.

완대성 성상께서 평안하시기 위해서는 제때에 즐기셔야 하는데, 나가서 노닐기 귀찮다고 말씀하심은 어인 일이시옵나이까?

홍광제 짐에게 걱정이 하나 있는데 그대도 알 만한 것이로다.

완대성 유적들이 남하할까 걱정이시온지요?

홍광제 아니다.

황하의 파도를 사이에 두고 있으니,

어찌 그들이 은하수 건너올까 걱정하겠는가.

완대성 병사가 약하고 군량이 적음을 걱정하시오는지요?

홍광제 그것도 아니다.

나한테는 저 회음(淮陰) 땅을 다스리는 여러 맹장들과,

강릉(江陵) 땅을 오가는 많은 군량선이 있으니,

어찌 부족함이 있겠는가.

완대성 내외(內外)의 군사(軍事)가 아니시라면 정궁이 아직 책립

되지 않아 함께 계실 분이 안 계셔서이오니까?

홍광제 그것 때문도 아니다. 예부의 전겸익이 숙녀를 뽑아 조만

간 책립할 것이니라.

곧 삼비구빈(三妃九嬪)이 책립될 터인즉,*

나라가 바로 서게 될 것이로다.

완대성 그것도 아니시라면 신이 알겠사옵니다. 〔귓속말로〕 반란

자들인 주표, 뇌연조 등이 사악한 모략을 하여 노왕을 옹립하려고 하는 것이지요?

홍광제 더욱 틀렸도다.

그 간사한 자들이 사람들을 미혹했지만,
오래전에 이미 다 붙잡았느니라.

완대성 〔고개를 숙이고 낮게 읊조리며〕 그러시면 무엇 때문이시옵니까?

홍광제 경은 내정(內廷)에서 일하고 있으니 짐의 심복이라고 하겠거늘 어찌 짐의 심사를 헤아리지 못한다는 말이냐.

완대성 〔무릎을 꿇고〕 성상의 생각은 높고도 깊으신데 소신의 머리는 어리석기 그지없어 실은 짐작하기가 어렵사옵니다. 엎드려 바라옵건대 뜻을 밝히셔서 근심을 나눌 수 있도록 해 주시옵소서.

홍광제 그러면 짐의 뜻을 알려주겠노라. 짐은 천자의 몸이 되었으니 무엇을 구한들 얻지 못하랴. 다만 그대가 바친 『연자전』이 일대(一代)를 중흥시킬 만한 음악이니, 이는 태평성대를 이어가기 위해 으뜸가는 것이로다. 오늘은 정월 아흐레로 각색이 아직 정해지지 않았으니, 만약 등절(燈節)*에 맞추어 공연하지 못한다면 어찌 마음이 아프지 않겠는가. 〔시구를 가리키며〕 저기 내각학사(內閣學士) 왕탁(王鐸)이 쓴 시구를 보라. "만사 가운데 술잔을 잡는 것이 으뜸이리니, 인생 백 년 동안 달이 몇 번이나 내 머리 위에 뜰 것인가"라고 했으니 한 해에 정월 보름이 몇 번이나 있겠는가. 이런 까닭에 밤낮으로 걱정하며 음식도 잘 못 먹게 되었을 따름이로다.

완대성 그러셨나이까. 속된 노래가 성상의 마음에 근심을 끼쳤으니 모두 소신의 죄이옵니다. 〔머리를 땅에 찧으며〕 소신 있는 힘을 다해 머리 숙여 성상의 보살핌에 보답하고자 하나이다. 〔일어나 노래한다〕

【전강】

중신(衆臣)들 틈에서 자리 더럽히며 노랫말 쓰고 북 두드려,

우스개와 노래를 바치고자 했나이다.

얼굴에 분 바르고 연기하지 못함이 한스럽고,

비파 안고 연주하고도 싶습니다.

혹시 연회에서 한번 돌아봐 주셔서,

무대 옆에서 자그마한 상이라도,

어주(御酒)나 어다(御茶)라도 받게 되오면,

만세(萬世)의 영광이로소이다.

이야말로 신하 된 자의 임무요,

임금님께 보답하는 공적이겠나이다.

〔앞으로 나와서〕 그런데 내정(內庭)의 여악(女樂)들 가운데 어느 각색이 부족하온지요?

홍광제 다른 각색들은 모두 잘 정해졌으나 생(生), 단(旦), 소축

(小丑)만은 짐의 뜻에 흡족하지 않구나.

완대성 이는 어렵지 않사옵니다. 예부에서 청객과 가기를 보내와
서 지금 곁채에서 대기하고 있사옵니다.

홍광제 어서 들라 이르라.

완대성 분부대로 하겠나이다.

〔급히 들어가서 심공헌, 장연축, 이향군, 구백문, 정타낭 등을 데
리고 나온다. 모두 무릎을 꿇는다〕

홍광제 〔심공헌, 장연축에게〕 너희 둘은 연극을 하는 청객이냐?

심공헌 · 장연축 청객이라 하심은 황공하옵나이다. 저희는 그저
연극을 생업으로 하는 자들이옵니다.

홍광제 연극을 한다니 새 전기도 연습해 보았느냐?

심공헌 · 장연축 새 전기로는 『모란정』, 『연자전』, 『서루기(西樓
記)』* 등을 해 보았나이다.

홍광제 『연자전』을 할 줄 안다니 내정에서 교습(敎習)을 맡도록
하라.

〔심공헌과 장연축이 머리를 조아린다〕

홍광제 〔여객들에게〕 세 가기들도 『연자전』을 할 줄 아느냐?

구백문 · 정타낭 배웠나이다.

홍광제 〔기뻐하며〕 그거 잘되었도다! 〔이향군에게〕 이 어린 아이
는 어찌 대답이 없느냐?

이향군 배우지 못했나이다.

완대성 〔무릎을 꿇으며〕 신 성상께 아뢰옵니다. 저 둘은 생과 단
을 시키고, 이 어린 아이는 축을 시키심이 좋으실 듯하옵나이다.

홍광제 경의 말대로 하시오.

〔구백문, 정타낭, 이향군이 머리를 조아린다〕

홍광제 모두 일어나서 연극을 할 준비를 하도록 하라.

〔모두 일어난다〕

정타낭 〔몰래 웃으며〕 이 정타낭이 천하 제일의 정단(正旦)을 맡게 되었구나.

홍광제 〔완대성에게〕 경은 『연자전』 가운데 한 곡을 뽑아 저들에게 시켜 보고 잘잘못을 가려 주시오.

〔심공헌, 장연축, 구백문, 정타낭이 『연자전』 가운데 한 대목씩을 공연하고 완대성은 연기를 지도해 준다〕

홍광제 〔기뻐하며〕 참으로 잘하는도다! 모두들 익숙하니 걱정할 필요가 없겠구나! 〔장시에게〕 장시〔長侍: 시종장(侍從長)〕는 술을 따르라, 축하주 석 잔을 마시겠노라.

〔장시(雜)가 술을 가져오고 홍광제가 술을 마신다〕

홍광제 〔일어나서〕 우리 군신이 함께 즐기도록 하자, 십번(十番)* 을 한번 해 보는 것이 어떠할까?

완대성 분부대로 하겠나이다.

홍광제 과인은 북을 잘 치니 너희도 각자 악기를 하나씩 골라라.

〔모두 「우협설(雨夾雪)」 가운데 한 대목의 연주를 시작하여 마친다〕

홍광제 〔크게 웃으며〕 열 개의 걱정 가운데 아홉 개가 달아났도다. 〔장시에게〕 장시는 술을 따르라, 다시 석 잔을 마시겠노라.

〔장시가 술을 따르고 홍광제가 술을 마신다〕

홍광제 【전강】

　　옛 오나라 궁전 터에 다시금 관와궁(館娃宮)* 열렸고,

　　새 양주(揚州) 같은 곳에서 처음 마른 말*들을 가르치도다.

　　회양(淮陽) 땅의 북과 곤산(崑山) 땅의 현악기,

　　무석(無錫) 땅의 노래와 소주(蘇州) 땅의 가기들이 모인 듯하

　도다.

　　모두가 봄바람 일으키고,

　　따스한 노랫소리 울리며,

　　맑은 아지랑이 피어오르게 하고,

　　차가운 옷소매 휘날리는,

　　궁녀들 삼처럼 많도다.

　　붉은 누각과 비췻빛 전각이라,

　　경치는 아름답고 하늘도 아름답도다.

　　모두 나 무수(無愁) 천자*를 떠받들며,

　　말하면서 웃고 떠드는도다.

　　〔이향군을 보고〕 저 어린 아이는 참으로 어여쁘니, 축을 시키
는 것은 너무한 듯하구나. 〔이향군에게〕 어린 가기는 『연자전』
을 배우지 못했다고 했는데, 다른 것은 배운 적이 있는고?

이향군　『모란정』을 배웠나이다.

홍광제　그것도 좋구나. 한번 불러 보거라.

〔이향군이 수줍어하며 노래를 부르지 않는다〕

홍광제　분 바른 얼굴이 발개지는 것을 보니 수줍은 모양이로구

나. 저 아이에게 도화 궁선(宮扇: 둥근 부채)을 내려주어 얼굴을 감추도록 하라.

〔장시(잡)가 붉은 부채를 이향군에게 던져 주니, 이향군은 부채를 들고 노래를 시작한다〕

이향군 〖**나화미(懶畵眉)**〗*

어찌하여 옥진(玉眞)은 다시 무릉원(武陵源)을 찾았을까,

그것은 오로지 눈앞에서 물이 흐르고 꽃잎이 날리기 때문이네.

저 하늘은 꽃 살 돈을 쓰지 않으니,

나의 마음은 꽃들이 불쌍해서 우네.

아!

이삼월 봄날을 헛되이 보내 버렸어라!

홍광제 〔기뻐하며〕 참으로 훌륭하구나! 장시는 술을 따르라, 다시 석 잔을 마시겠노라.

〔장시가 술을 따르고 홍광제가 술을 마신다〕

홍광제 〔이향군을 가리키며〕 이 아이는 노래와 용모가 모두 뛰어나니, 어찌 이런 훌륭한 아이를 함부로 쓰겠는가. 이 아이에게 정단을 맡기도록 하라. 〔정타낭을 가리키며〕 저 시커먼 자에게 축을 맡기도록 하라.

완대성 분부대로 하겠나이다.

정타낭 〔입을 삐죽이며〕 이 정타낭이가 또 망해 버렸구나.

홍광제 〔완대성에게〕 그대는 생과 축 두 각색을 데리고 극단에 가서 청객 두 사람에게 성심껏 가르치도록 하고, 그대 또한 수시로 살펴보도록 하라.

완대성 〔무릎을 꿇고〕 예, 이는 소신이 전담할 일이오니 어찌 수고를 마다하겠나이까.

〔완대성이 급히 심공헌, 장연축, 구백문, 정타낭을 데리고 퇴장한다〕

홍광제 〔이향군에게〕 너는 이곳 훈풍전에 남아서 『연자전』을 사흘 안에 다 외우고, 그 후에 극단에 들어가도록 해라.

이향군 외우는 것은 어렵지 않사오나 다만 대본이 없나이다.

홍광제 장시는 왕탁이 초록한 해서체 대본을 이 아이에게 내려 주도록 하라.

〔장시가 대본을 가져다가 이향군에게 주니 이향군은 무릎을 꿇고 받는다〕

홍광제 천 년 동안 노래 마당에서 즐기리니,

　　만사 근심을 어찌 반드시 술로 풀겠는가.

〔시종들이 홍광제를 안내하여 퇴장한다〕

이향군 〔눈물을 훔치며〕 아, 이를 어찌할까! 이미 깊은 궁궐에 들어와 버렸으니 언제나 나갈 수 있을까.

【전강】

겹문 닫아걸어도 수양버들과 저녁 까마귀 보이고,

성긴 주렴 너머로 푸른 소나무와 푸른 기와 보이네.

비단옷 소매 사이로 서늘한 바람 불어오고,

매화는 어지러이 궁녀의 쪽진 머리 위에 떨어지네.

저 헤어진 원앙새 한 쌍은,

이별의 마음 참담하고,

구름과 산에 가로막혀 있으니,

그리움에 괴롭기만 하니,

만날 날이 언제일지도 모르겠지.

여인은 부채 보내면서,

복사꽃만 망쳤구나.

이제는 그리움마저 아스라하고,

향초마저 저 하늘 끝에 있네.

〔한탄하며〕 어쩔 수 없지, 대본이나 외어야겠다. 어쩌면 하늘
이 은혜를 내려 불쌍히 여기셔서 나를 궁궐에서 빼내어 후 랑을
다시 만날 수 있게 해 주실지도 몰라.

【미성】

이제는 골수에 사무쳐 오는 걱정을 뽑아 버리기 어려우리니,

나는 정말 광한궁(廣寒宮)에서 수절하는 항아 같아라.*

요사이 며칠 동안은!

허리 가늘어져 한 줌에 쥐고도 남을 정도라네.

노래 끝나고 사람들 흩어지고 해는 서쪽으로 기우는데,
궁궐 한 구석에는 처량한 나 한 사람,
봄바람 불어와도 길 지나는 사람 없고,
높다란 궁궐 문은 복사꽃 같은 청춘을 가두고 있네.

제26척 고걸의 죽음[賺將]

복왕 2년(을유, 1645) 정월
하남 수주(睢州) 고걸의 군영

〔후방역(생)이 등장한다〕

후방역 【파진자(破陣子)】
　　수역(水驛)과 산성(山城)에는 아지랑이 가득하고,
　　꽃마을의 주막은 먼지에 묻혀 있네.
　　백 리 밖 흰 구름 떠 있는 곳이 고향이지만,
　　노래자(老萊子)처럼 색동옷 입고 부모님 기쁘게 해 드리지도
　　못하고,*
　　종군(從軍)하는 처지라 마음이 편치 않다네.

　　소생 후방역은 사 공(史公)의 명을 받들어 황하 방비 군사들

을 감독하고 있습니다. 그런데 주장(主將) 고걸이 성질이 괴팍하여 총병 허정국을 면전에서 질책했는데, 분쟁이 일어나 수습하기 어렵게 될까 걱정이 되어 중군(中軍)의 장막에 충고를 하러 가는 중입니다. 〔들어간다〕

〔고걸(부정)이 등장한다〕

고걸　호통 소리 한 번으로 황하의 파도 물리치고,

　　　두 손으로 변방의 자줏빛 흙먼지를 털어 내지.

〔후방역에게 인사하고 자리에 앉는다〕

　　　선생께서 장막에 오시다니 무슨 가르침이라도 있으신지요?

후방역　소생이 천 리 길을 따라온 것은 오로지 황하를 수비할 일 때문이었습니다. 이제 수주에 도착했는데,

【사변정(四邊靜)】

위세와 명성 떨치시니,

사람들은 모두 놀라고,

집집마다 모두 떠나갔습니다.

개나 닭 한 마리 남아 있지 않고,

군인과 백성들은 편할 날이 없습니다.

군영에서는 크게 놀라고,

장막에서는 크게 질책하는데,

적국은 담장 너머에 있는 것이나 마찬가지이니,

어떤 재앙이 일어날지 헤아리기 어렵습니다.

고걸 저 허정국이란 자가 병사 십만을 거느리고 위세를 자랑했
  는데, 어제 내가 훈련장에서 검열해 보니 모두가 늙고 약해 빠
  졌더이다. 폐하를 속여 군량을 사취했으니 반드시 군법으로 다
  스려야 할 것이거늘 몇 마디 질책으로 끝낸 것은 그래도 가볍게
  봐준 셈이오.

후방역 원수께서는 잘못하신 듯합니다.

【복마랑(福馬郎)】
지금은 강산이 절반이나 변했으니,
충성되고 훌륭하신 원수께 의지하여,
하루속히 개가(凱歌)를 불러야 할 때입니다.
인심을 수습하고,
영재(英才)를 받아들이셔서,
일을 그르치지 마십시오.
공적(功績)을 이루는 것은,
오로지 장군께서 화해를 하시느냐에 달려 있습니다.

고걸 그렇지만 저 허정국이 병을 핑계 삼아 이리로 오지 않고 도
  리어 나를 성안으로 불러 술을 마시자고 하니 아무래도 심히 근
  심이 됩니다. 수주성 밖은 사면이 모두 물이고 단지 다리 하나
  와 작은 길만이 나 있어서 방비하기 좋은 형세입니다. 나는 내

일 그자로 하여금 군영을 내게 양보하도록 하여 이곳을 마음놓고 다스리고자 할 것입니다. 그가 만약 내 뜻대로 한다면 괜찮겠지만, 그렇지 않는다면 나는 즉시 그자의 인패(印牌)를 빼앗아 다른 장수에게 넘겨 줄 것이오.

후방역 〔손을 저으며〕 그렇게 하시면 절대 안 됩니다. 어제 훈련장에서 질책하신 일로 해서 이미 다툼이 벌어졌는데, 옛말에 "강한 용은 땅바닥에 있는 뱀을 억누르지 않는다"라고 했습니다. 혹시라도 지척에 있는 그가 나쁜 마음을 먹기만 하면 우리가 어찌 방비를 할 수 있겠습니까?

고걸 〔후방역을 가리키며〕 서생의 식견이라 더욱 가소로워지는구나. 나 고걸의 위세와 명망은 세상을 덮을 정도라서 저 삼진(三鎭)의 장수들도 나의 밑으로 들어왔거늘, 이 허국국은 주구(走狗)와도 같은 소장일 따름인데 무슨 힘이 있단 말인가. 그런데도 오히려 내가 그자를 막아야 된다고 말을 하다니.

후방역 〔절하며〕 예, 예, 예! 원수께서 고견이 계시니 소생이 어찌 많은 말을 하겠습니까. 그러면 저는 사직하고 귀향하여 고향집에서 원수의 기쁜 소식이나 전해 듣고자 합니다.

고걸 〔절한다〕 뜻대로 하시지요.

〔후방역이 냉소하면서 소매를 휘저으며 퇴장한다〕

고걸 〔일어나서 부하들을 부른다〕 여봐라.

〔고걸의 두 장수 갑(甲)(정)과 을(乙)(축)이 등장한다〕

장수 갑·을 부르셨습니까!

고걸 두 장수는 각기 기병 몇을 데리고 나를 따라오너라. 성에 들어가서 술이나 마시면서 놀려고 한다. 그리고 이곳의 인마들은 함부로 움직이지 못하도록 하라.

장수 갑·을 예! 〔즉시 퇴장했다가 군졸 넷을 데리고 등장한다〕

고걸 그럼 바로 출발하자. 〔말을 타고 무대를 돈다〕

【화초아(划鍬兒)】
황하의 남쪽은 남조 땅이러니,
강물은 동쪽으로 흘러 백운애(白雲隘)*를 통과해 가네.
나는 새도 다가오지 못하고,
강한 화살을 사들여도 쓸모가 없네.

모두 황량한 성 밖의 어린 버드나무 바라보며,
널마저 부서진 험한 다리에 오르는데,
고삐 죄며 천천히 나아가니,
그 모습 멋지도다.

〔잠시 퇴장한다. 허정국의 가장(家將)(외)이 인패를 받들고 등장한다〕

가장 사람을 죽일 때에도 장군의 인패 쓰지 않고,
개가(凱歌) 울리는 것은 오로지 낭자군(娘子軍)*에 의지한다네.

저는 수주 허 총병님의 가장입니다. 우리 총병 나으리께서는

고걸에게 질책을 당하시자 마치 물이 터져 흐르는 것처럼 크게 놀라셨습니다. 다행히도 부인이신 후씨(侯氏)께서 담력과 지모가 뛰어나셔서 어젯밤에 계책을 하나 세웠습니다. 그 계책이란 이렇습니다. 먼저 제가 인패를 받들고 성문에서 기다리다가 고걸에게 전달하면서 성안에서 벌어지는 연회에 참석해 달라고 부탁하여, 술을 마실 때 포를 쏘아 신호를 하고, 여차여차하고 이차저차하기로 말입니다. 그런데 그것이 묘책이기는 하나 하늘의 뜻이 어떠한지를 알지 못하겠으니 걱정이 태산입니다. 〔멀리 바라보며〕 저 멀리 고걸이 오고 있으니 다리 앞에서 무릎을 꿇고 영접해야겠습니다.

〔고걸 등이 앞의 노래처럼 "황량한 성 밖의 어린 버드나무 바라보며"부터 "그 모습 멋지도다"까지를 노래하면서 등장한다. 가장이 무릎을 꿇고 영접한다〕

고걸　너는 어디에서 온 자냐?

가장　소인은 총병 허정국의 가장입니다. 원수 나으리를 영접하기 위해 나왔습니다.

고걸　어찌하여 허 총병이 직접 나오지 않았느냐?

가장　허 총병께서는 몸이 아파 일어나기가 어려워 특별히 소인을 시켜 인패를 원수 나으리께 바치고, 나으리를 성안 연회에 모셔 와 병마를 점검받도록 하셨습니다.

고걸　연회석은 어디에다 준비했느냐?

가장　도찰원(都察院: 감찰 기관)에 준비해 두었습니다.

고걸　〔장수 갑·을에게〕 여봐라, 인패를 받도록 하라. 〔장수 갑·을이 인패를 받고, 고걸이 웃는다〕좋구나, 좋아! 인패를 손에 넣었으니 내일은 인마를 편히 쉬게 할 수가 있을 것이고, 모든 것은 내 마음대로 할 수 있겠도다. 〔가장에게〕너는 우리를 안내하도록 해라. 〔가장이 앞서 가고, 고걸 등은 "황량한 성밖의" 노래를 부르면서 따라간다〕

가장 〔무릎을 꿇고〕도찰원에 당도했습니다. 원수 나으리께서는 자리에 드시지요.

고걸 〔말에서 내려 자리에 앉고 나서〕군졸들은 밖에서 기다리도록 하라. 〔장수 갑·을에게〕너희 둘은 자리에 앉아 나와 함께 술을 마시자.

장수 갑·을 〔인패를 내려놓고 절을 한 후〕그럼 자리에 앉겠습니다. 〔자리에 앉는다〕

〔가장이 고걸에게 술을 따라 준다. 허정국의 두 장수 병(丙)(말)과 정(丁)(소생)이 장수 갑·을에게 술을 따라 주고, 고걸과 장수 갑·을의 옆에 각각 세 장교 무(戊)·기(己)·경(庚)이 서서 안주를 차려 준다〕

가장 술을 드시지요.

고걸 〔화를 내며〕이런 싸구려 술로 나를 대접하다니! 〔술잔을 던져 버린다〕

가장 〔급히 술을 바꾸고 나서〕안주를 드시지요.

고걸 〔화를 내며〕이런 식어빠진 안주를 어떻게 먹으라는 말이냐! 〔젓가락을 집어던진다. 가장이 급히 안주를 바꾸어 올린다〕오늘이 정월 초열흘이니 대보름을 준비해야 할 텐데, 어찌된 일이 연등과 광대가 하나도 없단 말이냐.

가장 〔무릎을 꿇고〕 나으리, 이 수주는 외진 땅이라 연등을 사거나 극단을 부를 만한 곳이 없습니다. 부족하지만 아문(衙門)의 등롱을 걸어놓고 군중의 북과 뿔피리로 취타하도록 하겠습니다. 〔등롱을 걸고 풍악을 울린다〕

고걸 〔장수 갑·을에게〕 우리는 술이나 마시자.

　　【보천락(普天樂)】
　　하남 땅을 진무(鎭撫)하니,
　　위풍은 당당하고,
　　군영은 늘어서 있으며,
　　성기(星旗)가 휘날리도다.
　　등불 잔치에서,
　　등불 잔치에서,
　　인패가 빛나도다.

장수 갑·을 〔일어나서 고걸에게 술을 따르며〕

　　군령을 내리시니,
　　공무(公務)로 술을 마신다네.*

고걸 〔장수 갑·을과 가위바위보*를 하며〕

가위바위보를 하듯이,

세 곳의 군진(軍陣)이 물고 물리는구나.

[허정국 측의 가장과 장수 병·정이 등장한다]

가장과 장수 병·정   이 팔괘도(八卦圖) 같은 새로운 군진은,

귀곡(鬼谷) 선생도 알아맞히기 어렵겠구나.*

장수 갑·을   저희는 술도 많이 마셨으니 이제 원수 나으리께서
병마 점검하시는 것을 모셔야 하겠습니다.

고걸   날도 이미 늦었으니 모두 몇 잔 더 마시도록 하자. [몇 잔을
더 따라 마신다]

[막후에서 폭죽 터지는 소리가 난다. 허정국 측의 한 장교가 갑자
기 고걸의 손목을 잡고 가장이 칼을 뽑아 고걸을 죽이려고 하니,
고걸이 몸을 피하다가 대들보 위로 튀어오른다. 다른 장교가 급히
고걸의 장수 갑의 손목을 잡고, 허정국의 장수 병이 장수 갑을 죽
인다. 또 다른 장교가 급히 고걸의 장수 을의 손목을 잡고, 허정국
의 장수 정이 장수 을을 죽인다. 폭죽 소리가 들리고 일제히 붙잡
아 죽이려고 한다]

가장   [외친다] 고걸이 도망쳤다. 빨리 찾아내라.

[장수들이 횃불을 들고 여기저기를 찾는다]

가장   [위를 올려다보며] 지붕이 뚫려 있는데 저리로 빠져나간 것
같다.

〔장수들이 다시 찾는다〕

가장 〔옆 건물의 지붕을 가리키며〕 저 집 위에 누가 있는 것 같다. 빨리 활을 쏘아라!

〔장수 병·정이 활을 쏜다〕

〔고걸이 뛰어내리니 한 장교가 고걸의 손목을 붙잡는다〕

가장 〔알아보며〕 네놈이 고걸이로구나.

고걸 〔큰소리로〕 이 역적 놈아, 나는 황제께서 보내신 황하 방비군 대원수님이시다. 네놈이 감히 나를 해치려고 드느냐!

가장 나는 허 총병 나으리만 알지 무슨 놈의 노랗고 까맣고는 모른다.* 얼른 목을 내밀어라.

고걸 〔발버둥치며〕 아! 이 고걸이 용기만 있고 지략이 없어서 저 허정국에게 당했구나. 〔발을 구르며〕 아! 후생(侯生: 후방역)의 말을 들었어야 했거늘 오늘 이 꼴이 되고 말았구나! 〔목을 내밀며〕 내 목을 가져가거라!

가장 〔고걸을 가리키며〕 이 고걸은 과연 호한(好漢)이로구나. 〔고걸의 머리를 베어 손에 들고〕 두 형제는 얼른 인패를 받들도록 하시오. 모두 총병 나으리께 가서 보고합시다. 〔장수 병과 정이 인패를 받든다〕

장수 병 방심하지 말아야 합니다. 비록 장수 셋은 죽였지만 밖에는 아직 병졸들이 있지 않습니까.

가장 모두 이미 깨끗하게 죽여 버렸소.

장수 정 성 밖의 본영에서도 내일이면 이 일을 알게 될 테니 필시 복수를 하러 올 것입니다. 빨리 총병 나으리께 돌아가서 후

부인께 묘책을 여쭈어 보아야 할 것입니다.

가장 후 부인께서는 이미 묘책을 내려 주셨소. 오늘 밤에 조용히 성을 나가 고걸의 수급(首級)을 북조〔北朝: 청(淸)〕에 바치고 나서, 북조의 인마들을 이끌고 얼음이 언 황하를 건너가서 고걸의 군사를 격퇴하면 되지요. 그렇게 되면 우리는 강남으로 진격한 선봉 부대가 되는 것입니다.

　　대완(大宛)* 명마가 바람에 울며 고삐 늦추어 오니,

　　황하 얼음 위로 북문(北門)이 열렸구나,

　　남조는 바야흐로 등불 놀이 즐기는데,

　　우리는 축제에서 사람들을 죽이리라.

제27척 도화선 전달[逢舟]

복왕 2년(을유, 1645) 2월
여량(呂梁) 근처의 황하 제방

〔소곤생(정)이 등짐을 지고 나귀를 타고 급히 등장한다〕

소곤생 【수저어(水底魚)】
  오랑캐 말들이 날뛰고,
  전쟁 먼지 희뿌옇게 날리니,
  이내 영혼은 놀라고 두려워라,
  마을 먼 곳에 장정(長亭)*만이 외롭구나.

〔마부(축)가 등장하여 소곤생을 부른다〕

마부 앞에 가는 객관(客官)께서는 조심하시오. 황하 제방 변에는
  도망병들이 많으니 나귀를 빼앗기지 마시구려.

〔소곤생은 듣지 않고 서둘러 간다. 도망병(잡) 세 명이 등장한다〕

도망병　갑옷 버리고 방패 빼앗기고,

　　머리 감싸쥐고 쥐새끼처럼 도망가는구나.

　　너를 비웃으며 떠들 여유 없으니,

　　우리는 모두 패잔병들이라네,

　　우리는 모두 패잔병들이라네.

〔도망병들이 소곤생을 황하에 밀어넣고 나귀를 빼앗아 퇴장한다.
마부도 그들을 쫓아 퇴장한다〕

소곤생　〔물 속에 서서 머리에 짐을 이고 소리 지른다〕 사람 살려
　요, 사람 살려!

〔사공 갑(甲)(외)이 배를 젓고, 이정려(소단)가 배를 타고 곤궁한
차림새를 하고 등장한다〕

사공 갑　【전강】

　　강물은 콸콸 흘러가고,

　　바람에 파도는 용문(龍門)*을 때리는데,

　　제방 옆은 물결이 잠잠하니,

　　버드나무 옆에 배를 대야겠네.

〔배를 대려고 한다〕

이정려　사공께서는 저 앞쪽 물 얕은 곳에서 소리 지르는 사람이

보이시나요? 배를 저어 가서 목숨을 구해 주어 음덕을 쌓는 것
이 어떻겠나요?

사공 갑 물살이 엄청나게 센데요.

이정려 사람이 좋은 일을 행하면 용왕께서도 보호해 주실 것입
니다.

사공 갑 그러지요, 배를 저어 가 보겠습니다. 〔배를 저어 간다〕

바람도 세고 물살도 센데,

위험 무릅쓰고 사람을 구하러 가네.

저 사람 애처롭게 외치는 소리가 긴박하니,

목숨이 반쯤은 달아났구나,

목숨이 반쯤은 달아났구나.

〔소곤생에게 다가가서〕 얼른 올라오시오, 아직 죽지 않을 팔
자인 모양이오, 좋은 사람을 만났으니. 〔사공 갑이 삿대를 뻗어
주니 소곤생은 삿대를 잡고 배에 올라온다〕

소곤생 〔덜덜 떨며〕 아이구 춥구나, 추위!

〔사공 갑이 마른 옷을 가져다가 소곤생에게 주고, 이정려는 뒤로
돌아선다〕

소곤생 〔옷을 갈아입고〕 사공 어른, 정말로 고맙습니다. 제 생명
의 은인이십니다. 〔땅바닥에 엎드려 절한다〕

사공 갑 내가 그런 것이 아니고 이 낭자께서 당신을 구해 주자고
하셨소.

소곤생 〔절을 하다가 알아보고 놀라며〕 당신은 이정려가 아니오?
어찌하여 이 배에 타고 있단 말이오?

이정려 〔알아보고 놀라며〕 소 사부님이셨군요. 어디에서 오시는
길이시온지요?

소곤생 얘기하자면 길지요.

이정려 앉아서 이야기해 주시지요. 〔두 사람이 자리에 앉는다〕

사공 갑 〔배를 대고 나서〕 술이나 사러 갔다 와야겠다. 〔퇴장한다〕

소곤생 【쇄창한(瑣窓寒)】
　　　당신이 높은 사람한테 시집간 뒤로,

　　　가루(歌樓) 닫아걸고,

　　　치마 접어 두었지.

　　　차가운 눈보라에,

　　　향군이는 슬프게 울었다네.

이정려 〔눈물을 훔치며〕 향군이가 혼자서 어떻게 지내고 있는지
모르겠어요.

소곤생 나한테 후 랑을 좀 찾아가 달라고 부탁했지요.

　　　군인들과 군마들 사이에서,

　　　후 랑은 소식도 없다네,

　　　머나먼 역참에서 이리저리 물어보아도.

이정려 물에는 어쩌다가 빠지셨는지요?

소곤생 강둑을 걸어가다가 도망병들을 만났는데, 나귀를 뺏더니 나를 물에 빠뜨렸지요.

　　더러운 강물에서 구조되고 보니,
　　친구를 오늘 저녁에 다시 만났구나.

이정려 그러셨군요. 사부님은 아직 돌아가실 때가 아니고, 저와도 인연이 있어서 이렇게 다시 뵙게 되었네요.

소곤생 정려는 이미 전앙 댁에 시집간 몸인데 어찌하여 이곳에 왔는지?

이정려 우선 불부터 구해 와서 옷을 좀 말리신 후에 자세히 말씀드리겠습니다. 〔화로를 가져온다〕

〔사공 을(乙)(부정)이 배를 저어 오고, 후방역(생)이 배에 타고 급히 등장한다〕

후방역 겨우 호랑이와 표범 같은 무리에서 도망 나왔더니,
　　또다시 고래등 같은 만 리 길 파도를 떠다니는 신세라.

　　〔사공 을에게〕 사공, 여기가 여량빈(呂梁濱)*이니 뜸*을 걷고 서둘러 가도록 합시다. 내일도 일찍 출발해야 합니다.

사공 을 상공께서는 서두르시지 마시오. 풍랑이 이처럼 거세니 어찌 앞으로 나아갈 수 있겠습니까. 저 앞에 배를 댈 만한 곳이

있으니 저 배 옆에다 배를 대고 묶어 가십시다.

후방역　그럼 그렇게 합시다. 〔배를 댄다〕 긴장을 풀고 눈 좀 붙여
　야겠다. 〔자리에 눕는다〕

〔소곤생이 옷을 말리고 이정려가 옆에서 이야기를 한다〕

이정려　저는 박복하기도 하지요. 지금은 그 집에서 나왔답니다.
　생각해 보면 그날 저녁에,

　【전강】

　서둘러 신부 차림으로 단장한,

　숨어 있던 미녀 빼앗아 오니,

　아름다운 집에 봄이 찾아왔지요.*

　한 몸에 총애를 받아,

　다른 여러 첩들을 압도했지요.

소곤생　좋았구나.

이정려　그런데 누가 알았겠습니까. 전앙의 본처가 심하게 질투를
　했으니,

　사자처럼 사납고,

　독사처럼 무서웠지요.

　저를 신방(新房)에서 끌어내더니 죽을 지경이 되도록 때렸습
니다.

소곤생 저런, 저런! 그렇게 심한 일을. 전앙은 어찌하여 구해 주지 않았다는 말이오?

이정려 전 랑(田郎)은 아무 말도 못하고 침만 삼켰을 뿐,

결국은 저를 한 늙은 병졸에게 상으로 주어 버렸지요.

소곤생 새 시집을 간 것이구려. 그런데 어찌 또 이 배에 타고 있게 되었는지?

이정려 이 배는 조무(漕撫) 소속이고, 남편은 배에서 내려 문서를 전달하러 갔습니다.

저는 뱃머리에 홀로 앉아 있다가,

친구께서 오시니 제 한을 말씀드리는 것이지요.

후방역 〔한쪽에서 자세히 듣고 난 후 일어나 앉는다〕 옆에 있는 배에서 두 사람이 무슨 이야기를 밤 늦도록 나누고 있는데, 남자 목소리는 소곤생 같고 부인 목소리도 좀 귀에 익은데, 한번 큰소리로 불러 보아야겠다. 〔큰소리로〕 소곤생!

소곤생 〔즉시〕 누가 나를 부르시오?

후방역 〔기뻐하며〕 소곤생이 맞구나. 〔밖으로 나와서 소곤생과 만난다〕

소곤생 후 상공이셨구려. 마침 찾으러 가던 중인데 여기에서 만나게 될 줄은 몰랐습니다. 천지신명이시여 정말 고맙습니다, 이

렇게 딱 만나게 해 주시다니. 〔후방역에게〕 이쪽으로 건너오시
지요, 또 만나실 친구분이 있습니다.

후방역 〔배를 건너가서〕 누가 또 있습니까? 〔이정려를 보고 놀란
다〕 아! 정낭(貞娘)께서 어찌 이곳에 계십니까? 기이한 일입니
다. 향군이는 어디에 있는지요?

이정려 상공께서 화를 피하여 떠나가신 뒤로 향군이는 수절하며
집을 나오려고 하지 않고 있습니다.

〔후방역이 눈물을 훔친다〕

이정려 나중에 마사영이 나쁜 사람들을 보내 은 삼백 냥을 가져와
서는 억지로 향군일 데려가서 전앙에게 시집보내려고 했지요.

후방역 〔놀라며〕 내 향군이를 어찌 그가 데려갔다는 말이오?

이정려 시집은 안 갔고, 두려워하다가 땅바닥에 머리를 부딪쳐
죽게 되었지요.

후방역 〔크게 통곡하며〕 내 향군이가 어찌 머리를 부딪쳐 죽었다
는 말이오?

이정려 죽지는 않았고 선혈이 낭자했는데, 문밖에서는 계속 사람
을 끌고 가려고 하기에 달리 어쩔 수가 없어서 제가 향군이 대
신 전앙에게 시집을 갔습니다.

후방역 〔기뻐하며〕 다행입니다! 그런데 전앙에게 시집가셨다면
서 오늘은 배를 타고서 어디를 가려고 하는 것입니까?

이정려 저는 배에서 삽니다.

후방역 어찌된 일인지요?

〔이정려가 부끄러워한다〕

소곤생 전앙의 본처가 투기를 하여 쫓겨나서 다시 이 배의 주인 한테 시집을 왔다고 합니다.

후방역 〔약간 웃으며〕 이러한 사연이 있었군요. 가련한지고! 〔소곤생에게〕 곤생은 어찌 이곳에 오시게 되었습니까?

소곤생 향군이 집에서 날마다 후 형만을 기다리다가 제게 편지를 보내 달라고 부탁했습니다.

후방역 〔급히〕 편지는 어디에 있습니까?

소곤생 〔짐을 가져와서는〕

【내자화(奈子花)】
이 편지는 글로 쓴 것이 아니라오,
비단을 겹쳐 반죽(斑竹)에 끼운 것이지요.*
제시(題詩)로 마음을 전하는 것이니,
화장대에서 시를 쓴 것이지요.

후방역 이것은 소생이 향군에게 준 시선(詩扇)이올시다만.

소곤생 〔부채를 가리키며〕

복사꽃 옆의 붉은 자국을 보시지요,
간절한 마음이 보이시지요!
천만 마디 말로도 표현할 수 없는 마음이.

후방역 〔부채를 보며 소곤생에게〕 이쪽의 복사꽃은 누가 그린 것인가요?

소곤생 향군이 이마를 부딪쳐 선혈이 부채를 적셨는데, 양용우께서 가지와 잎새를 보태어 그려서 복사꽃을 만든 것이지요.

후방역 〔자세히 보며 기뻐한다〕 정말 핏자국에 용우께서 붓을 대어 멋지게 그리셨군요. 이 도화선이야말로 소생의 보배올시다. 그런데 곤생께서는 어찌 오늘 이것을 가지고 오셨습니까?

소곤생 제가 문을 나설 때 향군이 그러더군요. 온갖 걱정과 괴로움이 모두 부채 안에 있으니 이 부채를 편지 대신 보낸다고 말입니다. 그래서 이렇게 가지고 오게 되었습니다.

후방역 〔다시 부채를 보면서 운다〕 향군, 향군! 소생이 어떻게 그대에 보답을 할까! 〔소곤생에게〕 정낭은 어떻게 찾게 되셨소?

소곤생 나는,

【전강】
긴 강둑을 나귀를 타고 힘들게 가다가,
도망병을 만나서 차가운 강물에 빠졌다오.

후방역 아! 그런 고생을 겪으셨군요. 그런데 어찌 부채는 물에 젖지 않았는지요?

소곤생 〔동작을 하며〕

물길이 어깨까지 왔지만,
이 편지를 높이 들고,

난정첩(蘭亭帖) 같은 진본(眞本)을 지켜 냈지요.*

후방역 〔절을 하며〕 이 도화선 때문에 목숨까지도 돌보시지 않았
다니 정말이지 감동을 금할 수가 없습니다. 나중에는 어떻게 되
셨습니까?

소곤생 다행히도 정낭이 풍랑을 무릅쓰고 배를 저어 와서 저를
구해 주었습니다.

　생각해 보면,
　그 누가 기꺼이 우물 안에서 남을 구해 주려 하겠는가.

후방역 다행입니다! 만약 정낭을 만나지 못했다면 이 황하의 물
살에서 누가 사람을 구해 주려고 했겠습니까!

이정려 저는 별 생각 없이 이분을 구해서 배에 올라오시게 했다
가 그제서야 소 사부님이라는 것을 알았지요.

후방역 이는 모두가 하늘이 내리신 인연으로 맞아떨어진 일입
니다.

소곤생 후 상공께서는 어찌 남쪽으로 오시게 되셨습니까?

후방역 저는 작년 가을 고걸을 따라 황하를 방비하러 갔는데, 그
자가 지략이 없어서 제 간언을 받아들이지 않고 허정국에게 속
아 수주성에 들어갔다가 술을 마시던 중에 죽임을 당했습니다.
소생은 그곳에 있을 수가 없어서 황하에서 배를 사서 물길을 따
라 동쪽으로 내려오게 된 것입니다. 저기 큰 길에서 이리저리

어지럽게 뛰어다니는 자들은 모두가 패잔병들이니 제가 무슨 면목으로 다시 사 공을 뵙겠습니까.

소곤생 그러셨군요. 그럼 남경으로 가서서 향군이를 만난 후에 다시 앞길을 생각해 보는 것은 어떻겠습니까?

후방역 그러지요. 정낭께 작별하고 일찍 배를 출발하겠습니다.

이정려 구원에 있을 때에는 모두 함께 지냈는데, 오늘은 이 배 안에 향군이만 없네요. 살아서 다시 만날 수 있을지 모르겠습니다.

【금련자(金蓮子)】
한 가족이 헤어졌다가,
강 위에서 다시 만났네요.
말씀은 끝났어도,
이별의 마음은 수백 갈래랍니다.
내 품에 있던 예쁜 수양딸을,
언제 다시 만나 고생한 이야기 나눌 수 있으려나?

후방역 혹 누가 쫓아오고 있을지도 모르니 곤생께서는 얼른 옷을 갈아입으시고, 정낭과는 이제 그만 작별 인사를 드려야겠습니다.

소곤생 〔옷을 갈아입고 나서 후방역과 함께 옆의 배로 건너간다〕

돌아가는 길 나서지만 어찌 될지 알 수 없고,

후방역　옛 친구와 만나면 근심이 더해지는 법.

〔사공 을이 배를 저어 퇴장한다〕

이정려　저는 화류계에 신물이 났고, 지금은 남편과 즐겁게 지내고 있지만, 뜻밖에 옛 친구들을 다시 만나니 다시금 옛날의 한이 되살아나는군요. 저 파도 소리가 귀를 때리는데, 오늘 밤에는 어떻게 잠을 이루려나.

　　부평초처럼 떠다니다 친구 만나니,

　　옛 정한(情恨)과 새 근심을 몇 마디로 말하겠는가.

　　정처 없이 떠도는 인생들이라,

　　황하의 강물 위에서도 살아간다네.

제28척 어긋난 재회 [題畵]

복왕 2년(을유, 1645) 3월

남경 미향루

〔은자(隱者) 남영(소생)이 등장한다〕

남영 미인의 향기 차갑게 식은 곳에 자수 탁자만 남아 있고,

마당에는 복사꽃 피어 있건만 문은 굳게 닫혀 있네.

신록 짙어 가는 봄에 안개비 끝없이 내리는데,

남조에는 그림 같은 산만 남아 있네.

저는 무림산(武林山)에 사는 남영으로, 자는 전숙(田叔)이라고 합니다. 어려서부터 그림으로 이름을 날렸고, 귀축(貴筑) 사람 양용우와는 필묵(筆墨)으로 가까운 사이입니다. 용우가 근자에 병과(兵科)로 옮겼다는 소식을 듣게 되어 배를 사서 타고 와

서 찾아뵙고자 여기 미향루로 오게 되었습니다. 이 누각은 명기 향군이 살던 곳인데, 미녀가 떠나간 뒤로는 집 안이 적막해져서 그림 그리기에 적당하니 여기에서 그림빚이나 갚아야겠습니다. 그럼 화구(畫具)나 좀 정리해 볼까요. 〔벼루와 붓을 씻고 색을 만들고 물감판을 간다〕 깨끗한 물이 어디 없나? 〔생각하다가〕 옳지, 저기 꽃잎에 맺힌 새벽이슬이 가장 깨끗하니 저것으로 물 감을 개면 아주 깨끗할 것이야. 내려가 후원에서 좀 가져와야겠 다. 〔손에 물감판을 들고 퇴장한다〕

〔후방역(생)이 새옷 차림으로 등장한다〕

후방역 【파제진(破齊陣)】

　　남북으로 쑥처럼 천지를 떠돌아도,

　　무산의 운우지사를 잊을 수 없네.

　　골목에 버들꽃이 구르고,

　　담장머리에 제비 넘나드는 것을 보니,

　　여기가 홍루(紅樓) 구원임을 알겠네.

　　풀처럼 부드럽게 나의 마음이 두근거리고,

　　안개처럼 어지럽게 새 걱정이 일어나는데,

　　봄에 상했는지 마침 잠들어 있나 보다.

　　소생이 황하에서 배를 타고 가다가 소곤생을 만나 동행하여 바삐 오다 보니 어느새 남경에 당도하게 되었습니다. 어제 저녁 에 여관에서 하룻밤을 묵고 날이 밝는 대로 곤생께 짐을 맡겨 두고 일찍 출발하여 저 혼자 향군을 찾아왔습니다. 반갑게도 벌써 원문(院門) 밖에 도착했군요.

【쇄자서범(刷子序犯)】
꾀꼬리만 어지럽게 지저귀는 곳에,
사람의 흔적은 찾아볼 수 없고,
향초만 무성하구나.
담장은 폭삭 무너졌고,
꽃무늬 벽돌 위에는 이끼가 푸르게 자랐구나.
어여쁜 얼굴이 부끄러워하며,
복사꽃나무 같은 아름다움 보여 주겠지.
다시 찾아오니 완조(阮肇)나 유신(劉晨)* 같은데,
봄바람 빌려다가 동천(洞天)*에 들어가네.

〔문을 밀어젖히며〕 문이 잠긴 것이 아니었구나. 조용히 들어가서 누가 있는지 살펴보아야겠다. 〔들어간다〕

【주노아범(朱奴兒犯)】
아,
나뭇가지에 앉아 있던 참새들 놀라 날아오르며 울고,
뜰에 나 있던 푸른 이끼도 다 밟아 버렸네.
둥지의 진흙이 주렴 반쯤 걷힌 빈 집 마당에 떨어지니,
한 쌍의 제비 살기에는 안성맞춤이로구나.

조용한 정원에는,

아무도 없으니,

나는 살금살금 회랑(回廊)을 돌아,

한걸음에 작은 누각 앞까지 왔다네.

〔올라서며 건물을 가리킨다〕여기가 미향루입니다. 너무나도 조용한데 주렴이 쳐져 있으니 향군이 아직 잠에서 깨지 않은 듯합니다. 우선은 깨우지 말고 천천히 장루(妝樓)에 올라가서 장막 옆에 조용히 서 있으렵니다. 향군이 깨어나서 소생이 있는 쪽으로 돌아보다가 소생을 알아보게 되면 얼마나 깜짝 놀라고 기뻐할까요! 〔누각에 오른다〕

【보천락(普天樂)】

손으로 부드러운 비췻빛 비단 옷자락 끌며,

소매로 푸른 버들가지를 젖히며 가네.

한 걸음 한 걸음 계단을 오르는데,

먼지 쌓이고 거미줄 쳐져 있네.

누각 바깥쪽은 봄빛이 완연한데,

장막 안의 사람은 부끄러워하며 숨어 있네.

〔탁자를 보고〕

언제 은조각*과 차가운 줄의 비파를 챙겨 갔을까,

봄 경치 그릴 건지 연지 상자와 분 그릇이 놓여 있는데,

여은자(女隱者)가 되어 그림 그려서 먹고 살려 하는 것인지?

〔놀라며〕 어찌하여 노래하고 춤추던 곳이 그림 그리는 집으로 바뀌었을까? 이것도 참 이상한 일이구나. 〔생각하다가〕 향군이 나 때문에 수절을 하다가 저 청루의 일을 하지 않겠다고 하여 그림에 마음을 두고 시름을 달랜 것이겠지. 〔침실을 가리키며〕 여기가 향군이의 침실이로구나. 한번 살짝 열어 보자. 〔문을 민다〕 아! 꼭 잠겨 있고 오랫동안 열지 않았던 것 같은데, 이것도 이상하다. 이곳을 지키는 사람도 없나 보다. 〔뒷짐을 지고 오간다〕

【안과성(雁過聲)】
쓸쓸하구나,
미인은 멀리 떠나가 버렸고,
겹문은 잠겨 있으니,
수많은 산과 하늘 가득한 구름 사이에서,
사연을 아는 것은 오직 한가로운 앵무새와 제비들뿐.
이리저리 제멋대로 나는데,
이리저리 제멋대로 나는데,
물어보아도 말을 전해 줄 줄을 모르네.
마음 좋이다가,
고개 돌려보니,
어린 꽃가지가 성긴 울타리에 기대어 떨고 있구나.
〔대청으로 내려간다〕
주렴이 흔들리는데,

누가 있는 듯하구나.

〔살펴본다〕 누가 왔는지 보자.

남영 〔등잔을 들고 올라오다가 놀라며〕 누구신데 우리 집에 들어 왔소?

후방역 여기는 우리 향군이의 장루인데, 당신이 어찌 이곳에 산 단 말이오?

남영 나는 그림 그리는 남영이오. 병과의 양용우 선생께서 나를 이곳에서 살게 소개해 주셨지요.

후방역 남영 선생님이셨군요. 오래전부터 뵙고 싶었습니다.

남영 존함이 어떻게 되시는지요?

후방역 소생은 하남의 후조종입니다. 용우와는 오랜 친구입니다.

남영 〔놀라며〕 아! 명성을 진작부터 들었지만 이제야 뵙게 되었 습니다. 앉으시지요!

〔두 사람이 자리에 앉는다〕

후방역 한 가지 여쭈어 보겠습니다만, 저희 향군이는 어디로 갔 는지요?

남영 제가 듣기로는 궁궐에 선발되어 들어갔다고 합니다.

후방역 〔놀라며〕 어찌, 어찌하여 궁궐에 들어갔다는 말씀인지요! 언제 갔답니까?

남영 그것은 잘 모르겠습니다.

후방역 〔일어나서 눈물을 훔친다〕

【경배서(傾盃序)】

여기저기를 두루 찾아보고,

한낮에 바람 맞으며 서 있건만,

한번 떠난 사람은 다시 보기 어렵구나.

〔살펴본다〕

창문에는 창호지 찢겨 있고,

장막에는 비단 찢어져 있네.

낡은 비단 손수건도,

꽃무늬 비녀도,

생황과 피리도 모두 사라지고 없구나.

붉은 원앙무늬 이불 모두 개어져 있고,

비췻빛 마름 꽃 무늬 거울도 납작하게 닫혀 있고,

차가운 안개마저 깔려 있으니,

아름다운 꽃가지가 아름다운 여인도 없이 잠들어 있구나.

소생이 정을 맺던 날은 복사꽃이 만발하여 이곳 누각에 빛났는데, 미인이 떠나가 버리니 이렇게 영락해 버렸습니다. 오늘 소생이 다시 왔는데, 역시 복사꽃이 활짝 피는 시절이건만, 이 경치를 보니 마음이 아파 두 눈에서 눈물이 흐르는 것을 참을 수가 없습니다. 〔눈물을 훔치며 앉는다〕

【옥부용(玉芙蓉)】

봄바람 불어오는 삼월 초순이라,

복사꽃잎은 깃털처럼 가벼우니,

정말이지 눈처럼 흩날려,

붉은 눈밭을 이루는구나.

부채에 그려진 복사꽃도 좀 보아야겠습니다. 〔부채를 집어 바라본다〕

피 흩뿌려져 도화선이 되었으니,

가지에 있는 진짜 꽃보다도 더욱 붉구나.

이는 모두 소생 때문에 벌어진 일입니다.

부채를 가지고 장루에 올라,

아직도 남아 있는 흔적을 바라보니,

이 복사꽃이야말로 우리의 생사의 운명과 얽혀 있구나.

남영 이 부채에 그려진 복사꽃은 누구의 작품인지요?

후방역 바로 양용우께서 그리신 것입니다.

남영 무슨 일로 이 부채를 보면서 그리 눈물을 흘리시는지?

후방역 이 부채는 바로 소생이 향군과 맹세할 때 가지고 있던 징표입니다.

【산도홍(山桃紅)】

저 향군은!

손에는 홍사연(紅絲硯)* 받쳐들고,

우리는 화촉 아래에서 시를 썼지요.

〔부채를 가리키며〕

한 줄 한 줄 원앙 같은 사랑의 노래 적어 갔지요.

그런데 한 달이 못되어 소생이 화를 피하여 멀리 떠나가 버리니 향군이는 문을 닫아걸고 수절하며 손님을 받지 않으려고 하다가 몇몇 권신들의 노여움을 샀습니다.

그들은 위아래도 몰라보는 사나운 개 같은 무리를 보내어,

억지로 향군이를 끌어내니 향군이는 다급하여,

꽃같은 얼굴을 부딪쳐,

두견새가 피 흩뿌리며 원한 맺혀 울듯 하였답니다.

그때 마침 이 부채를 손에 들고 있었는데 피가 여기에 튀었던 것입니다.

남영　가엾은지고, 가엾은지고!

후방역　나중에 양용우께서 줄기와 가지를 덧그려서 이렇게 복사꽃나무가 되었습니다. 〔부채를 치며〕

이 도화선은 여기에 있건만,

그 사람은 봄 안개에 가려 보이지 않는구나.

남영 〔부채를 보며〕 정말 기가 막히군요. 아무리 보아도 핏자국인 줄을 모르겠으니. 그런데 이 부채가 어찌 선생의 손에 있게 되었는지요?

후방역 향군이 소생을 그리워하다가 그의 스승에게 저를 찾아 달라고 부탁하면서 이 부채를 편지 대신 전해 주었다고 합니다. 소생은 이 부채를 받고 나서 바로 길을 떠나 간신히 돌아온 것인데, 향군이 궁궐에 불려 들어가 버렸을 줄은 어찌 알았겠습니까. 〔눈물을 훔친다〕

〔양문총(말)이 관복을 입고 종자(從者)들이 길을 트며 등장한다〕

양문총 누대에는 진농옥(秦弄玉)* 떠난 지 오래되었는데,

배 타고서 미양양(米襄陽)*이 이제야 도착했구나.

〔하인(잡)이 들어와 보고한다〕

하인 병과의 양 나으리께서 남 상공님을 뵈러 오시는데, 막 문 밖에서 가마를 내리셨습니다.

〔남영이 황급하게 양문총을 맞이한다〕

양문총 〔누각에 올라와 후방역을 보고 절을 하며〕 후 형께서는 언제 도착하셨는지요?

후방역 방금 당도하여 미처 인사를 올리지 못했습니다.

양문총 제가 듣기로 줄곧 사 공의 막부에 계시다가 고걸 장군을 따라 황하 방비하러 가셨다고 했는데, 어제 소식이 오기를 고걸은 정월 초열흘에 허정국에게 죽음을 당했다고 하니 그때 세형께서는 어디에 계셨는지요?

후방역 저는 그때 마침 고향에 있다가 그 변고를 듣고 곧장 부친을 모시고 산속으로 도피하여 한 달 남짓을 지냈습니다. 그러다가 허정국이 쫓아올까 걱정하여 다시 배를 사서 남쪽으로 내려왔습니다. 도중에 우연하게도 소곤생을 만났는데, 부채를 전해 주기에 곧바로 달려왔습니다. 그런데 향군이 이미 떠나 버리고 없을 줄은 생각지도 못했습니다. 향군은 언제 떠난 것인지요?

양문총 정월 초이렛날에 궁궐로 불려 들어갔습니다.

후방역 언제쯤이나 되어야 나올 수 있겠습니까?

양문총 그건 언제가 될지 기약이 없지요.

후방역 소생은 여기에서 향군을 기다려야겠습니다.

양문총 여기는 미련을 두지 마시고 다른 곳에서 짝을 찾아 보시지요.

후방역 소생이 어찌 약속을 저버릴 수가 있겠습니까. 향군에게서 편지라도 한 통 받는다면 여기를 떠나도 마음을 놓겠습니다.

【미범서(尾犯序)】

향군도 저 푸른 하늘 아래 지척에 있을 것이지만,

요지(瑤池)에 살았던 서왕모(西王母)의 사자(使者)처럼,

몰래 연서(戀書) 전해 줄 이 없구나.*

기방(妓房) 주루(酒樓)를 떠나가니,

우물과 담장은 비와 안개에 덮인 채 버려져 있구나.

가련하도다!

유 랑(劉郞)은 옛날 복사꽃을 다시 찾아왔고,*

서시는 오(吳)나라 새 궁궐도 원하지 않았지.*

힘들어도 하늘 끝에 있는 나를 기다리며,

궁궐 한천에서 하루를 일년처럼 지낼 텐데.

양문총   세형께서는 그만 걱정하시고 전숙께서 그림 그리시는 것
이나 구경하시지요.

〔남영이 그림을 그린다〕

후방역 · 양문총   〔자리에 앉아서 구경하며〕 이것은 도원도(桃源
圖)*로군요?

남영   맞습니다.

양문총   누구한테 그려 주시는 것인지요?

남영   대금의〔大錦衣: 금의위(錦衣衛) 수장〕이신 장요성〔張瑤星,
장미(張薇)〕 선생께서 새로 송풍각(松風閣)을 지었다는데, 거기
에서 병풍으로 쓰려고 한답니다.

후방역   〔찬탄하며〕 훌륭하십니다! 산수의 위치와 색깔이 독특함
이 금릉구파(金陵舊派)*와는 확연히 다릅니다.

남영   〔그림을 완성하고〕 부끄럽습니다! 부디 제사(題辭)를 몇 구
절만 써 주시면 그림에 큰 빛이 날 것입니다만.

후방역 그림을 망칠 수도 있겠지만 소생이 졸필이나마 써 보겠습니다. 〔글씨를 쓴다〕

"본래 복사꽃 구경하던 동네 사람이지만,
다시 와 보니 길을 찾을 수 없네.
어부는 거짓으로 산길 일러 주고서는,
복사꽃 동네 간직하며 홀로 진(秦)나라 피하여 사는구나.

귀덕(貴德) 사람 후방역 쓰다."

양문총 〔시를 읽고〕 아름답습니다. 기탁한 뜻이 심원한데 다만 저를 좀 탓하는 뜻이 있는 것 같구려.

후방역 제가 어찌 감히! 〔그림을 가리키며〕

【포로최(鮑老催)】
이 계곡물 잔잔히 흐르는데,
붉은 꽃잎 수천 장이 떨어지네.
구름 안개 걷히고,
푸른 나무 짙으며,
푸른 봉우리가 멀리 보이는구나.
봄바람 불고 옛 모습 변치 않았는데,
다만 나를 반겨 줄 사람이 없구나.
텅 빈 쓸쓸한 도화원이니,

해 아직 남아 있을 때 노 저어 돌아가야겠네.

〔일어난다〕

양문총 세형께서는 원망은 그만하시고. 지금은 마사영과 완대성이 세력을 키워 복수만을 일삼고 있습니다. 내 비록 그들과 친교가 있다 하나 감히 간언할 수가 없는 처지입니다. 더욱이 이렛날 잔치*에서 향군이를 불러다가 노래를 시켰는데, 저 향군이 성질은 당신도 잘 아시겠지만 두 사람을 손가락질하면서 한바탕 욕을 했으니 말이지요.

후방역 아! 기어이 일을 내고 말았구나.

양문총 다행히 제가 옆에 있다가 그 사람들을 말려서 눈밭에 밀어 넘어뜨린 정도로 끝났지요. 그 후에 궁궐에 불려 들어가 있으니 잠시 목숨을 보존하고 있는 셈입니다. 세형께서는 향군과의 인연이 있으니 이곳에 오래 머물러서는 안 될 것입니다.

후방역 예, 예! 가르침대로 하겠습니다. 〔함께 누각을 내려와서 걸어간다〕

【미성(尾聲)】
온 마음을 다해 진작부터 차가운 눈을 삼키고,
원한 서린 채 기린 가죽을 뒤집어썼구나.*
〔부채를 거두면서〕
나는 이 부채에 그려진 복사꽃을 꼭 품고 지내려네.

406 권3

〔퇴장하려고 한다〕

양문총 우선 남 형과 작별하고 같이 나갑시다.

후방역 인사도 잊어 버렸군요. 그럼 안녕히 계십시오!

〔남영이 먼저 문을 닫고 퇴장하고, 후방역과 양문총이 함께 걸어 간다〕

후방역 홍루에 돌아왔건만 마음은 망연자실,

양문총 봄날 저녁에 한가로이 시화를 품평했네.

후방역 미인과 공자는 바람 따라 나부껴 다니는데,

양문총 한 그루 복사꽃나무만은 예전과 똑같구나.

제29척 체포와 투옥[逮社]

복왕 2년(을유, 1645) 3월

남경 삼산가(三山街) 채익소의 책방

〔책방 주인 채익소(蔡益所)(축)가 등장한다〕

채익소 【봉황각(鳳凰閣)】

가게 이름은 이유당(二酉堂),[*]

귀중한 책들 수만 권이 팔리기를 기다리고 있다네.

무엇이 한우충동(汗牛充棟)[*]하는가,

책 향기와 돈 냄새가 뒤섞여 있구나.[*]

장사꾼이면서 유자(儒者)인 이 몸은,

진시황 때처럼 재앙 당하는 것이 걱정일 뿐이라네.[*]

저는 금릉(金陵: 남경) 삼산가의 서점 주인 채익소라는 사람이올시다. 천하에는 책들이 많고도 많지만 그중에서도 우리 금릉에 가장 많이 있고, 이 금릉에 서적포가 많고 많다지만 그중에서도 우리 삼산가가 가장 많으며, 이 삼산가 중에서도 이 채익소 네 가게가 가장 책이 많답니다. 〔책들을 가리키며〕 십삼경(十三經)이며 이십일사(二十一史), 구류삼교(九流三教)와 제자백가(諸子百家), 썩어빠진 시문(時文)과 신기한 소설(小說)이 상자와 서가에 가득하고 가게와 건물에 가득 차 있습니다.* 남북으로 돌아다니며 고금의 책들을 두루 구할 뿐 아니라, 훌륭한 선집(選集)을 엄정하게 편찬하여 깨끗하게 인쇄해 내기도 합니다. 저 채익소는 시서(詩書)를 사고팔아 돈을 벌기도 하지만 흘러다니는 많은 책들을 모은 공도 있지요. 이런 덕택에 진사(進士)나 거인(擧人)*들도 저를 보면 예를 갖추어 절을 하니 정말 뿌듯하기 짝이 없습니다. 〔한바탕 웃고 나서〕 금년은 을유년(乙酉年)이라 향시가 열리는 해이니 천자의 조칙이 반포되면 과장(科場)이 열려 선비들을 뽑을 것입니다. 예부상서 전겸익(錢謙益)의 보고문을 비준하셔서 문체를 바로잡아 새로운 치세를 빛내실 것입니다. 그래서 우리 가게는 제일가는 서적포이니 명가(名家)들을 몇 분 모셔다가 새로 선집을 하나 펴낼까 했습니다. 오늘 바로 안쪽에서 편찬과 비평 작업을 하고 있으니, 저도 얼른 책표지를 붙이는 일을 도와야겠습니다. 〔책표지를 붙인다〕

이 책은 명수의 손을 거쳤으니,

책 속의 글이 시험관의 마음에 들겠지.

〔퇴장한다〕
〔후방역(생)과 소곤생(정)이 행낭을 메고 등장한다〕

후방역 【수홍화(水紅花)】

  그때는 안개 서린 달빛이 진루(秦樓)에 가득했지만,

  꿈처럼 아득하고,

  피리 소리도 옛날 같지 않구나.*

  은하수 사이에 두고 몇 해 동안 헤어져 있으니,

  편지도 전하기 어렵고,

  그리워도 도와주는 사람이 없구나.

  〔소곤생에게〕 우리가 천 리 길을 달려와서 향군이와 만나고자 했건만, 뜻밖에도 향군이는 궁궐에 불려 들어가고 소식도 알 수가 없어서 어제 저녁에 실망하고 돌아왔습니다. 게다가 우리를 쫓아오는 사람이 있을까 하여 일찌감치 집을 떠나왔습니다. 하나 어디로 몸을 피하여 얼마 동안 더 머무르면서 소식이라도 알아볼 수 있을지를 모르겠습니다.

  단풍잎에 시 적어 물에 띄워 보내 주기를 기다릴 테요.*

  검은 머리 하얗게 셀 때까지라도 기다리렵니다.

  아름다운 날들이 이승에서 다 끝난 것은 아니겠지요?

소곤생 제가 보기에는 인심이 이미 변했고 조정의 여론도 계속

나빠지고 있는 데다가 권세를 가진 사람들이 날로 올바른 분들을 못살게 굴면서 옛날의 원한을 잊지 않고 보복하려고 하고 있습니다. 잠시 예봉(銳鋒)을 피하면서 향군이의 소식을 조용히 알아보는 것이 낫지 않을까 합니다.

후방역 옳으신 말씀입니다. 하나 이 부근의 주군(州郡)에는 달리 알 만한 분이 없고, 다만 저의 친한 벗인 진정생이 의흥(宜興)에 있고, 오차미가 귀지(貴池)에 살고 있습니다. 친구들을 찾아가 보는 것도 좋은 일일 듯합니다. 〔걸어간다〕

【전강】

친구들은 모두 물가에 노니는 갈매기와 같아서,

왕후를 깔보며,

옷소매의 홍진(紅塵)을 털어 버린 사람들이라.

서울의 형세가 근심을 거둘 수 없을 정도라서,

배 한 척을 사서,

남쪽으로 안개 서린 산굴을 찾아들 가셨다오.

소곤생 삼산가 서적포 골목에 당도했는데, 사람들이 많고 번화하니 얼른 지나가 버리는 것이 어떨까 합니다. 〔총총히 걸어간다〕

승냥이와 늑대 같은 세도가들 피해 가야지,

관복을 입었지만 원숭이나 다름없는 자들을.

삼산 거리의 사람들은 거친 물길처럼 흘러가는구나.

후방역 여기는 채익소의 서점인데, 정생과 차미가 자주 이곳에 와서 기거하니 소식이나 좀 알아보아야 하겠습니다. 〔멈추어 서서 서적포를 바라보며〕 저기 기둥에 붙은 새 책 광고를 좀 보아야겠습니다. 〔읽는다〕『복사문개(復社文開)』라. 〔다른 곳을 쳐다보며〕 여기 왼쪽에 있는 작은 글씨는 "임오계미(壬午癸未) 방묵합간(房墨合刊)"*이고, 오른쪽은 "진정생, 오차미 두 선생 새로엮음"이로구나. 〔기뻐하며〕 두 분이 지금 여기에 기거하고 계신다는 뜻인가?

소곤생 제가 물어보겠습니다. 주인장은 어디 계시오?

채익소 〔등장하며〕 어서 오십시오. 책을 사러 오셨습니까?

후방역 아니올시다. 사람을 찾고자 해서 왔습니다만.

채익소 누구 말씀이신지요?

후방역 혹시 진정생과 오차미 두 분 상공께서 오신 적이 있는지요?

채익소 지금 안쪽에 계십니다. 제가 모시고 나오지요. 〔퇴장한다〕

〔진정혜(말)와 오응기(소생)가 등장하여 인사한다〕

진정혜·오응기 아! 후 사형이셨습니까! 〔소곤생에게〕 소곤생 어른께서도 오셨군요. 〔서로 인사를 나눈다〕

진정혜 어디에서 오시는 길이신지요?

후방역 제 고향에서 오는 길입니다.

오응기 이곳 금릉에는 언제 당도하셨습니까?

후방역 어제 도착했습니다.

【옥부용(玉芙蓉)】

전쟁의 연기가 온 천하에 가득하니,

남북으로 군대 쫓아다녔지요,

아침에는 진(秦), 저녁에는 초(楚) 땅을 다니다가,

삼 년 만에 유표(劉表)에게 의탁한 왕찬(王粲)* 같은 신세 되었지요.

돌아와 보니 아무도 이 사람 반겨주지 않고,

진회(秦淮)에 가 보아도 장막 드리워 잠겨 있었지요.*

오래도록 배회하다가,

옛날에 놀던 곳의 복사꽃에게도 물어보았지만,

이곳 수향(水鄉)은,

올해는 옛날처럼 따뜻하지가 않더이다.

〔진정혜와 오응기에게〕 두 분께서 여기 계시는 것을 보니 또 다시 책을 펴내는 일을 맡으신 것 같습니다만.

진정혜·오응기 부끄럽습니다.

【전강】

옛 문선루(文選樓)* 있는 금릉 땅에서,

벗들 함께 걸상 놓고 일하네.

붉고 누런 글씨로,

천추(千秋)의 사업을 행하네.

육조 시대 같은 피폐한 문풍에서 구해 내어,

한유(韓愈), 유종원(柳宗元), 구양수(歐陽修) 같은 문풍을 새로
열어야 하네.*

불후(不朽)의 대사(大事)를 전수하고자,

동림(東林)의 문장을 다 모으리니,

비로소 우리 중원의 복사(復社)가 청류(清流)였음을 알리라.

[막후에서] 상공들께서는 안으로 오셔서 차나 한잔 하시지요.

진정혜·오응기 예, 갑니다. [후방역과 소곤생을 안내하여 들어
간다]

[시종(잠)이 배첩(拜帖)*을 들고 등장한다]

시종 저희 집의 어르신인 완대성 나으리께서 새로 병부시랑(兵部
侍郎)으로 승진하셔서 특별히 망포(蟒袍)와 옥대(玉帶)를 하사
받으시고 장강(長江) 방비의 임무를 받으셨습니다. 오늘 삼산가
에 인사 나오시는 길인데, 제가 먼저 왔습니다.

[완대성(부정)이 망포와 옥대 차림으로 거만하게 가마에 앉아서
산과 부채를 든 시종의 뒤를 따라 등장한다]

완대성 【주노아(朱奴兒)】

앞에서 시종들 줄지어 가고,

높다란 가마에는 부채와 일산(日傘)이 흔들거리도다.

누가 가마에 올라앉았는지 보아하니,

옛날 가랑이 아래로 지나갔던 한신(韓信) 같은 사람일세.*

마당쇠   나으리, 가마를 멈추시고 첨도(僉都)이신 월(越) 나으리*
께 들르시지요. 〔배첩을 바친다〕

완대성   〔가마를 멈추게 하고〕 여봐라, 길을 틀 필요 없다. 백성들
에게 나를 보러 오도록 해라. 〔부채를 흔들며 큰소리로〕 이 완
나으리께서 오늘 망포와 옥대를 하사받고 가마를 타고 인사를
전하러 왔다. 저 동림당 소인배들은 체포 명령이 떨어지니 그림
자도 안 보이게 숨어 버렸구나. 〔웃는다〕

　　비로소 누가 영광되고 누가 치욕된지 알게 되니,
　　내 눈가의 주름이 다 펴지는구나.

　　〔서적포를 보고〕 저기 기둥에 붙은 광고에 무슨 "복사(復社)"
라는 글자가 보이는구나. 가서 뜯어 와 보거라.

〔시종이 뜯어 와서 완대성에게 바친다〕

완대성   "『복사문개』, 진정생 오차미 새로 엮음"이라. 〔화를 내며〕
흥! 복사라면 동림당의 후예나 다름없으니 주표, 뇌연조와 같은
무리로다. 조정에서는 이자들을 붙잡으려고 찾아다니고 있는
데, 감히 도망가지도 않고 책을 엮고 있다니. 참으로 담이 엄청
나게 큰 자들이로구나. 얼른 가마를 세워라! 〔가마가 멈추니 완
대성이 가마에서 내려 서적포 앞에 앉아 명을 내린다〕 속히 방
관(坊官: 지역 치안관)에게 전하거라.

시종   방관은 어디 계시오?

〔방관(정)이 급히 등장하여 무릎을 꿇는다〕

방관 나으리, 무슨 일로 소인을 부르셨는지요?

완대성 【전강】

이 책방이 법을 지키지 않고,

나쁜 복사 두령들과 내통하고 있으니,

나는 명을 받들어 지금 역도들을 붙잡을 것인즉,

그대는 샅샅이 뒤져 찾아내도록 하라.

방관 나으리께서는 걱정하지 마십시오. 소인이 사람 붙잡는 것 하나는 잘합니다. 〔안으로 들어가서 채익소를 붙잡아 나온다〕 범인 채익소를 잡아 대령했나이다.

채익소 〔무릎을 꿇고〕 소인 채익소는 법을 어긴 적이 없사옵니다.

완대성 네놈이 무슨 『복사문개』라는 책을 찍어 내다니 죄가 가볍지 않도다.

채익소 그것은 과거 시험의 참고서입니다. 해마다 한 부씩 엮어 내는 것입니다.

완대성 〔호통을 치며〕 네 이놈! 지금 반역자들을 수색하여 단속하고 있어서 조정의 명령이 삼엄한데, 네놈이 그자들에게 책을 엮게 하고 그래도 모자라 입을 놀리는구나. 빨리 데려오지 못할까!

채익소 소인과는 상관이 없는 일이옵니다. 상공들이 제 발로 와서는 지금 안에서 책을 엮고 있습니다.

완대성 안에 있다는 말이지. 잘 지켜 서서 한 놈도 도망가지 못하게 하거라.

〔채익소가 대답하고 퇴장한다〕

완대성 〔방관에게 귓속말로〕반역자를 붙잡는 것은 진무사(鎮撫司)의 일이니 속히 문서를 보내어 그곳의 교위(校尉)들에게 이 자들을 체포하도록 전하라.

체포관에게 이들을 넘기면 감옥이 다시 넘쳐날 것이니,
양련(楊漣)과 좌광두(左光斗)* 같은 무리는 이번에 다 끝났 도다.

방관 예이. 〔급히 퇴장한다〕

〔완대성이 가마에 올라탄다〕

〔후방역, 진정혜, 오응기 등이 들어와서 가마를 붙잡고 외친다〕

세 사람 우리가 무슨 죄가 있다고 체포하십니까! 선생께서는 천 지신명이 두렵지도 않으십니까?

완대성 〔미소를 지으며〕학생(學生)*들이 죄를 짓지 않았다면 어 찌하여 그리 화를 낸단 말이오? 〔절하며〕제형의 존함이 어떻게 되시는지?

오응기 나는 오차미라고 합니다.

진정혜 나는 진정생이라고 합니다.

후방역 나는 후조종이라고 합니다.

완대성 〔약간 화를 내며〕아! 여러분이시구먼! 오늘 하관(下官)* 을 좀 봐 두시지.

【척은등(剔銀燈)】

당당한 모습이라 수염은 빗자루처럼 길고,

앙앙(昻昻)*한 기세라 가슴은 북두성만큼 높도다.

〔오응기에게〕저번에 제사 지냈을 때,

이 완 광록(阮光祿)이 제사 모시는 일이 맞지 않다고 했지.

〔진정혜에게〕저번에 극단을 불렀을 때,

어찌하여『연자전』을 나의 면전에서 깎아내렸는가.

〔후방역에게〕

부끄럽도다!

화장함을 선물해 주었더니,

너의 여자가 내동댕이쳐 버렸지.

후방역 당신은 완수염이로군. 오늘 이렇게 복수하러 오다니.

진정혜·오응기 좋다! 모두 이 사람을 조정으로 끌고 가서 평소의
행실을 이야기해 줍시다.

완대성 〔웃는 척하며〕서두르지들 마시구려. 이야기할 기회가 있
을 테니. 〔사람이 오는 쪽을 가리키며〕저기 누가 오고 있는지
를 보시게나. 〔가마를 타고 퇴장한다〕

〔흰 신발을 신은 교위(校尉) 네 명(잡)이 등장한다〕

교위들 〔큰소리로〕누가 채익소냐?

채익소 저올시다만 무슨 일이신지요?

교위들 우리는 관헌에서 죄인들을 체포하러 나왔다.

채익소 누구를 체포하신다는 말씀인지요?

교위들 진정혜, 오응기, 후방역 세 수재를 붙잡으러 왔다.

후방역 붙잡아 갈 것 없소. 모두 여기에 있으니 할 말이 있으면 하시오.

교위들 아문(衙門)으로 가서 말씀하시지요! 〔세 사람에게 수갑을 채워 끌고 퇴장한다〕

채익소 이게 무슨 일이란 말인가? 〔소곤생에게〕 소 형, 얼른 나와 보십시오!

소곤생 〔등장하여〕 어찌된 일입니까?

채익소 무서운 일이 일어났습니다. 책을 엮으시던 두 분 상공이 붙잡혀 가셨고, 후 상공까지도 붙들려 가셨습니다.

소곤생 이를 어찌한단 말입니까!

소곤생 · 채익소 【전강】

　사나운 포승줄 손에 들고 와서는,

　서둘러 체포하여 날 듯이 가 버리니,

　복사를 구해 주는 동림당도 없고,

　마사영과 완대성이 최정수(崔呈秀), 전이경(田爾耕)*의 뒤를
이었구나.

　걱정이로다!

　혼미한 임금 밑의 어지러운 재상들이,

사사로운 원수를 공(公)으로 갚는구나.

소곤생 우리도 따라가서 일이 어찌 되어 가는지를 살피면서 그
　분들을 구해 낼 방도를 찾아 봅시다.

채익소 옳으신 말씀입니다. 어느 곳에 갇히셨는지를 알아내어 식
　사라도 차입해 드려야겠습니다.

채익소 조정에서는 분분히 원수를 갚겠다고 하니,

소곤생 하늘이 무너질까 땅이 꺼질까, 모두가 기우(杞憂)면 좋겠네.

채익소 이분들을 분서(焚書)의 화에서 누가 구해 내겠는가?

소곤생 오로지 영남후(寧南侯)이신 좌(左) 장군(좌량옥)뿐이로다.

권 4

제30척 장미의 출가[歸山]

복왕 2년(을유, 1645) 3월

남경 금의위

〔장미(張薇)(외)가 흰 수염에 관복 차림으로 등장한다〕

장미 【분접아(粉蝶兒)】

　　어디가 고향 산천인가,

　　돌아보니 상림원(上林苑)에는 봄이 다 가 버렸고,*

　　말릉성(秣陵城)에는 안개비만이 소슬하구나.

　　중흥(中興)을 탄식하니,

　　새로운 패업에,

　　긴 한숨만 나오는구나.

　　옛 관복을,

　　다 해진 채로 걸쳤도다.

제30척 장미의 출가[歸山]　423

저는 장미라고 합니다. 자는 요성(瑤星)이고, 본래 북경 금의
위의 의정(儀正)* 벼슬을 맡았습니다. 난을 피하여 남쪽으로 내
려오니 새로운 주군께서 중흥하셔서 저를 유공자의 집안이라
하여 옛 자리에 다시 보임해 주셨습니다. 그런데 뜻밖에도 간사
한 무리가 세도를 잡고 있어서 시국이 날로 어지러워지니, 성
(城) 남쪽에 세 칸짜리 송풍각(松風閣)을 새로 짓고 조만간 은퇴
하여 그리로 가서 살려고 합니다. 다만 반역죄를 지었다는 예부
주사(禮部主事) 주표와 안찰부사(按察副使) 뇌연조 두 사람에
대해 마사영과 완대성이 보복하려고 하면서 이들을 사지(死地)
로 내몰려고 하고 있습니다. 저는 그들의 억울한 처지를 잘 알
지만 어떻게 구해 낼 도리가 없는지라 밤잠을 설치며 고민하면
서 결정을 내리지 못하고 있습니다.

【미범서(尾犯序)】

당쟁의 화가 새 왕조에 일어나니,

올바른 선비들은 마음이 추워져,

연이어 은자로 돌아가는구나.

내가 무슨 바람이 있어서,

남을 위해 칼을 휘두르겠는가.

얼른 도망가련다!

솔바람 불어오는 초가 한 채 지어 놓았으니,

흰 구름 바라보며 산책할 날 기다리네.

다만 이 억울한 일을 해결해 주지 못하겠으니 헛고생만 하는

구나.

〔가동(부정)이 등장하여 보고한다〕

가동 나으리, 진무사의 풍가종(馮可宗)*이 반역을 꾀한 세 사람을 붙잡아 왔는데, 나으리께서 승청(升廳)하셔서 처분을 내려 주시기를 기다리고 있습니다.

〔교위들(잡) 네 명이 형구(刑具)를 가져와 나열한다. 장미가 승청하니 압송관(정)이 문서를 바치면서 수갑을 찬 후방역(생), 진정혜(말), 오응기(소생)를 압송하여 등장한 후 모두 꿇어앉힌다〕

장미 〔문서를 보며 묻는다〕 방관(坊官)의 보고서에 따르면 너희는 조직을 만들어 모략을 꾸미고 주표와 뇌연조를 위해 뇌물을 바쳤다가 해당 관서에 체포되어 압송되었다고 하니 빨리 실토하여 고문(拷問)을 당하는 일이 없도록 하라.

진정혜 · 오응기 【전강】

　말할 것이 없다네!

　우리는 본래 글쟁이로,

　복사의 젊은이들이라,

　글을 뽑은 것일 뿐이오.

　죄도 없는데 사람을 죽이는 것은,

　갱유(坑儒)의 싹이라네.

후방역 고문하지 마시오!

나는 이곳에 친구 찾아 놀러 왔을 뿐이고,

야밤에 회합을 한 적도 없다네.

죄 없는 물고기와 제비들처럼 갑자기 화를 당하다니.

장미   너희들은 증거 하나 없이 붙잡혔다고 말하니, 그렇다면 본
아문에서 무고한 양민을 도적으로 만들었다는 말인가! 〔경당목
(驚堂木)*을 내리치며〕 여봐라, 형구를 준비하여 하나씩 자백을
받아 내라.

진정혜   〔앞으로 나와서 무릎을 꿇고〕 대인께서는 진노를 거두십
시오. 저는 진정혜라고 하고, 직예 의흥 사람인데, 채익소의 책
방에서 책을 엮은 것일 뿐 다른 일은 결코 없었습니다.

오응기   〔앞으로 나와서 무릎을 꿇고〕 저는 오응기라고 하고, 직
예 귀지 사람인데, 진정혜와 함께 일한 것뿐 다른 일은 결코 없
었습니다.

장미   〔압송관에게〕 채익소의 책방에서 조직을 만들어 모략을 꾸
미고 뇌물을 바쳤다니 그자가 사정을 잘 알 것인데, 어찌 함께
붙잡아 오지 않았느냐? 〔압송관에게 영장(令狀)을 던져 주며〕
속히 채익소를 붙잡아 와서 심문하도록 하라!

〔압송관이 대답하고 퇴장한다〕

후방역   〔앞으로 나와서 무릎을 꿇고〕 저는 후방역이라고 하고,
하남 귀덕부 사람인데, 서울에 놀러 와서 옛 문우(文友)인 진정
혜와 오응기를 만나러 왔다가 함께 붙잡혀 오게 되었을 뿐 다른
일은 결코 없었습니다.

장미 〔잠시 생각하다가〕 가만, 저번에 남전숙(藍田叔)께서 그려 주신 도원도(桃園圖)에 '귀덕 후방역'이라는 구절이 있었지. 〔후방역에게〕 당신이 후방역이오?

후방역 그렇습니다.

장미 〔예를 갖추며〕 미처 몰라뵈었습니다! 저번에 쓰신 도원도 제사(題辭)가 대단하셨는데 가르침을 바랍니다! 이번 일은 당신과는 상관이 없으니 한쪽에서 기다려 주십시오.

후방역 처벌을 면해 주서서 감사드립니다. 〔한쪽에 앉는다〕

압송관 〔영장을 들고 등장하여 아뢴다〕 나으리, 채익소의 가게 문은 잠겨 있었고, 사람은 종적도 없이 도망가 버렸습니다.

장미 모략을 꾸민 것과 뇌물을 주었다는 것이 전혀 증거가 없으니 어떻게 심의를 하나. 〔생각에 잠긴다〕

가동 〔서신을 가지고 등장하여 장미에게 바친다〕 왕(王), 전(錢) 두 분 나으리께서 공문을 보내 오셨습니다.

장미 〔문서를 보며〕 내각대학사 왕각사(王覺斯, 왕탁)와 대종백 (大宗伯: 예부상서) 전목재(錢牧齋, 전겸익) 두 분이 보내 오신 서신이로구나. 좀 읽어 보아야겠다. 〔서신을 펴고 읽으면서 고개를 끄덕인다〕 일리 있는 말씀이로다. 진정혜와 오응기 두 분이 바로 복사의 지도자들이로구나.

【홍납오(紅衲襖)】
　한 분은 진정생 형으로,
　예원(藝苑)의 호걸이요,

한 분은 시단(詩壇)의 맹주이신,

오차미 형이로구나.

어찌하여 공야장(公冶長)처럼 죄도 없이 고요(皐陶)에게 갇혔

을까,*

내가 어찌 당고(黨錮)의 화(禍)* 때문에 이리도 고민해야 하는

가.

나는 대금의(大錦衣)이니,

잠시 내 뜻대로 하자,

어두운 감옥 속에,

밝은 햇빛이 들게 하자.

명사(名士)와 청류(清流)에게 화를 입히지 말고,

중흥(中興)과 문운(文運)을 쇠락하게 하지 말자.

〔진정혜와 오응기에게 예를 갖추며〕 두 분께 죄를 지었습니

다. 왕각사, 전목재 두 분 노선생과 오랫동안 교유하셨는지요?

진정혜·오응기   전혀 알지 못합니다.

장미   그렇다면 어찌 편지를 보내서서 두 분의 문명(文名)을 극찬

하시면서 두 분을 석방해 달라고 부탁하셨을까요?

진정혜·오응기   두 분께서는 공도(公道)를 지키려는 뜻이 아닌

가 합니다.

장미   옳으신 말씀입니다. 제가 비록 무관(武官)이지만 시서(詩

書)도 자못 읽었으니 어찌 사람을 죽여 위에 아부하는 일이나

하겠습니까. 이번 일은 누명을 쓰신 것이니 한쪽에서 기다리시

지요. 제가 관서로 회신을 보내어 속히 석방되실 수 있도록 하겠습니다. 〔회신을 작성한다〕

〔진정혜·오응기가 한쪽에 앉아 있는다〕

가동 〔조보(朝報: 관보)를 들고 등장하여 아뢴다〕 나으리, 오늘 조보에 중요한 전갈이 있다는데, 나으리께서 읽어 보셔야 할 것 같습니다.

장미 〔조보를 읽는다〕 "내각대학사 마사영은 반역자들을 조속히 소탕하여 모략을 뿌리뽑고자 한다. 죄인 주표와 뇌연조는 노번(潞藩)*과 사통(私通)하여 반역의 혐의가 분명하니, 정법(正法)에 호소하여 신민들에게 보여 주어야 할 것이다. 주표와 뇌연조를 하옥하여 처결을 기다리도록 하라. 또 병부시랑 완대성은 사당(社黨)을 일소하여 황제의 사업을 넓히고자 한다. 동림의 늙은이들이 메뚜기가 해를 가리듯 넘쳐나고, 복사의 어린 것들이 애벌레처럼 논밭에 출몰하고 있는데, 메뚜기는 당장의 재앙이니 모두 붙잡아 없애야 할 것이고, 애벌레들은 장래의 우환이니 조속히 멸종시켜 버려야 할 것이다. 신 완대성이 『황남록(蝗蝻錄)』*이라는 책을 엮었으니, 거기에 적힌 대로 다 거두어 들여야 할 것이다. 이 동림의 사당들을 엄히 잡아들이고 심문을 거쳐 보고하도록 하라. 각 아문에서는 이를 잘 알아서 시행하도록 하라!"

〔다 읽고 나서 놀라며〕 마사영과 완대성 두 사람이 또다시 이런 거동을 일삼고 있으니, 이제 올바른 사람과 군자들은 하나도 남지 않게 될 것이다.

【전강】

나는 약법(約法)을 살펴서,*

땅에다가 그림을 그려서 감옥으로 삼고자 했건만,*

그들이 형법을 새겨 넣고,

포락(炮烙)의 형벌*을 더할 줄을 몰랐도다.

청류들을 탁류에 빠뜨리려는 것이 아닐 수 없고,

원우(元祐) 때 사람들을 모욕했듯 다시 당인비(黨人碑)를 새기는 것이 아닐 수 없도다.*

이 법망을,

사람들이 어찌 피하겠는가.

이 무서운 명령을,

누가 감히 어기겠는가.

복사와 동림의 사람들이 모두 영어(囹圄)의 몸이 되어,

새 시대의 형벌을 받게 될 것이 눈에 선하니,

그래서 당신들을 수색했던 것이로다.

〔후방역 등에게〕 저는 여러분이 무고하게 붙잡혀 오셨기 때문에 석방해 드리고자 했습니다. 그런데 갑자기 이 엄명을 받고 보니 주표와 뇌연조를 사형에 처할 뿐 아니라 지금부터는 동림과 복사 분들도 빠져나갈 길이 없게 되었습니다.

후방역 등 〔무릎을 꿇고 간청한다〕 대인께서 석방해 주시기만을 바랄 뿐입니다.

장미 제가 만약 제형들을 풀어 드렸다가 다른 사람에게 붙들리

게 되면 다시는 살아날 방도가 없게 될 것이니 잠시 서두르지 마십시오.

[처분하는 글을 쓰며 말한다] "세 죄인은 모략을 하고 뇌물을 바쳤다 하나 증거가 없다. 채익소를 붙잡을 때까지 기다렸다가 밝히 조사하여 죄에 따라 처벌하기로 한다."

[후방역 등을 향해] 저 진무사 풍가종은 비록 공명을 좇는 자이기는 하나 아직 양심은 좀 남아 있으니 제가 편지를 써서 그에게 주겠습니다.

[편지를 쓴다] "제가 금의로 지낸 지 벌써 여러 해가 되었는데, 당파로 나누어지는 모습이 어느 시대인들 없었습니까. 군자, 소인 할 것 없이 당파 간의 성쇠는 늘 있어 왔으니 무엇이든지 오래되면 변하고 극에 달하면 되돌아오는 법입니다. 저 같은 무리는 기강을 잡는 일을 맡고 있으니 아무 때나 한편으로 쏠려서 함부로 칼을 휘두르면 안 되는 것으로 압니다. 천도(天道)는 인과응보를 잘 알고 공론(公論)도 잠들지 않을 것이니 삼가 스스로 후회를 하는 일은 하지 않고자 합니다."

[예를 갖추며] 제형들께서는 힘드시겠지만 잠시 옥중에 계십시오. 곧 억울함이 풀리는 날이 오게 될 것입니다.

[해역과 교위들이 후방역 등을 압송하여 퇴장한다]

장미 [퇴청하면서] 나 장미는 본래 선대(先代) 황제의 구신(舊臣)이었지만 나라가 망해 버려 공명을 이루고자 하는 생각도 이미 사라졌는데, 어찌 오늘 이렇게 나와서 주왕(紂王)*을 위해 학정(虐政)을 일삼듯 한단 말인가. 옛말에 "조짐을 알게 되면 하루도 기다리지 말라"고 했으니 지금 이 모습을 볼 때 더는 주저할 필요가 없을 것이로다. 〔가동에게〕 얼른 말을 끌고 오너라, 송풍각으로 요양하러 갈 것이다.

가동 〔말을 끌고 등장한다〕 말에 오르시지요. 〔장미가 말에 올라타고 가동이 수행한다〕

장미 【해삼성(解三醒)】

맑게 갠 봄날 석양이 빛나고,

길에는 온통 버들솜과 꽃들이 춤추는구나.

성 남쪽의 먼 산을 바라보니 푸르른 빛이 좋구나,

홍진객(紅塵客)의 몽상(夢想)을 다 사라지게 하네.

벌써 송풍각에 당도했구나. 여기가 나의 세상 밖 무릉도원이로다. 말에서 내려 누각에 올라가 경치나 구경해 보아야겠다. 〔말에서 내려 누각에 올라간다〕

맑은 샘과 하얀 돌 있는 곳에 오는 사람 드물고,

솔바람 소리는 물결처럼 울리는구나.

정원사는 창문을 열고 난간의 먼지를 좀 털거라. 내 조용히 경치를 감상할 것이니라.

〔정원사(잡)가 등장하여 청소를 한다〕

정원사 제비집에 버들솜 묻어 있고,

거미줄에 꽃잎이 붙어 있구나.

나으리, 깨끗이 치웠습니다요. 〔퇴장한다〕

장미 〔창밖을 바라보며〕 소나무 그늘이 문까지 드리워지니 마음
과 뼛속까지 다 시원해지는구나. 앉아서 시를 읊을 걸상을 여기
에 놓아야겠다. 〔난간에 기대며〕 봄날 연못에 물이 가득하여 수
염과 눈썹까지도 모두 푸르게 보이는군. 여기에는 차를 다릴 화
로를 놓아야겠다. 〔갑자기 웃으며〕 이런, 너무 급하게 왔군. 관
복과 신발도 벗어 놓지 않고 왔으니. 이렇게 차려입고서는 어찌
무릉도원에 사는 사람이라고 하겠는가. 우습도다, 우스워! 〔가
동에게〕 대나무 상자를 열어서 내가 사온 삿갓과 짚신, 등나무
덩굴 끈, 학 깃털 장식 등을 가져오너라. 〔옷을 갈아입는다〕

이제야말로 은퇴한 늙은이 같구나,

세 칸짜리 초가집 지어 놓고,

관복일랑 벗어 버렸다네.

〔교위(정)가 채익소를 압송하여 등장한다〕

교위 솔숲에서 첩지(帖紙) 쓰시고,

대숲에서 공문을 작성하시네.

방금 채익소를 붙잡았는데, 장 나으리께서 이곳에 오셔서 요양하신다는 소식을 듣고 그자를 여기에 끌고 데려왔습니다. 〔사람을 부른다〕 아무도 안 계십니까?

가동 〔나와서 묻는다〕 무슨 일로 이리도 화급하게 부르시는지요?

교위 나으리, 채익소를 붙잡았기에 압송해 와서 보고 올립니다. 〔영장을 바친다〕

가동 〔누각으로 올라가서 아뢴다〕 아문의 교위가 채익소를 데리고 왔다는 보고입니다.

장미 〔놀라며〕 채익소를 붙잡았다니 나머지 세 사람을 어떻게 한다? 〔생각에 잠겼다가〕 그렇지, 교위는 누각 아래에서 기다리면서 나의 명령을 들으라고 전하거라.

〔가동이 교위에게 누각 아래에서 무릎을 꿇고 기다리도록 전한다〕

장미 이 사건은 기밀 사항이니 절대로 누설해서는 안 된다. 잠시 채익소를 정원에 가두어 두어라. 내가 아문(衙門)으로 돌아간 후에 상세히 심문할 것이다.

교위 알겠습니다. 〔채익소를 나무에 묶고 자신은 퇴장하려고 한다〕

장미 교위는 돌아오라, 정원이 좁으니 이 관마(官馬)를 끌고 돌아가서 꼴을 좀 먹이거라. 나의 관복과 신발도 함께 가지고 가거라. 나는 이곳에 좀 더 머무를 것이니 더 이상 함부로 방해하지 말도록 하라.

〔교위가 대답하고 퇴장한다〕

장미 〔땅을 구르며〕 큰일이다, 큰일이야! 아전이 정원에 들어오고 죄인이 소나무에 묶여 있는데 무슨 놈의 무릉도원이라는 말인가! 차라리 누각을 내려가야겠다! 〔누각을 내려가서 채익소를 만난다〕 정말 채익소로구나.

채익소 〔무릎을 꿇고〕 이 죄인은 나으리를 뵌 적이 있습니다.

장미 비록 낯이 익다 하나 너는 복사 사람들을 들였으니 죄가 가볍지 않다.

채익소 〔머리를 땅에 찧으며〕 예.

장미 너의 가게에 있는 책들은 대부분 복사의 손에서 나온 것이니 모두가 장물이자 증거로다.

채익소 〔머리를 땅에 찧으며〕 나으리께서 살려 주시기만을 바랄 따름입니다.

장미 재산을 버리겠다고 하면 목숨은 건질 수가 있겠느니라.

채익소 저는 제 집에서 떠날 것입니다.

장미 〔기뻐하며〕 그렇다면 구해 줄 방도가 있지. 〔가동을 부르며〕 이자의 수갑을 풀어 주거라.

〔가동이 채익소의 수갑을 풀어 준다〕

장미 〔채익소에게〕 집을 떠나겠다고 했으니 나를 따라 산에서 살지 않겠느냐?

채익소 나으리께서 거두어만 주신다면 소인은 살아날 수가 있겠사옵니다.

장미 〔동북쪽을 가리키며〕 저기 동북쪽이 경치가 좋으니 절경이로구나. 〔가동에게〕 집을 잘 보고 있거라. 나는 채익소와 함께 좀 돌아보고 돌아올 것이니라.

〔가동이 대답하고 퇴장하고, 채익소가 장미를 따라 걸어간다〕

장미 〔한 장소를 가리키며〕 오늘밤은 저기 푸르른 곳에서 묵어야
겠다.

채익소 나으리께서 산 구경을 가신다고 하셨으니 사람을 보내 묵
으실 곳을 정하심이 좋지 않겠습니까. 저 산사(山寺)는 황량하
니 어찌 묵으실 수가 있겠습니까?

장미 나는 이미 관직에서 물러났으니 어느 암자엔들 이 가난한
도인이 몸을 누이지 못할까.

채익소 무슨 말씀이신지요?

장미 머뭇거리지 말고 앞으로 죽 가면 되느니라.

【전강】

멀리 흰 구름 떠가는 모습 바라보며,

거친 돌길도 마다 않고 가네.

솔숲으로 해 점점 떨어지니 빈 산은 고요하고,

뱃사람과 나무꾼 몇 명밖에 만나지 못하네.

깊고 푸른 산 속이라 인가도 드물고,

험준한 고갯길과 봉우리에 한 줄기 길만 이어지는구나.

나는 가슴을 활짝 열고,

마음껏 산을 다니다가 절에 묵으며,

지금이 어느 시대인지도 묻지 않으리.

복숭아나무 몇 그루로 범계(凡界)와 선계(仙界)가 나누어지니,

먼지 날리는 속세 이별하는 것쯤이야 쉽다는 것을 알겠네.

이른 새벽에 흰 구름 머무는 곳을 떠나,

깊은 산에 이르렀는데도 해는 아직 높이 떠 있구나.

제31척 탄핵안 작성[草檄]

복왕 2년(을유, 1645) 3월
무창 좌랑옥의 군영

〔소곤생(정)이 등장한다〕

소곤생 만력(萬曆) 연간에는 어린아이였는데,

숭정(崇禎) 시대에는 반늙은이가 되어 버렸네.

천계(天啓)* 때에 양아들로 은음(恩蔭)을 입더니,

홍광(弘光) 때에 창공(廠公)의 후예가 나타났구나.*

저는 소곤생입니다. 나이 쉰의 노안을 부릅뜨고 네 시대의 사람들을 보아 왔기에 이렇게 시를 읊은 것입니다. 저 두 내시들(마사영과 완대성)은 무도하게도 올바른 사람들을 모조리 없애 버리려고 하고 있습니다. 불쌍한 우리 후 공자께서 그 첫 번째 희생자가 되셨지요. 저는 그분과 동향이라 멀리 호광(湖廣) 땅까지 와서 영남후 좌 장군께 도움을 청하려고 하고 있습니다. 그런데 이곳에 도착한 지 사흘이 되었지만 경비가 너무 엄하여 들어가지를 못하고 있습니다. 오늘 강가에서 훈련이 있는데, 군사가 지나가는 곳에서는 누구도 소리를 내지 못하여 쥐 죽은 듯 조용합니다. 그분이 군영으로 돌아오실 때까지 기다리면서 무슨 방법이라도 써서 그분을 한 번이라도 뵈어야 되겠습니다. 〔여관 주인에게〕 주인장, 계시오?

〔주인(부정)이 등장한다〕

주인 황학루에는 신선들 다 떠나고 없지만,

   백운시(白雲市)*에는 술집이 아직 많도다.

   무엇을 도와 드릴까요?

소곤생 좌 원수 나으리께서는 언제 군영으로 돌아오시는지요?

주인 아직 멀었습니다. 삼십만 군사들을 날마다 등불까지 켜고 점검을 하시고, 게다가 오늘은 원 독무(袁督撫: 원계함) 나으리와 황 순안(黃巡按: 황주) 나으리와 함께 훈련장에서 술을 드실 것이니 일찍 돌아오시지는 않을 겁니다.

소곤생 그렇다면 술이나 한 병 가져다주시구려. 천천히 마시면서 기다리지요.

주인 〔술을 가져오며〕 뭐 하러 기다립니까. 술 한잔 하시고 일찍 쉬시지요.

소곤생 내가 무슨 첩자질을 하는 것은 아니니 안심하고 문 닫고
　주무시구려.

〔주인이 퇴장한다〕

소곤생 〔멀리 바라보며〕 저 밝은 달이 벌써 동산에서 떠오르니
　정말이지 봄밤의 강물 풍경이라. 다만 때가 좋질 않구나. 〔앉아
　서 술을 따라 마시며〕 이 잔 속의 술을 보니 노래나 몇 대목 부
　르고 싶구나. 울적한 기분이나 풀어 보자.

　　〚염노교서(念奴嬌序)〛*
　　일만 리나 떨어진 하늘에는,
　　어여쁜 달님 둥실 떠 있는데,
　　흠집이라고는 찾아볼 수 없다네.
　　열두 곳 난간마다 달빛 가득한 곳이라,
　　주렴과 은빛 병풍에도 차갑게 스며드네.
　　다만 이렇게 말하려네,
　　몸은 요대(瑤臺)에 있고,
　　웃으며 옥 술잔에 술 따르니,
　　인생 몇 번이나 이처럼 아름다운 경치를 만날까.
　　원하노니 해마다 오늘 밤처럼,
　　사람과 달이 모두 밝기를.

　〔스스로 술을 따라 마시며〕 이렇게 좋은 노래를 완원해 말고
　는 좋아하는 사람이 없지. 그만두자, 그만두어! 차라리 떠다니

는 먼지 속에 묻혀 버릴지언정 비적(匪賊) 같은 놈에게는 투신하지 않겠다. 〔또 마신다〕 지금쯤이면 장군께서 돌아오실 때도 되었으니 계속해서 불러 보자. 장군께서 이 노래를 들으시고서 사연을 물어보지 않으면 그만이겠지만, 만약 내게 물어보신다면 좋은 기회가 아니겠는가. 〔다시 북과 딱딱이를 치면서 노래한다〕

〚전강〛
외로이 홀로 있는데,
남쪽 나뭇가지가 갑자기 차가워지니,
까마귀와 참새는 푸드덕,
놀라 날아올라 내려앉을 곳을 찾지 못하네.*

주인 〔등장하여 불평한다〕 손님께서는 좀 조용히 쉬시지요. 만약에 원수께서 들으시면 저희 집이 고초를 당할 겁니다.

소곤생 첩첩이 푸른 산 중에,
내가 초막 짓고 살 만한 대나무 숲은 어디에 있을까.

〔주인이 소곤생을 끌고 들어가려고 한다〕
소곤생 괜찮소이다. 나는 원수 나으리의 고향 사람인데, 그분이 아시게 되면 나를 불러 주시기를 바라는 것입니다.
주인 그렇다면 모든 일은 손님만 믿겠습니다! 〔퇴장한다〕

소곤생 〔다시 노래한다〕

돌이켜 생각해 보면,

장원 급제는 그 누가 했던가,

항아 혼자 살고 있었는데,

옛 사람은 멀리 있으니 마음이 아프구나.*

원하노니 해마다 오늘밤처럼,

사람과 달이 모두 맑기를.

〔소졸(小卒)(잡) 몇 명이 활, 화살, 투구, 갑옷을 등에 지고 지나간다〕

소곤생 〔지나가는 소리를 들으며〕 밖에 말발굽 소리가 어지럽게 들리는 것을 보니 장군께서 돌아오신 모양이다. 한 곡을 더 불러야겠다.

〖전강〗

달빛이 밝기도 하여라,

나는 옥피리 그만 불고,

난(鸞) 새 타고 날아오르고 싶지만,

어디가 차가운 월궁(月宮)인지 모르겠네.*

〔소군(小軍)(잡) 네 명이 깃발을 들고 앞서서 나온다〕

소곤생 〔소리를 들으며〕 길 트는 소리가 점점 가까워지니 노래를 더 큰소리로 불러야겠다.

패옥이 이슬에 젖어 딸랑거리는데,
허비경(許飛瓊)*이 달에서 내려온 것일까?

〔좌량옥(左良玉)(소생), 원계함(袁繼咸)(외), 황주(黃澍)(말) 등이
관복을 입고 말을 타고 등장한다〕

세 사람　조정에서 새 정치를 펴느라 가무를 가르치느라,
강가에 남아 있는 군사들이 북을 두드리는구나.

원계함　아! 장군, 여기에서도 가무를 가르치기 시작하셨습니까?
좌량옥　군령이 엄정한데 민간에서 누가 감히 그러겠습니까?
황주　〔노랫소리 나는 쪽을 가리키며〕정말 누가 노래를 부르고
있습니다.
〔좌량옥이 말에 탄 채 일어서서 들어 본다〕
소곤생　〔큰소리로 노래를 부른다〕

어찌 견디랴,
향기로운 안개에 쪽진 머리 젖어들고,
맑은 달빛에 옥같이 흰 팔뚝 차가우니,
광한궁(廣漢宮)*의 항아와도 견줄 수 있겠네.
원하노니 해마다 오늘 밤처럼,

사람과 달이 모두 맑기를.

좌랑옥 〔화를 내며〕 지금은 계엄령이 내려져 있는데도 군법을 지
키지 않고 한밤에 노래를 하다니. 빨리 붙잡아 넣어라!
〔소졸들이 문을 열고 소곤생을 붙잡아 좌랑옥이 탄 말 앞에 무릎
을 꿇린다〕
좌랑옥 방금 노래를 한 자가 바로 너냐?
소곤생 예.
좌랑옥 군령이 엄정한데 감히 이렇게 방자한 짓을 하다니.
소곤생 어쩔 수 없었습니다. 죽기를 각오하고 노래를 부른 것이
오니 나으리께서 용서해 주시기만을 바랄 따름입니다.
원계함 이자의 말을 들어 보니 술에 취한 것 같습니다.
황주 하지만 노래 하나는 잘하는군요.
좌랑옥 이자는 행색이 의심스러운데 공관으로 데리고 가서 자세
히 심문해야겠다. 〔소곤생을 데리고 간다〕

세 장수 【솔지금당(窣地錦襠)】
강상(江上) 훈련을 마치고 한밤에 무창으로 돌아오니,
개와 닭도 조용하여 시골 마을 같았는데,
한밤중에 갑자기 축(筑)을 두드리는 사람을 만나 보니,
슬픈 노래가 어쩐지 무슨 사연이 있는 듯하구나.

〔공관에 도착한다〕

좌량옥 〔원계함과 황주에게 자리를 내주면서〕 누추합니다만 앉
으시지요. 군사(軍事)를 상의하고자 합니다.

원계함·황주 방해를 드리는 것 같아 송구합니다. 〔함께 들어가
앉는다〕

원계함 아까 노래를 부른 자는 얼른 풀어 줘 버리시지요.

좌량옥 그렇게 하려고 합니다. 〔부하들에게〕 노래 부른 자를 데
려오너라.

〔소졸들이 소곤생을 데려와서 무릎을 꿇린다〕

좌량옥 군령을 어긴 이유를 바른 대로 말해 보거라.

소곤생 소인은 남경에서 온 자입니다. 일부러 원수님을 찾아왔는
데 들어올 방법이 없어서 하는 수 없이 일부러 법을 어겨 원수
님을 뵙고자 한 것입니다.

좌량옥 네 이놈! 죽고 싶은 모양이로구나. 그래도 정직하게 말하
지 않다니!

황주 잠시 화를 가라앉히시고 저자가 무슨 일로 원수님을 뵈려
고 했는지나 들어 보시지요.

소곤생 【쇄남지(鎖南枝)】
　　서울의 일은,
　　안개 속에 가려진 듯하여,
　　아침마다 당인(黨人)이라며 붙잡아 가고 있습니다.
　　지금은 후 공자께서,
　　붙잡혀 가서 영어의 몸이 되었습니다.

옛 벗을 그리며,

옛 은덕을 생각하시면서,

새 시대를 위하여,

새 원한을 없애 주십시오.

좌량옥 후 공자는 나와는 대대로 교분이 있는 집안 분인데 이렇게 나를 찾아왔다니 분명 친서가 있을 것이오. 한번 보여 주기 바라오.

소곤생 〔머리를 땅에 찧으며〕 그날 완대성이 직접 교위들을 이끌고 와서는 바로 감옥으로 보내 버렸기 때문에 편지를 쓰실 틈이 없었습니다.

원계함 그대의 말만으로 어찌 믿는다는 말인가?

좌량옥 〔잠시 생각하다가〕 그렇지. 나의 군막에 후 공자의 친구 분이 계시니 그분께 물어보면 그 자리에서 진짜인지 아닌지를 가려낼 수 있을 것이다. 〔소졸에게〕 유 상공을 모시고 오너라.

〔소졸이 대답하고 퇴장한다〕

〔유경정(축)이 등장한다〕

유경정 술 친구라면 이 유경정에게 물어보십시오.

제가 가려내 드리겠습니다.

〔촛불을 켜고 살펴본다〕 아! 맹제(盟弟) 소곤생이셨구려.

〔두 사람이 눈물을 훔친다〕

좌량옥 이 사람을 알아보겠습니까?

유경정 이분은 하남의 소곤생이라는 분으로, 천하제일의 가수이니 누구라도 알아볼 것입니다.

좌량옥 〔기뻐하며〕 노래하는 분이 의사(義士)이실 줄은 미처 몰랐습니다. 〔손을 잡아끌고 일으켜 세우며〕 앉으시지요.

〔소곤생이 예를 갖춘 후 앉는다〕

유경정 후 공자께서는 무슨 일 때문에 하옥되셨다는 말씀인지요?

소곤생 【전강】

　　그분은 동림당과,

　　복사의 일원으로,

　　위충현과 최정수*를 공격했다는 죄목이었지요.

　　완가가 옛 원한을 갚으려고 하니,

　　마씨도 생각 없이 따른 것이지요.

　　삼산가에,

　　사나운 기병들이,

　　몰려왔는데,

　　마치 독수리나 매 같았지요.

　후 상공을 잡아가서 하옥해 버리니 소식도 통할 수가 없어서 저는 할 수 없이 이렇게 죽음을 무릅쓰고 도움을 청하러 온 것입니다. 다행히도 장군께서 저를 죽이지 않으시고 또 이렇게 유형까지 만나게 되었습니다. 〔절하며〕 장형(長兄)께서 원수님께 잘 말씀드려 주셔서 아침에 구명 편지를 보낼 수 있다면 제가 이 먼 곳까지 온 것이 헛되지는 않을 것입니다.

좌량옥 〔분노하며〕 조정의 일이 이 지경이라는데 원, 황 두 분 맹제께서는 어떤 생각이십니까, 저는 원통하여 죽겠습니다.

원계함 이뿐이 아닙니다. 듣자 하니 구비(舊妃) 동씨(童氏)*가 힘들게 남경으로 찾아왔는데 마, 완 두 사람은 동씨를 받아 주지 않고 따로 자기네 사람을 숨겨 두었다가 새 비로 뽑히게 한 후에 황후를 이용하여 세력을 행사하려 한다고 하니, 이 어찌 죽일 놈들이 아니겠습니까.

황주 또 있습니다. 숭정제의 태자께서는 칠 년 동안 황태자로 계셨으니 많은 대신들이 모두 그분을 인정했지만, 두 사람은 도리어 황태자를 유폐시키려고 하고 있습니다. 사람들은 모두 분노하며 마, 완 두 사람을 찢어 죽여서 선제(先帝)의 영령에 사죄하고 싶어 한다고 합니다.

좌량옥 〔크게 노하여〕 우리가 변방에서 있는 힘을 다해 적과 맞서 싸운 것은 오로지 조정의 은혜에 보답하기 위해서였다. 그런데 사악한 무리를 믿고 올바른 사람을 죽이며 날마다 매관매직이 판을 치고 음주가무가 끊이질 않으니, 일대 중흥의 군주가 보여 주는 것은 모두 망국의 정치일 뿐이로다. 다만 사 각부(史閣部, 사가법)만이 충심이 자못 있지만 마, 완에게 견제를 당하고 있으니 자신의 뜻대로 하질 못한다. 남은 것은 나 혼자뿐이니, 사태가 이럴진대 어찌 중원을 되찾을 수 있겠는가. 〔발을 구르며〕 아아! 그만두자! 어쩔 수 없지, 황제를 위협하는 신하가

될 수밖에. 〔원계함에게 절하며〕임후(臨侯)께서는 제 대신 탄
핵장을 써 주십시오.

원계함 어떻게 써야 하겠습니까?

좌량옥 마, 완의 죄악을 통렬히 지적해 주십시오.

원계함 말씀대로 하겠습니다!

〔유경정이 붓과 종이를 가져온다〕

원계함 〔탄핵장을 쓴다〕

【전강】

"조정에서는,

역신(逆臣)을 쓰고,

드러내놓고 왕비를 버리고 황태자를 가두었다.

복수의 음모가 연이어 일어나니,

올바른 선비들은 모두 피해 버렸다.

미녀 찾아,

교태 가르치고,

관직을 팔아먹으니,

필설로는 다하기 어렵도다."

〔탄핵장을 완성한다〕

좌량옥 격문도 하나 필요합니다. 〔황주에게〕중림(仲霖)께서 초
안을 좀 써 주시지요. 〔절한다〕

황주 마찬가지로 그렇게 쓰면 되겠습니까?

좌량옥 내가 군사를 일으켜 토벌을 하여 그놈들을 하나도 남김없이 쓸어 버릴 것이라고 써 주십시오.

유경정 옳으신 말씀입니다!

좌량옥 저번에는 군사를 움직이지 말라고 하시더니 오늘은 어찌하여 찬성하시는지요?

유경정 지금은 홍광 황제 시대이니 그때와 지금은 다르지요.

좌량옥 옳으십니다. 나 좌량옥은 선제의 장수이고, 선제의 황태자가 나의 주군이십니다. 저 마, 완이 홍광을 옹립했을 때 나는 먼 변방에 있어서 홍광의 조서(詔書)를 받은 적이 없습니다.

황주 내가 초안을 쓰겠습니다.

〔유경정이 붓과 종이를 준다〕

황주 〔격문을 쓴다〕

【전강】

"임금의 측근을 일소하고자,

격문을 써서 보내니,

용맹한 병사들이 길을 덮노라.

삽시간에 금릉으로 달려가서,

곧장 봉황문(鳳凰門)에 도착하라.

황궁에 예를 갖추고,

효릉(孝陵)*을 참배한 후,

내각을 수색하여,

흰 칼날을 쓰겠노라."

〔격문을 완성한다〕

좌량옥   그럼 모두 서명을 하십시다.

원계함   이 일은 중대하니 새 순무(巡撫)인 하등교(何騰蛟)*에게 가져가서 서명을 받아야 하지 않겠습니까?

좌량옥   그자는 사람이 고집스러우니 알려 줄 필요 없이 그냥 이름만 써 넣으면 될 것이오.

〔원계함과 황주가 서명한다〕

좌량옥   오늘밤에 등사(謄寫)를 끝내고 내일 아침에 발송하면 나는 그 뒤에 군사를 일으킬 것입니다.

원계함   그런데 역참에서 일이 잘못될까 걱정입니다만.

좌량옥   무슨 말씀이신지?

원계함   서울에는 익명의 문서가 끊임없이 모여드는데 마, 완 두 사람이 매일 아침에 사람을 시켜 문서들을 검사하게 한 후에 마음에 드는 것은 받아들이고 그렇지 않은 것은 불태워 버리고 쳐다보지도 않습니다.

좌량옥   그렇다면 사람을 보내는 수밖에 없겠습니다.

황주   그것도 어렵습니다. 듣자 하니 마, 완 두 사람은 안경(安慶) 장군 두홍역(杜弘域)에게 밀지를 내려 판자로 방벽을 구축해 놓고 오래전부터 우리 군사를 막을 준비를 해 놓았다고 합니다. 이 격문이 당도하게 되면 어찌 내버려 두겠습니까. 그렇게 되면 격문을 가지고 간 사람은 죽은 목숨이 되고 말 것입니다.

좌량옥   그렇다면 어찌하면 좋겠소?

유경정   이 늙은이가 가 보겠습니다.

원계함·황주 〔놀라며〕 유 선생께서는 진정 형가(荊軻)와도 같은 분이십니다. 저희가 백의(白衣)를 입고 전송해 드리겠습니다.*

유경정 이 늙은이의 목숨이 뭐 그리 중할 게 있겠습니까. 그저 원 수님의 일을 좀 도와 드리고자 하는 것일 뿐이지요.

좌량옥 〔크게 기뻐하며〕 이렇게 충의(忠義)한 분께 이 좌곤산(左 崑山)이 절을 올려야겠습니다. 여봐라, 술잔을 가져오너라.

〔소졸이 술을 가져온다〕

좌량옥 〔무릎을 꿇고 유경정에게 술을 바치며〕 이 술잔을 받아 주십시오.

〔유경정이 무릎을 꿇고 술잔을 비운다. 모두가 유경정에게 절을 하고 유경정도 답례를 한다〕

유경정 【전강】

　　술잔을 들고,

　　눈물을 뿌리며,

　　형가의 노래를 삼키노라.

　　한밤에 손잡고 당부하니,

　　모든 이가 애통하도다.

　　언제 돌아올지 모르고,

　　물어볼 곳도 없으리니,

　　달은 나지막하고,

　　봄바람은 아직 차갑구나.

〔모두 눈물을 뿌린다〕

유경정 〔소곤생에게〕 아우님께서는 몸조심하시고 원수님을 잘 모셔 주오. 나는 곧 짐을 꾸려서 동쪽으로 갈 것입니다.

소곤생 공자께서 구출되어 출옥하시면 그때 형님과 다시 만납시다.

〔모두 작별하고 유경정이 퇴장한다〕

좌량옥 의사로다, 의사로다!

원계함·황주 장하도다, 장하도다!

자욱한 안개에 밤기운은 혼미한데,

술잔은 비었고 나그네는 애통하다.

예부터 장사(壯士)는 돌아올 줄 몰랐으니,

장강(長江)만 바다로 구비 쳐서 흘러가네.

제32척 숭정제 제사[拜壇]

복왕 2년(을유, 1645) 3월

남경 태상시(太常寺)

남경 계아항(鷄鵝巷)의 마사영 저택

〔찬례(贊禮)(부말)가 관복과 흰 수염 차림으로 등장한다〕

찬례 【오소사(吳小四)】

보아하니 그분(숭정제)은,

운명이 다해,

하북(河北) 땅 절반이 무너졌구나.

뒤를 이은 어린 임금(복왕)은 놀이나 탐하고,

원수를 갚지 않고 나라도 돌보지 않는구나.

그러니 둥지 속의 재산은,

도적*놈들이 다 움켜쥐어 버렸을 뿐.

저는 태상시의 일개 찬례입니다. 신락관(神樂觀) 옆에 살면서 능묘의 제사일을 관장하고 있었지요. 그런데 갑자기 천지가 뒤바뀌어 새 임금이 즉위하니 우리 남경은 다시 한번 흥하게 되었습니다. 올해는 을유년으로 연호를 새로 세운 첫 해이니 집집마다 경사스러운 분위기입니다. 그래서 이 늙은이도 술 석 잔 마시고서 내키는 대로 한 곡조 불렀습니다. 옆에 있는 사람이 제게 권하기를,

"각자 집 앞의 눈을 치울 일이지,

남의 집 기와 위의 서리는 상관해서 뭐 하겠습니까."

라고 하기에 저는 이렇게 대답해 주었지요.

"태풍이 불어와서 오동나무가 쓰러지면,

옆집 사람도 이런저런 이야기를 하게 되지요."

〔막후를 향해〕 얘들아, 오늘이 삼월 십며칠이더냐?

막후 삼월 십구일입니다.

찬례 뭐라고! 삼월 십구일이면 숭정 황제의 기일이구나. 태평문(太平門) 밖에 제단을 만들고 내가 집사 노릇을 해야 되는데 깜박했구나. 빨리 가야겠다! 〔걸어간다〕

굽이굽이 고갯길 연이어 있고,

대나무와 소나무가 울창하구나.

벌써 제단에 도착했군요. 다행히도 문무백관이 아직 당도하지 않았으니 그동안 준비나 다 해 두어야겠습니다. 〔상을 펴고

향, 꽃, 초, 술 등을 준비한다〕

〔마사영(정)과 양문총(말)이 소복(素服) 차림의 종자들을 데리고
등장한다〕

마사영 · 양문총 【보천락(普天樂)】
　　강산은 옛 모습이지만,
　　분위기는 새로우니,
　　늦봄 안개 속에 사람은 멋지도다.
　　성을 나서서,
　　들판의 뽕밭 삼밭을 지나가는데,
　　무슨 놈의 옛 임금의 승하를 슬퍼한단 말인가,
　　봄나들이 나온 것이지.

〔사가법(외)이 소복 차림으로 등장한다〕

사가법　이제야 강변에 술잔 바치면서 통곡하러 가니,
　　피눈물이 술잔에 가득 차 넘쳐흐를 것이로다.
　　해마다 이날이 되면,
　　푸른 하늘에 여쭙노니,
　　무슨 시절을 만났다는 말이런가!

〔마사영과 양문총을 만나 예를 갖춘다〕

마사영　오늘은 사종(思宗) 선제께서 승하하신 날이니 제단을 갖

추어 제사를 올려야 할 것입니다.

양문총 옳으신 말씀입니다.

사가법 문무백관들이 모두 당도했는지요?

찬례 모두 당도하셨습니다.

마사영 그럼 바로 제사를 모십시다.

〔찬례가 집사관(執事官)들(잡)에게 비단과 술잔을 받쳐 들게 한다〕

찬례 집사관들은 각자 일을 맡고, 배사관(陪祀官)과 대헌관(代獻官)*도 모두 제자리에 서시오. 〔모두 위치에 맞게 늘어선다〕

예모혈(瘞毛血)-!* 영신(迎神)-. 참신(參神)-. 부복(俯伏)-, 흥(興)-. 부복-, 흥-. 부복-, 흥-. 부복-, 흥-. 평신(平身)-. 〔각자 예를 마치고 선다〕 행전백례(行奠帛禮)-.* 승단(陞壇)-. 〔마사영이 홀을 쥐고 신위 앞으로 간다〕 진홀(搢笏)-.* 헌백(獻帛)-, 전백(奠帛)-. 〔마사영이 무릎을 꿇고 제물을 바치고 머리를 조아린다〕 평신-, 출홀(出笏)-. 예독축위(詣讀祝位)-,* 궤(跪)-. 〔마사영이 무릎을 꿇는다〕 독축(讀祝)-.

"해는 을유년 삼월 십구일, 황종제(皇從弟)이자 후계자인 유숭(由崧, 복왕)이 삼가 사종(思宗) 열황제(烈皇帝)께 아뢰옵니다. 우러러 생각해 보건대, 문덕(文德)과 무공(武功)이 뛰어나셔서 등극하신 지 열일곱 해 되시던 해에 정치가 기울고 나라가 기울어 황제께서 사직을 떠나시고 황후와 태자께서도 모두 국부의 난에 순국하셨습니다. 이 아우는 어리석고 재주 없으나 굴욕 속에 살아남아 신민의 청을 굽어살펴 남경에서 즉위하여 잠시 종묘와 백성들을 관장하게 되었습니다. 한 분의 승하를 슬퍼하고 백관의 태만을 징벌하며 조정의 정치에 힘쓰면서, 근심과 두려움을 멈추지 못하고 창을 베개 삼고 눈물을 마시면서 중원을 회복하기를 맹세했습니다. 오늘 빈천(賓天)*하신 기일을 맞아 삼가 제단을 갖추고 제사관들을 보내 대신 제사를 올립니다. 부디 이러한 추모의 정성을 살피셔서 이 부족한 음식을 흠향해 주시옵소서!"

거애(擧哀)-. 〔모두 세 번 통곡한다〕 애지(哀止)-. 부복-, 흥-, 복위(復位)-. 〔마사영이 원래 자리로 돌아간다〕 행초헌례(行初獻禮)-. 승단-. 〔마사영이 신위 앞으로 온다〕 진홀-, 헌작(獻爵)-, 전작(奠爵)-. 〔마사영이 술잔을 바치고 머리를 조아린다〕 평신-, 출홀-, 복위-. 〔아헌례(亞獻禮)를 행한다. 순서는 초헌례와 같다〕 철찬(撤饌)-, 송신(送神)-. 부복-, 흥-. 〔절을 네 번 한다. 모두 찬례의 지시에 따라 절을 마친 후 일어선다〕 독축관(讀祝官) 봉축(捧祝)-, 진백관(進帛官) 봉백(捧帛)-, 각자 예위(瘞位)로 가시오. 〔모두 일어선다〕 망예(望瘞)-.* 〔집사관이 축문과 백을 불태운다〕 예필(禮畢)-.

사가법 〔혼자 통곡하면서 노래한다〕

【조천자(朝天子)】
누런 바람이 만 리 밖 사막에서 불어오는데,
어디에서 혼백을 부르랴.

폐하의 깃발 그리워,

매산에 피었던 마른 꽃잎 몇 송이를 간직하고서,

저녁녘에 까마귀 바라보니,

강남 땅 절반이 노을로 물들어 있네.

그 옛날 고향에서처럼,

고신(孤臣)이 하늘 끝 바라보며 통곡하니,

촌로(村老)가 세밀 제사 모시는 것 같구나,

촌로가 세밀 제사 모시는 것 같구나.

찬례　나으리들의 곡성(哭聲)이 애통하지 않으니 이 늙은이가 방성대곡을 참을 수 없구나. 〔통곡하고 퇴장한다〕

〔완대성(부정)이 소복 차림을 하고 큰소리를 외치며 등장한다〕

완대성　우리 선제(先帝)시여, 선제이시여! 오늘이 당신의 일 주기(週忌)이니 옛 신하였던 저 완대성도 이렇게 통곡하러 찾아왔나이다. 〔눈을 비비고서〕 제사는 다 지냈습니까?

마사영　금방 다 끝났지요.

완대성　〔제단으로 가서 급히 네 번 절하고 통곡한다〕 선제여, 선제여! 나라가 망하고 당신이 돌아가신 것은 모두 동림당 소인배들 때문입니다. 지금 그자들은 모두 흩어져 버렸고, 저희 충신 몇 명만이 남아 있습니다. 오늘 당신 생각에 이렇게 통곡하러 왔는데, 당신은 왜 돌아가셔서 깨어나질 않으십니까! 〔다시 통곡한다〕

마사영　〔완대성을 잡아끌면서〕 원해(圓海) 대감, 너무 슬퍼하지 마시고 일어나서 절이나 하시지요.

〔완대성이 눈을 비비고 마사영과 인사한다〕

사가법 〔혼잣말로〕 가소로운지고, 가소로운지고! 〔마사영·완대
성과 작별한다〕 그럼 저는 이만!

안개 내리고 먼지 자욱한 삼 리 길에,

도깨비와 귀신만이 가득하구나.

〔퇴장한다〕

마사영 우리도 모두 말을 타고 함께 성으로 돌아갑시다. 〔옷을 갈
아입고 말에 올라 길을 떠난다〕

모두 【보천락】

미주(美酒) 바치고,

제단 아래에서 통곡했지만,

진심인지 아닌지 누구에게 물어볼 것도 없지.

백관들 흩어지고,

길은 떠들썩한데,

좋은 경치 화창한 날씨 맞아,

흥망의 이야기나 주고받으며 가지.

노래하며 돌아가니,

봄바람 속에 목욕 끝내고 돌아가는 것 같으니,

강북 땅의 전쟁이야 걱정할 것 있겠는가.

남조에서는 예로부터 풍류를 즐겨 왔으니,

이 봄날이 얼마나 값이 나갈까만 걱정할 뿐.

〔하인들이 길을 튼다〕

마사영　벌써 계아항(鷄鵝巷)에 도착했는데 저희 집이 멀지 않으니 정원에 가셔서 모란이나 함께 구경하심이 어떠할지요?

양문총　저는 손님을 뵐 일이 있어서 여기에서 작별 인사 드려야겠습니다. 〔작별하고 퇴장한다〕

완대성　제가 모시고 가지요.

〔일행이 도착하여 말에서 내린다〕

마사영　들어가시지요.

완대성　먼저 들어가시지요. 따라가겠습니다.

〔마사영이 앞에 가고 완대성이 뒤따라가면서 정원으로 들어간다〕

완대성　꽃들이 과연 좋습니다.

마사영　〔하인에게〕얼른 술상을 차려오너라. 꽃을 좀 감상하련다.

〔하인이 술상을 차려온다〕

〔마사영과 완대성이 옷을 갈아입고 자리에 앉아 술을 마신다〕

마사영　〔크게 웃으며〕오늘 숭정제의 제사도 해치웠으니 내일 성상께서 대전에 오르시면 우리는 새 천자 아래의 새 신하가 되는 것이로군요.

완대성　연일 강가에 있다 보니 조정에 어떤 새 소식이 있는지 모르겠습니다.

마사영　옛 황태자를 붙잡았는데 어찌할지를 상의 중입니다. 원해

대감의 생각은 어떠신지요?

완대성 그것은 간단합니다.

마사영 어떻게 한다는 말씀입니까?

완대성 승상의 권세가 안팎에 떨치고 있으니 승상께서 추대해 주시느냐에 달려 있을 따름입니다.

마사영 그렇지, 그래요.

완대성 승상께서 추대하시기에 달렸으니,

【조천자】
만약 태자를 인정하신다면,
우리가 옹립한 주군은,
어디에 두어야 하겠습니까.

마사영 그렇지, 그래요. 그럼 태자를 감금해 버립시다. 그러면 민심도 혼란스러워지지 않을 것입니다. 그런데 구비(舊妃) 동씨(童氏)가 조정에 와서 호소하기를, 자기를 정식 황후로 맞이해 달라고 하는데 이 일은 또 어찌하면 좋겠습니까?

완대성 이 일은 더욱 쉽습니다.

옛말에,
임금은 미인을 좋아한다했지요.
미녀 어깨에 비단 걸쳐 주어,*
먼저 뽑아서 데려온 후에,

중매를 내세워 황후로 삼아 버리면 됩니다.

마사영　그렇지, 그래! 나는 이미 다 뽑아 두었으니 이 동씨는 궁궐에 들여보낼 필요가 없겠군요. 또 한 가지가 있습니다. 저 동림당과 복사 도당들을 붙잡아 서울로 압송했는데 어떻게 심문을 할까요?

완대성　이자들은 천생이 우리와 원수지간이니 어찌 용서할 수가 있겠습니까!

　싹 하나도 남김없이 다 잘라 버려야 하니,
　붙잡아 오면 모두 죽여 버리십시오.
　붙잡아 오면 모두 죽여 버리십시오.

마사영　〔크게 웃으며〕 묘안이로고, 묘안이에요! 대감의 의견이 구구절절 나의 뜻과 맞아떨어집니다. 술잔을 들어 석 잔씩 마십시다.

〔시종(잡)이 문서를 들고 급히 등장한다〕

시종　영남후 좌량옥이 문서를 통정사(通政司)*에 보내왔습니다. 이것은 내각에서 보낸 보고서이오니 살펴보십시오.

마사영　그자가 무슨 문서를 보냈다는 말이냐! 〔문서를 보고 화를 내며〕 아아! 무서운 놈이로다. 우리를 탄핵하는 문서로구나. 우리의 죄를 일곱 가지로 적고 성상께 즉각 처분을 내려 주십사는 내용이니 이런 죽일 놈이 있는가.

[시종이 다른 문서를 가지고 급히 등장한다]

시종   여기에 공문서도 사람을 시켜 보내왔습니다.

마사영   [받아 보고서 놀라며] 이것은 또 나를 토벌하겠다는 격문
이로구나. 나를 엄청나게 모욕하는 구절이로다. 게다가 군사까
지 일으켜 쳐들어와서 나의 머리를 베어 버린다고 하니 이 일을
어찌하면 좋겠소?

완대성   [놀라 일어서며 벌벌 떤다] 무섭습니다, 무서워요! 다른
것이라면 방법이 있겠지만 이 일만은 달리 방법이 없습니다.

마사영   그렇다면 목을 길게 빼놓고 그놈이 와서 베어 가기를 기
다리라는 말이오?

완대성   좀 생각할 시간을 주십시오. [잠시 생각한 후에] 달리 방
법이 없습니다. 세 진의 장수*들을 모아서 속히 가서 막는 수밖
에는 말입니다.

마사영   만약 북방의 군사들*이 강을 건너온다면 누가 그들을 막
아 싸우겠는가?

완대성   [마사영의 귀에 대고] 북방 군사들이 쳐들어오면 맞서 싸
우실 겁니까?

마사영   맞서 싸우지 않는다면 또 어떤 방법이 있다는 말이오?

완대성   두 가지 방법이 있습니다.

마사영   알려 주시구려!

완대성   [옷깃을 들고] 도망가는 것이거나 [무릎을 꿇고] 항복하
는 것이지요.

마사영   일리가 있는 말입니다. 대장부 기백에 차라리 북방 군사

의 병마(兵馬)에 머리를 숙일지언정 남쪽 도적들의 칼에 당하지는 않을 것이로다. 나는 이미 생각을 정했으니 즉시 소집 문서를 띄워 세 진의 군사들을 모아 오도록 하라. 〔잠시 생각하다가〕 잠깐만 기다려라. 무슨 명분이 없으면 세 진의 장수들이 선뜻 오려고 하질 않을 것인데, 이를 또 어찌하면 좋겠습니까?

완대성 좌량옥의 군사가 동쪽으로 쳐들어와서 노왕(潞王)을 감국(監國)*으로 옹립하려는 음모를 꾸미고 있다고 전하기만 한다면 세 진의 장수들은 자연히 서둘러 올 것입니다.

마사영 그렇지, 그래! 번거롭겠지만 원해 대감이 세 진에 직접 가 주시기 바랍니다.

마사영 · 완대성 【보천락】

　　소집 문서를 띄워,

　　비마(飛馬)에 몸을 싣고,

　　강을 건너 속히 세 진의 장수들을 불러와야 하네.

　　"함께 배를 타고 강을 건너오고,

　　노도 함께 저어야지,

　　목숨을 살릴 수가 있을 것이오.

　　내가 정신이 놀란 것이 아니라,

　　백만 대군이 밀려 내려와서,

　　순식간에 도성을 공격하는 것을 어찌 당하겠는가.

　　오로지 철쇄(鐵鎖)로 장강을 막고,

　　강력한 쇠뇌 당겨 막아야 할 것이오."*

완대성 노승상께 하직하고 즉시 떠나겠습니다.

마사영 잠깐, 긴히 전할 말이 있습니다. 〔귀에 대고〕 내각의 고홍도(高弘圖)와 강왈광(姜曰廣)이 반역자들 편을 들어 주다가 파직되었소. 저 주표와 뇌연조가 감옥에 있는 동안 내통하여 수작을 꾸밀까 걱정인데 일찌감치 해치워 버리는 것이 어떻겠습니까?

완대성 지당하신 말씀입니다.

마사영 〔예를 갖추며〕 그럼 잘 다녀오시지요. 〔급히 퇴장한다〕

〔완대성이 출발한다〕

시종 〔완대성에게〕 아뢰옵니다. 저기 격문을 가져온 자를 아직 붙잡아 두었는데 어찌 처리할지 말씀해 주십시오.

완대성 처리할 것도 없다. 형부(刑部)로 보내 처결하면 그만이지. 〔말에 올라 퇴장하려고 하다가 생각 끝에〕 가만, 덤벙대지 말아야지. 세 진의 장군들은 좌량옥과는 적수가 못될 텐데, 만일 이 자를 죽여 버리면 나중에 만회하기가 어렵지 않은가. 〔시종에게〕 속히 진무사로 가서 풍 나으리(풍가종)를 찾아 뵙고 이 사람을 잘 감시하라고 부탁드리도록 해라.

〔시종이 대답하고 퇴장한다〕

완대성 하마터면 큰 실수를 할 뻔했구나. 〔말에 올라타서 빠른 속도로 간다〕

  강남과 강북의 일이 실타래처럼 얽혀 있으니,

  반은 두 유(劉) 장군에게, 반은 나 완대성에게 달렸지.

삼면의 형세는 셈할 필요도 없거니와,

서남쪽의 한 사람과 어찌 될지가 걱정이라.*

제33척 옥중의 모임[會獄]

복왕 2년(을유, 1645) 3월

남경 옥중

〔후방역(생)이 해진 옷을 입고 수심에 잠긴 모습으로 등장한다〕

후방역 【매화인(梅花引)】

궁궐의 홰나무는 많은 세월 겪으며,

차가운 안개 사이에 늘어져서,

무너진 담장 곁에 기대어 있구나.

마지막 봄바람이,

이제야 어두운 감옥에도 불어오네.

두 분 친구와 늘상 함께하며,

요즈음의 괴로운 마음 나누어 보지만,

술 마실 돈은 누가 빌려 주려나.

소생은 후방역입니다. 감옥에 갇힌 지도 벌써 보름이 되었습니다만 증인이 없어서 당분간 기다리고 있는 중인데, 다행히 친구분들과 함께 있으니 그리 외롭지는 않습니다. 저기 마당에 달빛이 들어와 홰나무에 비추니 희미한 그림자가 지는데, 저쪽으로 가서 좀 걸어야겠습니다.

【특특령(忒忒令)】
푸르스름한 달빛이 하늘에 가득한데,
슬픈 통곡 소리가,
담장 모퉁이에서 핏빛 어린 새 귀신이 우는 듯하네.
우리 세 사람은 죽어서도 함께 복수할 것이요,
살아서도 함께 원통해할 것이니,
캄캄한 감옥 안에서,
한밤중에 분노의 눈 부릅뜨고 있네.

한참을 혼자 걷자니 갑자기 무서운 생각이 들어 모골이 송연해지는구나. 진, 오 두 형을 깨워서 이야기나 나누어야겠다. 〔진정혜에게〕 정생 형, 일어나 보시구려. 〔오응기에게〕 차미 형, 푹 주무셨습니까?
〔진정혜와 오응기가 눈을 비비며 나온다〕

진정혜 【윤령(尹令)】
달 높이 뜨고 북두성 밝게 비추는 한밤중에,

어찌하여 홀로 빈 뜰을 걸으시면서,

한가하게 이슬 자국을 다 밟고 계십니까?

오응기　근심은 잠시 거두시지요,

천만 마디 말을 해보아도 그 누가 우리를 가련히 여겨 주겠습

니까?

후 형께서는 어찌하여 아직까지도 안 주무시고 계시는지요?

후방역　모두 이 캄캄한 감옥 안에서 봄이며 꽃이며 하나도 보지

못하셨고, 오로지 저 밝은 달만이 우리를 비춰 주는데, 어찌 이

를 마다하고 잠들 수 있겠습니까.

진정혜　옳으신 말씀입니다. 함께 산보나 좀 하십시다. 〔걸어간다〕

후방역　【품령(品令)】

원통함을 외치는 소리가 감옥에 가득하고,

쇠사슬에 감긴 소리도 한밤에 울려 퍼지네.

세 사람이 달빛 아래 걸어가니,

몸은 신선처럼 가볍구나.

한가로이 거닐며 담소할지니,

우리네 말씨가 천하다고 말하지 말지어다.

예로부터 호걸들은,

모두 이 안으로 들어와 자신을 단련했으니,

마치 가시덤불로 둘러싸인 과거 시험장에서,

주렴으로 나뉜 채 문장을 다듬은 것과도 같구나.*

〔유경정(축)이 수갑을 차고 등장한다〕

유경정 전마(戰馬)를 어디로 피할지를 모르건만,

　　　　현자며 호걸들은 절반 너머가 이곳에 와 있구나.

　　　이 유경정이 사람들에게 붙잡혀 하옥되어 첫날 밤을 지내게
되었으니 더욱 괴롭습니다. 아! 조금 전에 잠들었지만 다시 일
어나 볼 일을 좀 보려는데 이 옷을 풀어 주는 사람도 없으니 정
말 힘들군요. 〔땅에 웅크려 앉아서 용변을 보다가 밖에서 나는
소리를 듣는다〕 저쪽에서 누가 이야기를 하는데 꼭 후 상공의
목소리 같으니 한번 가 보아야겠습니다. 〔일어나 후방역 쪽을
보고 놀라며〕 과연 후 상공이로군요. 〔후방역에게〕 혹시 후 상
공이십니까?

후방역 〔놀라며 유경정을 알아본다〕 경정이셨군요.

진정혜·오응기 경정께서 무슨 일로 여기까지 오셨습니까?

유경정 〔두 사람에게도 인사하며〕 진 상공과 오 상공께서는 어찌
이곳에 계십니까? 〔합장하며〕 나무아미타불! 이것도 불가(佛
家)에서 말하는 인연인 듯합니다.

후방역 참으로 기연(奇緣)입니다. 모두 자리에 앉으셔서 이야기
를 나누십시다. 〔모두 자리에 앉는다〕

모두 【두엽황(荳葉黃)】

타향에서 친구를 만나는 것은,

기연이라고는 할 수 없지.

그렇지만 이 벽은 겹겹의 산들처럼 갈라놓았는데도,

이렇게 옛 벗을 만났다네.

힘든 신세일랑 모두 잊어버리고,

웃으면서 달을 보세.

무릉도원처럼,

무릉도원처럼,

어지러운 진(秦)나라 피한 사람마냥,

고깃배 함께 찾아 보세.*

후방역 경정 어른께서는 어떤 죄를 지으셔서 이렇게 사슬로 묶여
고초를 당하시는지요?

유경정 이 늙은이는 죄를 지은 적이 없습니다. 다만 상공께서 하
옥되신 것 때문에 소곤생이 멀리 영남후(좌랑옥)께서 계신 곳
까지 찾아와서는 상공을 구해 주시기를 간절히 청했지요. 그러
자 좌 원수께서 과연 크게 노하셔서 밤새 마, 완 두 사람을 탄핵
하는 글을 쓰시고 격문도 작성하셔서 제게 심부름을 시키시고
바로 뒤따라 군사를 일으켜 토벌해 오신다고 했습니다. 그리 된
다면 마, 완 두 사람은 겁이 나서 상공을 풀어 주게 될 것이라고
했지요.

【옥교지(玉交枝)】

영남후는 군사를 움직이고자 했으나,

격문을 전할 사람이 없었는데,

뜨거운 물과 불에 뛰어들 듯 스스로 나섰으니,

오로지 고생하는 선비들을 위해서였다오.

머리는 하얗게 세어도 내 뜻은 더욱 굳세어지니,

온몸이 사슬로 묶인들 내 무슨 여한이 있으랴.

장군을 도와 포악한 자들을 없애고 원한을 풀고자 할 뿐.

장군을 도와 포악한 자들을 없애고 원한을 풀고자 할 뿐.

후방역 경정께서 고생하신 것이 소생 때문이었다는 것도 몰랐습니다. 곤생께서 먼 곳까지 가서서 저를 구명해 주신 것은 더더욱 송구한 일입니다. 제 심정을 어찌 말씀드려야 할지!

진정혜 그렇다고는 하나 좌량옥의 군대가 진군해 오면 우리는 목숨을 보전하기 어려울 듯합니다만.

오응기 그렇습니다. 영남후는 학문을 배우지 못해 전략이 없으니 어찌 우리를 구해 줄 수 있겠습니까.

〔모두 길게 탄식한다〕

〔옥리(獄吏)(정)가 수패(手牌)를 들고, 교위(校尉)(잡) 네 명이 등불을 밝히고 포승줄을 들고 급히 등장한다〕

옥리 사방에 원혼이 가득하고,

한밤에 옥리는 존귀하다.

형부에서 요인(要人)을 내일 아침에 처형할 것이니 속히 가서 포박해 오거라.

교위 누구를 포박하란 말씀입니까요?

옥리 이 수패에 이름이 적혀 있다. 〔수패를 보며〕 반역자들인 주표와 뇌연조 두 명이다.

교위 〔등불을 들고 후방역, 진정혜, 오응기, 유경정 등의 얼굴을 비추어 보며〕 이자들은 아닙니다!

옥리 〔네 사람에게 큰소리로〕 너희들은 상관 없는 놈들이니 얼른 저리 꺼지거라! 〔교위들을 인솔하고 퇴장한다〕

진정혜 〔작은 소리로〕 누구를 포박한다는 말이요?

오응기 제가 듣기로 주표와 뇌연조 두 분이라고 합니다.

후방역 정말 놀랄 만한 일입니다

유경정 모두 기다려 봅시다.

〔옥리가 수패를 들고 지나가고 교위들이 발가벗기고 머리를 산발한 두 사람을 포박하여 끌고 급히 퇴장한다〕

〔후방역이 멍하니 쳐다본다〕

진정혜 정말 주중어(周仲馭, 주표)와 뇌개공(雷介公, 뇌연조) 두 분입니다.

오응기 이분들이야말로 우리의 표본이십니다.

후방역 【강아수(江兒水)】
　　명이괘(明夷卦) 나타나니,*
　　일이 모두 뒤집혀,

올바른 이들이 피해를 입고 하늘이 기울고 무너지네.

한 조각 종이가 날아오니 보는 사람도 없는데,

한밤에 묶여 나가 형벌을 받으니,

내 마음은 놀라고 간담이 서늘해지네.

모두   천지가 참참하니,

우리도 이렇게 끝나고 말련가!

후방역   〔유경정에게〕 바깥에는 또 무슨 소식이 있습니까?

유경정   저도 급히 달려오는 바람에 들은 소식이 없는데, 다만 교
위들이 분분히 사람들을 붙잡아 가더군요.

진정혜·오응기   누구를 또 붙잡아 가던가요?

유경정   제가 듣기로 순안(巡按) 황주, 독무(督撫) 원계함, 대금의
(大錦衣) 장미 등이 잡혀 가셨고, 그 밖에 몇몇 공자와 수재들도
붙잡혀 갔다고 하는데 잘 생각이 나질 않습니다.

후방역   조금 더 생각해 보시지요?

유경정   〔생각하다가〕 사람이 너무 많아서요. 낯이 익은 분들만
좀 기억나는데, 모양(冒襄), 방이지(方以智), 유성(劉城), 심수민
(沈壽民), 심사주(沈士柱), 양정추(楊廷樞)* 등이 계셨던 것 같습
니다.

진정혜   그렇게나 많이.

오응기   이곳에 계속 있으면 나중에는 문인들의 커다란 모임이 되
겠습니다그려.

후방역　그것도 재미있겠습니다.

　　【천발도(川撥棹)】
　　감옥 안이,
　　마침내 한림원(翰林院)이 되겠구나.
　　문회도(文會圖)* 한 폭 그려서 걸어 놓으면,
　　문회도 한 폭 그려서 걸어 놓으면,
　　속세를 피해 있는 적선(謫仙)들이 되겠구나.

모두　봄날 달빛 감상하며,
　　두견새 울음소리 함께 듣고,
　　가을바람 맞으며 감회에 젖어,
　　매미*처럼 청빈하게 살자고 말하겠지.

유경정　세 분 상공께서는 어느 칸에 계시는지요?
후방역　모두 '황(荒)' 자(字) 방에 있습니다.
진정혜　경정 어른께서는 어디에 묶여 계십니까?
유경정　이 뒤쪽의 '장(藏)' 자 방*입니다.
오응기　앞뒤로 붙어 있으니 아침저녁으로 이야기라도 나눌 수 있어서 다행입니다.
후방역　우리는 그래도 편한 편입니다. 경정 어른께서는 중형을 당하고 계시니 말입니다.
유경정　나무아미타불! 수갑과 족쇄를 차고 자야 하는 침대라도

면했으니 그나마 훨씬 다행이지요. 〔침대에 누워 있는 흉내를 낸다〕

【의부진(意不盡)】

손 높이 들 수 있으니 예의를 갖추기에는 충분하고,

팔뚝으로 베개 삼아 베고 편안하게 잘 수 있다오.

다만 한 가지 걱정은,

잠들 때 등 긁어 줄 손톱 긴 할망구가 없는 것이지요.

유경정 상봉하니 정말이지 섬 속의 신선들 같으니,

진정혜 바람 파도 넘어온 팔천 리 머나먼 길이라.

오응기 장소는 한갓져도 소오(嘯傲)*하기 적당하고,

후방역 하늘은 비었지만 저 달만은 둥글도다.

제34척 좌량옥의 죽음[截磯]

복왕 2년(을유, 1645) 4월

강서 구강(九江)의 판기(坂磯)

〔소곤생(정)이 등장한다〕

소곤생　천하는 세 곳으로 나뉘었고,

　　강호가 두 군대로 갈렸도다.

　저는 소곤생입니다. 후 공자를 구하려고 좌량옥의 군사를 동
진(東進)하게 하고, 순안 황주(黃澍), 순무 하등교(何騰蛟)와 함
께 같은 날에 군사를 일으키기로 약속했습니다. 두 분은 오늘
배를 구강에 대고 독무 원계함을 모셔다가 호구(湖口)*에 모여
입경(入京) 계획을 상의하려고 했습니다. 그런데 마, 완 두 사람
이 그 소식을 듣고 군사를 막기 위해 황득공(黃得功)을 판기*로

보냈습니다. 저기 연기가 사방에서 솟아오르는 것을 보십시오. 상황이 좋지 않은 것 같습니다. 좌량옥 장군의 아들인 좌몽경 (左夢庚)이 앞으로 나가 대적하는데, 저도 저쪽으로 가 보아야 하겠습니다. 정말이지,

천지가 뒤집히는 날이요,

용과 호랑이가 싸우는 때로다.

〔퇴장한다〕
〔무대에 노대(弩臺)*와 포를 설치하고 사슬로 강을 막는다. 황득 공(말)이 군복과 쌍채찍을 들고 군졸을 이끌고 등장한다〕

황득공 【삼대령(三臺令)】

남북으로 다니며 쉴 새 없이 싸우며,

이웃 나라 깊숙이까지 드나들었도다.

대포 설치하여 강주(江州)*로 향하게 하고,

전선(戰船) 향해 쏘아 대면 갑옷 치켜들고 도망가겠지.

나는 황득공이라는 사람이고 자는 호산(虎山)입니다. 충성의 뜻 가득하여 온 세상에 이름이 떨치니 우리 홍광 황제께 이 만 리강산을 수복해 드리고자 합니다. 그런데 저 두 유 장군은 공 로도 세우지 못하고 있고, 좌량옥은 폐하의 근심거리입니다. 오 늘 병부상서 완 나으리께서 나에게 판기에 주둔하면서 좌량옥

도적놈들을 막으라는 병패(兵牌)를 내려 주셨는데, 가벼이 볼
일이 아닙니다. 〔부하 장수에게〕 가장(家將) 전웅(田雄)은 어디
에 있느냐?

전웅 부르셨습니까?

황득공 속히 전군에 내 군령을 전하거라.

〔군졸들이 늘어서서 큰소리로 군령을 전한다〕

황득공 【산파양(山坡羊)】

　　사납게 감히 임금 노릇 하려는 도적의 괴수요,

　　어지럽게 왕에 복종하지 않는 군도(群盜)라,

　　연약하여 기운이 없으신 지존(至尊)이요,

　　시끄럽게 집안싸움만 하는 조정(朝廷)의 친구들이라.

　　단지 나만이 강변을 지키며,

　　북쪽에서 몰려오는 전마를 막고 있었는데,

　　갑자기 누선(樓船)들이 포구로 들어온다는 소식을 들었네.

　　용맹한 맹수들처럼,

　　깃발 날리며 상류를 통제하고,

　　창칼을 휘두르며,

　　봉화 올려 하류를 막아 내네.

〔황득공이 졸개들과 함께 대(臺)에 오른다. 좌량옥의 군사들(잡)
이 흰 깃발과 흰 옷을 입고 고함을 지르며 배를 저어 등장한다. 황
득공의 졸개들이 화살을 쏜다. 좌량옥의 군사들이 퇴각하니 황득

공의 졸개들이 그들을 추격한다]

[좌랑옥(소생)이 군복을 입고 흰 투구와 흰 갑옷 차림으로 배에 앉아서 등장한다]

좌랑옥 【전강】

　간신을 위해 사사로운 복수를 행하는 걸주(桀紂) 같은 임금,

　혼몽한 임금에게 아첨하며 온갖 짓을 일삼는 추한 무리,

　북조(北朝)에 투항하여 말에게 절하는 법이나 흉내 내는 백이,

숙제 같은 멍청이들,*

　진짜 주인에게 짖어 대고 조무랭이에게 아부하는 세 마리 주구(走狗).*

　내 명예에 오점이 남더라도,

　선제 향한 일편단심은 변함 없으리니,

　서둘러 고난을 당하고 있는 황태자를 구해 내리라.

　부끄럽지 않도다,

　영웅이 되어 끝까지 싸우는 것이.

　거두기 어려워라,

　맹렬하게 동쪽으로 배 저어 가는 것을.

　이 좌랑옥이 병사들을 이끌고 동쪽으로 진군해 온 것은 오로지 간신을 제거하고 황태자를 구해 내기 위해서입니다. 그런데 제 아들놈 좌몽경이가 이번 기회를 빌려 경솔하게 성을 공격하여 차지하려고 하고 있습니다. 그래서 내가 여러 차례 아들 녀

석을 질책했습니다. 적군이 우리를 유인하게 되면 나중에 큰일이 벌어질 수도 있을 것이니, 판기를 건너간 후에 천천히 공격하도록 얘기해 주어야겠습니다.

〔소곤생이 급히 등장한다〕

소곤생 원수님, 큰일났습니다! 황득공이 판기에서 우리 군사의 허리를 공격하는 바람에 선봉 부대가 모두 패퇴하고 말았습니다.

좌량옥 〔놀라며〕 그럴 수가 있다는 말이냐. 황득공도 충의(忠義)를 아는 사내이건만 어찌 마, 완의 지시를 따라 새 주군만을 옹호할 줄 알 뿐 황태자를 생각하지 않는다는 말인가! 가증스럽기 짝이 없도다! 〔부하(잡)에게〕 여봐라, 빨리 순안 황 나으리(황주)와 순무 하 나으리(하등교)의 배로 가서 상의할 게 있으니 이리 오시도록 전하거라. 〔부하가 대답하고 퇴장한다〕

〔황주(말)가 등장한다〕

황주 장수는 지휘봉* 들어,

　풍운(風雲)에도 의로운 깃발을 향하네.

　저는 황주입니다. 조금 전에 배를 정박했는데 마침 원수께서 부르시는군요. 〔배에 오른다〕

좌량옥 〔황주와 만나서〕 중림께서 오셨군요. 순무 하 공은 어찌 아직 오시지 않는지?

황주 이리 오다가 다시 돌아갔습니다.

좌량옥 무슨 일로 돌아갔습니까?

황주　그 사람은 본래 마사영과 동향(同鄕)입니다.

좌량옥　할 수 없지요. 탓할 수가 없군요. 지금 황득공이 판기를 차지하고 있어서 우리 군사들이 앞으로 나아가지를 못하고 있는데 이를 어찌하면 좋겠습니까?

황주　쉽지 않은 문제입니다. 원 공(원계함)께서 배에 도착하시면 다시 상의해 보시는 것이 좋을 듯합니다만.

〔원계함(외)이 종자들을 데리고 등장한다〕

원계함　황태자가 억울하게 누명 쓰니 하늘이 참담한데,

　　　　　외로운 신하가 기의(起義)하니 해가 밝아 오도다.

　　　좌 원수의 배에 도착했구나. 여봐라, 내가 도착한 것을 알리도록 해라.

종자　독무 원 나으리께서 오셨습니다!

좌량옥　얼른 모시거라!

원계함　〔배에 올라와 인사하며〕 막 무창에서 돌아오는 길입니다. 병마를 정돈하고 원수의 명을 따르고자 합니다.

황주　지금은 진군할 수가 없습니다.

원계함　무슨 일이라도?

좌량옥　황득공이 군사를 이끌고 판기를 점령하고 있어서 선봉 부대가 이미 모두 패퇴했습니다.

원계함　그렇다면 다른 도리가 없겠습니다. 빨리 사람을 보내 담판을 짓게 하는 수밖에 없겠습니다.

좌량옥 경정께서 이미 가셨으니 더 이상 보낼 사람도 없습니다. 이를 어찌해야 좋을지…….

소곤생 제가 그 사람과 안면이 있으니 힘써 노력해 보겠습니다.

황주 곤생의 의기가 경정에게 뒤지지 않으시군요. 오늘 신세를 져야 하겠습니다.

좌량옥 〔소곤생에게〕 그 사람을 어떻게 설복할 것인지요?

소곤생 【오경전(五更轉)】

　　이렇게 말하리다, 도요새와 조개가 서로를 물고 있으면,

　　어부가 기다리면서,

　　옆에서 구경하고 있다가 이익을 거두어 갈 것이라고.*

　　영웅은 움직일 때,

　　앞과 뒤를 잘 보아야 한다고.

　　옛 임금님의 은혜가 깊으셔서,

　　좋은 관직을 절로 받아 놓고도,

　　그분의 아드님을 속이고,

　　그분의 후비(后妃)를 해한다면,

　　옛 은혜를 저버리는 것이라고.

　　사람을 죽이면 두 손에 피만 묻힐 뿐인데,

　　어찌 하필 달려와서,

　　같은 집안끼리 싸워야 하느냐고.

원계함 훌륭한 말씀입니다.

좌량옥 내 뜻도 분명하게 전해 주시기 바랍니다. 간신은 반드시 죽이고 말 것이고 태자는 반드시 구해 내고 말 것이니, 이 두 가지 일을 마치고 나면 조정에는 티끌만큼도 해를 끼치지 않을 것이고 추호라도 백성들을 학대하는 일은 없을 것이다. 어찌하여 이러한 나의 대의를 모르고 우리 군사들을 죽이는 일을 하는가 하고 말입니다.

황주 옳으신 말씀입니다. 저 황득공은 일개 장수에 지나지 않으니 어찌 은혜와 보답을 알겠습니까! 우리가 설마 반란을 일으키겠습니까? 그자가 곰곰이 생각해 보게 해야 할 것입니다.

소곤생 예. 제가 가서 그렇게 전하겠습니다.

〔보졸(報卒)(잡)이 급히 등장한다〕

보졸 원수님, 구강성 안에서 불길이 일어났습니다. 원 나으리의 본부 군사들이 성을 함락했습니다.

원계함 〔놀라며〕 어떻게 해서 우리 본부의 군사들이 성을 함락했다는 것인가! 엄청난 일이로다!

좌량옥 〔화를 내며〕 어찌 이럴 수가 있다는 말인가! 생각할 것도 없다. 이것은 좌몽경이가 저지른 일이다. 아들놈이 나에게 반란군의 멍에를 씌우는구나. 그만두자, 그만두어! 무슨 면목으로 다시 강동(江東)을 향한다는 말인가! 〔칼을 뽑아 자결하려고 한다. 황주가 좌량옥을 붙잡아 말린다. 좌량옥이 원계함의 손을 붙잡고 바라보며〕 임후(臨侯, 원계함), 임후, 당신에게 미안하오! 〔피를 토하며 의자 위에 거꾸러진다〕

소곤생 원수님, 깨어나십시오! 깨어나십시오!

원계함　깨어나시지를 않으니 이를 어찌합니까?

황주　아마도 큰 충격을 받으신 듯합니다. 얼른 진사(辰砂)*를 흘려넣어야 하겠습니다.

소곤생　〔그릇을 가져와 진사를 흘려넣으며〕 입이 닫혀서 흘려넣지를 못하겠습니다.

모두　〔통곡하며〕

【전강】

대장성(大將星)이,

북두성(北斗星)처럼 떨어지니,

타루(舵樓)의 깃대도 부러지는구나.

전장(戰場)에서는 혼백을 떨게 만들었고,

늠름하고도 당당하셨어라,

온몸에 갑옷과 투구를 두르신 이여.

조용히 창문 아래에 누우셨네,

온몸으로 누우셨네.

혼백은 고궁의 매산(煤山)으로 돌아가셔서,

황제와 함께 간난신고(艱難辛苦)를 말씀하실 것이니,

임금께서도 우시고 신하도 통곡하리라.

〔군졸들이 좌량옥의 시신을 들고 퇴장한다〕

원계함　원수께서 돌아가시니 군사들도 삽시간에 흩어져 버리는구나. 저 좌몽경이 구강성을 차지하고 있으니 나는 진퇴양난입니다. 만약 황득공의 군사가 쳐들어온다면 어떻게 피할 수 있겠습니까?

황주 우리는 본래 붙잡힌 군관(軍官)의 처지였는데 오늘 또다시 성에 쳐들어가고 말았으니, 서울로 붙잡혀 가는 날에는 도저히 살아날 방법이 없을 것입니다. 차라리 다시 무창으로 돌아가 순무 하등교와 더불어 다른 사업을 모색함이 나을 듯합니다.

원계함 옳으신 말씀입니다.

〔원계함과 황주가 급히 퇴장한다〕

소곤생 〔멍하게 있다가 객석을 향해〕보십시오, 저 사람들도 저절로 다 흩어져 버렸습니다. 나 소곤생만이 원수의 시신을 지키고 있자니 불쌍하기 이를 데가 없습니다. 촛불이라도 켜서 곡(哭)을 바쳐야겠습니다. 〔탁자를 마련하여 촛불을 켜고 통곡하며 절한다〕

【곡상사(哭相思)】
영웅 돌아가시니 사람들도 모두 도망가 버리고,
빈 배에 관만이 버려져 있도다.
나는 강변에서 초혼(招魂)하려 하나,
술 한 잔 살 곳도 없구나.

아들이 배로 돌아와서 시신을 염습하면 나도 떠나갈 수 있겠지만, 지금은 여기를 지키고 있는 수밖에 없겠습니다. 정말이지,

영웅은 강을 건너가지 못하고,

혼백이 물결을 일으키니 저녁녘에 근심이 더하는구나.

눈앞에는 온통 푸른 산이건만 묻어 드릴 곳 없고,

비껴 부는 바람에 날려온 가랑비만이 뱃전을 때리도다.

제35척 결사 항전[誓師]

복왕 2년(을유, 1645) 4월

양주(揚州) 교외의 매화령(梅花嶺)

〔사가법(외)이 흰 깃털이 꽂힌 모자를 쓰고 편복(便服) 차림으로
등장한다〕

사가법 【하성조(賀聖朝)】

　두 해 동안 뿔피리 불어 군영을 정비해 왔고,

　날마다 군마 훈련하여 정벌을 재촉했도다.

　군사와 빈객(賓客)이 모두 흩어지고 귀밑머리만 성성하니,

　나의 한(恨)은 광릉성(廣陵城)*을 뒤덮었도다.

　저는 사가법입니다. 날마다 중원 땅을 경략(經略)했지만 결국
은 도저히 방법이 없게 되었습니다. 저 세 진의 장수들이 모두

마, 완의 지시를 받아 군진을 강변으로 옮겨와 좌량옥 장군의 군사들을 요절내면서 황하 일대를 포기해 버리니 천 리 넓은 땅에 주인이 사라져 버렸습니다. 그 후 갑작스레 전갈을 받았는데, 이달 이십일 일에 북방의 군사들이 벌써 회(淮) 땅의 경계까지 도착했다는 소식이었습니다. 그곳의 본부 군사들은 채 삼천 명이 안 되니 어찌 침략자들을 막을 수가 있겠습니까. 이 회 땅과 양주를 잃게 되면 서울도 지킬 수가 없을 것이 뻔하고, 그렇게 되면 명조의 강산은 다 끝장나고 말 것입니다. 괴롭구나, 괴로워! 저 혼자 성곽으로 가서 형세를 살핀 후에 다시 생각해 보아야 하겠습니다.

〔하인(축)이 작은 등을 들고 사가법을 따라 성을 오른다〕

사가법 【이범강아수(二犯江兒水)】

　몰래 성곽을 오르는 길이 위험한데,

　밤은 깊고 사람들은 잠들어 있다.

　둥지에 깃든 까마귀는 자주 울어 대고,

　순라꾼의 딱딱이 소리도 계속 들리는데,

　나는 성벽 곁에서,

　귀 기울여 소리를 듣네.

　〔귀를 기울이니 막후에서 원성이 들린다〕

막후 북방의 군대가 이미 회안(淮安)까지 쳐들어왔다는데, 그들을 막고 검문했다는 소식은 하나도 들리지 않는구나. 여기에는 우리 같은 병사 몇 명만 남겨 두고 이 양주성을 사수하라고 하는데 우리가 어찌 여기를 지킬 수가 있겠는가. 원수께서는 참으로 사정을 모르시는구나!

사가법 〔고개를 끄덕이며 중얼거린다〕 너희가 어찌 알겠느냐,

　　강산을 장성(長城)이 보호하듯,
　　양주는 우리의 단결된 군대가 지키리라.

〔다시 귀를 기울이니 막후에서 또 한탄하는 소리가 들린다〕

막후　그만두자, 그만두어! 원수께서는 우리를 아끼지 않으시고 일찌감치 북방 군사에게 항복할 것이니 각자 살 길을 찾아 떠나가자. 무엇 때문에 죽기만을 기다리겠는가.

사가법 〔놀라며〕 아! 항복을 하려고 하다니 이 일을 어찌해야 한다는 말인가!

　　저들이 '항(降)' 자(字)를 가슴속에 품었으니,
　　'수(守)' 자는 이루기가 어렵겠구나.
　　이 양주 땅은 다 끝났도다.

〔다시 귀를 기울이니 막후에서 분노에 찬 소리가 들린다〕

막후　우리가 항복하고 안 하고는 다음 문제로구나. 우리끼리 죽이고 빼앗고 겁탈하는구나. 언제까지나 지킬 수 있을지 모르겠도다!

사가법 아! 이 지경에까지 이른 줄은 몰랐도다.

　　사납고도 놀라운 이야기를 들으니,
　　뜨거웠던 가슴이 차갑게 식어 버리는구나.
　　얼른 돌아가서,
　　야간 점호를 할 수밖에,
　　날이 밝을 때까지 기다릴 수가 없도다.

〔서둘러 퇴장한다〕
〔막후에서는 고함 소리와 대포 소리가 들려온다. 훈련 소집 소식
이 전달된다. 소졸(小卒)(잡) 네 명이 등장한다〕
소졸들 오늘은 사월 이십사 일이라 훈련이 없는 날인데, 무슨 일
　　로 한밤중에 매화령에서 대포가 터지고 있는 것일까? 얼른 가
　　보자! 〔급히 뛰어간다〕
〔중군(中軍)*(말)이 영전(令箭)을 들고 등불을 켜고 등장한다〕

중군 강 건너에는 구름이 자욱한데,
　　밤새도록 급한 전갈 가지고 달려왔네.

　　원수님의 명령입니다. "모든 군사들은 속히 매화령으로 가서
　　새벽 점호를 기다리도록 하라."
〔군사들이 줄지어 선다. 사가법이 군복 차림으로 등장하여 단에
오르고 깃발이 뒤따른다〕

사가법 달이 치미(鴟尾) 위로 솟을 때 성에서는 호각이 울고,

별이 앙수(昴宿) 근처에서 반짝일 때 군막에서는 점호를 하네.*

중군은 어디에 있느냐?

중군 부르셨습니까!

사가법 지금 북쪽의 상황이 급박하여 회안성(淮安城)이 함락되었
다고 하는데, 이곳 양주는 강북의 요지라 만약 잘못된다면 서울
도 무사하지 못할 것이다. 속히 전군에 전달하여 인마를 점검하
고 각자 주둔지에서 밤낮으로 엄중하게 방어 태세를 갖추라고
하라. 만약 사람들을 미혹하는 말을 하는 놈이 있거든 군법에
따라 처단하겠다.

중군 군령대로 전달하겠습니다! [막후를 향해] 원수님의 명령이
다, 전군은 잘 들어라. 각자 주둔지에서 밤낮으로 엄중하게 방
어 태세를 갖추라고 하라. 만약 사람들을 미혹하는 말을 하는
놈이 있거든 군법에 따라 처단하겠다. [막후에서 대답이 없다]

사가법 어찌하여 이렇게 조용한가? [중군에게] 다시 군령을 전달
하되 듣는 즉시 큰소리로 대답하도록 하라.

[중군이 다시 큰소리로 군령을 전하지만 막후에서는 대답이 없다]

사가법 그래도 대답이 없다니 북을 울려 군령을 전하라.

[중군이 북을 두드려 군령을 전하지만 막후에서는 여전히 대답이
없다]

사가법 분명 모두가 이반(離叛)하려는 마음을 품고 있구나. [발
을 구르며] 천심과 민심이 이 지경이 되었을 줄은 미처 몰랐도

다! 〔통곡한다〕

【전강】
하늘과 성인들이시여,
소리 높여 불러도 돌아와 주시지를 않으십니까.
시들어 가는 쇠퇴의 형세를,
저 혼자 지탱하도록 하시는데,
인심은 모두 무너져 버렸습니다.

이 사가법의 운명은 괴롭기 짝이 없구나! 〔통곡한다〕

힘을 합칠 좋은 친구는 적고,
마음 함께할 형제도 없도다.

오로지 너희 삼천 명의 병사들만 믿었는데, 그 누가 생각이나
했겠는가, 오늘 이렇게,

모두 도망가려고 생각하고,
전혀 관심을 두지 않으니,
마치 잔칫상 차려 두고 외적(外賊)을 모셔 오는 것 같네.

〔가슴을 치며〕 사가법아, 사가법아! 평생 시서(詩書) 읽은 것
소용없고, 충효 이야기한 것 헛되도다. 오늘이 되고 보니 정말

방법이 없구나. 〔통곡한다〕

　　선조들 앞에서 통곡하고,

　　백성들 앞에서 통곡하네.

〔소리 높여 통곡한다〕

중군　원수님께서는 고정하옵소서. 군사(軍事)가 중대하니 통곡
　　만 하시는 것은 도움이 되지 않을 것입니다. 〔앞에서 부축하며〕
　　눈물이 뚝뚝 떨어져서 갑옷이 다 젖었습니다. 〔놀라며〕 아니!
　　어찌하여 선혈이 낭자하다는 말씀입니까. 〔소졸에게〕 빨리 등
　　불을 가져오너라!

소졸　〔등불을 켜서 비추며〕 아! 온몸에 피가 튀셨는데 어떻게 되
　　신 일입니까?

사가법　〔눈을 비비며〕 모두 내 눈에서 떨어진 것이니라.

　　피눈물 흘리며 통곡하니,

　　눈물도 다 말라 버렸도다.

중군　〔전군에게〕 전군은 모두 앞으로 나오도록 하라. 우리 원수
　　께서 피눈물을 흘리며 통곡하고 계신다.

〔장수 갑(정), 을(부정), 병(축)이 등장하여 사가법을 본다〕

장수들　정말로 피눈물이로구나. 〔모두 무릎을 꿇는다〕

장수 갑　속담에 "천 일 동안 훈련하고 한 번에 실전을 한다"라고

했습니다. 저희가 조정을 위해 힘을 쓰지 않는다면 저희는 짐승이나 다를 바가 없을 것입니다.

장수 을 저희가 죽음을 피하여 살 길만 찾다가 원수님을 계속 이렇게 힘드시게 만든다면 하늘도 돕지 않으실 것입니다.

장수 병 백 년이 무상하니 누군들 죽음을 피할 수 있겠습니까. 다만 옳은 곳에서 죽어야 할 뿐. 아, 아, 아! 오늘 개 같은 목숨을 버리면서 원수님을 위해 이 양주성을 지킬 것입니다.

중군 훌륭하도다! 누구든지 다시 허튼 마음을 품는다면 내가 군문(軍門)으로 끌고 가서 원수님의 칼에 죽음을 면하지 못하게 하리라.

사가법 〔크게 웃으며〕 그대들이 이렇다면 내가 고맙다는 인사를 안 할 수가 없을 것이로다. 〔절한다〕

장수들 〔부축하며〕 아니 되시옵니다!

사가법 모두 다 일어나서 나의 군령을 듣도록 하라.

〔모두 일어난다〕

사가법 너희 삼천 병사 가운데 천 명은 적과 맞서 싸우고 천 명은 내부를 지키고 나머지 천 명은 밖을 순찰하라.

모두 예!

사가법 진지를 펼치기가 불리해지면 성을 지키도록 하라.

모두 예!

사가법 성을 지키는 것이 불리해지면 시가전을 펼치도록 하라.

모두 예!

사가법 시가전이 불리해지면 백병전을 펼치도록 하라.

모두 예!

사가법 백병전이 불리해지면 자진(自盡)하도록 하라.

모두 예!

사가법 모두 들어라. 예로부터 항장(降將)은 무릎을 펴고 사는 날
이 없었고, 도망병은 고향을 향해 고개를 돌릴 수가 없었다. 나
쁜 생각일랑은 다시는 마음에 품지 말고, 부끄러움도 모르는 말
은 다시는 입 밖에 꺼내 놓지 말라. 그래야지 이 사 각부(史閣
部)의 군사라고 할 수 있을 것이다.

모두 예!

사가법 제군들이 모두 대답을 했으니 나는 더 이상 반복하지 않
겠다. 모두 세 번씩 환호를 지르고 각자 주둔지로 돌아가도록
하라.

〔모든 군사들이 세 번 소리를 외치고 퇴장한다〕

사가법 〔손뼉을 치며 세 번 웃는다〕 됐다, 됐어! 이 양주성을 지
키는 일은 북쪽 문에 자물쇠를 잠가 놓는 것이나 다름없게 되었
도다.

전쟁 먼지 사방에서 일어나는 것 두렵지 않으니,

강변에는 아직도 주아부(周亞夫)의 세류(細柳) 군영(軍營)*이 있다네.

한밤에 침침한 노안(老眼)에서 피눈물이 흘렀으니,

회남(淮南) 땅의 쳐들어온 십만 병사들을 물리칠 것이라네.

제36척 간신들의 죽음[逃難]

복왕 2년(을유, 1645) 5월
장강 연안 남경 미향루

〔태감 두 명과 궁녀 두 명(잡)이 등불을 들고 편복 차림에 말을 탄
홍광제(소생)를 인도하여 등장한다〕

홍광제 【향류낭(香柳娘)】
　　삼경을 재촉하는 물시계 소리를 들으며,
　　삼경을 재촉하는 물시계 소리를 들으며,
　　말발굽도 가볍고 빠르게,
　　궁문 밖으로 나오니, 바람 불어와 촛농을 떨어뜨리네.

　　나는 홍광 황제다. 좌량옥의 군사들이 서쪽에서 쳐들어와 군
진을 옮겨 판기에서 패퇴시켰는데, 이번에는 뜻밖에도 하북(河

北) 땅의 군사들*이 그 기회를 틈타서 회수(淮水)를 넘어왔구나. 지금은 양주를 포위하고 있다는데, 사가법이 밤새 달려와 위급한 형세를 보고하니 사람들은 모두 다급해져서 도무지 서울을 지킬 뜻이 없었도다. 저 마사영과 완대성은 그림자도 안 보일 정도로 꼭꼭 숨어 버렸으니 이 중흥(中興)의 보위(寶位)에도 더 이상 편안하게 앉아 있을 수가 없게 되었도다. 수많은 계책 중에 달아나는 것이 가장 상책이니, 조금 전에 말을 타고 궁을 나왔는데 이제 발병부(發兵符)* 하나로 성문지기를 속여 성문을 열고 나가서 남경을 벗어날 수만 있다면 내가 몸을 숨길 장소는 있을 것이로다.

거리가 적막할 때,
봉황대(鳳凰臺)*를 날 듯이 지나가는데,
원앙처럼 지내던 비빈(妃嬪)들을 저버리기 어렵구나.

〔비빈들에게〕 너희들도 흩어지지 말고 얼른 따라오너라.

낙타가 변방으로 나서듯,
낙타가 변방으로 나서듯,
비파를 가슴속에 품고,
구슬 같은 눈물을 몰래 뿌리는구나.

〔급히 퇴장한다〕

〔마사영(정)이 말을 타고 급히 등장한다〕

마사영 【전강】

　　장강의 방어선이 뚫렸다고 알려 오니,

　　장강의 방어선이 뚫렸다고 알려 오니,

　　성벽도 곧 무너지겠구나,

　　높은 관직 값싸게 판다고 해도 사려는 사람 없구나.

　　저는 마사영입니다. 오경(五更)에 조정에 들어와 보니 성상께서는 이미 몽진을 떠나셨더군요. 저는 신하의 몸이니 그분처럼 도망갈 수밖에요.

　　얼른 미복(微服)으로 갈아입고,

　　얼른 미복으로 갈아입고,

　　계아가(雞鵝街)를 벗어나면,

　　도적들과 맞닥뜨리는 것은 피할 수 있겠지.

　　〔뒤쪽을 가리키며〕 저 여자들과 열 대의 수레에 실은 금은보화는 바로 제 소소한 것들이지요. 적들에게 저것들을 빼앗기지 않을 것입니다. 〔뒤를 보고〕 얼른 가자!

〔첩들(노단과 소단)이 말을 타고 일꾼(잡)들이 수레 몇 대를 밀면서 등장한다〕

사람들　따라가고 있습니다!

마사영   그래, 잘하고 있구나!

바짝 따라오너라,

바짝 따라오너라,

나를 따라 묻힐 아이들과 재물들아,

내가 아끼는 처첩들아.

〔무대를 한 바퀴 돈다〕

〔난민들(잡)이 몽둥이를 들고 등장하여 소리친다〕

난민들   네놈이 간신 마사영이로구나. 우리 백성들을 가난에 빠뜨
리고 나랏돈을 탕진하더니 오늘은 여자들을 데리고 재물을 가
득 싣고 어디로 도망가느냐? 얼른 멈추지 못할까! 〔마사영을 두
들겨 패서 땅에 떨어뜨리고 나서 옷을 벗기고 여자와 재물을 빼
앗아 퇴장한다〕

〔완대성(부정)이 말을 타고 등장한다〕

완대성   【전강】

장강 수비는 근사한 직책이었으나,

장강 수비는 근사한 직책이었으나,

적들이 쇄도해 오니 누가 그 직책을 대신하여,

병부(兵符)를 저 아무도 없는 강물 향해 던질까.

오늘 내가 이렇게 도망을 가는데 귀양(貴陽) 상공께서는 도망

을 갔는지 항복을 했는지 알 수가 없네요. 〔앞으로 가다가 땅바닥에 누워 있는 마사영을 만난다〕

〔마사영이 완대성이 탄 말의 다리를 붙잡는다〕

완대성 귀양 승상이 아니십니까, 어찌하여 이렇게 땅바닥에 누워 계시는지요?

마사영 〔겁에 질려〕 도망도 못 가게 되어 버렸습니다. 가솔과 행 낭은 모두 난민들이 빼앗아 가 버렸고, 그것도 모자라서 나를 이렇게 땅바닥에 내동댕이쳤지 뭡니까.

완대성 그랬군요. 저의 가솔과 행낭은 모두 뒤쪽에 따라오고 있 는데 빼앗기지 말아야겠습니다.

　　많은 사람들에게 비웃음당하고 욕을 먹으면서,

　　많은 사람들에게 비웃음당하고 욕을 먹으면서,

　　재물을 쌓고,

　　첩들을 거느렸지.

　　뒤쪽으로 가서 데려와야겠습니다.

〔난민들이 몽둥이를 들고 부녀자들을 끌어안고 행낭을 들고 등장 한다〕

난민들 완대성이네 재산을 금방 빼앗아 왔으니 모두 나누어 가 지자!

완대성 〔큰소리로〕 이런 겁도 없는 놈들 같으니라고. 어찌 감히 이 완 나으리의 재산을 빼앗는다는 말이냐!

난민들 네놈이 바로 완대성이로구나! 마침 잘 만났다. 〔완대성을 몽둥이로 두들겨 쓰러뜨리고 옷을 벗긴다〕 개 같은 목숨 살려만 주는 것이다. 모두 계아항의 고자당으로 가서 저놈의 집을 불살라 버리자! 〔모두 퇴장한다〕

마사영 허리가 부러져서 일어나지도 못하겠습니다.

완대성 저도 어깻죽지가 작살나서 여기에서 이렇게 상공을 모시고 있습니다.

마사영·완대성 아 정말이지 낭패로다,

　　아 정말이지 낭패로다,

　　잡놈들이 주먹질을 해대는 통에,

　　갈빗대까지 부러졌다네.

〔양문총(末)이 관복을 입고 말을 타고, 하인이 봇짐을 들고 등장한다〕

양문총 저는 양문총입니다. 새로 소송〔蘇松: 소주(蘇州)와 송강(松江)〕 순무를 맡게 되었습니다. 오늘은 오월 초열흘인데, 출행(出行)하기에 좋은 날이라 행장을 꾸려 말을 타고, 서화(書畵)와 골동품은 미향루에 잠시 맡겨서 남전숙에게 나중에 가져다 달라고 부탁했습니다. 짐이라고는 이것 하나뿐이니 가뿐하기 짝이 없습니다.

하인 나으리, 속히 가셔야겠습니다.

양문총 무슨 일이냐?

하인　길에 떠도는 소문이 북쪽 정세가 위급하게 되어 황제와 재상들이 오늘 밤에 모두 도망가 버렸다고 합니다.

양문총　그런 일이 있었다는 말이냐? 얼른 성을 나서자! 〔급히 떠나간다. 얼마를 가다가 말이 놀라 앞으로 나아가지 않는다〕 이것은 또 무슨 일이냐, 어찌하여 말이 놀라 멈추어 서 버렸단 말이냐. 여봐라, 무슨 일인지 살펴보거라!

하인　〔앞을 살펴보고〕 길바닥에 시체가 두 구나 있습니다.

완대성·마사영　〔신음하며〕 아이고! 아이고! 사람 살려! 사람 살려!

양문총　아직 죽지 않았구나. 누군지 알아보거라.

하인　마 나으리와 완 나으리이신 것 같은데요.

양문총　〔큰소리로〕 예끼! 그럴 리가 있겠느냐! 〔말고삐를 잡고 쳐다보고 놀라며〕 아! 정말 두 분이로구나. 〔말에서 내려 두 사람을 붙잡고〕 이럴 수가, 어찌 이렇게 되시고 말았습니까?

마사영　난민들이 전부 빼앗아 가고 목숨만 살려 주었소이다.

완대성　저는 마 나으리를 구하러 왔다가 똑같이 당하고 말았습니다.

양문총　호위하던 하인들은 모두 어디에 있습니까?

마사영　아마도 이때다 싶어 사방으로 흩어져 달아나 버린 것 같습니다.

양문총　〔하인들에게〕 얼른 두 분을 부축하고 옷을 가져와서 잘 입혀 드리거라.

〔하인들이 완대성과 마사영에게 옷을 입혀 준다〕

양문총　다행히 말이 한 필 남으니 두 분께서는 함께 타시지요. 얼른 성을 나가야겠습니다.

〔하인들이 마사영과 완대성을 부축하여 말에 태운다〕

마사영·완대성 〔허리를 부여잡고 가며〕 가시지요,

옷 없어 함께 얼어 죽을 뻔하니 진짜 친구요,

말 있어 함께 타고 가니 친한 형제로구나.

〔퇴장한다〕

하인 나으리는 저분들과 함께 가시면 안 됩니다. 적들을 만나면

우리까지 연루될 수 있습니다.

양문총 그렇지, 그래. 〔멀리 바라보며〕 저기 난민들이 이쪽으로

오고 있으니 얼른 여기를 피하자. 〔길 옆으로 피한다〕

〔구백문(소단)과 정타낭(축)이 머리를 풀어헤치고 등장한다〕

구백문·정타낭 【전강】

맑은 노랫소리 무대에 가득하고,

맑은 노랫소리 무대에 가득하고,

비단치마 바람에 나풀거리는 곳에,

깊은 밤까지 가뿐한 자태 그치지 않네.

〔양문총을 보고〕 양 나으리 아니십니까? 어찌하여 이곳에 계

신지요?

양문총 〔두 사람을 알아보고〕 구백문과 정타낭이셨구려. 두 사람

은 어떻게 나왔는지요?

구백문 가무 공연이 벌어지는 곳에 있었는데 갑자기 술자리가 파하고 등불이 꺼지더니 내감과 궁녀들이 분분히 뛰어다니더군요. 그런 곳에서 안 나오고 무얼 더 기다리겠습니까.

양문총 이향군은 어찌 안 보이는지?

정타낭 세 사람이 함께 나왔는데 향군이는 발이 작아 뛰질 못하길래 가마를 내어 먼저 태워 보냈습니다.

양문총 폐하께서는 정말 성을 나가셨는지?

구백문 심공헌과 장연축께서 뒤에 남아 있었으니 그분들이 더 자세하게 아실 겁니다.

〔심공헌(외)이 해진 옷차림에 고판(鼓板)을 들고 등장하고, 장연축(정)이 맨머리에 사모(紗帽)와 수염을 들고 뛰어 들어온다〕

심공헌 · 장연축 임춘전(臨春殿)과 결기전(結綺殿)*이 우습구나,

　　임춘전과 결기전이 우습구나,

　　한금호(韓擒虎)의 말이 닥쳐왔는데,

　　관현악기 늘어놓고 맞이하는구나.*

〔양문총을 보고〕 양 나으리, 오랫동안 인사 여쭙지 못했습니다.

양문총 어찌하여 이토록 황급하신지?

심공헌 나으리께서는 아직 모르셨는지요? 북방 군사가 장강을 쇄도해 와서 황제께서는 밤길에 몽진을 떠나셨습니다.

양문총 두 분은 어디로 가시려고?

장연축 각자 집으로 돌아가서 형세를 살피다가 조금이라도 일찍 도피하려고 합니다.

정타낭 우리는 걱정할 것 없지요. 기원으로 돌아가서 손님 맞을 채비를 할 겁니다.

양문총 이런 때에 무슨 손님을 맞는다는 말인가.

정타낭 나으리께서는 모르시는 말씀입니다. 병영 안에 있어야지 돈을 잘 버는 법입니다.

　　풍악은 상관없이 잘 팔리지요,

　　풍악은 상관없이 잘 팔리지요,

　　수나라 궁궐의 버드나무가 쇠하여도,

　　오나라 궁궐의 꽃들이 시들어도.

〔심공헌, 장연축, 구백문, 정타낭 등이 모두 퇴장한다〕

양문총 성상께서 출궁하시는 모습을 저들이 직접 보았다니 큰일이로구나. 얼른 미향루로 가서 짐을 챙겨서 일찌감치 고향으로 돌아가야겠다. 〔길을 간다〕

【전강】

　　거리에는 온통 도망가는 사람들,

　　거리에는 온통 도망가는 사람들,

　　길을 잃은 왕실 사람들과 재상들,

　　다급하게 관문 밖으로 나가고자 하나 어렵기만 하구나.

〔미항루에 도착한다〕 여기가 향군이네 집이로구나. 〔말에서 내려 다급하게 문을 두드린다〕 어서 문을 여시오!

〔남영(소생)이 급히 등장한다〕

남영 또 누가 문을 두드리는가? 〔문을 열어 보고〕 양 나으리께서는 어인 일로 되돌아오셨습니까?

양문총 북쪽 소식이 급박하게 되어 군신(君臣)들이 모두 도망가 버렸으니 저도 소송순무 직을 더 이상 수행할 수 없게 되었습니다.

거문고와 서적들을 잘 싸고,

거문고와 서적들을 잘 싸고,

보통 버선에 보통 신발로 바꾸어 신고,

일엽편주에 몸을 싣고 떠나가리다.

남영 그러셨군요. 조금 전에 향군이가 집에 돌아왔는데 역시 성상께서 몽진을 떠나셨다고 말해 주더군요. 〔향군을 부르며〕 향군아, 얼른 나와 보거라.

〔향군(단)이 등장하여 양문총을 만난다〕

이향군 양 나으리, 그간 평안하셨는지요.

양문총 오랫동안 만나지 못하다가 오늘 아침에야 총총하게 인사를 나누고 다시 멀리 이별해야겠네그려.

이향군 어디로 가시나요?

양문총 고향인 귀양으로 돌아갈까 한다네.

이향군 〔눈물을 뿌리며〕 후 랑께서는 옥에서 나오지 못하셨는데,

나으리마저 귀향하신다면 저는 홀몸으로 누구에게 의지한다는

말입니까.

양문총 천하가 이리도 어지러우니 부자지간에도 서로 보살피지

못할 지경이구나.

형세가 이토록 긴박하니,

형세가 이토록 긴박하니,

각자 살 길을 찾아야지,

누가 데리고 가겠는가.

〔소곤생(정)이 급히 등장한다〕

소곤생 장수는 목숨을 아까워하지 않거늘,

황제는 이미 집 없는 처지가 되었구나.

저 소곤생은 호광(湖廣)에서 남경으로 돌아오는 길인데, 생각

지도 않게 이러한 난리를 만나게 되니 미향루로 가서 후 공자의

소식이나 알아본 후에 어떻게 할지를 생각해 봐야 하겠습니다.

【전강】

나는 서둘러 돌아왔는데,

나는 서둘러 돌아왔는데,

친구는 어디에 있단 말인가,

수많은 깃발 펄럭이니 천지가 뒤바뀌는구나.

도착했으니 들어가 보아야겠습니다. 〔양문총과 이향군을 보고〕 다행이로다! 양 나으리께서 이곳에 계시고 향군이도 궁에서 나왔구나. 후 상공은 어찌 보이지 않는지요?

양문총 후 형은 아직 옥에서 나오지 못했습니다.

이향군 스승님께서는 어디에서 오시는 길이신지요?

소곤생 나는 후 랑을 구하기 위해 멀리 무창까지 갔는데, 뜻밖에도 영남후(좌량옥)께서는 갑자기 돌아가시고 말았다. 그래서 밤낮 없이 서울로 돌아오다가 갑자기 난리 소식을 듣게 되어 급히 옥으로 가 보았더니 자물통이 모두 열려 있더구나.

죄수들은 모두 사방으로 흩어졌으니,

죄수들은 모두 사방으로 흩어졌으니,

그물이 모두 풀어진 것인데,

누가 우리 후 수재(秀才)를 해쳤을까.

이향군 〔통곡하며〕 스승님께서는 빨리 찾아 주세요.

양문총 〔먼 곳을 가리키며〕

연기와 먼지가 자욱하여,

연기와 먼지가 자욱하여,

아내 버리고 자식 버리니,

다시 만나기 어렵구나.

〔이향군에게〕 잘됐다! 잘됐어! 스승님께서 오셨으니 나는 길을 나서도 되겠구나. 〔남영에게〕 남전숙께서는 짐을 챙겨서 나와 함께 길을 떠나십시다.

남영 소생은 집이 항주(杭州)이니 어찌 나으리를 모시고 갈 수 있겠습니까.

양문총 그렇다면 내가 옷을 갈아입고 나서 여기에서 작별합시다. 〔옷을 갈아입고 작별한다〕

만 리 길을 혼백이 돌아가듯 하니,

삼 년 세월이 꿈처럼 흘렀구나.

〔말에 올라 짐을 멘 하인을 데리고 퇴장한다〕

이향군 〔통곡하며〕 양 나으리께서 떠나가 버리셨으니 제 마음을 헤아려 주실 분은 이제 스승님뿐입니다. 저번에 힘드시게도 먼 길을 가셔서 후 랑을 찾아내셨는데, 뜻밖에 제가 입궁해 버리고 후 랑께서 옥에 갇히는 바람에 만나지를 못했습니다. 오늘은 제가 궁을 나오고 후 랑께서도 옥을 나오셨을 텐데 또다시 만나지 못하고 있습니다. 스승님, 저를 가엾게 여기셔서 여기저기로 저를 데리고 가시면서 후 랑을 찾아 주세요.

소곤생 후 랑이 이곳에 오지 않았으니 분명 성 밖으로 나갔을 것인데 어디에서 찾을 수가 있을까?

이향군 꼭 찾아야 합니다.

【전강】

하늘 끝 바다 끝까지라도,

하늘 끝 바다 끝까지라도,

땅 끝 세상 밖까지라도,

쇠신발 신고 온 천하를 다니더라도.

낭군님만 찾는다면 발걸음을 멈추겠습니다.

소곤생 서북쪽은 모두 군사들이 가득하니 장강을 건너가지는 못할 것이다. 만약 찾으려 한다면 동남쪽 산길로 가야 할 것이야.

이향군 그럼 그리로 가시지요.

황량한 산야의 길을 바라보니,

황량한 산야의 길을 바라보니,

천태산(天台山) 같은 선경(仙境)인데,

전생에 인연이 있었던 곳 같구나.

소곤생 네가 일심으로 후 랑을 찾으려고 하고, 나도 난리를 피하고자 하니 너를 데리고 가마. 다만 이 길이 어디로 통하는지는 모르겠구나.

남영 〔먼 곳을 가리키며〕 성 동쪽의 저 서하산(棲霞山)은 사람들의 발길이 뜸한데, 대금의(大錦衣)를 지내시던 장요성(張瑤星) 선생께서 관직을 버리고 그곳에서 선도(仙道)를 닦고 계시니, 그분을 찾아뵙고 스승으로 모셔야겠습니다. 함께 가 봅시다. 혹시라도 인연이 맞아 일이 잘 풀릴지도 모르지 않겠습니까.

소곤생 훌륭하신 생각입니다. 모두 짐을 챙겨서 함께 성을 나섭시다.

〔각자 짐을 지고 길을 떠난다〕

이향군 노래하고 춤추던 옛 집까지 버렸건만,

　　　　 노래하고 춤추던 옛 집까지 버렸건만,

　　　　 이 깊은 사랑의 마음은,

　　　　 언제나 없어지려나.

소곤생 저기가 성문인데 누가 캐물을까 걱정입니다.

남영 얼른 틈을 봐서 나갑시다.

이향군 저는 다리가 아파서 갈 수 있을지 모르겠습니다.

이향군 여행길 어려워 눈물이 두 뺨에 흘러내리는데,

소곤생 구르는 쑥과 뿌리 잘린 가시나무처럼 성을 나서네.

남영 무릉도원에는 전쟁이 없을 것이고,

이향군 연꽃이 무성하게 피어 있겠지.

제37척 황제의 피랍[劫寶]

복왕 2년(을유, 1645) 5월

안휘(安徽) 무호(蕪湖)의 황득공 군영

〔황득공(말)이 군복을 입고 등장하고, 전웅(부정)이 황득공을 따라 등장한다〕

황득공 【서지금(西地錦)】

　　장강의 물줄기 거세게 흘러가는 것 멀리 바라보며,

　　영웅은 저 강물처럼 기나긴 시름에 잠겨 있도다.

　　언제나 군막에서 즐겁게 마시면서,

　　활과 화살을 아이들에게 넘겨주게 될까?

　　나는 황득공입니다. 판기 전투에서 좌량옥을 놀라게 하여 죽게 만들었는데, 그의 아들 좌몽경이 구강에 진을 치고 버티고 있으니 나는 무호에 진주하여 그놈들이 북침해 올 것에 대비하려고 합니다.

〔보졸(步卒)(잡)이 등장한다〕

보졸 급히 보고드립니다! 북방 군사들이 회수를 넘어와서 양주를 포위하니, 남경 사람들은 모두 놀라고 두려워하며 모두 피난을 떠나 버렸다고 하옵니다.

황득공 봉양과 회안 두 곳의 장수들(유량좌와 유택청)이 지금 강북에 있는데 어찌 대적하여 싸우지 않는다는 말이냐?

보졸 제가 듣기로는 두 분 유 장군께서도 좌몽경의 군사들을 막기 위해 장강으로 왔기 때문에 봉양과 회안에는 군사가 하나도 없다고 하옵니다.

황득공 〔놀라며〕 어찌 이럴 수가 있다는 말이냐! 〔전웅에게〕 전 장군은 내 심복이니 속히 군사를 끌고 가서 남경을 보위하시오.

【강황룡(降黃龍)】
완 사마(阮司馬, 완대성)의 권세가 강하여,
한밤중에 명령을 내리니,
모두 진지를 옮겨 방비하네.
그러나 그는 동쪽에서 잘라다가 서쪽에다 이어붙이고,
팔꿈치 드러나니 옷깃으로 막으려고 허둥대며,
회안과 양주라는 요지(要地)를 버리는 것이 분명하구나.
굽이굽이 험준하기 짝이 없는 황하를,
연잎 같은 쪽배만 띄워 막았으니.

연기와 먼지 일어나서,

금릉의 기운 어두워지는데,

어찌해야 궁성(宮城)을 구할까.

〔퇴장한다〕

〔홍광제(소생)가 말을 타고 등장하고, 태감 한찬주(韓贊周)(축)가 뒤따라 등장한다〕

홍광제 【전강】

슬프도다,

외로운 어룡(魚龍)처럼,

강가에서 숨어 울다가,

마을에서 걸식을 하는구나.

과인은 남경에서 도망쳐 나와 밤낮으로 길을 달려 왔는데, 비빈(妃嬪)들은 도중에 모두 흩어져 버렸고, 태감 한찬주만이 나를 따라왔도다.

이 뙤약볕 뜨거운 여름날에,

비쩍 마른 말 타고 홀로 가노니,

어디에서 더위를 피할 수 있을까.

어제는 위국공(魏國公) 심굉기(沈宏基)를 찾아갔는데, 그자가 짐짓 나를 알아보지 못하는 척하면서 나를 쫓아냈지. 오늘은 벌써 무호에 당도했구나. 〔앞쪽을 가리키며〕 저기 앞에 있는 군영이 바로 황득공이 주둔하고 있는 곳일 텐데, 그가 과인을 받아줄지 모르겠구나.

바삐 가서,

사람을 낭하(廊下)로 보내어,

받아들여 거두어 주기만을 바라네.

〔말에서 내린다〕 여기가 황득공의 군문(軍門)이로구나. 〔한찬주에게〕 얼른 안에 알리거라.

한찬주 〔문 앞에서 사람을 부른다〕 아무도 안 계시오?

〔군졸(잡)이 등장한다〕

군졸 어디에서 오셨는지?

한찬주 남경에서 왔소. 〔한쪽으로 끌고 가서 속삭이며〕 나랏님께서 오셨으니 장군에게 속히 영접을 나오라고 전하거라.

군졸 흥! 나랏님이 어찌 이곳으로 오신다는 말이오? 놀리지 마시오.

홍광제 황득공을 나오라고 하거라. 그리하면 내가 진짜인지 아닌지를 알게 될 것이니라.

장강 포구에서,

어가(御駕)를 맞이했던,

옛 장수 중랑장(中郞將)을 말이다.

군졸 〔손가락을 깨물며〕 나랏님 같게 생기지는 않았는데 말씨는
근엄하구나. 나랏님일까 아닐까, 장군님께 보고해야겠다. 〔바삐
들어가서 보고한다〕

황득공 〔황망히 등장하며〕 그럴 리가 있겠느냐. 내가 한번 살펴
보도록 하마. 〔홍광제를 만난다〕

홍광제 황 장군은 그간 잘 지냈는가?

황득공 〔홍광제를 알아보며 황망히 무릎을 꿇는다〕 만세, 만만
세! 장막 안으로 들어오셔서 신의 절을 받아 주시옵소서.

〔전웅이 홍광제를 부축하여 장막 안의 자리에 앉게 한다〕

황득공 〔절을 올리며〕

【곤편(滾遍)】
군복 입고 폐하께 절을 올리며,
군복 입고 폐하께 절을 올리며,
또다시 용안을 우러러 보나이다.
어찌하여 남몰래 나오셔서,
쓸쓸하게 말 타시고 몽진하신다는 말씀입니까.
물 잃은 신룡(神龍)께서,
풍운에 떠도시네.

이는 모두 신등(臣等)의 죄이옵니다.

나라의 은혜를 저버린,

재상들이여,

장수들이여.

홍광제 일이 이렇게 되었으니 후회해도 소용없도다. 다만 그대가 이 몸을 보호해 주기를 바라노라.

황득공 〔땅을 치며 통곡하면서〕 황상께서는 구중궁궐에 거처하셨고, 신은 사람 죽이는 것을 일삼았습니다. 오늘 황궁을 나오셔서 대권을 이미 잃으셨사오니 신은 나아가도 싸울 수가 없고 물러나도 지킬 수가 없사옵니다. 나라의 사업이 거의 무너져 버렸사옵니다.

홍광제 급할 것 없도다. 과인은 목숨만 보전하면 그만이라 저 황제 자리도 다시는 하고 싶지 않도다.

황득공 아! 천하라는 것은 조종(祖宗)의 천하인 것을 성상께서 어찌 버리신다는 말씀이시옵니까.

홍광제 버리고 말고는 모두 장군에게 달렸도다.

황득공 소신의 몸이 부서져서 죽을 때까지 모시겠습니다.

홍광제 〔눈물을 훔치며〕 장군이 이렇게 충성이 깊을 줄은 미처 몰랐도다.

황득공 〔무릎을 꿇고〕 성상께서는 말을 타고 오시느라 노고가 크실 터이오니 우선 뒤쪽 장막으로 가셔서 편안히 쉬시옵소서. 군대와 나라의 일은 내일 말씀해 주시옵소서.

〔전웅이 홍광제를 안내하여 퇴장한다〕

황득공 아, 큰일이로다, 큰일이야. 명나라의 삼백 년 국운이 지금에 달렸고, 열다섯 개나 되는 성(省)들의 중심이 이곳이 되었도다. 이는 엄청나게 큰일이니 내가 어찌 감당해야 한다는 말인가. [군사들에게] 모든 군사는 들으라. 말은 고삐를 풀지 말고, 병사들도 갑옷을 벗지 말고, 경계를 늦추지 말고 계속 조심하도록 하라.

[군사들이 대답한다]

황득공 [전웅에게] 나와 그대는 호위관인 셈이니 이 행궁(行宮)*의 문밖에서 함께 누워 밤을 지새도록 하자. [전웅의 다리를 베고 쌍채찍을 들고 눕는다]

[야경 군졸(잡)이 방울을 흔들고 방망이를 두드리면서 시각을 알린다]

전웅 [속삭인다] 원수님, 제 생각으로는 이 황제는 복을 가져다 줄 사람 같지 않습니다. 더구나 북쪽에서 군사들이 장강을 넘어 와서 사람들이 속속 투항하니 원수님께서도 상황을 잘 파악하심이 좋을 듯합니다.

황득공 무슨 소리냐. 옛말에 "효도는 마땅히 힘을 다해야 하고, 충성은 마땅히 목숨을 바쳐야 한다"고 했다. 신하 된 사람으로 어찌 두 마음을 먹겠느냐.

[막후에서 북소리가 전해진다]

황득공 [놀라며] 무슨 북소리냐? [모두 일어나 앉는다]

[보고병(잡)이 등장한다]

보고병 아뢰옵니다. 한 무리의 군사들이 동북쪽에서 내려왔는데,

두 진의 두 분 유 장군께서 원수님과 군정(軍情)을 상의하러 오셨다는 소식입니다.

황득공 〔일어나며〕 참으로 잘됐다! 세 진이 함께 모이면 어가를 모시는 데 그릇되는 일이 없을 것이다. 어디 한번 살펴보자. 〔먼 곳을 바라본다〕

〔유량좌(정)와 유택청(축)이 말을 타고 군사들을 이끌고 등장한다〕

유량좌·유택청 황 형님은 어디 계십니까?

황득공 〔기뻐하며〕 정말 두 분이 오셨네그려. 우형(愚兄)이 이곳에서 오랫동안 기다렸소이다.

〔유량좌와 유택청이 말에서 내린다〕

유량좌 형님께서는 보물을 얻으시고도 우리 두 사람을 속이깁니까?

황득공 무슨 보물이란 말이오?

유택청 홍광 말입니다!

황득공 〔손을 가로저으며〕 소리를 낮추시구려, 성상께서는 지금 쉬고 계시니까.

유량좌 〔소리를 낮춰서〕 오늘 보물을 바치지 않고 언제까지 기다릴 겁니까?

황득공 무슨 보물을?

유택청 홍광을 북쪽에 보내면 우리에게 왕위나 작위 같은 큰 상을 내릴 것이니 어찌 보물을 바치지 않을 수가 있겠습니까?

황득공 〔큰소리로〕 홍! 두 사람은 이런 작당을 하러 왔는가. 나 황틈자님은 도저히 용납하지 못하겠도다. 〔쌍채찍을 들어 두 사람을 때린다. 두 사람은 구해 달라고 소리친다. 황득공이 큰소리로] 이런 반란자들 같으니라고!

【전강】
바람만 불어와도 항복하려는 모습이,
바람만 불어와도 항복하려는 모습이,
마치 파사(波斯) 상인*들 같구나.
직책은 성상을 모시는 것이니,
두 손 모아 높이 받들어야 할 것이거늘,
도리어 나랏님을 위협하고,
다투어 상 받기를 바라는구나.
일시에 평상심을 잃어버렸고,
완전히 얼굴을 바꾸어 버리니,
정말이지 도적의 무리로다.

유량좌 그렇게 심하게 욕하지 마시구려. 같은 형제끼리 어찌 다
툰다는 말이오.

황득공 홍! 이런 개자식아, 임금님도 몰라보는 주제에 내가 너와
무슨 놈의 형제란 말이냐. 〔다시 때린다〕

전웅 〔뒤에서 황득공을 가리키며〕 이런 멍청한 놈 같으니라고,
아직도 사태 파악을 못하고 있다는 말이냐. 〔활을 꺼내 화살을
잰다〕 이 전웅이 너를 곤경에서 구해 주마.

〔활을 쏘니 황득공의 다리에 맞는다. 황득공이 쓰러진다. 유량좌

와 유택청이 크게 웃는다. 전웅이 막후로 들어가더니 급히 홍광제를 업고 나온다]

홍광제 한찬주는 얼른 나를 따라오너라. 〔막후에서 대답이 없다〕 이놈이 결국 나를 버리고 도망갔구나. 〔손으로 전웅의 등을 치며〕 네놈이 나를 업고 어디로 가려느냐?

전웅 북경으로 가려고 합니다.

〔홍광제가 전웅의 어깨를 세게 문다〕

전웅 〔괴로워하며〕 아! 나를 물어 죽이려고 하네. 〔홍광제를 땅바닥에 내동댕이치고 유량좌, 유택청에게 절을 한다〕 황제 하나 바쳐 올립니다.

유량좌·유택청 〔절을 하며〕 고맙소이다! 고맙소이다! 〔모두 홍광제의 소매를 잡아끌고 급히 달려간다〕

황득공 〔홍광제의 다리를 붙잡고〕 전웅, 전웅! 속히 와서 어가를 탈환하라!

〔전웅이 홍광제를 끌어당기는 척하다가 손을 놓는다〕

〔유량좌와 유택청이 결국 홍광제를 끌고 퇴장한다〕

황득공 〔일어나질 못한다〕 어찌 일어날 수가 없단 말인가?

전웅 원수님은 화살에 맞으셨습니다.

황득공 누가 쏜 것인가?

전웅 우리가 적군에게 쏜다고 한 것이 잘못 발사되어 원수님을 맞혔습니다.

황득공 이런 눈먼 개자식 같으니라고. 그럼 어찌하여 성상을 업고 나왔느냐?

전웅 성상을 보호하여 도피하려다가 저자들에게 빼앗기고 말았습니다.

황득공 그럼 우리 두 사람이라도 얼른 그놈들을 쫓아가자.

전웅 〔웃으며〕 분부하실 필요 없습니다. 저는 홍광을 호송할 압송관이니 짐을 챙겨서 북경까지 호송해야 합니다. 〔봇짐과 우산을 메고 급히 퇴장한다〕

황득공 〔노하여〕 아아! 티끌만큼의 양심도 없는 반란자로다. 하지만 네놈조차 죽일 힘이 없구나. 〔통곡한다〕 하늘이시여, 하늘이시여! 어찌하여 명나라 천하가 이 황득공의 손에서 끝난다는 말입니까.

【미성】

평생토록 용감무쌍하여 대적할 자 없더니,

폐하께서 북쪽으로 붙잡혀 가시는 것도 막지 못했으니,

강동(江東)의 부로(父老)들이 이 소식 듣는다면 나를 크게 비웃으리라.

모두 그만두자, 그만두어! 죽음 말고는 나라의 은혜에 보답할 길이 없나니. 〔검을 뽑아들고 외친다〕 전군은 들으라. 이리로 와서 머리 잘린 장군을 보도록 하라. 〔목을 베어 자결한다〕*

제38척 사가법의 죽음[沈江]

복왕 2년(을유, 1645) 5월

강소(江蘇) 양주

〔사가법(외)이 전립(氈笠)*을 쓰고 급히 등장한다〕

사가법 〔고개를 돌려 먼 곳을 바라본다〕

【금전도(錦纏道)】

봉화 연기 멀리서 솟아오르니,

살기가 가득하여,

양주 땅에는 고통의 외침이 들끓도다.

살아 있던 목숨들이 모두 절멸해 버렸는데,

이 도륙(屠戮)은 모두 내가 어리석어서 벌어진 일이로다.

병사와 장수들은,

힘이 다하고 숨이 가빠지더니,
축 늘어진 시체들만이 한 무더기 남았도다.

　나 사가법은 군사 삼천을 이끌고 양주를 사수하고 있었는데,
힘도 다하고 군량도 떨어진 데다 지원군도 오지 않았습니다.
북쪽의 군사들이 오늘밤에 북성(北城)을 함락해서 저는 자결할
결심을 굳혔는데, 문득 명나라 삼백 년 사직이 제 한 몸에 달려
있다고 생각이 미치니 개죽음을 하여 외로우신 임금님을 버릴
수는 없었습니다. 그리하여 줄을 타고 남쪽 성벽을 내려와서
탈출하여 곧장 의진(儀眞)*까지 달려왔는데, 다행히 배를 한 척
만나 장강을 건너올 수 있었습니다. 〔먼 곳을 가리키며〕 저기
어렴풋이 보이는 성곽이 바로 남경입니다. 하나 늙은 몸인지라
다리가 아파 더는 걸을 수가 없으니 어찌한단 말입니까. 〔놀라
며〕 아! 이 흰 노새는 어디에서 나타난 게냐. 이 노새를 타고 강
을 따라 가야겠다. 〔노새에 올라타고 버들가지를 꺾어 채찍을
만든다〕

　흰 노새 등에 올라타서,
　아무도 없는 강변의 들길을 가는데,
　온 천지에는 통곡 소리가 끊이질 않네.
　해는 가까운데 장안은 멀기만 하니,
　더욱 채찍질하면서,
　구름 속에서 궁궐로 향해 가네.

〔노찬례(부말)가 등짐을 지고 뛰어서 등장한다〕

찬례 늘그막까지 난리 피해 다니는데,

　　　해 지니 고향 생각 더욱 깊어지누나.

〔사가법과 찬례가 부딪혀서 찬례가 쓰러진다〕

찬례 아이고! 하마터면 강으로 굴러떨어질 뻔했네. 〔사가법을 보고〕 이 영감이 눈을 어디에 두고 다니는 것인가!

사가법 〔노새에서 내려 찬례를 부축하며〕 미안합니다, 미안해요! 그런데 어디에서 오시는 길인지요?

찬례 남경에서 오는 길이올시다만.

사가법 남경은 지금 어떻습니까?

찬례 아직 모르시는구먼. 황제 영감은 이미 사나흘 전에 도망가 버렸지 뭐요. 지금은 북쪽 군사들이 장강을 건너와서 성안은 온통 난리가 났고, 성문은 모두 굳게 닫혀 있어요.

사가법 〔놀라며〕 아이고! 그렇다면 가도 소용이 없겠구나! 〔크게 통곡하며〕 천지신명이시여, 선대 황제시여, 어찌하여 반토막 남은 강산마저 제대로 지킬 수가 없다는 말씀입니까!

찬례 〔놀라며〕 저 통곡 소리를 들으니 사 각부(史閣部)이신 듯하구나. 〔사가법에게〕 저, 혹시 사 나으리이신지요?

사가법 그렇습니다만. 어떻게 나를 알아보시오?

찬례 소인은 태상시의 찬례입니다. 예전에 태평문(太平門) 밖에서 나으리를 모신 적이 있었습니다.

사가법 〔알아보며〕 그렇군요! 그때 선제께서 돌아가셨을 때 통곡한 사람이 바로 노형(老兄)이셨지요.

찬례 부끄럽습니다. 그런데 나으리께서는 어인 일로 이 지경이 되셨습니까!

사가법 오늘밤 양주가 함락되어 겨우 성을 빠져나온 길입니다.

찬례 그러면 어디로 가시는 중이십니까?

사가법 본래는 남경으로 가서 황제를 보위할 생각이었으나, 성상께서도 이미 떠나시고 말았구려. 〔발을 구르며 통곡한다〕

【보천락(普天樂)】
지붕 뜯겨 나간 배같이 나만 남았구나,
집 없는 개처럼 나만 버려졌구나.
하늘과 땅을 향해 수없이 울부짖어 보아도,
돌아가려 하나 길이 없고,
나아가려 해도 가기 어렵구나.
〔높은 곳에 올라 멀리 바라본다〕
저 흰 파도는 높이 솟구쳐 하늘을 때리건만,
억울한 죽음마저 다 흘려보내지는 못하는구나.

〔한 곳을 가리키며〕 그렇지, 그래! 저기가 바로 내가 묻힐 곳이다.

황토(黃土)보다 나으리라,

몸을 누이기에는 한 길 강물 속의 물고기 뱃속이.

〔자신을 보며〕 나 사가법은 망국의 죄 지은 신하이니 어찌 관복을 입고 갈 수 있겠는가. 〔관모와 관복과 신발을 벗는다〕

도포와 신발과 관모를 벗었다네.

찬례 저러다가 진짜 돌아가시겠구나. 〔사가법을 붙잡으며〕 나으리, 깊이 생각하십시오! 짧게 생각하지 마시고.

사가법 저 망망한 세계를 보시게. 이 사가법이 어디에서 편히 쉴 수가 있겠는가.

영웅은 죽으리라,

오늘날 강산의 주인이 바뀌는 것을 보게 되니,

미련을 둘 수가 없도다.

〔강물에 뛰어들어 사라진다〕

찬례 〔한참 동안 멍하니 바라보다가 신발과 관모와 도포를 껴안고 통곡한다〕 사 나으리, 사 나으리! 충신 중의 충신이시여, 만약 소인을 만나지 않으셨다면 누가 당신께서 강물에 뛰어드신 것을 알았겠습니까. 〔크게 통곡한다〕

〔유경정(축)이 후방역(생)의 손을 잡고 급하게 등장한다〕

유경정 살고 싶어 옥리를 떠나와서,

　　난리 피해 하늘 끝까지 달려왔네.

〔진정혜(말)와 오응기(소생)가 손을 붙잡고 급히 등장한다〕

진정혜 · 오응기 날마다 집들을 찾아다니는데,

　　오늘은 어디에 기거할까.

후방역 〔진정혜와 오응기를 부르며〕 진 형, 오 형, 날이 저물어

　　가니 얼른 움직입시다.

진정혜 · 오응기 갑니다.

유경정 우리가 감옥에서 나온 지도 벌써 며칠이 되었는데, 이리

　　저리 숨어 다녔지만 몸을 편히 쉴 곳은 아직 찾지 못했습니다.

　　저 앞이 용담(龍潭)*인데, 이제 각자 흩어져서 살 길을 찾아보는

　　것이 어떨까 합니다.

진정혜 옳으신 말씀입니다. 〔찬례를 만난다〕 노형께서는 어찌하

　　여 이곳에서 통곡하고 계십니까?

찬례 저도 길을 가던 중에 사 각부 나으리를 만났는데, 그분께서

　　강에 투신하여 돌아가셨기에 저도 모르게 마음이 아파 통곡하

　　고 있던 중입니다.

후방역 사 각부께서 어찌 이곳엘 오셨단 말입니까?

찬례 오늘밤에 양주성이 함락되어 이곳까지 도피해 오셨다가 황

　　제께서 이미 몸을 피하셨다는 소식을 들으시고 비틀거리다 강

물에 뛰어드셨습니다.

후방역　어찌 이런 일이 있을 수가 있단 말입니까!

찬례　〔사가법이 벗어놓은 옷을 가리키며〕 이것이 그분이 벗어놓으신 옷, 신발, 관모입니다.

유경정　〔옷을 살펴보다가〕 저 옷 안쪽에 온통 붉은 도장이 찍혀 있군요.

후방역　어디 봅시다. "흠명 총독강북등처 병마내각대학사 겸 병부상서 인(欽命總督江北等處兵馬內閣大學士兼兵部尙書印)"이라. 〔놀라 통곡한다〕 정말 사 노선생(史老先生)의 관복이 맞습니다.

진정혜　의관을 향해 모두 통곡하십시다.

〔찬례가 의복을 정돈해서 놓는다. 모두 절하고 통곡한다〕

모두　【고륜대(古輪臺)】

강변을 걸으시다가,

가슴 가득한 분한을 누구에게 말할 수 있었으랴.

노구(老軀)에 눈물 흘리실 때 바람이 얼굴에 불어오니,

한 조각 외로운 도성을,

구해 내시려고 뚫어지게 바라보셨으리.

마지막 병사까지 죽어 가며 혈전을 치르시다가,

겹겹의 포위를 뚫고 나오셔서,

국도(國都)를 그리워하셨건만,

노래는 끝나고 텅 빈 연회석만 남았을 줄 어찌 아셨으랴.

한 줄기 장강이,

오(吳)와 초(楚)를 갈라서 삼천 리를 흐르는데,

이 모든 땅이 성(姓)이 다른 자들에게 넘어가니,

비마저 사납고 구름도 변하는구나.

차가운 파도가 동쪽으로 솟구치는데,

모든 일은 헛된 연기 속에 사라져 버렸도다.

훌륭하신 혼백 나타나 주옵소서,

저 바다 저 하늘 끝까지 들리도록 큰소리로 부르옵니다.

〔후방역이 의관을 치며 크게 통곡한다〕

유경정 각부께서는 목숨을 버리셔서 일대의 충신이 되셨습니다. 상공께서는 너무 슬퍼하지 마시고 모두 그만 헤어지십시다!

후방역 〔멀리 가리키며〕 저기 연기와 먼지가 피어나는 곳을 보십시오. 소생더러 어디로 가라는 말씀이십니까?

진정혜 우리 두 사람이 길을 돌아온 것은 오로지 형께서 장강 건너시는 것을 전송해 드리기 위함이었는데, 이제는 북상할 수가 없게 되었으니 저와 함께 남쪽으로 가시는 것은 어떠하실지요.

후방역 이처럼 어지러운 세상에 어찌 계속해서 의지한다는 말씀입니까. 차라리 각자 편리한 대로 하기로 하십시다!

오응기 후 형의 생각은 어떠하신지요?

후방역 저는 경정과 상의하여 깊은 산 속의 절을 하나 찾아가서 며칠 동안 피해 있다가 나중에 귀향 계획을 생각해 보고자 합니다.

찬례 이 늙은이는 서하산으로 가려던 참입니다. 거기는 조용하고 외져서 병란을 피할 수가 있을 것이니 함께 가시는 것이 어떠하실지요?

후방역 참으로 좋은 생각이십니다.

진정혜·오응기 후 형께서 장소를 정하셨으니 우리는 이제 그만 작별해야겠습니다! 〔작별 인사를 한다〕

　　오늘을 맞으니 마음이 아프도다,

　　어느 해에나 다시 뵙게 되려나.

〔진정혜와 오응기가 눈물을 훔치며 퇴장한다〕

후방역 〔찬례에게〕 서하산에는 무슨 볼 일이라도 있습니까?

찬례 실은 이렇습니다. 저는 태상시의 일개 노찬례에 지나지 않으나, 태평문 밖에서 선제께 제사를 올리던 날 문무백관들이 성의 없이 행동하는 것을 보고 치미는 화를 참을 수가 없었습니다. 그래서 그때 마을의 부로(父老) 몇 분과 약조를 하여 돈을 좀 추렴해서 이번 칠월 보름날에 숭정 황제를 위해 수륙도량(水陸道場)*이라도 하나 지어 드릴 생각이었습니다. 그런데 뜻밖에도 남경에 난리가 일어나니 그 일을 하기 어렵게 되어 돈을 들고 서하산으로 가서 고승(高僧)께 청하여 이 바람을 이루려고 하는 것입니다.

유경정 훌륭하신 일입니다!

후방역 저희를 데리고 가 주셔도 좋을지 모르겠습니다.

찬례 이 관복과 신발과 관모를 수습하여 가고자 합니다.

유경정　어디로 보내시려고 하는지요?

찬례　양주의 매화령(梅花嶺)이 그분께서 주둔하시던 곳이니 군사들이 물러간 후에 제가 그리 가서 초혼(招魂)하여 묻어 드리면 사 각부의 가묘(假墓)라도 만들 수 있지 않을까 합니다.

후방역　이러한 의로운 일은 더욱 드문 일입니다.

〔찬례가 의복과 신발 등을 지고, 후방역과 유경정이 뒤를 따른다〕

모두　【여문(餘文)】

산의 구름이 변하고,

강의 언덕도 변하는데,

홀연히 충혼(忠魂) 사라지니,

한식 때 어느 누가 그분의 묘지를 알겠는가.

찬례　남조(南朝)의 이야기는 천고(千古)에 전해지리니,

유경정　마음 아파서 피눈물을 산천에 흩뿌리네.

후방역　하늘 우러러 초혼부(招魂賦)*를 읊노라니,

찬례　양자강 가에는 저녁 안개가 어지럽게 피어오르네.

제39척 서하산 출가[棲眞]

복왕 2년(을유, 1645) 6월

남경 교외 서하산 보진암(葆眞庵)

〔소곤생(정)이 이향군(단)과 함께 등장한다〕

이향군 【취부귀(醉扶歸)】

　　한 줄의 안타까운 그리움으로 갈라진 마음 꿰매 보지만,

　　높은 산 기나긴 강물 지나야만 만날 수 있으리.

　　사랑의 마음 굳게 다져 죽어도 놓지 않으리니,

　　그분도 신선의 꿈 계속 간직하시도록 하려네.

　　저기 수만 겹의 흰 구름이 푸른 소나무를 덮고 있는데,

　　저기가 바로 천태동(天台洞)*이리라.

〔소곤생에게〕 스승님, 다행히도 남전숙 덕택에 서하산까지

오게 되었습니다. 우연히도 여기 보진암의 주인이 되어 있는 변옥경 이모님을 만나 잠시나마 이곳에 머물게 되었으니 이것도 하늘이 내려 주신 기연(奇緣)입니다. 다만 후 랑을 아직 만나지 못해 제가 귀의할 데가 없으니 스승님께서 부디 신경 써서 찾아 주세요.

소곤생 아직 서두를 것 없다. 저기 연기와 먼지가 자욱한 곳을 보거라, 어디 가서 찾는단 말이냐. 우선은 암자 주인이 나오면 이곳에서 오래 머무를 방법부터 상의해 보자꾸나.

〔변옥경(노단)이 도사 복장을 하고 등장한다〕

변옥경 【조라포(皂羅袍)】

　　어느 하늘에서 생황 부는가,

　　구름 속의 학이 높이 날아오르고,

　　옥구슬이 부딪히는 소리가 영롱하구나.

　　화월(花月)에 인연 닿았던 과거 헛되거늘,

　　또다시 복사꽃 피울 씨를 뿌리려 하는구나.*

　　〔두 사람과 인사하며〕 누추한 암자에 두 분을 모시게 되었습니다.

이향군 거두어 주셔서 한없이 감사드릴 따름입니다.

소곤생 드릴 말씀이 있습니다. 강북의 형세가 어지러워 감히 나아가지 못하고 있고, 이 늙은이는 노래밖에 할 줄 아는 것이 없는데 이 산중에서는 쓸모가 없으니 연일 번거로움만 더해 드릴 뿐이어서 마음이 불편하기 짝이 없습니다.

변옥경　무슨 말씀이십니까.

　　옛 벗들 다시 찾아오셔서,

　　선경(仙境)에 드셨지만,

　　옛 인연 끊어지지 않아서,

　　무산(巫山)의 운우(雲雨) 짙으니,

　　침상에 나란히 앉아 양왕(襄王)의 꿈 얘기나 나누고자 합니

다.*

소곤생　이 소곤생이 여기에서 할 일이 있지요. 〔신발을 갈아신고 삿갓을 갈아입고, 도끼와 망태기와 줄을 꺼내든다〕 날도 맑으니 저 고갯마루나 계곡으로 가서 소나무 가지를 주워 와서 아침저녁 밥을 지을 땔감으로 써야겠습니다. 가만히 앉아서 밥이나 축내는 것보다는 낫지 않겠습니까?

변옥경　안 그러셔도 됩니다.

소곤생　여러 사람이 지내는데 어찌 한가하게 있을 수만 있겠습니까? 〔망태기를 짊어지며〕

　　발 아래에는 산 구름이 차갑고,

　　어깨 너머에는 들풀이 향기롭구나.

〔퇴장한다〕

〔변옥경이 문을 닫는다〕

이향군   저도 한가하게 있기가 무료하니 옛날에 입으셨던 옷이나 찾아 주세요. 바느질이라도 하면서 긴 여름을 보낼까 합니다.

변옥경   마침 한 가지 할 일이 있지. 이번 중원절(中元節, 음력 7월 15일)에 마을 사람들이 남녀 할 것 없이 백운암(白雲庵)에 와서 돌아가신 주 황후(周皇后)*께 깃발을 만들어 걸어 드릴 텐데, 바느질할 만한 사람이 필요하단다. 이 사람들에게 깃발을 만들어 준다면 큰 공덕을 쌓는 것이 아닐까 하는데.

이향군   그런 좋은 일은 꼭 도와 드려야지요.

〔변옥경이 깃발을 만들 옷감을 꺼내 준다〕

이향군   제 향을 좀 씻고 깨끗한 마음으로 만들겠어요. 〔손을 씻고 깃발을 만든다〕

　　【호저저(好姐姐)】

　　저는 옛날의 업보가 무거우니,

　　열 손가락으로 아쟁 줄 누르고 피리 구멍 막을 줄만 알 뿐,

　　바느질하는 일은 게을리하여,

　　여자가 할 일을 제대로 하지 못했지요.

변옥경   향군이는 똑똑하고 손재주가 있으니 바느질도 잘하겠지.

이향군   제가 어찌 바느질을 잘하겠어요. 정성을 다해서 할 뿐입니다.

깃발을 받쳐 들고,

참회하는 마음으로, 손가락 끝에 종기가 날 때까지라도,

원앙(鴛鴦) 이불보다 더 잘 만들렵니다.

〔함께 바느질을 한다〕

〔찬례(부말)와 유경정(축)이 짐을 지고 후방역(생)과 함께 등장
한다〕

후방역 【조라포】

이리저리 전쟁 피해 다니다가,

졸졸 솨아솨아,

개울물 소리 솔바람 소리 듣네.

구름은 서하산 봉우리에 걸려 있고,

강물이 깊으니 오월에도 찬바람 불어오네.

찬례 여기가 서하산인데 여러분께서는 얼른 적당한 도원(道院)
을 찾으셔서 편안히 쉬시기 바랍니다.

후방역 〔한 곳을 바라보며〕 저기 암자가 하나 있는데 가서 문을
두드려 보아야겠습니다.

돌담에 덩굴 얽힌 문이 보이는데,

연단술 익히는 노인장 찾아서,

울타리 밑의 오솔길 지나,

급히 집 지키는 아이를 불러 보지만,

선가(仙家)에서 어찌 떠도는 사람들의 슬픔을 알리오?

〔찬례가 문을 두드린다〕

변옥경 〔일어나면서〕 누구십니까?

찬례 남경에서 온 사람인데 귀 암자에서 잠시 쉬어 갈까 합니다.

변옥경 여기는 여도사가 주지로 있는지라 손님을 모시지 않습니다.

【호저저】

돌담 높이 솟아 있고,

낮에도 겹문이 굳게 닫혀 있는 것을 보시지요,

수도하는 여도사라,

속세의 손님을 맞아 시끄러워질까 두렵답니다.

유경정 우리는 신자가 아니오니 잠시 머물게 해 주시지요.

변옥경 경전의 말씀을 암송하며,

조사(祖師)들의 청규(清規)를 받들고 있으니,*

규수가 기거하는 방이나 다를 바 없지요.

이향군 맞는 말씀입니다. 청루에 있을 때와는 비교할 수가 없네요.

변옥경 여기는 우리가 수행하는 곳이니 다른 것은 신경 쓰지 말아야 해. 주방에 공양 준비 하러 가자꾸나.

〔변옥경과 이향군이 퇴장한다〕

〔찬례가 다시 문을 두드린다〕

후방역 저분들은 청규를 엄격하게 지키는 사람들인 모양이니 더
는 매달리지 마십시다.

찬례 앞쪽에도 암자가 많이 있으니 그리 가서 물어봅시다.

〔모두 걸어간다〕

〔정계지(부정)가 도사 복장을 하고 약초 광주리를 들고 등장한다〕

정계지 【조라포】

깊은 산중의 동굴에서 약초를 캐느라,

짚신과 대지팡이에 몸을 맡겨,

여기저기로 풀밭을 돌아다니네.

차가운 낙조(落照)에 나무들이 반짝이는데,

숲 속의 죽순과 고사리로 끼니를 삼네.

찬례 〔기뻐하며〕 저기 도사가 한 분 오는데 제가 가서 좀 물어보
겠습니다. 〔절을 하며〕 저희는 좋은 일을 하러 산에 올라온 사
람들이온데, 도원을 빌려 잠시 기거할 수 있도록 편의를 봐 주
실 수 있겠는지요?

정계지 〔후방역을 보며〕 이분 상공께서는 꼭 하남의 후 공자이신
듯합니다만.

유경정 후 공자가 아니면 누구겠습니까?

정계지 〔유경정을 보며〕 노형께서는 유경정이 아니십니까?

유경정 그렇습니다만.

후방역 〔정계지를 알아보며〕 아! 정계지이시군요. 어찌 출가를 하셨는지요?

정계지 후 상공, 아직 모르셨군요. 저는,

나이 먹은 비파쟁이라,

옛 궁궐에 들어가기가 부끄럽고,

이구년(李龜年)*처럼 게을러서,

훌륭한 악공들 쫓아가기 힘들어서,

집을 떠나 경전이나 외우게 되었습니다.

후방역 그러셨군요.

유경정 어느 산의 암자 주지를 맡고 계신지요?

정계지 저 앞쪽에 채진관(采眞觀)이라는 곳이 바로 제가 수련하는 암자입니다. 누추하지만 잠시 머물러 가시지요.

후방역 정말 감사합니다.

찬례 두 분께서 친구를 만나셨으니 몸을 둘 데가 생기셨군요. 저는 백운암(白雲庵)으로 가서 제사 올리는 일을 상의해 볼까 합니다.

후방역 여기까지 데려와 주셔서 감사드립니다.

찬례 아닙니다. 〔작별 인사를 하며〕

속세에서 업보를 풀고,

하늘에서 제단에 절하네.

〔퇴장한다〕

정계지 〔후방역과 유경정을 데리고 걸어간다〕

맑은 샘을 건너고,

자줏빛 누각에 올라보니,

눈 쌓인 동굴에 바람이 불어오고,

구름 덮인 집에는 비가 떨어지네.

후방역 〔놀라며〕 저 앞에 계곡이 있어서 남쪽 산과 갈라져 있으니 어떻게 건너가겠습니까?

정계지 걱정하실 것 없습니다. 저기 나루에 고깃배가 한 척 있으니 배에 올라타서 한담이라도 나누면서 사공이 올 때까지 기다렸다가 데려다 달라고 하면 됩니다. 반(半) 리도 안 되는 곳에 바로 채진관이 있습니다. 〔모두 배에 올라타 앉는다〕

유경정 이 늙은이가 소싯적에 태주(泰州)에서 살았을 때 고기잡이로 먹고 살아서 배를 저을 줄 아니 제가 모시고 가겠습니다.

후방역 참으로 훌륭하십니다.

〔유경정이 배를 저어 나아간다〕

후방역 〔정계지에게〕 향군의 머리를 올려 줄 때 함께 계셨는데, 한 번 이별하니 벌써 삼 년이라는 시간이 흘렀습니다.

정계지 그렇군요. 그런데 향군이 궁궐에 들어간 후로 무슨 소식이라도 들으셨습니까?

후방역 아무런 소식도 듣지 못했습니다. 〔부채를 꺼내어 가리키면서〕 이 도화선만이 우리의 맹세를 증명해 줄 물건이라 소생은 항상 이것을 지니고 있습니다.

【호저저】
이 도화선을 품으니,
다시금 청루에서 지내던 시절이 꿈처럼 그리워지는구나.
하늘이 무너지고 땅이 꺼진다 해도,
이 사랑은 끝나지 않으리.
갑자기 떨어지게 되어,
아득히 겹겹의 산들 사이에 둔 채 떨어져 있게 되었으니,
아름다운 세월을 보름밖에 지내지 못했다네.

유경정 저번에 황제가 도망가고 비빈들이 흩어질 때 향군도 궁궐에서 나왔을 것입니다. 남경이 조용해질 때까지만 기다렸다가 다시 찾아보도록 합시다.

후방역 난리통에 흩어져서 다시는 찾지 못할까 걱정입니다. 〔눈물을 훔친다〕

정계지 〔심부름하는 아이를 부르며〕 애야, 손님들이 오셨으니 얼른 짐을 받아들도록 하여라.

〔막후에서 대답한다〕

정계지 들어가시지요. 〔안내한다〕

후방역 문 안의 연단대(煉丹臺)는 더욱 신비로운데,

정계지 조용히 소나무 아래에서 노쇠한 늙은이 수련하네.

유경정 배는 계곡 길을 구불구불 올라오더니,

후방역 봉래산(蓬萊山)* 같은 꿈 같은 곳에 들어왔다네.

제40척 재회와 귀의[入道]

복왕 2년(을유, 1645) 7월

남경 교외 백운암(白雲庵)

〔장미(외)가 도사 복장을 입고 불자(拂子)를 들고 등장한다〕

장미 【남점강순(南點絳脣)】

　　세태가 어지러워,

　　지난 삶의 먼지 속에서 붉던 얼굴 늙어 버렸고,

　　귀의(歸依)가 늦었으니,

　　꼭두각시 같은 놀음판을 신물 나게 보았다네.

　　막다른 길에서 통곡하다가,

　　다시 껄껄 웃어 버리고 말았네.

　　모든 것을 그만두고,

　　신선 세계에 들어오니,

만고의 시름 앓는 이 드물구나.

　빈도(貧道)*는 장요성(張瑤星)입니다. 벼슬을 그만두고 산에 들어와 이 백운암에서 살고 있습니다. 저는 수도(修道)와 인연이 있고 속세와는 인연이 없는 듯합니다. 기쁘게도 서적상이었던 채익소가 저를 따라 출가하면서 경전(經典)과 사서(史書)를 다섯 수레나 실어 왔습니다. 화인(畵人) 남전숙도 귀의하여 제가 사는 암자의 네 벽에 봉래산(蓬萊山)이며 영주산(瀛洲山)을 그려 주었습니다. 이 황량한 산 속에서 책도 읽을 수 있고 누워서 노닐 수도 있으니 이제 날아올라 신선이 된다고 해도 못난 신선이 되는 것은 아니겠지요. 다만 숭정 선제께서 내려 주신 깊은 은혜를 아직 갚지 못한 것이 평생의 한입니다. 오늘이 을유년 칠월 보름이라 대중들이 널리 모여 제단을 높이 세우고 선제의 명복을 비는 제사를 올릴 것인데, 마침 남경의 찬례 한 사람이 마을의 부로들과 약속을 하여 함께 참가하여 제사를 모시기로 했습니다. 제자를 불러서 미리 자리를 마련해 두라고 해야겠습니다. 도제(徒弟)는 어디에 있는고?
〔채익소(축)와 남영(소생)이 도사 차림으로 등장한다〕

채익소·남영　먼지 속에서 속인들과 헤어져,
　구름 속에서 신선들과 만났다네.

　제자 채익소와 남전숙이 인사 올립니다. 〔절을 한다〕

장미　너희는 대중을 데리고 황록(黃籙)과 과의(科儀)*에 따라 얼른 제단을 마련하거라. 나는 목욕재계하고 옷을 갈아입은 후에 경건한 마음으로 절을 올릴 것이니라. 정말이지,

　　　제사를 선제 향해 모시니,

　　　올바른 길은 사람의 마음에 있도다.

〔퇴장한다〕
〔채익소와 남영이 제단을 세 군데 마련하여 향화(香花)와 다과를 올리고 깃발과 방(榜)을 내건다〕

채익소 · 남영　【북취화음(北醉花陰)】
　　　제단 높이 쌓을 때 바다에 태양 빛나니,
　　　하늘의 영령들이 모두 내려오시고,
　　　온갖 별의 신령들도 내려오시네.
　　　깃발 그림자 펄럭이는데,
　　　칠월이라 중원절에 제단을 마련하네.

채익소　제단을 모두 마련해 놓았습니다.
남영　〔멀리 가리키며〕저기 산 아래 부로들이 술과 향을 가지고 오는군요.
〔찬례(부말)가 마을 남녀들을 데리고 향과 술을 가지고 지전(紙錢)과 깃발 등을 들고 등장한다〕

마을 사람들 【남화미서(南畵眉序)】

마을에서 담은 술 가져오고,

자주색 노란색 단향(檀香)을 수놓인 띠로 쌓았다네.

〔먼 곳을 가리키며〕

저 텅 빈 궁궐과,

황제의 어좌(御座)는 멀리 있지 않건만,

묻노니 그 누가 황제의 자손이시기에,

우리 시골 노인네들을 저버리셨습니까.

〔눈물을 훔치며〕

높은 산 깊은 곳에서 중원절을 맞이하여,

지전 받들고 와서 조문합니다.

도사님들, 저희들은 다 모였으니 법사(法師) 나으리께서 나오셔서 제단을 돌아보셔야 하겠습니다.

채익소·남영 〔막후를 향해〕 법사님, 제단이 준비되었으니 옷을 갈아입고 나오셔서 한번 살펴보시고 정화(淨化)의 의식을 행하여 주시지요.

〔막후에서 북소리가 세 번 울리고, 도사 네 명(잡)이 선악(仙樂)을 연주하며 등장하고, 채익소와 남영이 법의(法衣)로 갈아입고 향로를 받쳐 들고 나오고, 장미가 금빛 도관(道冠), 법의 차림으로 나와 잔을 받쳐 들고 솔가지를 들고 제단을 돌며 정화 의식을 행한다〕

모두 【북희천앵(北喜遷鶯)】

깨끗한 손으로 솔가지를 뿌리니,

맑고 차가운 이슬방울들이 흩어지네.

제단 주위를 여러 차례 돌고 도니,

뜬 먼지와 번뇌가 모두 사라지네.

향이 타오르니,

구름처럼 주위를 덮지만,

옥좌만은 높이 솟아 있구나.

운라(雲鑼) 소리 울려 퍼지는데,

황제의 궁전 세웠으나,

누추한 작은 집으로 변했네.

〔장미가 퇴장한다〕

채익소·남영 〔막후를 향해〕 정화 의식이 끝났으니 법사께서는
옷을 갈아입고 나오셔서 제단에 절을 올리시고 조청대례(朝請
大禮)를 행하여 주시지요.

〔채익소와 남영이 위패를 놓는다. 가운데에는 '고명사종열황제지
위(故明思宗烈皇帝之位)', 왼쪽에는 '고명갑신순난문신지위(故明
甲申殉難文臣之位)', 오른쪽에는 '고명갑신순난무신지위(故明甲申
殉難武臣之位)'를 놓는다〕*

〔막후에서 세악(細樂)을 연주하고, 장미가 높은 벼슬의 관모를 쓰
고 학을 수놓은 관복을 입고 금빛 요대를 차고 관혜(官鞋)를 신고,
홀(笏)을 들고 등장한다〕

장미 〔무릎을 꿇고 축원한다〕 엎드려 바라옵건대, 성신(星辰)이 빛을 더하여 봉래산이 나타나는 것을 보여 주게 하시고, 바람과 우레가 호령하여 멀리서 천문이 열리는 것을 보여 주게 하시옵 소서. 돌아가신 명 사종 열황제의 구천(九天)에 계신 법가(法駕) 를 비롯하여, 갑신년에 순국하신,

문신(文臣)이신,

동각대학사(東閣大學士) 범경문(范景文),

병부상서(戶部尚書) 예원로(倪元璐),

형부시랑(刑部侍郞) 맹조상(孟兆祥),

협리경영병부시랑(協理京營兵部侍郞) 왕가언(王家彦),

좌도어사(左都御史) 이방화(李邦華),

우부도어사(右副都御史) 시방요(施邦耀),

대리시경(大理寺卿) 능의거(凌義渠),

태상시소경(太常寺少卿) 오린징(吳麟徵),

태복시승(太僕寺丞) 신가윤(申佳胤),

첨사부(詹事府)의 서자(庶子) 주상봉(周鳳翔),

유덕(諭德) 마세기(馬世奇),

중윤(中允) 유리순(劉理順),

한림원검토(翰林院檢討) 왕위(汪偉),

병과도급사중(兵科都給事中) 오감래(吳甘來),

순시경영어사(巡視京營御史) 왕장(王章),

하남도어사(河南道御史) 진량모(陳良謨),

제학어사(提學御史) 진순덕(陳純德),

병부낭중(兵部郎中) 성덕(成德),

이부원외랑(吏部員外郎) 허직(許直),

병부주사(兵部主事) 김현(金鉉) 등과,

무신(武臣)이신,

신락후(新樂侯) 유문병(劉文炳),

양성백(襄城伯) 이국정(李國禎),

부마도위(駙馬都尉) 공영고(鞏永固),

협리경영내감(協理京營內監) 왕승은(王承恩)

등을 삼가 청하옵니다. 엎드려 바라옵건대, 채색 병장기 들고 수레를 따르고 흰 깃발 들고 법가를 옹위하게 하셔서 임금과 신하께서 위엄을 갖추고 사자(使者)에게 지시하셔 내려오시고, 문무대신이 성대하게 흰 구름을 타고 내려오소서. 영령들 모시는 음악 소리를 함께 들으시며 미음이라도 함께 드소서.

〔막후에서 음악이 연주되면 장미가 세 차례 술을 올리고 네 번 절한다. 찬례와 촌민들도 따라 절한다〕

장미 【남화미서】

신선들이시어,

조아려 청하오니 열황제께옵서는 청천(靑天)을 내려오소서,

매산(煤山)의 고목을 떠나셔서,

매달았던 줄을 풀고 오소서.

이 술과 솔향기를 흠향하시고,

저 유적들을 원망하지는 마소서.

예로부터 천 년 동안 왕업을 이은 사람 없었지만,

정령(精靈)들께서는 영원히 이 산속의 사당에서 머무르소서.

〔장미가 퇴장한다. 채익소와 남영이 좌우에서 술을 바치고 절을 올린다. 찬례와 촌민들도 따라 절한다〕

채익소·남영 【북출대자(北出隊子)】

삼가 정성을 다해 기도 올립니다,

갑신년에 순국하신 대신들께.

끼니 끊어 목숨 버리신 원한은 사라지기 어렵고,

우물에 몸 던지시고 목매다신 뜻은 잘못되지 않았으니,

오늘 임금과 신하께서 함께 마음껏 드시고 취하소서.

술 올리고 지전 태워서 신령들께서 하늘로 돌아가시는 길을 배웅합시다.

〔사람들이 지전을 태우고 술을 올리면서 애도한다〕

찬례 오늘에야 비로소 여한 없이 통곡을 했습니다.

사람들 우리의 소원도 빌었으니 모두 제사 음식을 먹으러 갑시다. 〔잠시 퇴장한다〕

채익소·남영 〔막후를 향해〕 제사가 다 끝났으니 법사께서는 옷

을 갈아입고 제단에 오르셔서 음식과 공덕(功德)을 베풀어 주시
지요.

〔고수레를 하고 높이 제단을 쌓는다. 막후에서 세악이 연주된다〕
〔장미가 화양건(華陽巾)과 학창(鶴氅)* 차림으로 갈아입고 불자
(拂子)를 들고 등장하여 제단에 절을 하고 제단에 오른다. 채익소
와 남영은 옆에 서 있다〕

장미 〔제사상을 내리치며〕

넓고 넓은 모래밭에서 눈을 들어 공중누각을 바라보고,

망망대해에서 고개 돌려 언덕 위의 영주산을 바라보네.

돌이켜보면 당신들은 무수히 순국하시면서 적군에게 분노를
나타내셨고 경사(京師), 중원(中原), 호남(湖南), 섬서(陝西) 등
지에서 싸우시다가 물에, 불에, 칼에, 화살에, 말발굽에, 역병
에, 굶주림에, 추위에 돌아가셨습니다. 바라옵건대 잡초더미 사
이에서 굴러다니는 해골이시든 바람에 날려 다니는 도깨비불이
시든 먼 길 오셔서 법좌(法座)에 오르시고, 먼 길 오셔서 보산
(寶山)에 올라 주소서. 감로(甘露) 한 방울 드시고 만 년 동안 목
을 축이시고, 손 안 가득한 옥립(玉粒) 드시고 천 년 동안 배를
채우소서. 〔쌀을 뿌리고 미음을 흘리고 지전을 태워 귀신을 모
이게 한다〕

【남적류자(南滴溜子)】

모래밭 속에서,

모래밭 속에서,

시체들 풀덩굴 사이에 뒹굴고,

검붉은 피 비린 속에서,

검붉은 피 비린 속에서,

백골들이 말라 가는구나.

가련하다, 비바람 몰아치는데,

고향을 바라보아도 절해 주는 사람 없어,

배고픈 혼령들이,

이곳에 와서 드시는구나.

채익소·남영 고수레가 끝났으니 법사께서는 널리 신광(神光)을 비추셔서 삼계(三界)*를 비추시고, 임금과 신하의 업보를 어리석은 대중들에게 보여 주시지요.

장미 갑신년에 순국하신 임금과 신하는 이미 오래전에 승천하셨느니라.

채익소·남영 올해 북쪽으로 간 임금과 신하도 있사온데, 이들은 어찌 되올지요? 알려 주시기를 간절히 바랍니다.

장미 양쪽의 대중들은 마음을 정화하고 엄숙히 서 있으라. 내가 향을 사르고 자리에 앉아 조용히 눈을 감고 살펴보겠노라.

〔채익소와 남영이 향을 들고 고개를 숙이고 시립(侍立)해 있는다〕

장미 〔눈을 감고 오랫동안 있다가 깨어나서 사람들을 향해〕 북쪽으로 간 홍광 황제와 유량좌, 유택청, 전웅 등은 양기(陽氣)가 끝나지 않았으나 제대로 살필 수는 없도다.*

채익소 · 남영 〔앞으로 나와서〕 사 각부(사가법), 좌 영남(寧南, 좌량옥), 황 정남(靖南, 황득공) 등 순국 대신들께는 어떤 보응(報應)이 있겠는지요?

장미 살펴보도록 하겠노라. 〔눈을 감는다〕

〔흰 수염, 복두(幞頭), 붉은 도포 차림에 누런 비단으로 얼굴을 가린 영령 갑(잡)이 깃발과 세악의 인도에 따라 등장한다〕

영령 갑 나는 독사(督師) 내각대학사 병부상서 사가법이오. 오늘 상제의 명을 받들어 태청궁(太淸宮)*의 자허진인(紫虛眞人)으로 책봉되었으니 말을 타고 임지로 가야겠소. 〔말을 타고 퇴장한다〕

〔금빛 투구를 쓰고 붉은 비단으로 얼굴을 가린 영령 을(잡)이 깃발과 고취곡(鼓吹曲)의 인도에 따라 등장한다〕

영령 을 나는 영남후 좌량옥이오. 지금 상제의 명을 받고 비천사자(飛天使者)로 책봉되었으니 말을 타고 임지로 가야겠소. 〔말을 타고 퇴장한다〕

〔은빛 투구를 쓰고 검은 비단으로 얼굴을 가린 영령 병(잡)이 깃발과 고취곡의 인도에 따라 등장한다〕

영령 병 나는 정남후 황득공이오. 지금 상제의 명을 받아 유천사자(游天使者)로 책봉되었으니 말을 타고 임지로 가야겠소. 〔말을 타고 퇴장한다〕

장미 〔눈을 뜨고〕 선재(善哉)라! 방금 꿈에서 각부 사도린 선생이 태청궁 자허진인으로, 영남후 좌곤산과 정남후 황호산이 각각 비천사자, 유천사자로 책봉되신 것을 보았도다. 각자 말을 타고 임지로 가셨으니 영광을 얻으셨도다.

【북괄지풍(北刮地風)】
천마(天馬)들이 구름 속에서 늠름하니,
일세의 영웅호걸들이시로다.
천상의 음악 소리 우렁차게 울리고,
화개(華蓋)*와 깃발 펄럭이네.
장군의 칼 빛나고,
승상의 도포 휘날리니,
맡으신 직책이 모두 하늘나라의 관직일세.
존귀하고 영광되도다,
멋지게 거니시도다,
황천(皇天)만은 이분들의 공로를 잊지 않으셨도다.

채익소 · 남영 〔손을 모아 절하며〕 나무아미타불! 나무아미타불! 과연 훌륭하신 일에는 좋은 보답이 있으니 하늘의 이치가 밝게 빛나는구나! 〔앞으로 나와 장미에게〕 저 간신 마사영과 완대성은 어떻게 되었습니까?

장미 어디 한번 살펴보자. 〔눈을 감는다〕

〔영령 정(丁)(정)이 산발을 하고 옷을 아무렇게나 걸치고 뛰어서 등장한다〕

영령 정　　이 마사영이 한바탕 못된 꿈을 꾸었더니 결국은 이 태주산(台州山) 속까지 오게 되었구나.*

〔벽력뇌신(霹靂雷神)(잡)이 등장하여 마사영의 영령을 뒤쫓아가며 무대를 돈다〕

영령 정　　〔머리를 감싸고 꿇어앉으며〕 살려 주시오, 살려 주시오!

〔벽력뇌신이 마사영의 영령을 베고 옷을 벗겨서 가 버린다〕

〔영령 무(戊)(부정)가 관복 차림으로 등장한다〕

영령 무　　좋구나, 좋아! 나 완대성이 이 선하령(仙霞嶺)까지 넘어 왔으니 공력(功力)이 으뜸이로구나.* 〔높은 곳으로 올라간다〕

〔산신(山神)과 야차(夜叉)*(잡)가 등장하여 완대성의 영령을 칼로 찌르니 완대성의 영령이 굴러 떨어져 죽는다〕

장미　　〔눈을 뜨고〕 무섭구나, 무서워! 방금 꿈에서 마사영이 태주산에서 뇌신에게 맞아죽는 모습과 완대성이 선하령에서 떨어져 죽는 모습을 보았다. 모두가 살가죽이 벗겨지고 머리통이 쪼개져 버렸는데, 정말 무섭구나!

　【남적적금(南滴滴金)】
　　밝고 밝은 업보의 거울을 비추니,
　　하늘의 그물망은 넓고 넓어 도망갈 수가 없구나.
　　머리 감싸쥐고 온갖 산으로 도망다녀도,
　　수레 탄 뇌신이 반드시 찾아내고,
　　철퇴 든 야차도 너를 붙잡는다네.
　　한 해에 사람의 머리를 몇이나 잡아먹었는지 물어보니,

이 남은 머리 두 보자기로는,

개한테 먹이기에도 부족할 것이라고 대답하네.

채익소 · 남영 〔손을 모아 절하며〕 나무아미타불, 나무아미타불!
과연 나쁜 일에는 나쁜 보답이 있으니 하늘의 이치가 밝게 빛나
는구나! 〔앞으로 나와서 장미에게〕 이 양쪽의 대중들은 잘 듣지
못했으니 법사님께서 큰소리로 밝혀 주시기를 바라옵니다.
〔장미가 불자를 들어 큰소리로 노래를 시작하니 찬례와 마을 사
람들이 향을 들고 등장하여 양 옆에 서서 노래를 듣는다〕

장미 【북사문자(北四門子)】
어리석은 사람들은 어두운 곳에서 양심도 없이 살지만,
결국에는 용서받지 못하는 법이고,
작은 공덕을 쌓아도 좋은 보답이 있는 것이니,
돌고 도는 이치는 눈 크게 뜨고 살펴야 하리라.
한 발 앞으로 나아갔다가,
한 발 뒤로 물러서고,
올바른 사람과 사악한 무리가 있으며,
남조가 북조를 이어 나타나듯이,
복이 나타나는 데에는 그만한 이유가 있고,
화가 미치는 때에는 도망할 수가 없으니,
다만 늦게 오느냐 일찍 오느냐의 차이일 따름이로다.

〔찬례와 사람들이 머리를 조아린 후 퇴장한다〕
〔변옥경(노단)이 이향군(단)을 데리고 등장한다〕

변옥경   하늘에서나 지상에서나,

　　좋은 일을 하는 것이 가장 즐거운 법.

　　방금 여도사들과 함께 주 황후의 제단에 깃발을 걸었으니 강
　당에 가서 법사님을 뵈어야겠다.

이향군   저도 함께 갈 수 있겠나요?

변옥경   〔사람들을 가리키며〕 저기 도사와 속인들이 많이 있는데,
　우리가 좀 구경한다고 해서 나쁠 것은 없겠지. 〔제단에 절을 한
　다〕 제자 변옥경이 인사 올립니다! 〔일어나서 이향군과 함께 한
　쪽에 서 있는다〕
〔정계지(부정)가 등장한다〕

정계지   사람으로 태어나기도 어렵거니와,

　　도(道)를 듣기는 더욱 어렵구나.

　　〔제단에 절을 한다〕 제자 정계지가 인사 올립니다. 〔일어나
　서〕 후 상공, 여기가 강당이니 얼른 오시지요.

후방역   〔급히 등장하며〕 갑니다!

　　속세의 쓴맛을 오랫동안 느끼니,

비로소 세상 밖에 신선의 인연 있음을 알겠네.

〔정계지와 함께 한쪽에 선다〕

장미 〔책상을 치며〕 양쪽에 있는 여러분들은 속세의 마음을 깨끗이 던져 버려야만 천상(天上)에 오르는 기회와 인연을 얻을 수 있도다. 만약 조금이라도 속된 마음이 있다면 천 번의 윤회를 면할 수가 없을 것이로다.

후방역 〔부채로 가리고 이향군을 보며 놀란다〕 저기 서 있는 사람은 우리 향군인데, 어찌하여 여기까지 오게 되었을까? 〔급히 앞으로 나와 향군을 붙잡는다〕

이향군 〔후방역을 보고 놀라며〕 후 랑님이 아니세요, 너무나도 그리웠습니다. 생각해 보면 그날,

【남포로최(南鮑老催)】
갑자기 저를 버리시고,
은하수 아득하여 다리를 놓아 주는 사람도 없었고,
담장은 너무 높아 하늘가보다도 높았답니다.
소식 전하기 어렵고,
꿈을 꾸어도 소용없었고,
그리운 마음도 끝이 없어서,
길을 나섰지만 더욱 아득히 멀기만 했습니다.

후방역 〔부채를 가리키며〕 이 부채 위의 복사꽃을 보면 소생이

당신의 마음을 어떻게 갚아야 할지.

　선혈(鮮血)이 부채 가득히 붉은 복사꽃으로 피었으니,
　설법(說法) 듣는 곳에 하늘에서 꽃이 떨어지는구려.

〔후방역과 이향군이 함께 부채를 본다〕

〔정계지가 후방역을 붙잡고, 변옥경이 이향군을 붙잡는다〕

정계지·변옥경　법사께서 강단에 계시니 애틋한 이야기는 다른 곳에서 하는 것이 좋겠습니다.

〔후방역과 이향군이 개의치 않는다〕

장미　〔노하여 책상을 치며〕 고얀지고! 웬 남녀가 감히 여기까지 와서 희롱하는가. 〔서둘러 강단을 내려와서 후방역과 이향군의 손에 있던 부채를 찢어 땅에 던져 버린다〕 이곳은 청정한 도량이니 남녀가 희롱하며 섞여 있는 것은 용납하지 못한다!

채익소　〔후방역을 알아보며〕 아! 이분은 하남 후조종 상공이십니다. 법사님께서도 아시는 분이지요.

장미　그렇다면 이 여자는 누구인가?

남영　제가 아는 사람입니다. 구원(舊院)의 이향군이라는 이인데, 본시 후 형이 머리를 올려 주었던 사람입니다.

장미　그동안 어디에 있었던 것인가?

정계지　후 상공은 저의 채진관에 묵고 있습니다.

변옥경　이향군은 저의 보진암에 묵고 있습니다.

후방역　〔장미에게 읍을 하며〕 장요성 선생이시군요. 예전에 저를 너그럽게 대해 주셨습니다.

장미 후 세형이셨군요. 출옥하시게 되어 다행입니다. 나는 본래 세형 때문에 출가했는데, 혹시 아셨는지요?

후방역 소생은 몰랐습니다.

채익소 빈도 채익소도 후 상공 때문에 출가했습니다. 그간의 이야기를 제가 차근차근 말씀드리겠습니다.

남영 빈도는 남전숙입니다. 향군을 데리고 후 상공을 찾으러 혹시나 하여 이곳에 왔는데, 정말 이렇게 만나게 되었군요.

후방역 정계지와 변옥경 두 분께서 저희를 거두어 주신 은혜와 채익소, 남영 두 분께서 저희를 만나게 해 주신 은혜를 저와 향군 두 사람은 대대로 잊지 않고 갚도록 노력하겠습니다.

이향군 소곤생 스승님께서도 저를 이곳으로 데려와 주셨습니다.

후방역 유경정께서도 저를 데려와 주셨지요.

이향군 유경정과 소곤생 두 스승님은 어려움을 마다 않으시고 처음부터 끝까지 저희의 청을 받아 주셨으니 더욱 감사드릴 따름입니다.

후방역 저희 부부가 고향으로 돌아가면 모두 보답해 드리고자 합니다.

장미 두 분은 무슨 말이 그리도 많은가. 지금은 천지가 뒤바뀌었는데 아직도 사랑 타령이나 하고 있으니 어찌 우습지 않겠는가!

후방역 무슨 말씀을! 예로부터 남녀가 쌍을 이루는 것은 인류지대사이고, 비환이합은 마음 때문에 이루어지는 것이니 선생께서 어찌 상관할 수 있단 말씀입니까?

장미 〔노하며〕 어허! 사랑에 눈 먼 두 사람은 잘 생각해 보라, 나
라가 어디 있고, 집이 어디 있으며, 임금이 어디 계시고, 아버지
가 어디 계신지를. 그런데도 사랑입네 하면서 그것을 잘라 내지
못한단 말인가?

【북수선자(北水仙子)】

개탄스럽다, 그대 젊은 청춘들이,

상전이 벽해로 변한 것도 나 몰라라 하는구나.

서로 속삭이는 말은 너무 너절하구나,

비단처럼 펼쳐질 앞길을,

손 맞잡고서 신전에 고하려는구나.

그러나 인연은 이미 오래전에 끝났음을 왜 모르는가,

한 쌍의 원앙새는 푸드덕거리며 꿈 깨어 날아가고,

둥근 거울은 튼튼하지 못하여 산산이 부서졌다네.

부끄럽도다, 추한 짓 벌여 놓아 사람들이 비웃으니,

분명하도다, 두 사람은 이제라도 대도(大道)를 걸어가라.

후방역 〔읍을 하며〕 몇 말씀을 듣고 보니 소생은 식은땀이 줄줄
흐르고 마치 꿈에서 깨어난 것 같습니다.

장미 내 말의 뜻을 알겠습니까?

후방역 잘 알겠습니다.

장미 그렇다면 지금 정계지를 스승으로 모시게.

〔후방역이 정계지에게 절한다〕

이향군 저도 말씀을 잘 알겠습니다.

장미 그러하다면 지금 변옥경을 스승으로 모시게.

〔이향군이 변옥경에게 절한다〕

장미 〔정계지와 변옥경에게〕 이 사람들에게 도사 옷을 가져다 주게.

〔후방역과 이향군이 도사 복장으로 갈아입는다〕

정계지 · 변옥경 법사님께서는 자리에 오르시지요. 저희가 모시겠습니다.

〔장미가 자리에 앉는다〕

정계지 · 변옥경 〔각각 후방역과 이향군을 데리고 장미에게 절을 올린다〕

【남쌍성자(南雙聲子)】

사랑의 싹을 잘라 버리고,

사랑의 싹을 잘라 버리고,

금지옥엽이 시드는 모습을 바라보네.

사랑의 태(胎)를 걷어 내고,

사랑의 태를 걷어 내고,

봉황과 용의 자손*들이 울부짖는 소리를 듣네.

물거품 일 듯,

물거품 일 듯,

불꽃 사라지듯,

불꽃 사라지듯,

뜬구름 같은 남은 반평생,

비로소 가르침을 받게 되었구나.

장미 〔멀리 가리키며〕 남자한테는 남자에게 마땅한 장소가 있을
지니 남쪽이 가장 좋겠다. 얼른 저 남산의 남쪽으로 가서 수도
를 시작하거라.

후방역 예.

대도(大道)가 옳음을 이제야 알겠으니,

사랑만 좇았던 마음을 후회하네.

〔정계지가 후방역을 데리고 왼쪽으로 퇴장한다〕

장미 〔멀리 가리키며〕 여자한테도 여자에게 마땅한 장소가 있을
지니 북쪽이 가장 좋겠도다. 얼른 저 북산의 북쪽으로 가서 수
도를 시작하거라.

이향군 예.

돌아보니 모든 것이 환영(幻影)일 뿐,

마주했던 사람 과연 누구인가.

〔변옥경이 이향군을 데리고 오른쪽으로 퇴장한다〕
〔장미가 자리에서 내려와 큰소리로 세 차례 웃는다〕

장미 【북미성(北尾聲)】

두 사람이 흩어져 가는 모습을 보아라,

떠날 때 조금도 돌아보지 않는 모습을.

내가 도화선을 갈기갈기 찢어 놓았으니,

다시는 바보들이 인연 만들려는 것 허락하지 않겠노라.

백골이 푸른 재가 되어 쑥밭이 자라나고,

복사꽃 부채 아래 남녘 왕조가 사라졌다.

흥망의 꿈을 다시는 꾸지 않으리니,

남녀의 깊은 사랑 어디로 사라졌는가.

속40척 남은 이야기[餘韻]

청(淸) 순치(順治) 5년〔무자(戊子), 1648〕 9월

남경 용담강(龍潭江) 가

〔나무꾼(정)이 짐을 지고 등장한다〕

나무꾼 〘서강월(西江月)〙

만 길 푸른 낭떠러지 바라보며 걷노라니,

천 개나 되는 단풍나무 가지가 내 머리 위로 스치는구나.

구름 깊어 사나운 호랑이 아무 때나 나타나는데,

속세의 화살을 잘도 피했구나.

남경성에는 밤 귀신이 울부짖고,

양주의 우물에는 가을에 죽은 시체들 쌓여 있네.

나무꾼은 실처럼 목숨 붙어서,

남조의 야사(野史)를 또렷이 기억하네.

저는 소곤생입니다. 을유년에 향군과 함께 산에 올라 그곳에서 산 지 벌써 세 해가 지났습니다. 저는 집으로 돌아가지 않고 우수산(牛首山)*과 서하산을 오가면서 나무를 하며 지내고 있습니다. 유경정도 저와 뜻을 같이하여 작은 고깃배를 하나 사서 이곳에서 고기를 잡으며 함께 살고 있습니다. 산은 깊고 나무들은 오래되고, 강은 넓고 사람은 드문 이곳에서 우리 두 사람은 매일 만나 도끼머리로 뱃전을 두드리며 이리저리 떠다니며 마음껏 노래를 하니 참으로 즐겁기 짝이 없습니다. 오늘은 일을 일찍 마치고 유경정이 오면 무릎을 맞대고 담소를 나누려고 하는데, 아직 오질 않고 있군요. 〔짐을 내려놓고 잠시 졸음에 빠진다〕

〔어부(축)가 배를 저어 등장한다〕

어부 해마다 낚시 드리우고 귀밑머리는 하얗게 세었는데,

부춘(富春)*보다도 아름다운 이 강산을 사랑하네.

춤추고 노래하는 곳이나 싸움터나,

어부는 모두 지나가는 사람일 뿐.

저는 유경정입니다. 후조종을 수도의 길로 들여보낸 후에 이곳 용담강(龍潭江)* 가에서 벌써 삼 년째 고기를 잡고 있습니다. 흥망의 옛일을 돌아보며 한담이나 하고 지내지요. 오늘은 가을비가 내린 후 날이 개어 강물이 비단처럼 반짝이니 소곤생을 찾아가 술 한잔 하면서 담소나 나누어 볼까 합니다. 〔멀리 가리키

며〕 저기 소곤생이 이미 취하여 땅에 떨어졌군요. 제가 뭍으로 올라가서 깨워야겠습니다. 〔배를 댄다. 소리를 지르며〕 소곤생!

소곤생 〔깨어나며〕 형님, 정말 오셨구려.

유경정 〔절을 하며〕 아우님은 술을 혼자 드시긴가!

소곤생 나무를 팔지도 못했는데 술을 어디서 구한다는 말씀입니까.

유경정 나도 고기를 팔지 못했으니 모두 주머니가 비었구려. 이를 어쩐다?

소곤생 이렇게 하면 되지요. 형님은 물을 긷고 저는 땔감을 가져와서 차를 끓여 마시면서 담소를 나누십다.

〔찬례(부말)가 삼현(三絃)과 술을 가지고 등장한다〕

찬례 강과 산을 오가며,

바빴다가 한가롭구나.

누가 이기고 누가 졌는가,

모두 다 양쪽 귀밑머리가 희끗희끗하구나.

〔두 사람과 인사하며〕 유경정과 소곤생 두 분이셨군요.

소곤생·유경정 〔절을 한다〕 노상공께서는 어찌 이곳에 오셨습니까?

찬례 저는 연자기(燕子磯) 옆에 사는데, 오늘이 무자(戊子)년 구월 열이레이니 복덕성군(福德星君)*이 태어나신 날입니다. 그래서 산 친구분들과 함께 복덕성군의 사당에 가서 제사를 올리고 돌아가는 길에 이곳에 들른 것입니다.

소곤생 삼현과 술을 가져오셨군요.

찬례 부끄럽습니다! 제가 신령께 바치는 노래를 몇 마디 지었는데, 이름은 「문창천(問蒼天)」이라고 정했습니다. 오늘 노래를 신령께 들려 드리고 제사를 끝내고 돌아오는 길에 이 술을 한병 얻었지요. 마침 두 분을 만났으니 함께 드십시다.

유경정 이런 신세를 지다니요.

찬례 옛말에 "얻는 것이 있으면 함께 즐기라"고 했습니다.

소곤생·유경정 좋습니다!

〔함께 앉아 술을 마신다〕

소곤생 〔찬례에게〕 지으신 노래를 좀 들려주실 수 없겠는지요?

찬례 그러지요. 제 생각도 두 분께 가르침을 청하려던 중입니다.

〔무강(巫腔)* 악조로 삼현을 탄다. 소곤생과 유경정이 손뼉을 치며 박자를 맞춘다〕

〖문창천〗

새 연호 순치(順治) 시대라 해는 무자(戊子)년,

구월 가을 열이레 좋은 때 아름다운 모임이라.

북 두드리고 깃발 휘날리는 시골의 굿놀이라,

백성들은 백발을 깎고 모두 사당으로 모여드네.

산초나무로 기둥을 세우고 계수나무로 처마를 만들고,

진(晉)나라 때 건물을 당나라 때 다시 수리한 것이라네.

파랑, 노랑, 빨강, 분홍 벽화는 아름답고도 신기하네.

빛나는 모습에 양양(揚揚)한 기운이라 그 이름 복덕(福德)이
여,

산과 바다의 진귀한 물건을 모두 다 갖추었네.

조상님 임금님 사당을 지나와서는 수많은 사람들이 장수를
기원하네.

짙은 난향(蘭香) 태우고 맑은 술 바치면서 너도나도 소원을 비
네.

삿갓 눌러쓴 한 사람이 수염을 휘날리며 탄식하네.*

"빈익빈 부익부이니 조물주께서는 어찌하여 그러시는가.

나와 당신은 생일을 따져 보면 같은 해 같은 날에 태어난 사람
인데,

주머니에는 돈이 없고 부엌에는 땔감이 없으니 거지나 다름
없답니다.

예순 살 환갑이 되어 인생의 황혼이 왔건만,

난세의 사람 신세보다는 태평한 시대의 개 신세가 낫다는데,
아직도 평화는 안 오고 있지요.

옥 술잔 들고 연회석에 앉아서 당신께서 드시는 모습을 바라
보자니,

누가 신령스럽고 누가 어리석은지 귀천(貴賤)이 제자리를 잃
은 듯합니다.

신(臣)이 머리를 조아리고 하늘 향해 소리치면 귀가 뚫리고
눈이 뜨이실 것입니다.

담당관에게 명하여 장부를 뒤져 보시기를. 어찌하여 이러한 잘못이 일어났단 말입니까."

천상의 궁궐은 멀고도 높아 푸른 하늘 위에 어렴풋한데,
신령을 맞이하고 떠나보내니 수레가 바람처럼 달려가네.
어느새 노래와 춤 끝나고 닭과 돼지 거두고 굿이 끝나니,
늙은 홰나무에 기대어 석양 바라보며 홀로 생각에 잠기네.

'흐려서 부귀를 누리는 사람과 맑아서 명예를 누리는 사람은 길이 나누어져 있는 것 같고,
안으로 재주 있는 사람 많지만 밖으로 재물 있는 사람 적은 것도 가는 길이 달라서인 듯하다.
불처럼 뜨거운 복덕성군은 보통 사람의 부모와도 같고,
얼음처럼 차가운 문창제(文昌帝)*는 선비들의 스승과도 같지.
신령이나 성인도 단점이 있으니 누가 바라는 만큼 이룰 수 있을까,
하늘과 땅도 갈라진 틈이 있어서 메우기 어려우니, 이것이 바로 조화(造化)인 것이로구나.'

가슴속의 근심을 다 풀어 내니 입가에 미소가 지어지고,
강물과 구름은 유유히 흘러가니 내가 또 무엇을 의심하랴.

〔노래를 마치고 나서 삼현을 내려놓는다〕 부끄럽기 짝이 없습니다.

소곤생 절창(絶唱)이십니다! 「이소(離騷)」나 「구가(九歌)」*와 흡사하군요.

유경정 미처 몰라뵈었습니다! 상공께서 재신(財神)의 환생이실 줄이야!

찬례 〔술을 권하며〕 건배하시지요.

소곤생 〔혀를 빨며〕 술에 안주가 없으니 허전하군요.

유경정 나한테 안주거리가 하나 있습니다만.

소곤생 무슨 안주인가요?

유경정 한번 알아맞혀 보십시오.

소곤생 물고기나 자라, 새우, 게 같은 것들 아닙니까.

유경정 〔머리를 흔들며〕 틀렸습니다. 틀렸어요.

소곤생 그럼 또 무슨 별미가 있다는 말씀이신지요?

유경정 〔자신의 입을 가리키며〕 바로 이 혀입니다.

찬례 그 혀로야 경정의 안주거리이지 다른 사람들에게 안주로 줄 수 있습니까?

유경정 〔웃으며〕 모르시는 말씀입니다. 예부터 『한서(漢書)』*로 안주를 삼았으니 이 혀로 『한서』 이야기를 노래하면 그것이 바로 안주가 아니겠습니까.

소곤생 〔유경정에게 술을 따라 주며〕 형님께 술 한 잔 드릴 테니 『한서』 이야기나 들려주시지요.

찬례 참으로 좋습니다! 이렇게 되면 안주가 너무 많고 술이 적지나 않을까 걱정입니다만.

유경정　맞습니다. 『한서』는 너무 길지요. 그러면 제가 새로 엮은 탄사(彈詞)*가 한 수 있는데, 제목은 「말릉추(秣陵秋)」라고 합니다만 그것을 안주로 삼기로 합시다.

찬례　듣기에 우리 남경의 이야기인 듯하오만.

유경정　바로 맞히셨습니다!

소곤생　이 이야기는 우리가 모두 직접 귀로 듣고 눈으로 보고 겪은 일들이니 혹시 틀리게 노래하시면 제가 가만 있지 않을 겁니다.

유경정　틀리지 않을 겁니다. 〔삼현을 타며〕

여섯 왕조의 흥망사를,

몇 마디 맑은 노래로 풀어내니 천고에 슬픔이 전해지고,

호숫가에서 반생(半生) 살아온 몸이,

노랫소리로 온 산을 놀라게 하려고 하네.

〔장님 여가수들의 탄사 양식에 맞추어 노래한다〕

〖말릉추〗

안개 서린 달을 보니 진(陳)나라가 망하고 수(隋)나라가 세워졌을 때의 한이 서려 있는 듯한데,

우물에는 연지 냄새가, 땅에는 향기가 남아 있었네.

떠다니는 버들솜이 나그네의 귀밑머리에 붙고,

꾀꼴꾀꼴 꾀꼬리는 사람들의 간장을 끊어 놓네.

중흥의 조정과 시장은 번화하게 이어졌지만,

못된 서얼(庶孼)들의 기운이 활활 타올라서,*

누각에서 진 후주(陳後主)처럼 지내도록 하여,*

전쟁 외면하더니 남당(南唐)처럼 망해 버렸다네.

아리따운 재능꾼 미녀들이 뽑혀서,

곤곡(崑曲)으로 『연자전』을 노래하여 이름을 떨쳤고,*

고력사(高力士) 같은 환관들이 명단 들고 적보(笛步)의 구원(舊院)을 찾아,*

이구년(李龜年) 같은 청객(淸客)들이 노래를 가르쳐 후비들에게 바쳤다네.

온정균(溫庭筠)이나 이상은(李商隱)을 이어받은 서곤체(西崑體) 같은 노래 울려 퍼지고,*

오의항(烏衣巷)의 남녀는 옛 귀족 왕(王)씨나 사(謝)씨의 후손처럼 행세했다네.*

집집마다 거울 보며 성대한 화장을 하고,

아침마다 운우지정(雲雨之情) 이루는 꿈에서 깨어났다네.

장수들이 전방에서 봉화를 올려도 아랑곳 않고,

백로주(白鷺洲)* 가에서 놀잇배 띄워 놓고 풍악을 즐겼다네.

지록위마(指鹿爲馬)로 악명 높은 조고(趙高) 같은 사기꾼*을 누가 감히 공격할까,

많은 사람들이 산림으로 숨은 것은 미친 완대성이 두려워서였다네.

『춘등미(春燈謎)』 써서 잘못을 인정하더니,

다시금 사인(社人)들을 괴롭히니 숨을 곳이 없었다네.*

남의 손 빌려 원수를 죽인 풍도(馮道) 같고,

어깨 움츠리며 높은 사람에게 아부한 가사도(賈似道) 같았다네.*

사 각부께서는 매화령(梅花嶺)에서 애통하게 우셨고,

분노한 좌량옥 장군은 무창(武昌)에서 포효했다네.

황하를 방어하지 않아서 쉽게도 북방 군사를 불러들였고,*

장강 언덕에서 밤중에 군사를 이동하여 좌 장군의 군대를 공격했다네.*

경화관(瓊花觀)이 도륙당하니 아름다웠던 난간조차 무너지고,*

후정화(後庭花) 노래 끝장나니 화려했던 궁전도 쓸쓸하구나.*

드넓은 바다에서 집을 잃으니 용도 쓸쓸해하고,

먼지바람 속에서 친구 잃으니 봉황도 방황하네.

푸른 옷 입고 입에 옥 물고 붙잡혀 간 사람은 언제 돌아올까,*

푸르른 피가 모래벌판을 적시니 이 땅은 망했다네.*

고궁(故宮)의 온천에는 덩굴풀 아직 무성하고,

효릉(孝陵) 가는 길에는 또다시 석양이 비추는구나.*

회음(淮陰), 양주(揚州), 사양(泗陽) 땅의 성문 활짝 열렸건만,*

좌량옥, 사가법, 황득공 등도 천하를 장악할 수 없었다네.

건문제(建文帝)는 방랑길을 떠나셨고 숭정제는 비참하게 돌아가셨고,*

영종(英宗) 황제께서는 포로가 되어 곤경을 당하시고 무종(武宗)은 황음무도했다네.*

어찌 알았으리, 복왕(福王)이 한 해 밖에 다스리지 못하고,

떠나갈 때 가을 파도에 눈물 뿌리실 줄을.

소곤생　절창이십니다! 과연 조금도 틀림이 없습니다.

찬례　비록 탄사 몇 소절이라 하나, 마치 오매촌(吳梅村)*의 장시(長詩) 같습니다.

소곤생　형님의 학문이 날로 높아지시니 술 한 잔 올려야겠습니다. 〔술을 따른다〕

유경정　되려 나더러 안주 없이 술을 마시라고 하네그려.

소곤생　저도 안주거리가 좀 있지요.

유경정　자네의 안주는 분명 산나물이나 들푸성귀 같은 것 아니겠는가.

소곤생　아닙니다, 아니에요. 어제 남경에서 장작을 팔아서 특별히 가져온 것입니다.

유경정　그럼 얼른 꺼내 같이 듭시다.

소곤생　〔자신의 입을 가리키며〕 저도 이 혀입니다.

찬례　어찌 또 혀라는 말씀입니까?

소곤생　실은 삼 년 동안 남경에 가질 않다가 문득 흥이 나서 성에 들어가 장작을 팔려고 했는데, 효릉을 지나가다가 남경성을 바라보니 화려했던 성과 건물 있던 곳이 온통 풀밭으로 변해 버려 있었습니다.

유경정 저런, 저런! 황성은 어떻게 되었나?

소곤생 황성도 담장이며 건물이 모두 무너지고 온통 쑥밭으로 변해 있었습니다.

찬례 〔눈물을 훔치며〕 그런 지경까지 되다니.

소곤생 또 진회(秦淮)에 가 보았는데, 거기서 한참을 서 있었지만 사람 그림자 하나 찾을 수 없었습니다.

유경정 장교(長橋) 근처의 구원(舊院)은 우리가 늘 놀러 가던 곳인데, 거기도 가 보았겠지.

소곤생 어찌 안 가 볼 수 있겠습니까. 장교는 이미 판자 하나 남지 않았고, 구원에는 기왓더미들만 남아 있었습니다.

유경정 〔가슴을 치며〕 아아! 슬프도다!

소곤생 그리고 서둘러 돌아오는데 내내 마음이 아파서 북곡(北曲)을 한 대목 지어 제목을 「애강남(哀江南)」*이라고 붙였습니다. 제가 한번 불러 보겠습니다! 〔딱딱이를 치며 익양강(弋陽腔)* 악조에 맞추어 노래한다〕 이 나무꾼은,

〖북신수령(北新水令)〗

산에서 소나무 베고 들풀 베어 싣고서,

서둘러 길을 떠나 오랜만에 남경에 도착했다네.

패잔병들은 허물어진 진지에 남아 있었고,

마른 말들은 아무것도 없는 마굿간에 누워 있었네.

마을은 쓸쓸하고,

성은 석양이 비추는 길을 바라보고 있었네.

〖주마청(駐馬聽)〗*

들판 여기저기에서 불이 타오르는데,

능을 지키는 키 큰 오동나무는 잎새가 다 시들어 버렸네.

산양들이 떼 지어 몰려다니니,

능지기 내감(內監)은 늘 도망 다니는구나.

비둘기 깃털과 박쥐 똥이 온통 앞마당에 가득하고,

나뭇가지와 낙엽이 계단을 덮고 있네.

누가 이곳을 치우는가,

목동은 용 비석 덮개를 깨뜨리네.

〖침취동풍(沈醉東風)〗*

백옥색 기둥 여덟 개는 아무렇게나 넘어져 있고,

붉은 칠 떨어져 담장 반절 높이까지 쌓여 있고,

유리 깨지고 기와 조각 널려 있고,

비취색 바래 버려 제대로 된 창문은 거의 없네.

섬돌 위 뜰에서 춤추는 제비와 참새가 조회에 참석하고,

궁궐 문으로 들어가니 길은 온통 쑥밭이고,

굶주린 거지 아이 몇 명만이 이곳에 살고 있네.

〖절계령(折桂令)〗*

진회의 옛 기루에 가 보니,

찢어진 문풍지가 바람을 맞고 있고,

무너진 난간이 강물을 마주하고 있으니,

눈길을 거두어도 정신이 아득하네.

그 시절 고운 여인네들은,

지금 어디에서 노래를 부르고 있는가.

등불 켠 배 움직이지 않으니 단오절에도 조용하고,

술집 깃발 거두었으니 중양절에도 무료하다.

하얀 새들 날아다니고,

푸른 강물 도도하게 흘러가는데,

노란색 어린 꽃에 나비가 날아들지만,

단풍 들어도 구경하는 사람은 하나도 없구나.

〖고미주(沽美酒)〗

푸른 계곡 너머의 널다리를 기억하시는지?

옛날의 붉은색 널판은 하나도 남지 않았다네.

가을 강물 멀리 흘러가건만 지나는 사람 없고,

차가운 석양 받으며,

버드나무 한 그루만이 하늘거리고 있네.

〖태평령(太平令)〗

구원의 문 앞에 당도하니,

문 두드릴 필요도 없고,

개 짖을까 무서워할 필요도 없네.

말라 버린 우물과 무너진 새둥지와,

돌에 낀 이끼와 계단에 자란 풀들뿐.

손수 심은 꽃나무와 버들가지는,

땔감으로 모두 베어가 버렸구나.

또 이 시커먼 곳은 누구네 부뚜막이었을까?

〚이정연대헐지살(離亭宴帶歇指煞)〛*

나는 보았다네, 금릉의 궁궐에 있던 꾀꼬리들이 새벽에 울고,

진회 가의 정자에 꽃들이 일찍부터 피어난 모습을.

그러나 누가 알았으리, 얼음처럼 사라져 버릴 줄을.

붉은 누각 세워지는 것 보았고,

손님 맞아 연회 펼치는 모습 보았고,

누각들 무너지는 모습도 보았다네.

이 이끼 낀 기왓더미 있는 곳에서,

나는 꿈처럼 풍류를 즐겼고,

오십 년의 흥망사를 충분히 보았다네.

저 오의항의 왕씨 아닌 사람들과,

막수호(莫愁湖)에서 울부짖던 밤 귀신과,

봉황대 위의 올빼미를.

패망한 산천의 꿈 생생하여,

옛날 살던 이곳을 버리기 어려우니,

이 지도가 새로 그려졌다는 사실을 믿을 수 없네.

강남 땅 애도하는 노래 읊조리며,

늙을 때까지 목 놓아 슬피 울리라.

찬례 〔눈물을 훔치며〕절창이기는 합니다만 너무 눈물을 빼놓는 구려.

유경정 술도 이제 더는 못 마시겠으니 모두 담소나 나누십시다.

〔서청군(徐靑君)(부정)이 청나라 관헌 복장을 하고 몰래 등장한다〕

서청군 젊었을 때 천자의 수레 모셨고,

이제는 현청(縣廳)의 문을 지키네.

졸개도 본시 씨가 따로 있지 않고,

제후도 종자가 따로 있는 것은 아니라네.

나는 위국공(魏國公)의 친아들인 서청군이라는 사람입니다. 부귀한 집에 태어나 온갖 영화를 누렸습니다만, 나라가 망하는 바람에 이 입 하나밖에 안 남았습니다. 그래서 어쩔 수 없이 상원현(上元縣)*에서 관가의 심부름꾼 노릇을 하면서 살고 있습니다. 지금은 본관(本官) 현령의 명을 받들어 산속에 은거하는 사람들을 데려다가 고향으로 돌아가도록 전달하는 일을 하고 있습니다. 〔먼 곳을 바라보며〕저 강둑 위에 노인 몇 사람이 한담을 나누고 있는데 그리 좀 가 보아야겠습니다. 정말이지,

개국 공신의 자손이 개꼬리가 된 이 신세,

나라 바뀌니 유로(遺老)들은 거북이처럼 목을 움츠리네.

〔사람들에게 다가가서〕형님들, 불 좀 빌립시다!

유경정 앉으시지요.

〔서청군이 앉는다〕

찬례 〔서청군에게〕 차림새를 보아하니 관원이신 것 같군요.

서청군 그렇소이다.

소곤생 불은 담배 피우시려는 겁니까? 제게 좋은 연초가 있으니
　　꺼내서 드리겠습니다. 〔담배에 불을 붙여서 서청군에게 건네
　　준다〕

서청군 〔담배를 피우며〕 좋은 연초로군요! 〔어지러워 넘어진다〕

〔소곤생이 서청군을 부축한다〕

서청군 부축할 것 없습니다. 잠시 쉬면 괜찮을 겁니다. 〔눈을 감
　　고 누워 있다〕

유경정 〔찬례에게〕 삼 년 전에 상공께서는 사 각부의 의관(衣冠)
　　을 매화령 아래에 묻으려고 하셨는데 후에 어찌 되었는지요?

찬례 뒤에 많은 충의지사들과 약속하여 매화령에 모여 초혼(招
　　魂) 의식을 치르고 묻어 드렸습니다. 일은 그렇게 성대하게 치
　　렀는데, 다만 비석은 세우지 못했습니다.

소곤생 훌륭한 일을 하셨습니다. 한 가지 안타까운 것은 황득공
　　장군이 자결하여 시신이 길가에 버려져 있었는데 아무도 묻어
　　주질 못한 일입니다.

찬례 괜찮습니다. 그 또한 제가 마을 분들 몇 분과 함께 유골을
　　수습하여 커다랗게 묘를 세워 드렸습니다. 그 정도면 괜찮을 것
　　입니다.

유경정 참으로 공덕이 크십니다.

소곤생 두 분께서는 아직 모르셨겠습니다만, 좌 영남께서 배 위에서 분하게 돌아가신 후에 그분 친구들은 모두 다 흩어져 버렸고, 이 소곤생이 그분을 수습해 드렸습니다.

찬례 참으로 훌륭하십니다. 그분의 아드님인 좌몽경이 부친의 작위를 이어받았고, 그 후 영구(靈柩)를 찾아갔다고 합니다.

유경정 〔눈물을 훔치며〕 좌 영남께서는 이 늙은이와 지기(知己)이셨지요. 내가 남전숙에게 부탁해서 그분의 초상을 한 폭 그리고 전목재께도 부탁하여 좌 장군을 기리는 글을 몇 구절 받았지요. 좋은 계절이 되면 그 초상화를 펼쳐 놓고 제사를 올릴 것이니, 그 정도면 조금은 보답이 되겠지요.

서청군 〔깨어나서 혼잣말로〕 저 사람들 말을 듣자니 은자들인 듯하구나. 〔몸을 일으켜서〕 세 분께서는 산속에 은둔하는 분들인가요?

세 사람 아닙니다. 어찌 저희가……. 그런데 어찌하여 산속에 은둔하느냐고 물으시는지요?

서청군 아직 모르셨나 보군. 지금 예부에서 상소를 올려 산속에 은거하는 자들을 찾아내라고 했습니다. 무안(撫按) 나으리께서 고시(告示)하고 포정사(布政司)에서 포고문을 내린 지가 벌써 한 달이 지났는데도 한 사람도 알려오는 자가 없었소. 부현(府縣)에서는 걱정이 되어 우리를 여러 곳으로 보내어 은자들을 찾아오도록 했는데, 세 분은 분명 은자가 맞으니 얼른 나를 따라 돌아가서 보고합시다.

찬례 잘못 보셨습니다. 산속의 은자는 문인 명사(文人名士)들인데 산을 나오지 않으려고 할 것입니다. 저는 본래 제대로 배우지도 못한 늙은이 찬례에 불과하니 어찌 갈 자격이나 되겠습니까.

유경정 · 소곤생　저희 두 사람은 본시 설서(說書)하고 노래하는 친구들인데, 지금은 어부와 나무꾼이 되어 있으니 저희는 더욱 아니지요.

서청군　아직도 모르는군요. 문인 명사들은 모두 시무(時務)에 밝은 준걸들이라 삼 년 전에 벌써 산에서 나왔지요. 지금은 당신 같은 사람들을 찾으러 다니는 게요.

찬례　허! 은자들을 찾아내는 것이 조정의 큰일인 모양인데, 그렇다면 현령님께서 예를 갖추어 모셔 가야지 어찌 이렇게 붙잡아 가려고 하는가! 당신이 분명 잘못 집행하는 것일 게요.

서청군　내가 알 바 아니오. 본현(本縣)의 명령장이 있으니 확인해 보시오. 〔명령장을 꺼내어 보여 주고 세 사람을 붙잡아 가려고 한다〕

소곤생　정말이로구나.

유경정　도망가는 것이 어떻겠소?

찬례　옳은 말씀.

　　지금에야 화 피하니 너무 늦어 버렸구나,

　　옛날에 산속으로 들어갔지만 깊이 숨질 못했다네.

〔각자 흩어져 도망가며 퇴장한다〕

서청군 〔쫓아가서 잡지 못하고〕 언덕으로 올라가고 물 건너가 버려서 모두 종적도 없이 사라져 버렸구나.

【청강인(清江引)】
커다란 연못과 깊은 산을 찾아다니며,
관가에서 원하는 일 준비하였네.
녹색 명령장 꺼내고,
붉은색 체포장 꺼냈지만,
산 사람들 모두 놀라서 달아났다네.

〔멈추어 서서 소리를 들으며〕 멀리서 시를 읊는 소리가 들려오는데, 물가가 아니면 숲속이로구나. 얼른 찾으러 가 보아야겠다. 〔급히 퇴장한다〕
〔막후에서 시를 읊는다〕

어부와 나무꾼이 번성했던 옛날을 이야기하는데,
짧은 꿈은 허무해도 기억은 틀림이 없네.
일찍이 제비가 붉은 편지 물고 가는 것을 싫어했고,
흰 부채에 복사꽃 그리는 것도 가련하게 여겼다네.*
노랫소리 가득했던 서쪽 집에는 어느 손님이 남아 있는가?
안개비 내리던 남조(南朝) 정권은 몇 번이나 바뀌었던가?
세상 떠날 때 남긴 말씀들 가슴 아프게 전해져서,
해마다 한식(寒食)이면 통곡 소리가 하늘 끝까지 들리리라.

10 "그러다가 … 생각했다": 동한(東漢) 시대 사람 채옹(蔡邕, 채중랑)
이 오동나무가 불에 타면서 터지는 소리를 듣고 거문고를 만들기에
좋은 나무라고 생각하여 그것을 얼른 꺼내어 거문고를 만들었는데,
이 거문고의 끝 부분에 타다 만 흔적이 남아서 이를 초동(焦桐), 즉
그을린 오동나무라고 불렀다. 이 부분은 훗날 『도화선』의 진가를 알
아보는 사람이 나타날지도 모른다는 희망을 뜻한다.

11 "기녀의 … 것이다": 기녀는 이향군, 탕자는 후방역, 유객은 양문총
을 가리킨다.

12 "간사한 … 자들이다": 위충현은 명대의 부패한 환관이다(제3척 참
고). 많은 간신들이 위충현을 추종했는데, 마사영(馬士英)과 완대성
(阮大鋮)도 그중에 속했고, 공상임은 이 두 사람을 비난하는 뜻으로
환관, 즉 내시의 양아들이라고 불렀다.

13 "방훈 공": 공상임과 항렬이 같은 공상칙(孔尚則, 1605?~1664?)을
말한다. 공상칙의 자(字)는 의지(儀之), 준지(準之)이고, 호(號)는 방
훈으로, 하남(河南)과 안휘(安徽)에서 지현(知縣)을 지낸 후 남명(南
明) 복왕(福王) 정권 아래에서 형부낭중(刑部郎中)에 올랐다가 청 군
사가 남하한 후에는 은거했다.

14 "전윤하": 청 강희 연간에 호부시랑(戶部侍郞)을 지낸 전문(田雯)을 가리킨다. 윤하는 그의 자로, 공상임과 가까운 사이였다.

"고천석": 고채(顧采)를 가리킨다. 고채는 자가 천석이고, 호는 몽학(夢鶴)이다. 무석(無錫) 사람으로 벼슬이 내각중서(內閣中書)에 올랐고, 음악에 뛰어났다. 공상임과 가깝게 지냈다.

"홍란주인": 청 종실 사람 악단(岳端)을 말한다. 그는 사곡(詞曲)을 좋아하여 음악에 정통한 왕수회, 고악정(顧岳亭) 같은 사람들을 막하에 두고 가까이했다.

"투수": 중국 전통극에 사용되는 음악 단위로, 서양의 악장 정도에 해당한다. 이 책 해제의 『도화선』의 형식적 특징' 부분을 참고 바란다.

15 "장평주 중승": 청나라 때에는 순무(巡撫)를 보통 중승이라고 존칭했다. 장평주는 미상.

"이목암 총헌": 이목암은 이남(李枏)을 말한다. 목암은 그의 자다. 강희 연간에 좌도어사(左都御史)에 올랐다. 도어사는 도찰원(都察院)의 최고 관직으로 '도찰원총헌강(都察院總憲綱)'이라고도 불렸다. 따라서 그를 총헌이라고 부른 것이다.

"이상북 상국": 이상북은 이천복(李天馥)을 말한다. 상북은 그의 자다. 합비(合肥) 사람으로, 강희 연간에 이부상서(吏部尙書)와 무영전대학사(武英殿大學士)에 올랐다. 그의 집에 두었던 극단 이름이 '금두'인 것은 고향 합비에 있는 금두하(金斗河)에서 따온 것이다.

"기원": 북경 하사가(下斜街)에 있던 재상 이위(李霨)의 별장이다.

16 "주인은 … 만하다": 고양상공은 이위를 말한다. 이위는 고양 사람으로, 청 순치(順治) 연간에 진사가 된 후 병부상서, 보화전대학사(保和殿大學士) 등을 지냈다. 왕·사씨는 육조(六朝) 시대의 대표적 명문 귀족으로, 후에 흔히 명문가를 나타내는 말로 쓰이게 되었다.

"내 친구 … 입었다": 유자기는 도연명의 「도화원기」 말미에 등장하는 인물로, 도화원을 갔다 왔다는 소식을 듣고서 자신도 도화원을 찾아 보려고 작정했으나 뜻을 이루지 못한 사람이다. 여기에서는 고천석이 전순년을 찾아간 일을 비유했다.

"그렇지만 … 않겠는가?": 당나라 때 계림, 즉 신라 땅에서 온 상인이 백거이의 시를 수집하여 본국의 재상에게 팔았다고 전한다. 여기서는 『도화선』 공연이 신라 상인 같은 누군가에 의해 전수될 수도 있을 것이라는 희망을 나타냈다.

"유우봉": 강소(江蘇) 보응(寶應) 출신으로, 이름은 중주(中柱)이다. 관직이 호부낭중(戶部郎中)에 올랐고, 공상임과 가장 친했던 친구 가운데 한 사람이다.

17　"탕임천": 강서(江西) 임천 출신의 유명 희곡가인 탕현조(湯顯祖, 1550~1617)를 가리킨다.

"『도화선』을 … 한다": 이 책에서는 당시 사람들이 쓴 제사와 발문은 싣지 않았다.

"진문의 동자촌": 진문은 지금의 천진(天津)이고, 동자촌은 시인 동흥(佟鉷)을 가리킨다. 자촌은 그의 자. 벼슬하지 않고 천진에 살면서 산수(山水)를 좋아하고 음영(吟詠)을 즐겼다.

"월동의 굴옹산": 월동은 지금의 광동(廣東)이고, 굴옹산은 시인 굴대균(屈大均, 1630~1696)을 가리킨다. 명의 유민(流民)을 자처하며 청나라에 반대 활동을 벌였다가 후에 은거했다.

22　"백묘": 담묵(淡墨)으로 윤곽만 그리고 색채를 입히지 않는 화법을 말한다.

"축과 … 때문이다": 축은 우스갯짓이나 말을 주로 하는 배역을 말하고, 정은 성격이 강한 역할을 맡은 배역을 말한다. 이 책 해제의 '『도화선』의 형식적 특징' 부분을 참고 바란다.

25　"고거": 작가가 『도화선』을 지으면서 참고한 자료를 열거한 부분이다. 무명씨 『초사』 24단의 상세 내용은 작품의 역사적 배경을 이해하는 데에 도움이 된다고 생각하여 번역 소개하고, 나머지 문헌 자료의 세부 항목은 주로 시문(詩文)의 제목인 까닭에 소개를 생략했다.

"초사": 청대 육응양(陸應暘)의 소설 『초사연의(樵史演義)』[중국희

극(中國戲劇)출판사, 2000]를 말하는 듯하나 분명치 않다. 다만 그 줄거리는 크게 다르지 않을 것이다. 현존하는 『초사연의』는 40회본으로, 줄거리는 다음과 같다. 명 천계제(天啓帝)의 유모 객(客)씨와 태감 위충현이 조정을 장악하고 동림당(東林黨)을 탄압했다. 이어 숭정제(崇禎帝) 때 위당(魏黨)인 최정수(崔呈秀)가 권세를 쥐었으나, 중신들이 그를 탄핵하여 엄한 처벌이 내려지니 위, 최, 객 등은 대세가 기울었음을 알고 자결한다. 완대성도 궁에서 쫓겨난다. 이후 이자성(李自成)이 군사를 일으켜 북경을 함락하니 숭정제는 목을 매달아 자결한다. 얼마 후 총병(總兵) 오삼계(吳三桂)가 만주에 투항하여 만주군이 산해관(山海關)을 넘어 쳐들어오니 이자성은 연전연패하여 도망가다가 병사(病死)하고 만다. 명 황실은 강남으로 물러가 있었는데, 마사영(馬士英)이 병권을 장악한다. 마사영은 완대성과 작당하여 조정을 분열시키고 백성들을 도탄에 빠뜨려 국정이 날로 기울어간다. 청 군사가 남하하자 마사영은 충신과 지사들을 기용하지 않고 청나라에 항복하려고 한다. 사가법(史可法)은 홀로 양주(揚州)를 지키다가 중과부적으로 패배하고, 청 군사들이 장강을 건너니 명의 관군은 남쪽으로 도망간다. 마사영은 도망 중에도 백성들의 고혈을 짜서 원망이 극에 달한다. 명나라 강산은 위충현과 최정수가 국정을 흔들기 시작한 때부터 날로 기울기 시작했고, 마사영과 완대성 시대에 이르러 더욱 심해져서 결국은 망국의 길을 가게 된다.

29 "강령": 이 부분은 『도화선』의 등장인물을 어떻게 배치했는지를 설명해 주는데, 원문에서는 주로 인물의 이름 대신 자(字)로 표현했으나, 본 번역에서는 혼동을 피하기 위해 자 대신 이름으로 바꾸어 표기했다.

35 "찬례": 제사 의식을 주관하던 관직의 이름이다. 명나라 때에 나라의 예악, 제사 등의 일을 관장한 기관은 태상시(太常寺)였는데, 찬례는 태상시 소속의 관리였다.

36 "인삼과 … 않으리라": 이제 더 살고 싶거나 하는 남은 소원은 없다

는 뜻. 신선이 먹는 열매인 인삼과를 먹으면 무병 장수할 수 있다는 전설이 있다.

"우왕과 … 계신 듯": 우왕은 하(夏)나라 때 홍수를 다스렸다는 임금이고, 고요는 순 임금 때의 관리다. 모두 태평시대를 다스린 사람들이다.

"황하에서 … 나오고": '하도낙서(河圖洛書)'를 이른 말. '하도'는 복희(伏羲)가 황하에서 얻은 그림으로 이것에 의해 복희는 『주역(周易)』의 팔괘(八卦)를 만들었다고 하며, '낙서'는 하(夏)나라 우왕이 낙수(洛水)에서 얻은 글로 이것에 의해 우왕은 천하를 다스리는 대법(大法)인 '홍범구주(洪範九疇)'를 만들었다고 한다.

"경성이 … 나타나고": 경성은 덕성(德星)이라고도 하는 별로 정치적으로 청명한 시대에만 나타난다고 하고, 경운은 경운(景雲)이라고도 하는 구름으로 역시 천하가 태평할 때에만 나타난다고 한다.

"감로가 … 오고": 감로가 내리면 천하가 태평해진다고 하고, 오랜 가뭄에 메마른 땅을 적셔 주는 기름진 비도 만물에 혜택을 준다고 한다.

"봉황이 … 노닐고": 봉황과 기린 역시 성인(聖人)이 나타나는 시대에만 나타난다는 전설상의 동물이다.

37 "명협 … 자라나고": 명협은 요 임금 때 있었던 풀로 매월 1일부터 15일까지 날마다 열매가 하나씩 생겨났다가 16일부터 말일까지는 날마다 열매가 하나씩 떨어졌다고 한다. 명협과 지초는 모두 상서로운 식물로 여겨졌다.

"바다에는 … 것입니다": 주(周)나라 성왕(成王) 때 월상씨(越裳氏)가 내조(來朝)했는데, 중국에서 3년 동안 바다에 파도가 일어나지 않은 것을 알고 성인이 나타날 것이라 생각했다고 전한다. 또 탁한 황하의 물이 맑아지는 것도 상서로운 조짐이었다고 한다.

"부말": 남자 조연 역을 맡은 배우를 말하는 것으로, 주로 연극 시작 전의 사회 역할을 맡았다. 이 책 해제의 『도화선』의 형식적 특징' 부분을 참고 바란다.

"이 작품에 … 없었겠습니까!": '뜰에서의 가르침'이란 공자가 집 뜰에서 빠른 걸음으로 지나가는 아들 백어(伯魚)에게 『시경(詩經)』 과 『예기(禮記)』를 읽도록 가르쳤음을 뜻하는 말이다. 『도화선』에 '뜰에서의 가르침'의 전통이 있다는 것은 지은이가 공자의 후손임을 뜻하는 말로, 실제로 지은이 공상임은 공자의 64대손이다.

38 "난새와 … 되었다네": 부부나 사랑하는 연인이 헤어졌다는 것을 뜻 한다.

"세력 … 버렸네": 어지러운 시국의 와중에 후방역이 감옥에 갇히게 되었음을 뜻한다.

40 "설서": 우리나라의 판소리와 비슷한 공연 양식이다. 중국에서는 특 히 명청 시대부터 각지에서 수많은 종류의 설서가 전해져 왔는데, 여 기에서는 뒤에 나오는 유경정의 '고사(鼓詞)'를 가리킨다.

"손초루 옆, 막수호 가": 막수호는 남경에 있는 호수 이름이고, 손초 루는 막수호 가에 있던 누각이다.

41 "귀덕": 지금의 하남성(河南省) 상구현(商丘縣)이다.

"사도": 민정(民政)과 교육을 담당하던 관직이다.

"오랫동안 … 가입했습니다": 동림당은 명 말기 정계와 학계에서 활 약한 정의과 관료, 문인 중심의 당파를 가리킨다. 동림당은 환관 위 충현과 반동림당파의 연합 세력에 의해 대탄압을 받았고, 위충현이 단죄된 후 다시 세력을 잡았으나 결국 명나라의 멸망과 함께 쇠멸의 길을 걷게 되었다. 복사는 장부(張溥), 장채(張采) 등이 중심이 되어 동림당을 계승하여 당시의 문단과 관료를 비판했다. 명 멸망 후 남명 의 복왕 정권에서 완대성이 실권을 잡자 탄압을 받아 쇠퇴했다.

42 "어렸을 … 것입니다": 반고(32~92), 송옥(기원전 290?~222?), 소 식(1036~1101), 한유(768~824) 등은 모두 유명한 작품을 남긴 문 학가다.

"양 효왕이 … 않았습니다": 후방역의 출생지 상구는 옛 양(梁)나라 땅에 속한다. 양 효왕, 추양(기원전 약 206~129), 석숭(249~300)

등은 모두 양나라 지역에 살았던 사람들이므로 후방역은 자신을 이들에게 비유한 것이다. 양 효왕이 선비들을 요화궁으로 불러 부(賦)를 짓게 했을 때 추양은 「주부(酒賦)」를 지었다고 한다. 석숭은 서진(西晉) 시대의 시인이자 이름난 대부호로 하남성 낙양 근처에 금곡원(金谷園)이라는 정원을 꾸며 많은 꽃과 나무를 심어 놓고 감상했다고 한다. 이 구절은 후방역이 자신은 풍류를 즐기기는 하지만 사치를 일삼지는 않는다는 뜻으로 말한 것이다.

43 "오의항 … 있을 테니": 오의항은 육조(六朝) 시대에 귀족들이 많이 모여 살던 동네다. 새 집주인이 대들보 단청을 새로 그리고 있다는 구절은 옛 친구들이 이제는 거의 떠나가 버렸다는 의미로 볼 수 있다.

"전강": 직전의 노랫가락을 반복한다는 뜻으로, 여기에서는 앞의 '나화미' 가락에 맞추어 노래 부르는 것이다. 노래 중간에 대사(사설)가 끼어들 수도 있는데, 여기에서 '전강' 노래는 "비바람에 배꽃은 새벽 단장한 가지를 꺾였도다" 구절까지가 해당된다.

"유구": 글자 그대로는 '떠돌아다니는 도적'이라는 뜻이지만, 흔히 농민 출신의 반란자 집단을 말한다. 여기서는 명 말엽에 등장하여 북경의 황성을 함락하고 숭정제를 자살하게 만든 이자성 집단을 가리킨다.

44 "서 공자": 서청군(徐青君)을 말한다. 서청군은 명의 개국 공신으로 중산왕(中山王)에 봉해진 서달(徐達)의 자손으로, 그의 자손들은 대대로 위국공에 봉해졌다.

"진회": 남경 시내를 지나가는 강으로, 이곳 주위에는 공자(孔子) 사당을 비롯하여 여러 가지 명승지가 모여 있다.

"오교의 … 있지요": 오교는 지금의 하북성(河北省) 하간현(河間縣)에 속하는 고장이고, 범 대사마는 병부상서를 지낸 범경문(范景文)을 가리킨다. 또 동성은 지금의 안휘성(安徽省) 동성현(桐城縣)이고, 하상국은 예부상서 등을 지낸 하여총(何如寵)을 말한다.

45 "그래서 … 했더니": 탄핵문의 제목은 「유도방란게첩(留都防亂揭

帖)」이다. 당시에는 이러한 탄핵문이 140여 편에 이르렀다고 한다.

47 "연의며 맹사": 연의는 역사를 알기 쉽게 통속적으로 해설하는 것을 가리키고, 맹사는 맹인들이 공연한 설서를 가리킨다. 여기에서는 모두 고아하지 못하고 속된 것이라는 의미로 사용되었다.

"무슨 … 별천지로다": 당나라 시인 이백(李白)의 명시 「산중문답(山中問答)」을 설서 시작 때의 '서시'로 활용했다. 대부분의 설서는 시작할 때 이처럼 시를 활용하는 것이 일반적이다.

"성목": 설서를 시작한다는 신호로 탁자를 두드릴 때 사용하는 작은 나무 토막이다.

"삼가": 춘추시대 노나라의 권력을 장악했던 족벌인 중손씨(仲孫氏), 숙손씨(叔孫氏), 계손씨(季孫氏)를 말한다.

48 "노나라 … 내용입니다": 유경정이 아래에서 부르는 고사는 청 초 가응총(賈應寵, 약 1590~1674)이 『논어(論語)』「미자(微子)」편의 한 대목을 근거로 하여 엮은 고사 작품인 『태사지적제(太師摯適齊)』를 그대로 옮겨 온 것이다. 이 책의 가장 마지막 단락인 속(續)40척에도 가응총의 『역대사략고사(歷代史略鼓詞)』「미성(尾聲)」에서 옮겨 온 「애강남(哀江南)」곡이 실려 있다. 자세한 사항은 이 책의 해제와 역자의 박사 학위 논문인 『고사계강창 연구』(서울대, 1999)를 참고하기 바란다.

49 "전경중": 전국시대 제나라 군주의 선조다.

50 "웅역 대왕": 주(周)나라 성왕(成王) 때 사람으로, 초나라의 개국 군주다.

"소사 … 갔습니다": 소사는 태사보다 낮은 직위의 악관을 말하고, 경은 돌로 만들어 두드려 소리 내는 악기를 말한다.

51 "우리는 … 어부들' 일세": 이 구절은 당나라 두보(杜甫)의 시 「추흥(秋興)」에 있는 "강호에는 늙은 어부 혼자 있네〔江湖滿地一漁翁〕"라는 구절을 빌려 온 표현이다. 세속에 얽매이지 않고 자유롭게 살아가겠다는 뜻을 나타낸 것이다.

53 "검붉은 … 되리라": 검붉은 먼지나 따뜻한 봄볕은 부귀영화를 뜻하고 하얗게 빛나는 것이나 얼음처럼 차가워지는 것은 부귀영화가 사라짐을 뜻하므로, 모순된 세상에서 어렵게 살아가는 청백한 사람들도 언젠가는 빛을 보게 되리라는 의미다.

"어양고 … 개탄하네!": 삼국시대에 선비 예형(禰衡)이 조조(曹操)의 핍박으로 고수(鼓手)가 되어 북을 두드리며 부른 풍자 음악의 제목이 「어양참과(漁陽摻撾)」인데, 여기에서도 그 뜻을 빌려 와 노래로 비판, 풍자하는 것을 의미한다.

"무수한 … 아득하도다": 무수한 누각은 패업을, 무수한 풀은 청담을 각각 비유한 것이다.

54 "구원": 진회의 가기(歌妓)들이 모여 살던 구역으로 앞쪽은 무정교(武定橋) 맞은편이었고, 뒷문은 초고가(鈔庫街)로 나 있었으며, 공원(貢院)과 강을 사이에 두고 마주보았다. 이정려와 수양딸 이향군의 거처 미향루도 구원 내에 있었다. 미향루는 지금은 이향군고거(李香君故居)라는 이름으로 보존되어 있다.

"장교": 남경 교외의 다리 이름이다.

56 "삼산": 남경 서남쪽에 있는 산 이름이다.

"육조": 본래 남북조 시대의 남조(南朝)를 말하나 여기서는 남방을 가리킨다.

"주렴은 … 같구나": 주렴 건너편에 있는 새가 주렴의 무늬 때문에 새장에 갇혀 있는 것처럼 보이고, 꽃잎 뒤편에 어항 속 물고기가 있어서 마치 꽃잎이 물고기를 보호해 주는 것처럼 보인다는 뜻이다.

57 "장천여, 하이중": 장천여(1602~1641)는 이름이 부(溥)이고, 천여는 자다. 하이중(?~1645)은 이름이 윤이(允彝)이고 이중은 자다. 이들은 모두 복사(復社), 기사(幾社)의 주요 인물들이다.

59 "난은 … 좋아하네": 『좌전』 「선공삼년(宣公三年)」에 보이는 구절이다.

"옥명당의 사몽": 옥명당은 명 중엽 유명한 극작가 탕현조(湯顯祖,

1550~1616)의 호이고, 사몽은 꿈을 주제로 한 그의 네 편의 대표작인 「모란정(牡丹亭)」, 「한단몽(邯鄲夢)」, 「남가기(南柯記)」, 「자차기(紫釵記)」 등을 일컫는 이름이다.

60 "새벽바람에 … 떨어지네": 송나라 유영(柳永)의 사(詞) 「우림령(雨林鈴)」 가운데 "버드나무 언덕에 새벽바람 불고 조각달 떠 있네(楊柳岸曉風殘月)"라는 구절에서 빌려 온 표현이다.

"편건을 … 입고": 편건과 습자는 모두 평민이 쓰는 납작한 두건과 평상복을 말한다.

"앵무새들 … 쳐다보네": 앵무나 모란은 모두 기녀를 비유한다.

61 〖조라포〗부터 아래의 〖호저저〗까지는 『모란정』의 '경몽(驚夢)' 대목이다. 여주인공 두려낭(杜麗娘)이 몸종 춘향(春香)을 따라 부모 몰래 후원에 꽃구경 가서 부르는 노래다.

64 "소소소": 남제(南齊) 시대의 유명한 기생이다. 여기에서는 이향군을 비유한다.

"반악 … 드려야지": 반악(247~300)은 서진(西晉) 시대의 문인이다. 그는 용모가 준수하여 밖에 나가면 여인네들이 수레를 둘러싸고 과일을 그에게 던져서 그에 대한 사랑을 표시했다고 전한다. 여기에서는 후방역을 비유한다.

65 "좨주": 최고 교육 기관인 국자감에서 제사를 주관한 관직을 말한다.

66 "함께 웃는다": 여기까지는 두 사람이 만담식으로 우스갯소리를 주고받은 대목이다.

68 "석전대제": 공자님을 모시는 제사를 말한다.

69 "양우두 … 심미생": 이들은 모두 복사의 주요 인물로, 오응기와 함께 '복사오수재(復社五秀才)'라고 불렸다.

"국궁 … 흥": 국궁은 절한다는 뜻이고, 부복은 엎드린다, 흥은 일어난다는 뜻이다.

"네 분 현자": 공자와 함께 모셔진 안자(顔子), 증자(曾子), 자사(子思), 맹자(孟子)를 가리킨다.

70 "분백, 예필": 분백은 지방과 축문을 불사르는 것을 말하고, 예필은 제례가 끝났다는 것을 알리는 말이다.

71 "위충현(1568~1627)": 만력(萬曆) 연간부터 환관이 된 사람으로, 희종(熹宗)의 즉위와 더불어 사례병필태감(司禮秉筆太監)이 되고 동창(東廠)을 장악했다. 희종의 유모 객씨(客氏)와 결탁하여 국정을 농단하고 부패를 일삼으니 동림당에서 그를 탄핵했다. 이에 위충현은 동림당 사람 양련(楊漣) 등을 죽이고 당옥(黨獄)을 크게 일으켰다. 각 부서마다 자신의 파벌을 심어 두고 전횡하다가 숭정제 즉위 후 파직당하자 자살했다.

"객씨": 명 희종(熹宗)의 유모로, 위충현과 한 무리였다.

"최정수, 전이경": 모두 환관 일파의 사람들이었다.

"동림당 … 날리고": 동림당 내에 있으면서 사람들을 몰래 해치려고 했다는 뜻이다.

"서창": 동창(東廠)과 함께 환관이 장악한 감찰 특무 기관으로, 무고한 사람들을 많이 해쳤다.

"햇볕에 … 버렸도다": 빙산과 쇠기둥은 영원하지 못한 권력을 비유한다.

"조충의": 이름은 남성(南星), 자는 몽백(夢白), 호는 제학(儕鶴). 충의는 시호다. 위충현에게 탄압당하여 귀양 가서 세상을 떠났다.

72 "오뉴월에도 … 잡는구나": 이상의 세 구절은 완대성 스스로가 느끼는 억울함이 크다는 것을 비유한다. 또한 바람 잡고 그림자 잡는다는 것은 근거 없이 비방, 모함한다는 것을 가리킨다.

"주조서와 위대중": 모두 위충현 일당에 맞서서 그들의 죄악을 폭로했다가 살해된 대신들이다.

"옛날 … 들어갔소": 강해, 이몽양, 유근은 모두 명 중엽의 인물들이다. 이몽양이 감옥에 들어가게 되자 강해에게 도움을 요청하니, 강해는 당시의 실세이던 환관 유근의 밑에 들어갔다. 후에 유근이 세력을 잃어 강해도 해를 당하게 되었는데, 이몽양은 강해를 변호해 주지 않았다. 여기에서는 완대성이 자신을 강해에 비유하여 스스로를 변호하고 있다.

"『춘등미』는 … 않고": 『춘등미』는 완대성이 숭정 말년에 지은 희곡 작품으로, 원명은 『십착인춘등미기(十錯認春燈謎記)』다. 우문언(宇文彦) 형제와 위영낭(韋影娘) 자매의 만남과 혼인을 그린 작품이다. 사람들은 완대성이 과거의 잘못을 변호하면서 이 작품을 썼다고 보기도 한다.

75 "흑백은 … 하는 법": 바둑에서 이기기 위해서는 선수를 두어야 하는 것처럼 승리를 얻기 위해서는 먼저 계획하고 먼저 행동해야 한다는 뜻이다.

76 "고자당": 당시 남경의 지명이다.

77 "옛 시인 … 좋아했소이다": 안연지(384~456)는 남조(南朝) 때 광록대부(光祿大夫)를 지낸 사람으로, 시인이기도 하다. 여기서는 완대성 자신이 안연지와 같은 벼슬을 지냈음을 자랑삼아 표현한 것이다. 또 완적(210~263)은 삼국시대 때 보병교위를 지냈는데, 취생몽사(醉生夢死)의 태도로 당시의 어지러웠던 현실을 살아갔던 사람이다. 완대성은 자신을 완적에도 비유했다.

79 "차희첩": 완대성은 자신의 집에 연극 배우들을 두고 자신이 지은 극작품을 공연하게 했다. 차희는 외부인이 극단을 빌려 가는 것을 말하고, 차희첩은 차희를 당부하는 첩지를 말한다.

"통가": 여러 세대 동안 교분을 쌓아 온 집안을 말한다.

"방밀지(1611~1671), 모벽강(1611~1693)": 후방역, 진정혜 등과 함께 당시에 '사공자(四公子)'라고 불리던 선비들이다. 방밀지는 이름은 이지(以智), 호는 만공(曼公)이다. 밀지는 그의 자. 전통 시기 중국의 대표적인 자연과학자이자 철학자다. 모벽강은 이름은 양(襄), 호는 소민(巢民)이다. 벽강은 그의 자. 대주추관(臺州推官)을 지내다가 명나라가 망한 후에 은거했다.

"계명태": 남경의 명승지 가운데 하나로, 지금은 계명사(鷄鳴寺)라고 부른다.

"연자전": 완대성이 지은 네 편의 희곡 작품 가운데 하나로, 그중 가장 뛰어나다는 평가를 받는 작품이다. 줄거리는 다음과 같다. 당나라 때 사람 곽도량(霍都梁)은 과거를 치르려고 상경했다가 좋아하는 기녀 화행운(華行雲) 집에서 머문다. 곽도량이 그린 유춘도(遊春圖)가 실수로 시험관 역안도(酈安道)의 딸 역비운(酈飛雲)에게 전달되었는데, 그림 속 곽도량의 모습에 반한 역비운이 적은 시전(詩箋)을 제비가 물어 가서 곽도량에게 전한다. 시험 직후에 곽도량은 나쁜 친구의 간계에 빠져서 행방을 감추고, 때마침 안록산(安祿山)의 군대가 쳐들어와서 행운과 역(酈)씨 가족도 뿔뿔이 헤어진다. 곽도량은 역안도의 친구 고안중(賈安中)의 휘하에 들어가서 큰 공을 세우고, 그곳에 와 있던 역비운과 결혼한다. 한편 화행운은 역비운의 어머니를 만나 역씨 댁의 양녀가 된다. 전쟁이 끝나고 장안(長安)에서 모두가 재회하자 젊은 세 사람은 서로 신분을 밝히고 대단원이 되는데, 금상첨화로 곽도량은 장원 급제를 한다.

"행두": 희곡 의상과 소품을 말한다.

"희상": 행두를 담는 상자를 말한다.

80 "가짜로 퇴장한다": 원문은 '허하(虛下)'다. 실제로는 퇴장하지 않으면서 퇴장한 것처럼 무대 한켠으로 물러서 있는 것을 말한다.

"주유는 … 찾아왔네": 주유(175~210)는 삼국시대 오(吳)나라의 명장으로 음악에 정통했고, 미불(1051~1107)은 북송 때의 유명 화가로 배에 그림을 싣고 다녔다. 여기에서 주유는 완대성을, 미불은 양문총 자신을 각각 비유한다.

"장남원": 명 말 화정(지금의 상해시上海市 송강현松江縣) 사람으로, 정원 설계와 축조에 뛰어났던 사람이다.

"예찬(1301~1374), 황공망(1269~1354)": 모두 원대(元代)의 유명 화가다.

"왕탁(1592~1652)": 자는 각사(覺斯), 호는 숭초(崇樵)다. 하남(河

南) 맹진(孟津) 사람으로 명나라에서는 대학사(大學士), 청나라에서
는 예부상서를 지냈다. 시문과 서화에 모두 뛰어났다.

82   "술안주나 좀 삼으십시다": 송나라 때 시인 소순흠(蘇舜欽)이 『한서
(漢書)』 「장량전(張良傳)」을 읽을 때 통쾌한 마음에 연신 술잔을 비
웠다는 이야기에서 유래된 말로, 여기서는 책의 내용이 훌륭함을 비
유한 것이다.

  "오사란": 검은 줄이 쳐진 일종의 원고지를 가리킨다.

  "안개 … 만들어지네": 원문은 '연용운라(烟慵雲懶)'. 『연자전』의 남
녀 주인공인 서생 곽도량과 화행운, 역비운의 사랑을 비유한 구절이
다.

  "이 제비는 … 있구나": 『연자전』에서 제비가 시구가 적힌 종이를 물
고 있는 것을 가리키는 것이다.

84   "쇠귀를 붙잡을 만하고": 옛날 동맹을 맺을 때에는 쇠귀를 잘라 그
피를 입 주위에 바르고 맹세를 했는데, 동맹의 주도자가 쇠귀를 붙잡
았다. 이후 어떤 일을 주관하는 사람을 가리켜 '쇠귀를 붙잡는'고
말하게 되었다.

  "매일같이 … 탔는데": 사람들을 만나지 않고 외롭게 창작에 몰두했
다는 것을 말한다.

88   "남경의 연약한 버들가지": 여기서는 이향군을 비유했다.

  "미인계야말로 … 하시게": 미인계를 써서 후방역을 끌어들이면 완
대성이 재기할 수 있을 것이므로 양문총에게 부탁하여 이향군에게
혼수금을 보내 후방역과 이향군을 맺어 주게 하려는 것이다.

91   "수사": 물을 끼고 있는 정자를 말한다.

93   "완함": 비파와 비슷하게 생긴 악기다.

95   "세형": 본래는 대대로 친분이 있는 집안의 형이라는 뜻으로, 여기에
서는 후방역의 환심을 사기 위한 높임말이다.

96   "운라": 작은 징 열 개가 한 틀에 달려서 각기 다른 소리를 내는 악
기다.

98 "보아": 기루에서 심부름하는 남자 아이를 말한다.

99 "파제와 승제": 모두 과거 시험의 답안인 팔고문(八股文)을 작성하는 형식으로, 파제는 팔고문의 시작 부분, 승제는 파제를 이어서 서술하는 부분을 말한다.

100 "두 차례 시험": 원문은 '양방(兩榜)'. 향시(鄕試)를 '을방(乙榜)', 회시(會試)를 '갑방(甲榜)'이라고 했고, 이 두 차례의 시험을 합하여 '양방'이라고 했다.

"차입니다 … 없습니다그려": 주사위 패가 차로 나와서 이정려가 "차입니다"라고 말한 데 대해서 유경정은 술을 마시고서도 '운도 없게' 차를 마신 척하며 농담한 것이다.

"그럼 … 드리지요": 『수호전(水滸傳)』 제20회에서 염파석(閻婆惜)이 장삼랑을 붙잡고 차를 마신 대목을 설서로 들려주겠다는 뜻이다.

"소동파와 … 찾아갔는데": 소식(1036~1101), 황정견(1045~1105), 불인선사 등은 모두 송나라 때 사람들이다. 특히 동파와 불인선사 사이에는 일화가 많이 전해지고 있다. 이 이야기도 그중 하나다.

"소수염": 소동파의 별명이다.

101 "당신이 … 것이니까": 원문은 '흘니일봉(吃你一棒)'. 문자대로 해석하자면 '그가 당신에게서 몽둥이로 한 대 맞는다'라는 뜻이지만, 여기서는 대답을 하지 못한 쪽이 점수를 하나 잃는다는 뜻으로 이야기하고 있다. 그러나 뒤에 동파가 산곡을 이기자 정말 몽둥이로 두들겨줌으로써 돌발적인 희극적 상황을 만들어 내게 된다.

"쨍그랑 … 깨뜨렸군": 호자(鬍子: 수염)와 호자(壺子: 주전자)의 발음이 같은 것을 이용하여 말장난(pun)을 한 것이다.

102 "물렁한 호자": 원문은 '연호자(軟壺子)'. 문자 그대로는 '물렁한 주전자'라는 뜻이지만, 이 역시 말장난으로 발음이 같은 '완호자(阮鬍子: 완수염, 즉 완대성)'를 의미한다. '軟壺子'와 '阮鬍子'의 중국어 발음은 모두 '롼후쯔'다.

"살구꽃 … 걱정했다네": 원(元)나라 극작가 왕실보(王實甫)의 희곡 작품인 『서상기(西廂記)』 제3본 제2절의 【석류화(石榴花)】 곡패 가운데 한 대목이다. 여주인공 앵앵(鶯鶯)의 몸종인 홍낭(紅娘)이 남주인공 장군서(張君瑞)에게 앵앵의 답신을 전해 주러 가서 앵앵의 이중적인 모습을 나무라는 내용이다. 살구꽃 시드는 무렵인 초여름 저녁에도 추울까 걱정했다지만, 실은 그보다 더 이른 봄날 밤에 추위를 아랑곳 않고 한참 동안이나 거문고 소리를 들었던 앵앵을 비꼰 것이다.

"앵두 … 하는구나": 『서상기』 제1본 제1절의 【승호로(勝葫蘆)】 곡패의 한 대목이다. 장군서가 앵앵을 보고 첫눈에 반해서 찬탄하는 내용이다.

103 "이 늙은이는 … 씌워야겠습니다": 강남 일대에서는 청명절에 버들가지로 광주리를 만들어 어린아이의 머리에 씌우고 이것을 '구두권(狗頭圈)'이라고 했다. 여기에서도 유경정은 말장난으로 사람들을 웃기고 있다.

"교심주": 마음을 나누는 술이라는 뜻이다.

104 "어쩌다 … 더해졌지만": 송옥(宋玉)의 「고당부(高唐賦)」에 다음과 같은 내용이 있다. 초(楚)나라 양왕(襄王)이 고당에 놀러 갔다가 꿈속에서 한 여자를 만나서 하룻밤을 자는데, 헤어질 때 여자가 말하기를 "저는 무산(巫山)의 남쪽, 고당의 북쪽에 살고 있습니다. 아침에는 떠가는 구름이었다가 저녁에는 지나가는 비가 됩니다"라고 했다. 이후 '고당', '무산', '운우(雲雨)' 등은 모두 남녀의 결합을 뜻하는 말로 쓰이게 되었다.

105 "청객": 본래 아마추어 연극배우를 가리키지만, 여기에서는 전문·비전문을 가리지 않고 배우를 가리키는 말로 쓰였다.

"자매": 여기에서는 가기(歌妓)를 가리킨다. 다른 곳에서는 여객(女客)이라고도 표현했다.

106 "목란주": 신랑이 타고 오는 목란으로 만든 배를 말한다.

107 "문군": 한나라 때의 미녀인 탁문군(卓文君)을 말한다. 당시에 관직

을 잃고 어렵게 지내고 있던 사마상여는 권문세가의 딸이던 문군을 만난 뒤 사랑에 빠져 그를 데리고 도망가서 술을 팔며 생계를 꾸려 갔다. 사마상여는 「자허부(子虛賦)」, 「상림부(上林賦)」 등의 유명한 부(賦) 작품을 많이 남겼다.

108 "관인": 후방역을 높여 부르는 호칭이다.

109 "항아": 달에 산다는 미인. 여기에서는 향군을 가리킨다.

110 "일평생 … 같네": 장선(990~1078)은 송나라 때의 대표적인 사(詞) 작가이고, 홍자이이는 원나라 때의 유명 배우다. 여기에서는 세 청객이 장선과 홍자이이와 같은 일을 하는 사람이라는 의미로 쓰였다.

111 "구백문 … 정타낭": 구백문과 변옥경은 당시 남경에서 이름난 기녀를 뜻하는 '진회팔염(秦淮八艷)' 가운데 두 사람이다. 나머지 여섯 사람은 유여시(柳如是), 진원원(陳圓圓), 동소완(董小宛), 이향군, 고횡파(顧橫波), 마상란(馬湘蘭) 등이다.

"교방사": 수(隋)나라 이래로 음악, 연극, 기예와 그 종사자들을 관리한 국가 기구로, 궁중 연극이나 가무를 이들로 충당하여 진행했다.

112 "백문의 버들": 백문은 남경을 달리 이르는 말이고, 백문의 버들은 남경의 빼어난 여자라는 것을 뜻한다.

"타당불과": 지나치지 않고 적당하다는 뜻이다.

"십번": 여러 가지 악기를 사용하는 합주 음악이다. 명 말 강남 지역을 중심으로 등장한 민간 음악으로, 흔히 쇄납(嗩吶), 생(笙), 해적(海笛), 성당(星堂), 소라(小鑼), 제발(齊鈸), 호금(胡琴), 회고(懷鼓) 등을 사용했고, 소(簫), 나(鑼), 고(鼓), 제금(提琴), 고판(鼓板), 이호(二胡), 삼현(三絃) 등의 악기를 썼다고도 한다. 몇 개의 곡패를 순환시키면서 연주하는 기악 형식으로, 보통 춘절(春節)의 등회(燈會)나 묘회(廟會)에서 연주했다. 현재는 관현악기는 쓰지 않고 타악기 위주로 편성한다.

113 "제나라 … 같이": 제, 양, 진, 수나라는 모두 기풍이 화려했던 시대다.

"두목(803~852)": 당나라 말엽의 시인으로, 우국(憂國)과 방탕(放蕩)을 모두 가진 사람이었다. 그는 기루가 밀집했던 양주에서 오래 살면서 풍류의 세월을 보내기도 했다. 여기서는 후방역이 자신을 두목에 비유했다.

115 "길을 … 못하다네": 본래는 후방역의 『사억당시집(四憶堂詩集)』 권2에 「증인(贈人)」이라는 제목으로 실려 있던 시를 뒷부분을 약간 변형하여 실은 것이다. 부평거는 서한 때의 귀족 장안(張安)이 대대로 부평후(富平侯)에 봉해졌고 그 집안의 수레를 부평거라고 부른 데에서 유래하고, 이후 귀족의 수레를 가리키게 되었다. 자목련은 초봄에 꽃이 피기 때문에 중국의 일부 지방에서는 '영춘화(迎春化)'라고도 부른다. 여기에서는 기녀들을 가리킨다. 청계는 오늘날의 강소성(江蘇省) 강녕현(江寧縣)의 동북쪽에 있던 지명이다. 여기에서는 혼인식을 하는 곳을 가리킨다.

116 "어려서부터 … 감추어지는구나": 이향군의 아명은 소선추(小扇墜)였으니, 이 구절은 향군과 부채를 동시에 연상하게 한다.

"어려서부터 … 만났구나": 이 시는 본래는 여회(余懷)가 향군에게 준 것이다. 무산 십이봉에 대해서는 제5척【소도홍】곡패의 각주 참조.

117 "이경": 저녁 9시에서 11시 사이를 가리킨다.

118 "완조와 … 것처럼": 완조와 유신은 동한(東漢) 때 절강성(浙江省) 염계(剡溪) 사람으로, 다음의 전설이 전해진다. 어느 날 함께 천태산(天台山)에 약초를 캐러 가서 깊은 산속을 헤매다가 맑은 시냇가에서 두 명의 여자를 발견했다. 완조와 유신이 두 여자에게 길을 잃게 된 사정을 설명하니 여자들은 두 사람을 화려한 저택으로 안내하여 숙식을 마련해 주었다. 후에 이들은 두 쌍의 부부가 되어 반년을 지내다가 고향 생각이 간절해져 산을 내려왔는데, 세상은 이미 자신들의 7대손이 사는 때가 되어 있었다고 한다.

123 "정향결": 약초의 일종인 정향과 같은 모양으로 된 중국식 옷고름을 말한다.

"붉은 물결": 동정(童貞)을 잃었다는 것을 가리킨다.

126 "마 독무": 마사영을 가리킨다. 마사영은 당시 봉양(鳳陽) 독무를 지내고 있었다.

"회령": 완대성을 가리킨다. 완대성은 안휘성 회령 출신이다.

127 "낙양의 … 흠모했다오": 좌사(250?~305?)는 서진(西晉) 때 사람으로, 낙양 사람들이 그가 십 년에 걸쳐 지은 「삼도부(三都賦)」를 베끼기 위해 다투어 종이를 구입하는 바람에 종이의 값이 크게 올라갔다고 한다. 또한 서한 때의 유명한 문장은 『사기(史記)』를 쓴 사마천(司馬遷, 기원전 145?~86?)이나 「자허부(子虛賦)」 등을 지은 사마상여(司馬相如, 기원전 179~117) 같은 사람들의 문장을 가리킨다.

"좌거랑": 수레 탄 남자라는 의미다. 서진 때 사람 반악(潘岳, 247~300)은 외모가 뛰어나 수레를 타고 밖을 나서면 부녀자들이 그를 보기 위해 다투어 앞으로 다가왔다고 한다.

"대완": 본래 서진 때 사람 완적(阮籍, 210~263)을 가리키나, 여기에서는 완대성을 가리킨다.

"조몽백": 동림당의 중요 인물이던 조남성(趙南星, 1550~1627)을 가리킨다. 추원표(鄒元標), 고헌성(顧憲成) 등과 함께 위충현에 대항했다.

132 "상군만이 … 있으니": 상군은 요 임금의 딸이자 순 임금의 아내로, 『초사(楚辭)』 「구가(九歌)·상군(湘君)」에 "내 옥패를 강물에 던지고, 내 옥띠도 풀어서 예포(澧浦) 물에 버리고, 꽃피는 모래톱의 향초를 캐어서, 님의 시녀에게 선사하려네"라는 구절이 있다. 이는 상군이 순 임금을 그리워하는 마음을 담은 것으로 해석된다. 여기에서는 상군이 옥패를 풀어 순 임금을 그리워하듯 향군이 혼수를 거절함으로써 후방역을 사모하는 뜻을 나타내었음을 가리키는 말로 쓰였다.

133 "공원": 과거 시험을 치르는 장소를 말한다.

"왕씨나 … 없네": 왕씨와 사씨는 육조 시대에 남경에서 번성했던 가문인데 지금은 모두 사라지고 묻는 이조차 없다는 것을 뜻한다.

139 "조십번": 십번은 악기 조합 방식과 연주 방식에 따라 '문(文)십번', '무(武)십번', '조(粗)십번', '세(細)십번'으로 구분되었다. '조십번'은 '십번나고(十番鑼鼓)'라고도 하고, 타악 위주의 기악 연주로, 대발(大鈸), 소발(小鈸), 쇄납, 동고(冬鼓), 대라(大鑼), 소라(小鑼), 항즉라(吭卽鑼), 수봉(手棒), 주충(酒盅) 등의 악기를 사용한다.

"세십번": 관현악 위주의 연주 형태로, 이호, 횡적(橫笛), 비파(琵琶), 삼현, 독고(篤鼓), 찰판(擦板), 수봉, 주충 등을 사용했다.

"교한도수": "맹교(孟郊)의 시는 춥고 가도(賈島)의 시는 메말랐다"는 세평(世評)을 줄인 표현이다. 맹교(751~814)와 가도(779~843)는 모두 당나라 때의 시인이다. 여기에서는 자신들의 처지가 한림원 노선생들에게 미치지 못함을 비유했다.

140 "'문주생가'의 모임": 글과 술과 음악과 노래가 모두 있는 모임을 말한다.

"금빛 … 터졌네": 첫 구절은 망우초(忘憂草)를 가리키고, 둘째 구절은 석류꽃을 가리킨다.

"창포검은 … 않는다네": 창포로 만든 검을 걸어 두면 재액을 피할 수 있다고 했다. 또 해바라기는 충성의 상징이라고 전한다.

141 "등불은 … 같구나": 희화씨와 환룡씨는 모두 신화 속의 인물로, 각각 해를 실은 수레를 몰고 용을 기른 신이라고 전해진다.

"별들이 … 반짝이는구나": 이 두 구절은 진회의 등불놀이가 다한 후 조용해진 모습을 그린 것이다. 여와씨는 흙으로 인간을 빚어 만든 신이라고 전해진다.

"구름이 … 지는구나": 적성산의 흙은 모두 붉은색을 띠고 있다고 한다.

"「옥수후정화」 … 없네": 「옥수후정화」는 남조 때 진 후주(陳後主)가 지은 노래이고, 「어양참과」는 삼국시대 예형(禰衡)이 불렀다는 고곡(鼓曲)이다.

"이구년이 … 연주하는 듯": 이구년은 당나라 때의 유명한 악사(樂師)이고, 혜강(223~262)은 육조 시대의 문인이자 음악가다.

142 "만안사 등불": 절강 지방에서 쓰는 등불 이름이다.

148 "머리는 … 모습": 한나라 때 장수 반초(班超, 32~102)의 형상을 "호랑이 머리와 제비 턱 닮았다"고 말한 데에서 유래하여 용맹한 무장(武將)을 묘사하는 표현으로 쓰인다.

"요양": 지금의 요녕성(遼寧省) 요양현이다.

"도사": 관직명으로, 명나라 초에는 한 성의 군권(軍權)을 통할하는 막강한 권한을 가졌으나, 명 말엽 무렵에는 4품 무관으로 권한이 약화되었다.

"창평": 지금의 하북성(河北省) 창평현이다.

"후순": 후방역의 아버지다.

149 "형양": 지금의 호북성 일대를 가리킨다.

"어찌 … 어렵겠는가?": 이자성(1606~1645), 장헌충(1606~1646)은 모두 명 말(明末)에 흥기한 농민군을 이끈 사람들이다.

"웅문찬 … 없소": 웅문찬(?~1640), 양사창(1588~1641), 정계예, 여대기 등은 모두 명 말의 관리이자 장수들이다.

151 "강주": 지금의 강서성(江西省) 구강시(九江市) 일대에 해당한다.

"영전": 군령을 내릴 때 사용하는 화살로, 명령을 말한 후 화살을 뽑아 땅에 내던지면 명령의 효력이 발생하게 된다.

152 "연자기": 남경의 북쪽 관음산(觀音山)에 있는 제비 모양을 닮은 바위 이름이다.

158 "평화": 본래 송원대에 등장한 중·장편의 기록 서사물과 명청대에 남방에서 유행한 장편 구비 서사 유형을 가리킨다. 실제로 유경정은 『서한연의(西漢演義)』, 『수당연의(隋唐演義)』, 『수호전(水滸傳)』 등의 장편 역사 서사 공연에 뛰어났던 것으로 전해진다. 진여형(陳如衡), 『진여형곡예문선(陳如衡曲藝文選)』〔중국곡예출판사(中國曲藝出版社), 1985〕, 456~458쪽 참조.

"수백 … 못하다네": 진단(?~989)은 오대(五代) 때의 도사(道士)로, 실존 인물이었으나 후에 그에 관한 전설이 많이 생겨나서 그가 한 번

잠이 들면 수백 일을 깨어나지 않는다는 이야기도 생겨났다. 여기에서는 명리를 탐하지 않고 자유롭게 살아간 사람이라는 의미로 쓰였다. 이 노래는 「서강월(西江月)」 사패(詞牌)에 붙인 것이다.

160 "대인": 남의 아버지를 높여 부르는 말로, 여기서는 후방역의 아버지 후순을 가리킨다.

162 "이 유곰보는 … 다르답니다": 『맹자(孟子)』 「고자하(告子下)」에 조교(曹交)라는 사람에 대한 기록이 있는데, 그는 구 척의 장신이지만 음식만 축내는 사람으로 묘사되었다. 여기에서는 유경정 자신도 본래 조씨이지만 조교처럼 쓸모없지는 않다는 것을 말한다.

163 "유의가 … 다녀오겠소": 당대의 「유의전(柳毅傳)」이라는 소설에 선비 유의가 과거에 낙방한 후 집에 돌아가는 길에 호수를 지나다가 한 용왕의 딸을 만나 용왕에게 편지를 전해 달라는 부탁을 받고 호수 밑으로 들어가 용왕을 만났다는 이야기가 전해진다. 유경정이 유의처럼 최선을 다해 편지를 전하겠다는 뜻을 나타낸 것이다.

165 "삼산": 남경 서남쪽에 있는 산의 이름이다.

"강좌": 양자강의 동쪽, 즉 남경을 둘러싼 일대를 가리킨다.

"오늘은 … 지휘하네": 불자는 육조 시대에 청담(淸談)을 논하던 사람들이 흔히 지니던 먼지떨이 도구인데, 이 구절은 후방역이 본래 청담을 좋아했지만 지금은 나라를 구하기 위해 현실에 발 벗고 나섰다는 것을 말한다.

168 "백접리 … 차고": 백접리는 백로의 깃털로 장식한 두건의 일종을 말하고, 담로도는 춘추전국시대의 유명한 칼 장인이었던 구야자(歐冶子)가 만들었다는 명검을 말한다.

"내가 … 알랴": 동방삭(기원전 154~93)은 한 무제(漢武帝) 때의 사람으로, 변설과 재담으로 유명했다. 여기에서는 유경정이 자신을 동방삭에 비유했다.

169 "사흗날과 여드레의 점호": 매월 3일, 8일, 13일, 18일, 23일, 28일에 열리는 점호를 말한다.

"이 노친네는 … 걸세": 강북 말은 북방 방언을 말한다. 이 장면의 배경인 호북성(湖北省) 무창은 남방계 방언을 쓰는 지역이므로 그곳에서 북방 방언을 쓰는 유경정을 수상하게 여긴 것이다.

170 "앵무주는 … 드높다네": 앵무주와 황학루는 모두 무창의 명승지다.

171 "중군관": 명청 시대에 통군장령(統軍將領)의 본영에서 병영 업무를 관리하던 장수를 가리킨다.

176 "세류 군영": 세류는 섬서성(陝西省) 함양(咸陽) 근처의 지명이다. 한나라 때 이곳에 군영이 있었는데, 한 문제(漢文帝)가 이곳에 왔을 때 군영의 주아보(周亞父) 장군은 군령을 받지 않았다는 이유로 문제를 들여보내지 않았다. 결국 문제는 사자에게 부절을 들려보낸 후에야 군영에 들어갈 수 있었다. 그 후 세류의 군영은 막강한 군권을 뜻하는 말로 쓰이게 되었다.

"육도": 유명한 병법서로 '도'의 원 의미는 '숨기다'인데, 여기서는 '병법의 비결'을 뜻한다. 문도(文韜), 무도(武韜), 용도(龍韜), 호도(虎韜), 표도(豹韜), 견도(犬韜) 등 여섯 권으로 구성되어 있다.

179 "송료주": 소식이 정주(定州)를 다스릴 때 빚어서 마신 술이다. 그는 이 술을 주제로 하여 「송료부(松醪賦)」라는 글을 남기기도 했다.

"소진, 장의": 소진과 장의는 전국시대 말엽에 이름난 유세객(遊說客)으로, 각각 '합종', '연횡' 등의 외교-정치론을 주장했다.

180 "예, 오": 예는 활을 잘 쏘고, 오는 육지에서도 배를 젓는 능력이 있었다는 전설상의 인물이다.

181 "웅 사마": 병부상서 웅명우(熊明遇)를 가리킨다.

182 "청의당": 당시 조정 대신이 모여 군사 회의를 열던 장소.

183 "시종": 원문은 장반(長班). 장반은 관아나 회관(會館)에서 일한 시종을 말한다.

184 "여건의 칼": 여건은 삼국시대 위(魏)나라 사람으로, 그에게는 보도(寶刀)가 한 자루 있었는데, 그것을 주조한 장인이 그 칼은 요직에 오를 인재가 찰 수 있다고 말했다. 사가법은 자신이 요직에 있는 것이

온당치 않다고 생각하여 이 고사를 빌려 표현한 것이다.

"황가의 … 이어지니": 마사영은 명 태조 주원장의 선조의 능이 있던 봉양 땅의 독무였으므로, 그곳이 손상될 경우 자신이 입을 피해를 걱정하면서 한 말이다. 명 황실의 혈통을 비유한다.

"깃털 … 어렵구나":『진서(晉書)』「고영전(顧榮傳)」에 진(晉)나라 때 진민(陳敏)이 강남에서 난을 일으키자 고영이 깃털 부채로 군사를 지휘하여 진민의 군대를 궤멸시켰다고 전해진다.

"막부산에서 … 즐비하도다": 막부산과 오마도는 모두 남경 근처의 지명이다.

187 "증삼이 … 일": 공자의 제자 증삼과 이름이 같은 자가 살인을 했는데, 어떤 사람이 증삼의 어머니에게 아들이 살인했다는 소식을 전하자 어머니는 그럴 리가 없다며 믿지 않다가 몇 사람이 더 이야기하자 마음이 흔들렸다. 이 이야기는 후에 무고한 사람을 모함하는 것을 비유하게 되었다.

"진항이 … 일": 진항은 춘추시대 제나라의 신하로 노나라 애공(哀公) 14년에 제 간공(簡公)을 살해했다. 작자 공상임은『사기(史記)』「전경중세가(田敬仲世家)」의 기록을 근거로 볼 때 진항이 간공을 살해한 것은 어쩔 수 없는 상황 때문이었다고 생각한 것 같다.

190 "마 사구": 마사영을 가리킨다. 양문총은 마사영의 매부인데, 그를 높여서 삼촌뻘이라는 뜻의 '사구'로 부른 것이다.

"회 땅": 여기서는 사가법이 방비하고 있던 양주를 가리킨다.

193 "기패관": 주장(主將)의 영기(令旗)와 영패(令牌)를 관장하는 부장(副將)으로, 중군관과 비슷한 지위다.

"태부": 명나라 때 최고 명예직인 '삼공(三公)' 가운데 하나였다. 삼공은 태사(太師), 태부, 태보(太保)를 말한다.

"좌몽경": 좌량옥의 아들이다. 좌량옥의 사후 통수권을 물려받았으나 후에 청에 항복했다.

194 "행주": 이동용으로 만든 조리대를 뜻한다.

196 "진숙보가 고모님을 만나다": 진숙보(?~638)는 이름은 경(瓊)이고, 숙보는 그의 자다. 산동 역성(歷城) 사람으로, 수나라 말엽에 이밀(李密), 이세민(李世民) 등을 도와 싸웠다. 소설 『수당연의(隋唐演義)』에도 주요 인물로 등장한다. 「진숙보가 고모님을 만나다」는 소설의 제13~14회에 해당하는 이야기로, 진숙보가 어려움을 당하다가 뜻밖에 친척을 만나 위기에서 벗어난다는 내용이다. 유경정은 특히 수당 시대의 이야기를 잘했다고 전해진다.

197 "개차를 … 가져오너라": 개차는 절강성 장흥현(長興縣)의 나개산(羅岕山)에서 나는 고급 차이고, 교의는 팔걸이와 등받이가 있는 접의자를 말한다.

199 "쌍간(鐧)": 간(鐧)은 채찍류 무기를 말한다. 쌍간은 두 개의 채찍으로 구성된 무기다.

200 "피리 부는 신선": 황학루에 얽힌 전설에 옛날 한 신선이 황학루에 와서 피리를 부니 누각에 그려져 있던 학이 벽에서 튀어나와 신선은 그 학을 타고 날아갔다고 전한다.

"보고자": 원문은 당보인(塘報人). 지방 각 성(省)에서 서울에 파견된 무관(武官)으로, 지방과 서울 사이의 소식을 전달하는 일을 맡은 사람을 가리킨다.

201 "대행 황제": 승하한 지 얼마 안 되어 아직 시호를 받지 못한 황제를 이른다.

207 "조서": 조운(漕運)을 총괄하는 관서를 말한다.

"안으로는 … 감사로": 조랑은 각 부(部)의 중간 관리인 낭관(郎官)을 말하고, 감사는 주군(州郡)을 감찰하는 관직이다.

208 "조지": 여기에서 조지는 누구를 황제로 정할 것인지에 대한 공식 문서를 가리킨다.

209 "복왕": 여기에서 복왕은 주유숭(朱由崧, 1607~1646)을 말한다.

210 "복왕 … 사람이었네": 여기에서 복왕 종실은 주유숭의 아버지인 주상순(朱常洵)을 가리킨다. 주상순은 신종의 셋째 아들로, 그의 모친

정귀비(鄭貴妃)는 신종의 총애를 앞세워 황태자를 쫓아내고 친자인 주상순을 새 황태자로 세우기 위해 세 번이나 사건을 일으켜 당시 동림당으로부터 격렬한 비난을 받았다.

211 "덕창왕": 주유숭은 처음에 덕창왕에 봉해졌다가 후에 복왕의 세자가 되었다. 1641년 음력 정월에 이자성의 군대가 낙양(洛陽)을 함락했을 때 아버지 주상순이 피살당했는데, 주유숭은 아버지의 장례를 치르지 않고 회경(懷慶)으로 도피했다가 7월에 복왕의 작위를 이어받았다.

212 "광무제": 후한의 초대 황제로, 왕망(王莽)에게 빼앗긴 정권을 되찾아 한나라를 재건하여 천하를 안정시킨 유능한 군주다.

213 "부사 … 주표": 뇌연조(?~1645)와 주표(?~1645)는 모두 동림당의 인물로, 후에 마사영과 완대성에 의해 죽임을 당했다. 뇌연조는 안경부(安慶府) 태호(太湖) 사람으로, 자는 개공(介公)이다. 복왕 때 노왕(潞王)을 옹립할 것을 주장했다가 후에 목숨을 잃었다. 산동(山東) 안찰사(按察使) 첨사(僉事)를 맡은 적이 있어서 극 중에서 부사라고 불린다. 주표는 진강부(鎭江府) 금단(金壇) 사람으로, 자는 중어다. 동림당인으로 활동하면서 완대성을 탄핵했으나, 후에 그의 보복을 당해 목숨을 잃었다. 예부(禮部) 원외랑(員外郎)을 맡아서 극 중에서 예부라고 불린다.

"강포": 남경 장강의 건너편에 있던 현(縣)이다.

218 "그대는 … 될 테니": 본래는 위진(魏晉)대의 시인 완적(阮籍)이 외딴 곳으로 나가서 폭정을 한탄한 일을 말하나, 여기에서는 완대성이 자신에게 동조하지 않은 사가법이 나중에 후회할 것이라고 예상하는 말로 쓰였다.

220 "사진의 무신들": 사진은 남명 시기에 청 세력의 남하를 막기 위해 양자강 이북 영토를 네 구역으로 나누어 설치한 '강북사진(江北四鎭)'을 말한다. 고걸(高傑)이 서주(徐州), 황득공(黃得功)이 여주(廬州), 유량좌(劉良佐)가 수주(壽州), 유택청(劉澤淸)이 회안(淮安)을

각각 다스렸고, 전체 병력은 삼십 만에 이르렀다.

"가슴 … 없네": 계획이 이미 완성되어 달성하지 못할 일은 없다는 의미다.

224 "재표관": 상소문을 전달하는 심부름꾼을 말한다.

"마치 … 누리리라": 강태공이 오랜 세월 동안 초야에 묻혀 낚시로 소일하다가 주(周)나라의 문왕(文王)과 무왕(武王)을 만나 재상이 된 일을 빌려, 완대성 자신도 권세를 누려 보겠다는 기대를 나타낸 것이다.

225 "도필리": 문서 작성을 맡은 하급 관리를 말한다.

"능연각": 공로가 있는 대신들의 초상화를 걸어 두는 누각을 말한다.

226 "방풍씨처럼 … 테니": 전설 시대의 우왕(禹王)이 도산에서 제후들을 소집했을 때 가장 늦게 도착한 방풍씨가 우왕에게 죽임을 당했다는 이야기를 빌려, 자신들이 가장 먼저 복왕을 영접해야 함을 말한 것이다.

227 "종산": 남경에 있는 산 이름이다.

229 "금구는 … 빛나네": 금구(황금 사발)와 옥촉은 모두 황제를 상징한다.

230 "황릉에는 근심이 많고": 태조 황제가 사후에도 나라 걱정을 할 정도로 어지럽다는 것을 말한 것이다.

231 "돌아가셨으나 … 없는데": 숭정제가 스스로 목숨을 끊었지만 장례 지내 준 사람이 없음을 말한 것이다.

232 "황포": 황제가 입는 황색 곤룡포를 말한다.

233 "대배": 최상위직을 말한다.

"승보": 승진시켜 보임(補任)하게 함을 말한다.

235 "공조": 어르신이나 나으리처럼 상대방을 높여 부르는 호칭이다.

"조방": 대신들이 조회를 기다려 모여 있는 방을 말한다.

236 "기쁘게도 … 같도다": 당나라 때 중서령(中書令)을 지낸 곽자의(郭子儀)가 직책을 수행하면서 스물네 번의 공훈을 쌓았는데, 여기에서

는 마사영 자신이 곽자의와 같은 중신(重臣)처럼 되었다고 기뻐하는 것을 말한다.

237 "강 … 인재이니": 동진(東晋) 시대 원제(元帝)가 강남에서 나라를 세울 때 중원의 많은 인재들이 원제를 따라 강을 건넌 이야기를 말한다. 여기에서는 마사영을 비롯한 사람들이 홍광제를 따른 일을 비유한다.

238 "청강포": 양자강 남안에 있는 지명이다.

241 "자주색 … 도착했답니다": 제비는 청객을, 꾀꼬리는 여객들 자신을 가리킨다.

242 "한 집안이 망해 버리게": 정계지는 배우라서 원대 잡극 『서상기(西廂記)』에 나온 구절을 인용하여 말했다.

"교방": 궁궐에서의 연극을 위해 배우, 악사 등을 훈련시키는 황실 소속 기관을 말한다.

244 "진나라 … 사람은": 춘추시대의 소사(蕭史)라는 사람이 피리를 잘 불어 진 목공(秦穆公)이 딸 농옥(弄玉)을 소사에게 주었다는 이야기를 빌려, 여기에서는 이향군의 머리를 올려준 후방역을 가리킨다.

"연자루에서 … 있으니": 연자루는 강소성 동산현(銅山縣)의 서북쪽에 있는 누각으로, 당나라 때 상서를 지낸 장건봉(張建封)이 서주(徐州)를 다스리던 시절에 연자루를 지어 애첩 관반반(關盼盼)을 그곳에 거처하도록 했는데, 장건봉이 죽고 난 후에도 관반반은 연자루에서 수절했다고 전한다. 여기에서는 이향군이 관반반처럼 수절할 것이라고 비유한 것이다.

"어찌 … 있으랴": 한나라 때 사람인 탁문군은 과부가 된 후 다시 사마상여(司馬相如)에게 시집을 갔는데, 여기에서는 수절하지 않고 재가한 예로 들었다.

246 "팔도": '분(分)' 자를 두 글자로 나눈 표현으로, 정타낭의 골계적이고 통속적인 성격을 보여 준다.

247 "춘관": 예부를 말하고, 여기에서는 예부주사인 양문총을 가리킨다.

"벌과 … 해야겠네": 벌과 나비는 중매 서는 것을 말하고, 꽃들은 남녀를 가리킨다.

248 "백두음": 한나라 때 사마상여와 탁문군이 함께 지내다가 사마상여가 다른 여자를 좋아하게 되자 탁문군이 슬퍼하며 부른 노래라고 전해진다. 여기에서는 후방역이 떠나고 외롭게 지내는 이향군의 마음을 보여 준다.

249 "구란": 본래 다양한 공연장이나 오락 장소가 모여 있는 구역을 뜻하나, 여기에서는 기루(妓樓)를 가리킨다.

251 "그분은 … 주셨지": 진(晉)나라 때의 대귀족이었던 석숭은 낙양 근처에 비단 장막으로 둘러서 안을 볼 수 없게 만든 호화스러운 정원인 금곡원을 지어 놓고 애첩 녹주를 그곳에 거처하게 했다. 여기에서 녹주는 이향군을, 석숭은 전앙을 각각 비유한다.

"노래와 … 잠기면": 장문궁은 한나라 때 진 황후(陳皇后)가 총애를 잃은 후에 거처한 곳으로, 여기에서는 이향군이 외롭게 거처하는 모습을 비유한다.

252 "그분 … 것이야": 예부주사로 부임한 양문총의 심기를 거스르게 되면 재난이 닥쳐오는 것을 피할 수 없을 거라는 의미다.

255 "은호는 … 썼던가?": 은호는 동진(東晉) 때 사람으로 여러 지방의 군사 도독을 맡았고, 후에 요양(遼陽)에서 벌어진 싸움에 출정했으나 패하고 말았다. 그 후 집에 있으면서 하루 종일 손가락으로 허공에 '아아, 이상한 일이로다'라는 뜻의 '咄咄怪事(돌돌괴사)'라는 네 글자를 썼다고 한다.

"군사들은 … 다짐하네": 진(晉)나라 때 조적(祖狄)이 군사를 이끌고 북벌을 나서면서 강을 건너던 중에 노를 두드리며 중원 회복을 다짐했다고 전한다. 여기에서는 이자성 세력에 맞서 싸우려는 모습을 가리킨다.

256 "네 진의 장수들": 고걸, 황득공, 유택청, 유량좌 등을 말한다.

257 "악의": 전국시대 연(燕)나라의 명장으로, 여러 나라의 연합 군사를

이끌고 제나라를 공략했다.

"관중": 춘추시대 제나라의 재상이자 명장이다.

258 "서달 … 장수들이라": 앞의 네 사람은 명 태조(太祖) 주원장(朱元璋)의 공신이고, 뒤의 네 사람은 한 고조(高祖) 유방(劉邦)의 공신이다. 이날 모인 네 진의 장수가 옛 장수들만큼이나 용맹하다고 칭송하는 것이다.

259 "이 … 비적이었다가": 고걸은 본래 농민봉기를 일으킨 이자성의 휘하에 있었으므로 다른 사람들은 그를 멸시하는 뜻으로 비적이라고 한 것이다.

264 "소진 … 뿐이로다": 소진과 장의는 전국시대의 유명한 유세객이다. 여기에서는 뛰어난 언변을 갖춘 소진과 장의도 싸움을 오랫동안 멈추게 하지는 못했으니 지금은 싸움을 멈추기가 더욱 힘들다는 것을 가리킨다.

"허정국": 명 말엽의 병졸 출신으로, 후에 하남총병(河南總兵)까지 올랐다. 청 군사가 남하할 때 고걸을 죽이고 청에 투항했다.

265 "달밤에 … 것이니": 죽서정과 수제는 각각 양주에 있는 정자와 제방의 이름이다.

"그대만이 … 않으리라": 번리관은 양주성 밖에 있던 건물로, 희귀한 꽃인 경화목이 번리관에 한 그루 있었다가 그마저도 뒤에 말라 죽어 버렸다고 전한다.

"그 누가 학 타고 … 않겠는가": 은운(殷芸)의 『소설(小說)』이라는 책에서 어떤 사람의 소원이 허리춤에 십만 금을 차고 학을 타고 번화한 양주 땅을 날아 보는 것이라고 말했는데, 여기에서는 이 구절을 빌려 와서 양주가 번화함을 비유했다.

266 "조장": 다른 등장인물들이 모두 퇴장한 뒤에 남아서 독백하고 퇴장하는 것을 말하는 용어다.

267 "하주": 유택청의 별호(別號)다.

268 "화마류": 유량좌의 별명으로, '화마'는 얼룩말을 말한다.

"황틈자": 황득공의 별명으로, '틈자'는 말이 재빠르게 튀어나감을 뜻한다.

269 "번천요자": 하늘을 뒤집어놓을 만한 매라는 뜻으로, 고걸의 별명이다.

270 "회주와 … 않고": 회주와 양주는 각각 유택청과 고걸의 주둔지다.

271 "가시 몽둥이 … 숙이라":『사기(史記)』「염파·인상여 열전(廉頗藺相如列傳)」에, 춘추전국시대 조(趙)나라의 염파(廉頗) 장군은 한때 젊고 유능한 문신(文臣) 인상여(藺相如)의 출세를 시기했으나, 나중에 인상여의 도량에 감화되어 깊이 반성하고 가시 몽둥이를 지고 가서 매질을 부탁하면서 사과하여 마침내 둘도 없는 친구가 되었다는 이야기가 있다. 여기에서 '부형청죄(負荊請罪)'라는 말이 유래되어 자신의 잘못을 뉘우치고 벌을 달게 받겠다는 뜻을 표현하는 데 쓰였다.

273 "남서": 지금의 강소성(江蘇省) 진강(鎭江)을 가리킨다.

"그 … 형세로다": 사가법이 통할하는 강북-회남 일대가 전략적으로 중요한 지역이라는 의미다.

"일시에 … 것이라네": 세 진의 장수들이 고걸의 주둔지 양주를 탐낼 것이라는 의미다.

277 "내병을 … 것인데": 공자가 노 정공(魯定公)을 모시고 제(齊)나라 제후와 회담할 때, 제나라 제후가 내(萊) 출신 병사들을 동원하여 노 정공을 공격하려 했으나, 공자의 언변으로 그들을 물리쳤다고 전해진다. 여기서는 사가법이 적군을 물리치기 위해 공자와 같은 언변이 있어야 할 것이라고 걱정하는 것을 가리킨다.

283 "함곡관을 … 때이니": 함곡관은 하남성 영보현(靈寶縣)의 서남쪽에 있는 관문으로, 전국시대 제나라의 맹상군(孟嘗君)이 진(秦)나라에 잡혀 있다가 탈출하여 귀국할 때 진나라 땅이던 함곡관을 몰래 통과했다고 전해진다. 여기에서는 적의 방어선을 피해 하남으로 가는 고걸의 처지를 말해 준다.

"평산당": 송(宋)대 구양수(歐陽修)가 지었다는 양주 인근 언덕 위의 집이다.

289 "태자와 … 친왕": 숭정제의 태자 주자랑(朱慈烺)과 영왕 주자초(朱慈炤), 정왕 주자형(朱慈炯)을 말한다.

"북경에서 … 합니다": 청의 섭정 도르곤이 사가법에게 편지를 보내어 남경 정권의 성립을 비판한 것을 말한다. 이에 대해 사가법은 후방역이 대신 쓴 회신을 보내 북경과 남경이 우호적으로 지낼 것을 제의했다고 전한다.

"좌무제": 청이 이자성의 군대를 격파하고 북경을 점령했을 때 남경에서 화친을 청하기 위해 보낸 사신이었다. 청은 좌무제를 억류했고, 좌무제는 남경이 함락된 후에 항복을 거부하여 청군에게 살해되었다.

291 "세악": 3~5개의 악기로 구성된 작은 편성의 합주 형태를 가리킨다.

292 "어젯밤은 … 것입니다": 중원절은 음력 7월 15일로, 이날에는 우란분회가 열렸다. '우란분'은 '거꾸로 매달리다'라는 뜻의, 산스크리트어 '울람바나(ullambana)'의 음역어로, 즉 자손이 끊겨 공양을 받지 못하는 사자(死者)의 혼은 나쁜 곳에 떨어져 거꾸로 매달리는 고통을 받는다고 하는데, 이들 혼에 음식을 바쳐 괴로워하는 혼을 구하는 것을 기원하는 의식이다.

293 "수륙도량을 … 추모하고": 수륙재는 불가(佛家)에서 물과 뭍의 귀신들을 위해 제사를 지내는 것을 말하고, 도량은 승려들이 수양을 하고 재를 올리는 장소를 말한다.

"계명산": 강소성 강녕(江寧)현 북쪽에 있는 산이다.

300 "왕씨, 사씨": 남조에서 가장 유명했던 귀족 집안으로, 화려하고 사치스러운 생활을 일삼았다.

"뉘와 … 논하랴": 축은 아쟁과 비슷한 악기로 대나무로 쳐서 소리를 내는 악기다. 전국시대 악사 고점리(高漸離)가 진시황을 암살할 자객 형가(荊軻)를 전송하면서 축을 치며 유명한 「역수가(易水歌)」를

불렀다고 전한다. 또 전국시대 풍훤(馮諼)은 맹상군(孟嘗君) 밑에서
식객 노릇을 할 때 칼집을 두드리며 노래를 하면서 여러 가지 요구를
했는데, 다른 사람들은 풍훤의 행동을 싫어했지만 맹상군만은 그의
요구를 다 들어 주었다고 전한다. 여기에서는 축이나 칼집의 고사를
인용하여 세상사를 논할 만한 상대가 없어졌음을 한탄한 것이다.

"오나라 … 없고": 오나라 왕 부차(夫差)의 총비였던 서시(西施)가
춤추던 자리를 지금은 찾아볼 수 없다는 것을 말한다. 아래의 "개원
의 지난날"도 당나라 현종(玄宗: 연호는 개원) 때의 화려했던 모습을
가리키고, 그 이야기를 물어볼 사람은 모두 사라졌다는 것을 말한다.
여기에서는 비유적으로 지난날 남국(南國)의 화려했던 모습은 지금
모두 사라졌다는 것을 가리킨다.

301 "그 … 사람을": 찬례가 실제 남명 정권의 성쇠 과정과 『도화선』에
그려지는 남명 이야기를 두 번 목도하게 되었다는 것을 말한다.

302 "나라의 … 기울이고": 원문은 '조화정내(調和鼎鼐)'로, '정'과 '내'
는 모두 세 발 달린 솥을 말한다. 여기에서는 정권을 맡아 나라를 다
스리는 것을 비유한다.

"불 지펴 … 하니": 정치적으로 재기한다는 것을 가리킨다.

303 "양체": 본래 『맹자(孟子)』에 나오는 표현으로, '마음을 수양하다'의
뜻이지만, 마사영은 의기양양하다는 뜻으로 왜곡하여 썼다.

"말을 … 없구나": 마사영이 세력을 키워 정권을 잡은 후에 무소불
위의 권력을 거침없이 휘둘러 대는 모습을 두고 풍자한 말이다.

305 "신발 … 있겠소?": 손님을 맞이하러 황급히 뛰어나가듯 예의범절을
갖추지 않아도 된다는 것을 말한다.

"세 시진": 한 시진은 두 시간이므로, 세 시진은 여섯 시간을 말한다.
즉 겨울로 접어들면서 낮 시간이 아홉 시간, 밤 시간이 열다섯 시간
정도가 되었다는 뜻이다.

306 "반한당에서 … 벌이고": 반한당은 송나라 때 재상 가사도(賈似道)
가 항주의 서호 근처에 세워 놓고 정사를 보던 장소로, 여기에서는

고담준론이 오가는 집이라는 뜻으로 쓰였다.

307 "장손진 … 등등이라": 이들은 모두 마사영과 완대성의 일파로, 『명사(明史)』권 275, 권 307 등에서 찾아볼 수 있다.

"재상 … 아니었습니다": 현자를 모시기를 좋아한 사람은 '토포악발(吐哺握發: 먹던 것도 토해 내고 감던 머리도 감싸쥐고 손님을 맞이하다)' 했던 주(周)나라 문왕(文王)의 아들이자 정치가인 주공 단(旦)뿐 아니라 마사영도 있다는 의미의 아첨이다.

"풍성의 … 듯합니다": 진(晉)나라 때 뇌환(雷煥)이 풍성현령(豊城縣令)을 지내고 있을 때, 풍성의 감옥 바닥에서 용천검(龍泉劍)과 태아검(太阿劍)이 발굴된 것을 말한다. 여기에서는 묻혀 있던 자신들이 다시 빛을 보게 되었다는 것을 비유한다.

"대루원": 입조(入朝)하기 전에 대기하는 장소를 말한다.

"담비에 … 듯합니다": 훌륭한 것에 하찮은 것이 이어지다라는 뜻으로, 개꼬리를 자신들에 비유했다.

308 "관복과 … 안 됩니다": 동한 때 사대부들 가운데에는 현자(賢者)로 이름났던 이응(李膺)을 만나고 나서 출세한 자가 많았는데, 이를 두고 등용문(登龍門)이라고 했다. 여기에서는 완대성과 양문총이 마사영의 은혜가 등용문에 오르게 해 준 이응의 은덕보다 훨씬 크다는 것으로 아첨하는 뜻으로 쓰였다.

309 "새벽바람 지는 달": 송(宋)나라 유영(柳永)의 유명한 사(詞) 작품인 「우림령(雨林鈴)」의 한 구절이다.

"매부께서는 … 모양이구먼": 중당(中唐) 시인 유우석(劉禹錫)은 소주자사로 근무할 때 사공(司空) 관직에 있었던 이신(李紳)과 서로 왕래하며 우정을 나누었다. 이신은 유우석을 연회에 초대하여 함께 술을 마시며 무희들의 춤과 노래를 즐겼는데, 술에 취해 시흥에 젖은 유우석이 다음과 같은 시를 지었다. "높은 상투 머리 쪽지고 궁녀같이 곱게 꾸미며, / 봄바람에 흥겨워 두위낭(杜韋娘)을 부르는데, / 사공은 자주 보아 범상한 일이지만, / 이 소주자사의 마음은 다 끊어질 듯하다." 마사영은 유우석이 이 시에서처럼 여자를 좋아했음을 빌려 양문총을 유우석에 비유했다.

"구원에 … 부를까요?": 구원과 주시는 모두 당시 남경에서 기녀들이 모여 거주한 장소를 가리킨다.

311 "설마 … 말인가!": 옛날 석숭(石崇)이 진주 세 되로 미녀 녹주(綠珠)를 첩으로 산 이야기를 빌려 이향군이 돈으로도 마음대로 하지 못하는 사람이라는 것을 가리킨다.

312 "상비": 순(舜) 임금의 두 비인 아황(娥皇)과 여영(女英)을 가리킨다. 두 사람은 상수(湘水)에 빠져 죽었다고 전한다. 여기에서는 아름다운 여인을 뜻하는 말로 쓰였다.

313 "오늘 … 될까": 여자가 재가(再嫁)하는 것을 말한다. 여기에서는 향군이 누구에게 가게 될 것인지를 뜻한다.

"한밤중 … 것을": 비옷으로 갈아입는다는 것은 '운우지정(雲雨之情)'을 나눈다는 의미다. 이향군이 전앙에게 붙잡혀 가서 수청을 들어야 하게 될 것임을 모르고 있다는 것을 말한다.

314 "꽃별": 점술사들이 별점을 칠 때 혼인의 징조를 나타내는 말로 쓰였는데, 여기에서는 월하노인처럼 남녀를 짝 지어 주는 중매인의 의미로 쓰였다.

315 "보아": 옛날 기루의 남자 하인을 가리킨다.

316 "중당각내": '중당'은 중서성(中書省)을 말하고 '각내'는 내각을 뜻한다.

319 "밥상 … 모시는": 밥상을 눈썹과 가지런하도록 공손히 들어 남편 앞에 가지고 간다는 '거안제미(擧案齊眉)'를 말한 것이다.

324 "역수가": 전국시대 말엽에 자객 형가(荊軻)가 목숨을 걸고 진왕 정(秦王政: 훗날의 진시황)을 암살하려고 길을 떠나 역수를 건너면서 불렀다는 노래. 비장미가 넘치는 노래로 유명하다. 『사기(史記)』에 남아 있는 구절은 다음과 같다. "바람은 불어 대고 역수는 차가운데, 장사 한번 가니 다시는 돌아오지 못하리[風蕭蕭兮易水寒, 壯士一去兮

不復還〕."

327 "도엽도에 … 찾아보아도": 도엽도와 연자기는 모두 남경의 지명으로, 연인들이 만나고 헤어진 장소로 유명하다.

328 "저물녘에 … 같았네": 한나라 원제(元帝) 때 흉노 땅으로 끌려간 왕소군(王昭君)을 말한다. 여기에서는 이향군의 모친 이정려가 전앙에게 끌려간 것을 비유한다.

330 "양귀비가 … 적셨어요": 양귀비는 안록산(安祿山)의 난을 당해 당 현종을 따라 피난을 가다가 다른 신하들의 압력에 못 이겨 마외파에서 자결했다. 여기에서는 이향군이 혼절한 모습을 비유했다. 또 진(晉)나라 때 석숭의 애첩 녹주는 손수(孫秀)에게 시집가기를 거부하며 높은 곳에서 떨어져 죽고 말았다. 여기에서는 이향군이 전앙에게 시집가기를 거부하여 바닥에 머리를 찧은 일을 비유했다.

333 "서희": 남당(南唐) 때의 화가로, 특히 꽃과 나무를 잘 그렸다.
"주유(175~210)": 삼국시대 오(吳)나라의 장수로, 용모가 준수하여 미남자를 비유하는 데 많이 쓰였다.

334 "항아": 달에 산다는 여신으로, 미인의 대명사로 많이 쓰였다.
"관반반": 당나라 때의 유명 가기로, 서주절도사(徐州節度使) 장건봉(張建封)의 애첩이 되었다가 장건봉의 사후에는 수절하며 지냈다.

335 "비단 글씨 편지": 전진(前秦) 때 소혜(蘇蕙)가 남편에게 보낸 편지를 말한다. 남편이 벼슬을 하면서 다른 여자를 좋아하게 되자, 소혜는 자신의 남편 향한 마음을 이백여 수의 시로 적고 이 시를 비단에 수놓아 남편에게 보냈다고 한다. 여기에서는 정성을 다해 쓴 편지라는 뜻으로 쓰였다.

336 "삼월 … 오신다면": 유신(劉晨)이 천태산(天台山)에서 선녀를 만났다는 전설을 말한다. 여기에서는 후방역이 이향군 자신을 만나는 것을 비유한다.
"복사꽃 … 텐데": 옛날 낙양(洛陽) 일대에서는 한식 때에 복사꽃으로 쑨 죽을 먹는 풍습이 있었다고 전한다.

337 "도근인지 … 없고": 도엽은 진(晉)나라 때 왕헌지(王獻之)의 애첩이 고 도근은 도엽의 여동생이다. 남경의 진회에는 도엽이 강을 건너갔 다는 도엽도(桃葉渡)라는 지명이 남아 있다. 그러나 여기에서는 부채 에 그려진 것이 복사꽃인지 뿌리인지 잎인지를 묻는 이가 없으니 외 롭다는 의미로도 볼 수 있을 것이다.

"정자렴": 남경의 지명으로, 기녀들이 많이 모여 살던 곳이다.

338 "길복": 본래 상례(喪禮)를 마친 뒤의 평상복이나 혼례 때의 혼례복을 가리킨다. 여기에서는 넓은 의미의 평상복의 의미로 쓰인 듯하다.

339 "왕탁(1592~1652)": 자는 각사(覺斯)로, 하남 맹진(孟津) 사람이다. 명나라 때 예부상서를 지냈고, 청나라에 들어서도 예부상서를 지냈 다. 시문(詩文)과 그림에 뛰어났다.

"전겸익(1582~1664)": 자는 수지(受之), 호는 목재(牧齋), 어초사 (漁樵史), 우산종백(虞山宗伯) 등이다. 강소(江蘇) 상숙(常熟) 사람으 로, 명나라 때 예부상서를 지냈고, 청나라에 들어 잠시 예부우시랑 (禮部右侍郎)을 지내다가 병을 핑계로 고향으로 돌아가 그곳에서 죽 었다. 시를 잘 지었고 박학(博學)으로 이름났다.

"청객이 … 없습니다": 청객은 민간의 직업 가수와 비직업 가수를 아 울러 말하고, 교방 사람은 궁정 부설 공연단의 전문 가수를 말한다.

340 "예주궁": 신선이 산다는 궁궐을 말한다.

343 "도건과 황조": 도건은 도사가 쓰는 두건이고, 황조는 도사가 차는 누런색 끈이다.

"양주몽에서 … 않습니까?": 양주는 당나라 때 특히 번화했던 도시 로, 이곳에서 많은 사람들이 사치와 향락을 누렸다. 여기에서는 도사 차림을 하고 속세를 떠나게 되었다는 뜻으로 쓰였다.

344 "노래 … 있네": 악부는 음악을 관장하던 부서. 두 구절은 궁정에서 연극 일을 하게 되었다는 의미로 쓰였다.

346 "조문화가 … 것처럼": 엄숭은 명나라 때 사람으로 벼슬이 태자태사 (太子太師)에 올랐고, 아들 엄세번(嚴世蕃), 사당(私黨) 조문화 등과

함께 황제의 총애를 받았다. 어사 양계성(楊繼盛)이 엄숭을 탄핵했으나 도리어 양계성은 이들에 의해 죽임을 당했고, 후에 어사 추응룡(鄒應龍) 등이 엄숭을 재차 탄핵하여 벼슬에서 물러났다.

347 "조문화가 … 연기하겠지": 『명봉기』는 명나라 때 왕세정(王世貞)이 지었다고 전해지는 전기 작품으로, 주요 줄거리는 양계성이 엄숭을 탄핵하는 내용이다. 이상 네 줄은 완대성이 마사영에게 아부하며 거짓으로 가득한 배우 연기를 할 것이라고 예상하는 것이다.

"나는 … 텐데": 예형은 북을 치며 노래를 부르면서 조조를 조롱한 사람이다. 제1척 참고.

349 "화검": 중국 전통극의 얼굴 분장 가운데 울긋불긋한 색으로 화려하게 분장하는 배역을 가리킨다. 화검은 보통 성격이 강한 배역이다.

"우리는 … 놀아 볼까요?": 도 학사는 송나라 때 사람 도곡(陶穀), 당 태위는 당진(黨進)을 말한다. 점잖은 선비 도곡이 태위 당진의 집안 하녀를 얻었는데, 하녀에게 당진 집안의 기풍에 대해 물으니 도곡의 집안과 같은 서향(書香)은 없고 주향(酒香)만 넘친다고 대답했다 한다. 여기에서는 도곡은 점잖은 사람, 당진은 속된 사람으로 비유하여 쓰였다.

351 "후정화": 진(陳)나라 후주가 지은 노래다. 후주가 국사를 돌보지 않고 이 노래만을 불러서 결국 나라가 망했기 때문에 이 노래는 흔히 망국지음(亡國之音)으로 여겨진다.

"장천여와 하이중": 모두 동림당 사람들이다.

353 "춘설도": 남경에 있는 지명이다.

"손님이 … 버려야겠네": 『사기(史記)』「평원군 열전(平原君列傳)」 편에 있는, 평원군이 애첩 때문에 문객(門客)들을 잃게 되자 첩의 머리를 쳐서 문객들에게 사죄했다는 이야기를 빌려 온 것이다.

354 "학 삶고 … 대접했네": 학을 삶고 거문고를 땔감으로 삼아 불을 피웠다는 것은 좋은 것을 못 쓰게 만들었다는 의미로 쓰이는데, 여기에서는 이향군이 일을 벌인 것을 가리킨다.

"또 하나의 … 되었네": 서시는 월나라 출신의 미녀로, 월의 지략가 범려(范蠡)가 서시를 오나라로 보내 미인계를 써서 오나라를 혼란에 빠뜨렸다. 여기에서는 이향군이 궁궐로 들어간 것을 가리킨다.

355 "만사무여배재수 백년기견월당두": 뜻은 이러하다. "만사 가운데 술잔을 잡는 것이 으뜸이리니, 인생 백 년 동안 달이 몇 번이나 내 머리 위에 뜰 것인가."

"동각대학사신왕탁봉칙서": '동각대학사 왕탁이 어명을 받들어 쓰다'라는 뜻이다.

"천자께서는 … 사랑하시고": 문학 작품에서 심 랑은 보통 남조 양(梁)나라 때 사람 심약(沈約)을 말하지만 여기에서는 심공헌 자신을 가리킨다. 심약은 남조 제(齊)나라의 문혜태자(文惠太子)와 그 아우 경릉왕(竟陵王) 자량(子良)의 사랑을 받아 문단에서 세력을 떨쳤는데, 여기에서는 이를 빌려 심공헌 자신이 심약처럼 황제의 사랑을 받고 있다고 과장한 것이다.

"나도 … 된다네": 장창은 서한(西漢) 때 부인에게 눈썹 화장을 그려 주었다는 사람으로, 여기에서는 장연축 자신이 장창처럼 풍류가 있는 사람이라는 것을 말한다.

"천자께서는 … 못하도다": 이상의 네 구절은 각각 자신의 이름을 이용하여 시구를 지은 것이다.

356 "남풍이 … 불어오는구나": 순(舜) 임금이 지었다고 전해지는 노래다.
"북채": 남자 성기를 가리키는 은어이기도 한 듯하다.

357 "분접아, 황앵아": 모두 곡패(曲牌)의 명칭이다.
"붉은 … 있구나": 붉은 옷을 입고 노래하고 춤추는 배우들과 오사모를 쓴 극작가인 완대성 자신을 가리킨다.

"정이나 축 각색": 각색은 전문 배역을 뜻하고, 정은 개성이 강한 성격과 배역, 축은 우스개 동작이나 말을 잘하는 골계 배역에 해당한다.

358 "노번": 노간왕(潞簡王) 주익류(朱翊鏐)의 아들로 역시 노왕(潞王)에 봉해졌던 주상방(朱常㳛)을 낮추어 부른 말이다.

359 "곧 … 터인즉": 황제가 조정에서 삼공구경(三公九卿)을 거느리듯 황후도 같은 비례로 삼비구빈의 보좌를 받았다.

360 "등절": 정월 대보름을 말한다.

362 "서루기": 명 말엽 사람 원우령(袁于令)이 지은 것으로, 우견(于鶤) 과 기녀 목소휘(木素徽)의 이야기를 그렸다.

363 "십번": 여러 명이 각종 악기를 가지고 합주하는 음악 양식이다.

364 "관와궁": 오나라 왕 부차(夫差)가 궁녀 서시에게 지어 준 건물 이름 이다.

"마른 말(瘦馬)": 기녀를 뜻하는 양주의 속어였다고 한다.

"무수 천자": 북제(北齊)의 후주(後主)는 「무수곡(無愁曲)」을 지어 스스로 비파를 타며 노래했는데, 이로 인해 음악을 즐기는 천자를 무 수 천자라 부르게 되었다.

365 "나화미": 『모란정』「심몽(尋夢)」 가운데 여주인공 두려낭(杜麗娘)이 후원으로 산책을 나가서 부르는 노래다. 옥진은 본래 선녀의 이름이 지만, 여기에서는 두려낭 자신을 가리킨다.

367 "나는 … 같아라": 광한궁은 달을 말한다. 항아는 예(羿)의 부인으로 서왕모(西王母)의 거처에서 불사약을 훔쳐 먹고 달로 도망가서 살고 있다고 전해진다.

369 "노래자처럼 … 못하고": 노래자는 늙어서도 부모님을 기쁘게 해 드 리기 위해 색동옷을 입고 춤을 추었다는 사람이다.

373 "백운애": 산서(山西) 양성현(陽城縣) 남쪽에 있는 지명으로, 하남 제원현(濟源縣)과 접해 있다. 형세가 험준하고 양안이 협소하여 작은 길 하나만 나 있다.

"낭자군": 여기에서는 허정국의 부인 후씨(侯氏)를 가리킨다.

376 "군령을 … 마신다네": 군중에서는 함부로 술을 마시지 못하지만 군 령이 내려졌으니 마음놓고 술을 마신다는 뜻이다.

"가위바위보": 원문은 '화권(譁拳)'이지만, 흔히 '화권(花拳)'이라고 도 쓴다. 우리나라의 가위바위보 놀이의 규칙과는 약간 다르지만 특정한 모양을 내어 승부를 가리는 것은 같다.

377 "이 팔괘도 … 어렵겠구나": 귀곡 선생은 전국시대의 귀곡자(鬼谷子)를 말한다. 초나라에 은거한 대표적인 종횡가(縱橫家)다. 이 구절은 세 군진이 물고 물리는 형세가 천하의 이치를 잘 살피는 귀곡 선생이라도 이해하기 어려운 군진이라는 뜻이다.

378 "나는 … 모른다": 노랗다는 것은 고걸이 노랗다는 뜻의 '황(黃)' 자가 들어가는 '황제', '황하'라는 말을 한 데 대해서 받아친 말이다.

379 "대완": 지금의 중앙아시아 페르가나 지역을 가리킨다. 페르가나는 명마가 많이 나는 곳으로 유명하다. 여기부터 네 구절은 허정국의 군대가 청나라에 투항한 뒤 은밀히 남하할 것임을 의미한다.

380 "장정": 오늘날의 도로변 휴게소에 해당하는 것으로, 십 리마다 한 곳씩 있었다. 오 리마다 있는 것은 단정(短亭)이라고 했다.

381 "용문": 본래 산서성(山西省) 하진현(河津縣) 서북쪽에 있는 황하 인근의 지명인데, 여기에서는 황하의 험한 물길을 가리킨다.

384 "여량빈": 강소성(江蘇省) 서주(徐州) 동남쪽의 지명이다.

　"뜸": 원문은 '봉(篷)'으로, 대를 엮어 배나 수레 따위에 얹는 것이다.

385 "아름다운 … 찾아왔어요": 원문은 '탈장교(奪藏嬌), 금옥춘(金屋春)'인데, 이는 '금옥장교(金屋藏嬌)'라는 말에서 온 것이다. 한 무제(漢武帝)가 미녀 아교(阿嬌)를 얻어 아름다운 집을 짓고 그곳에 살게 했다는 이야기에서 유래되어 '훌륭한 집에 미인을 감추어 두다'라는 뜻으로 쓰이게 되었다.

388 "비단을 … 것이지요": 부채를 묘사한 것이다.

390 "난정첩 … 지켜 냈지요": 난정첩은 남조 때 진(晉)나라의 서예가 왕희지가 쓴 서첩(書帖)인 「난정집서(蘭亭集序)」를 말한다. 원나라 때의 서화가였던 조맹견(趙孟堅)이 삽천(霅川)의 유수옹(兪壽翁)에게서 진귀한 난정첩 한 부를 얻어 돌아가는 도중에 배가 바람에 뒤집어졌는데, 조맹견은 물에 빠져서도 목숨을 돌보지 않고 서첩을 높이 들어 안전하게 보존할 수 있었다. 이 구절에서는 조맹견의 일화

를 이용하여 소곤생 자신이 물에 빠져서도 도화선을 소중히 여겼음을 말했다.

395 "완조나 유신": 완조와 유신에 대해서는 제6척 참고.

"동천": 도교에서 말하는 명승지나, 여기에서는 이향군의 거처를 말한다.

396 "은조각": 비파를 연주하기 위한 도구를 말한다.

401 "홍사연": 산동성(山東省) 익도현(益都縣)에서 생산된 양질의 벼루다.

402 "진농옥": 춘추전국시대 진 목공(秦穆公)의 딸로, 피리를 잘 불었다. 여기에서는 이향군을 비유한다.

"미양양": 북송 시대의 유명한 서화가인 미불(米芾)을 가리킨다. 여기에서는 남영을 비유한다.

404 "요지에 … 없구나": 서왕모는 서방(西方)의 요지에 살고 있었는데, 사자인 청조(青鳥)로 하여금 한 무제에게 소식을 전해 주도록 했다고 한다. 여기에서는 후방역이 이향군에게 소식을 전해 줄 서왕모의 사자 같은 이가 없음을 한탄한 것이다.

"유 랑은 … 찾아왔고": 유 랑은 천태산(天台山)에 들어가 선녀를 만나고 돌아온 유신(劉晨)을 말한다. 제6척 참고. 여기에서는 후방역이 이향군을 찾으러 다시 돌아온 것을 비유한다.

"서시는 … 않았지": 서시는 춘추전국시대 월(越)나라의 미인으로, 전략가 범려(范蠡)에 의해 미인계로 오나라에 보내졌다. 여기에서는 궁궐로 붙들려간 이향군이 서시처럼 궁궐에 머무르는 것을 좋아하지 않기를 바라는 마음을 나타냈다.

"도원도": 도연명이 지은 「도화원기(桃花源記)」를 소재로 삼아 그린 그림이다.

"금릉구파": 청 초 금릉팔가(金陵八家)의 앞 시대에 있었던 유파를 가리키는 듯하다.

406 "이렛날 잔치": 정월 초이렛날인 인일(人日)에 완대성과 마사영 등

이 상심정에서 벌인 연회를 가리킨다. 제24척 참조.

"기린 … 뒤집어썼구나": 기린 가죽을 뒤집어쓴 사람은 겉보기에는 그럴 듯하나 속은 보잘것없는 사람을 뜻한다. 여기에서는 마사영과 완대성 일파를 비유한다.

408 "이유당": '이유'는 호남성 원릉현(沅陵縣)의 대유산(大酉山)과 소유산(小酉山)을 가리키는데, 이곳에 있는 동굴에는 각각 수많은 책들이 비장되어 있다고 전한다. 여기에서는 이를 서점의 이름으로 빌려 쓴 것이다.

"한우충동": 책이 너무 많아서 책을 옮기는 수레를 끄는 소가 땀이 날 정도이고, 또 집에 쌓아 두면 대들보까지 쌓일 정도라는 뜻이다.

"책 … 있구나": 서점 주인은 독서인이자 장사꾼이기 때문에 책 향기와 돈 냄새가 섞여 있다고 말한 것으로, 다음 행과도 연결된다.

"진시황 … 뿐이라네": 진시황의 분서갱유 사건을 가리킨다.

409 "십삼경이며 … 있습니다": 십삼경은 유가의 대표적 경전인 『역경(易經)』, 『시경(詩經)』, 『서경(書經)』, 『주례(周禮)』, 『의례(儀禮)』, 『예기(禮記)』, 『춘추좌씨전(春秋左氏傳)』, 『춘추공양전(春秋公羊傳)』, 『춘추곡량전(春秋穀梁傳)』, 『논어(論語)』, 『효경(孝經)』, 『이아(爾雅)』, 『맹자(孟子)』를 말하고, 이십일사는 21종의 중국 역대 정사서인 『사기(史記)』, 『한서(漢書)』, 『후한서(後漢書)』, 『삼국지(三國志)』, 『진서(晉書)』, 『송서(宋書)』, 『남제서(南齊書)』, 『양서(梁書)』, 『진서(陳書)』, 『후위서(後魏書)』, 『북제서(北齊書)』, 『주서(周書)』, 『수서(隋書)』, 『남사(南史)』, 『북사(北史)』, 『신당서(新唐書)』, 『신오대사(新五代史)』, 『송사(宋史)』, 『요사(遼史)』, 『금사(金史)』, 『원사(元史)』를 가리킨다. 또 구류는 제자백가 가운데 유가(儒家), 도가(道家), 음양가(陰陽家), 법가(法家), 명가(名家), 묵가(墨家), 종횡가(縱橫家), 잡가(雜家), 농가(農家)를 가리키고, 삼교는 유교, 불교, 도교를 말하며, 시문은 과거 시험의 답안 형식인 팔고문(八股文)을 가리킨다.

"진사나 거인": 진사는 과거 시험의 최종 단계인 전시(殿試)에 합격한 사람을 가리키고, 거인은 첫 번째 단계의 시험인 향시(鄕試)에 합격하여 진사 시험에 응시할 자격을 갖춘 사람을 말한다.

410 "그때는 … 않구나": 이상의 세 구절은 소사(蕭史)와 농옥(弄玉)의 이야기를 빌려 후방역 자신의 심정을 밝힌 것이다. 앞의 제17척 참고.

"단풍잎에 … 기다릴 테요": 당나라 때 한 궁녀가 단풍잎에 시구를 적어 개울에 띄워 보냈는데, 궁궐 밖에 있던 우우(于佑)라는 사람이 그것을 주워 옆에 다른 시구를 적어 상류로 가서 다시 그 개울에 띄워 보냈다. 그 궁녀가 다시 그 단풍잎을 주워 읽게 되었는데, 이를 안 황제가 궁녀를 풀어 주어 우우에게 시집가게 했다고 한다. 여기에서는 후방역이 이향군의 소식을 듣게 되기를 간절히 바라는 마음을 나타낸다.

412 "임오계미 방묵합간": 임오년(1642)과 계미년(1643)은 각각 향시(鄕試)와 회시(會試)가 열린 해다. 방묵은 시험 예상 문제집이라는 뜻이고, 합간은 향시와 회시의 시험 문제집을 한 권으로 통합해서 간행했다는 뜻이다.

413 "왕찬": 동한 말엽의 사람으로, 간신 동탁(董卓)이 암살되어 장안이 혼란에 빠지자 형주 땅으로 몸을 피해 유표에게 의탁했다. 여기에서는 후방역 자신이 사가법에 의탁한 것을 가리킨다.

"진회에 … 있었지요": 후방역이 향군을 찾아갔으나 만날 수 없었음을 말한다.

"문선루": 양(梁)나라 소명태자(昭明太子) 소통(蕭統)이 문선루에서 『문선(文選)』을 엮었다고 전해진다.

414 "한유 … 하네": 한유, 유종원, 구양수는 고문(古文)에 뛰어났던 사람들로 모두 '당송팔대가(唐宋八大家)'에 속한다. 이들은 모두 육조시대의 형식에 치우친 변려문(騈儷文)을 배격하고 새로운 문체인 고문을 힘써 사용했다.

"배첩": 관리의 직책 임명 사항이 적힌 서첩을 말한다.

"옛날 … 사람일세": 젊었을 때 갖은 수모를 당했으나 후에 한나라의 대장군이 된 한신의 이야기를 빌려 완대성 자신도 옛날에 비해 출세했음을 과시하는 것이다.

415 "월 나으리": 첨도어사 월기걸(越其杰)을 말한다. 첨도어사는 감찰기구였던 도찰원(都察院)의 보좌관이다.

417 "양련과 좌광두": 명 희종(熹宗) 때에 어사를 맡았던 비교적 강직한 인물들로, 위충현 일파를 탄핵했다가 나중에 그들에게 해를 입었다. 여기에서는 복사 인물들을 비유한다.

"학생": 세 사람을 지칭하는 말로, 앞의 선생에 대비하여 표현한 것이다.

"하관": 관리가 자신을 낮추는 말이다. 여기서는 완대성이 세 사람을 조롱하기 위해 반어적으로 사용한 곳이다.

418 "앙앙": 높이 치켜든 모습을 뜻한다.

419 "최정수, 전이경": 명대에 세력이 컸던 환관들이다.

423 "돌아보니 … 가 버렸고": 상림원은 본래 한나라 때 만들어진 황제의 정원으로, 상림원의 봄이 다 가 버렸다는 것은 남명 왕조의 운명이 쇠락했음을 말해 준다.

424 "의정": 금의위 소속 부서 가운데 의란사(儀鸞司)가 있었는데, 의정은 의란사의 대사(大使)였던 듯하다.

425 "풍가종": 남경 금의위 도독(都督)이었던 풍가경(馮可京)의 잘못인 듯하다.

426 "경당목": 관리가 죄수를 심문할 때 위압감을 보이기 위해서 탁자를 내리치는 데 사용하던 나무 토막이다.

428 "어찌하여 … 갇혔을까": 공야장은 공자의 제자로 죄 없이 감옥에 갇힌 사람이다. 고요는 형벌을 관장하는 사람이다.

"당고의 화": 본래 한나라 때 환관의 전횡을 참지 못하고 저항한 사대부들이 투쟁에서 패배하여 평생 관직을 갖지 못하는 금고(禁錮)의 형을 받은 사건을 말한다. 여기에서는 복사 인물들이 붙잡힌 것을 가리킨다.

429 "노번": 만력제의 조카인 노왕(潞王) 주상방(朱常淓)을 낮추어 부른 명칭이다.

"황남록": '벌레(누리)들의 이름을 적은 책'이라는 뜻의 처벌 대상 인명록, 즉 살생부를 말한다.

430 "나는 약법을 살펴서": 한 고조가 만든 약법삼장(約法三章)에서 온 말로, 간단한 법령만을 실시하여 백성들을 편안하게 해 주고자 함을 나타낸다.

"땅에다가 … 했건만": 주 문왕(周文王)이 땅에다 줄을 그어 감옥으로 삼으려 했다는 일에서 온 말이다. 여기에서도 백성들을 믿고 편안하게 해 주고자 한다는 뜻으로 쓰였다.

"포락의 형벌": 포락지형은 은(殷)나라의 폭군이던 주왕(紂王)이 기름을 바른 구리 기둥을 숯불 위에 걸쳐 달군 후 그 위로 죄인을 맨발로 건너가게 한 형벌이었다. 여기에서는 잔인한 형벌을 비유했다.

"원우 … 없도다": 송나라 원우 연간에 집정했던 사람들을 다음 황제 때에 모조리 몰살하고, 그들의 이름을 비에 적어 태학(太學)에 세워 놓고 이를 당인비라고 불렀다.

431 "주왕": 은(殷)나라 마지막 왕으로 하(夏)나라의 걸왕(桀王)과 함께 '걸주'로도 불리는데, 두 사람 모두 갖은 악행으로 백성들을 고통에 빠뜨리고 나라를 망하게 한 장본인이다.

438 "만력, 숭정, 천계": 만력(1573~1620)은 명 신종(神宗)의 연호이고, 숭정(1628~1644)은 명 사종(思宗)의 연호이며, 천계(1620~1627)는 명 희종(熹宗)의 연호다.

"천계 … 나타났구나": 은음은 나라에 경사가 있을 때 고급 관리들의 자손에게 벼슬을 내려 준 것을 말한다. 창공은 태감(太監)으로 구성된 비밀 경찰 기구인 동창(東廠)을 장악했던 위충현을 말한다. 두 구절은 천계 연간에 완대성과 마사영이 권력을 장악한 환관 위충현의 양아들이 되어 은음을 받은 후에 홍광제 때 위충현의 후예 노릇을 하고 있음을 말한 것이다.

439 "백운시": 무창(武昌)을 가리키는 듯하다.

440 "염노교서": 원말명초(元末明初)의 극작가 고명(高明)이 지은 장편 희곡『비파기(琵琶記)』의 제27척(판본에 따라 제28척인 경우도 있음)「중추완월(中秋翫月)」 부분에 있는 노래로, 본래는 주인공 채백개(蔡伯喈)가 장원 급제한 후에 두 번째 아내로 맞아들인 우 소저(牛小姐)가 부른 노래다. 단 마지막 두 구절은 채백개와 함께 합창했다.

441 "외로이 … 못하네": 앞의 노래에 이어서 채백개가 서울에서 우 소저와 함께 지내며 고향에 있는 조강지처를 그리워하는 마음을 나타낸 노래다.

442 "항아 … 아프구나": 여기에서 항아는 우 소저를 비유하고, 옛 사람은 조강지처 조정녀(趙貞女)를 가리킨다.

"달빛이 … 모르겠네": 앞의 노래를 이어 우 소저가 자신의 아름다움을 나타낸 노래다.

443 "허비경": 선녀의 이름으로, 우 소저 자신을 비유했다.

"광한궁": 달에 있다는 궁궐을 말한다.

447 "위충현과 최정수": 각각 동림당과 복사를 탄압한 환관이다.

448 "동씨": 복왕의 계비(繼妃). 복왕 즉위 후[홍광제(弘光帝)] 유량좌와 월기걸(越其杰) 등이 동씨를 남경으로 보냈으나, 복왕은 그녀를 인정하지 않았다. 동씨는 도리어 금의위에 보내져 갖은 고문을 당하여 얼마 후 죽고 말았다.

450 "효릉": 명 태조 주원장(朱元璋)의 능묘다.

451 "하등교": 숭정 연간에 호광 순무에 임명되었다가 명 말에 반청 활동을 벌였다.

452 "유 선생께서는 … 드리겠습니다": 형가는 전국시대 말엽에 훗날 진시황이 된 진왕 정(秦王政)을 암살하려고 했으나 실패하고 목숨을 잃은 사람이다. 형가처럼 대의를 위해 사지(死地)로 가는 유경정을 애도하는 뜻으로 흰 옷을 입는다는 의미다.

454 "도적": 마사영과 완대성 일당을 가리킨다.

457 "배사관과 대헌관": 배사관은 제사를 보조하는 사람이고, 대헌관은 술잔을 올리는 사람이다.

"예모혈": 본 제사를 지내기 하루 전에 희생을 잡아 털과 피를 정결한 용기에 보관한 후 제삿날 찬례의 지시에 따라 집사관이 모혈을 구덩이에 묻는 의식이다. '예'는 '땅에 묻는다'는 뜻이다.

"행전백례": 제수인 비단을 제단에 올리는 의식이다.

"진홀": 홀을 요대에 꽂는 것이다.

"예독축위": 축문을 읽는 위치로 가라는 뜻이다.

458 "빈천": 황제의 죽음을 뜻한다.

"망예": 봉축관과 봉백관이 모혈을 묻은 장소로 가서 축문과 백을 태우는 의식이다.

462 "미녀 … 주어": 진(晉) 무제(武帝) 때 미녀를 선발하기 위해 마음에 맞는 여자의 어깨에 비단을 걸쳐 주어 표시했다는 데에서 유래하여 미인을 점찍는다는 뜻으로 쓰였다.

463 "통정사": 각지에서 올라오는 상소문을 접수하는 부서다.

464 "세 진의 장수": 황득공, 유량좌, 유택청을 말한다.

"북방의 군사들": 청나라 군사를 가리킨다.

465 "감국": 황제 궐위 시에 임시로 통치를 맡은 사람을 가리킨다.

"함께 … 것이오": 소집 문서의 내용이다.

467 "삼면의 … 걱정이라": 삼면의 형세는 북방의 청나라 군사와의 대적 형세를 말하고, 서남쪽의 한 사람은 좌량옥을 말한다.

471 "원통함을 … 같구나": 과거 시험을 볼 때에는 부정행위를 막기 위해 칸막이를 설치하고 답안을 쓰게 했다. 여기에서는 감옥이 과거 시험장처럼 단련과 수양의 장소라는 의미로 쓰였다.

472 "무릉도원처럼 … 찾아 보세": 도연명의 「도화원기」에 나오는 내용에서 빌려 온 것이다. 「도화원기」의 줄거리는 이러하다. 동진(東晉) 때 무릉(武陵)에 사는 한 어부가 배를 타고 가다가 도화림(桃花林)

속에서 길을 잃었는데, 배에서 내려 산속의 동굴을 따라 나아가니 아름답고 평화로운 곳이 나타났다. 이곳에 사는 사람들은 진(秦)나라의 난리를 피해 온 사람들이었는데, 수백 년 동안 바깥세상과의 접촉을 끊고 산다고 했다. 그는 융숭한 대접을 받고 돌아왔는데, 그곳의 이야기는 입 밖에 내지 말라는 당부를 받았다. 그러나 이 당부를 어기고 돌아오는 도중에 표시를 해 두었으나 다시는 찾을 수가 없었다.

474 "명이괘 나타나니": 주역에서 명이괘는 해가 땅 속으로 들어가는 것을 말하니, 혼미한 군주 아래에 현자들이 뜻을 얻지 못하는 형국을 의미한다.

475 "모양 … 양정추": 모양〔모벽강(冒辟疆)〕과 방이지〔방밀지(方密之)〕는 후방역, 진정혜와 함께 '사공자(四公子)'라고 불렸다. 또 유성〔劉城, 유백종(劉伯宗)〕, 심수민〔심미생(沈眉生)〕, 심사주〔심곤동(沈崑銅)〕, 양정추〔양유두(楊維斗)〕 등은 오응기와 함께 '복사오수재(復社五秀才)'라고 불렸다.

476 "문회도": 문인들의 모임을 그린 그림을 말한다.

"매미": 청빈한 문인의 상징으로 받아들여졌다.

"'황' 자 방, '장' 자 방": 감옥의 방 번호에 해당하는 구분 표시다.

477 "소오": 어려운 지경에 처해 있어도 휘파람 불며 주눅들지 않고 지내는 것을 말한다.

478 "호구": 지금의 강서성 호구현. 명청대에는 구강부(九江府)에 속했다.

"판기": 남경 근처의 지명이다. '판'은 비탈지다, '기'는 물가의 자갈밭을 뜻한다.

479 "노대": 쇠뇌를 발사하기 위해 만든 대를 말한다.

"강주": 강서성 구강으로, 좌량옥의 군대가 주둔하고 있었다.

481 "북조에 … 명청이들": 백이와 숙제는 흔히 불사이조(不事二朝)의 충신으로 평가받지만, 세상의 변화에 따라가지 못하는 낙오자로서의 일면도 보인다. 여기에서는 후자에 착안하여 비유한 것으로 보인다.

"진짜 … 주구": 황득공, 유량좌, 유택청 등 세 진의 장수를 말한다.

482 "지휘봉": 원문은 지휘용으로 쓰이는 먼지떨이를 뜻하는 '담주(談塵)' 다.

484 "이렇게 말하리다. … 것이라고": 어부지리(漁父之利)의 고사를 이용하여 말한 것이다.

486 "진사": 해독 작용을 한다는 수은 계통의 물질이다.

489 "광릉성": 양주를 가리킨다.

492 "중군": 부장(副將)급 장교를 가리킨다.

493 "달이 … 점호를 하네": 치미는 지붕 끝의 꿩머리 모양 장식을 말하고, 앙수는 별자리 이름이다. 두 구절 모두 밤이 깊었을 때 점호를 함을 말한다.

497 "주아부의 세류 군영": 막강한 군영을 뜻하는 말이다. 제11척 참고.

499 "하북 땅의 군사들": 청나라 군사를 말한다.

"발병부": 본래 군대를 일으키는 일을 신중히 하기 위해 황제와 지방관이 나누어 가졌던 신표(信標)를 말한다.

"봉황대": 남경의 지명이다.

506 "임춘전과 결기전": 모두 진 후주(陳後主)가 가무 공연을 위해 세운 궁전이다. 여기에서는 남명(南明)의 궁전을 가리킨다.

"한금호의 … 맞이하는구나": 한금호는 수(隋)나라의 장수로 진(陳)나라를 정벌할 때 군사를 이끌었다. 여기에서는 수나라가 진나라를 정벌한 이야기를 들어 북방 군사들이 남경으로 진격해 오는데도 홍광 황제는 가무만을 일삼고 있었음을 풍자했다.

520 "행궁": 본래 황제가 시찰이나 휴가를 나갔을 때 머무르는 별궁을 말하지만, 여기에서는 임시 피난처를 행궁이라고 불렀다.

522 "파사 상인": 파사는 페르시아를 말한다. 페르시아 상인은 이익만을 따지는 사람들을 비유한다. 여기에서는 유택청, 유량좌를 지칭한다.

524 "모두 그만두자 … 자결한다": 이 부분은 황득공이 스스로 목숨을 끊는 장면으로 끝난다. 일반적으로 각 척의 끝에 있는 퇴장시가 이

척에는 없는데, 퇴장시조차 없는 것이 도리어 비장한 느낌을 더욱 강하게 전해 준다.

525 "전립": 보통 죄수들을 다루는 군졸이 쓰는 갓을 말하나, 여기에서는 넓은 의미의 털로 짠 갓으로 쓰였다.

526 "의진": 지금의 강소성 의징현(儀徵縣)으로, 양주와 남경 사이에 있는 장강 북안(北岸)의 도시다.

530 "용담": 남경성의 동쪽에 있던 지명이다.

533 "수륙도량": 수륙재를 지낼 수 있는 장소를 말한다. 윤20척 참고.

534 "초혼부": 초혼은 보통 죽은 사람의 영혼을 위로하는 의식을 말하지만, 여기에서의 초혼부는 『초사(楚辭)』에 실린 송옥(宋玉)의 '초혼(招魂)' 편을 연상하게 해 준다.

535 "천태동": 유신과 완조가 올랐다는, 속세에서 멀리 떨어져 있는 천태산을 가리킨다. 제6척 참고.

536 "또다시 … 하는구나": 이향군과 후방역을 두고 한 말이다. 이미 여도사가 된 변옥경이 아직 속세의 인연에 얽매여 있는 두 사람을 안타깝게 여기는 듯하다.

537 "무산의 … 합니다": 초나라 양왕이 무산에서 선녀를 만나 운우지정을 나눈 이야기를 가리킨다. 운우지정에 대해서는 제5척 참고. 여기에서는 후방역과 이향군의 사연을 듣고 싶다는 뜻이다.

538 "주 황후": 숭정제의 황후였다가 이자성이 북경을 침입했을 때 스스로 목숨을 끊은 사람이다.

540 "경전의 … 있으니": 정해진 계율에 따라 수도를 하고 있다는 뜻이다.

542 "이구년": 당나라 때의 유명 가수다. 제8척 참고.

545 "봉래산": 도가(道家)의 명산 가운데 하나로, 영주산(瀛洲山), 방장산(方丈山)과 함께 삼신산(三神山)이라고 불린다.

547 "빈도": 도가 승려가 스스로를 낮추어 부르는 말이다.

548 "황록과 과의": 황록은 도가에서 쓰는 금색 목간 위에 쓰인 비문(秘文)을 말하고, 과의는 불교나 도교의 제반 의식을 가리킨다.

550 "가운데에는 … 놓는다": 각각 황제, 문신, 무신의 위패를 가리킨다.

554 "화양건과 학창": 양(梁)나라 때 도사 도굉경(陶宏景)이 호를 화양이라고 불렀는데, 이후 도사가 쓰는 두건을 화양건이라고 부르기 시작했다. 학창은 학의 깃털로 만든 복장 또는 학 모양을 본떠 만든 복장을 뜻한다.

555 "삼계": 불가(佛家)에서 말하는 욕계(欲界), 색계(色界), 무색계(無色界)를 말한다. 욕계는 맨 아래에 있으며 오관(五官)의 욕망이 존재하는 세계로 지옥, 아귀(餓鬼), 축생(畜生), 아수라(阿修羅), 인간(人間) 다섯 가지와 사왕천(四王天), 도리천(忉利天), 야마천(夜摩天), 도솔천(兜率天), 화락천(化樂天), 타화자재천(他化自在天) 육욕천(六欲天)이 여기에 속한다. 색계는 욕계 위에 있는데, 물질적인 것(色)은 있어도 감관의 욕망을 떠난 청정(淸淨)의 세계다. 무색계는 물질적인 것도 없어진 순수한 정신만의 세계인데, 그렇다고 색계 위에 있다고 할 수는 없다. 그것은 공간의 개념을 초월한 것이다.

556 "북쪽으로 … 없도다": 아직 죽지 않은 것은 분명하나 자세한 종적은 살피기 어렵다는 뜻이다.

"태청궁": 도교 사원의 이름으로, 지금은 산동성(山東省) 청도시(淸島市) 근처의 도교 유적지인 노산(嶗山)에 있는 것이 유명하다.

557 "화개": 수레에 덮는 햇볕 가리개를 말한다.

558 "이 마사영이 … 되었구나": 『명사(明史)』 「마사영전」에서는 마사영이 태주산에서 승려 행세를 하다가 청나라 군사에게 붙잡혀 죽었다고 전한다.

"나 완대성이 … 으뜸이로구나": 『명사』 「마사영전」에서는 완대성이 청나라 군사에 항복한 후에 선하관(仙霞關)을 공격하다가 엎어져 죽었다고 전한다.

"야차": 산스크리트어 약샤(Yaksa)의 음역으로, 약차(藥叉)라고도 쓴다. 볼 수 없고 초자연적인 힘을 지니고 있어 두려워할 귀신적 성격을 가졌는데, 공양(供養)을 잘하는 사람에게는 재보(財寶)나 아이를 갖게 하는 힘을 가지고 있다고 한다. 후에는 귀신의 하나로 여겨졌고, 불교에서는 불교를 지키는 신으로 되어 있다.

565 "봉황과 용의 자손": 명나라의 황실 사람들을 가리킨다.

569 "우수산": 남경성 남쪽에 있는 산.

"부춘": 절강성의 부춘강(富春江) 서쪽에 있는 지명이다.

"용담강": 용담은 남경성 동쪽에 있던 지명이다. 제38척 참고.

570 "복덕성군": 재신(財神)을 말한다.

571 "무강": 굿을 올릴 때 무당이 부르는 곡조를 말한다. 원문은 각 구절이 열 자(3-3-4)로 되어 있는데, 이를 '찬십자(攢十字)'라고 부르기도 한다. 고사(鼓詞) 등의 민간 곡조에 자주 나타난다.

572 "삿갓 … 탄식하네": 삿갓을 쓴 사람은 찬례 자신을 가리킨다. 다음 부분에서는 찬례가 복덕성군과 생년월일이 같은데 자신의 처지가 복덕성군과는 너무 다름을 한탄한다.

573 "문창제": 문사(文士)와 공명(功名)과 녹위(祿位)를 주관한 신이다.

574 "「이소(離騷)」나 「구가(九歌)」": 모두 전국시대 사람 굴원(屈原)이 지은 것으로, 중국 고대 남방 문학을 대표하는 『초사』 가운데 대표작이다.

"한서": 동한 때 사람 반고(班固)가 지은 역사서다.

575 "탄사": 대체로 한 구절이 일곱 자로 된 서사시 형식이다. 명청(明淸) 시대에 주로 소주(蘇州), 양주(揚州) 등 강남(江南) 지방을 중심으로 크게 유행했다. 전쟁이나 역사적인 이야기를 길게 서술하는 것을 '대서(大書)', 일화나 사랑 이야기를 서술하는 것을 '소서(小書)'라고 했다. 연행자들 중에는 맹인과 여자가 특히 많아서 맹사(盲詞), 여탄사(女彈詞) 등으로도 불렸다.

576 "못된 … 타올라서": 마사영과 완대성 등을 말한다.

"누각에서 … 하여": 마사영과 완대성이 홍광제를 만년에 나라를 잃고 영락하여 슬픔 속에 지내다가 세상을 떠난 진나라 후주와 같은 운명을 걸어가게 만들었다는 뜻이다.

"곤곡으로 … 떨쳤고": 곤곡은 명대에 크게 유행한 강소성 곤산(崑山)에서 기원한 곡조로, 많은 희곡 작품이 이 곡조에 맞추어 공연되었다. 완대성이 지은 희곡 『연자전』의 공연을 위해 민간의 가기(歌妓)와 청객(淸客)들이 소집된 것을 말한다. 『연자전』에 대해서는 제4척 참고.

"고력사 … 찾아": 고력사는 당나라 현종(玄宗) 때의 환관으로 여기서는 마사영 등을 가리키고, 적보는 남경의 지명으로 본래 교방(敎坊)이 있던 곳인데, 여기서는 구원을 가리킨다.

"온정균이나 … 퍼지고": 서곤체는 송나라 초에 만당(晚唐)의 온정균, 이상은 등의 영향을 받은 감상적이고 화려한 시풍(詩風)을 가리킨다.

"오의항의 … 행세했다네": 오의항은 남경의 지명이다. 이 구절은 당나라 유우석(劉禹錫)의 시에서 응용한 것이다.

"백로주": 남경의 지명이다.

"조고 같은 사기꾼": 마사영을 가리킨다. 조고는 진(秦)나라 때 전횡을 일삼던 환관이다.

577 "『춘등미』 … 없었다네": 완대성이 세력이 기울자 희곡 작품 『춘등미』를 써서 자신의 잘못을 인정했다가, 후에 득세하게 되자 다시금 복사 등을 탄압했던 일을 가리킨다. 제3척 참고.

"남의 … 같았다네": 마사영, 완대성을 오대(五代) 때의 재상 풍도와 남송 때의 간신 가사도에 비유한 것이다. 풍도는 당(唐), 진(晉), 한(漢), 주(周) 등의 네 왕조를 섬긴 사람으로, 흔히 처세의 달인으로 알려져 있지만 변절을 일삼은 간신으로 평가받기도 한다.

"황하를 … 불러들였고": 마사영 등이 사진(四鎭)의 북방 방비를 소홀히 하여 청나라 군사가 쉽게 남하하도록 한 일을 가리킨다.

"장강 … 공격했다네": 황득공, 유량좌, 유택청 등이 좌량옥 군사를 패주시킨 일을 말한다.

"경화관이 … 무너지고": 경화관은 양주에 있던 건물. 청나라 병사들에 의해 양주가 폐허가 되었음을 가리킨다.

"후정화 … 쓸쓸하구나": 후정화는 진 후주가 나라가 망한 후에 지어 불렀던 노래인데, 여기에서는 남명 정권이 망했음을 비유한다.

"푸른 … 돌아올까": 북방에 잡혀간 홍광제를 가리킨다. 황제가 적국에 잡혀갈 때에는 푸른 옷을 입고 입에 옥을 물렸다고 한다.

"푸르른 … 망했다네": 황득공이 홍광제가 잡혀갔다는 소식을 듣고 자결한 일을 가리킨다.

"고궁의 … 비추는구나": 효릉은 명 태조 주원장의 능이다. 위 구절은 왕조가 망해 버려 황량함만 남았다는 뜻이고, 아래 구절은 왕조는 사라졌지만 자연의 이치는 변함없이 계속되고 있다는 의미다.

"회음 … 열렸건만": 북방 군사들이 남방 도시를 하나씩 점령했음을 가리킨다.

578 "건문제는 … 돌아가셨고": 건문제는 명 태조의 손자이자 2대 황제. 숙부인 연왕(燕王)이 정강의 변을 일으켜 황제로 즉위(영락제永樂帝)하자 건문제는 황궁을 떠나 방랑하다가 죽었다는 설이 있다.

"영종 … 황음무도했다네": 영종〔1436~1450, 1457~1465 재위, 순서대로 정통제(正統帝), 천순제(天順帝)〕은 오이라트 부족의 침공에 직접 군사를 이끌고 맞서 싸우다가 한때 포로가 되었다. 무종〔1506~1522 재위, 정덕제(正德帝)〕은 간신 유근(劉瑾)을 총애하여 국정을 망친 황제다.

"오매촌": 명말 청초의 시인 오위업(吳偉業, 1609~1671)을 말한다. 그는 스무 살에 한림원편수(翰林院編修)가 된 천재였고, 복사의 지도자 가운데 한 사람이기도 했다.

579 "애강남": 이 곡은 공상임 부친의 친구였던 청초 사람 가응총(賈應寵)의 고사(鼓詞) 작품 『역대사략고사(歷代史略鼓詞)』의 「미성(尾聲)」 부분을 그대로 옮겨 온 것이다.

"익양강": 강서성(江西省) 익양 지방에서 기원한 악조로, 명청대에 널리 유행했다. 통상 곤곡(崑曲)을 남곡(南曲)이라 부르던 데 대해 여기서는 익양강을 북곡이라고 부른 것이다.

580 "주마청": 이 노래는 효릉의 모습을 보고 애도한 것이다.

"침취동풍": 이 노래는 고궁의 모습을 보고 애도한 것이다.

581 "절계령": 이 노래는 다음 두 노래와 함께 진회 일대의 모습을 보고 애도한 것이다.

582 "이정연대헐지살": 이 노래는 남명의 멸망에 대해 전체적으로 애도한 것이다.

583 "상원현": 청나라 때에 남경을 강녕현(江寧縣)과 상원현으로 나누어 강소성 소속으로 두었다.

587 "일찍이 … 여겼다네": 이 두 구절은 모두 남녀 사이의 연애지사를 꺼렸다는 뜻이다.

공자의 후예 공상임과 그의 희곡 『도화선』

이정재(대구한의대 중어중국학부 조교수)

1. 공상임의 생애와 작품 세계

중국 산동성(山東省)의 중심 도시인 제남(濟南)에서 기차를 타고 남쪽으로 한 시간 가량을 가면 저 유명한 태산(泰山)이 나오고, 다시 한 시간 남짓 더 가면 인류의 스승이자 유가(儒家) 사상의 창시자인 공자(孔子)의 고향 곡부시(曲阜市)에 도착한다. 곡부는 먼 옛날에는 노(魯)나라의 수도로 번성하기도 했지만, 지금은 공자와 관련된 상품을 모두 모아 놓은 듯한 중소 규모의 관광 도시로 변모해 있다. 곡부를 관광하는 사람들은 대부분 공자와 후손들이 살아온 집〔공부(孔府)〕, 공자를 모신 사당〔공묘(孔廟)〕, 공자와 그의 후손들 약 10만여 명이 묻혀 있는 대형 묘역〔공림(孔林)〕을 위주로 살펴보게 된다. 드넓은 공림의 동북쪽 한켠에는 명극(名劇) 『도화선』을 남긴 공상임(孔尙任)의 묘비도 서 있어서, 그를 찾아온 사람들의 가슴을 설레게 한다.

공자의 64대손인 공상임(1648~1718)은 자는 빙지(聘之), 계중(季重), 호는 동당(東塘), 안당(岸堂), 운정산인(云亭山人) 등이며, 당호(堂號)는 개안당(介安堂)이다. 청 순치(順治) 5년(1648) 9월 17일에 곡부에서 태어난 그는 성년이 될 때까지 고향을 떠나지 않고 글공부를 했다. 아버지 공정번(孔貞璠)은 명나라가 망한 뒤 벼슬하지 않고 은거하면서 역시 명의 유로인 가응총(賈應寵, 1594~1676 전후)과 가깝게 지냈는데, 가응총은 친구 아들인 공상임을 퍽 아껴 주었다고 한다. 공상임이 가응총의 전기(傳記)인 「목피산객전(木皮散客傳)」을 짓고, 『도화선』 제1척에 그의 유명한 고사(鼓詞) 작품 『태사지적제(太師摯適齊)』를 싣고, 이어 속40척에서도 그의 또 다른 고사 대표작인 『역대사략고사(歷代史略鼓詞)』의 '미성(尾聲)' 부분인 「애강남(哀江南)」 일곱 곡을 그대로 실은 것도 이러한 인연에서 비롯된 사상적 공감이 있었기 때문일 것이다.

서른한 살에 향시(鄕試)에 응시했으나 낙제한 그는 고향 근처의 석문산(石門山)에 초막을 짓고 은거하면서 『도화선』의 초고를 완성했다. 서른일곱 살인 1684년에 강희제(康熙帝)가 곡부에 와서 문묘(文廟: 공자의 사당)에 제사지낼 때 강서관(講書官)으로 유가경전을 강의하고 문묘의 다기(茶器)와 예복(禮服)을 상세히 설명한 것이 인연이 되어 국자감박사(國子監博士)에 제수되었고, 이듬해 봄에 북경으로 가서 강의를 하다가 다시 이듬해에 상관을 따라 회안부(淮安府)와 양주부(揚州府) 일대(지금의 강소성江蘇省 중부)에 가서 황하(黃河) 및 회하(淮河) 하구의 치수 사업에 힘썼다.[1] 마흔 살에 『도화선』 초고를 개고(改稿)하여 두 번째 원고를 완성한 그는 3년 후 다시 북경으로 돌아와 국자감 박사로 활동했고, 마흔여덟에 호부주사(戶部主事)로 자리를 옮겼으며, 다시 4년이 지난 쉰두 살이 되던 1699년에 『도화선』의 세 번째 원고를 완성했다. 쉰세 살이 되던 해(1700) 3월 초에 호부원외랑(戶部員外郞)으로 승진했으나 중순에 곧바로 면직되었다. 그의 사임을 두고 명나라의 멸망을 애도한 『도화선』을 썼기 때문이라는 인식도 비교적 널리 퍼진 바가 있었는데, 아직 직접적인 증거가 발견된 것은 아니지만 여러 정황으로 보아 『도화선』 창작이 사임의 중요한 계기가 된 것은 분명해 보인다. 퇴직 후 북경에서 두 해 정도 더 머무르다 귀향한 그는 지방사지(地方史志)인 『평양부지(平陽府志)』 등의 편찬에 관여하다가 강희 57년(1718)에 71세를 일기로 고향에서 일생을 마쳤다.

공상임이 남긴 문학 작품은 물론 『도화선』이 가장 잘 알려져 있지만, 이 외에도 친구 고채(顧彩)와 함께 지은 전기 『소홀뢰(小忽雷)』와, 시사집(詩詞集) 『호해집(湖海集)』, 『안당고(岸堂稿)』 등과, 문집(文集) 『석문산집(石門山集)』 등이 있다. 최근에는 그의 희곡과 시문(詩文) 등을 모은 『공상임 전집(孔尚任全集)』〔제로서사(齊魯書社), 2004〕이 출간되었다.

---

1 당시에 황하는 강소성 중부의 홍택호(洪澤湖)를 스쳐 지나가면서 바다로 유입되었다. 지금은 수로가 크게 바뀌어 산동성(山東省) 북부를 통해 바다로 유입된다. 황하 하류는 대홍수가 있을 때마다 크게 범람하거나 수로가 바뀌는 일이 잦았고, 이로 인해 백성들이 당하는 희생과 고통은 막대했다.

그는 청나라가 본격적으로 번영하기 시작한 강희제의 치세에 일생의 대부분을 살았지만, 명의 유로를 자임한 부친의 슬하에서 자라났을 뿐 아니라 윗세대로부터 남명의 애사(哀史)를 전해 듣기도 했으니, 그 자신이 정통 유가 가문의 후손이었음을 자각할 때마다 유가적 정통 왕조였던 명에 대한 애도의 감정을 지니게 된 것은 자연스러운 일이라고 하겠다. 그가 명작『도화선』을 써낸 것은 직전 왕조에 대한 회한과 애도의 마음이 얼마나 강렬했는지를 짐작할 수 있게 해 준다. 더구나 그가 30대 초반에 초고를 완성한 이후 약 10년마다의 개고 작업을 통하여 거의 50세가 되어서야 최종 완성판을 마무리해 낸 것을 보면, 명에 대한 애도가 청에 대한 반감으로 오해되지 않기를 바라는 걱정의 마음이 있었던 것도 사실이겠지만, 인생의 경험을 쌓아 가면서 목도한 바와 깨달은 일을 좀더 정확한 자료와 성숙한 시각으로 다듬어 내고자 한 애정과 집념이 얼마나 강렬했는지를 충분히 알 수 있는 것이다.

『도화선』이외의 공상임의 문학 활동에 대해서는 아직 충분히 조명되지 않고 있다. 그의 또 다른 희곡인『소홀뢰(小忽雷)』(고채와 합작)는 당나라 때의 평범한 연인 관계였던 양후본(梁厚本)과 정영영(鄭盈盈)이 우연히 얻은 악기 소홀뢰(거문고의 일종)로 인해 악독한 환관 구사량(仇士良)에 의해 고통을 당하나 결국 재회하여 부부의 연을 맺게 된다는 내용이다. 이 희곡 작품은『도화선』보다 먼저 쓴 데다가 인물 구성이『도화선』과 유사한 점도 보여서, 청 말엽의 학자이자 개혁가인 양계초(梁啓超) 같은 이는 『소홀뢰』의 실험을 통해『도화선』이라는 명작이 완성되었다고 말하기도 했다. 다만 『소홀뢰』의 극 구성이나 인물 배치 등의 면에서 볼 때 『도화선』만큼의 수준에 도달했다고 말하기는 어려울 것이다. 이 밖에 그가 남긴 시는 백성들의 고통을 동정하고, 『도화선』과 마찬가지로 명나라의 멸망을 슬퍼하고, 억울하게 관직을 포기할 수밖에 없었던 일에 대한 원망, 명승지나 자연 풍광에 대한 찬송 등이 주를 이루며, 그의 산문은 성인의 도를 밝혀서 세상에 도움을 주어야 하고 이를 위해 진정(眞情)을 표현하는 것이 중요하다는 주장이 돋보이는 가운데 문론문(文論文)과 산수유기(山水游記)가 볼 만하다. 또한 고증에도 소질이 있어서 이후 형성되는 유명한 고증학 집단인 '건가학파(乾嘉學派)'의 선구자 역할도 한 것으로 평가된다.

2. 『도화선』의 내용과 구성

1) 역사적 배경과 극의 내용

『도화선』은 기본적으로는 명의 마지막 황제 숭정제(崇禎帝)의 서거와 남명 왕조 초기 복왕〔福王, 홍광제(弘光帝)〕 정권의 흥망을 다룬 역사극이다.

명의 마지막 황제인 숭정제 시대에 각지에서 반란이 일어나는데, 그중 가장 큰 세력이 이자성(李自成)을 중심으로 한 농민군이었다. 이들은 빠른 속도로 화북 지역을 점령해 나가더니 1644년 초여름에 북경을 함락하고, 숭정제는 황궁 북쪽의 동산에서 목을 매어 자결한다. 북경 함락 소식이 며칠 후 남방에 전해지고, 남경에서는 봉양독무(鳳陽督撫) 마사영(馬士英) 등의 주도에 의해 복왕 주유숭(朱由崧)을 홍광제로 옹립하니 이것이 남명 왕조의 시작이다. 마사영은 병부상서 겸 내각대학사에 오르고 경쟁자 사가법(史可法)을 북방 방비를 명분으로 삼아 양주(揚州)로 밀어낸다. 조정에서는 다시 마사영, 완대성(阮大鍼) 일파와 주표(周鑣) 등을 중심으로 한 반대파 사이에 권력 투쟁이 일어나지만 마사영 쪽이 승리하여 권력을 강화한다. 홍광 정권은 이자성과 청 세력에 맞설 대외 전략이나 내부의 정치적 혼란을 정리하는 데 실패하면서 점차 기울어 간다. 이듬해인 1645년에는 좌량옥(左良玉)의 반란과 청 군사에 의한 양주 함락, 그리고 사가법의 죽음 등 일련의 사건을 거치면서 청 군사에게 남경을 함락당하고 홍광제는 북경으로 압송되면서 남명의 홍광 정권 시대는 짧은 운명을 마감하게 되었다.

『도화선』은 이러한 역사적 배경 위에 젊은 선비 후방역(侯方域)과 남경 기생 이향군(李香君)의 사랑과 이별, 재회와 각성이라는 또다른 흐름을 끼워 넣었다. 향시에 낙제하고 남경에 머무르고 있던 후방역은 양문총(楊文驄)의 주선으로 자색과 기개가 고루 뛰어난 기생 이향군을 맞이하게 되었다. 이때 젊은 선비들에게 탄핵당해 은퇴했던 정치꾼 완대성이 재기를 위해 인맥을 넓히려고 후방역에게 혼수품을 바치지만, 후에 이를 알게 된 이향군은 이를 일거에 거절했고 후방역도 그를 따른다. 체면을 구긴 완대성은 복수를 다짐하고 음모를 꾸며 후방역을 함정에 빠뜨리니, 후방역은 남경을 떠나 양주의 사가법에게로 도피한다. 복왕이 제위에 오르고 완대성이 세도를 얻게 되자 완대성은 이향군을 다른 사람에게 강제로 시집보내려 한다. 이향군은 바다에 머리를 찧으며 강하게 항거하다 혼절하고, 이때 머리에서 분출한 피가 부채에 튄다. 후에 양문총은 이 부채의 핏자국 옆에 나뭇가지를 그려 넣어 복사꽃이 핀 모습으로 만들어 내니 이것이 바로 극의 제목과도 같은 '도화선'이다. 정신이 돌아온 이향군은 스승 소곤생(蘇崑生)에게 부탁하여 부채를 후방역에게 전해 주게 하고, 소곤생은 후방역을 찾아서 부채를 보여 준다. 좌량옥과 사가법이 죽음을 맞고 나라가 망한 뒤 장 도사(張道士)는 선조에게 제사를 올리는데, 이곳에서 우연히 만난 후방역과 이향군이 기뻐하지만 장 도사는 이들의 사랑놀음을 준엄하게 꾸짖는다. 이에 크게 각성한 두 사람은 그 길로 수도의 길에 들어선다.

『도화선』은 이처럼 한 왕조의 흥망사와 실존 인물들의 이야기를 교묘하게 엮어 나가면서 시대사와 인물사를 극 형식으로 재현해 내는 데 성공했다. 물론 이 작품에는 작가가 당시 처해 있던 시대 상황에 따른 인식의 한계 또는 신중한 묘사가 눈에 띄는데, 이러한 부분에는 역사적 사실과는 거리가 있는 경우가 많다. 예를 들어 명나라 멸망의 대외적 원인이 이자성뿐 아니라 청 세력에도 있었음에도 불구하고 이자성에 대해서는 '유적(流賊)'이라는 극히 부정적인 표현을 하면서도 청나라의 군대에 대해서는 부정적인 묘사가 없고 오히려 당시 강희제 치세를 한껏 칭송하는 것 등이 그러하다. 그러나 역사와 극 사이의 이러한 모순 또는 괴리는 작가가 역사를 왜곡한 것이라기보다는 그 자체로서 작가의 역사 인식이나 창작 태도를 보여 주는 것이라고 할 수 있다. 전체적으로 보아 남명 홍광 정권의 흥쇠에 대해서는 사실을 바탕으로 묘사했고, 후방역, 이향군의 비환이합에 대해서는 가공한 흔적이 비교적 많다고 하겠다. 특히 마지막 부분에서 두 사람이 재회하나 도사의 길을 걷는다는 설정은 사실과 다르고, 이에 대해 갑작스러운 반전이 어색하다는 의견도 있다. 그러나 이 같은 마무리가 극의 장엄하고 비극적인 분위기를 최대화해 주는 효과가 매우 크고, 극의 앞부분에서 그려진 성격과 결말 부분이 자연스럽게 연결될 수 있다고 보이므로 마무리를 사실과 다르게 변형했다고 할지라도 극의 완성도를 떨어뜨리기보다는 오히려 높이고 있다고 볼 수 있다.

2) 『도화선』의 주제와 등장인물

공상임이 『도화선』을 통해 말하고자 한 것은 무엇이었는가? 작가는 작품 초반에 한 등장인물의 입을 빌려 "이합(離合)의 정(情)을 빌려 흥망(興亡)의 감회를 쓰고자"(시1척) 이 극을 썼다고 했다. 이합의 정이란 후방역과 이향군의 만남과 이별을 가리키고, 흥망의 감회란 남명 복왕 정권의 흥망 과정을 말한다. 작가는 또 '도화선 소인(小引)'에서 이렇게 말하기도 했다.

『도화선』 극은 모두 남방의 최근 일이라, 부로(父老)들 가운데에는 아직 살아 계신 이도 있다. 무대 위의 가무(歌舞)와 무대 밖의 가리키는 바를 보면 삼백 년의 기업(基業)이 누구 때문에 무너졌는지, 무슨 일 때문에 패망했는지, 어느 해에 망했는지, 어디에서 망했는지를 알 수 있을 것이다. 보는 이로 하여금 감개하여 눈물을 떨구게 할 수 있을 뿐 아니라, 인심을 깨우쳐서 이 말세에 한 가닥 희망을 줄 수 있을 것이다.

작가는 명 왕조가 누구 때문에 어떻게 망했는지를 알아보고자 이 극을 썼다고 밝혔는데, 작가가 찾아낸 명 왕조 패망의 장본인 은 누구였는가. 바로 권력을 가지고 사리사욕을 채우고 반대파와 백성들을 탄압한 자들—위충현, 완대성, 마사영 등—이 일차적 인 책임자들이다. 그렇지만 작가는 양문총이나 심지어 주인공인 후방역마저도 책임에서 자유로울 수 없는 사람들로 묘사했는데, 왜냐하면 이들은 나라를 위해 헌신해야 할 책임이 있었던 사람들 임에도 불구하고 기울어 가는 국세를 아랑곳하지 않고 개인적인 보신에 급급했던 사람들이었기 때문이다. 좌량옥이나 사가법 같 은 무장(武將)들은 목숨을 바쳐 가며 나라를 지키고자 했기에 충 신이라고 하지 않을 수 없겠으나, 좌량옥은 조정에 대한 반란의 혐의가 있었고 사가법은 청에 저항한 사람이었기에 이들 역시 절 대적인 구원자로 그려질 수는 없었다. 이에 비해 일개 기생인 이 향군이나 소리꾼들인 유경정(柳敬亭), 소곤생 등은 자신의 몸을 돌보지 않고 정의와 다른 사람들의 안전을 위해 위험을 무릅쓴 사 람들이었다. 이들이야말로 쇠망해 가는 명나라의 유일한 희망이 었으나 안타까운 것은 그들에게 아무런 힘이 없었다는 점이다. 작 가가 결말 부분에서 충신에 대한 제사를 올리는 장면을 설정하고 여기에서도 미망으로부터 깨어나지 못하고 있던 후방역을 질타한 것은 바로 명나라의 운명을 도외시했던 지식 계층 전체를 겨냥한 비판이었음을 알 수 있다.

작가가 쓴 '도화선 강령'에 따르면 『도화선』의 주요 등장인물은 30명이고, 이 밖에 단역들을 포함하면 좀 더 늘어날 것이다. 작가의 분류에 따라 주요 등장인물을 살펴보면 이들은 크게 세 부류로 나눌 수 있다. 첫 번째는 후방역과 이향군의 만남과 이별을 둘러싸고 있는 인물들이다. 우선 후방역과 복사 동인(復社同人)이었던 진정혜와 오응기, 유경정을 비롯하여 후방역과 이향군을 도와준 여러 가객들이 있고, 이향군의 가모 이정려를 비롯한 남경 기생들과 이향군의 노래 스승 소곤생, 그리고 후방역과 이향군의 만남을 주선하고 다른 한편으로 마사영, 완대성과도 비교적 가까웠던 인물인 양문총이 있다. 이들은 양문총을 제외하고는 모두 선한 축의 인물들로 그려진다. 양문총은 선한 축과 악한 축의 가교 역할을 하지만, 전체적으로는 기회주의적인 성격이 강한 인물로 그려진다.

두 번째 부류는 남명 복왕 정권의 흥망과 관련된 인물들로, 나약하고 무능한 홍광제를 비롯하여 사가법, 좌량옥 등의 충신과 황득공, 고걸 등 비교적 긍정적으로 그려진 무장들과 마사영, 완대성, 유택청, 유량좌 등과 같은 패악(悖惡)한 문무 관원들이 그들이다.

세 번째 부류는 남명의 흥망사와 연인들의 이합(離合)을 회고하는 찬례(贊禮)와 이러한 일을 총평하는 역할을 맡은 장 도사가 해당한다.

이들 중 위의 두 부류의 인물군은 때로는 이합과 흥망의 영역 내에서 행동하기도 하고 때로는 서로의 영역에 깊이 끼어들기도 하면서 전체 극을 엮어 나가고, 세 번째 부류의 인물들은 작품을 해설하고 총괄하는 역할을 맡았다. 이들은 찬례와 서적포 주인인 채익소를 제외하고 모두 실존 인물들인데, 다양한 성격과 행적을 가진 실존 인물들과 그 관계망을 극 중에 조리 있게 배치하는 것은 상당한 노력이 필요한 일인 동시에 각 인물들에 대해 어느 정도의 수정과 분식(粉飾)이 불가피한 측면이 있고, 작가의 의도에 따른 포폄이 있을 수 있다. 『도화선』의 등장인물 가운데 실제 인물과 극 중 인물 묘사 사이의 괴리가 비교적 큰 사람은 양문총이다. 양문총은 시서화(詩書畫)에 뛰어난 데다가 여러 사람들과 교류가 많았던 당대의 명사(名士)였고, 청나라에 대항하여 끝까지 싸우다가 죽은 사람으로, 명을 애도하는 측면에서 볼 때에는 충신이라고 할 수 있다. 하지만 극 중에서는 후방역과 이향군에게 도움도 주지만 곤경에 빠지게 하는 단서를 만들어 내는 사람으로도 그려진다. 작가가 양문총을 어느 정도 기회주의자처럼 그려 낸 데에는 양문총을 실제와 같이 명의 충신으로 묘사했을 경우 작가에게 닥칠지도 모를 필화를 경계해서였을 수도 있겠으나, 다만 그정도가 지나친 면이 있어 실재했던 인물로서의 양문총에게는 다소 억울한 면이 있지 않을까 한다.

어떻든 전체적으로 실제 역사를 크게 벗어나지 않으면서도 작가의 의도에 따른 인물 배치가 상당히 성공적이었다고 할 수 있고, 인물 배치와 성격 묘사의 성공은 바로 『도화선』의 성공의 밑

바탕이 되었다고 하겠다.

3) 도화선의 형식적 특징

지금까지 국내에는 중국의 장편 희곡 작품이 완역 소개된 적이 없다. 그런 까닭에 『도화선』을 제대로 읽기 위해서는 중국의 장편 희곡 작품의 형식적 특성이 어떠한지, 또한 『도화선』만이 지니고 있는 구성상의 특징이 어떠한지에 대한 이해가 선행되어야 할 것이다. 여기에서는 『도화선』의 형식적 특징을 소개하면서 일반적인 장편 희곡 작품에 대한 이해도 돕는 방향으로 서술하고자 한다.

중국의 장편 희곡은 대체로 송·원 시대부터 창작과 공연이 이루어지기 시작했고, 명·청 시대에 특히 성행한 것으로 알려져 있다. 이들은 주로 남방 지역을 중심으로 하여 각지로 널리 퍼져 나갔는데, 초기에는 농민들을 비롯한 광범위한 기층(基層) 백성들이 즐긴 하위문화의 성격이 강했으나 점차 고급 문인들이 참여하기 시작하면서 명대 중엽부터는 고급문화로서의 지위를 얻게 되었다. 문학사에서는 흔히 전자를 '남희(南戱)', 후자를 '전기(傳奇)'라고 불러 구분하기도 하고, 이러한 구분을 따라 청대 초에 지어진 『도화선』은 '전기'라고 부른다.[2] 문인이 쓴 '전기' 가운데 대표적인 작품으로는 명대 초에 고명(高明, 1305?~1359)이 지은

---

[2] '남희'와 '전기'의 구분이나 '전기'의 여러 가지 뜻에 대한 자세한 논의는 역자의 「원명대 남방희곡과 관련된 용어들에 대한 재검토」(『중국문학』 제37집, 2002)를 참고할 수 있다.

『비파기(琵琶記)』, 명 중엽에 탕현조(湯顯祖, 1550~1617)가 지은 『모란정(牡丹亭)』, 그리고 공상임보다 몇 년 앞서 나온 홍승(洪昇, 1645~1704)의 『장생전(長生殿)』 등이 꼽히고, 그 밖에도 많은 작품이 있다. 통계에 따르면 작품 자체와 제목만 전하는 작품을 모두 합해 약 4천여 편이라는 엄청난 양에 이른다고 한다.

문인 전기에서 일반 연극의 '막(act)'에 해당하는 단위는 '척(齣)'이라고 부르고, 한 작품은 통상 수십 개의 척으로 구성된다. 『도화선』도 모두 44척으로 구성되어 있는데, 다만 『도화선』은 보통의 작품과 달리 일반적인 척 말고도 특수한 척이 더 있는 점이 특색이다. 즉 『도화선』에는 제1척부터 제40척까지의 몸통 부분이 있고, 여기에 제1척의 앞에 서막(prologue) 격인 시(試) 1척이 있고, 제20척 뒤에 윤(閏) 20척이, 제21척 앞에 가(加) 21척이 각각 막간극(interlude) 격으로 들어 있으며, 제40척의 뒤에 종막(epilogue) 격으로 속(續) 40척이 첨가되어 있다. 이를 정리하면 다음과 같다. 굵은 글씨 부분이 몸통에 해당한다.

시1척 −**제1척** − …… −**제20척** −윤20척−

가21척−**제21척** − …… −**제40척**−속40척

몸통 부분은 작품의 주요 사건이 진행되는 부분이고, 몸통을 제외한 첨가된 부분은 모두 본격 서사는 진행되지 않고 관객을 향해 극의 내용을 소개하거나 극 중 역사를 회고 또는 논평하는 역할을 하는 부분이라고 할 수 있다. 이러한 구성은 극이 이미 시작된 후에도 무대 위의 배우들이 무대 밖의 관객과 직접적인 의사소통을 하는 경우가 많은 중국 전통극의 특색을 한층 조직화, 치밀화하고

자 한 결과라고 볼 수 있다.

전기에서 한 척은 보통 다음과 같이 진행된다. 먼저 한 사람이 등장하여 시(詩)나 사(詞)를 한 수 읊은 다음 관객들을 향해 자기 소개와 상황 설명을 한다.[3] 이때 읊는 시사(詩詞)는 극의 내용과 관련되는 것이 대부분이지만 그렇지 않은 경우도 많다. 그 후 다른 사람이 등장하여 역시 시를 한 수 읊고 자기 소개를 하고 나서 먼저 등장한 사람과 대화를 시작한다. 대화는 노래로 할 수도 있고 일반적인 대사로 할 수도 있다. 그 후 상황에 맞는 배역들이 차례로 등장하여 노래와 대사로 극을 이끌어 간다. 한 척이 끝날 때에는 무대 위에 남아 있는 사람들이 시를 읊고 나서 퇴장한다. 등장할 때 읊는 시를 등장시, 퇴장할 때 읊는 시를 퇴장시라고 말하고, 등장시와 퇴장시는 특별한 경우를 제외하고는 거의 빠지지 않는다.

이처럼 전기에는 시·사·곡·산문 등의 다양한 장르가 융합되어 있어서 작품을 읽어 나갈 때는 각 문장이 어느 부분에 해당하는지를 유의할 필요가 있다. 그래서 흔히 각 부분을 서체(書體)를 달리하여 나타내는데, 이 책에서도 노래 부분은 **궁서체**로 나타내고 시사(詩詞) 부분과 제사문 등 삽입 성격이 있는 대사는 **고딕체**로, 나머지 일반적인 대사는 명조체로 나타냈다.

다음으로 명·청 전기의 배역 체계에 대해 살펴보자. 앞서 등장

---

[3] 명·청대의 장편 희곡에는 부말(副末) 배역을 맡은 배우가 첫 번째 척에 등장하여 극 전체를 간략히 소개해 주는 경우가 많은데, 이를 '부말개장(副末開場)'이라고 부른다.

인물을 소개한 바 있는데, 전기를 포함한 중국의 전통극은 독특한 배역 체계를 갖고 있다. 즉 배우들은 연기의 여러 분야 가운데 하나를 자신의 전공으로 선택하여 이를 부단히 연마함으로써 각 전공 분야에 알맞은 배역을 맡게 된다. 전공 분야는 크게 남자 역[생(生)], 여자 역[단(旦)], 거친 성격 역[정(淨)], 우스개 역[축(丑)] 등으로 나누어지고, 이들은 다시 주연과 조연, 노소(老少), 문무(文武) 등의 역할에 따라서 더욱 세분된다. 이 밖에 말(末), 외(外) 등의 전공 분야가 더해져서 각자의 역할을 맡아 연기의 호흡을 맞추면서 극을 완성한다. 『도화선』에서는 '도화선 강녕'에 등장인물과 배역이 잘 소개되어 있는데, 여기에서는 배역을 기준으로 하여 간략한 설명을 덧붙여 본다.

다음 장의 표를 보면 '소분류'에 해당하는 배역이 실제로 연기를 하는 배우의 숫자다. 그러므로 『도화선』의 주요 등장인물 30명을 연기하는 배우는 11명에 불과하다. 배우들은 상황에 따라서 여러 인물들을 연기하는 일인 다역 방식의 연기를 하게 되는 것이다. 다만 주의할 것은 표에 소개된 '역할과 특징'은 일반적인 경우를 말하는 것으로, 개별적인 상황에 따라서는 예외적으로 다른 성격을 지닐 수 있다. 예를 들어 '정'에 속하는 장연축과 소곤생이나 '부정'에 속하는 정계지 등은 특이하거나 거친 성격이 뚜렷하지 않은 인물들이고, '축'에 속하는 채익소는 골계적인 성격이 강하지 않은 인물들이다. 극단에서는 이상의 배역 체계를 바탕으로 하여 각 작품의 특성에 맞게 배역을 분담하여 공연을 연습하여 무대에 올리게 된다.

『도화선』의 배역 체계

대분류	소분류	역할과 특징	인물
생(生)	생(生)	남자 주연	후방역
	소생(小生)	남자 조연	오응기, 남영, 홍광제, 좌량옥
단(旦)	단(旦)	여자 주연	이향군
	소단(小旦)	여자 조연	이정려, 구백문
	노단(老旦)		변옥경
정(淨)	정(淨)	특이하거나 거친 성격	장연축, 소곤생, 마사영, 유량좌
	부정(副淨)		정계지, 고걸, 전웅, 완대성
축(丑)	축(丑)	골계(滑稽) 인물 또는 악한(惡漢)	유경정, 채익소, 정타낭, 유택청
말(末)	말(末)	중년 남성	진정혜, 양문총, 황득공, 황주
	부말(副末)	사회자	노찬례
외(外)	외(外)	노년 남성	심공헌, 사가법, 원계함, 장미

다음으로 『도화선』의 악곡 구성을 살펴보면 다음과 같다. 중국 전통극의 가장 두드러지는 특징 가운데 하나는 그것이 음악극이라는 점이다. 이 말은 배우들이 일반 대사뿐 아니라 노래로도 연기함을 뜻하고, 따라서 배우들은 연기도 잘해야 하지만 노래를 부를 수 있는 능력이 반드시 필요했다. 전기의 음악적 구성은 한 척을 단위로 한다. 즉 한 척에는 몇 곡의 노래가 들어 있는데, 『도화선』에서는 작가가 '도화선 범례'에서 밝힌 것처럼 한 척에 대체로

4~6곡이 들어 있고, 많아도 8곡을 넘지 않는다. 각 노래는 조식(mode)과 선율(melody)이 정해져 있는 곡조에 내용의 흐름에 맞는 가사를 입혀서 이루어진다. 각 곡조에는 조식과 선율을 표시하는 제목이 표시되어 있는데, 이를 '곡패(曲牌)'라고 한다. 곡패는 원곡(原曲)의 제목이고, 후에 수많은 다른 가사가 그 원곡 곡조에 붙여져 불릴 때에도 원곡의 제목은 그대로 두어 원곡의 곡조가 어떠했는지를 알리는 구실로 삼았다. 따라서 곡패와 이후에 대체된 노래 가사는 의미상의 관련이 없는 것이 거의 대부분이다. 예를 들어 『도화선』 시1척 첫 번째 노래의 곡패는 【접련화(蝶戀花)】지만, 노래 내용은 '나비가 꽃을 그리워하는 것(蝶戀花)'과는 상관이 없다.

『도화선』의 악곡은 전체적으로는 강소성(江蘇省) 소주(蘇州) 근처의 곤산(崑山)이라는 지방에서 기원한 스타일을 따르지만, 필요에 따라 다른 지방에서 기원한 곡조를 삽입하기도 했다. 예를 들어 제1척에 들어 있는 '고사(鼓詞)'는 산동(山東) 지방에서 유행한 것이고, 제40척에서는 남방 곡조와 북방 곡조가 엇섞여 쓰였으며, 속41척에는 무속인들의 노래인 무곡(巫曲), 소주 지방의 탄사(彈詞), 강서성(江西省) 익양(弋陽) 지방의 곡조 등이 다양하게 쓰였다.[4] 이는 당시에 여러 가지 지방 악곡이 흥성했음을 말해 주는 것일 뿐 아니라, 작가가 다양한 음악적 실험과 융합을 적극

---

4 익양 지방 곡조인 '애강남' 7곡은 앞서 설명한 것처럼 본래는 산동 지방의 고사로 만들어진 것이나, 『도화선』에서는 익양 곡조로 변형되어 운용되었다.

적으로 꾀했음을 보여 주는 것이기도 하다. 그뿐만 아니라『서상기』나『비파기』,『모란정』,『역대사략고사』,『태사지적제』등의 희곡과 강창 명작에서 중요한 대목을 빌려 와 적절하게 끼워 넣은 방식도 주목되는데, 공상임은 이를 통해 선행 작품들에 대한 존중의 태도를 보여 줌과 동시에 자신의 작품 속에 혼연일체로 녹여냄으로써 명실상부한 문학적 융합까지도 훌륭하게 성취해 냈다.

마지막으로『도화선』의 문체에 대해 살펴본다. 문인 전기에서 노래 부분을 제외한 일반 대사의 문체는 구어에 가까운 백화체(白話體)를 위주로 하되 등장인물의 성격에 맞는 어휘를 사용하는데,『도화선』에서는 대체로 저속함을 피하면서도 등장인물들의 마음을 정확하고 생생하게 전달했다. 이는『도화선』이 정치 드라마와 멜로 드라마의 성격이 결합되어 있는 것과 관련하여 천박하거나 통속적인 표현보다는 품위 있고 아름다운 말투를 표현하고자 했기 때문일 것이다.

3.『도화선』의 성취와 의의

『도화선』이 발표되자 많은 사람들이 이 극을 좋아하여 특히 당시 서울인 북경에서는 공연이 끊이는 날이 없었다고 한다.[5] 사람들은 왜『도화선』을 그토록 좋아했던 것일까?

---

5 『도화선 본말』참고.

우선 무엇보다도 젊은 남녀의 비환이합(悲歡離合)이라는 낭만적인 주제와 직전 시대의 역사에 대한 뼈저린 회한과 반성의 태도가 관객과 독자들의 주목을 받은 주요인이지 않았을까 한다. 그러면서도 작가가 현실 정치나 세태에 대한 직접적인 또는 지나친 비판을 자제한 점은 관객/독자들에게 부담 없이 이 작품을 감상하고 사색하는 길을 터 준 요인이었을 것이다. 정치적 메시지가 큰 연극을 공개적으로 공연하고 관람하는 것은 당시로서는 그 자체가 상당히 부담스러운 일이었을 것이기 때문이다.

역사극이라는 장르는 역사적 사실을 바탕으로 하지만, 그 배경에서 살아간 구체적인 사람들의 행동과 발언을 모두 역사 기록에만 의존해서 엮어 낸다는 것은 불가능할 뿐 아니라 설사 가능하다 할지라도 그것은 이미 역사극이라고 할 수 없을 것이다. 작가의 역사 인식에 걸맞은 인물들을 역사에서 건져 올려 빚고 다듬어서 살아 숨쉬는 인물로 만들어 내고, 이들로 하여금 역사를 신중하게 재해석하고 역사를 바라보는 시각을 제공하는 것이야말로 역사극의 진정한 가치일 것이다. 『도화선』은 중국에서 본격적이고 진정한 역사극이 가능함을 알려주고 그 가능성을 최고의 수준으로 실현한 작품이라고 하지 않을 수 없다. 이 때문에 개별적인 사실(史實)의 정확성 여부와는 별개로 『도화선』이 역사에 대한 총체적 회고와 반성을 이끌고 있는 명작이라는 점에 대해 이의를 다는 사람은 없다.

시야를 좀더 확대해 보면 『도화선』은 중국 전통극의 역사에서 마지막 단계를 완성시킨 작품이라고 할 수 있다. 중국에서 연극의 역사는, 원시 형태까지 거슬러 올라간다면 매우 유구한 것으로 말할 수 있지만, 무대극으로서의 모습을 갖추고 전문적인 배우가 공연을 이끌어 간 것을 기준으로 하면 대체로 송·원 시대를 그 본격적인 기점으로 삼는 경우가 많다. 그러나 송·원 시대 이후로도 꽤 오랜 세월 동안은 주로 사회적으로 중간 계층의 작가들이 극본을 만들어 냈고, 그것을 즐기는 사람들도 중간 계층 이하의 사람들이 많았다. 이 때문에 사회 문제에 대한 통쾌한 비판과 해학이 살아 있는 명작이 많이 나왔지만, 그것을 바라보는 대부분의 기존 사대부들 시각은 불만스럽거나 걱정스러운 등의 부정적인 것이었다. 그러나 명대 중엽 이후 경제가 발달하고 시민 계층이 더욱 성장하면서 사대부들도 자연스럽게 시민 계층의 가치관이나 생각을 이해하고 어떤 경우에는 그들을 적극적으로 대변해 주는 일도 생겨나게 되었다. 따라서 명대 중엽에 성황을 누린 연극 작품 가운데 『모란정』과 같은 자유 연애나 개성 해방을 중시하는 우수작이 많이 등장한 것은 우연이 아니다.

그 후 명·청 왕조의 교체기를 지나면서 좀더 다양한 성격의 극작품이 많이 나왔다. 이와 더불어 이제는 풍자·비판〔원대 잡극(雜劇)〕이나 희로애락의 감정(명 중엽)을 넘어서는, 고통스러운 자기반성으로서의 역사극으로서의 무게와 완성도를 지닌 『도화선』이 등장한 것은, 중국 전통극의 발전사적 맥락에서 예술적·사상적으로 최고봉의 하나로 보아도 될 만큼의 역사적인 의의를 지닌 작품의 탄생을 뜻하는 것이라고 할 수 있다.

『도화선』이 세상에 나온 지는 300여 년이 되었고, 그것이 그린 세상은 그보다 50여 년 더 이전의 시대였다. 유구한 중국 문학사에서 이 정도 작품을 아주 오래되었다고 말할 수는 없겠지만, 수백 년 동안 명작으로 남아서 오늘날까지 전해지고 국내에까지 소개된다는 것은 이 작품이 나름대로의 시대를 초월한 가치를 제시하고 있다는 증거일 수 있다.

그렇다면 『도화선』의 진정한 가치는 무엇일까? 그것은 다름아닌 역사극으로서의 가치일 것이다. 역사 또는 역사극을 통해 옛일을 돌이켜보고 오늘날의 교훈으로 삼는다는 상식의 지평에서 본다면 『도화선』은 왕조 흥망의 원인과 결과에 대해 엄중하게 묻는다. 이를 오늘날에 대입해 보면 나라와 사회의 흥망의 원인이 무엇인지를 깊이 통감할 수 있어야 한다. 소수 세력가의 탐욕과 무책임한 지식인들의 나태함으로 인해 사회가 병들고 망하게 된다면 고통의 역사가 반복되는 것을 어떻게 막을 수 있겠는가. 위정자와 지식인들의 역할과 책무가 무엇인지에 대해 반성하게 만드는 이 작품을 읽고 우리 모두가 오늘날의 우리 사회를 좀 더 살기 좋은 세상으로 만들어 나가는 데 생각을 기울일 수 있게 되기를 바랄 뿐이다.

판본 소개

　『도화선』이 여러 차례의 개고를 거쳐 최종적으로 완성된 것은 1699년이지만, 이 작품의 최초 간행 연도는 정확하게 알려지지 않고 있다. 다만 북경대학 도서관에 소장된 '개안당각본(介安堂刻本)'이 강희(康熙) 연간에 간행된 것으로 추정되는데, 이것이 현존하는 것으로는 가장 이르고 우수한 판본으로 평가받는다.[1] 그 후 여러 목판본이 나왔고, 특히 청 말엽에 나온 '난설당각본(蘭雪堂刻本)'(1895)과 민국 시기에 나온 '난홍실각본(暖紅室刻本)'(1914)이 비교적 널리 통행되었다. 난설당각본은 개안당각본을 바탕으로 하여 강희 연간에 간행된 서원각본(西園刻本)을 다시 근거로 한 것이나 교감이 정교하지 못하고, 난홍실각본은 서원각본과 난설당본 등을 비교적 상세히 교감한 것이다. 활자본으로는 양

1　개안당각본이 바로 최초 간행본이고 간행 연대는 강희 47년(1708)이라는 견해가 유력하나, 정확한 연대를 확정할 수 없다는 주장도 있다.

계초(梁啓超)의 주석본(1924년 완성, 1936년 간행)이 최초로, 사실(史實) 관계의 판단에 주력한 것이 특징이다. 그 후 왕계사(王季思) 등이 교감과 주석을 가한 판본이 나왔는데, 이는 서원본, 난설당본, 난홍실본, 양계초 교주본 등을 비교하면서 교감을 거쳐 정리와 주석을 가한 것으로, 주석이 상세하고 오류가 비교적 적어서 오랫동안 널리 보급되어 영향력이 가장 크다.[2] 최근에는 유엽추(劉葉秋), 유위민(兪爲民), 진미림(陳美林), 서진귀(徐振貴) 등의 주석본도 출간되었으나[3] 여전히 왕계사 교주본이 가장 널리 알려져 있다고 하겠다. 다만 왕계사 교주본이 주로 근거한 저본(底本)이 무엇인지 분명하게 밝혀져 있지 않고 개안당각본과 차이가 나는 부분도 일부 있어서 보완할 점이 있다고 하겠으나, 개안당각본이 구해 보기 어려운 데다가 왕계사 교주본의 신뢰도에 큰 문제가 있는 것으로 보기는 어렵기 때문에 본 번역에서도 왕계사 교주본을 기준으로 삼았고, 관련 논문을 통해 이미 지적된 교감 문제를 적극 반영하여 문제점을 최소화하고자 했다. 차후 개안당각본과의 비교를 통해 미흡한 부분을 보충할 수 있기를 기대해 본다.

---

2 왕계사 등, 『도화선』, 인민문학(人民文學)출판사, 1959년 제1판.

3 차례대로 유엽추, 『공상임의 시와 도화선』, 중주고적(中州古籍)출판사, 1982; 유위민, 『도화선교주』, 대만화정서국(臺灣華正書局), 1994; 진미림 등, 『도화선』, 대만삼민서국(臺灣三民書局), 2004; 서진귀 주편, 『공상임 전집』 제1권, 제로서사(齊魯書社), 2004.

인물 소개

※인물 소개에서는 각 등장인물의 역사적 행적을 위주로 하여 서술하고, 필요할 때에 극 중 성격을 보충하여 설명했다.

고걸(高傑, ?~1645) 섬서(陝西) 미지(米脂) 사람으로, 자는 영오(英吾), 호는 번산요(翻山鷂)다. 처음에는 이자성 부대에 있다가 명나라에 귀순한 후 총병(總兵) 관직을 지냈다. 홍광제 때에는 과주(瓜州)에 주둔했다. 후에 청에 대항하다가 하남(河南) 수주(睢州)에서 반란자 허정국(許定國)에게 피살당했다.

구백문(寇白門, ?~?) 가기. 이름은 미(湄). 부드럽고 단아한 모습에 풍류가 뛰어나고 곡을 잘 짓고 그림도 잘 그렸다. 어려서 제후 주국필(朱國弼)에게 시집갔다가 북경이 함락되자 남방의 고향으로 돌아왔다. 후에 양주(揚州)로 시집갔다가 다시 남경으로 돌아와서 지내다가 병사(病死)했다.

남영(藍瑛, 1585~1664) 호는 접수(蝶叟), 석두타(石頭陀)이고, 자

는 전숙(田淑)으로, 절강(浙江) 전당(錢塘) 사람이다. 산수화에 뛰어났고 초년부터 송·원대 화가들을 배웠으며, 후에는 여러 곳을 돌아다니면서 화풍의 변화를 겪었다. 인물화, 화조화(花鳥畵)에도 뛰어났다.

마사영(馬士英, 1591?~1646) 자는 요초(瑤草)이고, 귀주(貴州) 귀양(貴陽) 사람이다. 남경 호부주사(戶部主事)를 시작으로 봉양 독무(鳳陽督撫)를 지냈고, 선부순무(宣府巡撫)까지 지내다가 뇌물 사건에 연루되어 좌천당했다. 그 후 남경에 살다가 완대성과 결탁했고, 병부우시랑(兵部右侍郎) 등의 군사 직책을 지내면서 이자성(李自成) 세력을 방비했다. 청나라 군사가 북경을 함락하자 마사영은 남경에서 복왕(福王)을 옹립하고 동각대학사겸병부상서(東閣大學士兼兵部尚書)로 승진하여 전권을 휘두르며 완대성과 함께 사가법(史可法)과 동림당(東林黨) 사람들을 공격했다. 청나라 군대가 남하하여 양주(揚州)를 함락하여 남경이 위험해지자 남쪽으로 도망갔다가 태호(太湖)에서 청나라 군사에게 붙잡혀 죽었다(죽음에 관해서는 많은 설이 있음). 이 극에서는 도망가는 도중에 목숨을 잃는 것으로 그려졌다.

변옥경(卞玉京, ?~?) 가기. 이름은 새(賽) 또는 새새(賽賽). 본래 관리 집안의 딸이었으나 부친이 일찍 세상을 떠나는 바람에 가기가 되었다. 시·서·화에 두루 뛰어나고 거문고도 잘 탔다. 시인 오위업(吳偉業)과 가깝게 지냈으나 인연을 이루지 못했다. 몇 년 후에 도사가 되어 수행하다가 무석(無錫)에서 세상을 떠났다.

사가법(史可法, 1602~1645) 자는 헌지(憲之), 호는 도린(道隣)으

로, 하남(河南) 상부(祥符) 사람이다. 명 말엽 숭정(崇禎) 연간에 진사가 된 후 처음에 서안부 추관(西安府推官)을 지냈고, 여러 차례의 농민반란을 진압하면서 조운총독(漕運總督), 봉양순무(鳳陽巡撫)를 거쳐 남경 병부상서까지 올랐다. 숭정제 사후 복왕을 옹립하여 동각대학사(東閣大學士)에 올랐으나 마사영의 견제로 남경에서 밀려나 양주(揚州)를 방어했다. 청 군사가 남하하여 양주가 함락되자 자살을 시도했으나 청군에게 붙잡혀 항복을 거절하고 처형당했다. 이 극에서는 자살한 것으로 그려졌다.

소곤생(蘇崑生, 1600~1679) 곤곡 배우. 명말 청초 하남성(河南省) 고시(固始) 사람으로 강남(江南)에 우거(寓居)했다. 본명은 주여송(周如松)이었으나 곤곡(崑曲)으로 유명한 소주(蘇州)에서 성과 이름을 따서 소곤생이라는 예명을 썼다. 유명한 곤곡 배우로, 숭정(崇禎) 연간에 남경(南京)에서 명성을 떨치다가 후에 무창(武昌)으로 가서 유경정과 함께 좌량옥(左良玉)의 막객이 되었다. 좌량옥이 죽자 애통해하며 머리를 깎고 구화산(九華山)으로 들어갔다. 청나라 천하가 되자 항주(杭州), 소주, 태창(太倉) 등지를 돌아다니다가 왕시민(王時敏)의 가동에게 노래를 전수했다. 당시 남곡(南曲)의 최고 가수로 인정받았다. 무석(無錫)의 혜산승사(惠山僧舍)에서 세상을 떠났다.

심공헌(沈公憲, ?~?) 배우. 작곡에 능했다. 고미(顧眉)의 거처였던 미루(眉樓)에서 자주 공연했다고 전한다.

양문총(楊文驄, 1597~1646) 자는 용우(龍友), 귀주(貴州) 귀양(貴陽) 사람으로, 숭정 연간에 강녕지현(江寧知縣)으로 있다가 오직

(汚職)으로 탄핵당했다. 후에 복왕이 즉위하고 마사영이 전권을 장악하자 우첨도어사(右僉都御史)가 되어 순무(巡撫) 직을 맡았다. 청나라 군대가 남하하자 처주(處州)로 도망하여 명나라 종실에 귀순하여 싸우다가 청군에 붙잡혀 항복을 거부하고 피살당했다. 그림과 글에 뛰어났고, 교유를 좋아했으며, 호방한 성격으로 주위에는 항상 선비들이 많았다. 이 극에서도 많은 사람들과 가깝게 지내면서 중요한 역할을 한다.

오응기(吳應箕, 1594~1645) 자는 차미(次尾)로, 귀지〔貴池: 지금의 안휘성(安徽省) 귀지〕 사람이다. 숭정 연간에 공생(貢生)이 되었다가 복사에 참여했고, 청나라 군사가 남경을 함락하자 반청활동에 참여했다가 체포되었으나 항복하지 않아서 처형당했다.

완대성(阮大鋮, 1587?~1646) 명나라 안경부(安慶府) 회령(懷寧) 사람으로, 자는 집지(集之), 호는 원해(圓海) 또는 백자산초(百子山樵)이다. 환관 위충현(魏忠賢)에게 줄을 서서 태상소경(太常少卿)을 지냈다가 반역 사건에 연루되어 평민으로 강등되었다. 그 뒤 남경에 살면서 재기를 엿보았으나 복사(復社)에 의해 탄핵당하고 칩거했다. 얼마 후 복왕이 즉위하자 마사영에게 의탁하여 병부첨주우시랑(兵部添注右侍郎)이 되었다가 상서겸우부도어사(尚書兼右部都御史)로 승진하여 동림당과 복사의 인물들을 대거 죽이려고 했다. 청 순치(順治) 2년에 청나라 군사가 남경을 함락하자 완대성은 절강(浙江)의 방국안(方國安)의 군중(軍中)으로 도피했다가 이듬해 청군에게 항복했다. 그 후 선하령(仙霞嶺)을 공격하다가 병사했다(죽음에 관해서는 다른 설도 있음). 음률에 정통하고 글재주가 있어서 『연자전(燕子箋)』 등의 희곡 작품을 남겼다. 『도화선』에서는 그의 교활하고 기회주의적인 성격을 부각하여 묘사했다.

원계함(袁繼咸, 1598~1646) 자는 임후(臨侯), 호는 계통(季通)으로, 명 말엽에 병부시랑을 지내면서 구강(九江)에 주둔했다가 좌량옥의 군중에서 부대를 감독했다. 좌량옥의 군선에 올라 동진(東進)하지 말라고 권했다. 좌몽경이 청에 항복할 때 투항을 거절하다가 이듬해 살해당했다.

유경정(柳敬亭, 1587~1670?) 명 말엽의 유명한 설서 예인(說書藝人)이다. 본성은 조(曹)씨이고 태주(泰州) 사람〔일설에는 통주(通州), 즉 지금의 강소성(江蘇省) 남통(南通) 사람이라고도 함〕이다. 18세에 설서를 배우기 시작하여 양주(揚州), 항주, 소주, 남경 등지에서 공연하면서 명성을 얻었다. 명 말엽에 복사의 인물들과 교류했고, 후에 좌량옥의 막객이 되기도 했다. 명나라가 망한 후에는 청의 조운총독(漕運總督)인 채사영(蔡士英)을 따라 북상하여 북경에서도 공연했다가 다시 남하하여 80세가 되어서도 안휘성(安徽省) 여강(廬江)과 남경 등지에서 공연했다. 그러나 이 극에서는 명이 망한 뒤에 산야에 은거한 것으로 그려졌다. 수당(隋唐) 시대의 역사 이야기와 『수호전(水滸傳)』 이야기를 특히 잘했다고 전한다.

유량좌(劉良佐, ?~1667) 대동(大同) 좌위(左衛) 사람으로, 자는 명보(明輔)다. 처음에는 이자성 부대에 있다가 명나라에 귀순한 후 총병 관직을 지냈다. 홍광제 때에는 영수(潁壽)를 방비했다. 순치(順治) 2년에 청에 투항한 후 강서(江西) 지방을 공격했고, 강희(康熙) 연간에 병사(病死)했다.

유택청(劉澤淸, ?~1648) 산동(山東) 조현(曹縣) 사람으로, 자는 학주(鶴洲), 호는 하주(河洲)다. 산동 방비를 맡았다가 홍광제 때 회주(淮州), 해주(海州) 일대를 관할했다.

이정려(李貞麗, ?~?) 자는 담여(淡如)이고, 이향군의 가모(假母)다. 진회(秦淮) 가기들 가운데 미색이 뛰어나고 협기가 있어 천금도 아까워하지 않았다고 한다. 명사들과 교류가 많았고, 특히 진정혜와 가까운 사이였다. 극 중에서는 양문총과 가까운 사이로 나온다.

이향군(李香君, ?~?) 본명은 향(香)이고 흔히 향군이라는 별명으로 불렸다. 명말 응천부(應天府) 사람으로, 재색을 겸비하여 진회의 명기가 되었다. 의모(義母) 이정려가 협기가 있었는데, 향군도 협기가 있고 지혜로웠으며 시서(詩書)를 두루 배웠다. 후방역으로 하여금 완대성의 화해 시도를 거절하도록 했고, 순무(巡撫)인 전앙(田仰)이 향군을 데려가려고 많은 돈으로 제의해 왔을 때에도 한사코 거절하다가 머리를 다쳤는데 그때 흘린 피가 부채를 적셨고, 양문총이 여기에 나무 줄기와 가지를 그려 복사꽃나무를 만들었다고 전해진다. 이러한 이야기는 이 극에서 주요 줄거리로 각색되었다.

장미(張薇, 1602~1695) 본명은 장이(張怡) 또는 장유(張遺)로, 자는 요성(瑤星)이고 호는 박생(璞生) 또는 미암(薇庵)이다. 강소(江蘇) 상원(上元) 사람이다. 명 말엽에 금의위(錦衣衛) 천호관(千戶

官)을 지냈다. 숭정제가 승하하자 항복하지 않았고, 남경에 와서 다시 금의위 천호관을 맡았다. 마사영 등이 청류파를 음해할 때 그는 명나라가 망한 뒤에는 남경성 밖의 서하산(棲霞山)에서 은거했다. 작자 공상임은 실제로 그를 방문하기도 했다. 극 중에서는 장미라는 이름으로 나온다.

장연축(張燕筑, ?~?) 배우. 작곡에 능했다고 전한다.

전웅(田雄, 1605~1663) 북경(北京) 사람으로, 자는 의영(毅英)이다. 1645년에 남명의 홍광제를 배신하고 만주에 항복했다. 그 후 여러 차례 전쟁에서 청의 황제로부터 공로를 인정받아 승진을 거듭하다가 몽골 카라코룸에서 병사했다.

정계지(丁繼之, 1585~?) 배우. 남경 출신으로, 당시 곤곡(崑曲)을 배우려는 사대부들을 진회 등지에서 많이 가르쳤다. 연기가 뛰어났고, 특히 장려아(張廬兒)의 어미 역으로 유명했다. 90세가 넘도록 장수하다가 남경에서 세상을 떠났다.

정타낭(鄭妥娘, ?~?) 가기. 이름은 여영(如英). 노래를 특히 잘했다고 전한다.

좌량옥(左良玉, 1599~1645) 명말 산동(山東) 임청(臨淸) 사람으로, 자는 곤산(崑山)이다. 보병 출신으로, 요동(遼東)에서 청나라 군사와 싸울 때 후방역의 부친 후순(侯恂)에게 등용되었다. 그 후 이자성(李自成), 장헌충(張獻忠) 등의 농민군을 토벌하는 과정에서 군대를 늘리고 대수(大帥)가 되어 영남백(寧南伯)에 봉해지고 무창(武昌)에 주둔했다. 남명(南明)의 홍광(弘光) 정권 수립과 더불어 영남후(寧南侯)로 승격되었다. 마사영 등이 정권을 장악하면서 동림당파 사람들을 배척하자 그는 홍광 원년(1645)에 임금 곁의 간신을 제거한다는 명분으로 남경(南京)으로 진군했으나 도중에 병사(病死)했다. 그의 아들 좌몽경(左夢庚)은 군사를 이끌고 청에 투항했다.

주유숭(朱由崧, 1607~1646) 남명 복왕(福王, 홍광제). 명 신종(神宗) 주익균(朱翊鈞)의 손자이자 복왕 주상순(朱常洵)의 아들로, 어렸을 때 덕창왕(德昌王)에 봉해졌고, 아버지 주상순의 사후에는 복왕에 습봉(襲封)되었다. 이자성이 북경을 함락한 후 마사영 등에 의해 남경에서 제위에 올라 홍광제(弘光帝)라고 했다. 청군이 남경을 공격하자 무호(蕪湖)로 도망갔다가 붙잡혀서 이듬해 북경에서 죽었다.

진정혜(陳貞慧, 1604~1656) 자는 정생(定生)으로, 의흥〔宜興: 지금의 강소성(江蘇省) 의흥〕 사람이다. 명 말엽에 제생(諸生)이 되었다가 복사에 참여했고, 오응기와 함께 「유도방란게첩(留都防亂揭帖)」을 써서 완대성을 탄핵했다. 명나라가 망한 후에 청나라에 귀순하지 않고 은거했다.

찬례(贊禮) 남경의 관리. 가공 인물로 극 중에서는 사회자 역할을 한다. 공상임의 분신으로도 볼 수 있다.

채익소(蔡益所) 남경 서적포의 주인. 실존 여부는 확인되지 않는다.

홍광제(弘光帝) ⇒ 주유숭.

황득공(黃得功, ?~1645) 여주부(廬州府) 합비(合肥) 사람으로, 자는 호산(虎山)이다. 군졸 출신으로, 용맹으로 유명하여 황틈자(黃闖子)라는 별명을 얻었다. 숭정 연간에 농민군을 진압하면서 많은 공을 세웠다. 홍광제 때 여주를 통할했고, 유량좌(劉良佐), 유택청(劉澤淸), 고걸(高傑) 등과 함께 강북 사진(江北四鎭)으로 불렸다. 후에 청군이 남경을 공격할 때 전투를 벌이다가 목에 화살을 맞자 스스로 목숨을 끊었다.

황주(黃澍, ?~?) 자는 중림(仲霖)으로, 호광순안어사(湖廣巡按御史)를 지냈고, 좌량옥의 군중(軍中)에서 부대를 감독했다. 좌량옥의 사후에 그의 아들 좌몽경과 함께 청에 투항했다.

후방역(侯方域, 1618~1655) 자는 조종(朝宗)으로, 하남성(河南省) 상구(商邱) 출생이다. 아버지 후순(侯恂)을 비롯하여 일족이 모두 동림당파(東林黨派)로 아버지와 함께 종군했으며, 분방한 재기(才氣)로 명말 혼란기의 남경에서 이름을 떨쳐 방이지(方以智), 모양(冒襄), 진정혜(陳貞慧)와 함께 '사공자(四公子)'라 불렸다. 명나라가 멸망한 후에는 은거하다가 강희(康熙) 연간에 과거 시험에 응시하여 변절의 혐의도 받았으나 집안 사정상 어쩔 수 없었다고 되어 있다. 청년 시절에 남경에 생긴 문학결사 '복사(復社)'에 소속되어 기대를 모았으며, 특히 산문(散文)은 한유(韓愈), 구양수(歐陽修)를 배워 화려하고 간결했으며, 청 초에는 위희(魏禧), 왕완(汪琬)과 함께 '고문삼대가(古文三大家)'로 일컬어졌다. 저서로 『장회당문집(壯悔堂文集)』(11권), 『사억당시집(四憶堂詩集)』(6권) 등이 있다. 『도화선』에서는 남자 주인공으로 등장하여 남경의 명기 이향군과의 사랑을 엮어 간다. 극의 마지막 부분에서 후방역이 출가하는 것으로 나오지만, 이는 실제와는 다른 극적 설정이다.

공상임 연보

    공상임(孔尙任)의 자는 빙지(聘之), 계중(季重), 호는 동당(東塘)이며, 별호로 안당(岸堂), 운정산인(云亭山人)으로 자칭하기도 했다. 공자의 64대손. 부친 공정번(孔貞璠)은 명나라가 망하기 10여 년 전(1633)에 거인(擧人)이 되었고, 청 치하에서는 벼슬하지 않았으며, 고사(鼓詞)를 많이 남긴 가응총(賈應寵)과 특히 가까웠고, 72세에 세상을 떠났다.

1648   〔청(淸) 세조(世祖) 순치(順治) 5년, 남명(南明) 계왕(桂王) 영력(永歷) 2년〕 9월 17일, 산동(山東) 곡부(曲阜)에서 출생.

1654   (순치 11년, 영력 8년) △ 후방역 37세로 사망.

1657   (순치 14년, 영력 11년) 가응총의 집에 감.

1660   (순치 17년, 영력 14년) 공맹안증사씨학(孔孟顔曾四氏學) 입학.

1661 (순치 18년, 영력 15년) △ 청 세조 승하. 강희제 8세의 나이로 즉위. 연말에 남명 영력제(계왕)를 체포함. 남명 왕조 멸망.

1667 〔강희(康熙) 6년〕진학하여 제생(諸生)이 됨. 악률에 관심을 가지기 시작함.

1676 (강희 15년) △ 가응총, 이때쯤 약 82세로 사망.

1678 (강희 17년) 8월, 제남(濟南)에서 향시(鄕試)에 응시하나 낙제. 9월, 석문산(石門山)에 가서 초막을 짓고 은거함. 은거 기간 동안 『도화선』 초고를 완성.

1681 (강희 20년) 여름에 석문산에서 나와 연납(捐納: 돈이나 곡식을 바침)으로 국자감생(國子監生)이 됨.

1682 (강희 21년) 여름에 친구 안광민(顔光敏)과 함께 곡부의 민간 속담 등을 채집하러 다님. 가을, 산에서 내려옴.

1683 (강희 22년) 연성공(衍聖公) 공육기(孔毓圻)의 청에 응하여 『공자세가보(孔子世家譜)』와 『궐리지(闕里誌)』를 편찬함. 공묘(孔廟)에서 예생(藝生)과 악무생(樂舞生)을 훈련시키고 예악제기(禮樂祭器)의 제조를 감독.

1684 (강희 23년) 11월 18일, 곡부에 도착하여 공묘(孔廟)에 제사를 마친 강희제에게 시례당(詩禮堂)에서 경전을 강독함. 강희제는 그를 칭찬하고 중용하겠다는 뜻을 밝힘. 19일, 귀경하는 강희제를 덕주(德州)까지 전송함. 12월 1일, 국자감 박사(國子監博士)에 제수.

1685 (강희 24년) 정월, 북경에 가서 국자감에 입학하여 박사

가 됨. 2월, 국자감에서 강경(講經)을 시작.

1686   (강희 25년) 7월 4일, 어명을 받고 공부시랑(工部侍郎) 손
        재풍(孫在豊)을 따라 회안(淮安)·양주(揚州)에 가서 황
        하 해구(海口)를 준설하는 일을 맡음. 8월, 황하를 건넘. 9
        월, 양자강(揚子江)을 건너감. 11월, 양주(揚州)의 거처에
        서 문인들과 모임.

1687   (강희 26년) 봄, 태주(泰州)에 머무르며 문인들을 만나고
        하천 준설 공사를 시찰. 4~5월, 양주를 거쳐 흥화(興化)
        에 가서 머무르며 문인들을 두루 만남. 8월, 『도화선』을
        개고(改稿)함. 11월, 양주로 감.

1689   (강희 28년) 7월, 양자강을 건너 강녕(江寧: 남경)에 가서
        야성도원(冶城道院)에 기거하면서 문인들을 만나고 유적
        지를 돌아봄. 8월, 서하산(棲霞山) 백운암(白雲庵)에 가서
        장이(張怡: 극 중인물 장미張薇)를 방문.

1690   (강희 29년) 2월, 귀경. 국자감 박사로 귀임.

1691   (강희 30년) 여름, 송명(宋明) 시대의 비파(琵琶) 두 대를
        구입함. 가을, 당제(唐製) 호금(胡琴) 소홀뢰(小忽雷)를
        입수.

1694   (강희 33년) 7월, 고채(顧彩)와 함께 『소홀뢰(小忽雷)』전
        기(傳奇)를 씀.

1695   (강희 34년) 9월, 호부주사(戶部主事)로 옮겨서 보천국(寶
        泉局) 감주(監鑄)를 맡음.

1697   (강희 36년) 9월, 『궐리신지(闕里新志)』완성.

1699 (강희 38년) 6월,『도화선』세 번째 원고를 완성. 8월 15
      일, 강희제의 명에 따라『도화선』선본(繕本) 한 부를 구
      해 당직 내시에게 바침.

1700 (강희 39년) 정월대보름날, 금두반(金斗班)에서『도화선』
      을 초연함. 3월 초, 호부 광동 청리사 원외랑(戶部廣東靑
      吏司員外郞)으로 승진함. 3월 중순에 명확한 이유를 모른
      채 파직당함. 실직 후에도 2년 이상을 북경에 거주.

1702 (강희 41년) 늦겨울, 고향 곡부로 귀환. 지극히 괴로운 심
      정을 토로.

1705 (강희 44년) 2월, 제령(濟寧)에 갔다가 돌아옴. 공육기가
      다섯 번째로 남순(南巡)에 나선 강희제를 영접하러 갈 때
      수행하면서 복직의 기회를 살핀 듯함.

1707 (강희 46년) 겨울, 평양(平陽)에 가서『평양부지(平陽府
      志)』편찬을 도움.

1708 (강희 47년) 2월 하순, 곡부로 귀환. 천진(天津) 사람 동
      횡(佟鋐)이 곡부를 방문하여『도화선』출간 자금을 보태
      줌. 3월부터『도화선』전체를 다듬고「도화선소지」,「도화
      선본말」등을 써서 상재(上梓).

1709 (강희 48년) 집을 떠나 호북(湖北) 무창(武昌)으로 가서
      이듬해 초까지 머무름.

1710 (강희 49년) 연초에 곡부로 귀환.

1712 (강희 51년) 늦봄, 내주(萊州)에 가서『내주부지(萊州府
      志)』편찬을 도움.

1713   (강희 52년) 곡부 거주.

1714   (강희 53년) 11월 하순, 회남(淮南)에 감.

1715   (강희 54년) 2월까지 회남 유정기(劉廷璣)의 관서(官署)에 머물며『장류집(長留集)』편찬. 4월, 다시 양주에 감.

1717   (강희 56년) 곡부 거주.

1718   (강희 57년) 정월 11일, 곡부 집에서 71세의 나이로 세상을 떠남.

※연보 주요 참고 자료

진만내(陳萬鼐),『공상임 연구(孔尙任硏究)』, 대만상무인서관(臺灣商務印書館), 1971.

원세석(袁世碩),『공상임 연보(孔尙任年譜)』, 제로서사(齊魯書社), 1987.

이계평(李季平),『공상임과 도화선(孔尙任與桃花扇)』, 제로서사, 2002.

새롭게 을유세계문학전집을 펴내며

을유문화사는 이미 지난 1959년부터 국내 최초로 세계문학전집을 출간한 바 있습니다. 이번에 을유세계문학전집을 완전히 새롭게 마련하게 된 것은 우리가 직면한 문화적 상황에 적극적으로 대응하기 위해서입니다. 새로운 을유세계문학전집은 세계문학의 역할이 그 어느 때보다 중요해졌다는 인식에서 출발했습니다. 오늘날 세계에서 타자에 대한 이해는 우리의 안전과 행복에 직결되고 있습니다. 세계문학은 지구상의 다양한 문화들이 평등하게 소통하고, 이질적인 구성원들이 평화롭게 공존할 수 있는 문화적인 힘을 길러 줍니다.

을유세계문학전집은 세계문학을 통해 우리가 이런 힘을 길러 나가야 한다는 믿음으로 만들어졌습니다. 지난 5년간 이를 준비하기 위해 많은 노력을 기울였습니다. 세계 각국의 다양한 삶의 방식과 문화적 성취가 살아 있는 작품들, 새로운 번역이 필요한 고전들과 새롭게 소개해야 할 우리 시대의 작품들을 선정했습니다. 우리나라 최고의 역자들이 이들 작품 속 한 문장 한 문장의 숨결을 생생히 전하기 위해 심혈을 기울였습니다. 또한 역자들은 단순히 번역만 한 것이 아니라 다른 작품의 번역을 꼼꼼히 검토해 주었습니다. 을유세계문학전집은 번역된 작품 하나하나가 정본(定本)으로 인정받고 대우받을 수 있도록 최선을 다했습니다. 세계문학이 여러 경계를 넘어 우리 사회 안에서 주어진 소임을 하게 되기를 바라며 을유세계문학전집을 내놓습니다.

을유세계문학전집 편집위원단(가나다 순)
김월회(서울대 중문과 교수)
박종소(서울대 노문과 교수)
손영주(서울대 영문과 교수)
신정환(한국외대 스페인어통번역학과 교수)
정지용(성균관대 프랑스어문학과 교수)
최윤영(서울대 독문과 교수)